Michail Bulgakow · Der Meister und Margarita

Illustriert von Hans Fronius

MICHAIL BULGAKOW

Der Meister und Margarita

Roman

Aus dem Russischen von Thomas Reschke

Verlag Volk und Welt Berlin

Titel der Originalausgabe:
МАСТЕР И МАРГАРИТА

Der Text der obengenannten Ausgabe entspricht der letzten Fassung, die Bulgakow noch selbst herstellte (das Manuskript wird in der Manuskriptabteilung der W. I. Lenin-Staatsbibliothek der UdSSR aufbewahrt); er wurde mit den Korrekturen und Ergänzungen versehen, die die Gattin des Autors, J. S. Bulgakowa, nach seinem Diktat vornahm.

ISBN 3-353-00269-3

6. Auflage 1988 (2. illustrierte Auflage)

Nutzung der Illustrationen für diese Ausgabe mit freundlicher Genehmigung
von Hans Fronius
L. N. 302, 410/168/88
Printed in the German Democratic Republic

Gesamtgestaltung: Albert Kapr
Satz, Druck und Einband: Offizin Andersen Nexö, Graphischer Großbetrieb
Leipzig III/18/38
LSV 7201
Bestell-Nr. 6480185

02800

»Nun gut, wer bist du denn? –
Ein Teil von jener Kraft, die stets
das Böse will und stets das Gute
schafft.«

Goethe »Faust«

ERSTES BUCH

I

Sprechen Sie nie mit Unbekannten

An einem heißen Frühlingsabend erschienen bei Sonnenuntergang auf dem Moskauer Patriarchenteichboulevard zwei Männer. Der eine trug einen mausgrauen Sommeranzug, war von kleinem Wuchs, wohlgenährt und hatte eine Glatze; seinen gediegenen Hut, der wie ein Brötchen aussah, hielt er in der Hand, und das glattrasierte Gesicht war mit einer überdimensionalen schwarzen Hornbrille geschmückt. Der andere, ein breitschultriger junger Mann mit wirbligem rötlichem Haar, hatte die gewürfelte Sportmütze in den Nacken geschoben und trug ein kariertes Hemd, zerknautschte weiße Hosen und schwarze Turnschuhe.

Der erste war niemand anders als Michail Alexandrowitsch Berlioz, Chefredakteur einer dickleibigen Kunstzeitschrift und Vorsitzender einer der größten Moskauer Literatenassoziationen, abgekürzt MASSOLIT; sein junger Begleiter war der Lyriker Iwan Nikolajewitsch Ponyrew, der unter dem Pseudonym »Besdomny« schrieb.

Nachdem die beiden Schriftsteller den Schatten der grünknospenden Linden erreicht hatten, stürzten sie sich als erstes auf ein buntgestrichenes Büdchen mit der Aufschrift »Bier und div. Mineralwasser«.

Es ist nun an der Zeit, die erste Merkwürdigkeit dieses entsetzlichen Maiabends zu erwähnen. Nicht nur bei dem Büdchen, nein, in der ganzen Allee, die parallel zur Kleinen Bronnaja-Straße lief, war keine Menschenseele zu sehen. In einer Stunde, in der wohl keiner mehr die drückende Luft atmen mochte und die Sonne, nachdem sie Moskau durchgeglüht hatte, im trockenen Dunst irgendwo hinterm Sadowoje-Ring wegsackte, kam niemand unter die Linden, saß niemand auf den Bänken, und leer war die Allee.

»Narsan bitte«, sagte Berlioz.

»Ham wir nicht«, antwortete die Frau im Büdchen und war komischerweise beleidigt.

»Haben Sie Bier?« fragte Besdomny heiser.

»Bier kommt erst später, am Abend«, antwortete die Frau.

»Was haben Sie denn da?« fragte Berlioz.

»Aprikosenlimonade, aber die ist warm«, sagte die Frau.

»Na los, geben Sie her, geben Sie her!«

Die Aprikosenlimonade warf reichlichen gelben Schaum, und in der Luft verbreitete sich Friseurladengeruch. Als die beiden Schriftsteller ausgetrunken hatten, bekamen sie den Schluckauf; sie zahlten und setzten sich auf eine Bank, das Gesicht dem Teich, den Rücken der Kleinen Bronnaja-Straße zugekehrt.

In diesem Moment ereignete sich die zweite Merkwürdigkeit; sie betraf jedoch nur Berlioz. Er hörte plötzlich auf zu schlucken, sein Herz hämmerte und verschwand für einen Moment, dann kehrte es zurück, doch steckte jetzt eine stumpfe Nadel darin. Überdies wurde er von einer grundlosen, aber so heftigen Angst gepackt, daß er am liebsten Hals über Kopf davongelaufen wäre. Wehmütig schaute er hinter sich und begriff nicht, was ihn ängstigte. Er erblaßte, wischte sich mit dem Taschentuch die Stirn und dachte: Was hab ich bloß? So was kenne ich doch gar nicht. Das Herz macht Dummheiten... Ich bin überarbeitet. Vielleicht sollte ich alles stehn- und liegenlassen und nach Kislowodsk abhauen...

Da plötzlich gerann vor seinen Augen die glühendheiße Luft zu einem durchsichtigen Mann von sehr merkwürdigem Aussehen. Auf dem kleinen Kopf saß eine Jockeimütze, und er trug ein fipsiges, ebenfalls luftartiges kariertes Jäckchen. Er war über zwei Meter groß, aber schmal in den Schultern, unsäglich mager, und seine Visage, wohlbemerkt, grinste fies.

Berlioz' Leben war bislang so verlaufen, daß er absonderlicher Erscheinungen ungewohnt war. Er wurde noch käsiger, riß die Augen weit auf und dachte bestürzt: Das kann doch nicht wahr sein!

Doch o weh, es stimmte, und der lange Kerl, durch den man hindurchsehen konnte, wiegte sich, über der Erde schwebend, vor ihm hin und her.

Da ergriff ihn das Entsetzen dermaßen, daß er die Augen zukniff. Als er sie wieder öffnete, war alles vorbei – das Dunstbild war zerflattert, der Karierte verschwunden und die stumpfe Nadel aus dem Herzen gesprungen.

»Den Deibel auch!« rief der Redakteur aus. »Weißt du, Iwan, ich hätte doch eben beinah den Hitzschlag gekriegt! Sogar eine Art Halluzination hab ich gehabt...« Er versuchte ein Lachen, aber in seinen Augen flirrte noch die Unruhe, und seine Hände flatterten.

Allmählich beruhigte er sich, wedelte sich mit dem Taschentuch Kühlung zu, sagte ziemlich munter: »Also weiter...« und setzte seine Ausführungen fort, die von der Aprikosenlimonade unterbrochen worden waren.

Die Ausführungen drehten sich, wie man später erfuhr, um Jesus Christus. Die Sache war die, daß der Redakteur bei dem Lyriker für die nächste Nummer seines Journals ein großes antireligiöses Poem bestellt hatte. Besdomny hatte das Poem verfertigt, und das in sehr kurzer Zeit, doch bedauerlicherweise stellte es den Redakteur in keiner Weise zufrieden. Der Lyriker hatte die Hauptperson, Jesus also, in sehr schwarzen Farben gemalt, doch nichtsdestoweniger mußte nach Meinung des Redakteurs das Poem völlig neu geschrieben werden. Jetzt hielt er dem Poeten eine Art Vorlesung über Jesus, um ihm seinen Grundfehler zu verdeutlichen. Schwer zu sagen, was Besdomny in die Irre geführt hatte, die Gestaltungskraft seines Talents oder seine völlige

Unkenntnis des Stoffs, jedenfalls war Jesus bei ihm sehr lebendig geraten, wenn auch alles andere als sympathisch.

Berlioz wollte nun dem Lyriker beweisen, daß es gar nicht darum ging, ob Jesus schlecht oder gut gewesen sei, sondern darum, daß er als Persönlichkeit nie existiert hatte und daß alle Erzählungen über ihn schlicht Erfindungen, gewöhnliche Mythen seien.

Es sei eingeflochten, daß der Redakteur ein belesener Mann war und in seinen Ausführungen sehr geschickt auf antike Chronisten verwies, wie zum Beispiel den berühmten Philo von Alexandrien und den glänzend gebildeten Josephus Flavius, die beide die Existenz Jesu mit keinem Wort erwähnt hätten. Solide Gelehrsamkeit bekundend, teilte er dem Lyriker unter anderm mit, daß die Stelle im fünfzehnten Buch, 44. Kapitel der berühmten »Annalen« von Tacitus, wo von der Hinrichtung Jesu die Rede ist, nichts andres sei als eine viel später eingeschobene Fälschung.

Der Lyriker, dem all das neu war, hörte Berlioz aufmerksam zu und blickte ihn dabei mit seinen flinken grünen Augen an; nur ab und zu, wenn ihn der Schluckauf beutelte, schmähte er flüsternd die Aprikosenlimonade.

»Es gibt keine einzige östliche Religion«, sagte Berlioz, »in der nicht eine unbefleckte Jungfrau einen Gott zur Welt gebracht hätte. Die Christen haben sich gar nichts Neues ausgedacht, sondern ihren Jesus, der in Wirklichkeit nie gelebt hat, genauso geschaffen. In dieser Richtung mußt du den Hauptstoß führen.«

Berlioz' hoher Tenor schallte durch die leere Allee, und je weiter er in das Gestrüpp eindrang, in das nur ein vorzüglich gebildeter Mensch eindringen kann, ohne sich den Hals zu verrenken, desto mehr Reizvolles und Nützliches erfuhr der Lyriker über den ägyptischen Osiris, gnädigen Gott und Sohn Himmels und der Erden, und über den phönizischen Gott Tammus und über Marduk und sogar über den weniger bekannten drohenden Gott Huitzilopochtli, den die alten Azteken in Mexiko einstmals sehr verehrt hätten.

Und als Berlioz dem Lyriker eben erzählte, die Azteken hätten Huitzilopochtli-Figürchen aus Teig geformt, da erschien in der Allee auf einmal ein Mann.

In der Folgezeit, als es, offen gestanden, längst zu spät war, legten verschiedene Behörden Berichte mit einer Beschreibung dieses Mannes vor. Ein Vergleich der Berichte bringt Erstaunliches zutage. So heißt es in dem einen Bericht, der Mann sei klein, habe Goldzähne und lahme auf dem rechten Fuß. Ein anderer Bericht besagt, der Mann sei riesengroß, habe Platinkronen und lahme auf dem linken Fuß. Ein dritter teilt lakonisch mit, der Mann habe keine besonderen Kennzeichen.

Es sei zugegeben, daß die Berichte samt und sonders nichts taugen.

Vor allem eines: der Beschriebene lahmte überhaupt nicht und war weder klein noch riesig, sondern groß. Was seine Zähne betrifft, so trug er links Platinkronen und rechts Goldkronen. Bekleidet war er mit einem teuren grauen Anzug und dazu passenden ausländischen Schuhen. Die graue Baskenmütze hatte er flott aufs Ohr geschoben, und unterm Arm trug er einen Stock mit schwarzem Knauf in Form eines Pudelkopfes. Dem Aussehen nach war er etwas über vierzig. Der Mund war leicht schief. Das Gesicht glattrasiert. Brünett. Das rechte Auge war schwarz, das linke aber grün. Die Brauen waren schwarz, doch saß die eine etwas höher als die andere.

Kurzum – ein Ausländer.

Als er an der Bank vorbeiging, auf der der Redakteur und der Lyriker saßen, warf er ihnen einen Seitenblick zu, blieb dann zwei Schritt weiter plötzlich stehen und setzte sich auf die Nachbarbank.

Ein Deutscher, dachte Berlioz.

Ein Engländer, dachte Besdomny, du lieber Gott, daß er nicht schwitzt mit den Handschuhen!

Der Ausländer ließ den Blick über die hohen Häuser gleiten, die den Teich quadratisch säumten, und es war zu erkennen, daß er diese Gegend zum erstenmal sah und daß sie ihn interessierte.

Sein Blick verweilte auf den oberen Etagen, deren Fenster blendend hell die für immer aus Berlioz' Augen entschwindende Sonne reflektierten, dann glitt er tiefer, dahin, wo die Fenster schon abendlich dunkelten; der Mann lächelte nachsichtig, kniff die Augen ein, legte die Hände auf den Stockknauf und das Kinn auf die Hände.

»Du, Iwan, hast zum Beispiel die Geburt von Jesus, dem Sohn Gottes, sehr schön und satirisch dargestellt«, sagte Berlioz, »aber das Pikante ist doch, daß vor Jesus schon eine ganze Reihe von Gottessöhnen geboren wurden, etwa der phrygische Attis, doch nicht einer von ihnen wurde geboren, und nicht einer von ihnen hat gelebt, auch Jesus nicht, und du hättest statt seiner Geburt oder meinetwegen statt der Anbetung der Könige lieber die dummen Gerüchte über diese Anbetung darstellen sollen. In deinem Poem kommt ja heraus, daß er tatsächlich geboren wurde!«

Besdomny machte einen Versuch, den peinigenden Schluckauf loszuwerden – er hielt den Atem an, was jedoch noch qualvolleres und lauteres Hicken zur Folge hatte. In diesem Moment unterbrach Berlioz seine Ausführungen, denn der Ausländer hatte sich plötzlich erhoben und trat auf die beiden Schriftsteller zu.

Sie sahen ihn verwundert an.

»Entschuldigen Sie bitte«, sagte er mit fremdländischem Akzent, doch ohne die Worte zu verstümmeln, »wenn ich, ohne Sie zu kennen, mir die

Freiheit nehme... Aber der Gegenstand Ihres wissenschaftlichen Gesprächs ist so interessant, daß...«

Höflich zog er die Baskenmütze, und den Freunden blieb nichts anderes übrig, als sich zu erheben und eine Verbeugung zu machen.

Nein, er ist wohl ein Franzose, dachte Berlioz.

Ein Pole, dachte Besdomny.

Es sei hinzugefügt, daß der Ausländer von den ersten Worten an dem Lyriker unsympathisch war, während er Berlioz eher gefiel, das heißt nicht richtig gefiel, sondern, wie soll ich's ausdrücken ... fesselte, so vielleicht.

»Darf ich mich setzen?« bat der Ausländer höflich. Die Freunde rückten unwillkürlich auseinander, der Ausländer setzte sich geschickt zwischen sie und trat sofort in das Gespräch ein.

»Wenn ich mich nicht verhört habe, geruhten Sie zu sagen, daß Jesus überhaupt nicht auf der Welt war?« fragte er und wandte sein grünes linkes Auge Berlioz zu.

»Ja, ganz recht«, antwortete Berlioz höflich. »Genau das habe ich gesagt.«

»Ach, wie interessant!« rief der Ausländer.

Was zum Donnerwetter will er eigentlich? dachte Besdomny und runzelte die Stirn.

»Und Sie, waren Sie derselben Meinung wie Ihr Gesprächspartner?« erkundigte sich der Fremde und wandte sich nach rechts an Besdomny.

»Voll und völlig!« bejahte der Lyriker, der sich gerne bildhaft und verschnörkelt ausdrückte.

»Frappierend!« rief der Zudringling, blickte sich wie ein Dieb um und sagte, die tiefe Stimme dämpfend: »Entschuldigen Sie meine Aufdringlichkeit, aber habe ich Sie richtig verstanden, daß Sie auch nicht an Gott glauben?« Er machte erschrockene Augen und fügte hinzu: »Ich schwöre Ihnen, daß ich's niemandem sagen werde!«

»Ganz recht, wir glauben nicht an Gott«, antwortete Berlioz und belächelte die Furcht des Touristen, »aber darüber kann man ganz frei sprechen.«

Der Ausländer lehnte sich auf der Bank zurück und fragte, wobei seine Stimme vor Neugier überkippte:

»Sie sind Atheisten?«

»Ja, wir sind Atheisten«, antwortete Berlioz lächelnd, und Besdomny dachte verdrossen: Was der uns löchert, der ausländische Fatzke!

»Oh, wie entzückend!« rief der seltsame Ausländer und wandte den Kopf bald dem einen, bald dem andern Schriftsteller zu.

»In unserem Land verblüfft Atheismus keinen«, sagte Berlioz mit diplomatischer Höflichkeit. »Die Mehrheit unserer Bevölkerung hat Bewußtsein und glaubt schon lange nicht mehr an die Märchen über Gott.«

Da leistete sich der Ausländer folgendes Ding: er stand auf, drückte dem verdutzten Redakteur die Hand und sprach dazu die Worte:

»Gestatten Sie mir, Ihnen von ganzem Herzen zu danken!«

»Wofür danken Sie ihm denn?« erkundigte sich Besdomny und klapperte mit den Augen.

»Für die sehr wichtige Information, die mir als Fremden ungemein interessant ist«, erläuterte der kauzige Ausländer und hob bedeutsam den Finger.

Die wichtige Information schien ihn wirklich stark beeindruckt zu haben, denn er ließ den Blick erschrocken über die Häuser gleiten, als fürchte er, in jedem Fenster einen Atheisten zu entdecken.

Nein, er ist kein Engländer, dachte Berlioz, und Besdomny dachte: Ich möchte bloß wissen, wo er sein Russisch herhat!, dann runzelte er wieder die Stirn.

»Aber gestatten Sie mir eine Frage«, sagte der Fremde nach besorgtem Grübeln, »wie steht es denn nun mit den Beweisen für die Existenz Gottes, von denen es bekanntlich fünf gibt?«

»Ach herrje!« antwortete Berlioz bedauernd. »Diese Beweise sind allesamt nichts wert, und die Menschheit hat sie längst zu den Akten gelegt. Sie werden doch zugeben, daß es im Bereich der Vernunft einen Beweis für die Existenz Gottes gar nicht geben kann.«

»Bravo!« rief der Ausländer. »Bravo! Sie wiederholen da genau den Gedanken des rastlosen alten Immanuel zu diesem Problem. Eines jedoch ist kurios: Er hat alle fünf Gottesbeweise restlos zerschlagen, hat aber dann, als ob er sich selbst verspotten wollte, einen eigenen, sechsten Gottesbeweis aufgestellt.«

»Kants Gottesbeweis«, entgegnete der gebildete Redakteur mit feinem Lächeln, »ist ebenfalls nicht zwingend. Nicht umsonst sagte Schiller, Kants Schlußfolgerungen zu dieser Frage könnten allenfalls Sklaven zufriedenstellen, und Strauß hat sich über den Beweis nur amüsiert.«

Während Berlioz sprach, überlegte er:

Was mag er eigentlich sein? Und woher kann er so gut Russisch?

»Für solche Beweise müßte man den Kant drei Jahre nach Solowki verbannen!« stieß Besdomny überraschend hervor.

»Aber Iwan!« flüsterte Berlioz verlegen.

Doch der Vorschlag, Kant nach Solowki zu schicken, hatte den Ausländer keineswegs befremdet, sondern förmlich entzückt.

»Genau, genau!« schrie er, und sein auf Berlioz gerichtetes grünes linkes Auge funkelte. »Da gehört er hin! Ich hab ihm damals beim Frühstück gesagt: ›Ich kann mir nicht helfen, aber Sie haben sich da was Ungereimtes ausgedacht, Professor. Es mag ja gescheit sein, ist aber völlig unverständlich. Man wird sich über Sie lustig machen.‹«

Berlioz quollen die Augen aus dem Kopf. Beim Frühstück? Kant? Was faselt er da? dachte er.

»Aber«, fuhr der Fremdling fort, ohne sich durch Berlioz' Verblüffung beirren zu lassen, und wandte sich dem Lyriker zu, »ihn nach Solowki zu verbannen ist ganz unmöglich, aus dem einfachen Grunde, weil er schon etwas über hundert Jahre in einer Gegend weilt, die bedeutend weiter entfernt ist als Solowki und aus der man ihn, ich versichere es Ihnen, unmöglich zurückholen kann.«

»Schade!« rüpelte der Lyriker.

»Finde ich auch«, versetzte der Unbekannte, funkelte ihn an und fuhr fort: »Aber jetzt beschäftigt mich eine Frage: Wenn es keinen Gott gibt, wer lenkt dann eigentlich das menschliche Leben und überhaupt den ganzen Ablauf auf der Erde?«

»Der Mensch selber«, beeilte sich Besdomny ärgerlich diese nicht eben sehr klare Frage zu beantworten.

»Entschuldigung«, antwortete der Unbekannte sanft, »um das alles zu lenken, bedarf es schließlich eines genauen Planes für einen halbwegs angemessenen Zeitraum. Gestatten Sie zu fragen, wie soll ein Mensch das alles lenken, wenn er nicht nur der Möglichkeit ermangelt, einen Plan selbst für eine so lächerliche Frist von, sagen wir, tausend Jahren aufzustellen, sondern auch nicht einmal sicher sein kann, was ihm selber der morgige Tag bringt? Wirklich« – der Unbekannte wandte sich Berlioz zu –, »stellen Sie sich vor, Sie zum Beispiel fangen nun an, sich und andere zu lenken und Anordnungen zu treffen, Sie kommen sozusagen auf den Geschmack, und plötzlich kriegen Sie ... kch ... kch ... ein Lungensarkom ...« Der Ausländer schmunzelte genüßlich, als bereite ihm der Gedanke an das Lungensarkom Vergnügen, »ja, ein Lungensarkom«, wiederholte er, wie ein Kater blinzelnd, das klangvolle Wort, »und schon ist es aus mit Ihrer Lenkerei! Kein fremdes Schicksal interessiert Sie mehr, nur noch Ihr eigenes. Ihre Angehörigen fangen an, Sie zu belügen. Sie wittern Unrat, laufen zu gelehrten Ärzten, dann zu Kurpfuschern und vielleicht auch zu Wahrsagerinnen. Wie das erste und zweite, so ist auch das dritte völlig sinnlos, das wissen Sie selber. Das Ganze endet tragisch: Der Mann, der noch vor kurzem etwas zu lenken wähnte, liegt plötzlich starr und steif in der Holzkiste, und seine Umgebung, wohl wissend, daß nichts Vernünftiges mehr von ihm zu erwarten ist, verbrennt ihn im Ofen. Manchmal kommt es noch schlimmer: Jemand hat sich gerade erst vorgenommen, nach Kislowodsk zu fahren.« Der Ausländer starrte Berlioz mit schmalen Augen an. »Eine lächerliche Sache, sollte man denken, aber auch das bringt er nicht zuwege, denn plötzlich rutscht er aus und gerät unter die Straßenbahn! Sie werden doch nicht behaupten, er selbst habe das so gefügt! Ist es nicht richtiger, anzunehmen, daß ein anderer ihn so gelenkt hat?« Hier ließ der Unbekannte ein seltsames Kichern hören.

Berlioz hatte der häßlichen Erzählung vom Sarkom und von der Straßenbahn sehr aufmerksam gelauscht, und sorgenvolle Gedanken begannen ihn zu peinigen. Er ist kein Ausländer, er ist kein Ausländer, dachte er, er ist ein sehr sonderbares Subjekt. Aber bitte schön, wer ist er eigentlich?

»Ich sehe, Sie möchten rauchen?« sagte der Unbekannte plötzlich zu Besdomny. »Welches ist Ihre Sorte?«

»Wieso, haben Sie mehrere bei sich?« fragte mürrisch der Lyriker, dem die Zigaretten ausgegangen waren.

»Welche rauchen Sie am liebsten?« wiederholte der Unbekannte.

»Nun denn, die ›Lieblingsmarke‹«, antwortete Besdomny wütend.

Sofort holte der Unbekannte ein Zigarettenetui aus der Tasche und bot es Besdomny an.

»Bitte ›Lieblingsmarke‹.«

Der Redakteur und der Lyriker waren nicht so sehr davon beeindruckt, daß das Etui ausgerechnet die »Lieblingsmarke« enthielt, wie von dem Etui selbst. Es war sehr groß und aus hochkarätigem Gold, und als der Unbekannte den Deckel aufklappte, sprühte ein Brillantendreieck blaues und weißes Feuer.

Den beiden Schriftstellern gingen unterschiedliche Gedanken durch den Kopf: Berlioz – doch, er ist ein Ausländer!; Besdomny – zum Teufel mit ihm, oder?

Der Lyriker und der Etuibesitzer steckten sich Zigaretten an; der Nichtraucher Berlioz hatte abgelehnt.

Man müßte ihm so antworten, überlegte Berlioz: Ja, der Mensch ist sterblich, das bestreitet ja auch niemand. Aber die Sache ist die, daß...

Allein er kam nicht dazu, diese Worte auszusprechen, denn der Ausländer sagte:

»Ja, der Mensch ist sterblich, aber das wäre nicht so schlimm. Schlimm ist, daß er bisweilen sehr plötzlich stirbt, da liegt der Hase im Pfeffer! Nie kann er sagen, was er noch am selben Abend tun wird.«

So was von dummer Fragestellung, dachte Berlioz und entgegnete: »Na, das ist ja nun übertrieben. Den heutigen Abend kann ich mehr oder weniger genau voraussehen. Natürlich, wenn mir in der Kleinen Bronnaja ein Ziegelstein auf den Kopf fällt...«

»Von nichts und wieder nichts«, unterbrach ihn der Unbekannte nachdrücklich, »fällt keinem ein Ziegelstein auf den Kopf. Insbesondere Ihnen nicht, das kann ich Ihnen versichern. Sie werden eines anderen Todes sterben.«

»Vielleicht wissen Sie sogar, welchen Todes?« erkundigte sich Berlioz mit ganz natürlicher Ironie, da er sich nun schon auf dieses wirklich unsinnige Gespräch eingelassen hatte. »Können Sie es mir sagen?«

»Gern«, erwiderte der Unbekannte. Er maß Berlioz mit einem Blick, als wolle er ihm einen Anzug nähen, und murmelte etwas durch die Zähne, was etwa so klang: »Eins, zwei ... Merkur im zweiten Haus ... Der Mond ist untergegangen ... sechs – Unglück ... Abend – sieben ...« Laut und freudig erklärte er: »Ihnen wird der Kopf vom Rumpf getrennt!«

Mit weit aufgerissenen Augen, mit irrem und bösem Blick glotzte Besdomny den dreisten Ausländer an, und Berlioz fragte mit schiefem Grinsen:

»Wer wird denn das tun? Feinde? Interventen?«

»Nein«, antwortete der Unbekannte, »eine russische Frau, eine Komsomolzin.«

»Hm«, brummte Berlioz, verdrossen über den schlechten Scherz des Unbekannten, »das ist aber, entschuldigen Sie, ziemlich unwahrscheinlich.«

»Ich bitte auch um Entschuldigung«, antwortete der Ausländer, »aber es ist so. Ja, ich möchte Sie geradeheraus fragen, was Sie heute abend vorhaben, wenn's kein Geheimnis ist?«

»Es ist kein Geheimnis. Ich gehe jetzt nach Hause in die Sadowaja, und um zehn Uhr abends findet in der MASSOLIT eine Sitzung statt, der ich präsidieren werde.«

»Nein, das kann nicht sein«, widersprach der Ausländer fest.

»Warum nicht?«

»Weil«, antwortete der Ausländer und blickte mit eingekniffenen Augen zum Himmel, wo im Vorgefühl der abendlichen Kühle schwarze Vögel geräuschlos ihre Muster strichelten, »weil Annuschka Sonnenblumenöl gekauft hat, und nicht nur gekauft, sondern auch bereits verschüttet. Darum wird die Sitzung nicht stattfinden.«

Nach diesen Worten trat unter den Linden begreiflicherweise Schweigen ein.

»Entschuldigen Sie«, sagte Berlioz dann und sah den Ausländer an, der solchen Unsinn von sich gab, »was hat denn Sonnenblumenöl damit zu schaffen, und wer ist diese Annuschka?«

»Folgendes hat das Sonnenblumenöl damit zu schaffen«, sagte plötzlich Besdomny, sichtlich entschlossen, dem ungebetenen Gesprächspartner den Krieg zu erklären. »Waren Sie, Bürger, schon einmal in einer Klinik für Geisteskranke?«

»Aber Iwan!« rief Berlioz leise.

Doch der Ausländer war keineswegs beleidigt, sondern lachte höchst vergnügt.

»War ich, war ich, mehr als einmal!« rief er lachend, doch seine Augen, die er auf den Lyriker heftete, lachten nicht mit. »Wo war ich nicht schon überall! Nur schade, daß ich nie Zeit fand, den Professor zu fragen, was Schizophrenie ist. Das müssen Sie ihn schon selber fragen, Iwan Nikolajewitsch!«

»Woher wissen Sie denn, wie ich heiße?«

»Ich bitte Sie, Iwan Nikolajewitsch, wer kennt Sie nicht?« Der Ausländer zog die gestrige Nummer der »Literaturzeitung« aus der Tasche, und Besdomny erblickte gleich auf der ersten Seite sein Bild und darunter einige seiner Gedichte. Doch dieser Beweis für seinen Ruhm und seine Popularität, der ihn noch gestern erfreut hätte, ließ ihn jetzt kalt.

»Verzeihung«, sagte er, und sein Gesicht lief dunkel an, »könnten Sie einen Moment warten? Ich möchte meinem Kollegen nur ein paar Worte sagen.«

»Oh, mit Vergnügen!« rief der Unbekannte. »Es ist so schön hier unter den Linden, und ich habe Zeit.«

»Hör mal, Mischa«, raunte der Lyriker, nachdem er Berlioz beiseite gezogen hatte, »der ist kein Tourist, sondern ein Spion, ein russischer Emigrant, der zu uns eingeschleust wurde. Frag ihn doch gleich mal nach seinen Papieren, sonst entkommt er noch.«

»Meinst du?« flüsterte Berlioz beunruhigt und dachte dabei: Er hat wohl recht.

»Glaub mir«, zischte ihm der Lyriker ins Ohr, »er spielt nur den Dummen, um aus uns was rauszulocken. Du hörst ja, wie gut er Russisch spricht.« Besdomny spähte dauernd zur Seite, ob der Unbekannte sich nicht aus dem Staub machte. »Komm, wir müssen ihn festhalten, sonst haut er ab.«

Der Lyriker zog Berlioz an der Hand zur Bank zurück.

Der Unbekannte stand jetzt vor der Bank und hatte ein dunkelgrau gebundenes Büchlein, einen festen Umschlag aus gutem Papier und eine Visitenkarte in der Hand.

»Verzeihen Sie, daß ich im Eifer unseres Disputs vergessen habe, mich Ihnen vorzustellen. Hier meine Karte, mein Paß und die Einladung, zu einer Konsultation nach Moskau zu kommen«, sprach er gewichtig und blickte die beiden Schriftsteller durchdringend an.

Die wurden verlegen. Zum Teufel, er hat alles gehört, dachte Berlioz und deutete mit weltmännischer Geste an, daß die Vorlage der Papiere überflüssig sei. Während der Ausländer sie dem Redakteur unter die Nase hielt, hatte der Lyriker auf der mit fremdländischen Schriftzeichen bedruckten Visitenkarte das Wort »Professor« und den Anfangsbuchstaben des Nachnamens, ein V, ausgespäht.

»Sehr angenehm«, murmelte der Redakteur verlegen. Der Ausländer schob die Dokumente in die Tasche.

Die Beziehungen waren somit wiederhergestellt, und alle drei nahmen auf der Bank Platz.

»Sie sind als Konsultant zu uns eingeladen worden, Professor?« fragte Berlioz.

»Ja, als Konsultant.«

»Sie sind Deutscher?« erkundigte sich Besdomny.

»Ich?« fragte der Professor zurück und dachte nach. »Ja, ich bin wohl Deutscher.«

»Sie sprechen prima Russisch«, bemerkte Besdomny.

»Oh, ich bin überhaupt ein Polyglott und beherrsche sehr viele Sprachen«, antwortete der Professor.

»Was sind Sie von Beruf?« forschte Berlioz.

»Ich bin Spezialist für Schwarze Magie.«

Da haben wir's! durchzuckte es Berlioz.

»Und... und in dieser Eigenschaft sind Sie zu uns eingeladen worden?« fragte er stotternd.

»Ja«, bestätigte der Professor und erläuterte: »In der hiesigen Staatsbibliothek sind echte Handschriften des Schwarzkünstlers Gerbert d'Aurillac aus dem zehnten Jahrhundert entdeckt worden. Die soll ich entziffern. Ich bin der einzige Spezialist auf der Welt.«

»Ah! Sie sind Historiker?« fragte Berlioz erleichtert und respektvoll.

»Ja, ich treibe Geschichte«, bestätigte der Gelehrte und fügte unmotiviert hinzu: »Heute abend wird an den Patriarchenteichen eine interessante Geschichte passieren!«

Wieder waren der Redakteur und der Lyriker äußerst befremdet, der Professor aber winkte beide zu sich heran, und als sie sich zu ihm beugten, flüsterte er:

»Ich sage Ihnen, Jesus hat existiert.«

»Sehen Sie, Professor«, erwiderte Berlioz und lächelte gezwungen, »wir achten Ihre großen Kenntnisse, aber in dieser Frage stehen wir auf einem anderen Standpunkt.«

»Es bedarf keines Standpunkts«, antwortete der sonderbare Professor. »Er hat schlicht existiert, und basta.«

»Aber das muß doch irgendwie bewiesen werden...«, begann Berlioz.

»Es bedarf keines Beweises«, antwortete der Professor und sagte dann halblaut, wobei sich sein ausländischer Akzent gänzlich verlor: »Das ist alles ganz einfach: Angetan mit einem blutrot gefütterten weißen Umhang...«

2

Pontius Pilatus

Angetan mit einem blutrot gefütterten weißen Umhang, mit schlurfendem Kavalleristengang erschien eines frühen Morgens, am Vierzehnten des Frühlingsmonats Nissan, im überdachten Säulengang zwischen den beiden Flügeln des Palastes Herodes' des Großen der Prokurator von Judäa, Pontius Pilatus.

Nichts auf der Welt verabscheute der Prokurator so sehr wie den Geruch von Rosenöl, und jetzt stand ein schlechter Tag zu erwarten, denn dieser Geruch verfolgte ihn schon seit Tagesanbruch. Es dünkte den Prokurator, daß die Palmen und Zypressen im Garten den Rosengeruch ausströmten und daß auch dem Schweiß- und Ledermief seiner Eskorte dieses verfluchte Arom beigemengt war. Von den Seitengebäuden hinter dem Palast, wo die mit dem Prokurator nach Jerschalaim gekommene erste Kohorte der zwölften Blitzlegion einquartiert war, zog leichter Rauch über die obere Gartenterrasse in den Säulengang, und in dem etwas bitteren Rauch, der bezeugte, daß die Köche der Zenturien schon das Mittagsmahl bereiteten, war auch etwas von dem fettigen Rosenduft. O ihr Götter, wofür straft ihr mich?

Ja, kein Zweifel, das ist sie wieder, die unbesiegliche furchtbare Krankheit, die Hemikranie, bei der nur eine Hälfte des Kopfes schmerzt... Es gibt kein Mittel gegen sie, keine Rettung vor ihr... Ich werde versuchen, den Kopf stillzuhalten...

Auf dem Mosaikpflaster beim Springbrunnen stand schon ein Sessel für ihn bereit. Ohne jemand anzusehen, ließ sich der Prokurator darauf nieder und streckte die Hand zur Seite.

Ehrerbietig legte ihm der Sekretär ein Stück Pergament in die Hand. Der Prokurator überflog es flüchtig, wobei er eine schmerzliche Grimasse nicht unterdrücken konnte, dann reichte er es dem Sekretär zurück und sagte mühsam:

»Der Untersuchungsgefangene aus Galiläa? Habt Ihr die Akte an den Tetrarchen geschickt?«

»Ja, Prokurator«, antwortete der Sekretär.

»Und?«

»Er hat sich geweigert, sich zu dem Fall zu äußern, und hat das vom Synedrion verhängte Todesurteil hergeschickt, damit Sie es bestätigen«, erklärte der Sekretär.

Der Prokurator sagte leise, und seine Wange zuckte dabei:

»Man führe mir den Beschuldigten vor.«

Alsbald brachten zwei Legionäre einen Mann von vielleicht siebenund-

zwanzig Jahren von der Gartenterrasse her zum Balkon in der Mitte des Säulengangs geführt und stellten ihn vor den Sessel des Prokurators hin. Der Mann war bekleidet mit einem uralten, verschlissenen blauen Chiton. Seinen Kopf bedeckte ein weißer Verband mit einem Riemen um die Stirn, seine Hände waren auf dem Rücken gefesselt. Unterm linken Auge saß ein großer blauer Fleck, und der Mundwinkel war eingerissen und blutverkrustet. Mit unruhiger Neugier blickte der Gefangene den Prokurator an.

Dieser schwieg, dann fragte er leise auf aramäisch:

»Du also hast das Volk aufgewiegelt, den Tempel von Jerschalaim zu zerstören?«

Der Prokurator saß reglos wie aus Stein, nur seine Lippen bewegten sich ein wenig, indes er sprach. Das kam, weil er Angst hatte, den in höllischem Schmerz lodernden Kopf auch nur zu neigen.

Der Mann mit den gebundenen Händen trat etwas vor und hub zu sprechen an:

»Guter Mensch! Glaub mir...«

Allein, der Prokurator, noch immer unbeweglich und ohne die Stimme auch nur im geringsten zu heben, fiel ihm ins Wort: »Du redest mich mit ›Guter Mensch‹ an? Du irrst. In Jerschalaim flüstert man sich zu, ich sei ein grausames Ungeheuer, und das ist vollkommen richtig.« Ebenso monoton fügte er hinzu: »Zenturio Rattenschlächter zu mir.«

Jedermann dünkte es, daß der Säulengang sich verdunkelte, als der Zenturio Marcus von der ersten Zenturie, genannt Rattenschlächter, vor dem Prokurator Aufstellung nahm.

Rattenschlächter überragte auch den größten Soldaten der Legion noch um Haupteslänge und hatte so breite Schultern, daß er die noch niedrig stehende Sonne verdeckte.

Der Prokurator sprach den Zenturio auf lateinisch an:

»Dieser Verbrecher nennt mich ›Guter Mensch‹. Führen Sie ihn für einen Moment hinweg und erklären Sie ihm, wie man mit mir zu reden hat. Aber schlagen Sie ihn nicht zum Krüppel.«

Alle, außer dem reglosen Prokurator, blickten Marcus Rattenschlächter nach, als er dem Gefangenen mit einem Wink bedeutete, ihm zu folgen.

Überhaupt blickte man ihm stets nach, wo immer er sich zeigte, seines Riesenwuchses wegen, und wer ihn zum erstenmal sah, tat es auch deshalb, weil sein Gesicht verunstaltet war: Einst hatte eine Germanenkeule ihm die Nase zertrümmert.

Die schweren Stiefel des Marcus krachten über das Mosaikpflaster, der Gefesselte ging lautlos hinter ihm her, im Säulengang trat völliges Schweigen ein, und es war zu hören, wie die Tauben auf der Gartenterrasse gurrten und das Wasser im Springbrunnen sein melodisches, versonnenes Lied sang.

Der Prokurator wäre am liebsten aufgestanden und hätte die Schläfe unter den Wasserstrahl gehalten. Allein er wußte, das würde ihm nicht helfen.

Marcus Rattenschlächter führte den Gefangenen aus dem Säulengang in den Garten, nahm dem Legionär, der zu Füßen einer Bronzestatue stand, die Peitsche aus der Hand und schlug sie, ohne sonderlich auszuholen, dem Arrestanten um die Schultern. Seine Bewegung war leicht und lässig, aber der Gefesselte stürzte sofort zu Boden, als habe man ihm die Beine abgehauen, schnappte nach Luft, jegliche Farbe wich ihm aus dem Gesicht, und seine Augen blickten irr. Nur mit der linken Hand, leicht wie einen leeren Sack, hob Marcus den Gestürzten hoch, stellte ihn auf die Füße und sagte näselnd mit schlechter Aussprache der aramäischen Wörter:

»Der römische Prokurator ist mit Hegemon anzureden. Keine anderen Wörter sagen. Stillstehen. Hast du mich verstanden, oder soll ich dich schlagen?«

Der Gefangene wankte, doch er riß sich zusammen, die Farbe kehrte in sein Gesicht zurück, er holte tief Atem und antwortete heiser:

»Ich habe dich verstanden. Schlag mich nicht.«

Gleich darauf stand er wieder vor dem Prokurator.

Matt, krank klang dessen Stimme:

»Name?«

»Mein Name?« fragte der Gefangene eilig, und sein ganzes Wesen zeigte die Bereitschaft, vernünftig zu antworten, um keinen Zorn mehr zu erregen.

»Meiner ist mir bekannt«, sagte der Prokurator leise. »Stell dich nicht dümmer, als du bist. Den deinen will ich wissen.«

»Jeschua«, antwortete der Gefangene hastig.

»Hast du einen Beinamen?«

»Ja. Ha-Nozri.«

»Woher bist du gebürtig?«

»Aus der Stadt Gamala«, antwortete der Gefangene und deutete mit einer Kopfbewegung an, daß dort, rechts von ihm, weit im Norden, die Stadt Gamala liege.

»Von wem stammst du ab?«

»Das weiß ich nicht genau«, antwortete der Gefangene lebhaft. »Ich kann mich meiner Eltern nicht erinnern. Man hat mir gesagt, mein Vater sei ein Syrer gewesen...«

»Wo bist du zu Hause?«

»Ich habe kein Zuhause«, antwortete der Gefangene schüchtern, »ich ziehe von Stadt zu Stadt.«

»Das hättest du auch mit einem Wort sagen können: Du bist ein Landstreicher«, sagte der Prokurator und fragte dann: »Hast du Verwandte?«

»Ich habe niemanden. Ich bin allein auf der Welt.«

»Kannst du lesen und schreiben?«

»Ja.«

»Beherrschst du noch eine Sprache außer der aramäischen?«

»Ja. Die griechische.«

Eines der geschwollenen Lider hob sich, ein vom Schmerz verschleierter Blick heftete sich auf den Gefangenen. Das andere Auge blieb geschlossen.

Pilatus sagte auf griechisch:

»Also du hattest die Absicht, den Tempel zu zerstören, und hast das Volk dazu aufgewiegelt?«

Der Arrestant wurde wieder lebhaft, seine Augen zeigten keine Furcht mehr, und er sagte ebenfalls auf griechisch:

»Nie im Leben, gu...« Entsetzen flirrte in seinen Augen, da er sich beinahe versprochen hätte. »Nie im Leben, Hegemon, habe ich die Absicht gehabt, den Tempel zu zerstören, und ich habe auch niemanden zu solch sinnlosem Tun angestiftet.«

Verwunderung trat in das Gesicht des Sekretärs, der gebückt über dem niedrigen Tisch saß und die Aussagen notierte. Er hob den Kopf, senkte ihn aber sofort wieder aufs Pergament.

»Mannigfaltige Menschen strömen zum Pessachfest in diese Stadt. Unter ihnen sind Magier, Astrologen, Wahrsager und Mörder«, sprach der Prokurator monoton, »es sind aber auch Lügner unter ihnen. Du zum Beispiel bist ein Lügner. Da steht es deutlich geschrieben: Er hat das Volk aufgewiegelt, den Tempel zu zerstören. So bezeugen es die Menschen.«

»Diese guten Menschen«, sagte der Arrestant, fügte eilig »Hegemon« hinzu und fuhr fort: »...haben nichts begriffen und verwirren alles, was ich gesagt habe. Ich fange an zu befürchten, daß diese Verwirrung noch sehr lange währen wird. Alles rührt daher, daß er falsch aufschreibt, was ich sage.«

Schweigen trat ein. Jetzt ruhten beide kranken Augen mit schwerem Blick auf dem Gefangenen.

»Ich wiederhole dir, aber zum letztenmal, hör auf, dich dummzustellen, Verbrecher«, sagte Pilatus weich und monoton, »es steht nicht viel über dich geschrieben, aber das reicht hin, dich zu hängen.«

»Nein, nein, Hegemon«, sagte der Gefangene und spannte sich im Wunsch, den anderen zu überzeugen, »da läuft einer unablässig mit dem Ziegenpergament hinter mir her und schreibt. Ich habe einmal hineingeschaut und war entsetzt. Nichts von alledem, was dort geschrieben steht, habe ich gesagt. Angefleht habe ich ihn: Verbrenne dein Pergament, ich bitte dich! Er aber hat es mir aus der Hand gerissen und ist davongelaufen.«

»Wer ist der Mann?« fragte Pilatus angewidert und berührte mit der Hand seine Schläfe.

»Levi Matthäus«, antwortete der Gefangene bereitwillig, »er war Zolleinnehmer, und ich bin ihm zum erstenmal auf der Straße nach Bethanien begegnet, da, wo die Ecke eines Feigengartens hervortritt, und wir kamen ins Gespräch. Zuerst behandelte er mich feindselig und beleidigte mich gar, das heißt, er wähnte mich zu beleidigen, indem er mich Hund nannte.« Der Gefangene lächelte. »Ich finde nichts Häßliches an diesem Tier, um darüber beleidigt zu sein.«

Der Sekretär hatte aufgehört zu schreiben und schickte heimlich einen verwunderten Blick, aber nicht auf den Gefangenen, sondern auf den Prokurator.

»Allein, nachdem er mich angehört hatte, wurde er freundlicher«, fuhr Jeschua fort, »zum Schluß warf er das Geld auf die Straße und sagte, er wolle mit mir ziehen.«

Pilatus grinste über die eine Wange, entblößte dabei sein gelbes Gebiß und sagte dann, sich mit dem ganzen Rumpf dem Sekretär zuwendend: »Oh, du Stadt Jerschalaim! Was bekommt man in dir nicht alles zu hören! Haben Sie gehört? Ein Zöllner wirft Geld auf die Straße!«

Der Sekretär, der keine Antwort wußte, hielt es für angebracht, das Lächeln des Pilatus zu erwidern.

»Er sagte, das Geld sei ihm fortan verhaßt«, erläuterte Jeschua das seltsame Tun des Levi Matthäus und setzte hinzu: »Seither ist er mein Begleiter.«

Mit noch immer gefletschten Zähnen sah der Prokurator den Gefangenen an, dann blickte er zur Sonne, die unaufhaltsam über den Pferdestandbildern der fernen Rennbahn rechts drunten aufstieg, und plötzlich dachte er in würgender Qual, daß es das einfachste wäre, diesen sonderbaren Verbrecher aus dem Säulengang zu jagen und nur die beiden Worte zu sprechen: »Hängt ihn!« Er könnte auch die Eskorte davonjagen, aus dem Säulengang sich in den Palast begeben, das Gemach verdunkeln lassen, sich niederlegen, kaltes Wasser verlangen, mit kläglicher Stimme den Hund Banga rufen und bei ihm sich über die Hemikranie beklagen. Und lockend durchzuckte der Gedanke an Gift den kranken Kopf des Prokurators. Mit trüben Augen blickte er den Gefangenen an und schwieg einige Zeit. Qualvoll überlegte er, warum der Mann mit dem von Schlägen verunstalteten Gesicht in der erbarmungslosen morgendlichen Jerschalaimer Sonnenglut vor ihm stand und was für überflüssige Fragen er ihm noch stellen sollte.

»Levi Matthäus?« fragte der Kranke heiser und schloß die Augen.

»Ja, Levi Matthäus«, hörte er die hohe, peinigende Stimme sagen.

»Aber etwas vom Tempel mußt du doch der Menge auf dem Basar gesagt haben?«

Pilatus hatte das Gefühl, als stäche ihm die antwortende Stimme unsagbar quälend in die Schläfe, als sie sagte:

»Ich, Hegemon, habe gesagt, der Tempel des alten Glaubens werde einstürzen und ein neuer Tempel der Wahrheit werde emporwachsen. Ich habe mich so ausgedrückt, damit es verständlicher sei.«

»Warum hast du auf dem Basar das Volk verwirrt, Landstreicher, indem du ihm von der Wahrheit sprachst, von der du gar keine Vorstellung hast? Was ist Wahrheit?«

Und dabei dachte der Prokurator: O ihr Götter! Ich stelle ihm Fragen, die mit dem Fall nichts zu tun haben... Mein Verstand gehorcht mir nicht mehr... Wieder gaukelte vor ihm die Schale mit dunkler Flüssigkeit. Gift möchte man nehmen, Gift...

Erneut vernahm er die Stimme:

»Die Wahrheit ist vor allem, daß dich der Kopf schmerzt, und er schmerzt so heftig, daß du kleinmütig an den Tod denkst. Du hast nicht nur kaum noch die Kraft, mit mir zu sprechen, sondern es fällt dir sogar schwer, mich anzusehen. Ich bin jetzt, ohne es zu wollen, dein Peiniger, und das betrübt mich. Du kannst kaum noch einen Gedanken fassen und träumst nur davon, daß dein Hund kommt, offenbar das einzige Wesen, an dem du hängst. Aber deine Qualen werden gleich beendet sein, dein Kopfweh wird vergehen.«

Der Sekretär stockte mitten im Wort und glotzte den Gefangenen mit weit aufgerissenen Augen an.

Pilatus hob den Märtyrerblick zum Gefangenen und sah, daß die Sonne schon ziemlich hoch über der Rennbahn stand, ein Strahl in den Säulengang drang und auf die ausgetretenen Sandalen Jeschuas zukroch, der der Sonne auswich.

Da erhob sich der Prokurator von seinem Sessel, preßte den Kopf in die Hände, und sein glattrasiertes gelbliches Gesicht spiegelte Verstörtheit. Er bezwang sie jedoch mit Willenskraft und setzte sich wieder.

Der Arrestant fuhr indes zu sprechen fort, doch der Sekretär notierte nichts mehr, er reckte den Hals wie eine Gans und lauschte, damit ihm nur ja kein Wort entgehe.

»Siehst du, es ist schon vorbei«, sprach der Gefangene und blickte Pilatus wohlmeinend an. »Das freut mich sehr. Ich würde dir raten, Hegemon, für kurze Zeit den Palast zu verlassen und in der Umgebung spazierenzugehen, wenigstens in den Gärten auf dem Ölberg. Das Gewitter« – der Gefangene wandte sich um und blinzelte in die Sonne – »kommt später, erst gegen Abend. Ein Spaziergang täte dir gut, und ich würde dich mit Vergnügen begleiten. Mir sind neue Gedanken gekommen, die dich, so glaube ich, interessieren könnten, und ich würde sie dir gerne mitteilen, zumal du den Eindruck eines sehr gescheiten Menschen machst.«

Der Sekretär wurde totenbleich und ließ die Pergamentrolle fallen.

»Das Schlimme ist nur«, fuhr der Gefesselte ungehindert fort, »daß du zu verschlossen bist und den Glauben an die Menschen verloren hast. Du mußt doch zugeben, daß es nicht angeht, alle Zuneigung einem Hund zu schenken. Dürftig ist dein Leben, Hegemon.« Und hier erlaubte sich Jeschua ein Lächeln.

Der Sekretär dachte nur noch darüber nach, ob er seinen Ohren trauen sollte oder nicht. Aber er mußte es wohl. Nun trachtete er, sich auszumalen, in welch sonderbarer Form die Wut des jähzornigen Prokurators angesichts dieser unerhörten Frechheit des Gefangenen ausbrechen würde. Und das vermochte er sich nicht vorzustellen, wiewohl er den Prokurator gut kannte.

Da ertönte abgerissen, heiser die Stimme des Prokurators, der auf lateinisch sagte: »Man nehme ihm die Fesseln ab.«

Einer der Legionäre seiner Eskorte stieß die Lanze auf den Boden, übergab sie einem anderen, trat herzu und löste dem Arrestanten die Schnur. Der Sekretär hob die Rolle auf und beschloß, einstweilen nichts mehr zu notieren und sich über nichts mehr zu wundern.

»Gestehe«, fragte Pilatus leise auf griechisch, »du bist ein großer Arzt?«

»Nein, Prokurator, ich bin kein Arzt«, antwortete der Gefangene und rieb mit Genuß die gequetschten und rotgeschwollenen Handgelenke.

Unter gesenkten Brauen hervor durchbohrte Pilatus den Gefangenen mit schroffem Blick, der nicht mehr trüb war, sondern schon wieder die wohlbekannten Funken sprühte.

»Ich habe dich noch nicht danach gefragt«, sagte Pilatus, »aber kannst du vielleicht auch Latein?«

»Ja«, antwortete der Arrestant.

Die gelblichen Wangen des Pilatus röteten sich ein wenig, und er fragte auf lateinisch:

»Woher weißt du, daß ich meinen Hund rufen wollte?«

»Das ist ganz einfach«, antwortete der Arrestant auf lateinisch. »Du führtest die Hand durch die Luft« – Jeschua wiederholte die Geste des Pilatus –, »als wolltest du ihn streicheln, und deine Lippen...«

»Ja«, sagte Pilatus.

Schweigen trat ein. Dann stellte Pilatus eine Frage in griechischer Sprache:

»Du bist also Arzt?«

»Nein, nein«, antwortete der Gefangene lebhaft, »glaub mir, ich bin kein Arzt.«

»Nun gut, wenn du das geheimhalten willst, so tue es. Es hat mit deinem Fall nichts zu tun. Du behauptest also, du hättest niemanden angestiftet, den Tempel zu zerbrechen, niederzubrennen oder auf noch andere Art zu zerstören?«

»Ich, Hegemon, habe niemanden zu solchem Tun aufgewiegelt, ich wiederhole es. Sehe ich wohl wie ein Schwachsinniger aus?«

»O nein, wie ein Schwachsinniger siehst du nicht aus«, antwortete der Prokurator leise und ließ ein schreckliches Lächeln sehen. »So schwöre, daß es nicht stimmt.«

»Wobei soll ich schwören?« fragte der Gefangene lebhaft.

»Meinetwegen bei deinem Leben«, antwortete der Prokurator, »bei ihm zu schwören ist höchste Zeit, denn wisse, es hängt an einem Haar.«

»Du vermeinst doch nicht, daß du es dort aufgehängt hättest, Hegemon?« fragte der Arrestant. »Falls doch, so irrst du sehr.«

Pilatus zuckte zusammen und antwortete durch die Zähne:

»Ich kann jedenfalls dieses Haar zerschneiden.«

»Auch darin irrst du«, widersprach der Arrestant mit hellem Lächeln und beschirmte sich mit der Hand gegen die Sonne. »Du wirst zugeben, daß es doch wohl nur der zerschneiden kann, der es aufgehängt hat?«

»Soso«, sagte der Pilatus lächelnd, »jetzt bezweifle ich nicht mehr, daß die müßigen Gaffer dir in Jerschalaim nachgelaufen sind. Ich weiß nicht, wer deine Zunge aufgehängt hat, doch ist sie trefflich aufgehängt. Aber sage mir beiläufig, ist es richtig, daß du durch das Susator in Jerschalaim eingezogen bist, auf einem Esel reitend, begleitet vom Pöbel, der dich schreiend begrüßte gleichwie einen Propheten?« Der Prokurator wies auf die Pergamentrolle.

Der Arrestant blickte den Prokurator verständnislos an.

»Ich habe ja gar keinen Esel, Hegemon«, sagte er. »Wohl bin ich durchs Susator in Jerschalaim eingezogen, jedoch zu Fuß, und in meiner Begleitung war nur Levi Matthäus, und niemand hat mich schreiend begrüßt, denn mich hat ja in Jerschalaim kein Mensch gekannt.«

»Sind dir folgende Namen bekannt«, fragte Pilatus weiter und ließ kein Auge von Jeschua, »Dismas, Gestas und War-Rawwan?«

»Diese guten Menschen kenne ich nicht«, antwortete der Arrestant.

»Ist das wahr?«

»Es ist wahr.«

»Sage mir doch, warum du immer wieder von guten Menschen sprichst. Nennst du jeden so?«

»Jeden«, antwortete der Arrestant, »böse Menschen gibt es nicht auf der Welt.«

»Das höre ich zum erstenmal«, sagte Pilatus auflachend. »Aber vielleicht weiß ich zuwenig vom Leben! Sie brauchen nichts mehr zu notieren«, wandte er sich an den Sekretär, obschon dieser längst aufgehört hatte, und fuhr dann, zu Jeschua gewandt, fort: »In welchem griechischen Buch hast du das gelesen?«

»In keinem, ich bin von selbst daraufgekommen.«

»Und das predigst du?«

»Ja.«

»Nehmen wir zum Beispiel den Zenturio Marcus, genannt Rattenschlächter, ist er auch ein guter Mensch?«

»Ja«, antwortete der Gefangene, »freilich ist er unglücklich. Seit gute Menschen ihn verunstaltet haben, ist er grausam und hartherzig geworden. Es wäre aufschlußreich, zu erfahren, wer ihn so entstellt hat.«

»Gern teile ich es dir mit«, entgegnete Pilatus, »denn ich war dabei. Gute Menschen hatten sich auf ihn gestürzt wie die Hunde auf den Bären. Germanen waren es, und sie klammerten sich an seinen Hals, seine Arme, seine Beine. Sein Fußtruppenmanipel war in einen Hinterhalt geraten, und wäre nicht von der Flanke her die Reiterturma dazugestoßen, die übrigens ich befehligte, so hättest du, Philosoph, nicht mit ihm sprechen können. Es war in der Schlacht von Idistaviso, im Tal der Jungfrau.«

»Wenn ich mehr mit ihm sprechen könnte«, sagte der Häftling auf einmal träumerisch, »so würde er sich total ändern, dessen bin ich gewiß.«

»Ich nehme an«, erwiderte Pilatus, »es würde dem Legaten wenig Freude bereiten, wenn es dir einfiele, mit den Offizieren oder Soldaten seiner Legion zu sprechen. Übrigens wird es glücklicherweise nicht dazu kommen, und der erste, der dafür sorgen wird, bin ich.«

In diesem Moment flitzte eine Schwalbe in den Säulengang herein, beschrieb unter der goldenen Decke einen Kreis, schoß herab, wobei sie mit spitzem Flügel das Gesicht einer Bronzestatue in einer Nische fast streifte, und verschwand dann hinter einem Säulenkapitell. Vielleicht wollte sie dort ihr Nest ankleben.

Während sie flog, fügte sich in dem nunmehr hellen und leichten Kopf des Prokurators eine Formulierung. Sie lautete etwa so: Der Hegemon habe den Fall des wandernden Philosophen Jeschua, genannt Ha-Nozri, geprüft und keinen verbrecherischen Tatbestand gefunden. Insonderheit sei nicht der geringste Zusammenhang zwischen den Taten des Jeschua und den jüngsten Unruhen in Jerschalaim zu finden. Der wandernde Philosoph habe sich als gemütskrank erwiesen, und infolgedessen könne der Prokurator die vom Kleinen Synedrion verhängte Todesstrafe nicht bestätigen. Da jedoch die verrückten utopischen Reden des Ha-Nozri in Jerschalaim zu Aufruhr führen könnten, entferne ihn der Prokurator aus Jerschalaim und verurteile ihn zur Haft im Cäsarea Stratons am Mittelmeer, das heißt in seiner Residenz.

Dies mußte er nun dem Sekretär diktieren.

Die Flügel der Schwalbe flitzten dicht über den Kopf des Hegemons hinweg, der Vogel flog taumelig auf das Becken des Springbrunnens zu und sauste dann ins Freie. Der Prokurator hob den Blick zum Gefangenen und sah neben diesem eine Staubsäule auflodern.

»Liegt noch was gegen ihn vor?« fragte Pilatus den Sekretär.

»Leider ja«, antwortete der unerwartet und überreichte Pilatus ein anderes Pergament.

»Was denn noch?« erkundigte sich Pilatus stirnrunzelnd.

Nachdem er das Pergament gelesen, verfärbte er sich. Ob ihm dunkles Blut ins Gesicht und zum Hals strömte oder ob etwas anderes geschah, jedenfalls verlor seine Haut die gelbe Farbe und wurde braun, und die Augen schienen ihm aus dem Kopf zu treten.

Wahrscheinlich war das Blut schuld, das ihm zu den Schläfen floß und dort zu pochen begann, jedenfalls geschah etwas mit seinem Sehvermögen. So deuchte ihn, daß der Kopf des Häftlings davonglitte und ein anderer an seine Stelle träte. Auf diesem kahlen Kopf saß ein goldener Reif mit wenigen Zacken. Auf der Stirn zerfraß ein rundes Geschwür die Haut, es war mit Salbe bestrichen. Ein eingesunkener, zahnloser Mund mit herabhängender, launischer Unterlippe. Pilatus war, als seien die rosa Säulen des Balkons und die fernen Dächer von Jerschalaim unterhalb des Gartens verschwunden und als sei alles ringsum im dichten Grün der Gärten von Capri versunken. Auch mit seinem Gehör hatte sich etwas Merkwürdiges begeben: In der Ferne schienen leise und drohend Trompeten zu schmettern, und ganz deutlich vernahm er die näselnde Stimme, die hochmütig und langgezogen sprach: »Das Gesetz über Majestätsbeleidigung...«

Kurze, zusammenhanglose und ungewöhnliche Gedanken jagten sich in seinem Kopf. Er ist verloren! Dann – wir sind verloren! Auch ein ganz absurder Gedanke war dabei, der Gedanke an eine unabwendbare Unsterblichkeit (mit wem?), der jedoch unerträgliche Schwermut weckte.

Pilatus raffte sich zusammen und verscheuchte die Vision, sein Blick kehrte zu den Säulen zurück, und wieder waren vor ihm die Augen des Arrestanten.

»Höre, Ha-Nozri«, sagte der Prokurator und warf Jeschua einen sonderbaren Blick zu. Sein Gesicht war drohend, doch die Augen zeigten Unruhe. »Hast du schon einmal etwas über den großen Kaiser gesagt? Antworte! Hast du etwas gesagt? Oder... hast du... nicht?« Pilatus dehnte das Wort »nicht« etwas länger, als bei Gericht üblich, und sandte Jeschua durch seinen Blick einen Gedanken, den er dem Arrestanten gleichsam eingeben wollte.

»Leicht und angenehm ist es, die Wahrheit zu sagen«, versetzte der Häftling.

»Ich will nicht wissen«, erwiderte Pilatus dumpf und gereizt, »ob es dir angenehm oder unangenehm ist, die Wahrheit zu sagen. Du mußt sie ohnehin sagen. Wenn du sie aber sagst, so wäge jedes Wort, es sei denn, du sehnst dich nach einem nicht nur unvermeidlichen, sondern auch qualvollen Tod.«

Niemand weiß, was im Prokurator von Judäa vorging, aber er erlaubte sich, die Hand zu heben, als wolle er sich vor den Sonnenstrahlen beschirmen, und hinter der Hand wie hinter einem Schild dem Arrestanten einen bedeutungsvollen Blick zuzuwerfen.

»Also«, sagte er, »antworte, kennst du einen gewissen Judas aus Kirjath, und was, wenn überhaupt, hast du ihm über den Kaiser gesagt?«

»Das war so«, erzählte der Gefangene bereitwillig, »vorgestern abend lernte ich beim Tempel einen jungen Menschen kennen, der sich Judas aus der Stadt Kirjath nannte. Er lud mich in sein Haus in der Unterstadt ein und bewirtete mich...«

»Ein guter Mensch?« fragte Pilatus, und ein diabolisches Feuer glomm in seinen Augen.

»Ein sehr guter und wißbegieriger Mensch«, bestätigte der Gefangene. »Er bekundete größtes Interesse für meine Gedanken und nahm mich sehr herzlich auf...«

»Er zündete die Öllämpchen an«, sagte Pilatus im gleichen Ton wie der Arrestant durch die Zähne, und seine Augen glitzerten.

»Ja«, sagte Jeschua, ein wenig verwundert, daß der Prokurator dies wußte, dann fuhr er fort: »Er bat mich, ihm meine Ansicht über die Staatsmacht mitzuteilen. Dieser Frage maß er große Wichtigkeit bei.«

»Und was hast du ihm gesagt?« fragte Pilatus. »Oder wirst du mir antworten, du habest es vergessen?« Aber seine Stimme klang hoffnungslos.

»Ich habe ihm unter anderem gesagt«, erzählte der Arrestant, »daß von jeder Staatsmacht den Menschen Gewalt geschehe und daß eine Zeit kommen werde, in der kein Kaiser noch sonst jemand die Macht hat. Der Mensch wird eingehen in das Reich der Wahrheit und Gerechtigkeit, wo es keiner Macht mehr bedarf.«

»Weiter!«

»Weiter war nichts«, sagte der Gefangene, »in diesem Moment stürmten Leute herein, banden mich und führten mich ins Gefängnis.«

Der Sekretär strichelte die Wörter aufs Pergament, bemüht, kein Wort zu verlieren.

»Auf der Welt gab es noch nie eine größere und für die Menschen bessere Macht, und es wird auch nie eine geben als die Macht des Kaisers Tiberius!« Die gebrochene und kranke Stimme des Pilatus schwoll an, und er blickte haßerfüllt auf den Sekretär und die Eskorte. »Nicht an dir, du hirnloser Verbrecher, ist es, über sie zu rechten!« Dann schrie Pilatus: »Weg mit der Eskorte aus dem Säulengang!« An den Sekretär gewandt, fügte er hinzu: »Laßt mich mit dem Verbrecher allein, hier geht es um eine Staatssache!«

Die Eskorte hob die Lanzen, verließ mit rhythmisch stampfenden metallbeschlagenen Caligas den Säulengang und begab sich in den Garten, gefolgt vom Sekretär.

Das Schweigen unter den Säulen wurde eine Zeitlang nur vom Sang des Wassers im Springbrunnen unterbrochen. Pilatus sah, wie sich über dem

Speier ein flüssiger Teller formte, dessen Ränder abbrachen und in Strahlen niederflossen.

Als erster nahm der Gefangene das Wort:

»Ich sehe, es ist Leid daraus entstanden, daß ich mit diesem Jüngling aus Kirjath gesprochen habe. Mir schwant, Hegemon, daß ihm ein Unglück widerfahren wird, und er dauert mich sehr.«

»Ich glaube«, antwortete der Prokurator mit seltsamem Lächeln, »es gibt jemanden auf der Welt, der dich mehr dauern müßte als Judas aus Kirjath und dem weit Schlimmeres widerfahren wird als ihm! Du meinst also, Marcus Rattenschlächter, der kalte und überzeugte Henker, sodann die Menschen, die dich, wie ich sehe« – der Prokurator wies auf Jeschuas entstelltes Gesicht –, »deiner Predigten wegen mißhandelt haben, desgleichen die Verbrecher Dismas und Gestas, die mit ihren Spießgesellen vier Soldaten getötet haben, und endlich dieser schmutzige Verräter Judas – sie alle seien gute Menschen?«

»Ja«, antwortete der Arrestant.

»Und das Reich der Wahrheit wird kommen?«

»Es wird kommen, Hegemon«, antwortete Jeschua zuversichtlich.

»Niemals!« schrie Pilatus plötzlich mit so furchtbarer Stimme, daß Jeschua zurückprallte. So hatte er vor vielen Jahren im Tal der Jungfrauen seinen Reitern zugeschrien: »Schlagt sie! Schlagt sie! Der Riese Rattenschlächter ist in Gefahr!« Noch lauter erhob er die vom Kommandieren brüchige Stimme und schrie so, daß man es im Garten hören konnte: »Du Verbrecher! Du Verbrecher! Du Verbrecher!«

Dann senkte er die Stimme: »Jeschua Ha-Nozri, glaubst du an irgendwelche Götter?«

»Es gibt nur einen Gott«, antwortete Jeschua, »an ihn glaube ich.«

»So bete zu ihm! Bete fleißig! Übrigens ...« – die Stimme des Pilatus sank vollends herab –, »es wird nicht helfen. Hast du ein Weib?« fragte er schwermütig und begriff nicht, was mit ihm vorging.

»Nein, ich bin allein.«

»Verhaßt ist mir die Stadt«, murmelte der Prokurator plötzlich, bewegte die Schultern, als fröre ihn, und rieb die Hände, als wolle er sie waschen. »Wärst du vor deiner Begegnung mit Judas aus Kirjath erstochen worden, so wäre das wahrlich besser.«

»Lasse mich frei, Hegemon«, bat der Arrestant unvermittelt, und seine Stimme klang beunruhigt, »ich sehe, daß man mich töten will.«

Ein Krampf verzerrte das Gesicht des Pilatus, er wandte Jeschua die entzündeten, rotgeäderten Augäpfel zu und sagte:

»Vermeinst du, Unseliger, ein römischer Prokurator werde einen Menschen freilassen, der gesagt hat, was du gesagt hast? O ihr Götter! Oder glaubst du, ich möchte deine Stelle einnehmen? Ich teile deine Gedanken nicht! Höre: Wenn du von diesem Moment an noch ein einziges Wort zu andern sagst, so nimm dich vor mir in acht! Ich wiederhole – nimm dich vor mir in acht!«

»Hegemon...«

»Schweig!« schrie Pilatus, und sein wütender Blick folgte der Schwalbe, die wieder durch die Säulenhalle schwirrte. »Zu mir!« rief er.

Nachdem der Sekretär und die Eskorte auf ihre Plätze zurückgekehrt waren, erklärte Pilatus, er bestätige das Todesurteil, das die Versammlung des Kleinen Synedrion wider den Verbrecher Jeschua Ha-Nozri verhängt habe, und der Sekretär hielt Pilatus' Worte fest.

Gleich darauf stand Marcus Rattenschlächter vor dem Prokurator. Der befahl ihm, den Verbrecher dem Kommandanten des Geheimdienstes zu überantworten und ihm auszurichten, der Prokurator habe angeordnet, daß Jeschua Ha-Nozri getrennt von den übrigen Verurteilten gehalten werde und daß den Mannschaften des Geheimdienstes bei schwerer Strafe verboten sei, mit Jeschua zu sprechen und Fragen von ihm zu beantworten.

Auf ein Zeichen des Marcus nahm die Eskorte Jeschua in die Mitte und führte ihn von dem Säulengang hinweg.

Sodann erschien vor dem Prokurator ein schöner Mann mit blondem Bart und mit Adlerfedern im Helmbusch; auf seiner Brust funkelten goldene Löwenhäupter, sein Schwertgehänge war mit Goldplatten besetzt, er trug dreifach besohltes Schuhwerk, bis zum Knie herauf verschnürt, und einen Purpurumhang über der linken Schulter. Er war der kommandierende Legat der Legion. Der Prokurator fragte ihn, wo sich die Sebaster Kohorte befinde. Der Legat antwortete, die Sebaster sperrten den Platz vor der Rennbahn ab, wo dem Volke das Urteil gegen die Verbrecher verkündet werden solle.

Da befahl der Prokurator dem Legaten, zwei Zenturien aus der römischen Kohorte bereitzustellen. Die eine, unter dem Befehl von Marcus Rattenschlächter, solle die Verbrecher, die Wagen mit dem Hinrichtungsgerät und die Henker zum Schädelberg eskortieren und diesen nach ihrer Ankunft oben absperren. Die andere Zenturie solle jetzt gleich zum Schädelberg marschieren und sofort mit der unteren Absperrung beginnen. Zum gleichen Zweck, das heißt zur Sicherung des Berges, möge der Legat zusätzlich ein Kavallerieregiment, eine syrische Ala, in Marsch setzen.

Als der Legat den Säulengang verließ, befahl der Prokurator dem Sekretär, den Präsidenten des Synedrion in den Palast zu bitten, ferner zwei seiner Mitglieder und den Kommandanten der Tempelwache von Jerschalaim, doch er fügte hinzu, der Sekretär möge es so einrichten, daß er, der Prokurator, vor der Beratung mit dem Präsidenten allein sprechen könne.

Die Befehle des Prokurators wurden schnell und genau ausgeführt, und die Sonne, die seit Tagen mit ungewöhnlicher Wut auf Jerschalaim herniederbrannte, hatte noch nicht ihren höchsten Punkt erreicht, als sie auf der oberen Terrasse des Gartens bei den beiden weißen Marmorlöwen, die die Treppe bewachten, zusammentrafen: der Prokurator und der amtsführende Präsident des Synedrion, der Hohepriester von Judäa, Joseph Kaiphas.

Es war still im Garten. Als aber der Prokurator aus dem Säulengang heraustrat auf die vom Sonnenlicht übergossene obere Gartenterrasse mit ihren Palmen auf ungefügen Elefantenbeinen, auf die Terrasse, von der aus sich die ganze, ihm verhaßte Stadt Jerschalaim seinen Blicken darbot mit ihren Hängebrücken, ihren Burgen und vor allem dem unbeschreibbaren Marmorblock mit den goldenen Drachenschuppen des Daches, dem Tempel von Jerschalaim, da vernahm sein scharfes Gehör von weit unten, wo eine Mauer die unteren Terrassen des Palastgartens vom Stadtplatz trennte, ein tiefes Grollen, über dem sich von Zeit zu Zeit dünne Laute aufschwangen, die wie Stöhnen oder wie Schreie klangen.

Der Prokurator wußte, daß dort auf dem Platz schon eine gewaltige Menge von Jerschalaimer Einwohnern versammelt war, erregt über die jüngsten Unruhen, daß sie ungeduldig der Urteilsverkündung harrte und Wasserverkäufer ihre Ware ausschrien.

Der Prokurator begann damit, daß er den Hohenpriester in den Säulengang bat, um der erbarmungslosen Glut zu entrinnen, doch Kaiphas entschuldigte sich höflich und erklärte, das könne er nicht tun. Pilatus zog die Kapuze über seinen schon kahl werdenden Kopf und eröffnete das Gespräch, das auf griechisch geführt wurde.

Er habe, sagte er, den Fall des Jeschua Ha-Nozri untersucht und das Todesurteil bestätigt. Somit sei die Todesstrafe, die noch heute vollstreckt werden solle, über drei Verbrecher verhängt, Dismas, Gestas und War-Rawwan, und außerdem über diesen Jeschua Ha-Nozri. Die beiden ersten, die sich unterfangen hätten, das Volk wider den Kaiser aufzuwiegeln, seien von der römischen Macht im Kampf festgenommen worden und unterstünden dem Prokurator, mithin könne über sie nicht gesprochen werden. Die beiden anderen aber, War-Rawwan und Jeschua Ha-Nozri, seien von der Jerschalaimer Behörde gefaßt und vom Synedrion verurteilt worden. Nach Gesetz und Sitte müsse einer dieser beiden Verbrecher zu Ehren des bevorstehenden Pessachfestes freigelassen werden.

Also er, der Prokurator, wünsche zu wissen, welchen der beiden Verbrecher das Synedrion freizulassen gedenke: War-Rawwan oder Jeschua Ha-Nozri?

Kaiphas neigte den Kopf zum Zeichen, daß er verstanden habe, und antwortete:

»Das Synedrion bittet, War-Rawwan freizulassen.«

Der Prokurator hatte wohl gewußt, daß der Hohepriester diese Antwort geben würde, doch er mußte so tun, als errege sie sein Erstaunen.

Das tat Pilatus sehr kunstvoll. Die Brauen in seinem hochmütigen Gesicht hoben sich, und er blickte dem Hohenpriester mit Verwunderung in die Augen.

»Ich gestehe, daß diese Antwort mich erstaunt«, sagte er sanft, »ich fürchte, das ist ein Mißverständnis.«

Pilatus erklärte sich näher. Die römische Macht wolle keineswegs die Rechte der hiesigen geistlichen Macht antasten, das sei dem Hohenpriester auch wohlbekannt, aber in diesem Falle liege doch wohl ein Irrtum vor, an dessen Behebung die römische Macht selbstverständlich interessiert sei.

In der Tat: die Verbrechen War-Rawwans und Ha-Nozris seien an Schwere gar nicht vergleichbar. Werde der letztere, ein offenkundig Verrückter, aufwiegelnder dummer Reden in Jerschalaim und an anderen Plätzen geziehen, so sei der erstere bedeutend schwerer belastet. Nicht genug, daß er sich offene Aufrufe zur Meuterei habe zuschulden kommen lassen, habe er zudem bei seiner Festnahme einen Wächter getötet. War-Rawwan sei unvergleichlich gefährlicher als Ha-Nozri.

Angesichts des Dargelegten bitte der Prokurator den Hohenpriester, den Beschluß zu überprüfen und denjenigen der beiden Verurteilten freizulassen, der minder gefährlich sei, ohne Zweifel Ha-Nozri. So sei es doch?

Kaiphas erwiderte mit leiser, doch fester Stimme, das Synedrion habe den Fall sorgfältig geprüft, und teilte abermals mit, es wolle War-Rawwan freilassen.

»Wie? Trotz des Einspruchs von mir, in dessen Person die römische Macht spricht? Hoherpriester, wiederhole das ein drittes Mal.«

»Ich teile zum drittenmal mit, daß wir War-Rawwan freilassen werden«, sagte Kaiphas leise.

Alles war zu Ende, es gab nichts mehr zu besprechen. Ha-Nozri verschwand für immer, und niemand mehr war da, des Prokurators böse Schmerzen zu lindern, gegen die es kein Mittel gab denn den Tod. Allein nicht dieser Gedanke beschäftigte Pilatus jetzt. Die unbegreifliche Schwermut, die ihn schon auf dem Balkon heimgesucht hatte, durchdrang ihn ganz. Er versuchte, eine Erklärung dafür zu finden, und es wurde eine seltsame Erklärung: Verschwommen dünkte es ihn, er habe mit dem Verurteilten nicht zu Ende gesprochen, ihn vielleicht auch nicht zu Ende angehört.

Pilatus verscheuchte den Gedanken, der ebenso rasch verflog, wie er gekommen war. Er verflog, und die Schwermut blieb unerklärlich, denn der blitzartig aufgetauchte und alsbald wieder erloschene andere Gedanke – Unsterblichkeit... die Unsterblichkeit ist gekommen... – konnte sie schließlich nicht erklären. Wessen Unsterblichkeit war gekommen? Das

begriff der Prokurator nicht, doch der Gedanke an diese rätselhafte Unsterblichkeit ließ ihn trotz der Sonnenglut frösteln.

»Nun gut«, sagte Pilatus, »es sei so.«

Er blickte sich um, umfaßte mit einem Blick die ihm sichtbare Welt und wunderte sich über die eingetretene Veränderung. Der rosenschwere Strauch war verschwunden, und verschwunden waren auch die Zypressen, die die obere Gartenterrasse säumten, und der Granatapfelbaum und die weiße Statue im Grün und das Grün selbst. Statt dessen trieb dort pupurroter Schlamm, und in dem Schlamm wogten Wasserpflanzen und bewegten sich irgendwohin, und mit ihnen bewegte sich Pilatus. In sich trug er, würgend und sengend, den furchtbarsten Zorn, den es gibt, den Zorn der Ohnmacht.

»Eng ist mir«, sprach Pilatus, »eng ist mir!«

Mit kaltfeuchter Hand riß er die Schnalle am Kragen seines Umhangs auf, und sie fiel in den Sand.

»Es ist schwül, wir werden ein Gewitter bekommen«, antwortete Kaiphas, der kein Auge vom geröteten Gesicht des Prokurators ließ und alle Qualen voraussah, die noch bevorstanden. Oh, schlimm ist der Monat Nissan in diesem Jahr!

»Nein«, sagte Pilatus, »es rührt nicht daher, daß es schwül ist. Mit dir ist es mir zu eng, Kaiphas.« Pilatus lächelte mit schmalen Augen und fügte hinzu: »Hüte dich, Hoherpriester.«

Die dunklen Augen des Hohenpriesters blitzten, und er ließ, nicht minder kunstvoll als zuvor der Prokurator, Verwunderung auf sein Gesicht treten.

»Was höre ich, Prokurator?« antwortete Kaiphas stolz und ruhig. »Du drohst mir nach einem gefällten Urteil, das du selbst bestätigt hast? Wie kann das sein? Wir sind es gewohnt, daß der römische Prokurator seine Worte wägt, bevor er sie spricht. Es hat uns doch nicht etwa jemand zugehört?«

Pilatus blickte mit toten Augen auf den Hohenpriester und deutete mit gefletschten Zähnen ein Lächeln an.

»Was redest du, Hoherpriester! Wer sollte uns hier hören? Gleiche ich etwa dem gottesnärrischen jungen Landstreicher, der heute hingerichtet wird? Bin ich ein Knabe, Kaiphas? Ich weiß, was ich sage und wo ich es sage. Der Garten ist sorgfältig bewacht, der Palast ebenso, und nicht mal eine Maus könnte hereinschlüpfen. Auch dieser Mann könnte es nicht, wie heißt er doch, aus der Stadt Kirjath. Übrigens, kennst du ihn, Hoherpriester? Wenn so einer hier eindränge, er würde sich selber bitterlich bedauern, das glaubst du mir doch? So wisse denn, Hoherpriester, daß du fortan keine Ruhe mehr haben wirst! Du nicht und auch dein Volk nicht.« Pilatus wies nach rechts in die Ferne, wo hoch droben der Tempel leuchtete. »Das sage ich dir, ich, Pontius Pilatus, Ritter der Goldenen Lanze!«

»Ich weiß es wohl!« antwortete der schwarzbärtige Kaiphas furchtlos, seine Augen funkelten, er streckte die Hand gen Himmel und fuhr fort: »Das Volk von Judäa weiß, daß du es mit grimmem Haß verfolgst und ihm noch viele Qualen zufügen wirst, aber verderben kannst du es nicht! Gott wird es behüten! Er wird uns hören, und auch der allmächtige Kaiser wird uns hören und uns schützen vor dem Verderber Pilatus!«

»O nein!« rief Pilatus aus, und mit jedem Wort wurde ihm leichter, denn jetzt brauchte er nicht mehr sich zu verstellen, nicht mehr die Worte zu wählen. »Gar zu oft hast du dich beim Kaiser über mich beklagt, Kaiphas, doch jetzt ist meine Stunde gekommen! Jetzt geht von mir eine Botschaft ab, aber nicht an den Gouverneur von Antiochia und nicht nach Rom, sondern gleich nach Capri an den Imperator, die Botschaft, daß ihr notorische Meuterer in Jerschalaim der Todesstrafe entzieht. Nicht Wasser aus dem Salomonsteich wird dann fließen in Jerschalaim, wie ich es vorhatte zu eurem Nutzen, nein, nicht Wasser! Vergiß nicht, daß ich euretwegen die Schilde mit dem kaiserlichen Emblem von der Wand nehmen, Truppen verlegen und selber herkommen mußte, um hier bei euch nach dem Rechten zu sehen! Merke dir mein Wort, Hoherpriester! Du wirst hier in Jerschalaim nicht nur eine Kohorte erblicken, nein! Die ganze Donnerlegion wird vor die Stadtmauer rücken, arabische Reiterei wird kommen, bitteres Weinen und Wehklagen wirst du hören! Dann wirst du an den geretteten War-Rawwan denken und bereuen, daß du den Philosophen mit seiner friedlichen Predigt in den Tod geschickt hast.«

Das Gesicht des Hohenpriesters wurde fleckig, seine Augen brannten. Wie der Prokurator lächelte er mit gefletschten Zähnen und antwortete:

»Glaubst du, Prokurator, selber an das, was du sagst? Nein, du glaubst nicht daran! Nicht Frieden, nein, nicht Frieden hat uns der Volksverführer nach Jerschalaim gebracht, und du, Ritter, weißt das ganz genau. Du wolltest ja Jeschua nur deshalb freilassen, damit er das Volk aufwiegele, den Glauben schmähe und das Volk unter die römischen Schwerter führe! Ich aber, der Hohepriester von Judäa, werde zeitlebens den Glauben und das Volk schützen! Hörst du, Pilatus?« Kaiphas hob drohend die Hand: »Höre genau hin, Prokurator!«

Kaiphas verstummte, und der Prokurator hörte wieder das Meeresrauschen gegen die Mauern des Herodes-Palastes anbranden. Es stieg von unten zu den Füßen und bis zum Gesicht des Prokurators hinan. Hinter ihm aber, wo die Seitenflügel des Palastes lagen, erschollen alarmierende Hornsignale, das schwere Trappeln Hunderter von Füßen und eisernes Geklirr. Der Prokurator wußte, daß die römischen Fußtruppen seinem Befehl gemäß bereits ausrückten und der für Meuterer und Verbrecher so schrecklichen Todesparade zustrebten.

»Hörst du, Prokurator?« wiederholte der Hohepriester leise. »Du wirst mir doch nicht sagen wollen, all das da« – der Hohepriester hob beide Arme, und die dunkle Kapuze glitt von seinem Kopf – »habe der elende Verbrecher War-Rawwan auf die Beine bringen können?«

Mit dem Handrücken wischte der Prokurator den kalten Schweiß von der Stirn. Er blickte zu Boden, dann blinzelte er in den Himmel, sah die glühende Kugel fast über seinem Haupte stehen und den Schatten des Kaiphas geduckt neben dem Löwenschweif liegen und sagte leise und gleichmütig:

»Es geht auf Mittag. Wir haben uns festgeplaudert, dabei müssen wir die Sache weiterführen.«

Nachdem er sich in gewählten Ausdrücken beim Hohenpriester entschuldigt hatte, bat er ihn, auf einer Bank im Schatten eines Magnolienbaums zu warten, bis er die übrigen Personen zur letzten kurzen Beratung hergebeten und noch eine weitere, mit der Hinrichtung zusammenhängende Anordnung getroffen habe.

Kaiphas verneigte sich höflich, wobei er die Hand zum Herzen führte, und blieb im Garten, indes Pilatus zum Balkon im Säulengang zurückkehrte. Dem wartenden Sekretär gebot er, den Legaten der Legion, den Tribunen der Kohorte, die beiden Mitglieder des Synedrion und schließlich den Kommandanten der Tempelwache, die auf der unteren Terrasse in einem runden Springbrunnenpavillon warteten, in den Garten zu bitten. Pilatus fügte hinzu, er werde auch gleich kommen, und begab sich ins Innere des Palastes.

Während der Sekretär die Teilnehmer der Beratung zusammenrief, hatte der Prokurator in seinem durch dunkle Vorhänge vor der Sonne geschützten Zimmer einen Treff mit einem Mann, dessen Gesicht zur Hälfte von einer Kapuze verdeckt war, wiewohl die Sonnenstrahlen ihn hier nicht stören konnten. Der Treff war kurz. Der Prokurator raunte dem Mann ein paar Worte zu, worauf sich dieser entfernte. Durch den Säulengang gelangte Pilatus wieder in den Garten.

Hier erklärte der Prokurator in Gegenwart der Herbestellten trocken und feierlich, er bestätige das Todesurteil gegen Jeschua Ha-Nozri, und befragte die Mitglieder des Synedrion offiziell, welchen der Verbrecher er am Leben lassen solle. Nachdem ihm War-Rawwan genannt worden war, sagte er »sehr gut«, befahl dem Sekretär, dies zu protokollieren, und fügte, in der Hand die Schnalle pressend, die der Sekretär vom Sand aufgehoben hatte, feierlich hinzu: »Es ist Zeit!«

Sogleich stiegen alle Anwesenden die breite Marmortreppe hinunter, eingerahmt von Rosenspalieren, die ein betäubendes Arom verströmten, stiegen immer tiefer hinab, auf das Tor in der Palastmauer zu, das auf den weiten, glattgepflasterten Platz führte, an dessen Ende die Säulen und Statuen der Jerschalaimer Wettkampfarena ragten.

Kaum hatte die Gruppe vom Garten her den Platz betreten und das ihn beherrschende umfängliche Steinpodest erstiegen, da blickte Pilatus mit verkniffenen Augen um sich und übersah die Situation. Der freie Raum, den er soeben durchschritten, das heißt der Raum zwischen der Palastmauer und dem Podest, war leer, doch dafür konnte Pilatus den Platz vor sich nicht sehen, denn die Menge hatte ihn verschlungen. Sie hätte auch das Podest und den freien Raum überflutet, wäre sie nicht linker Hand von einer dreifachen Reihe Sebaster Soldaten und rechts von einer ebensolchen Reihe Soldaten einer ituräischen Hilfskohorte daran gehindert worden.

Pilatus erstieg also das Podest, preßte noch immer die überflüssige Schnalle in der Faust und kniff die Augen zu. Das tat er nicht, weil die Sonne ihn geblendet hätte. Nein, er wollte die Gruppe der Verurteilten nicht sehen, die, wie er wohl wußte, jetzt hinter ihm aufs Podest geführt wurde.

Kaum war der weiße, purpurgefütterte Umhang hoch droben auf dem Fels am Ufer des Menschenmeeres erschienen, da schlug dem blicklosen Pilatus eine Lautwelle in die Ohren: »Haaa...« Sie begann zaghaft irgendwo hinten bei der Rennbahn, schwoll dann donnergleich, hielt sich ein paar Augenblicke und flaute wieder ab. Sie haben mich gesehen, dachte der Prokurator. Die Welle erreichte den Tiefpunkt nicht und wuchs unerwartet wieder an, schwankte, wurde lauter als beim erstenmal, und auf dem Kamm der zweiten Welle brodelten wie Gischt auf einer Meereswoge Pfiffe und vereinzelte, das Dröhnen übergellende Frauenschreie. Man hat die Gefangenen aufs Podest geführt, dachte Pilatus, und die Schreie kommen von Frauen, die eingequetscht wurden, als die Menge vorwärts wogte.

Er wartete einige Zeit, wohl wissend, daß keine Macht der Erde jetzt die Menge zum Schweigen gebracht hätte, ehe sie alles, was sich in ihr angesammelt, herausgestöhnt hatte und von selber verstummte.

Als dieser Moment gekommen war, hob der Prokurator den rechten Arm, und der letzte Lärm verebbte.

Da atmete Pilatus soviel heiße Luft wie möglich ein und schrie, daß seine brüchige Stimme weit über die Tausende von Köpfen hinwegschallte:

»Im Namen des Kaisers und Imperators!«

Da schlug ihm mehrere Male ein eiserner abgehackter Schrei in die Ohren. Die Kohorten hatten die Lanzen und Feldzeichen hochgehoben und schrien furchterweckend:

»Es lebe der Kaiser!«

Pilatus riß den Kopf hoch und stieß ihn der Sonne entgegen. Unter seinen Lidern loderte grünes Feuer und versengte ihm das Gehirn, und weit über die Menge hin flogen heiser die aramäischen Worte:

»Die vier Verbrecher, die in Jerschalaim wegen Mordes dingfest gemacht wurden, sind wegen Aufwiegelei und wegen Beleidigung von Gesetz und

Glauben zur schmählichen Hinrichtung durch Hängen am Pfahl verurteilt. Die Hinrichtung wird ohne Aufschub auf dem Schädelberg vollzogen! Die Namen der Verbrecher sind Dismas, Gestas, War-Rawwan und Ha-Nozri. Da stehen sie vor euch!«

Pilatus wies mit der Hand nach rechts; er sah die Verbrecher nicht, wußte aber, daß sie standen, wo sie zu stehen hatten.

Die Menge antwortete mit einem langen Gemurmel der Verwunderung oder Erleichterung. Als es verstummte, fuhr Pilatus fort:

»Gerichtet aber werden nur drei von ihnen, denn nach Gesetz und Sitte schenkt der großmütige Kaiser und Imperator zu Ehren des Pessachfestes einem der Verurteilten, ausgewählt vom Kleinen Synedrion und bestätigt von der römischen Macht, sein verachtungswürdiges Leben!«

Pilatus schrie diese Worte hinaus und hörte, wie an Stelle des Gemurmels tiefe Stille trat. Es drang nunmehr kein Seufzer, kein Rascheln an seine Ohren, und einen Moment lang dünkte es ihn gar, daß alles ringsum verschwunden wäre. Die ihm verhaßte Stadt wäre gestorben, und nur er allein stünde da, versengt von den senkrechten Sonnenstrahlen, das Gesicht dem Himmel zugewandt. Ein Weilchen noch zog er die Stille in die Länge, dann schrie er: »Der Name dessen, der jetzt vor aller Augen freigelassen wird, ist...«

Er machte noch eine Pause, zögerte, den Namen zu nennen, und überlegte, ob er alles gesagt hatte, denn er wußte, die tote Stadt würde, kaum hatte er den Namen des Glücklichen genannt, zu neuem Leben erwachen und alle weiteren Worte überschreien.

»War das alles?« flüsterte Pilatus lautlos vor sich hin. »Es war alles. Den Namen!«

Das R über die schweigende Stadt hin rollend, schrie er:

»War-Rawwan!«

Da dünkte ihn, daß die Sonne über ihm dröhnend bärste und ihm Feuer in die Ohren gösse. In diesem Feuer tobte Brüllen, Kreischen, Stöhnen, Lachen und Pfeifen.

Pilatus drehte sich um und ging über das Podest zurück zu den Stufen, nichts anderes beachtend als das bunte Schachbrettmuster zu seinen Füßen, um nicht fehlzutreten. Er wußte, daß jetzt hinter seinem Rücken ein Hagel von Datteln und Bronzemünzen aufs Podest niederprasselte und daß in der brüllenden Menge die Menschen einander quetschten und auf die Schultern stiegen, um mit eigenen Augen das Wunder zu schauen, wie ein Mensch den Fängen des Todes entrissen wurde, wie die Legionäre ihm die Fesseln lösten und ihm dabei ungewollt brennenden Schmerz an den beim Verhör verrenkten Handgelenken zufügten, wie er ächzend das Gesicht verzerrte und doch ein sinnloses, irres Lächeln zeigte.

Pilatus war gewiß, daß die Eskorte schon die drei Verbrecher mit gebundenen Händen zur Seitentreppe führte, um sie auf die Straße nach Westen, aus der Stadt hinaus, zum Schädelberg zu bringen. Erst nachdem er das Podest verlassen hatte und sich hinter ihm befand, öffnete er die Augen, denn er wußte sich nunmehr in Sicherheit – er würde die Verurteilten nicht mehr sehen.

In das Stöhnen der verstummten Menge mischten sich deutlich unterscheidbar die gellenden Schreie der Ausrufer, die teils in aramäischer, teils in griechischer Sprache wiederholten, was der Prokurator vom Podest herab verkündet hatte. Überdies vernahm Pilatus näher kommendes Hufgetrappel und ein kurzes vergnügtes Hornsignal. Diesem antworteten durchdringende Pfiffe der Jungs von den Hausdächern in der Straße, die vom Basar zur Rennbahn führte, und laute Rufe: »Aufgepaßt!«

Der Soldat, der einsam im frei gehaltenen Raum des Platzes stand, schwenkte sein Feldzeichen, und der Prokurator, der Legat der Legion, der Sekretär und die Eskorte verharrten.

Die Reiterala kam in immer rascherem Trab auf den Platz, um ihn seitlich zu überqueren, passierte die Volksmenge und ritt auf eine schmale Seitenstraße unterhalb der weinumrankten Mauer zu, um auf kürzestem Weg zum Schädelberg zu sprengen.

Als der Kommandant der Ala, ein Syrer, klein wie ein Knabe und dunkel wie ein Mulatte, mit Pilatus auf gleicher Höhe war, rief er mit heller Stimme etwas und riß das Schwert aus der Scheide. Sein böser, schweißnasser Rappe prallte jäh zur Seite und bäumte sich auf. Der Kommandant stieß das Schwert in die Scheide zurück, schlug dem Pferd die Peitsche über den Hals, richtete es aus und sprengte im Galopp in die Seitenstraße hinein. Hinter ihm ritten zu dreien seine Soldaten, in eine Staubwolke gehüllt; die Spitzen ihrer leichten Bambuslanzen hüpften, und vorbei an dem Prokurator jagten die Gesichter, die unter den weißen Turbanen besonders dunkel wirkten, mit lustig gebleckten, blitzenden Zähnen.

Staub gen Himmel wirbelnd, preschte die Ala in die Seitenstraße hinein, und als letzter ritt der Soldat mit dem in der Sonne funkelnden Horn auf dem Rücken an Pilatus vorüber. Der Prokurator beschirmte sich mit der Hand gegen den Staub und verzog unmutig das Gesicht. Er schritt weiter, auf das Tor des Palastgartens zu, und hinter ihm schritten der Legat, der Sekretär und die Eskorte.

Es war gegen zehn Uhr morgens.

3
Der siebte Beweis

»Ja, es war gegen zehn Uhr morgens, hochverehrter Iwan Nikolajewitsch«, sagte der Professor.

Der Lyriker fuhr sich mit der Hand übers Gesicht wie einer, der soeben erwacht ist, und sah, daß an den Patriarchenteichen schon Abend war.

Das Wasser im Teich erschien schwarz, ein leichtes Boot glitt darüber hin, man hörte Ruder plätschern und eine Frau im Boot lachen. In den Alleen saßen jetzt Leute auf den Bänken, aber nur auf drei Seiten des Gevierts, nicht auf der Seite, wo unsere Gesprächspartner sich aufhielten.

Der Himmel über Moskau war verfahlt, und man sah ganz deutlich hoch oben den Vollmond, doch noch nicht golden, sondern weiß. Das Atmen fiel bedeutend leichter, und die Stimmen unter den Linden klangen abendlich weich.

Ich hab gar nicht bemerkt, daß er eine ganze Erzählung dahergeschwatzt hat, dachte Besdomny verdutzt. Jetzt ist ja schon Abend! Vielleicht hat er auch gar nichts erzählt, und ich bin bloß eingenickt und hab das Ganze geträumt?

Der Professor mußte aber wohl doch erzählt haben, oder der Lyriker hätte annehmen müssen, Berlioz habe dasselbe geträumt, denn dieser blickte den Ausländer aufmerksam an und sagte: »Ihre Erzählung ist ungewöhnlich interessant, Professor, obwohl sie ganz und gar nicht mit dem Evangelium übereinstimmt.«

»Ich bitte Sie«, antwortete der Professor und lächelte nachsichtig. »Sie müßten doch am besten wissen, daß nichts, aber auch gar nichts von dem, was im Evangelium steht, tatsächlich passiert ist, und wenn wir anfangen wollen, das Evangelium als historische Quelle zu betrachten...« Er lächelte abermals, und Berlioz war verdutzt, denn genau das hatte er selber zu Besdomny gesagt, als sie durch die Kleine Bronnaja-Straße zu den Patriarchenteichen gingen.

»Stimmt«, antwortete er, »aber ich fürchte, niemand ist imstande zu bestätigen, daß das, was Sie uns erzählt haben, sich tatsächlich zugetragen hat.«

»O doch! Das kann einer bestätigen!« antwortete der Professor sehr überzeugt, wobei er wieder gebrochen russisch sprach, und auf einmal winkte er die beiden Freunde geheimnisvoll näher zu sich heran.

Sie neigten sich von beiden Seiten ihm zu, und er sagte, doch schon wieder ohne Akzent, der bei ihm, weiß der Teufel warum, bald verschwand, bald sich zeigte:

»Die Sache ist die...«, der Professor blickte sich furchtsam um und sprach im Flüsterton, »...daß ich bei alldem persönlich dabei war. Ich war bei Pontius Pilatus auf dem Balkon, und ich war im Garten, als er mit Kaiphas sprach, und ich war auch auf dem Podest, aber heimlich, sozusagen inkognito, darum bitte ich Sie, nichts davon verlauten zu lassen und es streng geheimzuhalten, pssst...«

Schweigen trat ein. Berlioz erbleichte.

»Wie... wie lange sind Sie schon in Moskau?« fragte er mit zitternder Stimme.

»Ich bin erst diese Minute in Moskau eingetroffen«, antwortete der Professor zerstreut. Erst jetzt verfielen die Freunde darauf, ihm richtig in die Augen zu sehen, und überzeugten sich, daß sein grünes linkes Auge irrsinnig blickte und das schwarze rechte leer und tot war.

Nun ist alles erklärt! dachte Berlioz bestürzt. Der Deutsche war schon verrückt, als er ankam, oder er ist hier an den Patriarchenteichen übergeschnappt. Schöne Geschichte!

Ja, nun war wirklich alles erklärt: das höchst merkwürdige Frühstück beim seligen Philosophen Kant, das dämliche Gerede vom Sonnenblumenöl und von Annuschka, die Prophezeiung, daß Berlioz der Kopf vom Rumpf getrennt werde, und alles übrige – der Professor war wahnsinnig.

Berlioz erwog sofort, was zu tun sei. Er lehnte sich zurück und zwinkerte Besdomny hinterm Rücken des Professors zu – widersprich ihm nicht –, allein der verdatterte Lyriker mißverstand die Zeichen.

»Jaja«, sagte Berlioz erregt, »alles durchaus möglich, sogar sehr wohl möglich, das mit Pontius Pilatus und dem Balkon und alles... Sind Sie allein gekommen oder mit Ihrer Gattin?«

»Allein, allein, ich bin immer allein«, antwortete der Professor bitter.

»Wo haben Sie denn Ihre Sachen, Professor?« fragte Berlioz freundlich. »Im ›Metropol‹? Wo sind Sie abgestiegen?«

»Ich? Nirgends«, antwortete der schwachsinnige Deutsche, wobei sein grünes Auge schwermütig die Patriarchenteiche entlangirrte.

»Wie? Aber wo wollen Sie wohnen?«

»In Ihrer Wohnung«, antwortete der Verrückte plötzlich dreist und zwinkerte.

»Ich... sehr erfreut«, murmelte Berlioz, »aber wissen Sie, bei mir würden Sie es unbequem haben, und im ›Metropol‹ sind herrliche Zimmer, es ist ein erstklassiges Hotel.«

»Und der Teufel, den gibt's wohl auch nicht?« wandte sich der Kranke plötzlich vergnügt an Besdomny.

»Nein.«

»Widersprich ihm nicht«, flüsterte Berlioz hinterm Rücken des Professors nur mit den Lippen dem Lyriker zu und schnitt vielsagende Grimassen.

»Wie soll es einen Teufel geben!« schrie Besdomny, der sich in dem ganzen Wirrwarr nicht mehr zurechtfand, und tat genau das, was er nicht sollte. »Das ist ja eine Strafe mit Ihnen! Hören Sie auf, verrückt zu spielen!«

Da brach der Irre in derartiges Gelächter aus, daß aus der Linde über ihnen ein Sperling abstrich.

»Das ist ja hochinteressant«, sagte der Professor und schüttelte sich vor Lachen, »was ist denn das hier bei euch? Alles, was man antippt, gibt es gar nicht!« Er hörte ganz plötzlich zu lachen auf, was ja bei einem Geisteskranken durchaus vorkommt, und verfiel ins andere Extrem, indem er gereizt und mit rauher Stimme schrie: »So, Sie meinen also, es gibt ihn nicht?«

»Ruhig, ganz ruhig, Professor«, murmelte Berlioz, der den Kranken zu erregen fürchtete. »Bleiben Sie noch ein Momentchen mit dem Genossen Besdomny hier sitzen, ich lauf bloß mal eben zur Ecke telefonieren, dann bringen wir Sie, wohin Sie wollen. Sie kennen ja die Stadt nicht...«

Berlioz' Plan darf als richtig gelten: Er mußte zur nächsten Telefonzelle laufen, das Ausländerbüro anrufen und melden, an den Patriarchenteichen sitze ein zugereister ausländischer Konsultant in offenkundig anomaler Verfassung. Es seien Maßnahmen zu ergreifen, sonst könne es zu einem Schlamassel kommen.

»Telefonieren wollen Sie? Warum nicht, tun Sie das«, pflichtete ihm der Kranke traurig bei, und plötzlich bat er ihn leidenschaftlich: »Aber ich beschwöre Sie zum Abschied, glauben Sie wenigstens, daß der Teufel existiert! Mehr verlange ich gar nicht. Ich sage Ihnen, es gibt dafür einen siebten Beweis, und der ist zwingend! Und er wird Ihnen sogleich präsentiert werden!«

»Gut, gut«, sagte Berlioz mit falscher Freundlichkeit, zwinkerte dem verdrossenen Poeten zu, den die Aussicht, den geistesgestörten Deutschen bewachen zu müssen, keineswegs beglückte, dann eilte er zum Ausgang der Patriarchenteiche an der Kleinen Bronnaja-Straße, Ecke Jermolajewski-Gasse.

Schlagartig war der Professor wieder gesund und gut gelaunt.

»Michail Alexandrowitsch!« schrie er Berlioz hinterher.

Der zuckte zusammen und fuhr herum, doch er beruhigte sich mit dem Gedanken, sein Vor- und Vatersname könnten dem Professor auch aus der Zeitung bekannt sein. Der Professor indes legte die Hände wie ein Sprachrohr vor den Mund und schrie:

»Soll ich Ihrem Onkel in Kiew gleich ein Telegramm schicken lassen?«

Wieder gab es Berlioz einen Ruck. Woher wußte der Verrückte von seinem Kiewer Onkel? Von dem stand nun ganz bestimmt nichts in der Zeitung. Am Ende hatte Besdomny recht? Dann mußten doch die Papiere gefälscht sein? Ach, war das ein merkwürdiger Kerl... Anrufen, anrufen, sofort anrufen! Sollen die sich ihn vorknöpfen.

Berlioz hörte nichts mehr und lief weiter.

Direkt am Ausgang zur Bronnaja erhob sich von einer Bank haargenau der Mann, der sich vorhin im Sonnenschein aus der fetten Gluthitze geformt hatte. Nur war er jetzt kein Luftgebilde, sondern aus Fleisch und Blut, und Berlioz sah in der beginnenden Dämmerung ganz deutlich den Schnurrbart, der an Hahnenfedern erinnerte, die winzigen Augen, die spöttisch und betrunken blickten, und die karierten Hosen, so hoch gezogen, daß die schmutzigen weißen Socken zum Vorschein kamen.

Berlioz prallte zurück, doch er tröstete sich mit dem Gedanken, daß dies ein dummer Zufall sei und er jetzt auch keine Zeit habe, darüber nachzudenken.

»Sie suchen den Ausgang mit dem Drehkreuz, Bürger?« erkundigte sich der Karierte mit brüchigem Tenor. »Hier lang bitte! Geradeaus, dann kommen Sie genau hin. Wie wär's, wollen Sie nicht für den guten Rat einen Viertelliter spendieren, damit ein ehemaliger Kantor sich die Stimme ölen kann?« Der Kerl riß dandyhaft die Jockeimütze vom Kopf.

Berlioz hörte nicht auf den Schnorrer und Talmikavalier, der da den Kantor mimte, er lief zum Drehkreuz und faßte es mit der Hand. Nachdem er es weitergedreht hatte, wollte er eben die Schienen betreten, als ihm rotes und weißes Licht ins Gesicht spritzte: Im Glaskästchen war die Schrift »Achtung, Straßenbahn!« aufgeleuchtet.

Da brauste sie auch schon heran, die Straßenbahn, die auf der neuen Linie von der Jermolajewski-Gasse in die Bronnaja einbog. Gleich hinter der Kurve, wo es geradeaus weiterging, flammte in ihr plötzlich das elektrische Licht auf, und aufheulend legte sie Tempo zu.

Der vorsichtige Berlioz wollte, obwohl er sicher stand, hinters Drehkreuz zurückkehren, legte die Hand auf einen der Holme und trat einen Schritt rückwärts. In diesem Moment glitt seine Hand ab und ließ los, sein Fuß rutschte unaufhaltsam über das eisglatte Pflaster, das sich schräg zu den Schienen hinabsenkte, das andere Bein flog in die Höhe, und Berlioz stürzte auf den Gleiskörper.

Er wollte sich irgendwo festhalten, landete auf dem Rücken und prallte mit dem Hinterkopf nicht sehr heftig gegen das Pflaster. Noch einmal sah er hoch droben, ob rechts oder links, konnte er nicht mehr erkennen, den güldenen Mond. Es gelang ihm, sich auf die Seite zu drehen; mit einer wütenden Bewegung zog er die Beine an den Bauch und erblickte nun die mit unaufhaltsamer Kraft auf ihn zurasende Straßenbahn, das entsetzensbleiche Gesicht der Wagenführerin und ihre rote Armbinde. Berlioz schrie nicht auf, doch ringsum gellte die ganze Straße in hysterischem Frauengekreisch. Die Wagenführerin zog die Schnellbremse, der Wagen kippte mit der Nase nach vorn und wippte danach ein wenig in die Höhe, klirrend und scheppernd

flogen die Scheiben aus den Fenstern. Da schrie es verzweifelt in Berlioz' Gehirn: Das Ende etwa? Noch einmal, zum letztenmal, blinkte der Mond auf, aber er zerfiel schon in Scherben, und dann wurde es ganz dunkel.

Die Straßenbahn überrollte Berlioz, unterm Gitter der Patriarchenallee hervor sprang ein dunkler runder Gegenstand die gepflasterte Böschung hinauf, rollte wieder herab und hüpfte über den Fahrdamm.

Es war der abgetrennte Kopf von Berlioz.

4
Die Verfolgung

Das hysterische Frauengekreisch war verstummt, die Milizpfeifen hatten aufgehört zu trillern, zwei Sanitätswagen fuhren davon: der eine transportierte den enthaupteten Körper nebst abgetrenntem Kopf ins Leichenschauhaus, der andere brachte die von Glassplittern verletzte hübsche Wagenführerin fort; Hausmeister mit weißen Schürzen räumten die Scherben weg und schütteten die Blutlache mit Sand zu, und Besdomny saß noch immer so da, wie er auf die Bank gesunken war – er hatte es nicht fertiggebracht, bis zum Drehkreuz zu laufen.

Ein paarmal versuchte er aufzustehen, aber die Beine gehorchten ihm nicht, eine Art Lähmung hatte ihn befallen.

Er war aufs Drehkreuz zugestürzt, als er den ersten Schrei gellen hörte und der Kopf hüpfend über den Fahrdamm kullerte. Das hatte ihn dermaßen verstört, daß er, auf die Bank gesunken, sich die Hand blutig biß. Den verrückten Deutschen hatte er natürlich vergessen. Er grübelte nur über das eine, wie es möglich war, daß er eben noch mit Berlioz gesprochen hatte, und eine Minute später – der Kopf...

Aufgeregte Menschen rannten an dem Lyriker vorbei durch die Allee und schrien etwas, aber Iwan Nikolajewitsch nahm ihre Worte nicht auf.

Nun trafen jedoch vor ihm zwei Frauen aufeinander, und die eine von ihnen, spitznasig und barhäuptig, schrie der anderen zu:

»Annuschka, unsere Annuschka! Aus der Sadowaja! Die hat ihn auf dem Gewissen! Sie hat im Laden Sonnenblumenöl geholt und die Flasche am Drehkreuz zerschlagen! Den ganzen Rock hat sie sich versaut, und geschimpft hat sie! Der arme Kerl muß ausgerutscht sein und auf die Schienen gefallen.«

Von alledem, was die Frau herausschrie, drang in Besdomnys Bewußtsein nur ein Wort: »Annuschka.«

»Annuschka... Annuschka?« murmelte er und sah sich unruhig um. »Moment mal, Moment...«

Zu dem Wort »Annuschka« gesellte sich »Sonnenblumenöl«, dann kam irgendwoher »Pontius Pilatus« dazu. Den Pilatus verdrängte der Lyriker und knüpfte, beginnend mit dem Wort »Annuschka«, die Kette weiter. Die Glieder fügten sich rasch aneinander und führten alsbald zu dem verrückten Professor.

Richtig! Er hat ja gesagt, die Sitzung wird nicht stattfinden, weil Annuschka schon das Öl verschüttet hat! Und wahrhaftig, sie wird nicht stattfinden! Mehr noch, er hat ja direkt gesagt, eine Frau werde Berlioz den Kopf vom Rumpf trennen! Ja, ja, ja! Eine Frau hat ja den Wagen gefahren! Was in aller Welt hat das zu bedeuten?

Es blieb nicht der leiseste Zweifel, daß der geheimnisvolle Konsultant den gräßlichen Tod von Berlioz genau vorhergewußt hatte. Zwei Gedanken bohrten sich ins Gehirn des Lyrikers. Der erste – er ist keineswegs verrückt, das ist ja Blödsinn!, und der zweite – am Ende hat er das alles selber ausgeheckt?

Aber bitte schön, wie denn?

Na, das werden wir schon erfahren!

Mit gewaltiger Willensanstrengung erhob sich Besdomny von der Bank und stürzte zurück, dahin, wo er mit dem Professor gesprochen hatte. Dieser war zum Glück noch nicht weggegangen.

In der Kleinen Bronnaja-Straße flammten die Laternen auf, über den Patriarchenteichen leuchtete der goldene Mond, und in seinem stets trügerischen Licht dünkte es den Lyriker, daß jener stand und unterm Arm nicht seinen Spazierstock hielt, sondern einen Degen.

Der Kantor im Ruhestand und Anbiederer saß da, wo noch vor kurzem Besdomny gesessen hatte. Er hatte sich jetzt einen sichtlich überflüssigen Zwicker auf die Nase geklemmt, in dem das eine Glas fehlte und das andere einen Sprung hatte. Dadurch sah er noch ekliger aus als vorhin, wo er Berlioz den Weg zu den Schienen wies.

Besdomny wurde kalt ums Herz, als er sich dem Professor näherte, ihm ins Gesicht blickte und sich überzeugte, daß dieses Gesicht keinerlei Anzeichen von Wahnsinn zeigte noch je gezeigt hatte.

»Gestehen Sie, wer sind Sie eigentlich?« fragte er dumpf.

Der Ausländer runzelte die Stirn, warf dem Lyriker einen Blick zu, als sähe er ihn zum erstenmal, und versetzte unwirsch: »Nix verstehn... Nix Russisch sprechen...«

»Der Herr verstehen doch nicht«, mischte sich der Kantor ein, wiewohl niemand ihn gebeten hatte, die Worte des Ausländers zu erläutern.

»Tun Sie doch nicht so!« sagte Besdomny drohend zu dem Konsultanten und fror unterm Herzen. »Sie haben doch eben noch sehr schön russisch gesprochen. Sie sind kein Deutscher und kein Professor! Sie sind ein Mörder und Spion! Ihre Papiere!« schrie er wütend.

Der rätselhafte Professor verzog angewidert den ohnehin schiefen Mund und zuckte die Achseln.

»Bürger!« quasselte wieder der miese Kantor dazwischen. »Was belästigen Sie den ausländischen Touristen? Dafür wird man Sie strengstens bestrafen!«

Der verdächtige Professor zog ein hochmütiges Gesicht, wandte sich ab und ging davon.

Besdomny verlor die Fassung. Atemlos redete er auf den Kantor ein: »He, Bürger, helfen Sie mir, den Verbrecher festzunehmen! Sie sind dazu verpflichtet!«

Der Kantor wurde äußerst lebhaft, er sprang auf und brüllte:

»Ein Verbrecher? Wo? Ein ausländischer Verbrecher?« Seine Äuglein flitzten freudig umher. »Der da? Wenn er ein Verbrecher ist, muß man als erstes ›Hilfe!‹ schreien. Sonst entwischt er. Los, wir beide zusammen, zugleich!« Und der Kantor sperrte den Rachen auf.

Der verdutzte Besdomny gehorchte dem Scherzbold und schrie »Hilfe!«, doch der Kantor hatte ihn genasführt und schrie nicht mit.

Der einsame heisere Schrei des Poeten erbrachte keine guten Ergebnisse. Zwei junge Dinger wichen vor ihm zur Seite, und er hörte das Wort »besoffen«.

»Aha, du steckst wohl mit dem unter einer Decke?« schrie er erbost. »Was ist, willst du dich über mich lustig machen? Laß mich vorbei!«

Iwan sprang nach rechts, der Kantor ebenfalls, Iwan sprang nach links, der Schurke auch.

»Hampelst du mir mit Absicht vor den Beinen rum?« schrie Besdomny in tierischer Wut. »Ich übergebe dich auch der Miliz!«

Besdomny machte einen Versuch, den Halunken am Ärmel zu packen, doch er griff ins Nichts: der Kantor war wie vom Erdboden verschwunden.

Besdomny stieß einen Schrei aus, blickte in die Ferne und gewahrte den verhaßten Professor. Der war schon am Ausgang zur Patriarchengasse, und er war nicht allein. Der mehr als zweifelhafte Kantor hatte sich ihm angeschlossen. Aber das war noch nicht alles. Als Dritter im Bunde war da plötzlich ein Kater aufgetaucht, riesengroß wie ein Eber, rußschwarz, rabenschwarz, mit verwegenem Kavalleristenschnurrbart. Die drei bogen in die Patriarchengasse ein, der Kater auf den Hinterbeinen.

Besdomny stürmte den Bösewichtern hinterher und merkte sofort, daß es sehr schwer sein würde, sie einzuholen.

Das Dreigespann hatte im Nu die Gasse durchquert und war bereits in der Spiridonowka. Sosehr Besdomny auch den Schritt beschleunigte, der Abstand zwischen ihm und den Verfolgten wurde nicht kleiner. Noch war der Lyriker nicht recht zu sich gekommen, da lag auch schon die stille Spiridonowka hinter ihm, und er befand sich am Nikitskije-Tor, wo sich seine

Lage bedeutend verschlechterte, denn hier gab es Gedränge, er rannte Passanten an, wurde beschimpft. Obendrein wendete das Gaunertrio einen beliebten Banditentrick an und trennte sich.

Der Kantor sprang mit großer Geschicklichkeit auf einen fahrenden Autobus, der zum Arbat-Platz sauste, und entkam. Nachdem Besdomny so den einen verloren hatte, konzentrierte er sich auf den seltsamen Kater. Dieser erstieg das Trittbrett eines Triebwagens der Linie A an der Haltestelle, schob frech eine aufquietschende Frau weg, hielt sich an der Griffstange fest und versuchte sogar, der Schaffnerin durch das wegen der drückenden Hitze offenstehende Fenster zehn Kopeken zuzustecken.

Das Verhalten des Katers verdatterte Besdomny so sehr, daß er starr neben einem Lebensmittelgeschäft an der Ecke stehenblieb, wo er abermals, doch weit mehr noch, verdattert wurde durch das Verhalten der Schaffnerin. Diese hatte nämlich kaum den einsteigenden Kater entdeckt, als sie geradezu wutzitternd loszeterte:

»Kater dürfen nicht mitfahren! Sie haben keinen Zutritt! Husch! Steig ab, sonst ruf ich die Miliz!«

Weder die Schaffnerin noch die Fahrgäste waren vom Wesentlichen befremdet: Daß ein Kater die Straßenbahn bestieg, war ja halb so schlimm, aber daß er selbst bezahlen wollte!

Der Kater indes war nicht nur zahlungsfähig, sondern auch diszipliniert. Beim ersten Schrei der Schaffnerin stellte er den Angriff ein, stieg vom Trittbrett, hockte sich an der Haltestelle hin und strich mit dem Zehnkopekenstück den Schnurrbart. Kaum aber hatte die Schaffnerin die Leine gezogen und die Straßenbahn sich in Bewegung gesetzt, da tat der Kater das, was jeder tut, der aus der Straßenbahn gejagt wird und doch mitfahren muß. Er ließ die beiden Anhänger an sich vorbeirollen, sprang hinten auf, krallte sich mit der Pfote an einen Schlauch fest, der aus der Rückwand kam, und fuhr, den Zehner sparend, davon.

Besdomny, dessen Aufmerksamkeit von dem garstigen Kater gefesselt war, hätte beinahe den wichtigsten der drei, den Professor, aus den Augen verloren. Zum Glück war dieser noch nicht entwischt. Der Lyriker erblickte die graue Baskenmütze mitten im Gewühl am Anfang der Großen Nikitskaja oder Herzenstraße. Im Nu war er ebenfalls dort. Doch er hatte keinen Erfolg. Obwohl er den Schritt beschleunigte und in schlankem Trab die Passanten anrempelte, kam er dem Professor keinen Zentimeter näher.

Trotz seiner Verärgerung staunte Besdomny über die unnatürliche Schnelligkeit, mit der die Verfolgung vonstatten ging. Seit dem Nikitskije-Tor waren noch keine zwanzig Sekunden vergangen, da blendeten ihn schon die Lichter des Arbat-Platzes. Noch ein paar Sekunden, und er befand sich in einer dunklen Gasse mit schiefen Gehsteigen, wo er hinknallte und sich

das Knie aufschlug. Wieder eine hellbeleuchtete Magistrale, die Kropotkin-Straße, dann eine Gasse, die Ostoshenka und noch eine Gasse, erbärmlich, häßlich und spärlich beleuchtet. Hier verlor Iwan Besdomny endgültig den Mann, den er unbedingt einholen wollte. Der Professor war verschwunden.

Iwans Verwirrung hielt nicht lange vor, denn er bildete sich plötzlich ein, er würde den Professor ganz sicher im Haus Nr. 13 in der Wohnung 47 finden.

Iwan stürmte in den Torweg, sauste die Treppe zum ersten Stock hinauf, fand dort besagte Wohnung und läutete Sturm. Er brauchte nicht lange zu warten. Ein kleines Mädchen von vielleicht fünf Jahren öffnete ihm und entfernte sich sofort, ohne ihm Fragen zu stellen.

In dem riesigen, unbeschreiblich verwahrlosten Flur, den ein winziges Ecklämpchen unter der hohen, schmutzstarrenden Decke schwach beleuchtete, hing ein Fahrrad ohne Bereifung an der Wand, außerdem stand da eine mächtige eisenbeschlagene Truhe, und auf der Ablage über den Garderobenhaken lag eine Wintermütze, deren lange Ohrenklappen herabbaumelten. Hinter einer Tür sagte im Radio eine hallende Männerstimme verdrossen Gedichte auf.

Iwan Besdomny, nicht im geringsten verschüchtert von der fremden Umgebung, strebte in den Flur hinein und dachte: Er hat sich natürlich im Badezimmer versteckt. Es war dunkel im Flur. An die Wände tappend, erblickte er einen dünnen Lichtstreifen unter einer Tür, ertastete den Drücker und zog ohne besondere Kraftanstrengung die Tür auf. Der Haken sprang ab, Iwan stand im Badezimmer und dachte, er habe doch Glück gehabt.

Jedoch sein Glück war nicht so groß, wie es wünschenswert gewesen wäre. Feuchtwarmer Wrasen schlug ihm entgegen, und im Schein der Kohlen, die im Badeofen glühten, sah er ein paar große Zuber an der Wand hängen. Die Wanne war mit scheußlichen schwarzen Flecken von abgeplatzter Emaille übersät. In der Wanne stand ein splitternacktes Frauenzimmer, mit Seifenschaum bedeckt, einen Bastwisch in der Hand. Kurzsichtig blinzelte sie dem eingebrochenen Iwan entgegen, den sie in der höllischen Beleuchtung offensichtlich verkannte, und sagte leise und fröhlich:

»Kirjuschka, was soll der Unsinn! Sind Sie verrückt? Fjodor Iwanytsch kommt gleich zurück. Gehen Sie sofort raus!« Und sie schwenkte den Bastwisch gegen Iwan.

Das Mißverständnis lag auf der Hand, und schuld daran war natürlich Iwan. Er empfand jedoch nicht das Verlangen, dies zuzugeben, er rief nur vorwurfsvoll: »Ach, ist die verdorben!« und befand sich plötzlich in der Küche. Hier war niemand. Auf der Herdplatte stand im Halbdunkel schweigend ein Dutzend erloschener Primuskocher. Ein Mondstrahl, der durch das staubige, seit Jahren nicht geputzte Fenster drang, warf spärliches Licht in die Winkel, wo in Staub und Spinnengeweben eine vergessene Ikone hing, hinter deren Schrein die Spitzen von zwei Hochzeitskerzen hervorlugten. Unter der großen Ikone war noch eine kleine aus Papier angepinnt.

Niemand weiß, was Iwan sich dabei dachte, als er, bevor er wieder in den dunklen Flur lief, sich eine der beiden Kerzen und die Papierikone aneignete. Mit diesen Gegenständen verließ er die unbekannte Wohnung, murmelte etwas, verwirrt von seinem Erlebnis im Badezimmer, und versuchte unwillkürlich zu erraten, wer dieser freche Kirjuschka sein mochte und ob ihm die schauderhafte Mütze mit den Ohrenklappen gehörte.

In der leeren, trostlosen Gasse blickte sich der Lyriker suchend nach dem Flüchtling um, aber der war nirgends zu sehen. Da sagte Iwan mit fester Stimme zu sich selbst:

»Aber natürlich, er ist an der Moskwa! Vorwärts!«

Man hätte ihn fragen können, wie er darauf kam, daß der Professor ausgerechnet an der Moskwa sei und nicht irgendwo anders. Leider war niemand da, der diese Frage hätte stellen können. Die scheußliche Gasse war völlig leer.

Ganz kurze Zeit später sah man Iwan Nikolajewitsch auf den Granitstufen des Moskwa-Ufers.

Nachdem er seine Kleider abgelegt hatte, vertraute er sie einem sympathischen Bartträger an, der neben einer zerlumpten weißlichen Russenbluse und aufgeschnürten zerlatschten Schuhen saß und eine Selbstgedrehte rauchte. Iwan wedelte mit den Armen, um sich abzukühlen, und warf sich dann im Schwalbensprung ins Wasser. Es war so kalt, daß ihm der Atem stockte, und ihn durchzuckte sogar der Gedanke, er werde möglicherweise nicht wieder an die Oberfläche kommen. Doch diese Befürchtung war grundlos, und Iwan schwamm prustend und fauchend, mit vor Entsetzen weit aufgerissenen Augen durch das nach Öl riechende schwarze Wasser zwischen den gebrochenen Zickzacklinien der Uferlampen.

Als er pitschnaß über die Stufen zu der Stelle turnte, wo er seine Sachen unter der Obhut des Bartträgers zurückgelassen hatte, stellte sich heraus, daß nicht nur die Sachen, sondern auch der Bartträger entwendet waren. An der Stelle, wo der Kleiderhaufen gelegen hatte, fand Iwan gestreifte Unterhosen, die zerlumpte Russenbluse, die Kerze, die Papierikone und eine Streichholzschachtel. In ohnmächtiger Wut drohte er mit der Faust in die Ferne, dann bekleidete er sich mit dem, was ihm zurückgelassen worden war.

Zwei Überlegungen beunruhigten ihn: erstens, daß sein Mitgliedsbuch der MASSOLIT verschwunden war, von dem er sich nie zu trennen pflegte, und zweitens, ob es ihm gelingen würde, in diesem Aufzug unbeschadet durch Moskau zu laufen. Es waren immerhin Unterhosen... Freilich, wen hatte

das zu kümmern, aber es konnte immerhin passieren, daß er angepöbelt oder aufgehalten wurde.

Iwan riß oberhalb der Knöchel die Knöpfe ab, denn er hoffte, daß das Beinkleid so zur Not für eine Sommerhose gelten mochte, dann nahm er Ikone, Kerze und Streichholzschachtel an sich, setzte sich in Bewegung und sprach zu sich selber: »Zum Gribojedow! Zweifellos ist er dort.«

Die Stadt lebte bereits ihr abendliches Leben. In Staub gehüllt, sausten kettenklirrend Lastautos vorbei, darauf lagen auf Säcken rücklings ein paar Männer. Sämtliche Fenster standen offen. Hinter jedem Fenster brannte eine Lampe mit orangefarbenem Schirm, und aus allen Fenstern, aus allen Türen, aus allen Torwegen, von Dächern und Böden, aus Kellern und Höfen schallte heiser brüllend die Polonaise aus der Oper »Eugen Onegin«.

Des Lyrikers Befürchtungen waren nur zu berechtigt gewesen, denn er erregte Aufsehen, und die Passanten drehten sich nach ihm um. Demzufolge faßte er den Entschluß, die großen Straßen zu meiden und sich durch die Seitengäßchen zu schlagen, wo die Leute nicht so zudringlich waren und weniger Aussicht bestand, daß man dem barfüßigen Mann mit Fragen nach seinen Unterhosen zusetzte, die sich hartnäckig weigerten, wie Sommerhosen auszusehen.

Gedacht, getan – Iwan tauchte in das geheimnisvolle Netz der Seitengäßchen am Arbat und schlich sich an den Häusern entlang, furchtsam um sich und hinter sich schielend, ab und zu in einem Hausflur sich versteckend und die Ampelkreuzungen sowie die eleganten Türen der Gesandtschaftsvillen meidend.

Und auf seinem ganzen beschwerlichen Weg quälte ihn unsagbar das allgegenwärtige Orchester, zu dessen Begleitung ein tiefer Baß von seiner Liebe zu Tatjana sang.

5
Der Vorfall im Gribojedow

Das altertümliche zweigeschossige cremefarbene Haus lag am Boulevardring hinter einem kümmerlichen Vorgarten, den ein schmiedeeisernes Gitter vom Gehsteig abschloß. Eine kleine Fläche vor dem Haus war asphaltiert; winters ragte hier ein Schneehaufen, in dem ein Spaten stak, im Sommer aber verwandelte sie sich, von einer Markise überspannt, in ein vorzügliches Gartenrestaurant.

Das Haus hieß »Gribojedowhaus«, weil es angeblich früher einer Tante des Schriftstellers Alexander Sergejewitsch Gribojedow gehört hatte. Ob das stimmt, wissen wir nicht genau. Mir ist, als ob Gribojedow keine Hausbesitzerin zur Tante hatte... Wie dem auch sei, das Haus hieß so. Ja, ein Moskauer Lügenbold erzählte sogar, im runden Säulengang des Obergeschosses habe der berühmte Schriftsteller der auf ein Sofa hingelagerten Tante Auszüge aus seinem Stück »Verstand schafft Leiden« vorgelesen. Hol's der Teufel, vielleicht stimmt es auch, unwichtig!

Wichtig ist, daß dieses Haus gegenwärtig jener MASSOLIT gehörte, welcher der unglückliche Michail Alexandrowitsch Berlioz bis zu seinem Erscheinen an den Patriarchenteichen vorgesessen hatte.

Dem Beispiel der nachlässigen MASSOLIT-Mitglieder folgend, sagte alle Welt nicht »Gribojedowhaus«, sondern einfach »Gribojedow«: »Ich hab mich gestern zwei Stunden im Gribojedow rumgedrückt.« – »Na und?« – »Einen Monat Jalta hab ich ergattert.« – »Großartig!« Oder: »Geh zu Berlioz, er empfängt heute von vier bis fünf im Gribojedow«... und so weiter.

Die MASSOLIT war im Gribojedow denkbar gut und behaglich untergebracht. Jedem, der das Gribojedow betrat, fielen als erstes die Mitteilungen diverser Sportgemeinschaften ins Auge sowie Gruppenaufnahmen, aber auch Einzelfotos von Mitgliedern der MASSOLIT, mit denen (den Fotos) die Wände der Treppe zum ersten Stock behängt waren.

An der Tür des ersten Zimmers im Obergeschoß prangte eine große Inschrift »Angler- und Datschensektion«, darunter war eine Karausche an der Angel abgebildet.

An der Tür des Zimmers Nr. 2 stand etwas völlig Unverständliches: »Schöpferische Eintagsreisen bei M. W. Podloshnaja«.

Die nächste Tür trug die kurze, aber noch unverständlichere Aufschrift »Perelygino«. Dann flimmerte es dem zufälligen Besucher des Gribojedow vor den Augen von all den bunten Aufschriften auf den Nußbaumtüren der Tante: »Eintragung in die Papierzuteilungsliste bei Pokljowkina«, »Kasse«, »Persönliche Abrechnung der Sketchisten«.

Wer sich durch die endlose Schlange drängte, die schon unten bei der Pförtnerloge anfing, konnte die Aufschrift einer Tür lesen, deren Klinke einer dem andern in die Hand gab: »Wohnungsangelegenheiten«.

Hinter den Wohnungsangelegenheiten bot sich der Blick auf ein prächtiges Plakat: Über einen Felsen ritt ein Reiter, in eine Burka gehüllt, die Flinte auf der Schulter. Unten sah man Palmen und einen Balkon, darauf saß ein junger Mann mit Haartolle, der sehr, sehr keck in die Höhe blickte und einen Füllhalter in der Hand hielt. Text: »Schöpferischer Urlaub mit Vollpension von zwei Wochen (Erzählung, Novelle) bis zu einem Jahr (Roman, Trilogie) in Jalta, Suuk-Su, Borowoje, Zichidsiri, Machindshauri und Leningrad (Winterpalais)«. Vor dieser Tür stand auch eine Schlange, aber nicht so lang, höchstens hundertfünfzig Personen.

Folgte man den bizarren Biegungen, Steigungen und Senkungen des Gribojedowhauses weiter, so geriet man an die Aufschriften »Vorstand der

MASSOLIT«, »Kasse Nr. 2, 3, 4, 5«, »Redaktionskollegium«, »Vorsitzender der MASSOLIT«, »Billardzimmer«, dann kamen diverse technische Stellen und schließlich der Säulensaal, in dem die Tante die Komödie ihres genialen Neffen genossen hatte.

Jeder Besucher, der nicht gerade ein ausgemachter Trottel war, wurde sofort beim Betreten des Gribojedow inne, wie gut es die Glückspilze hatten, die der MASSOLIT angehörten, und schwarzer Neid begann an ihm zu nagen. Ungesäumt schickte er bittere Vorwürfe gen Himmel, der ihn bei seiner Geburt nicht mit literarischem Talent gesegnet hatte, ohne das er nicht einmal davon träumen durfte, je in den Besitz des nach teurem Leder duftenden, mit Goldrand verzierten braunen MASSOLIT-Mitgliedsbuchs zu gelangen, das man in ganz Moskau kannte.

Wer steht auf und sagt etwas, um den Neid zu verteidigen? Es ist ein miserables Gefühl. Aber man muß sich in die Lage des Besuchers versetzen. Das, was er im Obergeschoß gesehen hat, ist ja nicht alles. Das ganze Erdgeschoß des Tantenhauses war ein Restaurant, aber was für eins! Mit Recht galt es als das beste in Moskau. Nicht nur, weil es in zwei großen Sälen untergebracht war, auf deren gewölbte Decke lila Pferde mit Assyrermähne gemalt waren, nicht nur, weil auf jedem Tischchen eine mit einem Schal verhüllte Lampe stand, nicht nur, weil hier nicht jeder von der Straße hereindurfte, sondern auch, weil das Gribojedow mit der Qualität seines Speisenangebots jedes andere Moskauer Restaurant wie nichts in den Schatten stellte und weil die Speisen zu erschwinglichen Vorzugspreisen abgegeben wurden.

Darum ist auch nichts Erstaunliches an dem Gespräch, das der Autor dieser wahren Zeilen eines Tages am Gitter vor dem Gribojedow zu hören bekam:

»Wo ißt du heute zu Abend, Amwrossi?«

»Auch eine Frage, hier natürlich, lieber Foka! Archibald Archibaldowitsch hat mir geflüstert, daß es heute Zander naturell gibt. Ein virtuoses Schmekkerchen!«

»Du verstehst zu leben, Amwrossi!« antwortete der magere, verwahrloste Foka, der einen Karbunkel am Hals hatte, dem rotlippigen, goldblonden, dickwangigen Poeten Amwrossi.

»Ganz und gar nicht«, erwiderte Amwrossi, »ich möcht nur leben wie 'n Mensch. Du wirst mir sagen, Foka, man kriegt auch im ›Kolisej‹ Zander. Aber im ›Kolisej‹ kostet die Portion dreizehn Rubel fünfzehn Kopeken und bei uns bloß fünf fünfzig! Außerdem ist der Zander im ›Kolisej‹ drei Tage alt, und du hast dort keine Garantie, daß dir nicht der erstbeste junge Spund, der von der Theaterdurchfahrt reingekommen ist, einen Weintraubenstrunk in die Fresse schmeißt. Nein, ich bin kein Freund vom ›Kolisej‹.« Die Stimme des Schlemmers Amwrossi dröhnte über den Boulevard. »Rede mir nicht zu, Foka!«

»Ich red dir ja gar nicht zu, Amwrossi«, piepste Foka. »Man kann auch zu Hause essen.«

»Besten Dank«, trompetete Amwrossi, »ich stell mir deine Frau vor, wie sie zu Hause in der Gemeinschaftsküche versucht, in einem Kasseröllchen Zander naturell zu basteln! Hihihi! Au revoir, Foka!« Und unterm Abgeträller eines Liedes strebte Amwrossi der Veranda unter der Markise zu.

Ja-haha... Das gab's, das gab's! Alte Moskauer erinnern sich noch an das berühmte Gribojedow! Was war schon der gekochte Zander! Ein Garnichts, lieber Amwrossi! Hingegen der Sterlet, Sterlet in Silberpfanne, Sterlet in Stücken, umlegt mit Krebsschwänzen und frischem Kaviar? Und die Eier à la Cocotte mit Champignonpüree in Tassen? Und die Drosselfilets, haben die Ihnen nicht gemundet? Mit Trüffeln? Und die Wachteln à la Genua? Für neuneinhalb Rubel! Und die Tanzkapelle, und die höfliche Bedienung! Und im Juli, wenn Ihre ganze Familie auf der Datsche war und unaufschiebbare Literaturangelegenheiten Sie in der Stadt zurückhielten, wenn Sie dann auf der Veranda saßen, im Schatten der Weinreben, vor sich im Sonnenschein auf dem blitzsauberen Tischtuch einen Teller Suppe à la printemps? Wissen Sie noch, Amwrossi? Aber was frage ich! Ich sehe an Ihren Lippen, daß Sie's noch wissen. Was sind schon Ihre Schnäpel und Zander! Und die Doppelschnepfen, Halbschnepfen, Bruchschnepfen, Waldschnepfen je nach Saison? Und die Wachteln? Und wenn das Narsan in der Kehle zischte? Aber genug, es lenkt Dich ab, Leser! Mir nach!

Um halb elf an jenem Abend, an dem Berlioz an den Patriarchenteichen starb, war im Obergeschoß des Gribojedow nur ein Zimmer erleuchtet. Darin schmachteten zwölf Schriftsteller, die zur Sitzung gekommen waren und auf Michail Alexandrowitsch Berlioz warteten.

Die da im Leitungszimmer der MASSOLIT auf Stühlen, Tischen und sogar auf den beiden Fensterbrettern saßen, litten sehr unter der Schwüle. Kein frischer Hauch wehte zu den offenen Fenstern herein. Moskau verstrahlte die tagsüber im Asphalt gespeicherte Hitze, und es war sicher, daß die Nacht keine Erleichterung bringen würde. Aus dem Keller des Tantenhauses, wo die Restaurantküche lag, kam Zwiebelgeruch. Alle hatten Durst, alle waren nervös und ärgerlich.

Der Belletrist Beskudnikow, ein stiller, sehr ordentlich gekleideter Mann mit aufmerksamen Augen, die einen jedoch nie recht ansahen, zog die Uhr. Der Zeiger kroch gegen elf. Beskudnikow klopfte mit dem Finger auf das Zifferblatt und wies es seinem Nachbarn, dem Lyriker Dwubratski, der auf dem Tisch hockte und vor Langerweile mit den Füßen baumelte, die in gelben Schuhen mit Gummisohle steckten.

»Allerhand«, knurrte Dwubratski.

»Der Kerl ist bestimmt an der Kljasma hängengeblieben«, sagte mit tiefer

Stimme Nastassja Lukinischna Nepremenowa, eine Moskauer Kaufmannswaise, die Schriftstellerin geworden war und unter dem Pseudonym »Steuermann George« Erzählungen über Seeschlachten schrieb.

»Unerhört!« sagte kühn Sagriwow, Autor von populären Sketchen. »Ich würde mich auch gerne auf den Balkon setzen und Tee trinken, statt hier zu schmoren. Die Sitzung sollte doch um zehn anfangen?«

»Schön ist es jetzt an der Kljasma«, hetzte Steuermann George die Anwesenden auf, denn sie wußte wohl, daß die Datschensiedlung der Literaten, Perelygino an der Kljasma, der allgemeine wunde Punkt war. »Gewiß singen schon die Nachtigallen. Ich kann da draußen am besten arbeiten, besonders im Frühling.«

»Schon seit drei Jahren zahle ich Beiträge, um meine basedowkranke Frau in dieses Paradies zu schicken, aber noch zeigt sich kein Lichtstreif am Horizont«, sagte der Novellist Ieronim Poprichin giftig und bitter.

»Ja, da muß man schon Schwein haben«, brummte der Kritiker Ababkow vom Fensterbrett.

Freude leuchtete in den kleinen Augen des Steuermanns George, und sie sagte mit weichem Alt:

»Genossen, man muß nicht neidisch sein. Es gibt ja dort nur zweiundzwanzig Datschen, und sieben werden noch gebaut, und unsere MASSOLIT hat dreitausend Mitglieder.«

»Dreitausendeinhundertelf«, warf jemand aus der Ecke ein.

»Na sehen Sie«, fuhr der Steuermann fort, »was soll man da machen? Es ist doch ganz natürlich, daß die Datschen den Talentiertesten von uns zugeteilt wurden ...«

»Den Generalen!« stieß der Szenarist Glucharjow ohne Umschweife in den Zank hinein.

Beskudnikow gähnte gekünstelt und verließ das Zimmer.

»Der hat alleine fünf Zimmer in Perelygino«, sagte Glucharjow ihm hinterher.

»Lawrowitsch hat alleine sechs«, schrie Deniskin, »und sein Eßzimmer ist mit Eiche getäfelt!«

»Ach, darum geht's doch jetzt gar nicht«, brummte Ababkow, »es geht darum, daß es schon halb zwölf ist.«

Lärm erhob sich, und eine Art Meuterei drohte auszubrechen. Man rief im verhaßten Perelygino an, erwischte die falsche Datsche, die von Lawrowitsch, erfuhr, daß dieser zum Fluß gegangen sei, und war darüber vollends verärgert. Auf gut Glück rief man über den Hausapparat 930 die Kommission für schöngeistige Literatur an, wo natürlich niemand mehr war.

»Er hätte ja auch anrufen können!« schrien Deniskin, Glucharjow und Quant.

Ach, sie schrien vergebens: Berlioz konnte nirgends mehr anrufen. Weit, weit vom Gribojedow, in einem riesigen Saal, den tausendkerzige Birnen erleuchteten, lag auf drei Zinktischen das, was noch vor kurzem Michail Alexandrowitsch Berlioz gewesen war.

Auf dem ersten lag, mit geronnenem Blut verschmiert, der nackte Körper mit abgequetschter Hand und eingedrücktem Brustkorb, auf dem zweiten der Kopf mit ausgeschlagenen Vorderzähnen und offenen, trüben Augen, die das grelle Licht nicht mehr störte, und auf dem dritten ein Haufen verkrusteter Kleidungsstücke.

Neben dem Enthaupteten standen der Professor für Gerichtsmedizin, der Pathologe, sein Prosektor, der Vertreter der Untersuchungsbehörde und der telefonisch vom Krankenbett seiner Frau abgerufene Stellvertreter von Berlioz in der MASSOLIT, der Schriftsteller Sheldybin.

Der Wagen hatte Sheldybin abgeholt und ihn samt dem Vertreter der Untersuchungsbehörde zuerst zur Wohnung des Toten gebracht (das war gegen Mitternacht), wo dessen Zimmer versiegelt wurden, dann war man ins Leichenschauhaus gefahren.

Jetzt stand man um die sterblichen Überreste des Verblichenen herum und hielt Rat, was besser sei: den abgefahrenen Kopf an den Hals zu nähen oder den Toten für die Aufbahrung im Saal des Gribojedow einfach bis zum Kinn mit einem schwarzen Tuch zu verhüllen.

Ja, Berlioz konnte nirgends mehr anrufen, und es war völlig sinnlos, daß Deniskin, Glucharjow, Quant und Beskudnikow sich lautstark empörten. Punkt Mitternacht verließen die zwölf Schriftsteller das Obergeschoß und begaben sich hinunter ins Restaurant. Hier schmähten sie Berlioz im stillen abermals mit bösen Worten, denn auf der Veranda waren natürlich alle Tische besetzt, und sie mußten in den schönen, doch stickigen Sälen zu Abend essen.

Ebenfalls Punkt Mitternacht hub im ersten Saal ein Dröhnen, Klirren, Scheppern und Schmettern an. Sofort grölte eine dünne Männerstimme lauthals zur Musik: »Haaalleluja!« Die berühmte Tanzkapelle des Gribojedow hatte losgelegt. Die schweißnassen Gesichter schienen aufzuleuchten, die Pferde an der Decke lebendig zu werden, die Lampen helleres Licht zu spenden, und plötzlich, wie von der Kette losgelassen, tanzten beide Säle und auch die Veranda.

Es tanzte Glucharjow mit der Lyrikerin Tamara Polumesjaz, es tanzte Quant, es tanzte der Romancier Shukopow mit einer Filmschauspielerin in gelbem Kleid. Es tanzten Dragunski und Tscherdaktschi, es tanzte der kleine Deniskin mit dem riesigen Steuermann George, es tanzte die schöne Architektin Semejkina-Gall, kräftig umfaßt von einem Unbekannten in weißen Segeltuchhosen. Es tanzten Mitglieder und Gäste, Moskauer und Zugereiste, der Schriftsteller Johann aus Kronstadt, ein gewisser Vitja Kuftik aus Rostow, ein Regisseur wohl, dessen eine Wange mit lila Grind bedeckt war, es tanzten die angesehensten Vertreter der Sektion Lyrik innerhalb der MASSOLIT, das heißt Pavianow, Bogochulski, Sladki, Schpitschkin und Adelfin Busdjak, es tanzten junge Leute unbekannter Profession mit Boxerhaarschnitt und dickwattierten Schultern, und es tanzte ein hochbetagter Mann mit Bart, in dem ein Zwieblauchröhrchen hing, mit einem ältlichen, von der Anämie halbverdauten Fräulein, das ein verknittertes orangefarbenes Seidenfähnchen trug.

Schweißrieselnd trugen die Kellner beschlagene Biergläser über die Köpfe hinweg und schrien heiser und haßerfüllt: »Vorsehn, Bürger!« Irgendwo kommandierte eine Stimme durchs Sprachrohr: »Ein karisches! Zwei Hammelbraten Subrik! Fleck nach Herrscherart!« Die dünne Stimme sang nicht, sie heulte ihr »Haalleluja!«. Bisweilen übertönte das Dröhnen der goldenen Schlagzeugbecken das Scheppern des Geschirrs, das die Abwäscherinnen über eine schräge Gleitbahn in die Küche beförderten. Kurzum, ein Inferno.

Und es gab um Mitternacht in diesem Inferno eine Vision. Auf der Veranda erschien ein schwarzäugiger schöner Mann mit dolchspitzem Bart, in einen Frack gekleidet, und umfaßte mit herrischem Blick sein Reich. Immer wieder behaupteten Mystiker, es habe eine Zeit gegeben, in der der Schönling keinen Frack trug, sondern einen breiten Ledergurt, aus dem mehrere Pistolengriffe ragten, eine Zeit, in der ein rotes Seidentuch sein glänzend schwarzes Haar umschlang; unter seinem Kommando sei in der Karibischen See eine Brigg mit der schwarzen Totenkopffahne gesegelt.

Aber nein, nein! Sie lügen, die Schwärmer und Mystiker, es gibt keine Karibische See auf der Welt, und dort segeln keine tollkühnen Flibustier, und sie werden nicht von einer Korvette gejagt, und kein Pulverqualm zieht über die Dünung. Nichts gibt es, nichts hat es gegeben! Da steht die kümmerliche Linde, da ist das schmiedeeiserne Gitter und dahinter der Boulevard... Eis schmilzt in der Schale, vom Nebentisch starren blutunterlaufene Stieraugen herüber, und man hat solche Angst... O ihr Götter, Gift möchte man nehmen, Gift!

Plötzlich flatterte am Tisch ein Wort auf: »Berlioz!« Plötzlich zerbröckelte die Musik und verstummte, als habe jemand mit der Faust dazwischengedroschen. »Was, was, was, was?« – »Berlioz!« Alles sprang auf, schrie...

Ja, bei der schrecklichen Nachricht schlug eine Welle von Trauer hoch. Leute hasteten hin und her, riefen, man müsse jetzt gleich, auf der Stelle, ohne die Plätze zu verlassen, ein gemeinsames Telegramm aufsetzen und sofort absenden.

Aber was für ein Telegramm? fragen wir. Wozu es absenden? Und an wen eigentlich? Wozu braucht er ein wie immer abgefaßtes Telegramm, der Mann, dessen zerquetschtes Genick jetzt der Prosektor in seinen Gummihänden preßt und durch dessen Hals der Professor seine krummen Nadeln sticht? Er ist tot, er braucht kein Telegramm. Alles ist aus, wir sollten den Telegrafen nicht belasten.

Ja, er ist tot, er ist tot... Aber wir leben doch!

Ja, eine Welle von Trauer schlug hoch, doch sie hielt sich nur kurz und sank wieder in sich zusammen, schon kehrten die ersten an ihren Tisch zurück, kippten, zunächst verstohlen, dann ganz offen einen Schnaps und aßen nach. Wirklich, wozu sollen die Hühnerbuletten de Volaille umkommen? Wie können wir Michail Alexandrowitsch helfen? Dadurch, daß wir hungrig bleiben?

Wir leben doch!

Natürlich wurde der Flügel verschlossen, die Kapelle ging auseinander, und ein paar Journalisten fuhren in ihre Redaktionen, um Nachrufe zu schreiben. Es sprach sich herum, daß Sheldybin aus dem Leichenschauhaus eingetroffen sei. Er hielt sich oben im Arbeitszimmer des Verunglückten auf, und es verbreitete sich das Gerücht, er werde an die Stelle von Berlioz treten. Sheldybin ließ die zwölf Leitungsmitglieder aus dem Restaurant zu sich hinaufbitten, und dann schritt man zur Erörterung der unaufschiebbaren Fragen, betreffend die Ausschmückung des Säulensaals, die Überführung des Toten vom Leichenschauhaus in den Saal, die Einlaßeröffnung und alles übrige, was mit dem traurigen Ereignis zusammenhing.

Im Restaurant ging das gewohnte Nachtleben weiter, und es wäre auch bis zur Schließung weitergegangen, das heißt bis vier Uhr morgens, wenn sich nicht etwas ereignet hätte, was völlig aus dem Rahmen fiel und die Gäste noch erheblich mehr verstörte als die Nachricht vom Tode Berlioz'.

Als erste erregte es die Kutscher, die vor der Einfahrt des Gribojedow warteten. Man hörte, wie einer von ihnen, der sich vom Kutschbock erhoben hatte, schrie:

»Ach du Donner! Seht euch das an!«

Gleich darauf leuchtete wie aus dem Nichts am schmiedeeisernen Gitter ein Flämmchen auf und näherte sich der Veranda. Die Leute an den Tischen erhoben sich glotzend und sahen zusammen mit dem Licht ein weißes Gespenst auf das Restaurant zuwandeln. Als es das Grünspalier erreicht hatte, stand alles stocksteif bei den Tischen. Sterletstücke an den Gabeln und mit quellenden Augen. Der Portier, der in diesem Moment durch die Garderobentür den Hof betreten hatte, um eine Zigarette zu rauchen, trat sie aus und wollte auf das Gespenst zugehen mit der offenkundigen Absicht, ihm den Zutritt zum Restaurant zu versagen, doch er tat es nicht, blieb stehen und grinste dümmlich.

Ungehindert betrat das Gespenst durch die Öffnung im Spalier die

Veranda. Nunmehr sahen alle, daß es keineswegs ein Gespenst war, sondern der allseits bekannte Lyriker Iwan Nikolajewitsch Besdomny.

Er war barfuß, trug eine zerlumpte weißliche Russenbluse, an der vorn mit Sicherheitsnadeln die Papierikone eines unbekannten Heiligen befestigt war, und weißgestreifte Unterhosen. In der Hand hielt er eine brennende Hochzeitskerze. Auf seiner rechten Wange sah man eine frische Schürfwunde. Es ist schwer, das Schweigen auf der Veranda zu schildern. Einem Kellner floß das Bier aus dem schräggehaltenen Glas auf den Fußboden. Der Lyriker hob die Kerze hoch und sagte laut:

»Guten Abend, Freunde!« Dann blickte er unter den nächsten Tisch und rief wehmütig: »Nein, hier ist er nicht!«

Zwei Stimmen wurden laut. Ein Baß sagte erbarmungslos:

»Der ist fertig. Delirium tremens.«

Die zweite war eine Frauenstimme, die erschrocken rief:

»Wie konnte die Miliz ihn in diesem Aufzug durch die Straßen laufen lassen?«

Iwan hörte das und antwortete:

»Zweimal wollten sie mich festhalten, in der Skatertny-Gasse und hier in der Bronnaja, aber ich bin über den Zaun geklettert und hab mir, wie ihr seht, die Backe aufgerissen!« Noch höher hob er die Kerze und schrie: »Brüder in der Literatur!« Seine heisere Stimme wurde kräftiger und klang leidenschaftlich. »Hört mich alle an! Er ist erschienen! Fangt ihn sofort, sonst richtet er unbeschreibliches Unheil an!«

»Was? Was? Was hat er gesagt? Wer ist erschienen?« schallte es von allen Seiten.

»Der Konsultant«, antwortete Iwan, »und dieser Konsultant hat an den Patriarchenteichen Mischa Berlioz getötet.«

Jetzt strömte das Volk aus dem Saal auf die Veranda, und rund um Iwan und sein Licht schoben sich Gaffer zusammen.

»Entschuldigung, Entschuldigung, bitte etwas genauer«, hörte Iwan dicht an seinem Ohr eine leise und höfliche Stimme, »wer hat ihn getötet? Wer?«

»Ein ausländischer Konsultant, Professor und Spion«, entgegnete Iwan und blickte sich um.

»Wie heißt er denn?« fragte es leise an seinem Ohr.

»Ja, wie heißt er!« rief Iwan traurig. »Wenn ich das wüßte! Ich hab's nicht lesen können auf der Visitenkarte. Nur den ersten Buchstaben weiß ich noch, ein V, mit V fing der Name an! Was gibt es für Namen mit V?« fragte er sich selber, fuhr mit der Hand zur Stirn und murmelte: »Vau, vau, vau, va, vo... Vater? Viktor? Vogel? Viebig? Valentin?« Iwans Haare sträubten sich vor Anspannung.

»Valja?« rief eine Frau kläglich.

»Blöde Gans!« schrie Iwan wütend und blickte sich suchend nach der Frau um. »Was hat Valja damit zu tun? Valja ist völlig unschuldig! Vo, va... Nein, ich komm nicht drauf! Folgendes, Leute: Ruft sofort die Miliz an, sie sollen fünf Motorräder mit Maschinengewehren losschicken, um den Professor zu fangen. Vergeßt nicht zu sagen, daß noch zwei andere bei ihm sind: ein langer Kerl mit kariertem Anzug und gesprungenem Zwicker und ein fetter, schwarzer Kater. Ich durchsuche inzwischen das Gribojedow, ich spüre, daß er hier ist!«

Iwan verfiel in Hektik, stieß die Umstehenden auseinander, schwenkte die Kerze, die ihn mit Unschlitt bekleckerte, und spähte unter die Tische.

»Einen Arzt!« rief jemand, und ein freundliches fleischiges Gesicht, glattrasiert und mit einer Hornbrille, erschien vor Iwan.

»Genosse Besdomny«, sagte das Gesicht salbungsvoll, »beruhigen Sie sich! Sie sind verstört durch den Tod unseres geliebten Michail Alexandrowitsch, nein, unseres Mischa Berlioz. Das verstehen wir alle sehr gut. Sie brauchen Ruhe. Die Genossen werden Sie gleich zu Bett bringen, dann werden Sie schlafen...«

»Du«, unterbrach ihn Iwan zähnefletschend, »kapierst du nicht, daß man den Professor fangen muß? Und du fällst mir mit deinem blöden Gequatsche auf die Nerven! Idiot!«

»Genosse Besdomny, erlauben Sie!« antwortete das Gesicht, wich zurück und bereute schon, sich eingemischt zu haben.

»Nein, dir erlaub ich gar nichts«, sagte Iwan Nikolajewitsch mit stillem Haß.

Ein Krampf verzerrte sein Gesicht, er nahm die Kerze aus der rechten Hand in die linke, holte weit aus und schlug in das teilnahmsvolle Gesicht.

Jetzt verfiel man darauf, sich auf Iwan zu stürzen, und man tat es. Die Kerze erlosch, die heruntergefallene Brille wurde augenblicks zertrampelt. Iwan stieß ein uriges Kampfgeheul aus, das zur allgemeinen Freude bis auf den Boulevard zu hören war, und wehrte sich. Klirrend fiel Geschirr von den Tischen, Frauen kreischten.

Während die Kellner den Lyriker mit Handtüchern fesselten, fand in der Garderobe zwischen dem Kommandanten der Brigg und dem Portier ein Gespräch statt.

»Hast du gesehen, daß er in Unterhosen war?« fragte der Pirat kühl.

»Ja doch, Archibald Archibaldowitsch«, antwortete der Portier ängstlich, »aber wie konnte ich ihm den Zutritt verwehren, wo er doch Mitglied der MASSOLIT ist?«

»Hast du gesehen, daß er in Unterhosen war?« wiederholte der Pirat.

»Ich bitte Sie, Archibald Archibaldowitsch«, sagte der Portier und lief dunkelrot an, »was sollte ich denn machen? Ich weiß ja selber, auf der Veranda sitzen Damen...«

»Mit den Damen hat das nichts zu tun, denen ist das egal«, antwortete der Pirat und versengte den Portier buchstäblich mit den Augen, »aber der Miliz ist es nicht egal! Ein Mensch in Unterwäsche kann nur dann durch die Moskauer Straßen laufen, wenn er von Miliz begleitet wird, und nur zu einer einzigen Stelle – zur Wache! Als Portier mußt du wissen, daß du beim Anblick eines solchen Menschen sofort zu pfeifen hast. Hörst du das da draußen?«

Der verzweifelte Portier vernahm von der Veranda her Getümmel, Scherbengeklirr und Frauengekreisch.

»Was soll ich jetzt mit dir machen?« fragte der Flibustier.

Das Portiersgesicht nahm eine typhöse Färbung an, die Augen erloschen. Es dünkte ihn, als schlänge sich um die nunmehr gescheitelten schwarzen Haare vor ihm ein feuerrotes Seidentuch. Frack und Plastron verschwanden, aus breitem Ledergurt schaute ein Pistolengriff. Der Portier sah sich an der Vormarsrahe hängen. Mit eigenen Augen erblickte er seine herausquellende Zunge und den leblos auf die Schulter baumelnden Kopf, und er hörte sogar außenbords das Wasser plätschern. Die Knie knickten ihm ein. Aber da erbarmte sich der Flibustier seiner und milderte den scharfen Blick.

»Paß auf, Nikolai, das war das letzte Mal! Solche Portiers können wir im Restaurant nicht gebrauchen. Geh als Wächter zur Kirche.« Dies gesagt, ordnete der Kommandant rasch, klar und präzis an: »Pantelej vom Büfett. Einen Milizionär. Ein Protokoll. Einen Wagen. Zur Psychiatrischen.« Und er fügte hinzu: »Pfeif!«

Eine Viertelstunde später sah das verblüffte Publikum nicht nur im Restaurant, sondern auch auf dem Boulevard und in den Fenstern der umliegenden Häuser, wie Pantelej, der Portier, ein Milizmann, ein Kellner und der Lyriker Rjuchin aus der Tür des Gribojedow einen jungen Mann geschleppt brachten, eingewickelt wie eine Puppe. Dieser war tränenüberströmt, spuckte um sich, wobei er Rjuchin zu treffen trachtete, und schrie, daß es über den Boulevard schallte:

»Du Miststück!«

Der Fahrer des Lastwagens startete mit bösem Gesicht seinen Motor. Neben ihm wärmte einer der Kutscher seinen Gaul an, indem er ihm die fliederblauen Zügel über die Kruppe hieb, und schrie:

»Hier, mit meinem Traber! Ich hatte schon Fuhren zur Psychischen!«

Ringsum erörterte die Menge raunend das unerhörte Ereignis. Kurzum, es war ein ekelhafter, widerwärtiger, attraktiver, schweinemäßiger Skandal, der erst endete, als der Lastwagen den unglücklichen Iwan Besdomny, den Milizmann, Pantelej und Rjuchin vom Tor des Gribojedow hinwegführte.

6
Schizophrenie, wie gesagt

Als der weißbekittelte Mann mit dem Spitzbärtchen die Aufnahme der berühmten psychiatrischen Klinik betrat, die erst vor kurzem in der Nähe von Moskau am Flußufer fertiggebaut worden war, da zeigte die Uhr halb zwei nachts. Drei Sanitäter ließen kein Auge von Iwan, der auf einem Sofa saß. Auch der höchst erregte Dichter Rjuchin war da. Die Handtücher, mit denen man Iwan gebunden hatte, lagen zuhauf neben ihm auf dem Sofa. Seine Hände und Füße waren frei.

Als Rjuchin den Eintretenden erblickte, wurde er blaß, räusperte sich und sagte schüchtern: »Guten Abend, Doktor.«

Der Arzt machte Rjuchin eine Verbeugung, sah aber dabei nicht ihn an, sondern musterte Iwan. Der saß mit wütendem Gesicht und gerunzelten Brauen völlig unbeweglich und hatte sich nicht mal beim Eintritt des Arztes gerührt.

»Das, Doktor«, flüsterte Rjuchin geheimnisvoll und blickte sich furchtsam nach Iwan um, »das ist der bekannte Lyriker Iwan Besdomny... Ja, wir fürchten, er hat das Delirium tremens.«

»Trinkt er stark?« fragte der Arzt durch die Zähne.

»Das nicht, mal zur Gesellschaft, ja, aber nicht so, daß...«

»Hat er Schaben gesehen, weiße Mäuse, kleine Teufel oder rennende Hunde?«

»Nein«, antwortete Rjuchin zusammenzuckend, »ich hab ihn gestern gesehen und heute morgen, da war er kerngesund.«

»Aber warum ist er in Unterhosen? Hat man ihn aus dem Bett geholt?«

»In diesem Aufzug ist er ins Restaurant gekommen, Doktor...«

»Soso«, sagte der Arzt sehr zufrieden, »und wo hat er die Abschürfungen her? Hat er sich geprügelt?«

»Die hat er sich geholt, als er über einen Zaun kletterte, aber im Restaurant hat er einen geschlagen und noch ein paar andere auch.«

»Soso«, sagte der Arzt, dann wandte er sich an Iwan: »Guten Abend!«

»'n Abend, Sie Schädling!« antwortete Iwan laut und barsch.

Rjuchin war so peinlich berührt, daß er dem höflichen Arzt nicht in die Augen zu sehen wagte. Dieser war jedoch kein bißchen beleidigt; mit gewohnter flinker Bewegung nahm er die Brille ab, hob den Kittel hoch, verstaute sie in der Gesäßtasche und fragte Iwan:

»Wie alt sind Sie?«

»Schert euch doch alle zum Teufel!« schrie Iwan grob und wandte sich ab.

»Warum sind Sie denn so ärgerlich? Habe ich denn etwas Unangenehmes zu Ihnen gesagt?«

»Ich bin dreiundzwanzig«, sagte Iwan erregt, »und ich werde Sie alle verklagen. Vor allem dich, du Laus!« fauchte er Rjuchin an.

»Weswegen wollen Sie denn klagen?«

»Weil Sie mich, einen gesunden Menschen, festgenommen und mit Gewalt in die Klapsmühle verschleppt haben!« antwortete Iwan wütend.

Da betrachtete Rjuchin Iwan genauer, und ihm wurde kalt: In dessen Augen war nicht die geringste Spur von Wahnsinn zu erkennen. Im Gribojedow noch trüb, waren sie jetzt klar wie immer.

Um Gottes willen! dachte Rjuchin erschrocken. Er ist ja ganz normal! So ein Quatsch! Warum haben wir ihn eigentlich hierhergeschleift? Normal ist er, normal, nur die Backe hat er sich zerkratzt...

»Sie befinden sich«, sagte der Arzt ruhig und setzte sich auf einen weißen Hocker mit glänzendem Fuß, »nicht in der Klapsmühle, sondern in einer Klinik, und kein Mensch wird Sie festhalten, wenn es nicht notwendig ist.«

Iwan guckte mißtrauisch, aber dann knurrte er: »Gott sei Dank! Da hat sich endlich ein Normaler gefunden unter all den Idioten, von denen das unbegabte Faultier Saschka der größte ist!«

»Wer ist denn dieser unbegabte Saschka?« erkundigte sich der Arzt.

»Der da«, antwortete Iwan und stieß den schmutzigen Finger in Rjuchins Richtung.

Der lief vor Verdruß rot an. Das ist nun der Dank dafür, dachte er bitter, daß ich Anteil an ihm genommen habe! Er ist doch wirklich ein Schuft!

»Psychologisch gesehen, ist er ein typischer kleiner Kulak«, sagte Iwan, den es sichtlich drängte, Rjuchin zu entlarven, »aber er tarnt sich sorgfältig als Prolet. Sehn Sie sich doch die muffige Visage an und stellen Sie die tönenden Verse dagegen, die er zum Ersten Mai verbrochen hat. Hähähä... ›Steigt empor‹, ›entfaltet euch!‹ Kucken Sie ihm nur mal nach innen, was er da so denkt, dann fallen Sie um!« Und Iwan stieß ein bösartiges Gelächter aus.

Rjuchin atmete schwer, lief puterrot an und dachte nur, daß er eine Schlange am Busen genährt und Teilnahme gezeigt hatte für einen Menschen, der sich bei genauerem Hinsehen als gehässiger Feind erwies. Das Schlimmste war, er konnte nichts machen, er konnte doch nicht über einen Geisteskranken herziehen!

»Warum hat man Sie denn eigentlich zu uns gebracht?« fragte der Arzt, der Iwans Auslassungen aufmerksam angehört hatte.

»Ach, hol sie der Teufel, diese Holzköpfe! Sie haben mich gepackt, mit irgendwelchen Lappen gefesselt und im Lastwagen hierher verschleppt!«

»Gestatten Sie zu fragen, warum Sie das Restaurant in Unterwäsche betreten haben?«

»Da ist gar nichts weiter bei«, antwortete Iwan, »ich habe in der Moskwa gebadet, und da haben sie mir meine Sachen geklaut und diese Lumpen hier zurückgelassen! Sollte ich vielleicht nackend durch Moskau laufen? Darum habe ich angezogen, was da war, ich mußte doch schleunigst ins Gribojedow.«

Der Arzt sah Rjuchin fragend an, und der brummte mürrisch: »So heißt das Restaurant.«

»Aha«, sagte der Arzt, »und warum hatten Sie es so eilig? Eine geschäftliche Besprechung?«

»Dem Konsultanten bin ich hinterher«, antwortete Iwan und sah sich unruhig um.

»Was für einem Konsultanten?«

»Kennen Sie Berlioz?« fragte Iwan bedeutungsvoll.

»Den Komponisten?«

Iwan wurde ärgerlich.

»Welchen Komponisten? Ach so... Nein, den nicht. Der Komponist ist ein Namensvetter von Mischa Berlioz.«

Rjuchin hatte nichts mehr sagen wollen, doch jetzt mußte er erklären:

»Der Sekretär der MASSOLIT, Berlioz, ist heute abend an den Patriarchenteichen unter die Straßenbahn gekommen.«

»Lüg nicht, du hast ja keine Ahnung!« schnauzte Iwan. »Ich war dabei, nicht du! Er hat ihn mit Absicht unter die Straßenbahn gebracht.«

»Hat er ihn gestoßen?«

»Wieso denn gestoßen?« rief Iwan, ungehalten über die allgemeine Begriffsstutzigkeit. »So was hat der gar nicht nötig! Der bringt Sachen fertig, daß du die Ohren anlegst! Er hat vorher gewußt, daß Berlioz unter die Straßenbahn geraten würde!«

»Hat noch jemand außer Ihnen diesen Konsultanten gesehen?«

»Das ist es ja gerade, nur ich und Berlioz.«

»Aha. Was für Maßnahmen haben Sie ergriffen, um den Mörder zu fangen?« Der Arzt drehte sich um und warf einer Frau in weißem Kittel, die abseits am Schreibtisch saß, einen Blick zu. Sie holte ein Blatt Papier hervor und begann die leeren Kästchen auszufüllen.

»Folgende Maßnahmen: Aus der Küche hab ich mir eine Kerze geholt...«

»Diese hier?« fragte der Arzt und zeigte auf die zerbrochene Kerze, die mit der Ikone vor der Frau auf dem Schreibtisch lag.

»Ja, die, und außerdem...«

»Und wozu die Ikone?«

»Ach ja, die Ikone...« Iwan errötete. »Die hat denen doch den größten Schreck eingejagt.« Wieder stieß er den Finger in Rjuchins Richtung. »Aber die Sache ist die, daß er, der Konsultant, er... Sprechen wir doch offen...

Er steht mit dem Bösen im Bunde, und da ist er nicht so leicht zu fangen.«

Die Sanitäter brachten die Hände etwas nach vorn und ließen kein Auge von Iwan.

»Ja doch«, fuhr Iwan fort, »er steht mit ihm im Bunde! Das ist Tatsache. Er hat persönlich mit Pontius Pilatus gesprochen. Da brauchen Sie gar nicht so zu kucken, ich sag's, wie's ist! Alles hat er gesehen, den Balkon und die Palmen. Kurz und gut, er war bei Pontius Pilatus, dafür bürge ich.«

»Sieh einer an...«

»Also, ich hab mir die Ikone ans Hemd gesteckt und bin losgerannt...«

Da schlug plötzlich die Uhr zweimal.

»Ach herrje!« rief Iwan und erhob sich vom Sofa. »Schon zwei, und ich vertrödle hier mit Ihnen die Zeit! Entschuldigung, wo ist das Telefon?«

»Lassen Sie ihn«, befahl der Arzt den Sanitätern.

Iwan ergriff den Hörer, indes die Frau sich leise bei Rjuchin erkundigte:

»Ist er verheiratet?«

»Nein, Junggeselle«, antwortete Rjuchin erschrocken.

»Gewerkschaftsmitglied?«

»Ja.«

»Ist dort die Miliz?« schrie Iwan in den Hörer. »Miliz, ja? Genosse Diensthabender, sorgen Sie dafür, daß sofort fünf Motorräder mit Maschinengewehren losfahren, um den ausländischen Konsultanten festzunehmen. Was? Kommen Sie vorbei und holen Sie mich ab, ich fahre selber mit... Hier spricht der Lyriker Besdomny aus dem Irrenhaus... Wie ist Ihre Adresse?« fragte er flüsternd den Arzt, wobei er die Hand über die Muschel hielt, dann schrie er wieder in den Hörer: »Hören Sie? Hallo! Schweinerei!« brüllte er plötzlich und warf den Hörer an die Wand. Dann wandte er sich dem Arzt zu, reichte ihm die Hand, sagte trocken »Auf Wiedersehen!« und wollte gehen.

»Gestatten Sie, wo wollen Sie denn hin?« sagte der Arzt und blickte Iwan in die Augen. »Mitten in der Nacht, in Unterzeug... Sie fühlen sich nicht gut, bleiben Sie bei uns.«

»Laßt mich durch«, sagte Iwan zu den Sanitätern, die sich vor der Tür aufgebaut hatten. »Laßt ihr mich durch oder nicht?« schrie er drohend.

Rjuchin zitterte, die Frau drückte auf einen Knopf, und auf dem Tisch erschienen ein glänzendes Kästchen und eine Ampulle.

»Ach, so ist das?« Iwan warf wilde und gehetzte Blicke um sich. »Na schön... Auf Wiedersehen!«

Und im Hechtsprung schnellte er sich gegen die Gardine. Es gab einen ziemlichen Knall, doch das Glas hinter dem Store zeigte nicht den leisesten Riß. Gleich darauf zappelte Iwan in den Händen der Sanitäter. Er knirschte, versuchte zu beißen, schrie:

»Ach so, Panzerglas habt ihr da im Fenster! Laßt mich! Laßt mich los!«

Die Spritze funkelte in den Händen des Arztes, die Frau riß mit einem Ruck den zerschlissenen Ärmel der Russenbluse auf und krallte sich mit ganz unweiblicher Kraft in den Arm. Äthergeruch verbreitete sich, Iwan wurde schwach in den Händen der vier Menschen, der Arzt benutzte das geschickt und stach ihm die Nadel in den Arm. Man hielt ihn noch ein paar Sekunden fest und setzte ihn dann aufs Sofa.

»Ihr Banditen!« schrie Iwan und sprang auf, wurde aber sogleich niedergedrückt. Kaum ließ man ihn los, da wollte er hoch, setzte sich aber von selbst wieder hin. Schweigend, mit wilden Augen blickte er sich um, dann gähnte er und lächelte grimmig.

»Da bin ich also eingesperrt«, sagte er, gähnte nochmals, streckte sich plötzlich aus, bettete den Kopf aufs Kissen, legte nach Kinderart die Faust unter die Wange und murmelte schläfrig, ohne Zorn: »Sehr schön... Ihr werdet's büßen... Ich hab euch gewarnt, aber ihr wollt's ja nicht anders... Am meisten interessiert mich jetzt Pontius Pilatus... Pilatus...« Und er schloß die Augen.

»Ein Wannenbad, Einzelzelle 117 und einen Posten vor die Tür«, ordnete der Arzt an und setzte die Brille auf. Da zuckte Rjuchin wieder zusammen: Eine weiße Tür hatte sich geräuschlos geöffnet, und dahinter wurde ein von blauen Nachtlämpchen erleuchteter Korridor sichtbar. Von dort rollte eine Pritsche auf Gummirädern herein, man legte den still gewordenen Iwan darauf und fuhr ihn in den Korridor, und hinter ihm schloß sich die Tür.

»Doktor«, fragte der erschütterte Rjuchin flüsternd, »er ist also wirklich krank?«

»O ja«, antwortete der Arzt.

»Was hat er denn?« fragte Rjuchin schüchtern.

Der müde Arzt blickte Rjuchin an und antwortete matt:

»Motorische Erregung und Sprecherregung... Wahninterpretationen... Offenbar ein schwieriger Fall. Ich nehme an, Schizophrenie. Alkoholismus kommt dazu...«

Rjuchin entnahm den Worten des Arztes nicht viel mehr, als daß es um Iwan ziemlich böse stand.

»Was redet er denn da dauernd von einem Konsultanten?« fragte er seufzend.

»Er hat gewiß jemand gesehen, der seine verwirrte Phantasie beeindruckt hat. Vielleicht eine Halluzination...«

Bald darauf fuhr der Lastwagen mit Rjuchin nach Moskau zurück. Es tagte schon, und das Licht der Chausseelampen wurde überflüssig und unangenehm. Der Fahrer, erbittert, weil er sich die Nacht hatte um die Ohren

schlagen müssen, fuhr auf Teufel komm raus, so daß der Wagen in den Kurven schlingerte.

Jetzt hörte der Wald auf und blieb zurück, der Fluß verschwand seitlich, und alles mögliche streute dem Lastwagen entgegen: Zäune mit Wächterhäuschen und Holzstapel, hohe Pfähle und Masten mit Drahtspulen, Schotterhaufen, von Kanälen gestreifte Erde – kurzum, man spürte, Moskau lag ganz nahe, dort hinter der Kurve, gleich würde es auf sie zubrausen und sie verschlingen.

Rjuchin wurde auf dem Lastwagen weidlich durchgeschüttelt; der Holzklotz, auf dem er saß, wollte immer wieder unter ihm wegrutschen. Die Handtücher aus dem Restaurant hatten Pantelej und der Milizionär, die längst mit dem Obus zurückgefahren waren, auf den Wagen geworfen, wo sie verstreut umherlagen. Rjuchin begann sie einzusammeln, aber dann zischte er wütend: »Hol sie der Teufel! Was strample ich Idiot mich hier ab?«, stieß sie mit dem Fuß weg und beachtete sie nicht mehr.

Er war in fürchterlicher Stimmung. Ihm wurde klar, daß sein Besuch im Haus des Leides schwere Spuren bei ihm hinterlassen hatte. Er suchte dahinterzukommen, was ihn eigentlich quälte. Das Bild von dem Korridor mit den blauen Lampen? Der Gedanke, daß es auf der Welt wohl nichts Schlimmeres gibt, als den Verstand zu verlieren? Ja, das natürlich auch. Aber das war doch ein allgemeiner Gedanke. Da gab es noch etwas. Was nur? Die Beleidigung, das war's. Ja, ja, die beleidigenden Worte, die Besdomny ihm ins Gesicht geschleudert hatte. Schlimm war nicht, daß die Worte beleidigend waren, sondern daß sie der Wahrheit entsprachen.

Der Lyriker blickte nicht mehr nach rechts und links, sondern starrte auf den schütternden schmutzigen Wagenboden, murmelte, jammerte, zermürbte sich selbst.

Ja, seine Gedichte... Zweiunddreißig Jahre war er alt! Wirklich, wie sollte es weitergehen? Auch künftig würde er jedes Jahr ein paar Gedichte schreiben. Bis ins Alter? Ja, bis ins Alter. Was würden die Gedichte ihm einbringen? Ruhm? Quatsch! Betrüg dich doch nicht selbst! Der Ruhm kommt niemals zu einem, der schlechte Verse schreibt. Warum sind sie schlecht? Die Wahrheit hat er gesagt, die Wahrheit! redete Rjuchin erbarmungslos auf sich ein. Ich glaube nichts von dem, was ich schreibe.

Von Nervenschwäche befallen, wankte der Lyriker, doch der Boden unter ihm schaukelte nicht mehr. Rjuchin hob den Kopf und sah, daß er schon längst in Moskau war, ja, daß über Moskau der Morgen graute, die Wolken von unten goldig angestrahlt waren, daß der Lastwagen in einer Fahrzeugkolonne vor der Einmündung in den Boulevard steckengeblieben war und daß ganz in seiner Nähe ein Mensch aus Metall auf einem Postament stand und mit leicht geneigtem Kopf gleichgültig auf den Boulevard blickte.

Seltsame Gedanken fluteten dem erkrankten Lyriker durch den Kopf. Der ist ein Beispiel für wirklichen Erfolg... Rjuchin erhob sich auf dem Lastwagen zu voller Größe und streckte die Hand aus – er attackierte den Metallmenschen, der niemand etwas zuleide tat: Was du auch im Leben für Schritte unternommen hast, was dir auch widerfahren ist – alles schlug dir zum Nutzen aus, alles diente deinem Ruhm! Aber was hast du schon geleistet? Ich kapier das nicht... Was ist denn schon Besonderes an den Worten: »Schwarzer Wolken Sturmeseilen...«? Das versteh ich nicht! Schwein hast du gehabt, nichts als Schwein! schloß Rjuchin giftig und spürte, daß der Lastwagen unter ihm anrollte. Geschossen hat der Weißgardist auf dich, hat dir die Hüfte zertrümmert und dir so die Unsterblichkeit gesichert...

Die Kolonne setzte sich in Bewegung. Bald darauf betrat der Lyriker krank und gealtert die Veranda des Gribojedow. Sie hatte sich bereits geleert. Nur in einer Ecke saß eine Gesellschaft und trank das letzte Glas. In ihrem Mittelpunkt produzierte sich ein bekannter Conférencier, eine Tübetejka auf dem Kopf, ein Glas Abrau in der Hand.

Archibald Archibaldowitsch empfing den mit Handtüchern beladenen Rjuchin freundlich und befreite ihn sofort von den elenden Lappen. Wäre Rjuchin in der Klinik und auf dem Lastwagen nicht derart zermartert worden, so hätte es ihm gewiß Vergnügen bereitet, vom Irrenhaus zu erzählen und seinen Bericht mit erdachten Einzelheiten auszuschmücken. Aber danach war ihm jetzt nicht zumute, und wiewohl er sonst kein sehr scharfer Beobachter war, jetzt, nach der Folter auf dem Lastwagen, blickte er zum erstenmal den Piraten genauer an und erkannte, daß dieser zwar nach Besdomny fragte und sogar »Eijeijei!« rief, daß ihm aber Besdomnys Schicksal herzlich gleichgültig war und nicht das geringste Mitleid in ihm erweckte. Großartig! Recht hat er! dachte Rjuchin mit zynischer Selbstvernichtungswut, brach seine Erzählung über Besdomnys Schizophrenie ab und bat: »Archibald Archibaldowitsch, ich brauch einen Schnaps...«

Der Pirat machte ein mitfühlendes Gesicht und flüsterte: »Ich verstehe... Sofort...« Und er winkte dem Kellner.

Eine Viertelstunde später saß Rjuchin gänzlich einsam vor einer Zärte, leerte dazu ein Glas nach dem andern und war sich bewußt, daß er in seinem Leben nichts mehr ändern, sondern nur noch vergessen konnte.

Der Lyriker hatte seine Nacht vertan, während andere schmausten und zechten, und er wußte jetzt, daß das nicht mehr rückgängig zu machen sei. Er brauchte nur den Kopf vom Tischlämpchen gen Himmel zu heben, um zu begreifen, daß die Nacht unwiederbringlich dahin war. Die Kellner rissen die Tücher von den Tischen. Die Kater, die die Veranda umstreunten, sahen nach Morgen aus. Über den Lyriker wälzte sich unaufhaltsam der neue Tag.

7
Die unheimliche Wohnung

Hätte man Stjopa Lichodejew an diesem Morgen gesagt: »Stjopa, wenn du nicht sofort aufstehst, wirst du erschossen!«, so hätte er matt und kaum hörbar geantwortet: »Erschießt mich, macht mit mir, was ihr wollt, ich steh nicht auf.«

Nicht nur das, ihn dünkte sogar, daß er nicht einmal die Augen öffnen konnte, weil dann sofort ein Blitz aufzucken und seinen Kopf in Stücke reißen würde. In diesem Kopf dröhnte schweres Geläut, zwischen den Augäpfeln und den geschlossenen Lidern schwammen braune Flecke mit feuriggrünen Rändern, und zu allem Überfluß war ihm speiübel, wobei ihm schien, daß diese Übelkeit etwas mit den Tönen eines aufdringlichen Grammophons zu tun hatte.

Stjopa strengte sein Erinnerungsvermögen an, aber nur eines fiel ihm ein, daß er nämlich gestern irgendwo mit einer Serviette in der Hand gestanden und versucht hatte, eine Dame zu küssen, wobei er ihr versprach, sie am nächsten Tag Punkt zwölf zu besuchen. Die Dame hatte das abgelehnt und gesagt: »Nein, nein, ich werde nicht zu Hause sein!«, aber Stjopa hatte eigensinnig beharrt: »Und ich komme doch!«

Was für eine Dame das war, wie spät es jetzt war, welcher Tag heut war und welcher Monat, das alles wußte Stjopa entschieden nicht, und noch schlimmer, er hatte keine Ahnung, wo er sich befand. Um wenigstens dies zu erkunden, zwang er die verklebten Lider des linken Auges auseinander. Im Halbdunkel gewahrte er ein trübes Blinken. Endlich erkannte er den großen Spiegel und begriff, daß er rücklings auf seinem Bett lag, das heißt auf dem ehemaligen Juwelierswitwenbett im Schlafzimmer. Danach brummte ihm derart der Schädel, daß er stöhnend das Auge schloß.

Um es zu erklären: Als Stjopa Lichodejew, Direktor des Varietétheaters, an diesem Morgen zu sich kam, befand er sich in der Wohnung, die er zusammen mit dem verblichenen Berlioz gemietet hatte; sie gehörte zu einem großen fünfstöckigen Haus, das als offenes Rechteck an die Sadowaja grenzte.

Es sei erwähnt, daß sich diese Wohnung Nr. 50 seit langem eines nicht gerade üblen, doch zumindest seltsamen Rufs erfreute. Noch vor zwei Jahren hatte sie der Witwe des Juweliers de Fougeré gehört. Anna Franzewna de Fougeré, eine ehrwürdige und sehr geschäftstüchtige Dame von fünfzig Jahren, hatte von ihren fünf Zimmern drei an einen Mann vermietet, der, glaube ich, Belomut hieß, und an einen anderen, dessen Name verlorengegangen ist.

Genau vor zwei Jahren hatten unerklärliche Ereignisse eingesetzt: Menschen verschwanden spurlos aus der Wohnung.

An einem arbeitsfreien Tag erschien in der Wohnung ein Milizionär, rief den zweiten Mieter (dessen Name verlorengegangen ist) in die Diele und sagte, er werde gebeten, für einen Moment ins Milizrevier zu kommen, um etwas zu unterschreiben. Der Mieter trug Anfissa, der langjährigen treuen Hausangestellten von Anna Franzewna, auf, eventuellen Anrufern auszurichten, er sei in zehn Minuten wieder da, dann entfernte er sich mit dem korrekten weißbehandschuhten Milizionär. Aber er kehrte weder in zehn Minuten noch überhaupt jemals zurück.

Am erstaunlichsten ist, daß offensichtlich auch der Milizionär verschwunden war.

Die fromme und, zugegeben, abergläubische Anfissa versicherte der ärgerlichen Anna Franzewna, da sei Zauberei im Spiel und sie wisse genau, wer den Mieter und den Milizionär verschleppt habe, wolle es nur zur Nacht nicht sagen. Nun, wenn Zauberei einmal anfängt, ist sie bekanntlich schwer zu bremsen. Der Mieter verschwand nach meiner Erinnerung am Montag, und am Mittwoch verschwand auch Belomut, wie in den Erdboden hinein, freilich unter ganz anderen Umständen.

Am Morgen fuhr wie täglich der Wagen vor, um ihn zur Arbeit abzuholen, doch er brachte ihn nicht zurück und fuhr auch nie wieder vor.

Gram und Entsetzen der Madame Belomut lassen sich nicht beschreiben. Leider aber war beides nicht von langer Dauer. Als Anna Franzewna und Anfissa noch in derselben Nacht von der Datsche nach Hause zurückkehrten (Anna Franzewna hatte dort etwas Eiliges zu erledigen gehabt), war die Bürgerin Belomut nicht mehr in der Wohnung. Überdies waren die Türen der beiden Zimmer, die das Ehepaar Belomut bewohnte, versiegelt.

Zwei Tage vergingen irgendwie. Am dritten Tag fuhr Anna Franzewna, die schon die ganze Zeit unter Schlaflosigkeit litt, abermals eilig auf die Datsche. Ich brauche wohl nicht zu sagen, daß sie nicht zurückkehrte!

Die allein gebliebene Anfissa heulte sich aus und legte sich gegen zwei Uhr nachts schlafen. Was weiterhin mit ihr geschah, ist unbekannt, aber die Mieter der Nachbarwohnungen erzählten, in der Wohnung Nr. 50 habe man es die ganze Nacht klopfen hören und bis zum Morgen habe in den Fenstern Licht gebrannt. In der Frühe stellte sich heraus, daß auch Anfissa verschwunden war!

Über die Verschwundenen und die geheimnisvolle Wohnung liefen im Hause noch lange Legenden um, zum Beispiel in der Art, die dürre und fromme Anfissa hätte auf ihrer vertrockneten Brust ein Wildlederbeutelchen mit fünfundzwanzig großen Brillanten getragen, die Anna Franzewna gehörten. Und im Holzschuppen jener Datsche, zu der Anna Franzewna so eilig hin-

gefahren war, seien unermeßliche Schätze entdeckt worden in Gestalt ebendieser Brillanten, aber auch goldener Münzen aus der Zarenzeit. Und Weiteres von der gleichen Güte. Nun, was wir nicht genau wissen, dafür wollen wir uns nicht verbürgen.

Wie dem auch sei, die Wohnung blieb nur eine Woche leer und versiegelt, dann zogen der verblichene Berlioz mit seiner Gattin und Stjopa, ebenfalls nebst Gattin, ein. Es ist ganz natürlich, daß auch bei ihnen, kaum hatten sie das verwunschene Quartier bezogen, etwas nicht mit rechten Dingen zuging! Im Verlauf eines einzigen Monats verschwanden beide Ehefrauen. Allerdings nicht spurlos. Von Frau Berlioz hieß es, man habe sie in Charkow mit einem Ballettmeister gesehen, und Stjopas Eheliebste sei in der Armenhausstraße aufgetaucht, wo der Varietédirektor, wie man munkelte, es mit Hilfe seiner zahllosen Bekanntschaften fertiggebracht hatte, ihr ein Zimmer zu besorgen, unter der Bedingung freilich, daß sie sich nie wieder in der Sadowaja blicken ließ...

Stjopa stöhnte also auf. Er wollte das Hausmädchen Grunja rufen und Pyramidon verlangen, aber ihm fiel gerade noch ein, daß das Quatsch war, weil Grunja natürlich kein Pyramidon hatte. Er versuchte, Berlioz zu Hilfe zu rufen, und stöhnte zweimal: »Mischa... Mischa...«, aber Sie werden verstehen, daß er keine Antwort bekam. In der Wohnung herrschte völlige Stille.

Als Stjopa die Zehen bewegte, kam er dahinter, daß er in Socken dalag; mit zitternder Hand befühlte er seine Hüfte, um festzustellen, ob er in Hosen war, doch es gelang ihm nicht.

Endlich, als er merkte, daß er einsam und verlassen war und niemand sich um ihn kümmerte, entschloß er sich aufzustehen, und sollte es ihn noch so übermenschliche Anstrengungen kosten.

Er riß die verklebten Lider auf und erblickte im Spiegel das Bild eines Mannes mit zerrauften Haaren, gedunsenem Gesicht voll schwarzer Stoppeln, verquollenen Augen, mit schmutzigem Hemd, Schlips und Kragen, Socken und Unterhosen.

Solchermaßen sah er sich im Spiegel, und neben dem Spiegel gewahrte er einen fremden Mann mit schwarzem Anzug und schwarzer Baskenmütze.

Stjopa setzte sich im Bett hoch, riß die blutunterlaufenen Augen auf, so weit er konnte, und starrte den Unbekannten an.

Dieser brach das Schweigen, indem er mit schwerer tiefer Stimme und fremdländischem Akzent folgende Worte sprach:

»Guten Tag, mein allerbester Stepan Bogdanowitsch!«

Eine Pause trat ein, dann stieß Stjopa mit furchtbarer Anstrengung hervor:

»Was wünschen Sie?« Er war verblüfft, denn er erkannte seine eigene

Stimme nicht wieder. Das Wort »was« hatte er im Diskant gesagt, das »wünschen« im Baß, und das »Sie« war ihm vollends mißraten.

Der Unbekannte lächelte freundlich, holte eine große goldene Uhr mit einem Brillantendreieck auf dem Deckel hervor, ließ sie repetieren – sie schlug elfmal – und sagte:

»Elf. Genau seit einer Stunde warte ich, daß Sie erwachen, denn Sie haben mich für zehn Uhr herbestellt. Da bin ich!«

Stjopa tastete nach der Hose auf dem Stuhl neben dem Bett und flüsterte:

»Entschuldigen Sie...« Er zog sie an und fragte heiser: »Würden Sie mir bitte Ihren Namen sagen?«

Das Sprechen fiel ihm schwer. Bei jedem Wort bohrte sich eine Nadel in sein Gehirn und bereitete ihm höllischen Schmerz.

»Wie, Sie haben meinen Namen vergessen?« erwiderte der Unbekannte lächelnd.

»Verzeihen Sie«, krächzte Stjopa und spürte, daß sein Kater ihm ein neues Symptom bescherte: Ihn dünkte, daß der Fußboden neben dem Bett wegkippte und er jetzt gleich kopfüber zu des Teufels Großmutter in die Hölle stürzen werde.

»Lieber Stepan Bogdanowitsch«, sagte der Besucher und lächelte verständnisinnig. »Pyramidon hilft Ihnen nicht. Folgen Sie einer alten weisen Regel und kurieren Sie Gleiches mit Gleichem. Das einzige, was Ihnen das Leben wiedergibt, sind zwei Gläser Wodka mit einer scharfgewürzten warmen Zuspeise.«

Der gewitzte Stjopa, so angeschlagen er war, wußte doch, daß er, war er schon in solchem Zustand angetroffen worden, alles zugeben mußte.

»Ehrlich gesagt«, begann er und konnte kaum die Zunge bewegen, »ich hab gestern ein bißchen...«

»Kein Wort mehr!« antwortete der Besucher und rückte mit dem Sessel zur Seite.

Stjopa gingen die Augen über, als er auf dem kleinen Tisch ein Frühstückstablett erblickte, wo geschnittenes Weißbrot, ein Gläschen Preßkaviar, ein Teller marinierte Steinpilze, eine kleine Kasserolle und endlich die stattliche Juwelierswitwenkaraffe mit Wodka aufgetragen waren. Besonders beeindruckte ihn, daß die Karaffe vor Kälte beschlagen war. Das leuchtete jedoch ein, denn sie stand in der eisgefüllten Spülschüssel. Kurzum, es war ein appetitliches, kunstvoll zusammengestelltes Katerfrühstück.

Der Unbekannte ließ Stjopas Verwunderung nicht bis zu krankhafter Größe gedeihen, sondern goß ihm geschickt ein Glas halbvoll Wodka.

»Und Sie?« piepste Stjopa.

»Mit Vergnügen!«

Stjopas zittrige Hand führte das Glas zum Munde, und auch der

Unbekannte leerte das seine in einem Zug. Stjopa kaute einen Happen Kaviar nach und quetschte hervor:

»Und Sie, wollen Sie nicht... nachessen?«

»Vielen Dank, ich esse nie nach«, antwortete der Unbekannte und goß beide Gläser wieder voll. Dann wurde die Kasserolle geöffnet, die Würstchen in Tomate enthielt.

Nun endlich zerfloß das verfluchte Grün vor den Augen, es sprach sich leichter, und die Hauptsache, Stjopa konnte sich an manches wieder erinnern. Er wußte, daß sich die Sache gestern in Schodnja abgespielt hatte, in der Datsche des Sketchisten Chustow, wohin sie beide im Taxi gefahren waren. Er wußte sogar, daß sie das Taxi vor dem »Metropol« bestiegen hatten und daß noch ein Schauspieler – oder war er kein Schauspieler? – mit einem Koffergrammophon dabeigewesen war. Ja, ja, ja, in der Datsche war es gewesen! Außerdem fiel ihm ein, daß zur Grammophonmusik Hunde geheult hatten. Nur die Dame, die er hatte küssen wollen, blieb im Dunkel... Weiß der Teufel, wer sie war, vom Funk wohl, vielleicht aber auch nicht...

Allmählich hellte sich der gestrige Tag auf, doch noch mehr beschäftigte Stjopa jetzt der heutige Tag und insbesondere das Auftauchen dieses Unbekannten im Schlafzimmer samt Wodka und Zuspeise. Das aufzuklären wäre nicht schlecht!

»Na, ist Ihnen mein Name wieder eingefallen?«

Stjopa lächelte nur verschämt und breitete die Arme aus.

»Aber, aber! Ich ahne, daß Sie gestern nach dem Wodka Portwein getrunken haben. Ich bitte Sie, wie kann man so etwas machen!«

»Ich möchte, daß das unter uns bleibt«, bettelte Stjopa.

»Oh, natürlich, natürlich! Aber für Chustow kann ich selbstverständlich nicht bürgen.«

»Kennen Sie ihn denn?«

»Gestern in Ihrem Arbeitszimmer habe ich dieses Individuum nur kurz gesehen, aber der flüchtige Blick auf sein Gesicht genügt mir, um zu erkennen, daß er ein Lump ist, ein Stänker, Konjunkturritter und Speichellecker.«

Haargenau! dachte Stjopa, den diese kurze und treffende Charakterisierung Chustows verdutzte.

Ja, aus lauter kleinen Stücken fügte sich der gestrige Abend zusammen, aber eine gewisse Unruhe wollte den Varietédirektor nicht verlassen. Im gestrigen Tag klaffte nämlich ein riesiges schwarzes Loch. Diesen Unbekannten mit Baskenmütze, bitte schön, hatte Stjopa gestern in seinem Arbeitszimmer ganz bestimmt nicht gesehen.

»Voland, Professor für Schwarze Magie«, stellte sich der Besucher gewichtig vor, als er Stjopa grübeln sah, dann erzählte er der Reihe nach.

Er sei gestern aus dem Ausland in Moskau eingetroffen, habe unverzüglich

Stjopa aufgesucht und ihm ein Gastspiel im Varietétheater angetragen. Stjopa habe die Moskauer Gebietstheaterkommission angerufen und die Frage abgestimmt (Stjopa klapperte erbleichend mit den Augen), dann habe er mit ihm, Professor Voland, einen Vertrag über sieben Auftritte abgeschlossen (Stjopa riß den Mund auf), ferner sei vereinbart worden, daß Voland ihn heute morgen um zehn aufsuchen solle, um noch ein paar Einzelheiten zu besprechen. Darum sei er nun gekommen.

Beim Eintreten habe er das Hausmädchen Grunja getroffen, die ihm sagte, sie sei auch eben erst gekommen, sie sei nur tagsüber da, und Berlioz sei nicht zu Hause, und wenn der Besucher Stepan Bogdanowitsch sehen wolle, möge er selber ins Schlafzimmer gehen. Stepan Bogdanowitsch schlafe so fest, daß sie sich nicht zutraue, ihn zu wecken. Als er, der Artist Voland, sah, in welchem Zustand Stepan Bogdanowitsch war, habe er Grunja in den nächsten Feinkostladen geschickt, um Wodka und Zuspeise zu holen, und in die Apotheke nach Eis und...

»Was bin ich Ihnen denn schuldig?« fiepte der niedergeschmetterte Stjopa kläglich und suchte nach seiner Brieftasche.

»Oh, lassen Sie doch den Unsinn!« rief der Artist und wollte nichts mehr davon wissen.

Der Wodka und die Zuspeise waren somit erklärt, und doch bot Stjopa nach wie vor einen erbarmungswürdigen Anblick: Er konnte und konnte sich an den Vertrag nicht erinnern und hatte auch, und wenn man ihn totschlug, diesen Voland gestern nicht gesehen. Ja, Chustow war dagewesen, aber nicht Voland.

»Darf ich den Vertrag einmal sehen?« bat Stjopa leise.

»Aber, bitte bitte...«

Stjopa warf einen Blick auf das Papier und erstarrte. Es hatte alles seine Richtigkeit: da war Stjopas eigenhändiger verwegener Schnörkel, schräg an der Seite genehmigte der Finanzdirektor Rimski durch seine Gegenzeichnung, dem Artisten Voland als Vorschuß auf die fünfunddreißigtausend Rubel für die sieben Auftritte zehntausend Rubel auszuzahlen. Mehr noch, da stand auch Volands Unterschrift, mit der er quittierte, die zehntausend erhalten zu haben!

Was ist das bloß? dachte der unglückliche Stjopa, und vor seinen Augen drehte sich alles. Fingen denn schon die verhängnisvollen Gedächtnislücken an? Aber selbstverständlich wäre es jetzt nach Vorlage des Vertrags schlechtweg ungehörig, weiterhin Verwunderung zu äußern. Stjopa bat den Gast, sich für einen Moment entfernen zu dürfen, und rannte auf Socken in die Diele zum Telefon. Unterwegs schrie er in Richtung Küche: »Grunja!«

Aber niemand antwortete. Stjopa warf einen Blick auf die Zimmertür von Berlioz, und da erstarrte er, wie es so schön heißt, zur Salzsäule. Am

Türdrücker erblickte er eine Schnur mit einem gewaltigen Lacksiegel. Ach du Donner! durchfuhr es ihn. Das hat mir gerade noch gefehlt! Seine Gedanken liefen einen doppelten Schienenweg entlang, aber wie stets bei einer Katastrophe in nur einer Richtung, und der Teufel weiß wohin. Der Wirrwarr in Stjopas Kopf ist schwer wiederzugeben. Erst dieser Teufelsspuk mit der schwarzen Baskenmütze, dem kalten Wodka und dem unwahrscheinlichen Vertrag... Und nun zu allem Überfluß, wenn's recht ist, das Siegel an der Tür. Wenn ich einem erzähl, Berlioz hat was angestellt, er glaubt's nicht, nein, er glaubt's nicht! Aber da hängt's, das Siegel. Tja...

Und schon durchschwirrte Stjopas Gehirn der höchst peinliche Gedanke an einen Artikel, den er Berlioz ausgerechnet jetzt erst aufgedrängt hatte, damit der ihn in seiner Zeitschrift abdrucke. Ein blöder Artikel unter Brüdern! Außerdem war er nutzlos, hat auch nur wenig Geld gebracht...

Der Erinnerung an den Artikel folgte auf dem Fuß die Erinnerung an ein zweifelhaftes Gespräch, das er am Abend des 24. April hier im Eßzimmer mit Berlioz geführt hatte, als er mit ihm zu Abend speiste. Das heißt, strenggenommen war das Gespräch natürlich nicht als zweifelhaft zu bezeichnen (auf ein zweifelhaftes Gespräch würde sich Stjopa niemals einlassen), doch es hatte sich um ein überflüssiges Thema gedreht. Ohne weiteres, liebe Leute, hätte Stjopa es vermeiden können. Vor dem Siegel hätte es noch als lächerlich und belanglos gelten dürfen, aber jetzt...

Ach, Berlioz, Berlioz! brodelte es in Stjopa. Das will mir nicht in den Schädel!

Aber Stjopa konnte sich nicht lange der Trauer ergeben, und er wählte die Nummer des Varietéfinanzdirektors Rimski. Seine Lage war heikel: Einmal konnte es den Ausländer beleidigen, daß Stjopa ihn kontrollierte, wiewohl er den Vertrag gesehen hatte, und zum andern war es auch sehr schwierig, mit dem Finanzdirektor zu reden. Er konnte ihn schließlich nicht fragen: Sagen Sie, habe ich gestern mit einem Professor für Schwarze Magie einen Vertrag über fünfunddreißigtausend Rubel abgeschlossen? Das ging doch einfach nicht!

»Hallo!« vernahm er im Hörer Rimskis unangenehme, scharfe Stimme.

»Guten Tag, Grigori Danilowitsch«, sagte Stjopa leise, »hier spricht Lichodejew. Folgendes... hm... hm... Bei mir sitzt dieser... äh... Artist Voland... Also... ich wollte fragen, wie ist es mit heute abend?«

»Ach, der Schwarze Magier?« antwortete Rimski im Hörer. »Die Plakate sind schon fertig.«

»Aha«, sagte Stjopa mit schwacher Stimme, »na, bis nachher...«

»Kommen Sie bald?« fragte Rimski.

»In einer halben Stunde«, antwortete Stjopa, hängte den Hörer auf und preßte den glühenden Kopf mit den Händen. Ach, ist das eine widerliche Geschichte! Was ist bloß mit meinem Gedächtnis los, liebe Leute?

Allein es war unschicklich, lange in der Diele zu verweilen. Stjopa machte sich einen Plan: Mit allen Mitteln würde er seine unglaubliche Vergeßlichkeit bemänteln und jetzt als erstes schlau aus dem Ausländer herauslocken, was dieser eigentlich heute abend in dem Stjopa anvertrauten Varieté vorzuführen gedachte.

Stjopa wandte sich vom Telefon ab und erblickte in dem von der faulen Grunja lange nicht geputzten Spiegel deutlich einen merkwürdigen Kerl, lang wie eine Bohnenstange und mit einem Zwicker (ach, wäre doch Besdomny hiergewesen! Er hätte das Subjekt sofort wiedererkannt!). Der Kerl tauchte im Spiegel auf und verschwand. Unruhig spähte Stjopa den Flur entlang, und wieder gab es ihm einen Ruck, denn im Spiegel ging ein riesiger schwarzer Kater vorbei und verschwand gleichfalls.

Stjopa stockte das Herz, er taumelte.

Was ist denn das? dachte er. Werde ich schon verrückt? Wo kommen denn diese Spiegelbilder her? Er spähte den Flur entlang und schrie ängstlich:

»Grunja! Was treibt sich denn hier für ein Kater rum? Wo kommt der her? Und wer ist da noch?«

»Regen Sie sich nicht auf, Stepan Bogdanowitsch«, antwortete eine Stimme, aber nicht die von Grunja, sondern die des Gastes aus dem Schlafzimmer. »Der Kater gehört mir. Seien Sie nicht so nervös. Und Grunja ist nicht da, ich habe sie nach Woronesh geschickt, in ihre Heimat. Sie beklagte sich, daß Sie ihr den Urlaub vorenthalten.«

Diese Worte waren dermaßen unerwartet und blöd, daß Stjopa beschloß, sich verhört zu haben. In völliger Verwirrung trabte er zurück ins Schlafzimmer, doch auf der Schwelle erstarrte er zur Salzsäule. Seine Haare sträubten sich hoch, seine Stirn bedeckte sich mit winzigen Schweißtröpfchen.

Der Gast war nicht allein im Schlafzimmer, er hatte Gesellschaft: Im zweiten Sessel saß der Kerl, der sich im Vorzimmer gespiegelt hatte. Jetzt war er deutlich zu sehen: Hahnenfederschnurrbart, das eine Zwickerglas blinkte, das andere fehlte. Aber das war noch nicht das Schlimmste. Auf dem Juwelierswitwenhocker lümmelte ein dritter, nämlich der schwarze Kater, der wirklich von gruseliger Größe war. In der einen Pfote hielt er ein Glas Wodka, in der anderen eine Gabel mit einem aufgespießten marinierten Pilz.

Das Licht, im Schlafzimmer ohnehin schwach, verdunkelte sich vollends vor Stjopas Augen. So ist das also, wenn man verrückt wird, dachte er und hielt sich am Türrahmen fest.

»Ich sehe, Sie sind ein wenig verwundert, hochverehrter Stepan Bogdano-

witsch?« fragte Voland den Varietédirektor, der mit den Zähnen schnatterte. »Aber dazu besteht kein Anlaß. Dies ist mein Gefolge.«

Der Kater kippte den Wodka, Stjopas Hand rutschte am Türrahmen abwärts.

»Und mein Gefolge braucht Platz«, fuhr Voland fort, »demnach ist einer von uns zuviel in der Wohnung. Ich glaube, dieser eine sind Sie.«

»Ja, der Herr sind hier überflüssig!« meckerte der lange Karierte, er sprach im Plural von Stjopa. »Überhaupt haben der Herr in letzter Zeit unglaubliche Schweinereien gemacht. Der Herr saufen, benutzen seine Stellung, um Frauen herumzukriegen, der Herr arbeiten nichts und können auch gar nichts arbeiten, weil der Herr keine Ahnung von seinen Pflichten haben. Den Vorgesetzten streuen der Herr Sand in die Augen!«

»Er treibt Mißbrauch mit dem Dienstwagen!« petzte der Kater und kaute den Pilz.

In diesem Moment ereignete sich die vierte und letzte Erscheinung, als Stjopa, der gänzlich zu Boden gesunken war, schon mit schwacher Hand am Türrahmen kratzte.

Direkt aus dem großen Spiegel trat ein kleiner, aber ungewöhnlich breitschultriger Mann mit einer Melone auf dem Kopf. Aus seinem Mund ragte ein Eckzahn, der das ohnehin einmalig fiese Gesicht vollends verunstaltete. Obendrein hatte er feuerrotes Haar.

»Ich verstehe überhaupt nicht«, mischte er sich ins Gespräch, »wie der Kerl Direktor werden konnte.« Der Rothaarige näselte immer stärker. »Er ist ebenso ein Direktor, wie ich ein Erzbischof bin.«

»Du siehst nicht wie ein Erzbischof aus, Asasello«, bemerkte der Kater und legte sich Würstchen auf den Teller.

»Das ist ja meine Rede«, näselte der Rothaarige und fügte, an Voland gewandt, ehrerbietig hinzu: »Gestattet Ihr, Messere, ihn zu sämtlichen Teufeln zu befördern?«

»Husch!« kläffte plötzlich der Kater und sträubte das Fell.

Da begann das Schlafzimmer rund um Stjopa zu rotieren, er prallte mit dem Kopf gegen den Türrahmen, dachte: Ich sterbe, und verlor das Bewußtsein.

Aber er starb nicht. Ein wenig die Augen öffnend, fand er sich auf etwas Steinernem sitzend. Ringsum rauschte es. Als er die Augen richtig offen hatte, erkannte er, daß es ein Meer war, was da rauschte, ja, eine Welle rollte bis dicht vor seine Füße, kurz und gut, er saß an der Spitze einer Mole, über ihm funkelte ein blauer Himmel, und hinter ihm stieg eine schöne Stadt bergan.

Stjopa, der nicht wußte, wie man sich in solchen Fällen verhält, erhob sich mit schlotternden Knien und ging die Mole entlang zum Ufer.

Auf der Mole stand ein Mann, rauchte und spuckte ins Meer. Als er Stjopa bemerkte, starrte er ihn mit wilden Augen an und hörte auf zu spucken. Da leistete sich Stjopa folgendes Ding: kniete vor dem unbekannten Raucher nieder und sprach:

»Ich flehe Sie an, sagen Sie mir, was ist das für eine Stadt?«

»Das ist doch die Höhe!« sagte der Raucher herzlos.

»Ich bin nicht betrunken«, antwortete Stjopa heiser, »mit mir ist etwas passiert... Ich bin krank... Wo bin ich? Was ist das für eine Stadt?«

»Na, Jalta doch...«

Stjopa stieß einen leisen Seufzer aus, sank zur Seite und prallte mit dem Kopf gegen die erwärmten Steine der Mole.

8

Duell zwischen Arzt und Poet

Genau in dem Moment, als in Jalta das Bewußtsein Stjopa verließ, das heißt etwa um halb zwölf mittags, kehrte es zu Iwan Nikolajewitsch Besdomny zurück, der aus langem und tiefem Schlaf erwachte. Einige Zeit überlegte er, wie er in das unbekannte Zimmer mit den weißen Wänden gekommen sei, wo er einen sonderbaren Nachttisch aus hellem Metall und einen weißen Vorhang sah, hinter dem er die Sonne spürte.

Iwan schüttelte den Kopf, der nicht schmerzte, und nun fiel ihm ein, daß er sich in der Heilanstalt befand. Dieser Gedanke zog die Erinnerung an den Tod von Berlioz nach sich, doch erschütterte ihn das Unglück heute nicht mehr so heftig. Nachdem er sich ausgeschlafen hatte, war er ruhiger und dachte klarer. Eine Zeitlang lag er still in dem blitzsauberen, weichen und bequemen Bett mit Sprungfederboden, dann entdeckte er neben sich einen Klingelknopf. Gewohnt, Gegenstände sinnlos zu berühren, drückte Iwan darauf. Er erwartete, daß es läutete oder jemand kam, doch etwas anderes geschah. Am Fußende leuchtete ein Mattglaszylinder auf mit der Schrift »Trinken«. Ein paar Augenblicke stand der Zylinder still, dann drehte er sich, bis die Schrift »Pflegerin« erschien. Versteht sich, daß der sinnreiche Zylinder Iwan beeindruckte. An Stelle von »Pflegerin« erschien die Schrift »Rufen Sie den Arzt«.

»Hm«, brummte Iwan, der nicht wußte, was er mit dem Zylinder anfangen sollte. Aber durch Zufall hatte er Glück. Er drückte ein zweites Mal auf den Knopf, als eben das Wort »Arztgehilfin« zu lesen war. Leise klirrend blieb der Zylinder stehen und erlosch. Ins Zimmer trat eine rundliche, sympathische Frau in sauberem weißem Kittel und sagte zu Iwan: »Guten Morgen!«

Iwan antwortete nicht, denn er hielt den Gruß unter den gegebenen

Umständen für unangebracht. Wirklich, man sperrte einen gesunden Menschen in die Klapsmühle und tat auch noch, als müsse das so sein!

Die Frau hatte inzwischen, ohne daß sich ihr gutmütiges Gesicht veränderte, durch einen Knopfdruck den Vorhang hochgezogen. Durch das großmaschige, leichte Gitter, das bis zum Fußboden reichte, flutete Sonne ins Zimmer. Vor dem Gitter sah Iwan einen Balkon, das Ufer eines sich schlängelnden Flusses und am anderen Ufer einen fröhlichen Kiefernwald.

»Wollen Sie bitte ein Bad nehmen«, sagte die Frau einladend. Unter ihren Händen schob sich die Seitenwand auseinander, und dahinter kam ein Badezimmer nebst vorzüglich ausgestatteter Toilette zum Vorschein.

Iwan, der entschlossen war, nicht mit der Frau zu reden, konnte sich beim Anblick des aus glänzendem Hahn breit in die Wanne strömenden Wassers den ironischen Ausruf nicht verkneifen:

»Donnerwetter! Wie im ›Metropol‹!«

»O nein«, sagte die Frau stolz, »viel besser. Eine solche Einrichtung gibt es auch im Ausland nicht. Ärzte und Wissenschaftler kommen eigens her, um unsere Klinik zu besichtigen. Täglich besuchen uns Touristen.«

Das Wort »Touristen« erinnerte Iwan an den Konsultanten. Seine Gedanken trübten sich, er blickte unter gesenkten Brauen hervor und sagte:

»Die Touristen ... wie ihr die vergöttert! Dabei gibt's unter ihnen die verschiedensten Typen. Ich zum Beispiel hab gestern einen kennengelernt, reizend, sag ich Ihnen!«

Iwan war drauf und dran, von Pontius Pilatus zu erzählen, doch er hielt sich zurück, denn er begriff, das wäre hier fehl am Platze, und sie konnte ihm ohnehin nicht helfen.

Der frisch gebadete Lyriker erhielt alles, was ein Mann nach dem Baden braucht: ein gebügeltes Hemd, Unterhosen, Strümpfe. Damit nicht genug, öffnete die Frau eine Schranktür, wies hinein und fragte:

»Was möchten Sie anziehen, Kittel oder Pyjama?«

Der gewaltsam in seiner neuen Behausung festgehaltene Iwan hätte fast die Hände zusammengeschlagen ob der Unbekümmertheit dieser Frau. Schweigend stieß er den Finger gegen einen Pyjama aus leuchtendroter Baumwolle.

Sodann führte sie ihn durch einen leeren, stillen Korridor in ein riesiges Behandlungszimmer. Entschlossen, in diesem so wundersam ausgestatteten Institut alles mit Ironie aufzunehmen, taufte er den Raum für sich »Betriebsküche«.

Der Name paßte. Hier standen Schränke und Vitrinen mit blitzenden Nickelinstrumenten. Da gab es Sessel von komplizierter Konstruktion, bauchige Glühlampen mit glänzenden Schirmen, viele Fläschchen, Gasbrenner, elektrische Leitungen und gänzlich unbekanntes Gerät.

Drei Personen nahmen sich Iwans an – zwei Frauen und ein Mann, alle in Weiß. Als erstes wurde Iwan zu einem Tisch in der Ecke geführt, wo man ihn offenbar ausfragen wollte.

Er überdachte seine Situation. Drei Wege standen ihm offen. Der erste war am verlockendsten: sich auf die Lampen und all die sinnreichen Sächelchen zu stürzen, sie kurz und klein zu schlagen und dadurch seinen Protest gegen die sinnlose Einsperrung auszudrücken. Aber der heutige Iwan unterschied sich schon erheblich vom gestrigen Iwan, so daß ihn der erste Weg zweifelhaft dünkte: am Ende verstärkte das die hier in der Meinung, daß er ein gewalttätiger Geisteskranker sei. Darum verwarf er den ersten Weg. Es gab einen zweiten: von dem Konsultanten und von Pontius Pilatus zu erzählen. Die gestrige Erfahrung hatte jedoch erwiesen, daß man seinen Worten nicht glaubte oder sie verzerrt aufnahm. Darum verzichtete Iwan auch auf diesen Weg und entschloß sich, den dritten zu wählen und sich in stolzes Schweigen zu hüllen.

Das gelang ihm jedoch nicht ganz, denn er mußte nolens volens eine Reihe Fragen beantworten, was er allerdings kurz und mürrisch tat.

Man fragte ihn nach seinem bisherigen Leben aus, sogar danach, wie sein Scharlach vor fünfzehn Jahren verlaufen sei. Nachdem ein ganzes Blatt mit Iwans Antworten vollgeschrieben war, wurde es umgedreht, und eine der weißbekittelten Frauen befragte Iwan nach seinen Verwandten. Es wurde eine langweilige Ausfragerei: Wer wann und woran gestorben sei, ob er getrunken, an Geschlechtskrankheiten gelitten habe und alles in dieser Art. Anschließend wurde Iwan gebeten, den gestrigen Vorfall an den Patriarchenteichen zu schildern, doch man setzte ihm nicht zu und wunderte sich nicht, als er von Pontius Pilatus berichtete.

Nunmehr trat die Frau Iwan an den Mann ab, der sich auf ganz andere Weise mit ihm beschäftigte und ihm keinerlei Fragen stellte. Er maß Iwans Temperatur, fühlte ihm den Puls, blickte ihm mit Hilfe einer Lampe in die Augen. Dann kam ihm die andere Frau zu Hilfe. Iwan wurde nicht sehr schmerzhaft in den Rücken gestochen, man kratzte ihm mit dem Stiel eines Hämmerchens irgendwelche Zeichen auf die Brust, klopfte ihm gegen die Knie, daß seine Beine hochschnellten, piekte ihm in den Finger und nahm Blut ab, stach ihm in die Armbeuge, legte ihm Gummiarmbänder um…

Iwan lachte im stillen bitter und dachte, wie absurd doch alles gekommen war. Man stelle sich das vor! Er hatte gewarnt vor der Gefahr, die von dem unbekannten Konsultanten drohte, er hatte ihn fangen wollen und nur erreicht, daß er nun in einem geheimnisvollen Kabinett saß, um allen möglichen Unsinn über seinen Onkel Fjodor zu erzählen, der in Wologda dem Quartalssuff obgelegen hatte. Unerträglich blöd!

Endlich war Iwan entlassen. Er wurde wieder in sein Zimmer verfrachtet und bekam eine Tasse Kaffee, zwei weichgekochte Eier und Weißbrot mit Butter.

Nachdem er das alles verzehrt hatte, beschloß er zu warten, bis er mit dem Chef dieses Institutes sprechen konnte, und von dem wollte er dann Aufmerksamkeit und Gerechtigkeit heischen.

Es dauerte nicht lange – er kam gleich nach dem Frühstück. Plötzlich ging Iwans Zimmertür auf, und herein trat ein Haufen Volks in weißen Kitteln. Vorneweg ein sorgfältig nach Schauspielermanier rasierter Mann von vielleicht fünfundvierzig Jahren mit angenehmen, wenn auch sehr stechenden Augen und höflichem Benehmen. Seine Suite verhielt sich zuvorkommend und achtungsvoll zu ihm, so daß sein Eintritt sehr feierlich wirkte. Wie Pontius Pilatus! dachte Iwan.

Ja, das war zweifellos der Chef. Er setzte sich auf einen Schemel, während die anderen stehen blieben.

»Dr. Strawinski«, stellte er sich Iwan vor und blickte ihn freundschaftlich an.

»Hier, Alexander Nikolajewitsch«, sagte einer der Begleiter mit adrettem Bärtchen halblaut und reichte dem Doktor Iwans Krankenblatt.

Eine ganze Akte haben sie da zusammengebastelt, dachte Iwan. Der Doktor überflog mit geübtem Blick das Blatt und murmelte: »Soso, soso«, dann wechselte er mit den Umstehenden ein paar Sätze in einer wenig bekannten Sprache.

Latein redet er wie Pilatus, dachte Iwan traurig. Da ließ das Wort »Schizophrenie« ihn zusammenzucken. O weh, gestern hatte es der verdammte Ausländer an den Patriarchenteichen gesagt, und jetzt wiederholte es hier Dr. Strawinski.

Auch das hat er gewußt! dachte Iwan sorgenvoll.

Der Chef hatte es sich offenbar zur Regel gemacht, allem zuzustimmen und sich über alles zu freuen, was seine Umgebung ihm sagte, und das mit »prachtvoll, prachtvoll« auszudrücken.

»Prachtvoll!« sagte er, gab das Blatt zurück und wandte sich an Iwan. »Sie sind Lyriker?«

»Ja, Lyriker«, antwortete Iwan finster und spürte zum erstenmal einen unerklärlichen Widerwillen gegen alle Lyrik: seine eigenen Verse, die ihm beifielen, kamen ihm gräßlich vor.

Er verzog das Gesicht und fragte Strawinski seinerseits:

»Sie sind Professor?«

Darauf neigte Strawinski höflich und zuvorkommend den Kopf.

»Und Sie sind hier der Chef?« fuhr Iwan fort.

Auch darauf neigte Strawinski den Kopf.

»Ich muß mit Ihnen sprechen«, sagte Iwan bedeutungsvoll.

»Dazu bin ich hergekommen«, antwortete Strawinski.

»Es handelt sich darum«, begann Iwan, der seine Stunde gekommen sah, »daß man mich zum Verrückten befördert hat und niemand mich anhören will.«

»Oh, wir hören Sie sehr aufmerksam an«, sagte Strawinski ernst und beruhigend, »und wir werden auf keinen Fall dulden, daß man Sie zum Verrückten macht.«

»Dann hören Sie bitte! Ich habe gestern abend an den Patriarchenteichen eine geheimnisvolle Person getroffen, möglicherweise einen Ausländer, der hat vorher von Berlioz' Tod gewußt und Pontius Pilatus persönlich gekannt.«

Die Suite hörte dem Lyriker schweigend und reglos zu.

»Pilatus? Den Pilatus, der zu Zeiten Jesu Christi gelebt hat?« fragte Strawinski und blickte Iwan mit schmalen Augen an.

»Ja, den.«

»Aha«, sagte Strawinski, »und dieser Berlioz ist unter der Straßenbahn gestorben?«

»Ja, er ist gestern in meiner Gegenwart bei den Patriarchenteichen von der Straßenbahn zu Tode gefahren worden, wobei dieser geheimnisvolle Mann...«

»Der Bekannte von Pontius Pilatus?« fragte Strawinski, der offenbar eine vorzügliche Auffassungsgabe besaß.

»Richtig«, bestätigte Iwan und sah Strawinski forschend an. »Er also hat vorher gesagt, daß Annuschka das Sonnenblumenöl verschüttet hat. Und genau an der Stelle ist Berlioz ausgerutscht! Wie finden Sie das?« Iwan machte ein bedeutendes Gesicht und erhoffte sich von seinen Worten große Wirkung.

Allein die Wirkung blieb aus, Strawinski stellte einfach die nächste Frage:

»Wer ist Annuschka?«

Diese Frage irritierte Iwan ein wenig, und er verzog das Gesicht.

»Annuschka ist unwichtig«, sagte er nervös. »Weiß der Teufel, wer sie ist. Eine dumme Gans aus der Sadowaja. Wichtig ist, daß er vorher, verstehen Sie, vorher von dem Sonnenblumenöl gewußt hat! Verstehen Sie mich?«

»Ich verstehe Sie sehr gut«, antwortete Strawinski ernst, berührte den Poeten am Knie und fügte hinzu: »Bleiben Sie ruhig und fahren Sie fort.«

»Das tue ich«, sagte Iwan, bemüht, sich Strawinskis Ton anzupassen, denn er wußte schon aus bitterer Erfahrung, daß nur Ruhe ihm helfen konnte, »also dieser furchtbare Kerl (daß er Konsultant ist, war bestimmt gelogen) verfügt über geheimnisvolle Kräfte! Man läuft ihm zum Beispiel hinterher und kann ihn nicht einholen... Außerdem hat er so ein sauberes

Pärchen bei sich: einen langen Kerl mit gesprungenem Zwicker und einen unverschämt großen Kater, der selbständig mit der Straßenbahn fährt.« Iwan, den niemand unterbrach, sprach immer hitziger und überzeugender. »Er war persönlich auf dem Balkon bei Pontius Pilatus, daran gibt es keinen Zweifel. Das ist ein Ding, was? Man muß ihn sofort festnehmen, sonst richtet er unbeschreibliches Unheil an.«

»Sie wollen also, daß er festgenommen wird? Habe ich Sie richtig verstanden?« fragte Strawinski.

Er ist klug, dachte Iwan, man muß zugeben, daß es unter den Intelligenzlern gelegentlich auch sehr kluge Köpfe gibt. Unbestreitbar.

»Vollkommen richtig!« antwortete er. »Wie sollte ich es nicht wollen, überlegen Sie doch selber! Statt dessen werde ich hier mit Gewalt festgehalten, man stößt mir eine Lampe in die Augen, badet mich in der Wanne, fragt mich nach Onkel Fjodor aus! Dabei ist der schon lange tot! Ich verlange, daß man mich sofort freiläßt!«

»Na prachtvoll, prachtvoll!« entgegnete Strawinski. »Nun hat sich ja alles aufgeklärt. Wirklich, was hat es für einen Sinn, einen gesunden Menschen in der Klinik festzuhalten? Nun gut denn, ich lasse sie sofort frei, wenn Sie mir sagen, daß Sie normal sind. Sie brauchen es mir nicht zu beweisen, sondern nur zu sagen. Also, sind Sie normal?«

Völlige Stille trat ein; die dicke Frau, die Iwan am Morgen versorgt hatte, blickte den Professor andächtig an. Iwan dachte nochmals: Er ist ausgesprochen klug!

Die Worte des Professors waren ganz nach seinem Sinn, doch bevor er antwortete, dachte er mit gekrauster Stirn sehr gründlich nach. Endlich sagte er fest:

»Ich bin normal.«

»Na prachtvoll«, rief Strawinski erleichtert, »wenn's so ist, wollen wir doch mal logisch überlegen. Nehmen wir Ihren gestrigen Tag.« Er drehte sich um, und man reichte ihm sofort Iwans Krankenblatt. »Auf der Suche nach einem unbekannten Mann, der sich Ihnen als Bekannter von Pontius Pilatus vorstellte, haben Sie folgendes getan.« Strawinski bog die langen Finger ein, während er bald auf das Blatt, bald auf Iwan blickte. »Sie haben sich eine Ikone an die Brust geheftet. Stimmt's?«

»Stimmt«, bestätigte Iwan düster.

»Sie sind über einen Zaun geklettert und haben sich das Gesicht verletzt. Ist es so? Sie sind ins Restaurant gegangen, eine brennende Kerze in der Hand, nur mit Unterwäsche bekleidet, und haben im Restaurant jemand geschlagen. Man hat Sie gefesselt hierhergebracht. Von hier aus haben Sie die Miliz angerufen und gebeten, Maschinengewehre zu schicken. Dann haben Sie versucht, sich aus dem Fenster zu stürzen. Stimmt's? Nun fragt sich: Konnten Sie, wenn Sie so handelten, jemand fangen oder festnehmen? Wenn Sie normal sind, werden Sie mir antworten: Nein, so nicht. Sie wollen jetzt von hier weg? Bitte sehr. Aber erlauben Sie mir die Frage: Wo werden Sie hingehen?«

»Zur Miliz doch«, antwortete Iwan kleinlaut und etwas konfus unter dem Blick des Professors.

»Gleich von hier aus?«

»Ja doch.«

»Zu sich nach Hause wollen Sie vorher nicht?« fragte Strawinski rasch.

»Dazu hab ich gar keine Zeit! Wenn ich erst in die Wohnung fahre, entwischt er doch!«

»So. Und was werden Sie bei der Miliz erzählen?«

»Von Pontius Pilatus«, antwortete Iwan, und über seine Augen zog sich ein düsterer Schleier.

»Na prachtvoll!« rief Strawinski überzeugt, wandte sich zu dem Mann mit dem Bärtchen und befahl: »Fjodor Wassiljewitsch, entlassen Sie bitte den Bürger Besdomny in die Stadt. Sein Zimmer aber wird nicht anderweitig belegt und die Bettwäsche nicht gewechselt. In zwei Stunden ist der Bürger Besdomny wieder hier. – Tja«, sagte er zu dem Lyriker, »Erfolg wünsche ich Ihnen nicht, denn an den glaube ich kein Jota. Auf baldiges Wiedersehen!« Er stand auf, in seine Suite kam Bewegung.

»Weshalb bin ich in zwei Stunden wieder hier?« fragte Iwan beunruhigt.

Strawinski schien diese Frage erwartet zu haben, er setzte sich wieder hin und sagte:

»Weil man Sie, wenn Sie in Unterhosen zur Miliz kommen und behaupten, Sie hätten einen Mann gesehen, der Pontius Pilatus persönlich gekannt hat, sofort hierherbringt und Sie dieses Zimmer wieder beziehen werden.«

»Wieso denn wegen der Unterhosen?« fragte Iwan und sah sich verwirrt um.

»Hauptsächlich wegen Pontius Pilatus. Aber auch wegen der Unterhosen. Die Anstaltskleidung müssen wir Ihnen schließlich abnehmen und Ihnen Ihre Sachen zurückgeben. Eingeliefert wurden Sie in Unterhosen. Zu Ihrer Wohnung wollen Sie partout nicht fahren, obwohl ich Sie darauf gestoßen habe. Wenn Sie dann noch von Pilatus erzählen, ist der Fall klar.«

Da geschah etwas Merkwürdiges mit Iwan Nikolajewitsch. Sein Wille spaltete sich gleichsam, und er spürte, daß er schwach war und guten Rates bedurfte.

»Was soll ich denn machen?« fragte er zum erstenmal schüchtern.

»Na prachtvoll!« erwiderte Strawinski. »Eine höchst vernünftige Frage. Jetzt werde ich Ihnen sagen, was mit Ihnen passiert ist. Gestern hat jemand Sie heftig erschreckt und Sie mit der Geschichte von Pontius Pilatus und all dem übrigen verwirrt. Daraufhin sind Sie, ein labiler, nervlich zerrütteter Mensch, durch die Stadt gelaufen und haben von Pontius Pilatus erzählt. Es ist ganz natürlich, daß man Sie für verrückt gehalten hat. Ihre einzige Rettung ist jetzt völlige Ruhe. Sie müssen unbedingt hierbleiben.«

»Aber man muß ihn doch dingfest machen!« rief Iwan flehend.

»Schön, schön, aber warum müssen Sie dazu selber losrennen? Schreiben Sie Ihren Verdacht und Ihre Beschuldigungen gegen diesen Mann nieder. Nichts ist einfacher, als Ihren Schriftsatz an die zuständige Stelle zu schicken, und wenn wir es, wie Sie meinen, mit einem Verbrecher zu tun haben, wird sich alles sehr schnell aufklären. Aber eine Bedingung: Strengen Sie Ihren Kopf nicht zu sehr an und geben Sie sich Mühe, weniger an Pontius Pilatus zu denken. Was wird nicht alles erzählt! Man darf nicht alles glauben.«

»Ich verstehe«, erklärte Iwan entschlossen. »Ich bitte um Papier und Feder.«

»Geben Sie ihm Papier und einen kurzen Bleistift«, befahl Strawinski der dicken Frau, und zu Iwan sagte er: »Aber ich rate Ihnen, heute noch nicht anzufangen!«

»Doch, doch, heute, unbedingt heute!« rief Iwan aufgeregt.

»Na schön. Aber strengen Sie Ihren Kopf nicht an. Wird's nicht heute, wird es morgen.«

»Aber dann entkommt er doch!«

»O nein«, widersprach Strawinski überzeugt, »er entkommt nicht, dafür bürge ich Ihnen. Vergessen Sie nicht, daß Ihnen hier mit allen Mitteln geholfen wird, und ohne das wird es nichts mit Ihnen. Hören Sie mich?« fragte Strawinski plötzlich eindringlich, ergriff beide Hände Iwans, nahm sie in die seinen, blickte ihm lange unverwandt in die Augen und wiederholte: »Ihnen wird hier geholfen... Hören Sie mich? Ihnen wird hier geholfen, Sie werden sich erleichtert fühlen, hier ist es still, alles schön ruhig... Ihnen wird hier geholfen...«

Iwan gähnte plötzlich, sein Gesicht entspannte sich.

»Ja, ja«, sagte er leise.

»Na prachtvoll!« sagte Strawinski gewohnheitsmäßig zum Schluß des Gesprächs und erhob sich. »Auf Wiedersehen!« Er drückte Iwan die Hand und sagte schon im Gehen zu dem Mann mit dem Bärtchen: »Ja, versuchen Sie es mit Sauerstoff. Und Wannenbäder.«

Gleich darauf waren Strawinski und seine Suite verschwunden. Vor dem Fenstergitter prangte der fröhliche Frühlingswald am anderen Ufer in der Mittagssonne, und davor funkelte der Fluß.

9
Korowjews Streiche

Nikanor Iwanowitsch Bossoi, Vorsitzender der Hausgemeinschaft des Hauses Sadowaja 302b in Moskau, in dem der verstorbene Berlioz gewohnt hatte, war seit der Nacht von Mittwoch auf Donnerstag gräßlichen Scherereien ausgesetzt.

Um Mitternacht war, wie wir wissen, die Kommission ins Haus gekommen, zu der Sheldybin gehörte. Sie hatte Nikanor Iwanowitsch herausgeklingelt, ihm den Tod von Berlioz mitgeteilt und mit ihm die Wohnung Nr. 50 aufgesucht.

Hier wurden die Papiere und das Eigentum des Toten versiegelt. Weder das Hausmädchen Grunja noch der leichtsinnige Lichodejew waren in der Wohnung. Die Kommission eröffnete Nikanor Iwanowitsch, die Manuskripte des Verstorbenen würden zwecks Sichtung abgeholt werden, sein Wohnraum, das heißt drei Zimmer (ehedem Arbeitszimmer, Salon und Eßzimmer der Juwelierswitwe), stünden der Hausgemeinschaft zur Verfügung, doch die Sachen hätten in der erwähnten Wohnung zu verbleiben, bis die Erben ermittelt seien.

Die Nachricht vom Tode Berlioz' verbreitete sich mit Windeseile im ganzen Hause, und am Donnerstag schrillte seit sieben Uhr früh bei Nikanor Iwanowitsch das Telefon. Dann kamen Leute und brachten schriftliche Erklärungen, in denen Ansprüche auf den Wohnraum des Verblichenen geltend gemacht wurden. Binnen zwei Stunden nahm Nikanor Iwanowitsch zweiunddreißig Stück entgegen.

Die Erklärungen enthielten Bitten, Drohungen, Verleumdungen und Denunziationen, ferner das Versprechen, auf eigene Kosten renovieren zu lassen, Hinweise auf unerträgliche Beengtheit und darauf, daß es unmöglich sei, mit Banditen in einer Wohnung zu hausen. Unter anderem gab es da die durch ihre künstlerische Kraft erschütternde Schilderung eines Raubes von Fleischpastetchen, die in der Wohnung Nr. 31 in einer Jackentasche verschwunden seien, zwei Ankündigungen, das Leben durch Selbstmord zu beenden, und ein Geständnis heimlicher Schwangerschaft.

Nikanor Iwanowitsch wurde in die Diele seiner Behausung gebeten, man nahm ihn beim Ärmel, flüsterte, zwinkerte und versprach, sich erkenntlich zu zeigen.

Diese Tortur währte bis kurz nach zwölf, dann entwich Nikanor Iwanowitsch in den Verwaltungsraum neben der Haustür, doch als er sich auch hier belagert sah, ergriff er abermals die Flucht. Nachdem er seine Verfolger auf dem asphaltierten Hof mit knapper Not abgeschüttelt hatte, entkam er in den sechsten Aufgang und stieg hinauf zum vierten Stock, in dem die verdammte Wohnung Nr. 50 lag.

Der füllige Nikanor Iwanowitsch verschnaufte auf dem Treppenabsatz, dann läutete er, doch niemand öffnete. Er läutete nochmals und nochmals und knurrte leise Flüche vor sich hin. Aber auch jetzt wurde nicht geöffnet. Da riß ihm die Geduld, er holte den Bund Zweitschlüssel aus der Tasche, die der Hausverwaltung gehörten, schloß mit behördlicher Hand die Tür auf und trat ein.

»He, Hausmädchen!« schrie er in der halbdunklen Diele. »Wie heißt du gleich, Grunja, was? Bist du nicht da?«

Keine Antwort.

Da löste Nikanor Iwanowitsch das Siegel von der Tür des Arbeitszimmers, entnahm seiner Aktentasche einen Zollstock und trat ein.

Ein trat er, doch schon auf der Schwelle blieb er überrascht stehen und zuckte sogar zusammen.

Am Tisch des Toten saß ein langer, magerer Mann mit kariertem Jäckchen, Jokeimütze und Zwicker, kurzum, der Bewußte.

»Wer sind Sie denn, Bürger?« fragte Nikanor Iwanowitsch erschrocken.

»Ei, Nikanor Iwanowitsch!« brüllte der Mann mit klirrendem Tenor, sprang auf und quetschte dem überrumpelten Vorsitzenden die Hand. Die Begrüßung bereitete Nikanor Iwanowitsch jedoch keine Freude.

»Entschuldigung«, sagte er argwöhnisch, »wer sind Sie? Eine offizielle Person?«

»Aber, aber, Nikanor Iwanowitsch!« rief der Unbekannte herzlich. »Was ist denn eine offizielle oder inoffizielle Person? Das kommt doch ganz drauf an, von welchem Gesichtspunkt man die Sache betrachtet. Das sind doch fließende und relative Begriffe, Nikanor Iwanowitsch. Heute bin ich eine inoffizielle Person und morgen – bums! – eine offizielle! Es kann auch umgekehrt sein, und wie!«

Diese Erörterung stellte jedoch den Vorsitzenden der Hausverwaltung in keiner Weise zufrieden. Von Natur mißtrauisch, folgerte er, der Schwadroneur vor ihm sei eine inoffizielle und wohl auch unbefugte Person.

»Wer sind Sie? Wie ist Ihr Name?« fragte er immer strenger und machte Miene, auf den Unbekannten einzudringen.

»Mein Name«, antwortete der Mann, den solche Strenge nicht die Spur beirrte, »ist, na, sagen wir, Korowjew. Aber wollen Sie nicht etwas zu sich nehmen, Nikanor Iwanowitsch? Ganz ohne Umstände, na?«

»Nein, danke«, sagte Nikanor Iwanowitsch schon sehr empört, »was soll das jetzt?« (Es sei, wenn auch ungern, zugegeben, daß Nikanor Iwanowitsch von Natur ein bißchen ungehobelt war.) »In den Räumen des Verstorbenen dürfen Sie sich nicht aufhalten! Was machen Sie hier?«

»Aber so setzen Sie sich doch, Nikanor Iwanowitsch!« brüllte der Mann, nicht im geringsten verlegen, scharwenzelte um den Vorsitzenden herum und diente ihm einen Sessel an.

Nikanor Iwanowitsch lehnte wutentbrannt den Sessel ab und heulte:

»Wer sind Sie?«

»Ich bin, wenn's recht ist, Dolmetscher bei einem Ausländer, der in dieser Wohnung seine Residenz aufgeschlagen hat«, stellte sich der Mann vor, der sich Korowjew genannt hatte, und knallte die Hacken seiner ungeputzten, rötlich verfärbten Schuhe zusammen.

Nikanor Iwanowitsch sperrte den Mund auf. Die Anwesenheit eines Ausländers in dieser Wohnung, noch dazu mit Dolmetscher, überraschte ihn völlig, und er heischte Erklärungen.

Der Dolmetscher erklärte gern. Der ausländische Artist, Herr Voland, sei liebenswürdigerweise vom Varietédirektor Stepan Bogdanowitsch Lichodejew eingeladen worden, für die Dauer seines Gastspiels, eine Woche etwa, in dessen Wohnung zu logieren. Der Varietédirektor habe schon gestern abend brieflich an Nikanor Iwanowitsch die Bitte gerichtet, den Ausländer zeitweilig im Hause anzumelden, da er selber nach Jalta fahre.

»Gar nichts hat er mir geschrieben«, sagte der Vorsitzende verdutzt.

»Sehen Sie doch mal in Ihrer Aktentasche nach, Nikanor Iwanowitsch«, schlug Korowjew süßlich vor.

Nikanor Iwanowitsch öffnete achselzuckend die Aktentasche und fand darin den Brief des Varietédirektors.

»Wie konnte ich das vergessen?« murmelte er und blickte stumpf auf das geöffnete Kuvert.

»Nicht nur so was kommt vor, nicht nur so was, Nikanor Iwanowitsch!« schwatzte Korowjew. »Zerstreutheit, Zerstreutheit, Übermüdung, erhöhter Blutdruck, mein teurer Freund Nikanor Iwanowitsch! Ich bin auch entsetzlich zerstreut! Wir werden mal zusammen ein Gläschen trinken, dann erzähl ich Ihnen ein paar Dinger aus meiner Biographie, Sie lachen sich scheckig!«

»Wann fährt denn Lichodejew nach Jalta?«

»Aber er ist doch schon weg!« rief der Dolmetscher. »Der rollt schon irgendwo durch die Weltgeschichte! Weiß der Teufel wo!«

Der Dolmetscher ließ die Arme kreisen wie Windmühlenflügel.

Nikanor Iwanowitsch versetzte, er müsse den Ausländer persönlich sehen, aber darin erteilte ihm der Dolmetscher eine Abfuhr, das sei ganz unmöglich. Der Artist sei beschäftigt. Er dressiere seinen Kater.

»Den Kater kann ich Ihnen zeigen, wenn Sie wollen«, bot Korowjew an.

Das aber lehnte Nikanor Iwanowitsch ab, und nun machte ihm der Dolmetscher einen überraschenden, aber sehr verlockenden Vorschlag.

Da der Herr Voland um keinen Preis im Hotel zu wohnen wünsche und andererseits gewohnt sei, viel Platz zu haben, ob da nicht die Hausgemeinschaft ihm für eine Woche, solange sein Gastspiel in Moskau dauere, die ganze Wohnung abtreten könne, das heißt auch die Zimmer des Verstorbenen?

»Ihm, dem Toten, ist es schließlich egal«, zischelte Korowjew, »Sie werden zugeben, Nikanor Iwanowitsch, daß die Wohnung ihm gar nichts mehr nützt.«

Nikanor Iwanowitsch erwiderte etwas unschlüssig, Ausländer müßten doch im »Metropol« wohnen, keineswegs in Privatquartieren...

»Ich sag Ihnen, er ist launisch wie sonstwas!« raunte Korowjew. »Er will nun mal nicht! Er mag keine Hotels! Ich hab sie bis hier, diese Touristen!« klagte er vertraulich und fuhr sich mit dem Finger über den dürren Hals. »Glauben Sie mir, die töten einem jeden Nerv! Da kommt so einer an, und entweder spioniert er wie der letzte Strolch, oder er macht einen mit seinen Launen fertig: dies paßt ihm nicht, das paßt ihm nicht! Und was Ihre Hausgemeinschaft betrifft, Nikanor Iwanowitsch, so wird sie größten Vorteil und ganz eindeutig Profit davon haben. Aufs Geld schaut er nicht.« Korowjew sah sich um, dann tuschelte er dem Vorsitzenden ins Ohr: »Er ist Millionär!«

Der Vorschlag des Dolmetschers barg einen klaren praktischen Sinn, es war ein sehr reeller Vorschlag, aber sehr unreell waren die Sprechweise des Dolmetschers, seine Kleidung und dieser schauderhafte, völlig nutzlose Zwicker. Demzufolge saß ein nicht recht faßbarer Stachel in der Seele des Vorsitzenden; dennoch entschloß er sich, den Vorschlag anzunehmen. Es war nämlich so, daß die Hausgemeinschaft ein Riesendefizit zu beklagen hatte. Im Herbst mußte Öl für die Dampfheizung gekauft werden, doch wovon, wußte keiner. Mit dem Touristengeld konnte man sich vielleicht sanieren. Der geschäftstüchtige und vorsichtige Nikanor Iwanowitsch erklärte jedoch, er müsse die Frage zuerst mit dem Ausländerbüro abstimmen.

»Ich verstehe!« rief Korowjew. »Wie sollte es ohne Abstimmung gehen! Tun Sie das unbedingt! Da ist das Telefon, Nikanor Iwanowitsch, rufen Sie sofort an! Und wegen des Geldes seien Sie nicht zimperlich«, setzte er flüsternd hinzu, indes er den Vorsitzenden in die Diele zum Telefon zog, »von wem sollte man es nehmen, wenn nicht von ihm! Sie müßten mal seine Villa in Nizza sehen! Wenn Sie nächsten Sommer ins Ausland fahren, sollten Sie unbedingt vorbeikommen und sie anschauen, Sie werden Augen machen!«

Die telefonische Absprache mit dem Ausländerbüro ging mit einer Fixigkeit vonstatten, die den Vorsitzenden erstaunte. Es stellte sich heraus, daß man dort über die Absicht des Herrn Voland, in einem Privatquartier zu wohnen, bereits unterrichtet war und nicht das geringste dagegen einzuwenden hatte.

»Na großartig!« grölte Korowjew.

Ein wenig betäubt von dessen lautem Geschwafel, erklärte der Vorsitzende, die Hausgemeinschaft sei bereit, dem Artisten, Herrn Voland, die Wohnung Nr. 50 für eine Woche abzutreten, zu einem Preis von... Nikanor Iwanowitsch druckste und sagte dann:

»Von fünfhundert Rubel per Tag.«

Nun geschah es, daß Korowjew den Vorsitzenden vollends verblüffte. Er zwinkerte diebisch in Richtung Schlafzimmer, von wo die weichen Sprünge des schweren Katers zu hören waren, und zischte:

»Das wären für eine Woche also dreieinhalbtausend?«

Nikanor Iwanowitsch erwartete, jener würde hinzufügen: Sie haben keinen schlechten Appetit, Nikanor Iwanowitsch!, doch Korowjew sagte etwas ganz anderes:

»Ist das etwa ein Betrag? Verlangen Sie fünftausend, er zahlt.«

Nikanor Iwanowitsch schmunzelte verlegen und bemerkte gar nicht, daß er schon am Schreibtisch des Toten stand, wo Korowjew enorm schnell und geschickt einen Vertrag in zwei Exemplaren ausfertigte. Damit sauste er ins Schlafzimmer, und als er zurückkam, waren beide Exemplare mit dem schwungvollen Namenszug des Ausländers versehen. Auch der Vorsitzende unterschrieb den Vertrag. Dann bat Korowjew um eine Quittung über fünftausend Rubel.

»In Schönschrift, in Schönschrift, Nikanor Iwanowitsch!« Mit einer Albernheit, die gar nicht zu dem ernsten Geschäft paßte, zählte er, »ejn, zwej, drej!«, und legte dem Vorsitzenden fünf nagelneue Banknotenpäckchen hin.

Nun folgte das Nachzählen, welches Korowjew mit allerlei Späßen und Scherzen würzte wie »Geld will gezählt sein«, »Selber zählen macht fett« und was dergleichen Redensarten mehr sind.

Nachdem der Vorsitzende fertig gezählt hatte, erhielt er von Korowjew den Paß des Ausländers für die zeitweilige Anmeldung. Er verwahrte ihn nebst Vertrag und Geld in der Aktentasche, doch dann konnte er es sich nicht verkneifen, verschämt um eine Freikarte zu bitten.

»Aber das ist doch gar kein Problem!« dröhnte Korowjew. »Wieviel Karten brauchen Sie, Nikanor Iwanowitsch, zwölf, fünfzehn?«

Der Vorsitzende erklärte etwas benommen, er brauche nur zwei, für sich und seine Frau Pelageja Antonowna.

Korowjew zückte sofort sein Notizbuch und schrieb Nikanor Iwanowitsch eine Anweisung auf zwei Freikarten für die erste Reihe aus. Diese Anweisung steckte er Nikanor Iwanowitsch geschickt mit der Linken zu, mit der Rechten aber schob er ihm ein dickes knisterndes Päckchen in die Hand. Nikanor Iwanowitsch warf einen Blick darauf, lief dunkelrot an und versuchte, das Päckchen zurückzuschieben.

»Das darf doch nicht sein«, murmelte er.

»Ich will das nicht hören«, flüsterte ihm Korowjew ins Ohr, »bei uns darf das nicht sein, aber bei den Ausländern darf es sein. Sie würden ihn kränken, Nikanor Iwanowitsch, das wäre unschicklich. Sie haben sich doch bemüht...«

»Es wird streng bestraft«, flüsterte der Vorsitzende ganz leise und blickte sich um.

»Wo sind denn die Zeugen?« raunte ihm Korowjew ins andere Ohr. »Wo sind sie? frage ich. Was fürchten Sie?«

Und jetzt geschah, wie der Vorsitzende später behauptete, ein Wunder: Das Päckchen schlüpfte ganz von selbst in seine Aktentasche. Dann fand sich der Vorsitzende, irgendwie geschwächt und zerschlagen, im Treppenhaus wieder. Ein Wirbel von Gedanken durchtobte seinen Kopf. Da rotierten die Villa von Nizza, der dressierte Kater, der Gedanke, daß es tatsächlich keine Zeugen gab und wie seine Frau sich über die Freikarten freuen würde. Es waren zusammenhanglose Gedanken, doch eigentlich recht angenehme. Nichtsdestoweniger stak in der Seele des Vorsitzenden die Nadel der Unruhe. Außerdem traf ihn hier auf der Treppe wie ein Schlag die Frage: Wie ist der Dolmetscher eigentlich in das Zimmer gekommen, wo doch die Tür versiegelt war? Und wieso hatte er, Nikanor Iwanowitsch, gar nicht danach gefragt? Einige Zeit stierte der Vorsitzende die Treppenstufen an, dann beschloß er, auf alles zu pfeifen und sich nicht mit so ausgeklügelten Fragen herumzuplagen.

Kaum hatte er die Wohnung verlassen, da tönte aus dem Schlafzimmer eine tiefe Stimme:

»Dieser Nikanor Iwanowitsch gefällt mir nicht. Er ist ein Gauner und Speckjäger. Läßt es sich nicht einrichten, daß er nicht mehr herkommt?«

»Ihr braucht nur zu befehlen, Messere«, antwortete Korowjew von irgendwoher, doch nicht mehr mit klirrender, sondern mit sehr klarer und klangvoller Stimme.

Und schon war der vermaledeite Dolmetscher in der Diele, wählte eine Nummer und sprach weinerlich in den Hörer: »Hallo! Ich halte es für meine Pflicht, zu melden, daß der Vorsitzende unserer Hausgemeinschaft in der Sadowaja 302b, Nikanor Iwanowitsch Bossoi, in Devisen spekuliert. Im Lüftungsschacht der Toilette in seiner Wohnung Nr. 35 hat er vierhundert Dollar versteckt, in Zeitungspapier gewickelt. Hier spricht Timofej Kwaszow, Mieter der Wohnung Nr. 11 im erwähnten Hause. Aber ich bitte inständig, meinen Namen unbedingt geheimzuhalten. Ich fürchte die Rache des oben genannten Vorsitzenden.«

Und er hängte den Hörer auf, der Schuft!

Was weiter in der Wohnung Nr. 50 geschah, ist unbekannt, aber was bei Nikanor Iwanowitsch geschah, wissen wir. Nachdem er sich in seiner Toilette eingeschlossen und den Haken vorgelegt hatte, entnahm er der Aktentasche das Päckchen, das ihm der Dolmetscher aufgedrängt hatte, und stellte fest, daß es vierhundert Rubel enthielt. Er wickelte es in Zeitungspapier und schob es in den Lüftungsschacht.

Fünf Minuten später saß er in seinem kleinen Eßzimmer am Tisch. Seine Eheliebste brachte ihm aus der Küche einen appetitlich zerlegten Hering, dick mit gehacktem Zwieblauch bestreut. Nikanor Iwanowitsch goß sich ein Weinglas voll Wodka, trank es aus, goß ein zweites Mal ein, trank, dann spießte er drei Heringshappen auf die Gabel... und in diesem Moment läutete es. Gerade trug Pelageja Antonowna eine dampfende Kasserolle herein, bei deren Anblick man sofort erriet, daß da in dickem feurigem Borstsch das lag, was das Leckerste auf der Welt ist – ein Markknochen.

Nikanor Iwanowitsch schluckte Speichel und knurrte wie ein Köter: »Verrecken sollt ihr! Nicht mal essen kann man... Laß keinen rein, ich bin nicht da. Wegen der Wohnung kannst du sagen, sie sollen aufhören zu quatschen. Nächste Woche machen wir Sitzung.«

Die Gattin eilte in den Flur, und Nikanor Iwanowitsch fischte mit der Schöpfkelle den gespaltenen Markknochen aus dem feuerspeienden See. Da traten zwei Männer ins Eßzimmer, gefolgt von der bleichen Pelageja Antonowna. Beim Anblick der beiden Männer erbleichte auch Nikanor Iwanowitsch und erhob sich.

»Wo ist der Abtritt?« fragte sorglich der eine, der ein weißes Russenhemd trug.

Auf dem Eßtisch klirrte es (Nikanor Iwanowitsch hatte die Schöpfkelle auf die Wachstuchdecke fallen lassen).

»Hier, hier«, sprudelte Pelageja Antonowna hervor.

Die Ankömmlinge strebten sofort in den Korridor hinaus.

»Was ist denn los?« fragte Nikanor Iwanowitsch leise und folgte den beiden Männern. »Bei uns ist doch nichts Faules in der Wohnung... Entschuldigung, darf ich mal die Ausweise sehen?«

Der eine zeigte Nikanor Iwanowitsch im Gehen seinen Ausweis, der andere stand schon in der Toilette auf einem Hocker und hatte die Hand im Lüftungsschacht. Nikanor Iwanowitsch wurde schwarz vor Augen. Das Zeitungspapier wurde aufgewickelt, aber in dem Päckchen waren keine Rubel, sondern fremdländisches Geld, blaugrün, mit der Abbildung eines alten Mannes. Übrigens nahm Nikanor Iwanowitsch das nur undeutlich wahr, denn vor seinen Augen tanzten bunte Flecke.

»Dollars in der Ventilation«, sagte der eine nachdenklich und fragte Nikanor Iwanowitsch sanft und höflich: »Gehört das Päckchen Ihnen?«

»Nein!« antwortete Nikanor Iwanowitsch mit furchtsamer Stimme. »Das haben mir meine Feinde reingesteckt!«

»So etwas kommt vor«, stimmte der eine zu und fuhr sanft fort: »Sie müssen aber auch das übrige abgeben.«

»Ich hab doch nichts! Ich schwöre bei Gott, ich hab das nie in der Hand gehabt!« schrie der Vorsitzende verzweifelt.

Er stürzte zur Kommode, riß polternd die Schublade heraus und holte die Aktentasche hervor, dabei schrie er ohne Sinn und Verstand:

»Da ist der Vertrag... Der Dolmetscher, dieser Lump, hat mir das untergejubelt... Korowjew, der mit dem Zwicker!« Er öffnete die Aktentasche, sah hinein, suchte auch mit der Hand, dann lief er blau an und ließ die Aktentasche in den Borstsch fallen. In der Aktentasche war weder der Brief von Lichodejew noch der Vertrag, weder der ausländische Paß noch das Geld oder die Freikartenanweisung. Nichts war da, nur der Zollstock.

»Genossen!« schrie der Vorsitzende außer sich. »Nehmt sie fest! Wir haben den Teufel im Hause!«

Es bleibt ungewiß, was Pelageja Antonowna sich dachte, aber sie schlug die Hände zusammen und rief:

»Gib alles zu, Nikanor, dann kriegst du weniger aufgebrummt!«

Mit blutunterlaufenen Augen schwang Nikanor Iwanowitsch die Fäuste über seiner Frau und knirschte:

»Uch, du dummes Luder!«

Dann erschlaffte er und sank auf einen Stuhl, offenbar entschlossen, sich in das Unvermeidliche zu schicken.

Währenddessen klebte Timofej Kondratjewitsch Kwaszow im Treppenhaus abwechselnd mit Ohr und Auge am Schlüsselloch der Vorsitzendenwohnung und verging vor Neugier.

Fünf Minuten später sahen Hausbewohner, die auf dem Hof waren, den Vorsitzenden in Begleitung von zwei Männern aufs Haustor zugehen. Sie erzählten sich, Nikanor Iwanowitschs Gesicht sei nicht wiederzuerkennen gewesen, er sei taumelnd gegangen wie ein Betrunkener und habe etwas gemurmelt.

Abermals eine Stunde später erschien ein Unbekannter in der Wohnung Nr. 11, als Timofej Kwaszow eben den anderen Mietern, vor Wonne schluchzend, erzählte, wie der Vorsitzende fertiggemacht worden sei. Der Mann winkte ihn in die Diele, sagte etwas zu ihm und ging mit ihm weg.

10

Nachrichten aus Jalta

Während das Unglück über Nikanor Iwanowitsch hereinbrach, befanden sich unweit des Hauses Nr. 302 b, ebenfalls in der Sadowaja, im Zimmer des Varietéfinanzdirektors Rimski zwei Personen: Rimski selbst und der Varietéadministrator Warenucha.

Das große Zimmer im ersten Stock des Theaters hatte zwei Fenster zur Sadowaja und ein drittes hinterm Rücken des Finanzdirektors, der am Schreibtisch saß, zum Sommergarten des Varietés, in dem es Erfrischungskioske, eine Schießbude und eine offene Estrade gab. Die Einrichtung des Zimmers bestand außer dem Schreibtisch in alten Plakaten an der Wand, einem kleinen Tisch mit einer Wasserkaraffe darauf, vier Sesseln und einem Gestell in der Ecke, das ein uraltes verstaubtes Revuebühnenmodell trug. Na, es versteht sich von selbst, daß außerdem ein verwahrloster, kleiner Panzerschrank mit abgeblätterter Farbe da war, der links von Rimski neben dem Schreibtisch stand.

Der am Schreibtisch sitzende Rimski war seit dem frühen Morgen in miserabler Laune, Warenucha hingegen kribblig und rastlos tätig. Er fand jedoch kein Ventil für seine Tatkraft.

Warenucha hatte sich im Zimmer des Finanzdirektors versteckt, um den Freikartenjägern zu entrinnen, die ihm das Leben vergifteten, zumal an Tagen, an denen das Programm wechselte. Heute war so ein Tag. Kaum klingelte das Telefon, nahm Warenucha den Hörer ab und log:

»Wen wollen Sie sprechen? Warenucha? Der ist nicht im Hause.«

»Ruf doch mal Lichodejew an«, sagte Rimski gereizt.

»Der ist doch nicht zu Hause. Ich hab schon Karpow hingeschickt. Da ist kein Mensch in der Wohnung.«

»So ein Mist!« zischte Rimski und klapperte mit dem Rechenbrett.

Die Tür ging auf, und ein Platzanweiser schleppte ein dickes Paket eben erst fertiggedruckter Plakataufkleber herein, die in roten Riesenlettern auf grünem Untergrund die Schrift zeigten:

Heute und täglich im Varietétheater zusätzlich zum Programm
PROFESSOR VOLAND
Vorstellung in Schwarzer Magie nebst Entlarvung

Warenucha breitete einen der Aufkleber über das Bühnenmodell, betrachtete ihn liebevoll und befahl dem Platzanweiser, sämtliche Exemplare sofort kleben zu lassen.

»Sehr flott, fällt ins Auge!« bemerkte er, nachdem der Platzanweiser gegangen war.

»Mir mißfällt diese Geschichte im höchsten Grade«, knurrte Rimski und starrte das Plakat böse durch seine Hornbrille an, »ich wundere mich überhaupt, wie man eine solche Vorstellung genehmigen konnte.«

»Sag das nicht, Grigori Danilowitsch! Das ist raffiniert. Der Witz liegt in der Entlarvung.«

»Ich weiß nicht, ich weiß nicht, ich glaube, es ist gar kein Witz dabei... Immer wieder kommt er auf solche Ideen! Wenn er uns den Magier wenigstens vorgestellt hätte! Hast du ihn gesehen? Wo er den wohl ausgebuddelt hat? Das mag der Teufel wissen!«

Es stellte sich heraus, daß Warenucha den Magier ebensowenig gesehen hatte wie Rimski. Gestern war Stjopa (»wie ein Verrückter«, sagte Rimski) mit einem fertigen Vertragsentwurf zum Finanzdirektor gekommen und hatte ihn genötigt, gegenzuzeichnen und Voland das Geld sofort anzuweisen.

Der Magier war unsichtbar geblieben, und kein Mensch außer Stjopa hatte ihn zu Gesicht bekommen.

Rimski zog die Uhr, die schon fünf nach zwei zeigte, und sah nun erst recht rot. Unverschämtheit! Lichodejew hatte gegen elf angerufen und angekündigt, er würde in einer halben Stunde kommen, und jetzt blieb er nicht nur weg, sondern war auch aus der Wohnung verschwunden.

»Ich hab doch zu arbeiten!« knurrte Rimski und stieß den Finger auf einen Stapel noch nicht unterschriebener Papiere.

»Er wird doch nicht unter die Straßenbahn gekommen sein wie Berlioz?« sagte Warenucha und drückte den Hörer ans Ohr, aus dem pausenlos entmutigend das Freizeichen klang.

»Wäre nicht schlecht«, sagte Rimski kaum hörbar durch die Zähne.

In diesem Moment trat eine Frau in Uniformjacke, Schirmmütze, schwarzem Rock und flachen Schuhen ein. Der kleinen Tasche am Gürtel entnahm sie ein weißes Quadrat und ein Heft und fragte:

»Wo ist hier das Varieté? Ein Blitztelegramm. Quittieren Sie.«

Warenucha krakelte ihr einen Schnörkel ins Heft und riß, kaum daß sich die Tür hinter ihr geschlossen hatte, das Telegramm auf.

Nachdem er es gelesen hatte, klapperte er mit den Augen und reichte es Rimski.

Im Telegramm stand folgendes zu lesen: »Aus Jalta. Moskau Varieté. Heute halb zwölf erschien bei Kriminalmiliz Braunhaariger Nachthemd Hose ohne Schuhe Psychopath nennt sich Lichodejew Varietédirektor drahtet Blitz an Kriminalmiliz Jalta wo Direktor Lichodejew.«

»Grüß euch Gott, ich bin eure Tante!« rief Rimski aus und fügte hinzu: »Noch eine Überraschung!«

»Ein falscher Demetrius!« sagte Warenucha und sprach in den Telefonhörer: »Telegrafenamt? Auf Kosten des Varietés. Ein Blitztelegramm. Hören Sie? ›Jalta Kriminalmiliz. Direktor Lichodejew in Moskau. Finanzdirektor Rimski.‹«

Ungeachtet der Mitteilung über den angeblichen Lichodejew aus Jalta nahm Warenucha erneut den Hörer ab, um festzustellen, wo Stjopa geblieben sei, doch natürlich vergebens.

Gerade als Warenucha mit dem Hörer in der Hand überlegte, wen er noch anrufen könne, trat wieder die Frau ein, die das Blitztelegramm gebracht hatte, und händigte ihm einen neuen Umschlag aus. Er riß ihn eilig auf, las den Text und stieß einen Pfiff aus.

»Was gibt's denn noch?« fragte Rimski und zuckte nervös.

Warenucha reichte ihm schweigend das Telegramm, und der Finanzdirektor las: »Ich beschwöre zu glauben bin durch Hypnose Volands nach Jalta versetzt drahtet der Kriminalmiliz Bestätigung Identität. Lichodejew.«

Rimski und Warenucha stierten, mit den Köpfen zusammenstoßend, auf das Telegramm, und nachdem sie es gelesen hatten, glotzten sie einander schweigend an.

»Bürger!« rief die Frau erbost. »Quittieren Sie, dann können Sie schweigen, solange Sie wollen! Ich trage schließlich Blitztelegramme aus!«

Warenucha, ohne den Blick vom Telegramm zu lösen, malte schief seinen Krakel ins Heft, und die Frau verschwand.

»Du hast doch noch kurz nach elf mit ihm telefoniert?« sagte der Administrator verständnislos.

»Das ist doch geradezu albern!« schrie Rimski schrill. »Ob ich mit ihm telefoniert habe oder nicht, er kann doch unmöglich jetzt in Jalta sein! Lächerlich!«

»Er ist besoffen«, sagte Warenucha.

»Wer ist besoffen?« fragte Rimski, und wieder glotzten sie einander an.

Es bestand kein Zweifel, die Telegramme aus Jalta kamen von einem Hochstapler oder einem Verrückten. Aber eines war merkwürdig: Woher kannte der Jaltaer Mystifikator den Artisten, der erst gestern in Moskau eingetroffen war? Woher wußte er von der Verbindung zwischen ihm und Lichodejew?

»Durch Hypnose«, wiederholte Warenucha das Wort aus dem Telegramm. »Woher weiß er von Voland?« Er zwinkerte und schrie plötzlich: »Nein! Blödsinn! Blödsinn, Blödsinn!«

»Wo mag er bloß wohnen, dieser Voland, daß ihn der Satan hole!« fragte Rimski.

Warenucha rief sofort das Ausländerbüro an und teilte dann Rimski zu dessen Verwunderung mit, Voland habe in der Wohnung Lichodejews

Quartier genommen. Sodann wählte er Lichodejews Nummer und horchte lange auf das Freizeichen im Hörer. Zwischen den Summtönen hörte er aus der Ferne eine langgezogene, düstere Stimme singen: »Klippen, ihr seid mein Asyl...«, und er dachte, daß eine Radiosendung ins Telefonnetz gedrungen sei.

»Da meldet sich keiner«, sagte er und legte auf, »ich muß es nachher noch mal versuchen...«

Er sprach nicht zu Ende. In der Tür erschien wieder die Frau, Rimski und Warenucha eilten ihr entgegen, sie entnahm ihrer Tasche einen Umschlag, der diesmal nicht weiß, sondern dunkel aussah.

»Jetzt wird's interessant«, stieß Warenucha durch die Zähne, während er der Frau nachblickte. Rimski hatte die Sendung an sich genommen.

Auf dem dunklen Untergrund des Fotopapiers zeichneten sich deutlich die schwarzen, handgeschriebenen Zeilen ab:

»Beweis meine Handschrift meine Unterschrift drahtet Bestätigung veranlaßt geheime Beobachtung Volands. Lichodejew.«

In den zwanzig Jahren seines Wirkens an verschiedenen Theatern hatte Warenucha mancherlei gesehen und erlebt, aber jetzt spürte er, wie sich ein Schleier über seinen Verstand legte, und er brachte nichts heraus als den alltäglichen und dabei völlig dummen Satz:

»Das kann doch nicht wahr sein!«

Rimski machte etwas anderes. Er stand auf, öffnete die Tür und kläffte die Botin an, die auf einem Hocker saß:

»Keinen außer Postboten reinlassen!« Dann verschloß er die Tür.

Aus dem Schreibtisch kramte er einen Haufen Papiere hervor und verglich die dicken, nach links geneigten Buchstaben des Fotogramms sorgfältig mit den Schriftzeichen in Stjopas Anordnungen und mit seinen Unterschriften, die sich durch einen spiraligen Schnörkel auszeichneten. Warenucha hatte sich über den Tisch gebeugt und blies ihm seinen heißen Atem ins Gesicht.

»Es ist seine Schrift«, sagte der Finanzdirektor endlich überzeugt, und Warenucha echote: »Es ist seine Schrift.«

Er sah Rimski an und wunderte sich, wie dessen Gesicht sich verändert hatte. Der ohnehin magere Finanzdirektor schien noch mehr abgemagert, ja gealtert zu sein, seine Augen in der Hornfassung hatten ihren stechenden Glanz verloren und zeigten jetzt nicht nur Sorge, sondern sogar Kummer.

Warenucha tat all das, was sich für einen sehr verwunderten Menschen zu tun geziemt. Er tigerte durchs Zimmer, hob ein paarmal die Arme wie gekreuzigt, trank ein Glas gelbliches Wasser aus der Karaffe und rief immer wieder:

»Ich versteh das nicht! Ich versteh das nicht! Ich versteh das nicht!«

Rimski blickte zum Fenster hinaus und dachte angestrengt nach. Er war

in einer schwierigen Situation. Es war notwendig, jetzt und hier gewöhnliche Erklärungen für ungewöhnliche Erscheinungen zu finden.

Mit verkniffenen Augen stellte er sich vor, wie Stjopa im Nachthemd und ohne Schuhe heute gegen halb zwölf in ein nie gesehenes superschnelles Flugzeug stieg, dann sah er denselben Stjopa ebenfalls um halb zwölf in Socken auf dem Flugplatz in Jalta stehen... Eine groteske Vorstellung!

Vielleicht war es nicht Stjopa gewesen, der heute mit ihm telefoniert hatte? Doch er war es gewesen! Wie hätte Rimski Stjopas Stimme verkennen können! Aber selbst wenn nicht Stjopa gesprochen hatte, so war er doch erst gestern gegen Abend mit dem blöden Vertrag aus seinem Arbeitsraum in dieses Zimmer hier gekommen und hatte den Finanzdirektor durch seinen Leichtsinn gereizt. Wie hatte er wegfahren oder wegfliegen können, ohne im Theater Bescheid zu sagen? Aber selbst wenn er gestern abend abgeflogen war, konnte er heute mittag noch nicht dort sein. Oder doch?

»Wieviel Kilometer sind es bis Jalta?« fragte Rimski.

Warenucha blieb stehen und brüllte: »Eben denk ich darüber nach! Bis Sewastopol sind es mit der Eisenbahn ungefähr anderthalbtausend Kilometer, und bis Jalta kommen noch achtzig dazu! Auf dem Luftweg sind es natürlich weniger.«

Hm... Ja... Von der Eisenbahn kann überhaupt keine Rede sein. Aber was kommt sonst in Betracht? Ein Jagdflugzeug? Wer würde Stjopa ohne Schuhe in ein Jagdflugzeug lassen? Und wozu? Vielleicht hat er die Schuhe erst ausgezogen, als er in Jalta landete? Doch auch hier – wozu? Auch mit Schuhen hätte man ihn in kein Jagdflugzeug gelassen. Außerdem ist es Quatsch, an ein Jagdflugzeug zu denken. Es steht ja geschrieben, daß er um halb zwölf zur Kriminalmiliz gekommen sei, und in Moskau hat er telefoniert um... Moment mal... (Vor Rimskis Augen erschien das Zifferblatt seiner Uhr.) Rimski überlegte, wo die Zeiger gestanden hatten... Ach du Schreck! Zwanzig nach elf war es gewesen! Was ergibt sich also? Angenommen, Stjopa ist sofort nach dem Telefonat zum Flugplatz gesaust und hat ihn, sagen wir, in fünf Minuten erreicht (was übrigens unmöglich ist), dann muß das Flugzeug, wenn es sofort aufgestiegen ist, in fünf Minuten mehr als tausend Kilometer zurückgelegt haben. Folglich muß es mit einer Geschwindigkeit von mehr als zwölftausend Stundenkilometern geflogen sein! Das gibt es nicht, mithin ist Stjopa nicht in Jalta!

Was bleibt? Hypnose? Eine Hypnose, die einen Menschen tausend Kilometer weit schleudert, gibt es auch nicht! Also bildet er sich ein, in Jalta zu sein? Das ist vielleicht möglich, aber sollte die Jaltaer Kriminalmiliz es sich auch einbilden? Nein, nein, Entschuldigung, ausgeschlossen! Aber sie hatten doch von dort telegrafiert?

Das Gesicht des Finanzdirektors war schrecklich anzusehen. Am Türdrücker wurde von außen gedreht und gerüttelt, und man hörte die Botin vor der Tür verzweifelt schreien:

»Das geht nicht! Nur über meine Leiche! Er hat Sitzung!«

Rimski beherrschte sich, so gut es ging, nahm den Hörer ab und sagte:

»Geben Sie mir ein Blitzgespräch nach Jalta.«

Sehr vernünftig! rief Warenucha in Gedanken aus.

Aber das Gespräch mit Jalta kam nicht zustande. Rimski legte auf und sagte:

»Ausgerechnet jetzt ist die Verbindung unterbrochen.«

Es war zu sehen, daß die unterbrochene Verbindung ihn ganz besonders irritierte und zum Nachdenken zwang. Nach einigem Überlegen nahm er mit einer Hand den Hörer ab, und seine andere schrieb mit, was er hineinsprach:

»Ein Blitztelegramm. Varieté. Ja. Jalta Kriminalmiliz. Ja. ›Heute gegen halb zwölf telefonierte Lichodejew in Moskau mit mir kam nicht zum Dienst telefonisch nicht auffindbar bestätige die Handschrift ergreife Maßnahmen zur Beobachtung Volands. Finanzdirektor Rimski.‹«

Sehr vernünftig! dachte Warenucha, doch dabei summten in seinem Kopf die Worte: Mumpitz! Er kann nicht in Jalta sein!

Rimski tat unterdes folgendes: packte die Telegramme aus Jalta und die Mitschrift des seinigen säuberlich zu einem Päckchen, schob dieses in einen Umschlag, klebte ihn zu, schrieb ein paar Worte darauf und überreichte ihn Warenucha.

»Bring das sofort persönlich weg, Iwan Saweljewitsch. Sollen sie dort daraus schlau werden.«

Wirklich vernünftig! dachte Warenucha und schob den Umschlag in seine Aktentasche. Dann wählte er für alle Fälle noch einmal Stjopas Nummer, horchte und schnitt freudige und geheimnisvolle Zwinkergrimassen. Rimski reckte den Hals.

»Kann ich den Artisten Voland sprechen?« fragte Warenucha süßlich.

»Der Herr sind beschäftigt«, antwortete der Hörer mit klirrendem Tenor, »wer spricht denn dort?«

»Varietéadministrator Warenucha.«

»Iwan Saweljewitsch?« schrie der Telefonhörer freudig. »Ich bin ja schrecklich froh, Ihre Stimme zu hören! Wie geht es Ihnen?«

»Merci«, antwortete Warenucha verdutzt, »mit wem spreche ich?«

»Ich bin sein Assistent, sein Assistent und Dolmetscher Korowjew!« knatterte der Hörer. »Ich stehe ganz zu Ihren Diensten, mein liebwerter Iwan Saweljewitsch! Verfügen Sie über mich nach Ihrem Belieben! Also?«

»Entschuldigen Sie, ist Stepan Bogdanowitsch Lichodejew nicht zu Hause?«

»Bedaure! Nicht da!« schrie der Hörer. »Er ist weggefahren!«
»Wohin denn?«
»Mit dem Wagen nach außerhalb, spazieren.«
»W-was? Spa-spazieren? Wann kommt er denn zurück?«
»Er hat gesagt, er will ein bißchen frische Luft schnappen und dann zurückkommen.«
»So«, sagte Warenucha hilflos, »merci... Seien Sie so nett und bestellen Sie Monsieur Voland, sein Auftritt ist heute als dritte Abteilung dran.«
»Zu Befehl. Selbstverständlich. Gewiß doch. Sofort. Unbedingt. Werd's ausrichten«, hämmerte der Hörer.
»Alles Gute«, sagte Warenucha verwundert.
»Nehmen Sie«, sagte der Hörer, »meine allerbesten, allerherzlichsten Grüße und Wünsche entgegen! Glück! Erfolg! Viel Schönes! Alles Gute!«
»Ja natürlich! Ich hab's ja gesagt!« schrie der Administrator entrüstet. »Nichts ist mit Jalta, er ist ins Grüne gefahren!«
»Na, wenn's so ist«, sagte der Finanzdirektor wutbleich, »dann ist das eine unbeschreibliche Sauerei!«
Da sprang der Administrator plötzlich hoch und brüllte so laut, daß Rimski zusammenfuhr:
»Ich hab's! Ich hab's! In Puschkino ist eine Pastetenbude ›Jalta‹ eröffnet worden! Jetzt ist mir alles klar! Da ist er hingefahren, hat sich vollaufen lassen und schickt von dort Telegramme!«
»Na, das geht schon über die Hutschnur«, antwortete Rimski, seine Wange zuckte, und in seinen Augen funkelte eine Riesenwut. »Na warte, diese Spazierfahrt wird dir teuer zu stehen kommen!« Plötzlich stutzte er und fügte unschlüssig hinzu: »Aber die Kriminalmiliz...«
»Quatsch! Das sind alles seine Späße«, unterbrach ihn der Administrator unbeherrscht und fragte: »Soll ich den Umschlag wegbringen?«
»Unbedingt«, antwortete Rimski.
Abermals ging die Tür auf, und die Telegrammbotin trat ein. Schon wieder! dachte Rimski traurig. Beide erhoben sich.
Diesmal lautete das Telegramm:
»Dank für Bestätigung bitte telegrafisch fünfhundert Rubel an Kriminalmiliz eintreffe morgen Moskau Flugzeug. Lichodejew.«
»Er ist übergeschnappt«, sagte Warenucha schwach.
Rimski klirrte mit dem Schlüssel, entnahm dem Panzerschrank Geld, zählte fünfhundert Rubel ab, klingelte, gab der Botin das Geld und schickte sie zum Telegrafenamt.
»Erbarm dich, Grigori Danilowitsch«, murmelte Warenucha, der seinen Augen nicht traute, »das hat bestimmt keinen Zweck.«
»Dann kommt's zurück«, antwortete Rimski leise, »aber er wird sich für

diesen Ausflug zu verantworten haben.« Auf Warenuchas Aktentasche zeigend, fügte er hinzu: »Fahr los, Iwan Saweljewitsch, und trödle nicht.«

Warenucha schoß mit der Aktentasche hinaus.

Er stieg hinunter ins Erdgeschoß, sah die endlose Schlange vor der Kasse und erfuhr von der Kassiererin, daß sie in etwa einer Stunde ausverkauft sein werde, weil das Publikum nur so herbeiströme, seit die Ergänzungsplakate aushingen. Er befahl ihr, die dreißig besten Logen- und Parkettplätze zurückzuhalten und nicht zu verkaufen, dann verließ er eilends die Kasse, entkam im Laufschritt den aufdringlichen Freikartenjägern und schlüpfte in sein Zimmer, um seine Mütze zu holen. In diesem Moment rasselte das Telefon.

»Hallo!« schrie Warenucha.

»Iwan Saweljewitsch?« fragte der Hörer mit scheußlicher Näselstimme.

Ist nicht im Theater! wollte Warenucha rufen, doch der Hörer unterbrach ihn sofort: »Spielen Sie nicht den Dummkopf, Iwan Saweljewitsch, und hören Sie zu. Sie werden die Telegramme nirgendwo hinbringen und keinem zeigen.«

»Wer spricht da?« brüllte Warenucha. »Lassen Sie diese Scherze, Bürger! Man wird Sie sofort feststellen! Wie ist Ihre Nummer?«

»Warenucha«, antwortete die widerliche Stimme. »Verstehst du Russisch? Du wirst die Telegramme nirgendwo hinbringen.«

»So, Sie geben also keine Ruhe?« schrie der Administrator erbittert. »Passen Sie auf! Sie werden's büßen!« Er schrie noch weitere Drohungen in die Muschel, doch dann verstummte er, denn er spürte, daß ihm niemand mehr zuhörte.

In dem kleinen Arbeitszimmer wurde es auffallend schnell dunkel. Warenucha lief hinaus, warf die Tür zu und eilte durch einen Seitengang in den Sommergarten.

Er war erregt und energiegeladen. Nach dem unverschämten Anruf zweifelte er nicht mehr, daß eine Rowdybande häßliche Streiche trieb und diese mit Lichodejews Verschwinden zu tun hatten. Der Wunsch, die Übeltäter zu ermitteln, würgte den Administrator und gab ihm – seltsam – den Vorgeschmack von etwas Angenehmem. So pflegt ein Mensch zu empfinden, der danach giert, Mittelpunkt der Aufmerksamkeit zu werden und eine sensationelle Nachricht zu verbreiten.

Im Garten blies der Wind dem Administrator Sand ins Gesicht, als wollte er ihn warnen, ihm den Weg versperren. Im ersten Stock knallte ein Fenster zu, so daß fast die Scheiben herausfielen, durch die Wipfel der Linden und Ahorne ging ein bedrohliches Rauschen. Es wurde dunkel und kühl. Warenucha rieb sich die Augen und sah, daß eine gelbbäuchige Gewitterwolke niedrig über Moskau hinkroch. In der Ferne grummelte es.

Sosehr Warenucha eilte, es drängte ihn, für einen Moment die Sommertoilette aufzusuchen, um im Vorbeigehen nachzuschauen, ob der Elektriker die Birne vergittert hatte.

Warenucha lief an der Schießbude vorbei und betrat das dichte Fliedergesträuch, welches das blaugestrichene Toilettenhäuschen umstand. Der Elektriker war ein zuverlässiger Mann, die Birne an der Decke der Herrentoilette war mit einem Metallgitter geschützt, doch eines betrübte den Administrator: selbst im Gewitterdunkel war zu erkennen, daß die Wände schon wieder mit Kohle und Bleistift vollgekritzelt waren.

»Was ist denn das für eine...«, wollte er loswettern, da hörte er plötzlich hinter sich eine miauende Stimme:

»Sind Sie das, Iwan Saweljewitsch?«

Warenucha fuhr herum und erblickte einen mittelgroßen Dickwanst, der ein Katzengesicht zu haben schien.

»Ja, ich bin's«, antwortete er feindselig.

»Sehr, sehr angenehm«, antwortete der katerartige Dickwanst piepsend, holte plötzlich aus und versetzte Warenucha eine Ohrfeige, daß diesem die Mütze vom Kopf flog und spurlos in der Klosettöffnung verschwand.

Der Schlag des Dickwanstes löste am Himmel einen Donnerknall und einen sekundenlang zuckenden Lichtstrahl aus, der die ganze Toilette grell erleuchtete. Dann blitzte es nochmals, und vor dem Administrator erschien eine zweite Gestalt, ein kleiner Mann mit Athletenschultern und feuerrotem Haar, das eine Auge hatte den weißen Star, und aus dem Mund ragte ein Hauer. Dieser zweite, offenbar Linkshänder, hieb dem Administrator rechts eine weitere Ohrfeige. Als Antwort darauf donnerte es abermals, und aufs Holzdach des Toilettenhäuschens prasselte ein Sturzregen nieder.

»Was macht ihr, Genos...«, flüsterte der Administrator wie von Sinnen, erwog sogleich, daß das Wort »Genossen« nicht auf Banditen paßte, die einen in der öffentlichen Toilette überfielen, und knirschte »Bürg...«, dann schwante ihm, daß sie auch diese Bezeichnung nicht verdienten, und empfing von einem der beiden einen furchtbaren dritten Schlag, daß ihm das Blut aus der Nase auf die Russenbluse tropfte.

»Was hast du da in der Aktentasche, du Schmarotzer?« schrie der Katerähnliche gellend. »Die Telegramme? Bist du nicht telefonisch gewarnt worden, du sollst sie nirgendwo hinbringen? Ich frage dich, bist du gewarnt worden?«

»Ich bi-bi-bin gewa-wa-warnt worden«, antwortete der Administrator keuchend.

»Und trotzdem bist du losgelaufen? Gib die Tasche her, du Schwein!« schrie der zweite mit derselben Näselstimme, die Warenucha am Telefon gehört hatte, und riß ihm die Aktentasche aus den schlotternden Händen.

Dann packten die beiden den Administrator bei den Armen, schleiften ihn durch den Sommergarten und rasten mit ihm die Sadowaja entlang. Das Gewitter tobte mit voller Kraft, brausend und heulend schoß das Wasser in die Gullys, allerwärts fluteten schäumende Wellen durch die Straßen, von den Dächern stürzte das Wasser neben den Regenrinnen herab, aus den Toreinfahrten liefen gischtende Ströme. Alles Lebende war von der Sadowaja verschwunden, und niemand war da, der Warenucha hätte beistehen können. Durch die trüben Flüsse hüpfend und von den Blitzen beleuchtet, schleppten die Banditen den halbtoten Administrator sekundenschnell zum Haus 302b, sausten mit ihm in den Torweg hinein, wo sich zwei barfüßige Frauen, Schuhe und Strümpfe in den Händen, an die Wand drückten, und stürmten im sechsten Aufgang zum vierten Stock hinauf. Der dem Irrsinn nahe Warenucha wurde in der halbdunklen Diele der ihm wohlbekannten Wohnung von Stjopa Lichodejew zu Boden geworfen.

Die beiden Räuber verschwanden, und statt ihrer erschien im Flur eine splitternackte Frauensperson mit rotem Haar und schillernden Augen.

Warenucha ahnte, daß dies das Schlimmste von allem war, und wich stöhnend zur Wand. Die Frauensperson trat dicht an ihn heran und legte ihm die Hände auf die Schultern. Seine Haare standen steil in die Höhe, denn selbst durch die kalte, pitschnasse Russenbluse fühlte er, daß diese Hände noch kälter, ja kalt wie Eis waren.

»Komm, laß dich küssen«, sagte die Frauensperson zärtlich, und ihre glitzernden Augen waren dicht vor den seinen. Da verlor Warenucha das Bewußtsein und spürte den Kuß nicht mehr.

11

Die Spaltung Iwans

Der Wald am anderen Flußufer, noch vor einer Stunde von der Maisonne beschienen, trübte sich, verfloß und löste sich auf.

In dichtem Schleier strömte vorm Fenster das Wasser nieder. Am Himmel zuckten fortwährend Glutfäden auf, der Himmel platzte, und das Zimmer des Kranken füllte sich mit trügerischem, furchteinflößendem Licht.

Iwan, der auf dem Bett saß und zum trüb brodelnden Fluß blickte, weinte leise vor sich hin. Bei jedem Donnerschlag schrie er kläglich auf und barg das Gesicht in den Händen. Die vollgeschriebenen Papierblätter lagen am Fußboden. Der Wind, zu Beginn des Gewitters hereingeweht, hatte sie heruntergefegt.

Die Versuche des Lyrikers, eine Erklärung über den gefährlichen Konsultanten abzufassen, hatten zu nichts geführt. Kaum hatte er von der dicken

Arztgehilfin Praskowja Fjodorowna Papier und einen Bleistiftstummel erhalten, da rieb er sich geschäftig die Hände und setzte sich ungesäumt ans Tischchen. Der Anfang geriet ihm ziemlich forsch.

»An die Miliz. Vom Mitglied der MASSOLIT Iwan Nikolajewitsch Besdomny. Erklärung. Gestern abend ging ich mit dem verstorbenen M. A. Berlioz zu den Patriarchenteichen...«

Doch schon stockte der Lyriker, hauptsächlich wegen des Wortes »verstorbenen«. Darin lag ein Widersinn: Wie denn, mit dem Verstorbenen war er gegangen? Verstorbene können doch nicht gehen! Wirklich, am Ende hielt man ihn noch für verrückt!

Er änderte das Geschriebene, und nun stand da: »... mit M. A. Berlioz, der bald danach verstarb...« Aber auch das befriedigte ihn nicht. Er mußte eine dritte Redaktion vornehmen, und die erwies sich als noch schlechter: »... mit Berlioz, der unter die Straßenbahn geriet...«, doch hier drängte sich ihm der niemandem bekannte Komponist gleichen Namens hinein, und er mußte hinzufügen: »nicht dem Komponisten...«

Nachdem sich Iwan mit den beiden Berlioz' weidlich geplagt hatte, strich er alles durch und beschloß, mit etwas sehr Wirkungsvollem zu beginnen, um die Aufmerksamkeit des Lesers zu fesseln. Er beschrieb, wie der Kater die Straßenbahn bestieg, und brachte erst dann die Episode mit dem abgetrennten Kopf. Der Kopf und die Vorhersage des Konsultanten führten ihn zu Pontius Pilatus, und zwecks größerer Überzeugungskraft beschloß er, die ganze Erzählung über den Prokurator wiederzugeben, angefangen damit, wie dieser, angetan mit einem blutrot gefütterten weißen Umhang, im überdachten Säulengang des Herodes-Palastes erschien.

Iwan arbeitete eifrig, strich aus, setzte neue Wörter ein und versuchte sogar, Pontius Pilatus zu zeichnen und auch den Kater, wie er auf den Hinterpfoten läuft. Aber die Zeichnungen halfen nicht, und die Erklärung des Lyrikers wurde je länger, desto wirrer und unverständlicher.

Als aus der Ferne die furchteinflößende Wolke mit den qualmenden Rändern heranschwebte und den Wald zudeckte und als der Wind einsetzte, merkte Iwan, daß ihn die Kräfte verließen und er mit der Erklärung nicht zu Rande kam; da hob er die weggeflogenen Blätter nicht mehr auf, sondern weinte leise und bitterlich.

Die gutmütige Arztgehilfin Praskowja Fjodorowna besuchte den kranken Poeten während des Gewitters, sorgte sich, als sie ihn weinen sah, schloß den Vorhang, damit die Blitze ihn nicht mehr erschreckten, hob die Blätter vom Fußboden und lief damit aus dem Zimmer, um den Arzt zu holen.

Der Arzt kam, machte Iwan eine Injektion in den Arm und versicherte ihm, er werde jetzt nicht mehr weinen, alles werde vergehen, sich ändern und er werde vergessen.

Der Arzt sollte recht behalten. Bald sah der Wald jenseits des Flusses wieder wie vorher aus. Jeder einzelne Baum zeichnete sich deutlich ab, darüber breitete sich ein Himmel in blitzblankem Blau, und auch der Fluß hatte sich beruhigt. Sofort nach der Spritze verließ die Schwermut Iwan, er lag jetzt still und betrachtete den Regenbogen, der sich durch den Himmel schwang.

So blieb es bis zum Abend, und Iwan bemerkte gar nicht, wie der Regenbogen zerfloß, ein trauriges fahles Licht den Himmel überzog und der Wald schwarz wurde.

Nachdem er reichlich heiße Milch getrunken hatte, legte er sich wieder hin und staunte, wie seine Gedanken sich veränderten. Der verfluchte Teufelskater nahm in der Erinnerung freundlichere Züge an, der abgefahrene Kopf war nicht mehr so gräßlich, Iwan schob den Gedanken daran beiseite und überlegte, daß es doch eigentlich in der Klinik gar nicht schlecht, daß Strawinski ein kluger Kopf und eine Berühmtheit und daß es sehr angenehm sei, mit ihm Umgang zu pflegen. Überdies war die abendliche Luft nach dem Gewitter würzig und frisch.

Das Haus des Leides entschlief. In den stillen Korridoren erloschen die mattweißen Birnen, und statt ihrer glimmten vorschriftsmäßig die schwachen blauen Nachtlämpchen auf. Immer seltener hörte man vor den Türen die vorsichtigen Schritte der Arztgehilfinnen auf dem Gummiläufer des Korridors.

In süßer Mattigkeit lag Iwan jetzt da und schaute bald auf die Lampenglocke, die weiches Licht von der Decke rieseln ließ, bald auf den Mond, der hinter dem schwarzen Wald aufging. Dabei sprach er mit sich selbst.

»Warum hab ich mich eigentlich so aufgeregt, daß Berlioz unter die Straßenbahn gekommen ist?« meditierte er. »Weg mit Schaden! Wirklich, bin ich sein Gevatter oder sein Schwiegervater? Wenn man diese Frage gehörig ventiliert, stellt sich heraus, daß ich den Toten nicht mal richtig gekannt habe. In der Tat, was weiß ich von ihm? Nichts, außer daß er eine Glatze hatte und unglaublich redegewandt war. Weiter, Leute«, setzte Iwan seine Ansprache an imaginäre Zuhörer fort, »untersuchen wir doch mal: Wieso bin ich über diesen geheimnisvollen Konsultanten, Magier und Professor mit dem leeren schwarzen Auge dermaßen in Wut geraten? Was sollte die dumme Verfolgungsjagd in Unterhosen und mit einer Kerze in der Hand, was sollte das Affentheater im Restaurant?«

»Aber, aber, aber!« sagte plötzlich der frühere Iwan streng zum jetzigen Iwan, und es blieb ungewiß, ob er von innen zu ihm sprach oder ihm von außen ins Ohr flüsterte. »Er hat immerhin vorher gewußt, daß Berlioz der Kopf vom Rumpf getrennt würde! Wie soll man sich da nicht aufregen?«

»Worum, Genossen, geht's denn eigentlich?« widersprach der neue Iwan dem fadenscheinigen früheren Iwan. »Daß hier was nicht mit rechten Dingen

zugeht, kapiert doch ein Kind. Er ist eine nicht alltägliche und im höchsten Grade geheimnisvolle Persönlichkeit! Aber das ist doch gerade das Interessante! Der Mann hat Pontius Pilatus persönlich gekannt, was wollen Sie noch? Statt an den Patriarchenteichen so blöde Krach zu schlagen, wäre es da nicht viel klüger gewesen, ihn höflich zu fragen, was weiter mit Pilatus und dem verhafteten Ha-Nozri passierte? Und ich hab mich weiß der Teufel womit beschäftigt! Auch ein Ereignis, der Tod eines Chefredakteurs unter der Straßenbahn. Geht etwa die Zeitschrift deswegen ein? Was soll's? Der Mensch ist sterblich, und wie ganz richtig gesagt wurde, stirbt er manchmal sehr plötzlich. Na, Friede seiner Asche! Sie werden einen anderen Chefredakteur einsetzen, und der wird vielleicht noch redegewandter sein als der bisherige!«

Nachdem der neue Iwan ein Weilchen gedöst hatte, fragte er den alten lauernd:

»Wie also habe ich mich bei der ganzen Sache benommen?«

»Wie ein Idiot!« sagte deutlich eine Baßstimme, die keinem der beiden Iwane gehörte und dem Baß des Konsultanten äußerst ähnlich klang.

Iwan, den das Wort »Idiot« keineswegs kränkte, sondern sogar angenehm verwunderte, schmunzelte und sank in Halbschlaf. Der Schlaf schlich zu ihm, schon gaukelte vor ihm eine Palme mit Elefantenbein, und der Kater wandelte vorüber, nicht angsterregend, sondern vergnügt, kurz und gut, im nächsten Moment wäre Iwan fest eingeschlafen, wenn nicht plötzlich lautlos das Gitter zur Seite geglitten und auf dem Balkon eine geheimnisvolle Gestalt erschienen wäre, die das Mondlicht mied und Iwan mit dem Finger drohte.

Ohne im geringsten erschrocken zu sein, setzte sich Iwan im Bett auf und sah einen Mann auf dem Balkon stehen. Dieser Mann legte den Finger an die Lippen und zischte: »Pssst!«

12

Die Schwarze Magie und ihre Entlarvung

Ein kleiner Mann mit löchriger gelber Melone und himbeerroter Birnennase, mit karierten Hosen und Lackschuhen kam mit einem gewöhnlichen Zweirad auf die Varietébühne geradelt. Zu den Klängen eines Foxtrotts beschrieb er einen Kreis und stieß dann ein Siegesgeheul aus, von dem sich das Veloziped aufbäumte. Nur auf dem Hinterrad fahrend, ließ er die Füße oben kreisen und brachte es dabei fertig, das Vorderrad abzuschrauben und in die Kulissen zu trudeln, dann setzte er seine Fahrt auf dem Hinterrad fort und kurbelte die Pedale mit den Händen.

Auf einem hohen Metallmast, oben ein Sattel und unten ein kleines Rad, rollte eine üppige Blondine in Trikot und einem Röckchen, das mit Silbersternen besetzt war, auf die Bühne und fuhr im Kreise. Jedesmal, wenn der Mann ihr begegnete, stieß er Begrüßungsrufe aus und nahm mit den Füßen die Melone ab.

Zu guter Letzt rollte ein etwa achtjähriger Bengel mit Greisengesicht herein und flitzte auf einem winzigen Zweirad, an dem eine gewaltige Autohupe befestigt war, zwischen den Erwachsenen einher.

Nachdem die Gesellschaft ein paar Achten gefahren hatte, rollte sie unter Trommelwirbel des Orchesters bis unmittelbar zur Rampe, so daß die Zuschauer in den ersten Reihen mit Schreckensrufen zurückprallten, weil sie glaubten, die drei würden samt ihren Rädern ins Orchester stürzen.

Aber die Fahrräder blieben genau in dem Moment stehen, als sie schon abzurutschen und auf die Köpfe der Musiker zu fallen drohten. Mit dem lauten Ruf »Ab!« sprangen die Artisten von den Velozipeden und verbeugten sich, wobei die Blondine dem Publikum Kußhände zuwarf und der Bengel seiner Hupe einen komischen Ton entlockte.

Beifall erschütterte das Gebäude, der blaue Vorhang schloß sich von rechts und links her und verbarg die Kunstradler, die grünen Lichter mit der Schrift »Ausgang« an den Türen erloschen, und im Geschnür der Trapeze unter der Kuppel flammten sonnengleich die weißen Lampenglocken auf. Es war die Pause vor der letzten Abteilung.

Der einzige, den die Radfahrkünste der Familie Giulli überhaupt nicht interessierten, war Grigori Danilowitsch Rimski. Völlig einsam saß er in seinem Zimmer und nagte an den dicken Lippen, und immer wieder verzerrte ein Krampf sein Gesicht. Nach Lichodejew war nun unvorhergesehenerweise auch der Administrator Warenucha verschwunden.

Rimski wußte, zu welcher Dienststelle Warenucha gegangen war, doch der kam nicht zurück! Rimski zuckte die Achseln und flüsterte:

»Wofür bloß?«

Merkwürdig: der sachliche Finanzdirektor, für den es das einfachste gewesen wäre, die Dienststelle anzurufen, zu der Warenucha gegangen war, und zu fragen, was los sei, konnte sich bis zehn Uhr abends nicht dazu entschließen.

Um zehn nahm er mit förmlicher Selbstüberwindung den Hörer ab und stellte fest, daß die Telefonleitung tot war. Ein Bote meldete, auch die übrigen Apparate im Hause seien gestört. Diese zwar ärgerliche, doch nicht übernatürliche Erscheinung gab dem Finanzdirektor den Rest, aber zugleich erfreute sie ihn, denn nun war er des Anrufens enthoben.

Während über seinem Kopf ein rotes Lämpchen aufleuchtete und flakkernd den Beginn der Pause signalisierte, trat der Bote ein und teilte mit, daß der ausländische Artist eingetroffen sei. Dem Finanzdirektor gab es einen

Ruck; finsterer als eine Gewitterwolke ging er in die Kulissen, um den Gast zu begrüßen, denn sonst war keiner da, der das hätte tun können.

Vom Korridor, wo schon die Signalglocken bimmelten, linsten unter diversen Vorwänden Neugierige in die große Garderobe. Darunter waren Taschenspieler in leuchtendbuntem Kostüm und mit Turban, ein Rollschuhläufer in weißem Pullover, der bleichgepuderte Conférencier und der Maskenbildner.

Der berühmte Gast verblüffte jedermann durch einen Frack von nie gesehener Länge und phantastischem Schnitt und dadurch, daß er eine schwarze Halbmaske trug. Am erstaunlichsten aber waren die beiden Begleiter des Schwarzen Magiers: ein langer Kerl mit kariertem Jäckchen und gesprungenem Zwicker und ein fetter schwarzer Kater, der die Garderobe auf den Hinterpfoten betrat, lässig auf dem Sofa Platz nahm und zu den kahlen Schminklämpchen hinaufblinzelte.

Rimski zwang ein Lächeln auf sein Gesicht, das es noch saurer und grimmiger erscheinen ließ, und wechselte eine Verbeugung mit dem schweigsamen Magier, der neben dem Kater auf dem Sofa saß. Einen Händedruck gab es nicht. Dafür stellte sich ihm der Karierte munter als »dem Herrn sein Assistent« vor. Das verwunderte den Finanzdirektor, ja es befremdete ihn, denn im Vertrag stand kein Wort von einem Assistenten.

Sehr trocken und gezwungen erkundigte sich Rimski bei dem über ihn hergefallenen Karierten, wo die Requisiten des Artisten seien.

»Sie unser himmlisches Schmuckstück, unser kostbarer Herr Direktor«, antwortete der Assistent des Magiers mit klirrender Stimme. »Unsere Requisiten haben wir immer bei uns, hier sind sie! Ejn, zwej, drej!« Mit seinen knotigen Fingern fuchtelte er vor Rimskis Augen und zog dann plötzlich hinterm Ohr des Katers die goldene Taschenuhr hervor, die der Finanzdirektor zuvor unterm zugeknöpften Jackett in der Westentasche an der festgeschlungenen Kette getragen hatte.

Rimski griff sich unwillkürlich an den Bauch, die Anwesenden ließen ein »Aah« hören, und der Maskenbildner an der Tür ächzte beifällig.

»Ihre Uhr? Bitte in Empfang zu nehmen«, sagte der Karierte mit weltmännischem Grinsen und reichte Rimski auf schmutziger Hand dessen Eigentum zurück.

»Mit dem möcht ich nicht Straßenbahn fahren«, raunte der Conférencier vergnügt dem Maskenbildner zu.

Aber der Kater führte noch ein schärferes Ding vor als die Nummer mit der Taschenuhr. Er erhob sich plötzlich vom Sofa, trat aufrecht zur Spiegelkonsole, zog mit der Vorderpfote den Stöpsel aus der Karaffe, schenkte Wasser ins Glas, trank, pflanzte den Stöpsel wieder in den Karaffenhals und wischte sich mit einem Schminklappen den Bart.

Jetzt machte niemand mehr »Aah«, nur alle Münder standen sperrangelweit offen, und der Maskenbildner flüsterte begeistert:

»Klasse!«

In diesem Moment bimmelte es zum drittenmal, und alles strömte aufgekratzt und im Vorgeschmack interessanter Darbietungen aus der Garderobe.

Gleich darauf erloschen im Zuschauerraum die Lampenglocken, die Rampe erstrahlte und warf einen rötlichen Schein auf den unteren Vorhangsaum, und im beleuchteten Spalt des Vorhangs erschien vor dem Publikum ein dicker Mann, vergnügt wie ein Kind, mit glattrasiertem Gesicht, zerdrücktem Frack und schmuddligem Hemd. Es war der in ganz Moskau wohlbekannte Conférencier George Bengalski.

»Also, meine Damen und Herren«, sagte Bengalski und griente wie ein satter Säugling, »vor Ihnen erscheint jetzt...« Er unterbrach sich und fuhr in anderem Tonfall fort: »Ich sehe, zur dritten Abteilung sind noch mehr Zuschauer gekommen. Wir haben ja die halbe Stadt hier! Treff ich doch neulich einen Freund und sag zu ihm: ›Warum kommst du nicht zu uns? Gestern war die halbe Stadt da.‹ Und er meint: ›Ich wohne in der anderen Hälfte!‹« Bengalski machte eine Pause und erwartete ein donnerndes Gelächter, aber da keiner lachte, fuhr er fort: »Also, vor Ihnen erscheint jetzt der berühmte ausländische Artist Monsieur Voland mit einer Vorstellung in Schwarzer Magie. Nun, Sie und ich, wir wissen natürlich« – Bengalski lächelte weise –, »daß es keine Magie gibt und daß sie nichts anderes ist als Aberglauben. Maestro Voland freilich beherrscht die Technik der Tricks in hohem Grade, was wir aus dem interessantesten Teil seiner Darbietung ersehen werden, das heißt aus der Enthüllung dieser Technik, und da wir alle ebenso für die Technik wie für die Enthüllung sind, darf ich jetzt bitten – Monsieur Voland!«

Nachdem Bengalski diesen Mumpitz dahergeschwatzt hatte, legte er die Hände gegeneinander und schwenkte sie grüßend zum Vorhang, der davon surrend auseinanderging.

Der Auftritt des Magiers und seines langen Assistenten samt dem Kater, der die Bühne auf den Hinterpfoten betrat, kam beim Publikum gut an.

»Einen Sessel«, befahl Voland halblaut, und im selben Moment stand, unbekannt wie und woher, ein Sessel auf der Bühne, in dem der Magier Platz nahm. »Liebenswürdiger Fagott«, wandte sich Voland an den karierten Possenreißer, der offensichtlich außer »Korowjew« noch einen anderen Namen trug, »was meinst du, die Moskauer Bevölkerung hat sich doch beträchtlich verändert?«

Der Magier blickte ins Publikum, das unter dem Eindruck des aus der Luft aufgetauchten Sessels verblüfft schwieg.

»So ist es, Messere«, antwortete Fagott-Korowjew halblaut.
»Du hast recht. Die Städter haben sich sehr verändert, äußerlich, behaupte ich, wie übrigens auch die Stadt selbst. Von der Kleidung will ich ja nicht reden, aber da sind jetzt auf einmal diese... wie heißen sie gleich... diese Straßenbahnen, Automobile...«
»Autobusse«, soufflierte Fagott respektvoll.
Das Publikum lauschte diesem Gespräch aufmerksam, denn es sah darin das Vorspiel des Zaubertricks. In den Kulissen wimmelte es von Artisten und Bühnenarbeitern, und zwischen ihnen war das angespannte bleiche Gesicht von Rimski zu sehen.
Die Physiognomie Bengalskis, der seitlich auf der Bühne saß, zeigte Bestürzung. Er hob ein wenig die Brauen, benutzte eine Gesprächspause und sagte:
»Der ausländische Artist bringt seine Begeisterung für Moskau zum Ausdruck, das in technischer Hinsicht gewachsen ist, aber auch für die Moskauer.« Hier lächelte er zweimal, zuerst ins Parkett, dann hinauf zum Rang.
Voland, Fagott und der Kater wandten sich dem Conférencier zu.
»Habe ich Begeisterung ausgedrückt?« fragte der Magier.
»In keiner Weise, Messere, Ihr habt keinerlei Bestürzung ausgedrückt«, antwortete Fagott.
»Was also redet dieser Mensch?«
»Er spinnt einfach!« tönte der karierte Assistent, daß es durchs Theater schallte, dann fügte er, an Bengalski gewandt, hinzu: »Ich gratuliere Ihnen, Herr Lügenbold!«
Vom Rang plätscherte ein kurzer Lacher, Bengalski zuckte zusammen und riß die Augen auf.
»Aber mich interessieren natürlich nicht so sehr die Autobusse, Telefone und all die sonstige...«
»Technische Apparatur«, soufflierte der Karierte.
»Völlig richtig, besten Dank«, sagte der Magier langsam mit tiefem Baß. »Weit mehr interessiert mich die wichtige Frage: Haben sich diese Städter innerlich verändert?«
»Ja, das ist eine überaus wichtige Frage, gnädiger Herr.«
In den Kulissen warf man sich Blicke zu und zuckte die Achseln, Bengalski stand puterrot da, Rimski war bleich. Doch da sagte der Magier, die beginnende Unruhe gleichsam spürend: »Aber wir haben uns festgeplaudert, lieber Fagott, das Publikum beginnt sich zu langweilen, zeige uns fürs erste etwas möglichst Einfaches.«
Im Saal entstand erleichterte Bewegung. Fagott und der Kater stellten sich zu beiden Seiten der Bühne auf. Fagott schnippte mit den Fingern, rief

flott, »Drei, vier«, griff aus der Luft ein Spiel Karten, mischte es und schwirrte es als langes Band dem Kater zu. Der fing das Band auf und schwirrte es zurück. Die atlasweiße Kartenschlange schnurrte, Fagott sperrte den Mund auf wie ein Nestvogel und verschluckte eine Karte nach der anderen.

Der Kater verbeugte sich und machte einen Kratzfuß, was ihm ungeheuren Beifall eintrug.

»Klasse! Klasse!« rief es begeistert in den Kulissen.

Fagott stieß den Finger ins Parkett und erklärte:

»Das Kartenspiel, meine sehr verehrten Damen und Herren, befindet sich jetzt in der siebenten Reihe bei dem Bürger Partschewski. Es steckt zwischen einem Dreirubelschein und einer gerichtlichen Vorladung in Sachen Alimente für die Bürgerin Selkowa.«

Im Parkett entstand Bewegung, die Zuschauer reckten die Hälse, und schließlich holte ein Mann, der tatsächlich Partschewski hieß, knallrot vor Verlegenheit, das Kartenspiel aus der Brieftasche und hielt es empor, denn er wußte nicht, was er damit anfangen sollte.

»Behalten Sie's zum Andenken!« rief Fagott. »Sie hatten ja völlig recht, als Sie gestern beim Abendbrot sagten, das Leben in Moskau wäre unerträglich, wenn es nicht Poker gäbe.«

»Alter Hut!« tönte es vom Rang. »Der im Parkett gehört zum Verein.«

»Meinen Sie?« brüllte Fagott und spähte mit verkniffenen Augen hinauf zum Rang. »Dann gehören Sie auch zum Verein, denn Sie haben das Kartenspiel in der Tasche!«

Im Rang kam Bewegung auf, und eine freudige Stimme rief: »Stimmt! Er hat's! Da, da! Halt! Aber das sind doch Zehnerscheine!«

Die Zuschauer im Parkett wandten die Köpfe nach oben. Im Rang hatte ein Mann bestürzt in seiner Tasche ein Päckchen entdeckt, das von einem Streifband der Bank mit der Aufschrift »Eintausend Rubel« umwickelt war.

Die Nachbarn drängten sich auf ihn, er aber klaubte verdattert mit dem Fingernagel an der Banderole, um zu ergründen, ob die Zehnrubelscheine echt oder verhext wären.

»Wahrhaftig echt! Richtige Zehnerscheine!« schrie es freudig vom Rang.

»So ein Spielchen können Sie mit mir auch machen«, bat vergnügt ein Dickwanst im Parkett.

»Avec plaisier!« antwortete Fagott. »Aber warum nur mit Ihnen? Jeder wird eifrig mitmachen!« Und er kommandierte: »Alles schaut nach oben! Eins!« In seiner Hand war plötzlich eine Pistole. »Zwei!« Die Pistole fuhr hoch. »Drei!« schrie er, ein Blitz zuckte auf, es rumste, und sofort flatterten aus der Kuppel zwischen den Trapezen hindurch weiße Papiere in den Saal.

Sie drehten sich, segelten zur Seite, landeten auf dem Rang, im Orchester und auf der Bühne. Gleich darauf erreichte der Geldregen, der immer dichter wurde, die Parkettreihen, und die Zuschauer haschten nach den Scheinen.

Hunderte von Händen reckten sich hoch, die Zuschauer hielten die Scheine gegen die erleuchtete Bühne und sahen die echten Wasserzeichen. Auch der Geruch ließ keinen Zweifel: es war der unvergleichlich reizvolle Geruch frischgedruckten Geldes. Heiterkeit, dann Verblüffung erfaßte das Theater. Überall summte das Wort »Zehnerscheine, Zehnerscheine«, man hörte erstaunte Rufe und fröhliches Gelächter. Einige krochen schon in den Gängen herum, tasteten suchend unter die Sessel. Viele hatten sich auf die Sitze gestellt und haschten nach den launisch gaukelnden Scheinen.

Über die Milizionärsgesichter kroch langsam Argwohn, die Artisten äugten ohne Umstände aus den Kulissen.

Im ersten Rang rief eine Stimme: »Was grapschst du? Das ist meiner, zu mir ist er geflogen!« Eine andere Stimme antwortete: »Hör auf zu stoßen, sonst stoß ich dich aus dem Anzug!« Plötzlich ein dumpfer Fall. Sofort erschien im ersten Rang der Helm eines Milizionärs, jemand wurde abgeführt.

Die Erregung schwoll an, und niemand weiß, was aus alldem geworden wäre, wenn nicht Fagott den Geldregen gestoppt hätte, indem er plötzlich in die Luft pustete.

Zwei junge Burschen wechselten vergnügt vielsagende Blicke, erhoben sich und strebten schnurstracks der Theaterkantine zu. Das Theater summte, die Zuschauer hatten aufgeregte, glänzende Augen. Ja, niemand weiß, was aus alldem geworden wäre, wenn nicht Bengalski sich aufgerafft und in Bewegung gesetzt hätte. Um Selbstbeherrschung bemüht, rieb er sich gewohnheitsmäßig die Hände und sprach möglichst klangvoll:

»Meine Damen und Herren, was wir soeben gesehen haben, ist ein Fall von sogenannter Massenhypnose. Ein rein wissenschaftliches Experiment und ein vorzüglicher Beweis, daß es in der Magie keine Wunder gibt. Wir bitten nun den Maestro Voland, uns dieses Experiment zu erklären. Sie, meine Damen und Herren, werden feststellen, daß die vermeintlichen Geldscheine ebenso plötzlich wieder verschwinden, wie sie aufgetaucht sind.«

Er klatschte heftig, aber völlig einsam, und auf seinem Gesicht spielte ein zuversichtliches Lächeln, in seinen Augen jedoch war diese Zuversicht nicht, sie blickten flehentlich.

Bengalskis Rede erfreute das Publikum mitnichten. Völliges Schweigen trat ein, unterbrochen vom karierten Fagott.

»Das ist ein Fall von sogenanntem Blödsinn«, erklärte er mit lautem Meckertenor, »die Geldscheine, meine Damen und Herren, sind echt.«

»Bravo!« schnappte eine Baßstimme auf dem Rang.

»Dieser Kerl übrigens«, Fagott wies auf Bengalski, »der hängt mir zum

Halse heraus. Dauernd steckt er seine Nase ungebeten in Dinge, die ihn nichts angehen, und schmeißt uns mit seinen verlogenen Bemerkungen die ganze Vorstellung! Was sollen wir mit ihm machen?«

»Den Kopf abreißen!« sagte jemand rauh vom Rang.

»Was haben Sie gesagt? Hä?« antwortete Fagott auf diesen häßlichen Vorschlag. »Den Kopf abreißen? Das ist eine Idee! Behemoth!« schrie er dem Kater zu. »Mach du das! Ejn, zwej, drej!«

Etwas ganz Unerhörtes geschah. Der schwarze Kater sträubte das Fell und miaute ohrenzerreißend. Dann duckte er sich panthergleich, sprang Bengalski gegen die Brust und von hier auf den Kopf. Laut knurrend krallte er die puschligen Pfoten in die schüttere Haartracht des Conférenciers, heulte wild auf und riß mit zwei Drehungen den Kopf von dem dicken Hals los.

Die zweieinhalbtausend Menschen im Theater schrien wie mit einer Stimme auf. Das Blut aus den zerrissenen Halsarterien spritzte in dicken Strahlen hoch und tränkte Vorhemd und Frack. Der enthauptete Körper machte mit den Füßen ein paar plumpe Scharrbewegungen und sank sitzend zu Boden. Im Saal gellten hysterische Frauenschreie. Der Kater reichte den Kopf Fagott, der hob ihn an den Haaren hoch und zeigte ihn dem Publikum, und der Kopf schrie verzweifelt, daß es durchs Theater hallte:

»Einen Arzt!«

»Wirst du wieder solchen Blödsinn quatschen?« fragte Fagott drohend den weinenden Kopf.

»Nie wieder!« röchelte der Kopf.

»Um Gottes willen, quälen Sie ihn nicht!« übertönte plötzlich eine Frauenstimme aus einer Loge den Lärm, und der Magier wandte sich der Stimme zu.

»Sie meinen also, meine Damen und Herren, wir sollen ihm verzeihen?« fragte Fagott das Publikum.

»Verzeihen, verzeihen!« riefen erst vereinzelte Stimmen, vorwiegend weibliche, dann fielen im Chor die Männer ein.

»Was befehlt Ihr, Messere?« fragte Fagott den Maskierten.

»Hm«, antwortete dieser nachdenklich, »sie sind Menschen wie andere auch. Sie lieben das Geld, aber das war schon immer so. Die Menschheit liebt das Geld, egal, woraus es gemacht ist, aus Leder oder Papier, aus Bronze oder Gold. Ein bißchen leichtsinnig sind sie vielleicht... Warum nicht... Manchmal klopft Barmherzigkeit in ihrer Brust... Gewöhnliche Menschen. Erinnern an die von früher, bloß die Wohnungsfrage hat sie verdorben.« Laut befahl er: »Setzt ihm den Kopf wieder auf.«

Der Kater zielte sorgfältig und stuppte den Kopf auf den Hals, und er saß wieder an seiner Stelle, als wäre er nie weg gewesen. Und das schönste, nicht mal eine Narbe war am Hals zu sehen.

Mit den Pfoten wedelte der Kater über Bengalskis Frack und Plastron, und die Blutspuren verschwanden. Fagott stellte den sitzenden Bengalski auf die Beine, schob ihm ein Päckchen Zehnerscheine in die Fracktasche und beförderte ihn mit folgenden Worten von der Bühne:

»Verschwinden Sie, ohne Sie ist es lustiger!«

Taumelnd und irr um sich blickend, erreichte der Conférencier den Feuerwehrmann, da wurde ihm schlecht.

»Mein Kopf, mein Kopf!« schrie er kläglich.

Mit den anderen stürzte auch Rimski auf ihn zu. Der Conférencier weinte, haschte mit den Händen in die Luft, murmelte:

»Meinen Kopf, meinen Kopf... gebt mir wieder. Nehmt die Wohnung, nehmt die Bilder, aber gebt mir meinen Kopf!«

Der Bote lief nach einem Arzt. Man versuchte, Bengalski in der Garderobe aufs Sofa zu legen, aber er schlug um sich und begann zu toben, und man mußte einen Krankenwagen rufen. Nachdem der unglückselige Conférencier weggebracht worden war, lief Rimski zurück zur Bühne und sah, daß hier neue Wunder geschahen. Übrigens war zu diesem Zeitpunkt oder etwas früher der Magier mitsamt seinem verschossenen Sessel von der Bühne verschwunden, wobei erwähnt sei, daß das Publikum dies überhaupt nicht bemerkte, da es von den ungewöhnlichen Kunststücken Fagotts auf der Bühne gefesselt war.

Nachdem Fagott nämlich den arg mitgenommenen Conférencier von der Bühne gejagt hatte, erklärte er dem Publikum: »Jetzt, nachdem wir diesen Widerling abgeschoben haben, wollen wir ein Damenatelier eröffnen!«

Sofort bedeckte sich die Bühne mit Perserteppichen, mächtige Spiegel ragten, seitlich von hellgrünen Röhren beleuchtet, und zwischen den Spiegeln standen Vitrinen, in denen die fröhlich verblüfften Zuschauer Pariser Damenkleider verschiedener Farben und Schnitte erblickten. In weiteren Vitrinen erschienen Hunderte von Damenhüten mit und ohne Feder, mit und ohne Schnalle, ferner Hunderte von Schuhen – schwarz, weiß, gelb, aus Leder, aus Atlas, aus Wildleder, mit Riemchen und mit Steinchen. Zwischen den Schuhen standen Kästchen, in denen Parfümflakons glitzerten, es gab Berge von Handtaschen aus Antilopenhaut, aus Wildleder, aus Seide, und dazwischen lagen haufenweise längliche Goldhülsen, wie sie für Lippenstifte verwendet werden.

Ein rothaariges Weib in schwarzem Abendkleid, weiß der Teufel woher plötzlich aufgetaucht, ein hübsches Frauenzimmer übrigens, hätte nicht eine sonderbare Narbe am Hals sie verunstaltet, stand mit gewinnendem Direktricenlächeln bei den Vitrinen.

Fagott erklärte mit bonbonsüßem Grienen, seine Firma veranstalte kostenlos einen Umtausch alter Damenkleider und -schuhe gegen Pariser Modelle. Das gleiche, sagte er, gelte für Handtaschen und alles übrige.

Lee

Der Kater vollführte Kratzfüße und machte mit der Vorderpfote die einladenden Gesten eines türöffnenden Portiers.

Das Weib sprach ein bißchen heiser, doch vornehm flötend ein paar schwerverständliche Wörter, die jedoch, nach den Frauengesichtern im Parkett zu urteilen, sehr verführerisch klangen.

»Guerlain, Chanel Nummer fünf, Mitsouko, Narcisse noir, Abendroben, Cocktailkleider...«

Fagott scharwenzelte, der Kater verbeugte sich, die Rothaarige öffnete die Glasvitrinen.

»Darf ich bitten!« brüllte Fagott. »Keine Schüchternheit, keine Fisematenten!«

Das Publikum geriet in Wallung, doch noch wagte sich keiner auf die Bühne. Endlich erhob sich eine Brünette aus der zehnten Parkettreihe von ihrem Platz, lächelte, als sei ihr alles schnurz und schnuppe, schritt den Gang entlang und betrat über die Seitentreppe die Bühne.

»Bravo!« schrie Fagott. »Ich grüße die erste Kundin! Behemoth, einen Sessel! Beginnen wir mit den Schuhen, Madame!«

Die Brünette setzte sich in den Sessel, und sofort häufte Fagott einen Berg Schuhe vor ihr auf den Teppich.

Sie zog den rechten Schuh aus, paßte einen hellblauen Modellschuh an, stampfte auf den Teppich, betrachtete den Absatz.

»Werden sie auch nicht drücken?« fragte sie nachdenklich.

»Ich bitte Sie, was reden Sie da!« rief Fagott beleidigt, und der Kater miaute gekränkt.

»Ich nehme dieses Paar, Monsieur«, sagte die Brünette hoheitsvoll, während sie in den zweiten Schuh schlüpfte.

Ihre alten Schuhe wurden hinter den Vorhang geschmissen, und dort verschwand auch sie selber in Begleitung der Rothaarigen und Fagotts, der mehrere Modellkleider auf Bügeln trug.

Der Kater half geschäftig, er hatte sich besseren Aussehens halber ein Zentimetermaß um den Hals gehängt.

Bald trat die Brünette wieder vor den Vorhang, so elegant, daß ein Seufzer durch die Zuschauer ging. Die beherzte Frau, erstaunlich verschönt, stellte sich vor den Spiegel, bewegte die entblößten Schultern, berührte die Haare im Nacken und verbog sich, um den Rücken im Spiegel zu sehen.

»Meine Firma bittet Sie, dies zum Andenken mitzunehmen«, sagte Fagott und reichte ihr ein offenes Kästchen mit einem Parfümflakon.

»Merci«, antwortete die Brünette herablassend und stieg die Treppe hinab ins Parkett. Zuschauer sprangen auf und suchten den Flakon zu berühren.

Nun war der Bann gebrochen, und von allen Seiten strömten Frauen auf die Bühne. In dem allgemeinen aufgeregten Gerede, Gelächter und Geseufze hörte man eine Männerstimme: »Ich erlaube es nicht!« und eine Frauenstimme: »Du bist ein Despot und ein Spießer! Laß meinen Arm los!« Die Frauen verschwanden hinterm Vorhang, ließen ihre Kleider dort und kamen in neuen wieder zum Vorschein. Auf Hockern mit vergoldeten Beinen saß eine ganze Reihe von Damen, die mit neubeschuhten Füßen energisch auf den Teppich stampften. Fagott kniete vor ihnen, hantierte mit einem beinernen Schuhanzieher, und der Kater stöhnte unter Bergen von Schuhen und Handtaschen, die er von der Vitrine zu den Hockern und zurück schleppte, und die Madame mit dem Narbenhals tauchte bald auf, bald verschwand sie wieder, und es kam so weit, daß sie nur noch französisch schnatterte, und erstaunlicherweise verstanden die Frauen sie schon von der Andeutung her, selbst solche, die kein Wort Französisch konnten.

Allgemeine Verwunderung erregte ein Mann, der sich auf die Bühne drängelte. Er erklärte, seine Gattin habe Grippe, und darum bitte er, ihm etwas für sie mitzugeben. Als Beweis, daß er tatsächlich verheiratet sei, wollte er seinen Ausweis vorzeigen. Die Äußerung des sorgenden Ehegatten wurde mit Gelächter aufgenommen, Fagott brüllte, er glaube ihm wie sich selbst, auch ohne Ausweis, und überreichte ihm zwei Paar Seidenstrümpfe, und der Kater fügte von sich aus noch einen Lippenstift hinzu.

Nachzüglerinnen stürzten auf die Bühne, von der Bühne strömten Glückliche in Ballkleidern, in drachengeschmückten Pyjamas, in strengen Tageskostümen und mit Hütchen, schief aufs eine Auge geschoben.

Dann erklärte Fagott, in Anbetracht der vorgerückten Zeit werde der Laden bis zum nächsten Abend geschlossen, und zwar in genau einer Minute. Da erhob sich auf der Bühne ein unglaubliches Getümmel. Frauen rafften ohne Anprobe Schuhe. Eine brach wie ein Wirbelsturm hinter den Vorhang, warf dort ihr Kostüm ab und eignete sich das erste beste Kleidungsstück an, einen Seidenkittel, den gewaltige Blumensträuße schmückten, überdies schnappte sie zwei Parfümflakons.

Genau nach einer Minute krachte ein Pistolenschuß, die Spiegel verschwanden, ebenso die Vitrinen und die Hocker, und der Teppich wie der Vorhang lösten sich in Nichts auf. Als letztes verschwand der riesige Berg alter Kleider und Schuhe, und die Bühne sah nüchtern, leer und kahl aus wie zuvor.

In diesem Moment mischte sich eine neue handelnde Person ein.

Eine klangvolle und sehr eindringliche Baritonstimme sagte aus der zweiten Loge:

»Bürger Artist, es wäre trotz allem wünschenswert, daß Sie den Zuschauern unverzüglich Ihre Tricks enthüllen, besonders den Trick mit den Geldscheinen. Es wäre auch gut, wenn der Conférencier wieder auf die Bühne käme. Die Zuschauer sorgen sich um ihn.«

Der Bariton gehörte niemand anderm als dem Ehrengast des heutigen Abends, Arkadi Apollonowitsch Semplejarow, Vorsitzenden der Akustischen Kommission für die Moskauer Theater.

Er saß mit zwei Damen in der Loge, einer älteren, sehr teuer und modisch gekleidet, und einem blutjungen und bildhübschen Mädchen, das einfacher angezogen war. Die erste, wie sich sehr bald beim Abfassen des Protokolls herausstellte, war die Gattin Semplejarows und die zweite eine weitläufige Verwandte, eine junge hoffnungsvolle Schauspielerin aus Saratow, die bei ihm und seiner Gattin wohnte.

»Pardon!« antwortete Fagott. »Ich bitte um Verzeihung, aber hier gibt's nichts zu enthüllen, alles ist klar.«

»Nein, entschuldigen Sie! Die Entlarvung ist unbedingt notwendig. Ohne sie würden Ihre glänzenden Nummern einen fatalen Eindruck hinterlassen. Die Zuschauermasse verlangt eine Erklärung.«

»Die Zuschauermasse«, unterbrach ihn der freche Ulkmacher, »hat, glaube ich, gar keinen solchen Wunsch geäußert. Aber ich will Ihre hochgeschätzte Forderung berücksichtigen, Arkadi Apollonowitsch, und werde darum jetzt zur Entlarvung schreiten. Gestatten Sie vorher noch eine winzige Nummer?«

»Warum nicht«, antwortete Semplejarow gönnerhaft, »aber unbedingt mit Entlarvung.«

»Sehr wohl, sehr wohl. Gestatten Sie also zu fragen, wo waren Sie gestern abend, Arkadi Apollonowitsch?«

Bei dieser unangebrachten und wohl auch taktlosen Frage wechselte Semplejarow die Farbe, und zwar gründlich.

»Arkadi Apollonowitsch war gestern abend auf einer Sitzung der Akustischen Kommission«, sagte seine Gattin sehr von oben herab, »aber ich verstehe nicht, was das mit der Magie zu tun hat.«

»Oui, Madame!« bestätigte Fagott. »Selbstredend verstehen Sie das nicht. Was nämlich die Sitzung betrifft, so sind Sie gewaltig im Irrtum. Arkadi Apollonowitsch fuhr zwar zu der erwähnten Sitzung, die übrigens für gestern gar nicht anberaumt war, aber er entließ seinen Fahrer vorm Gebäude der Akustischen Kommission an den Klaren Teichen [das ganze Theater war mucksmäuschenstill], dann fuhr er mit dem Autobus zur Jelochowskaja-Straße, um die Schauspielerin Miliza Andrejewna Pokobatko vom Kreiswandertheater zu besuchen, und er verbrachte bei ihr so ungefähr vier Stunden.«

»Aua!« rief eine mitfühlende Stimme in der völligen Stille.

Semplejarows junge Verwandte brach plötzlich in ein tiefes und furchtbares Gelächter aus.

»Jetzt geht mir ein Licht auf!« rief sie. »So was hab ich schon lange geahnt.

Nun ist mir auch klar, warum diese unbegabte Person die Rolle der Luise bekommen hat!«

Sie holte plötzlich aus und hieb ihren kurzen und dicken lila Schirm Semplejarow über den Schädel.

Der fiese Fagott alias Korowjew schrie:

»Das, meine verehrten Damen und Herren, ist ein Beispiel für die Entlarvung, die Arkadi Apollonowitsch so aufdringlich verlangt hat.«

»Wie kannst du es wagen, du gemeines Frauenzimmer, Hand an Arkadi Apollonowitsch zu legen?« fragte Semplejarows Gattin dräuend und erhob sich in der Loge zu ihrer vollen gigantischen Größe.

Ein zweiter kurzer Anfall von satanischem Gelächter schüttelte die junge Verwandte.

»Wer denn, wenn nicht ich, sollte Hand an ihn legen!« antwortete sie lachend. Zum zweitenmal erscholl das trockene Krachen des Schirms, der von Semplejarows Kopf zurücksprang.

»Miliz! Nehmt sie fest!« schrie Frau Semplejarow mit so furchtbarer Stimme, daß es viele Zuschauer kalt überlief.

In diesem Moment kam der Kater zur Rampe gesprungen und blaffte plötzlich mit menschlicher Stimme durchs Theater: »Die Vorstellung ist beendet! Maestro, klamauken Sie einen Marsch!«

Der schon halbverrückte Kapellmeister fuchtelte ohne Sinn und Verstand mit seinem Stab, und die Kapelle legte los – sie spielte nicht, dröhnte nicht, schmetterte nicht, sondern sie klamaukte nach dem gemeinen Ausdruck des Katers einen unwahrscheinlichen, an Frechheit nicht zu überbietenden Marsch.

Und für einen Moment schien es, als habe man sie in einem Tingeltangel unter südlichen Sternen schon einmal gehört, die kaum verständlichen, halbblinden, doch höchst draufgängerischen Worte dieses Marsches:

Seine Hoheit, Seine Hoheit
liebt' Hausgeflügel sehr,
nahm unter seine Gönnerschaft
ein ganzes Mädchenheer!

Vielleicht waren es gar nicht diese Worte, sondern ein ganz anderer Text zur selben Musik, jedenfalls höchst unanständig. Es ist auch nicht wichtig; wichtig ist, daß danach im Varieté eine Art babylonisches Stimmengewirr einsetzte. Milizionäre rannten zu Semplejarows Loge, Neugierige kletterten auf die Barriere, man hörte höllische Gelächterexplosionen und irrsinnige Schreie, übertönt vom Rasseln der Schlagbecken.

Und man sah, daß sich die Bühne plötzlich leerte und daß der Schwindler Fagott und das unverschämte Katzenvieh Behemoth sich ebenso in Luft auflösten wie vorher der Magier im verschossenen Sessel.

13
Der Held tritt auf

Der Unbekannte drohte also Iwan mit dem Finger und zischte: »Pssst!«

Iwan schob die Beine aus dem Bett und glotzte. Vom Balkon her äugte ein Mann von etwa achtunddreißig Jahren ins Zimmer, glattrasiert, mit spitzer Nase, unruhigem Blick und wirr in die Stirn fallendem schwarzem Haarschopf.

Nachdem der geheimnisvolle Besucher gehorcht und sich überzeugt hatte, daß Iwan allein war, faßte er sich ein Herz und trat ein. Iwan sah, daß er Krankenhauskleidung trug – Unterwäsche, Pantoffeln an den bloßen Füßen und einen graubraunen Kittel lose über den Schultern.

Er zwinkerte Iwan zu, barg ein Schlüsselbund in der Tasche, erkundigte sich flüsternd: »Darf ich mich setzen?« und nahm, nachdem Iwan genickt hatte, im Sessel Platz.

»Wie sind Sie denn hier hereingekommen?« flüsterte Iwan, dem drohenden knochigen Finger gehorchend. »Die Balkongitter sind doch verschlossen?«

»Sie sind es«, bestätigte der Gast, »aber Praskowja Fjodorowna ist zwar herzensgut, doch leider zerstreut. Ich habe ihr vor einem Monat das Schlüsselbund geklaut, und nun kann ich auf den Balkon gelangen, der sich ums ganze Stockwerk zieht, und ab und zu einen Nachbarn besuchen.«

»Wenn Ihnen der Balkon zugänglich ist, können Sie doch auch türmen. Oder ist es zu hoch?« fragte Iwan interessiert.

»Nein«, antwortete der Gast fest, »ich kann hier nicht weg, nicht, weil es zu hoch wäre, sondern weil ich nicht wüßte, wo ich hin soll.« Nach einer Pause fügte er hinzu: »Na?«

»Tja«, antwortete Iwan und blickte dem Ankömmling in die sehr unruhigen braunen Augen.

»Ja...« Der Gast wurde plötzlich nervös. »Ich hoffe, Sie sind nicht gewalttätig? Wissen Sie, ich kann nämlich Krach, Geschrei, Gewalt und dergleichen nicht vertragen. Ganz besonders hasse ich menschliches Geschrei, sei es aus Leid, aus Wut oder anderen Gründen. Beruhigen Sie mich; sagen Sie mir, Sie sind doch nicht gewalttätig?«

»Gestern im Restaurant hab ich einem eins in die Schnauze geballert«, gestand der verwandelte Lyriker mannhaft.

»Grund?« fragte der Gast streng.

»Ja, ehrlich gesagt, ohne Grund«, antwortete Iwan verlegen.

»Schweinerei«, urteilte der Gast und fügte hinzu: »Außerdem, warum sagen Sie – in die Schnauze geballert? Freilich ist nicht sicher, ob der Mensch eine Schnauze hat oder einen Mund. Wahrscheinlich doch einen Mund. Aber wissen Sie, mit den Fäusten... Nein, darauf müssen Sie ein für allemal verzichten.«

Nachdem der Gast Iwan solchermaßen ins Gewissen geredet hatte, erkundigte er sich: »Beruf?«

»Lyriker«, gestand Iwan widerwillig.

Das betrübte den Besucher.

»Ach, hab ich ein Pech!« rief er, doch er fing sich rasch, entschuldigte sich und fragte: »Wie ist Ihr Name?«

»Besdomny.«

»Ach herrje«, sagte der Gast stirnrunzelnd.

»Was denn, gefallen Ihnen meine Gedichte nicht?« fragte Iwan neugierig.

»Absolut nicht.«

»Welche haben Sie denn gelesen?«

»Gar keins!« rief der Besucher nervös.

»Wie können Sie dann so was sagen?«

»Was ist denn dabei?« antwortete der Gast. »Als ob ich nicht andere gelesen hätte! Aber vielleicht gibt es Zeichen und Wunder? Schön, ich bin bereit, Ihnen unbesehen zu glauben. Sagen Sie selber, sind Ihre Gedichte gut?«

»Grauenhaft!« stieß Iwan plötzlich beherzt hervor.

»Schreiben Sie keine mehr!« bat der Ankömmling flehend.

»Ich schwöre und gelobe es!« sagte Iwan feierlich.

Der Schwur wurde durch einen Händedruck bekräftigt, da ertönten auf dem Korridor weiche Schritte und Stimmen.

»Pssst!« flüsterte der Gast, sprang hinaus auf den Balkon und schloß hinter sich das Gitter.

Praskowja Fjodorowna schaute herein und fragte, wie Iwan sich fühle und ob er im Dunkeln oder bei Licht zu schlafen wünsche. Iwan bat, das Licht brennen zu lassen, und Praskowja Fjodorowna entfernte sich, nachdem sie dem Kranken eine gute Nacht gewünscht hatte. Als alles still war, kehrte der Gast zurück.

Flüsternd teilte er mit, im Zimmer 119 sei ein Neuer eingeliefert worden, ein Dickwanst mit rotem Gesicht, der fortwährend etwas von Devisen im Lüftungsschacht brabbele und versichere, bei ihnen in der Sadowaja hätte sich der Satan eingenistet.

»Auf Puschkin schimpft er wie ein Rohrspatz und schreit dauernd: ›Kurolessow, da capo!‹« sagte der Gast und zuckte hektisch. Nachdem er sich beruhigt hatte, ließ er sich nieder und sagte: »Aber was geht der uns an?« Dann setzte er das Gespräch mit Iwan fort: »Weswegen Sind Sie eigentlich hier in der Klinik?«

»Wegen Pontius Pilatus«, antwortete Iwan und starrte mürrisch zu Boden.

»Wie?!« schrie der Gast, alle Vorsicht vergessend, und hielt sich die Hand vor den Mund. »Das ist ja ein unglaubliches Zusammentreffen! Ich flehe Sie an, erzählen Sie!«

Iwan, der Vertrauen zu dem Unbekannten empfand, erzählte erst stokkend und schüchtern, dann immer mutiger die Geschichte, die tags zuvor an den Patriarchenteichen passiert war. Ja, einen dankbaren Zuhörer hatte er in dem geheimnisvollen Schlüsseldieb! Der hielt ihn nicht für verrückt, bekundete größtes Interesse für Iwans Erzählung und geriet, je weiter dieser kam, immer mehr in Begeisterung. Fortwährend unterbrach er ihn mit Ausrufen:

»Los doch, weiter, weiter, ich flehe Sie an! Aber bei allem, was Ihnen heilig ist, lassen Sie nichts aus!«

Iwan ließ nichts aus, so war es ihm leichter, zu erzählen, und gelangte allmählich bis zu dem Moment, wo Pontius Pilatus in blutrot gefüttertem weißem Umhang den Balkon betrat.

Da legte der Gast flehend die Hände zusammen und flüsterte:

»Oh, wie ich's geahnt habe! Oh, wie ich alles geahnt habe!«

Die Schilderung des schrecklichen Todes von Berlioz kommentierte der Zuhörer mit einer rätselhaften Bemerkung, wobei in seinen Augen Zorn glomm:

»Ich bedaure nur, daß nicht der Kritiker Latunski oder der Literat Mstislaw Lawrowitsch an Stelle von Berlioz waren!« Und wütend, doch lautlos schrie er: »Weiter!«

Der Kater, der bei der Schaffnerin bezahlen wollte, erheiterte ihn über die Maßen. Er bog sich in lautlosem Gelächter, als er den vom Erfolg seines Berichts angeregten Iwan hockend herumhüpfen sah, um den Kater mit dem erhobenen Zehnkopekenstück darzustellen.

»Und so«, schloß Iwan traurig und umwölkt, nachdem er noch den Vorfall im Gribojedow geschildert hatte, »bin ich hier gelandet.«

Der Gast legte dem beklagenswerten Poeten mitfühlend die Hand auf die Schulter.

»Armer Dichter!« versetzte er. »Aber Sie sind selber an allem schuld, mein Guter. Sie durften nicht so respektlos und sogar unverschämt zu ihm sein. Dafür haben Sie bezahlt. Und Sie können noch von Glück sagen, daß Sie verhältnismäßig glimpflich davongekommen sind.«

»Wer ist er denn nun eigentlich?« fragte Iwan und schüttelte erregt die Fäuste.

Der Gast blickte ihn prüfend an und antwortete mit einer Gegenfrage:

»Werden Sie auch nicht in Tobsucht verfallen? Wir sind hier alle unsichere

Kantonisten... Wird nicht der Arzt kommen müssen, wird es keine Spritzen und sonstige Unannehmlichkeiten geben?«

»Bestimmt nicht!« rief Iwan. »Sagen Sie's mir, wer ist er?«

»Na schön«, antwortete der Gast und sagte gewichtig und akzentuiert: »Sie haben gestern an den Patriarchenteichen mit dem Satan gesprochen.«

Iwan hielt Wort und verfiel nicht in Tobsucht, aber er war doch höchlich verblüfft.

»Das kann nicht sein! Den gibt's doch gar nicht!«

»Ich bitte Sie! Ausgerechnet Sie dürften das nicht sagen. Sie waren offenbar einer der ersten, die durch ihn zu leiden hatten. Jetzt sitzen Sie in der psychiatrischen Klinik, Sie wissen das und behaupten, es gibt ihn nicht. Wirklich sehr merkwürdig.«

Iwan, aus der Fassung gebracht, schwieg.

»Als Sie anfingen, ihn zu beschreiben«, fuhr der Gast fort, »da ahnte ich bereits, mit wem Sie gestern das Vergnügen hatten. Über Berlioz muß ich mich wirklich sehr wundern! Sie sind ein unbefleckter Mensch, entschuldigen Sie schon, aber er hat doch, soviel ich weiß, immerhin einiges gelesen! Gleich die ersten Worte dieses Professors haben meine Zweifel zerstreut. Den mußten Sie erkennen, mein Freund! Übrigens sind Sie... Nichts für ungut, doch wenn ich mich nicht irre, sind Sie wohl ziemlich unwissend?«

»Zweifellos«, bestätigte der nicht wiederzuerkennende Iwan.

»Sehen Sie... Dabei hat die Person, die Sie mir beschrieben haben, verschiedene Augen, und dann diese Brauen! Entschuldigen Sie, aber vielleicht haben Sie nicht einmal die Oper ›Margarethe‹ gehört?«

Iwan, schrecklich verlegen, murmelte mit glühendem Gesicht etwas von einer Reise ins Sanatorium... nach Jalta...

»Ich sag ja, ich sag ja, bei Ihnen ist es kein Wunder! Aber über Berlioz, ich wiederhole es, staune ich doch. Er ist nicht nur belesen, sondern auch gewitzt. Zu seiner Ehre muß ich freilich sagen, Voland ist imstande, noch gewitztere Leute zu übertölpeln.«

»Wer?!« schrie jetzt Iwan.

»Leise!«

Iwan klatschte sich die Hand vor die Stirn und zischte: »Jetzt geht mir ein Licht auf! Der Name auf seiner Visitenkarte fing mit V an. Ei-jei-jei, das ist ein Ding!« Er schwieg eine Zeitlang konfus und starrte auf den Mond, der vor dem Gitter schwebte, dann sagte er: »Das heißt also, er kann tatsächlich bei Pontius Pilatus zugegen gewesen sein? Damals war er doch schon geboren? Und mich halten sie für verrückt, die hier!« Iwan wies empört zur Tür.

Eine bittere Falte kerbte die Mundwinkel des Gastes.

»Sehen wir doch der Wahrheit ins Auge.« Er wandte das Gesicht der nächtlichen Leuchte zu, die eine Wolke durcheilte. »Sie und ich, wir sind verrückt, wozu das bestreiten! Sehen Sie, Sie haben durch ihn eine Erschütterung erfahren und den Verstand verloren, denn Sie sind offenbar dazu veranlagt. Das aber, was Sie mir erzählt haben, hat sich zweifellos so abgespielt. Freilich ist es so ungewöhnlich, daß selbst der geniale Psychiater Strawinski Ihnen nicht geglaubt hat. Er hat Sie doch untersucht?« (Iwan nickte.) »Ihr Gesprächspartner war bei Pilatus zugegen, und er hat auch mit Kant gefrühstückt, und jetzt stattet er Moskau einen Besuch ab.«

»Aber der wird doch sonstwas anrichten! Irgendwie muß ihm doch beizukommen sein?« sagte nicht ganz sicher, aber doch noch mal aufbegehrend der nicht endgültig überwundene alte Iwan.

»Sie haben es versucht und müßten eigentlich genug haben«, antwortete der Besucher ironisch. »Ich rate keinem, es zu versuchen. Und daß er einiges anrichten wird, darauf können Sie sich verlassen! Nein, was ich mich ärgere, daß Sie ihn getroffen haben und nicht ich! Zwar ist schon alles ausgeglüht und mit Asche bedeckt, aber ich schwöre Ihnen, für diese Begegnung hätte ich das Schlüsselbund von Praskowja Fjodorowna hergegeben, denn sonst habe ich nichts. Ich bin bettelarm.«

»Was wollen Sie denn von ihm?«

Der Gast schwieg traurig, sein Gesicht zuckte, doch dann sagte er:

»Sehen Sie, eine seltsame Geschichte ist das, ich sitze hier aus demselben Grunde wie Sie, nämlich wegen Pontius Pilatus.« Der Gast sah sich furchtsam um. »Die Sache ist die, daß ich vor einem Jahr über Pilatus einen Roman geschrieben habe.«

»Sie sind Schriftsteller?« fragte der Lyriker interessiert.

Der Gast verfinsterte sich und drohte Iwan mit der Faust, dann sagte er:

»Ich bin der Meister.« Düster entnahm er der Kitteltasche ein speckiges schwarzes Mützchen mit dem in Seide gestickten Buchstaben M, setzte es auf und zeigte sich Iwan im Profil und von vorn, um zu beweisen, daß er der Meister sei.

»Sie hat es mir selbst genäht«, fügte er geheimnisvoll hinzu.

»Wie ist denn Ihr Name?«

»Ich habe keinen Namen mehr«, antwortete der sonderbare Gast mit düsterer Verachtung. »Ich habe mich von ihm losgesagt wie auch vom Leben überhaupt. Vergessen wir das.«

»Erzählen Sie mir doch wenigstens von dem Roman«, bat Iwan taktvoll.

»Bitte, gern. Ich muß allerdings sagen, mein Leben ist etwas ungewöhnlich verlaufen«, begann der Gast.

Historiker von Ausbildung, hatte er noch vor zwei Jahren in einem Moskauer Museum gearbeitet und nebenher Übersetzungen gemacht.

»Aus welcher Sprache?« unterbrach ihn Iwan neugierig.

»Ich beherrsche fünf Fremdsprachen«, antwortete der Gast, »Englisch, Französisch, Deutsch, Latein und Griechisch. Na, ein bißchen Italienisch kann ich auch!«

»Donnerwetter!« flüsterte Iwan neidisch.

Der Historiker lebte einsam, hatte keine Verwandten und kaum Bekannte in Moskau. Eines Tages, man stelle sich vor, gewann er hunderttausend Rubel.

»Malen Sie sich meine Verblüffung aus«, flüsterte der Gast mit dem schwarzen Mützchen, »als ich im Wäschekorb nachsah, hatte sie dieselbe Nummer, die in der Zeitung genannt war! Eine Obligation war es, man hatte sie mir im Museum gegeben!«

Nachdem Iwans geheimnisvoller Gast die hunderttausend Rubel eingestrichen hatte, tat er folgendes: Er kaufte Bücher, gab sein Zimmer in der Mjasnizkaja-Straße auf...

»Uch, dieses verfluchte Loch!« knurrte er.

...und mietete in einer Seitengasse nahe dem Arbat von einem Bauberechtigten...

»Wissen Sie, was das sind, Bauberechtigte?« fragte der Gast und erklärte: »Das ist eine kleine Gruppe von Gaunern, die auf irgendeine Weise in Moskau überlebt haben.«

Er mietete also von einem Bauberechtigten zwei Zimmer im Keller eines kleinen Gartenhauses. Seine Stellung im Museum gab er auf und begann, den Roman über Pontius Pilatus zu schreiben.

»Ach, es war eine glorreiche Zeit!« flüsterte er mit glänzenden Augen. »Eine abgeschlossene Wohnung, noch dazu mit Diele, und darin ein Ausguß mit fließendem Wasser«, hob er besonders stolz hervor, »die kleinen Fenster lagen direkt überm Gehsteig, der zur Pforte führte. Vier Schritt gegenüber wuchsen am Zaun Flieder, eine Linde und ein Ahorn. Ach, war das schön! Im Winter war es sehr selten, daß ich vor dem Fenster dunkle Beine vorbeigehen sah und den Schnee darunter knirschen hörte. Und in meinem Ofen brannte ewig das Feuer! Aber plötzlich kam der Frühling, durch die trüben Fensterscheiben sah ich die erst kahlen, dann von Grün umhüllten Fliederzweige. Zu dieser Zeit, im vergangenen Frühjahr, ereignete sich etwas noch viel Herrlicheres als der Gewinn von hunderttausend Rubeln. Und Sie werden zugeben, das ist eine gewaltige Summe!«

»Das kann man wohl sagen«, bestätigte Iwan, der aufmerksam zuhörte.

»Ich öffnete die Fenster und saß in meinem winzigen zweiten Zimmer.« Der Gast zeigte mit den Händen. »So groß! Ein Sofa, gegenüber noch ein Sofa, dazwischen ein kleiner Tisch, darauf eine schöne Nachttischlampe, zum Fenster hin Bücher, hier ein kleiner Schreibtisch, und im ersten Zimmer – es war riesengroß, vierzehn Quadratmeter! – Bücher, Bücher und ein Ofen. Ach, hab ich schön gewohnt! Wie der Flieder duftete! Der Kopf war mir leicht vor Ermüdung, und Pilatus eilte dem Ende zu...«

»Weißer Umhang mit rotem Futter! Ich verstehe!« rief Iwan.

»Genau! Pilatus eilte dem Ende zu, und ich wußte schon, daß die letzten Worte des Romans so lauten würden: ›...der grausame fünfte Prokurator von Judäa, der Ritter Pontius Pilatus.‹ Na, ich ging natürlich öfters aus. Hunderttausend sind viel Geld, und ich hatte einen sehr schönen Anzug. Oder ich ging in einem billigen Restaurant Mittag essen. Am Arbat war ein wunderbares Restaurant, ich weiß nicht, ob es noch existiert.«

Die Augen des Gastes weiteten sich, und er blickte zum Mond, während er weiterflüsterte:

»Sie hatte widerliche Blumen von beängstigendem Gelb in der Hand. Weiß der Teufel, wie sie heißen, aber es sind die ersten, die man in Moskau bekommt. Diese Blumen hoben sich deutlich von ihrem schwarzen Frühjahrsmantel ab. Gelbe Blumen trug sie! Eine ungute Farbe. Sie bog von der Twerskaja in eine Gasse ein und drehte sich um. Sie kennen doch die Twerskaja? Auf der Twerskaja waren Tausende von Menschen unterwegs, aber ich schwöre Ihnen, sie sah nur mich, und ihr Blick war irgendwie krankhaft. Mich beeindruckte nicht so sehr ihre Schönheit wie die ungewöhnliche Einsamkeit in ihren Augen, eine nie gesehene Einsamkeit! Ich folgte dem gelben Zeichen, bog ebenfalls in die Gasse ein und ging der Frau nach. Schweigend liefen wir durch die trostlose krumme Gasse, ich auf der einen Seite, sie auf der andern. Und stellen Sie sich vor, in der Gasse war keine Menschenseele. Es war qualvoll für mich, denn mir schien, ich müsse mit ihr reden, aber ich fürchtete, ich würde kein Wort herausbringen und sie würde weggehen und ich würde sie nie wiedersehen. Und stellen Sie sich vor, plötzlich sprach sie:

›Gefallen Ihnen meine Blumen?‹

Ich erinnere mich genau, wie ihre Stimme klang, ziemlich tief, aber brüchig, und es mag dumm sein, doch mir war, als ob sich ihr Echo in der Gasse an der schmutziggelben Wand brach. Rasch ging ich zu ihr hinüber und antwortete:

›Nein.‹

Sie blickte mich verwundert an, und plötzlich, völlig unerwartet, wurde mir bewußt, daß ich gerade diese Frau schon mein Leben lang geliebt hatte! Erstaunlich, was? Sie werden natürlich sagen, ich sei verrückt.«

»Gar nichts sag ich«, rief Iwan und fügte hinzu: »Ich flehe Sie an, erzählen Sie weiter!«

Der Gast fuhr fort:

»Ja, sie blickte mich verwundert an, dann fragte sie:

›Mögen Sie überhaupt keine Blumen?‹

Ich hatte den Eindruck, daß ihre Stimme feindselig klang. Ich ging neben ihr her, bemühte mich, gleichen Schritt zu halten, und spürte zu meiner eigenen Verwunderung keinerlei Schüchternheit.

›Doch, ich mag Blumen, nur diese nicht‹, sagte ich.

›Welche denn?‹

›Rosen liebe ich.‹

Doch sofort bedauerte ich, dies gesagt zu haben, denn sie lächelte schuldbewußt und warf den Strauß in die Gosse. Ich war ein bißchen verwirrt, hob ihn wieder auf und gab ihn ihr, doch sie stieß die Blumen lächelnd zurück, und da behielt ich sie in der Hand.

Eine Zeitlang gingen wir schweigend, dann nahm sie mir die Blumen aus der Hand, warf sie zu Boden und schob ihre Hand im schwarzen Stulpenhandschuh unter meinen Arm.«

»Weiter«, sagte Iwan, »und lassen Sie bitte nichts aus!«

»Weiter?« fragte der Gast. »Nun, das Weitere können Sie sich denken.« Er wischte mit dem rechten Ärmel eine Träne weg und fuhr fort: »Die Liebe sprang vor uns auf, wie ein Mörder in einer Gasse von der Erde aufspringt, und traf uns beide. So schlägt ein Blitz ein, so stößt ein Finnenmesser zu! Sie pflegte übrigens später zu sagen, so sei es nicht gewesen, wir hätten einander schon seit langem geliebt, ohne uns zu kennen, ohne uns je gesehen zu haben. Sie lebte damals mit einem andern Mann... Und ich auch, damals... mit dieser, wie hieß sie doch...«

»Mit wem denn?« fragte Besdomny.

»Mit dieser, na... mit dieser... na...« Der Gast schnippte mit den Fingern.

»Sie waren verheiratet?«

»Ja doch, deshalb schnippe ich ja... Mit dieser... Warenka... Manetschka... nein, Warenka... das gestreifte Kleid, im Museum... Nein, ich komm nicht drauf.

Also, sie gestand, sie sei an jenem Tag mit den gelben Blumen in der Hand losgegangen, damit ich sie endlich fände, und wenn sich nichts ereignet hätte, würde sie Gift genommen haben, da ihr Leben leer sei.

Ja, die Liebe ergriff sofort Besitz von uns. Ich wußte es schon nach einer Stunde, als wir, ohne etwas von der Stadt zu sehen, am Moskwa-Kai vor der Kremlmauer ankamen.

Wir unterhielten uns, als hätten wir uns am Abend zuvor getrennt und kennten uns schon viele Jahre. Am nächsten Tag trafen wir uns wieder am Moskwa-Kai. Die Maisonne schien auf uns herab. Bald, sehr bald wurde sie meine heimliche Frau.

Jeden Tag kam sie zu mir, und ich wartete schon vom frühen Morgen an auf sie. Das drückte sich darin aus, daß ich die Gegenstände auf dem Tisch hin und her rückte. Zehn Minuten vorher setzte ich mich ans Fenster und horchte, ob die wacklige Pforte nicht klappte. Und merkwürdig: Vor meiner Begegnung mit ihr kam kaum jemand auf unsern Hof, vielleicht sogar niemand, doch jetzt schien mir, daß die ganze Stadt herpilgerte. Die Pforte klappte, das Herz klopfte, und stellen Sie sich vor, in Höhe meiner Augen waren ständig schmutzige Stiefel vor meinem Fenster. Ein Scherenschleifer. Wer in unserem Haus brauchte einen Scherenschleifer? Was sollte der schleifen? Was für Scheren?

Sie kam täglich nur einmal durch diese Pforte, aber Herzklopfen hatte ich bis dahin ungelogen mindestens zehnmal. Wenn ihre Stunde heran war und der Zeiger auf Mittag stand, hörte das Herzklopfen gar nicht mehr auf, bis ihre Schuhe mit den schwarzen Wildlederschleifen und Stahlschnallen fast geräuschlos vor dem Fenster waren.

Manchmal neckte sie mich, blieb vor dem zweiten Fenster stehen und pochte mit dem Schuh an die Scheibe. Ich war dann im selben Moment an diesem Fenster, doch der Schuh verschwand, die schwarze Seide, die das Licht wegnahm, auch, und ich ging ihr öffnen.

Niemand wußte von unserer Bindung, das versichere ich Ihnen, obwohl so was sonst nie vorkommt. Ihr Mann wußte nichts, ihre Bekannten wußten nichts. In der uralten kleinen Villa, deren Keller ich bewohnte, bemerkte man natürlich, daß mich öfters eine Frau besuchte, doch ihren Namen kannte niemand.«

»Wer ist sie denn?« fragte Iwan, den diese Liebesgeschichte ungemein fesselte.

Der Gast bedeutete ihm mit einer Geste, daß er dies keinem Menschen sagen werde, und setzte seine Erzählung fort.

Iwan vernahm, daß der Meister und die Unbekannte einander so liebgewannen, daß sie unzertrennlich wurden. Deutlich sah er die beiden Zimmer im Keller der Villa vor sich, in denen die Fliederbüsche und der Zaun ein ewiges Dämmerlicht schufen. Abgeschabte Mahagonimöbel, ein Schreibschrank, darauf eine Uhr, die alle halbe Stunde schlug, und Bücher, Bücher vom gestrichenen Fußboden bis zur verräucherten Decke, und ein Ofen.

Iwan erfuhr, daß sein Gast und dessen heimliche Frau schon in den ersten Tagen ihres Zusammenseins zu dem Schluß gelangten, das Schicksal selbst habe sie an der Ecke der Twerskaja zueinander geführt und sie seien in alle Ewigkeit füreinander bestimmt.

Iwan erfuhr, wie die Liebenden den Tag verbrachten. Wenn sie kam, band sie sich als erstes eine Schürze um, zündete in der schmalen Diele mit dem Ausguß, auf den der arme Kranke so stolz war, die Petroleumlampe auf dem Holztisch an, bereitete das Frühstück und deckte dann im ersten Zimmer den ovalen Tisch. Als die Maigewitter einsetzten und vor den blinden

Fensterscheiben das Wasser zur Pforte rauschte und ihre letzte Zuflucht zu überschwemmen drohte, heizten die Liebenden den Ofen und buken darin Kartoffeln. Dampf stieg auf, die verkohlten Schalen schwärzten die Finger. Im Keller ertönte Gelächter, die Bäume im Garten streuten nach dem Regen abgebrochene Zweige und weiße Blütentrauben nieder. Als die Gewitter aufhörten und der schwüle Sommer anbrach, standen in der Vase die lang ersehnten Rosen, die beide sehr liebten.

Der Mann, der sich Meister nannte, arbeitete, und sie las, die schlanken Finger mit den spitzgefeilten Nägeln im Haar vergraben, immer wieder das Geschriebene, und nachdem sie es gelesen, nähte sie an dem schwarzen Mützchen. Manchmal hockte sie vor den unteren Regalbrettern oder stand auf einem Stuhl vor den oberen und säuberte mit einem Lappen Hunderte verstaubter Bücherrücken. Sie verhieß ihm, er werde berühmt werden, spornte ihn vorwärts und fing eines Tages an, ihn Meister zu nennen. Ungeduldig wartete sie auf die versprochenen letzten Worte über den grausamen fünften Prokurator von Judäa, wiederholte mit lauter, singender Stimme einzelne Sätze, die ihr gefielen, und sagte, daß in diesem Roman ihr Leben sei.

Im August wurde das Werk vollendet und einem unbekannten Tippfräulein gegeben, das es in fünf Exemplaren abschrieb. Endlich kam die Stunde, in der es galt, das Versteck zu verlassen und ins Leben zu treten.

»Und ich trat ins Leben, den Roman in der Hand, und damit hörte mein Leben auf«, flüsterte der Meister und ließ den Kopf hängen, und lange schwankte das schwarze Mützchen mit dem gelben M. Dann setzte er seine Erzählung fort, aber sie geriet ein wenig zusammenhanglos, und es war nur zu entnehmen, daß ihm damals eine Katastrophe geschah.

»Ich kam zum erstenmal in die Welt der Literatur, und selbst jetzt, wo schon alles zu Ende ist und ich den Tod vor mir sehe, denke ich noch mit Entsetzen daran!« flüsterte der Meister feierlich und hob die Hand. »Ja, er hat mich sehr verletzt, ach, wie er mich verletzt hat!«

»Wer denn?« flüsterte Iwan kaum hörbar, denn er fürchtete, seinen erregten Gast zu unterbrechen.

»Der Redakteur, ich sag's doch, der Redakteur! Ja, er hatte ihn gelesen. Er sah mich an, als wäre mein Gesicht von einer Geschwulst entstellt, schielte zur Seite und kicherte sogar verlegen. Grundlos befingerte er das Manuskript und grunzte. Die Fragen, die er mir stellte, kamen mir irrsinnig vor. Kein Wort vom Wesen des Romans. Er fragte mich, wer ich sei, woher ich käme, ob ich schon lange schriebe und warum man früher nie etwas von mir gehört habe, und dann stellte er eine für meine Begriffe völlig idiotische Frage: wer mich darauf gebracht habe, einen Roman über ein so absonderliches Thema zu schreiben.

Schließlich hatte ich genug von ihm und fragte ihn geradezu, ob er den Roman drucken würde oder nicht.

Da wurde er nervös, nuschelte etwas und erklärte, er könne das nicht allein entscheiden, erst müßten die anderen Mitglieder des Redaktionskollegiums sich mit meinem Werk vertraut machen, nämlich die Kritiker Latunski und Ariman und der Literat Mstislaw Lawrowitsch. Er bat mich, in zwei Wochen wiederzukommen.

Nach zwei Wochen ging ich wieder hin und wurde von einem Dämchen empfangen, das vom ständigen Lügen einwärts schielte.«

»Das ist die Lapschonnikowa, die Redaktionssekretärin«, sagte Iwan schmunzelnd, denn er kannte sie ganz genau, diese Welt, die sein Gast so ingrimmig schilderte.

»Mag sein«, sagte dieser kurz, »also, sie gab mir mein Manuskript zurück, das schon ziemlich verschmutzt und zerlesen aussah. Bemüht, mich nicht anzusehen, teilte sie mir mit, daß die Redaktion für zwei Jahre im voraus mit Texten versorgt sei und daß daher die Frage des Drucks meines Romans, wie sie sich ausdrückte, ›entfalle‹.

Woran kann ich mich danach noch erinnern?« murmelte der Meister und rieb sich die Schläfe. »Ja, an abgefallene rote Blütenblätter auf dem Titelblatt und an die Augen meiner Freundin. Ja, an diese Augen kann ich mich noch erinnern.«

Die Erzählung des Meisters wurde noch wirrer, blieb immer mehr in Andeutungen stecken. Er sagte etwas von schrägem Regen, von seiner Verzweiflung im Keller und daß er noch bei verschiedenen anderen Stellen vorgesprochen habe. Flüsternd schrie er, daß er ihr, die ihn in den Kampf gestoßen, keine Schuld gebe, o nein, keine Schuld!

»Ich kann mich noch an dieses verfluchte Einlegeblatt in der Zeitung erinnern«, murmelte der Gast und zeichnete mit zwei Fingern ein Zeitungsblatt in die Luft. Seinen weiteren wirren Sätzen konnte Iwan entnehmen, daß ein anderer Redakteur einen längeren Auszug aus dem Roman des Mannes, der sich Meister nannte, gedruckt hatte.

Nach dessen Worten vergingen nur zwei Tage, da erschien in einer anderen Zeitung ein Artikel des Kritikers Ariman, der »Ein Feind unterm Deckmantel des Redakteurs« überschrieben war und besagte, Iwans Gast habe die Sorglosigkeit und Unwissenheit des Redakteurs ausgenutzt zu einem Versuch, eine Apologie Jesu Christi in die Presse zu zerren.

»Ah, ich weiß, ich erinnere mich!« schrie Iwan. »Aber ich habe Ihren Namen vergessen!«

»Lassen wir meinen Namen aus dem Spiel, ich sag's noch mal, es gibt ihn nicht mehr«, antwortete der Gast. »Es geht nicht um den Namen. Am nächsten Tag fand ich in der Zeitung einen von Mstislaw Lawrowitsch gezeichneten weiteren Artikel, der empfahl, einen heftigen Kampf zu führen gegen die Pilatusserei und den Gottesschmierer, der sie hatte in die Presse zerren wollen (wieder dieser verfluchte Ausdruck!).

Völlig verstört von dem nie gehörten Wort ›Pilatusserei‹, entfaltete ich die dritte Zeitung. Sie enthielt gleich zwei Artikel, der eine war von Latunski, der andere mit N. E. unterzeichnet. Ich versichere Ihnen, die Elaborate von Ariman und Lawrowitsch waren ein sanfter Scherz im Vergleich zu dem, was Latunski brachte. Es genügt, wenn ich Ihnen sage, daß sein Artikel ›Ein militanter Popenknecht‹ überschrieben war. Ich war so vertieft in die Lektüre dieses Artikels über mich, daß ich gar nicht bemerkte, daß sie (ich hatte vergessen, die Tür zu schließen) vor mir stand, mit nassem Schirm und ebenso nassen Zeitungen. Ihre Augen sprühten Feuer, ihre Hände zitterten und waren kalt. Als erstes fiel sie mir um den Hals und küßte mich, dann sagte sie heiser, wobei sie mit der Faust auf den Tisch schlug, sie werde Latunski vergiften.«

Iwan ächzte verlegen, doch er sagte nichts.

»Es kamen die freudlosen Herbsttage. Der Roman war geschrieben, ich hatte nichts mehr zu tun, und so lebten wir nun, indem wir auf dem kleinen Teppich am Fußboden saßen und ins brennende Öfchen schauten. Übrigens trennten wir uns jetzt öfter als ehedem. Sie machte Spaziergänge, und mir geschah etwas Originelles wie schon manchmal in meinem Leben. Ich hatte plötzlich einen neuen Freund. Ja, ja, stellen Sie sich vor, ich habe doch eigentlich gar keinen Hang, unter Menschen zu gehen, und wenn ich mit Menschen zusammenkomme, dann verfolgt mich diese verdammte merkwürdige Eigenschaft, daß ich zu ihnen schwerfällig und mißtrauisch bin. Und denken Sie nur, bei solchen Gelegenheiten dringt jedesmal einer in meine Seele ein, unvorhergesehen, unerwartet, äußerlich weiß der Teufel wem ähnlich, und gefällt mir besser als alle anderen.

Es war in jener verfluchten Zeit, da ging an einem freundlichen Herbsttag unser Gartenpförtchen auf. Sie war nicht zu Hause. Ein Mann kam herein und ging in irgendeiner Angelegenheit ins Haus zu meinem Bauberechtigten. Hinterher kam er in den Garten und schloß irgendwie sehr schnell Bekanntschaft mit mir. Als Journalist stellte er sich vor. Er gefiel mir so sehr, daß ich mich jetzt noch manchmal an ihn erinnere, denken Sie nur, und ihn sogar vermisse. Von da an besuchte er mich öfters. Ich erfuhr, daß er Junggeselle war und nebenan in genauso einer kleinen Wohnung lebte, die ihm jedoch zu eng war, und so weiter. Zu sich lud er mich nie ein. Meiner Frau mißfiel er außerordentlich. Aber ich nahm ihn in Schutz.

›Tu, was du willst‹, sagte sie. ›Aber glaube mir, der Mann macht auf mich einen abstoßenden Eindruck.‹

Ich lachte. Aber was an ihm zog mich eigentlich an? Der Mensch an sich birgt doch keine Überraschungen in seinem Innern, in seinem Schubkasten, er ist uninteressant. Aloisi (ja, ich vergaß zu sagen, daß mein neuer Bekannter Aloisi Mogarytsch hieß) hatte eine Überraschung in seinem Schubkasten. Ich habe vor ihm nie einen Menschen gesehen – werde bestimmt auch nie einen sehen –, der soviel Köpfchen besäße wie Aloisi. Wenn ich den Sinn einer Zeitungsnotiz nicht begriff, setzte Aloisi ihn mir im Handumdrehen auseinander, und ich merkte ihm an, daß ihn das keinerlei Mühe kostete. Ebenso war es bei Erscheinungen und Fragen des Lebens. Aber damit nicht genug. Aloisi verblüffte mich durch seine Leidenschaft für die Literatur. Er gab keine Ruhe, bis er mich so weit hatte, daß ich ihn meinen Roman von Deckel zu Deckel lesen ließ, und äußerte sich dann sehr schmeichelhaft, sagte mir aber mit erschütternder Genauigkeit, als wäre er dabeigewesen, welche Bemerkungen der Redakteur im einzelnen zu dem Roman gemacht hatte. Hundertmal von hundert möglichen traf er ins Schwarze. Außerdem erklärte er mir ganz genau, und ich dachte mir, daß er auch diesmal nicht irrte, warum mein Roman nicht gedruckt werden konnte. Er sagte direkt: Kapitel soundso kommt nicht durch...

Die Artikel nahmen kein Ende. Über die ersten hatte ich noch gelacht. Aber je mehr davon erschienen, desto mehr änderte sich meine Einstellung zu ihnen. Das zweite Stadium war das Stadium der Verwunderung. Etwas durch und durch Falsches und Unsicheres war buchstäblich aus jeder Zeile dieser Artikel zu spüren, trotz ihres überzeugten und drohenden Tons. Ich hatte dauernd das Gefühl, und davon kam ich nicht los, daß die Verfasser dieser Artikel nicht das sagten, was sie sagen wollten, und daß gerade dies sie in Wut versetzte. Und dann, wissen Sie, kam das dritte Stadium – die Angst. Nein, ich hatte keine Angst vor den Artikeln, verstehen Sie, sondern vor anderen Dingen, die weder mit den Artikeln noch mit dem Roman das geringste zu tun hatten. So ängstigte mich zum Beispiel die Dunkelheit. Kurzum, ich geriet ins Stadium einer psychischen Erkrankung. Ich brauchte vor dem Einschlafen nur die Lampe im kleinen Zimmer auszumachen, und schon war mir, als ob ein Polyp mit sehr langen und kalten Greifarmen durchs geschlossene Fensterchen hereinkroch. Ich mußte vorm Schlafengehen Feuer machen.

Meine Geliebte veränderte sich sehr (von dem Polypen sagte ich ihr natürlich nichts, doch sie sah, daß mit mir etwas nicht stimmte), sie wurde mager und blaß, lachte nicht mehr und bat mich immerzu, ihr zu verzeihen, daß sie mir geraten hatte, den Auszug drucken zu lassen. Sie sagte, ich solle alles stehen- und liegenlassen, nach dem Süden ans Schwarze Meer fahren und dafür den Rest von den hunderttausend Rubeln verbrauchen.

Sie war sehr hartnäckig, und um nicht mit ihr zu streiten (etwas sagte mir, daß ich nicht mehr ans Schwarze Meer kommen würde), versprach ich ihr, es in den nächsten Tagen zu tun. Sie aber erklärte, daß sie mir die Fahrkarte kaufen werde. Da holte ich all mein Geld hervor, ungefähr zehntausend Rubel, und gab es ihr.

›Warum denn soviel?‹ fragte sie verwundert.

Ich sagte ihr, ich hätte Angst vor Dieben und so und bäte sie, das Geld bis zu meiner Abreise für mich aufzubewahren. Sie nahm es, steckte es in ihr Handtäschchen, küßte mich und sagte, sie würde lieber sterben, als mich in solchem Zustand allein zu lassen, aber sie werde erwartet, müsse sich in die Notwendigkeit schicken und werde am nächsten Tag wiederkommen. Sie beschwor mich, keine Angst zu haben.

Es war zur Dämmerstunde, Mitte Oktober. Sie ging. Ich legte mich aufs Sofa und schlief ein, ohne die Lampe angezündet zu haben. Ich erwachte von dem Gefühl, daß der Polyp da war. In der Dunkelheit umhertastend, gelang es mir mühsam, die Lampe anzuzünden. Meine Taschenuhr zeigte zwei Uhr morgens. Als ich mich hingelegt hatte, war die Krankheit im Anzug, und als ich erwachte, war sie da. Mich dünkte plötzlich, daß die herbstliche Finsternis die Scheiben eindrückte, ins Zimmer floß und ich in ihr erstickte wie in Tinte. Ich stand auf und hatte mich nicht mehr in der Gewalt. Ich schrie, und mir kam der Gedanke, zu irgendwem zu laufen, und sei es zu meinem Vermieter über mir. Ich kämpfte mit mir wie ein Wahnsinniger. Ich hatte noch die Kraft, den Ofen zu erreichen und darin Holz anzuzünden. Als die Flamme knisterte und das Türchen zu klirren begann, wurde mir ein bißchen leichter. Ich stürzte ins Vorzimmer, machte Licht, fand eine Flasche Weißwein, entkorkte sie und trank gleich aus der Flasche. Das betäubte meine Angst etwas, ich lief nicht zu meinem Vermieter, sondern kehrte zum Ofen zurück. Ich öffnete die Ofentür, die Hitze brannte mir auf Gesicht und Händen, und ich flüsterte:

›Fühle doch, daß mit mir etwas passiert ist... Komm, komm, komm!‹

Aber niemand kam. Im Ofen bullerte das Feuer, Regen peitschte gegen die Fenster. Da geschah das Letzte. Aus dem Tischkasten holte ich die schweren Romanmanuskripte und die Hefte mit der Rohfassung und begann sie zu verbrennen. Das war sehr schwer, denn beschriebenes Papier brennt schlecht. Ich zerriß die Hefte und brach mir dabei die Nägel ab; vor dem Ofen stehend, schob ich sie zwischen die brennenden Scheite und riß sie mit dem Feuerhaken auseinander. Zeitweilig war die Asche stärker als ich und erstickte die Flamme, aber ich gab den Kampf nicht auf, und der Roman mußte trotz hartnäckigen Widerstands sterben. Die wohlbekannten Worte blinkten vor mir, unaufhaltsam leckte das Gelb von unten nach oben über die Seiten, aber die Worte traten noch immer hervor und zerfielen erst, als das Papier verkohlt war und ich es wütend mit dem Feuerhaken zerstieß.

In diesem Moment kratzte es leise am Fenster. Mein Herz machte einen

Sprung, ich schob das letzte Heft ins Feuer und stürzte zur Tür. Ziegelstufen führten vom Keller zur Hoftür. Ich stolperte hinauf und fragte leise: ›Wer ist da?‹

Eine Stimme, ihre Stimme, antwortete mir: ›Ich bin's...‹

Ich weiß nicht mehr, wie ich mit dem Schlüssel und der Sicherheitskette zurechtkam. Kaum war sie eingetreten, da fiel sie mir um den Hals, völlig durchnäßt, mit feuchten Wangen und aufgelösten Haaren, am ganzen Leibe zitternd. Ich brachte nur ein Wort heraus: ›Du... du?‹ Meine Stimme versagte, und wir eilten hinunter.

Im Flur zog sie den Mantel aus, und wir traten rasch ins erste Zimmer. Ein leiser Aufschrei, dann griff sie mit bloßer Hand in den Ofen und warf das letzte Heft heraus auf den Fußboden. Es hatte schon am Rand Feuer gefangen. Sofort war das Zimmer voller Qualm. Ich trat das Feuer aus, sie fiel aufs Sofa, weinte krampfhaft und unaufhaltsam.

Als sie verstummte, sagte ich:

›Ich hasse den Roman, und ich habe Angst. Ich bin krank, und ich fürchte mich.‹

Sie stand auf.

›O Gott, wie krank du bist! Warum denn, warum? Aber ich werde dich retten, ich werde dich retten. Was ist das bloß?‹

Ich sah ihre von Rauch und Tränen verschwollenen Augen und fühlte ihre kalten Hände mir über die Stirn streichen.

›Ich mach dich gesund, ich mach dich gesund‹, murmelte sie und klammerte sich an meine Schultern. ›Du wirst ihn neu schreiben. Warum, warum bloß hab ich nicht ein Exemplar bei mir behalten?‹

Vor Grimm zeigte sie die Zähne und sagte noch etwas Unverständliches. Dann machte sie sich mit verkniffenen Lippen daran, die angekohlten Blätter einzusammeln und zu glätten. Es war ein Kapitel mitten aus dem Roman, ich weiß nicht mehr welches. Sorgsam legte sie die Blätter zusammen, rollte sie in Papier und verschnürte sie. Alles, was sie tat, zeigte, daß sie voller Entschlossenheit war und sich in der Gewalt hatte. Sie verlangte Wein, trank und sagte ruhiger:

›So also muß man für eine Lüge bezahlen. Ich will nicht mehr lügen. Ich würde schon jetzt bei dir bleiben, aber ich möchte es doch nicht so tun. Ich will nicht, daß er für immer die Erinnerung behält, ich sei ihm in der Nacht davongelaufen. Er hat mir niemals Böses getan. Sie haben ihn plötzlich abberufen, weil es bei ihnen im Werk brennt. Aber er kommt bald zurück. Morgen früh werde ich mich mit ihm aussprechen, ihm sagen, daß ich einen anderen liebe, und dann für immer zu dir kommen. Oder willst du das vielleicht nicht? Antworte mir!‹

›Mein armes Mädchen‹, sagte ich ihr. ›Ich dulde nicht, daß du das tust.

Mit mir nimmt es kein gutes Ende, und ich will nicht, daß du mit mir zugrunde gehst.‹

›Ist das der einzige Grund?‹ fragte sie und sah mir prüfend in die Augen.

›Ja.‹

Da wurde sie sehr lebhaft, umarmte mich und sagte:

›Ich werde mit dir zugrunde gehen. Morgen bin ich bei dir.‹

Und nun das letzte, woran ich mich in meinem Leben erinnere: ein Lichtstreifen aus meiner Diele, in der ich ihre aufgelöste Haarsträhne sah, ihr Baskenmützchen und ihre entschlossenen Augen. Außerdem erinnere ich mich an ihre schwarze Silhouette auf der Schwelle der Außentür und an die weiße Heftrolle.

›Ich würde dich begleiten, aber ich habe nicht die Kraft, allein zurückzugehen, und ich fürchte mich.‹

›Hab keine Angst. Halte noch ein paar Stunden aus. Morgen früh bin ich bei dir.‹

Das waren ihre letzten Worte in meinem Leben...

Pssst!« unterbrach sich der Kranke plötzlich und hob den Finger. »Wir haben heute eine unruhige Mondnacht.«

Er verschwand auf dem Balkon. Iwan hörte im Korridor eine Pritsche vorüberrollen, jemand schluchzte oder schrie leise auf.

Als es wieder still war, kam der Meister zurück und berichtete, auch das Zimmer 120 habe einen Bewohner erhalten. Man habe einen Mann gebracht, der fortwährend barme, ihm seinen Kopf zurückzugeben. Die beiden schwiegen verstört, doch nachdem sie sich beruhigt hatten, kehrten sie zu der unterbrochenen Erzählung zurück. Der Gast öffnete eben den Mund – aber es war wirklich eine unruhige Nacht. Noch immer ertönten Stimmen auf dem Korridor, und der Besucher sprach so leise in Iwans Ohr, daß seine Worte nur diesem bekannt wurden mit Ausnahme des ersten Satzes: »Eine Viertelstunde, nachdem sie mich verlassen hatte, klopfte es bei mir...«

Was er Iwan jetzt ins Ohr flüsterte, schien ihn sehr zu erregen. Immer wieder zuckten Krämpfe über sein Gesicht. In seinen Augen jagten sich Angst und Wut. Mit der Hand zeigte er in Richtung des Mondes, der schon längst vom Balkon verschwunden war. Erst als von draußen keine Geräusche mehr zu hören waren, rückte der Gast von Iwan ab und sprach lauter:

»Ja, es war inzwischen Mitte Januar geworden, da stand ich nachts in demselben Mantel, aber mit abgerissenen Knöpfen wieder auf meinem kleinen Hof und krümmte mich vor Kälte. Hinter mir die Fliedersträucher lagen in Schneewehen vergraben, zu meinen Füßen sah ich die schwachbeleuchteten geschlossenen Vorhänge meines Fensters. Ich legte mich hin und horchte am ersten Fenster – in meinem Zimmer spielte ein Grammophon. Das ist alles, was ich hörte, sehen konnte ich nichts. Nachdem ich noch ein Weilchen dagestanden hatte, trat ich durch die Pforte hinaus in die Gasse. In der Gasse spielte der Schneesturm. Ein Hund, der mir zwischen die Beine fuhr, erschreckte mich, und ich rannte auf die andere Straßenseite. Die Kälte und die Angst, die mein ständiger Begleiter geworden war, brachten mich zur Raserei. Ich wußte nicht wohin, und das einfachste wäre gewesen, mich in der Straße, in die meine Gasse mündete, vor die Bahn zu werfen. Ich sah von weitem die erleuchteten und vereisten Kästen und hörte ihr widerwärtiges Kreischen in der Kälte. Aber, mein lieber Nachbar, die Sache war die, daß die Angst jede Faser meines Körpers beherrschte. Genauso wie den Hund fürchtete ich die Straßenbahn. Ja, eine schlimmere Krankheit als meine gibt es in diesem Hause nicht, das können Sie mir glauben!«

»Aber Sie konnten ihr doch eine Nachricht schicken«, sagte Iwan mitfühlend. »Außerdem hat sie Ihr Geld. Sie wird es doch aufbewahrt haben?«

»Ohne Zweifel. Aber Sie scheinen mich nicht zu verstehen. Genauer gesagt, ich habe wahrscheinlich meine frühere Fähigkeit eingebüßt, etwas zu schildern. Übrigens tut es mir nicht sonderlich leid darum, denn ich brauche diese Fähigkeit nicht mehr. Sie hätte« – der Gast blickte andächtig hinaus in die nächtliche Finsternis – »einen Brief aus dem Irrenhaus vor sich liegen gehabt. Kann man etwa einen Brief schicken, wenn man so eine Adresse hat? Als Geisteskranker? Sie scherzen, mein Freund! Soll ich sie unglücklich machen? Nein, dazu bin ich außerstande.«

Iwan wußte darauf nichts zu erwidern, aber schweigend fühlte und litt er mit seinem Besucher. Dieser nickte in der Qual seiner Erinnerungen mit dem Kopf im schwarzen Mützchen und sprach:

»Arme Frau... Übrigens habe ich die Hoffnung, daß sie mich vergessen hat.«

»Aber Sie können gesund werden«, sagte Iwan schüchtern.

»Ich bin unheilbar«, antwortete der Gast ruhig. »Wenn Strawinski sagt, er werde mich dem Leben zurückgeben, glaube ich ihm nicht. Er ist menschlich und will mich schlicht trösten. Im übrigen bestreite ich nicht, daß es mir schon viel besser geht. Ja, wo waren wir stehengeblieben? Die Kälte, die sausenden Straßenbahnen... Ich wußte, diese Klinik war schon eröffnet, und lief durch die ganze Stadt hierher. Wahnsinn! Nachdem ich aus der Stadt heraus war, wäre ich mit Sicherheit erfroren, wenn mich nicht der Zufall gerettet hätte. Ein Lastauto hatte eine Panne, ich sprach den Fahrer an, es war etwa vier Kilometer außerhalb der Stadt, und zu meiner Verwunderung erbarmte er sich meiner. Der Wagen fuhr hierher, und er nahm mich mit. Ich kam mit angefrorenen Zehen am linken Fuß davon. Aber das wurde kuriert. Jetzt bin ich schon den vierten Monat hier. Wissen Sie, ich finde, es ist hier gar nicht so schlecht. Hier brauche ich keine großen Pläne zu schmieden, mein lieber Nachbar, wirklich nicht! Ich wollte zum Beispiel die ganze Welt bereisen. Na schön, das ist mir eben nicht beschieden. Ich bekomme nur ein unbedeutendes Stück von ihr zu sehen. Es ist nicht das allerbeste, glaube ich, aber ich wiederhole, das ist nicht so schlimm. Bald kommt der Sommer, und Praskowja Fjodorowna sagt, auf dem Balkon wird Efeu ranken. Die Schlüssel haben meine Möglichkeiten vergrößert. In den Nächten wird der Mond scheinen. Ach, er ist schon weg! Es wird frisch. Mitternacht ist vorüber. Ich muß gehen.«

»Sagen Sie mir noch, was weiter mit Jeschua und Pilatus geschah«, bat Iwan. »Ich flehe Sie an, ich möchte es wissen.«

»Ach nein, nein«, antwortete der Gast, und sein Gesicht zuckte krampfhaft. »Ich kann mich nicht ohne Schaudern an meinen Roman erinnern. Ihr Bekannter von den Patriarchenteichen könnte das besser als ich. Vielen Dank für das Gespräch. Auf Wiedersehen.«

Und ehe Iwan sich's versah, hatte sich das Gitter leise klirrend geschlossen, und der Gast war verschwunden.

14
Gepriesen sei der Hahn!

Die Nerven streikten, wie es so schön heißt, und Rimski wartete nicht ab, bis das Protokoll fertiggestellt war, sondern floh in sein Zimmer. Er setzte sich an den Tisch, starrte mit entzündeten Augen auf die magischen Zehnrubelscheine vor sich und wußte nicht, wo ihm der Kopf stand. Von draußen drang gleichmäßiges Stimmengewirr herein. Das Publikum strömte aus dem Varieté auf die Straße. Rimskis geschärftes Gehör vernahm plötzlich das Trillern einer Milizpfeife. So ein Trillern verheißt niemals Angenehmes. Als es sich wiederholte und eine zweite Pfeife einfiel, noch gebieterischer und ausdauernder, und als sich deutlich Gelächter und sogar Spottgejohle dazugesellten, wußte der Finanzdirektor sofort, daß auf der Straße etwas Skandalöses und Anstößiges geschah. Und daß dies, wie gern er es auch nicht wahrgehabt hätte, eng zusammenhing mit der abscheulichen Vorstellung des Schwarzen Magiers und seiner Assistenten. Der feinfühlige Finanzdirektor hatte sich nicht geirrt.

Kaum schaute er aus dem Fenster hinunter auf die Sadowaja, da verzerrte sich sein Gesicht, und er zischte:

»Ich hab's ja gewußt!«

Im hellen Licht der starken Straßenlampen erblickte er auf dem Gehsteig direkt unter sich eine Dame, die nichts anhatte als ein Hemdchen und violette Schlüpfer, immerhin noch ein Hütchen auf dem Kopf und einen Schirm in der Hand.

Rings um die verstörte Dame, die bald niederkauerte, bald davonstürzen wollte, stand eine erregte Menge, die jenes Gelächter hören ließ, von dem es dem Finanzdirektor eiskalt über den Rücken lief. Neben der Dame zappelte ein Mann herum, der sich den Sommermantel herunterreißen wollte und sich vor Aufregung mit der Hand im Ärmel verhedderte.

Geschrei und brüllendes Gelächter waren auch vom linken Ausgang her zu hören, und als Grigori Danilowitsch den Kopf wandte, erblickte er eine zweite Dame in rosa Unterwäsche. Die hüpfte vom Fahrdamm auf den Gehsteig und wollte sich im Hause verbergen, doch das herausströmende Publikum versperrte ihr den Weg, und das arme Opfer seines Leichtsinns und seiner Putzsucht, betrogen von der Firma des fiesen Fagott, hatte nur den einen Wunsch, in die Erde zu sinken. Ein Milizionär eilte auf die Unglückliche zu, sein Getriller zersägte die Luft, hinter ihm liefen aufgekratzt junge Männer mit Schiebermützen. Von ihnen kam das Gelächter und Gejohle.

Ein magerer schnurrbärtiger Kutscher fuhr eilends auf die erste mangelhaft Bekleidete zu und zügelte mit einem Ruck seinen knochigen Gaul. Sein Gesicht zerfloß in freudigem Grinsen.

Rimski schlug sich die Faust vor den Kopf, spuckte aus und sprang vom Fenster zurück.

Einige Zeit saß er am Schreibtisch und horchte auf den Straßenlärm. Das Getriller aus verschiedenen Richtungen erreichte den höchsten Grad und ließ dann allmählich nach. Zu Rimskis Verwunderung war der Skandal überraschend schnell beigelegt.

Er mußte handeln, den bitteren Kelch der Verantwortung leeren. Das Telefon war während der dritten Abteilung repariert worden, er mußte anrufen, den Vorfall melden, um Hilfe bitten, sich herauslügen, alles auf Lichodejew schieben, sich selbst absichern und so weiter. Pfui Teufel! Zweimal legte der verstimmte Finanzdirektor die Hand auf den Hörer, und zweimal ließ er wieder los. Plötzlich stieß der Apparat in der Totenstille des Arbeitszimmers von selbst ein gellendes Klingeln in Rimskis Gesicht, so daß er zusammenzuckte und es ihn kalt überlief. Meine Nerven sind schön zerrüttet, dachte er und nahm den Hörer ab. Doch sogleich prallte er zurück und wurde weißer als Papier. Eine leise, zugleich aber schmeichelnde und lasterhafte Frauenstimme tuschelte in den Hörer:

»Ruf nicht an, Rimski, nirgendwo, sonst geht's dir schlecht.«

Sofort war der Hörer wieder tot. Der Finanzdirektor, über dessen Rücken eine Gänsehaut kroch, legte auf und drehte sich zum Fenster um. Durch die noch spärlich mit Grün bedeckten Ahornzweige erblickte er den Mond, der eine dünne Wolke durcheilte. Sein Blick blieb am Gezweig hängen, er starrte, und je länger er starrte, desto heftiger packte ihn die Angst.

Mit Willensanstrengung wandte er sich vom Mondfenster ab und stand auf. Vom Anrufen konnte keine Rede mehr sein, er überlegte nur noch, wie er am schnellsten aus dem Theater kam.

Er horchte: Das Gebäude war still. Rimski begriff, daß er schon lange allein im ersten Stock war, und bei diesem Gedanken befiel ihn unüberwindliche Kinderangst. Nur zitternd konnte er daran denken, daß er jetzt einsam durch die leeren Korridore gehen und die Treppe hinabsteigen mußte. Fieberhaft harfte er die magischen Zehnrubelscheine vom Tisch, schob sie in die Aktentasche und hüstelte, um sich wenigstens ein bißchen Mut zu machen. Das Hüsteln klang heiser und schwächlich.

Auf einmal war ihm, als kröche faulige Feuchtigkeit unter der Tür hervor. Ein Zittern überlief ihn. Dann schlug auch noch eine Uhr zwölfmal. Die Schläge ließen ihn förmlich schlottern. Und vollends sank ihm das Herz in die Hosen, als er hörte, wie im Türschloß ganz leise der Sicherheitsschlüssel herumgedreht wurde. Rimskis feuchtkalte Hände krallten sich um die Aktentasche; er spürte, daß er, wenn das Kratzen im Schlüsselloch noch etwas länger dauerte, es nicht aushalten und gellend aufkreischen würde.

Endlich gab die Tür den Bemühungen nach und ging auf, und geräuschlos trat Warenucha ein. Rimskis Knie knickten ein, und wie er stand, so fiel er in den Sessel. Er pumpte die Brust voll Luft, lächelte schwach und sagte leise:

»Mein Gott, hast du mich erschreckt...«

Ja, Warenuchas plötzliches Auftauchen konnte einen schon erschrecken, und doch war es für Rimski eine große Freude, denn nun schaute wenigstens ein Fadenende aus dem wirren Knäuel.

»So rede doch! Los!« knirschte Rimski, sich an das Fadenende klammernd. »Was bedeutet das alles?«

»Entschuldige bitte«, antwortete Warenucha dumpf und schloß die Tür. »Ich dachte, du wärst schon weg.«

Ohne die Schirmmütze abzunehmen, trat Warenucha zum Sessel und setzte sich Rimski gegenüber.

Es sei erwähnt, daß Warenuchas Antwort etwas merkwürdig war, so daß es dem Finanzdirektor einen Stich gab. An Empfindlichkeit hätte er es jetzt mit jedem Seismographen aus den besten Stationen der Welt aufnehmen können. Was sollte das bedeuten? Warum kam Warenucha ins Zimmer des Finanzdirektors, wenn er annahm, daß dieser nicht da sei? Erstens hatte er sein eigenes Zimmer. Und zweitens: durch welchen Eingang er auch immer das Gebäude betreten hatte, er mußte unweigerlich einem der Nachtwächter begegnet sein, und denen war erklärt worden, Rimski habe noch eine Zeitlang in seinem Zimmer zu tun.

Aber lange dachte der Finanzdirektor nicht darüber nach, er hatte andere Sorgen.

»Warum hast du nicht angerufen? Was bedeutet das ganze Theater mit Jalta?«

»Genau, was ich dir gesagt habe«, antwortete der Administrator mit einem Schmatzlaut, als schmerze ihn ein kranker Zahn. »Sie haben ihn in der Kneipe in Puschkino gefunden.«

»In Puschkino? Bei Moskau? Und die Telegramme aus Jalta?«

»Was hat denn zum Teufel Jalta damit zu tun! Er hat den Telegrafisten von Puschkino besoffen gemacht, und dann haben die beiden dumme Streiche ausgeheckt, darunter auch die Telegramme angeblich aus Jalta.«

»Aha, aha... Na schön, schön«, sagte Rimski gedehnt. In seinen Augen glomm gelbliches Licht. In seinem Kopf fügte sich das triumphale Bild von Stjopas schmachvoller Absetzung. Er war ihn los! Endlich war er befreit von der Plage Lichodejew! Vielleicht hatte er sich sogar noch Schlimmeres eingebrockt als die Absetzung...

»Ausführlich!« Rimski hieb den Löscher auf den Tisch.

Warenucha erzählte ausführlich. Als er dort ankam, wohin ihn der Finanzdirektor geschickt habe, sei er sofort vorgelassen und sehr aufmerksam angehört worden. Natürlich glaubte auch dort niemand, Stjopa könne in Jalta sein. Alle hätten sofort Warenuchas Vermutung aufgegriffen, daß Lichodejew in der Gaststätte »Jalta« in Puschkino sei.

»Wo ist er denn jetzt?« unterbrach ihn der Finanzdirektor aufgeregt.

»Wo soll er schon sein?« antwortete Warenucha mit schiefem Grinsen. »Natürlich in der Ausnüchterungszelle!«

»Soso! Na fein!«

Warenucha setzte seinen Bericht fort, und je länger er erzählte, desto deutlicher entrollte sich vor dem Finanzdirektor die endlose Kette der Lichodejewschen Streiche und Untaten, und jedes Kettenglied war schlimmer als das vorherige. Allein schon der trunkene Tanz, Brust an Brust mit dem Telegrafisten, auf der Wiese vor dem Telegrafenamt von Puschkino zu den Klängen einer müßigen Ziehharmonika! Die Verfolgungsjagd auf Frauen, die vor Entsetzen quietschten! Der Versuch, den Kantinenwirt im »Jalta« zu verprügeln! Das Verstreuen gehackten Zwieblauchs auf dem Fußboden des »Jalta«. Das Zerschlagen von acht Flaschen Ai-Danil-Weißwein. Die Zerstörung des Taxameters bei einem Fahrer, der Stjopa nicht seinen Wagen geben wollte. Die Drohung, einige Männer zu verhaften, die Stjopas Schweinereien ein Ende setzen wollten... Kurz, es war entsetzlich!

Stjopa war in Moskauer Theaterkreisen gut bekannt, und alle Welt wußte, daß er kein Engel war. Und trotzdem, was der Administrator jetzt von ihm erzählte, das war selbst bei Stjopa nicht drin. Unmöglich...

Über den Schreibtisch hinweg bohrten sich Rimskis stechende Augen ins Gesicht des Administrators, und je länger der sprach, desto finsterer blickten diese Augen. Je lebenswahrer und farbenprächtiger die greulichen Einzelheiten klangen, mit denen Warenucha seinen Bericht würzte, desto weniger glaubte ihm der Finanzdirektor. Als jener gar berichtete, Stjopa habe sich nicht entblödet, Widerstand zu leisten, als man ihn nach Moskau zurückbringen wollte, wußte Rimski bereits, daß alles, was ihm der um Mitternacht hereingeschneite Administrator auftischte, erlogen war! Erstunken und erlogen!

Warenucha war nicht nach Puschkino gefahren, und Stjopa war nicht in Puschkino gewesen. Es gab keinen betrunkenen Telegrafisten, es gab kein zerschlagenes Kneipenfenster, Stjopa war nicht mit Stricken gefesselt worden – nichts von alldem stimmte.

Kaum war sich der Finanzdirektor klar, daß sein Administrator ihm etwas vorlog, da kroch von den Füßen her die Angst an seinem Körper herauf, und noch zweimal hatte er das Gefühl, daß faulige, malariaträchtige Feuchtigkeit über den Fußboden zog. Er ließ keinen Blick von Warenucha, der seltsam krumm im Sessel kauerte, im bläulichen Schatten der Tischlampe zu bleiben trachtete und erstaunlicherweise eine Zeitung vors Gesicht hielt, da ihn das Lampenlicht vorgeblich störte. Rimski grübelte nur noch, was das Ganze zu bedeuten hatte. Warum log ihm der Administrator, der so spät noch einmal in das stille und verödete Theatergebäude gekommen war, so frech die Hucke voll? Das Bewußtsein einer Gefahr, einer unbekannten, doch drohenden Gefahr begann Rimskis Seele zu martern. Indem er sich den Anschein gab, als bemerke er weder Warenuchas Winkelzüge noch den Trick mit der Zeitung, betrachtete er dessen Gesicht und hörte kaum noch zu, was der ihm vorflunkerte. Das war etwas, was noch unerklärlicher schien als die wer weiß warum erdachten Verleumdungen über die Untaten in Puschkino, und dieses Etwas war eine Veränderung im Aussehen und im Gehaben des Administrators.

So tief sich Warenucha auch den langen Mützenschirm ins Gesicht gezogen hatte, um es zu beschatten, wie geschickt er auch mit der Zeitung hantierte, Rimski erspähte dennoch neben dessen Nase rechts ein riesiges Veilchen. Überdies war der gewöhnlich vollblütige Administrator jetzt von einer ungesunden kreidigen Blässe, und um den Hals trug er trotz der schwülen Nacht einen alten gestreiften Schal. Nahm man dazu die während seiner Abwesenheit entstandene widerliche Art, zu schlürfen und zu schmatzen, die jähe Veränderung der Stimme, die nun dumpf und grob klang, und die diebischen und feigen Blicke, so konnte man getrost sagen, daß Iwan Saweljewitsch Warenucha nicht wiederzuerkennen sei.

Und noch etwas verursachte dem Finanzdirektor brennendes Unbehagen, aber was es war, wußte er nicht, sosehr er auch sein entzündetes Gehirn anstrengte und Warenucha anstarrte. Nur soviel erkannte er, daß der Anblick des Administrators auf dem wohlbekannten Sessel etwas nie Gesehenes, Unnatürliches hatte.

»Na, zu guter Letzt wurde er überwältigt und ins Auto gesetzt«, tönte Warenucha, blickte hinter der Zeitung hervor und hielt sich die Hand vor den blauen Fleck.

Rimski streckte plötzlich die Hand aus, spielte mit den Fingern auf der Tischplatte, drückte dabei wie spielerisch auf den Klingelknopf und saß starr.

Im leeren Gebäude hätte ein schrilles Läutsignal ertönen müssen. Aber es blieb aus, leblos sank der Knopf in die Tischplatte. Er war tot, die Klingel funktionierte nicht.

Rimskis List war Warenucha nicht entgangen. Sein Gesicht zuckte, in seine Augen trat deutlich ein böses Glimmern, und er fragte:

»Warum klingelst du?«

»Nur so«, antwortete der Finanzdirektor dumpf, zuckte mit der Hand zurück und fragte seinerseits mit unsicherer Stimme: »Was hast du da im Gesicht?«

»Der Wagen kam ins Schlingern, da bin ich gegen die Tür gestoßen«, antwortete Warenucha und blickte weg.

Lüge! rief der Finanzdirektor in Gedanken aus. Und plötzlich rundeten sich seine Augen und blickten irr, während er auf Warenuchas Sessellehne starrte.

Hinter dem Sessel lagen auf dem Fußboden zwei gekreuzte Schatten, der eine tief schwarz, der andere dünn und grau, die deutlichen Schatten von der Lehne und den spitzen Sesselfüßen, aber oberhalb der Lehne fehlte der Schatten von Warenuchas Kopf ebenso wie unterm Sessel der Schatten von seinen Beinen.

Er wirft keinen Schatten! schrie es verzweifelt in Rimski, und er zitterte heftig.

Warenucha guckte sich, Rimskis irrem Blick folgend, verstohlen um und sah sich entlarvt.

Er stand vom Sessel auf (dasselbe tat der Finanzdirektor) und trat einen Schritt vom Tisch zurück.

»Hast es rausgefunden, du Aas! Warst ja schon immer ein schlauer Hund«, sagte Warenucha und grinste dem Finanzdirektor böse ins Gesicht, dann sprang er plötzlich zur Tür und schob rasch den Sperrknopf des Sicherheitsschlosses nach unten. Rimski sah sich verzweifelt um und wich zum Fenster, das in den Garten führte. Vor dem Fenster erblickte er, vom Mondlicht übergossen, das an die Scheibe geschmiegte Gesicht eines nackten Weibsbildes, das mit bloßem Arm durch die Lüftungsklappe langte und den unteren Riegel zu öffnen suchte. Der obere war bereits offen.

Rimski hatte das Gefühl, daß die Tischlampe erlosch und der Schreib-

tisch sich neigte. Eine eisige Woge brandete gegen ihn, aber zu seinem Glück bezwang er sich und stürzte nicht. Seine letzte Kraft reichte aus, um zu flüstern:

»Hilfe...«

Warenucha, der die Tür bewachte, vollführte Sprünge, schwebte jedesmal lange in der Luft und wiegte sich darin. Mit verkrümmten Fingern fuchtelte er gegen Rimski, zischte und schmatzte und zwinkerte dem Weibsbild am Fenster zu.

Das Weibsbild beeilte sich, schob den rothaarigen Kopf durch die Lüftungsklappe, reckte den Arm, so weit sie konnte, kratzte mit den Fingernägeln am unteren Riegel und rüttelte am Fensterrahmen. Ihr Arm verlängerte sich wie aus Gummi und überzog sich mit leichenhaftem Grün. Endlich faßten die grünen Finger der Toten den Riegelknopf, zogen ihn hoch, und das Fenster ging auf. Rimski stieß einen schwachen Schrei aus, lehnte sich an die Wand und hielt die Aktentasche vor sich wie einen Schild. Er begriff, daß sein letztes Stündlein geschlagen hatte.

Das Fenster stand jetzt weit offen, doch statt nächtlicher Frische und Lindenblütenduft brach Kellermief ins Zimmer. Die Tote stieg aufs Fensterbrett. Rimski sah deutlich die Verwesungsflecke auf ihrer Brust.

In diesem Moment drang plötzlich vom Garten her ein freudiger Hahnenschrei herein, er kam aus einem niedrigen Gebäude hinter der Schießbude, in dem die Vögel lebten, die im Programm mitwirkten. Stimmgewaltig krähte der dressierte Hahn und verkündete, daß von Osten her das Morgengrauen gen Moskau rollte.

Wilde Wut verzerrte das Gesicht des Weibes, sie stieß heiser einen gemeinen Fluch aus, Warenucha an der Tür kreischte auf und krachte aus der Luft auf den Fußboden.

Der Hahnenschrei wiederholte sich, das Weib knackte mit den Zähnen, ihre roten Haare stiegen steil in die Höhe. Beim dritten Hahnenschrei wandte sie sich ab und flog davon. Warenucha sprang hoch, streckte sich in der Luft waagerecht und schwebte, an einen fliegenden Cupido erinnernd, langsam über den Schreibtisch hinweg zum Fenster hinaus.

Schneeweiß, ohne ein einziges schwarzes Haar auf dem Kopf, lief der Greis, der noch vor kurzem Rimski gewesen war, zur Tür, zog den Sperrknopf hoch, öffnete und raste den dunklen Korridor entlang. An der Treppe tastete er, vor Angst stöhnend, nach dem Schalter, und die Treppe wurde hell. Auf der Treppe stürzte der zitternde und schlotternde alte Mann, denn ihn deuchte, als sei von oben her Warenucha weich auf ihn gefallen.

Unten angelangt, erblickte Rimski den Nachtwächter, der im Foyer neben der Kasse schlafend auf einem Stuhl saß. Auf Zehenspitzen schlich er an ihm vorbei und schlüpfte durch den Haupteingang ins Freie.

Auf der Straße wurde ihm etwas leichter. Er kam so weit zu sich, daß er sich an den Kopf griff und feststellte, sein Hut war im Zimmer geblieben.

Versteht sich, daß er nicht noch einmal zurückkehrte. Keuchend lief er über die breite Straße zum gegenüberliegenden Kino, vor dem ein rötliches Licht blinkte. Gleich darauf war er neben dem Taxi, niemand hatte es ihm weggeschnappt.

»Zum D-Zug nach Leningrad, ich leg was drauf«, sagte er schweratmend und griff sich ans Herz.

»Ich fahr zur Garage«, antwortete der Fahrer voller Haß und wandte sich ab.

Da öffnete Rimski die Aktentasche, holte fünfzig Rubel hervor und reichte sie durchs offene Vorderfenster dem Fahrer. Gleich darauf raste der klappernde Wagen wie ein Wirbelwind den Sadowoje-Ring entlang. Der grauhaarige Mann wurde auf dem Rücksitz hin und her geschleudert, und wenn er in den Spiegel vor dem Fahrer sah, erblickte er bald dessen freudestrahlende Augen, bald seine eigenen, in denen Wahnsinn glomm.

Vor dem Bahnhofsgebäude sprang Rimski aus dem Wagen und rief dem ersten Mann mit weißer Schürze und Blechschild zu:

»Erste Klasse, einmal, dreißig geb ich.« Knüllend zog er die Zehnrubelscheine aus der Aktentasche. »Wenn nicht erste, nimm zweite, und wenn gar nichts frei ist, nimm Holzklasse!«

Der Mann mit dem Blechschild sah auf die leuchtende Uhr und riß Rimski die Zehnerscheine aus der Hand.

Fünf Minuten später rollte der D-Zug unter der gläsernen Bahnhofskuppel hervor und verschwand in der Dunkelheit. Mit ihm verschwand Rimski.

15

Der Traum des Nikanor Iwanowitsch

Es ist nicht schwer, zu erraten, daß der Dickwanst mit der roten Visage, der im Zimmer 119 der Klinik einquartiert wurde, Nikanor Iwanowitsch Bossoi war.

Er war jedoch nicht gleich bei Professor Strawinski gelandet, sondern hatte sich vorher noch an anderer Stelle aufgehalten.

Von dieser anderen Stelle war ihm wenig im Gedächtnis geblieben. Er erinnerte sich nur an einen Schreibtisch, einen Schrank und ein Sofa.

Dort war man mit Nikanor Iwanowitsch, dem sich vom Blutandrang und von seelischer Erregung die Augen trübten, ins Gespräch gekommen, aber es war ein sonderbares, wirres Gespräch, genauer gesagt, es war überhaupt kein Gespräch.

Die erste Frage, die man Nikanor Iwanowitsch stellte, lautete:

»Sie sind Nikanor Iwanowitsch Bossoi, Vorsitzender des Hauskomitees in der Sadowaja 302b?«

Darauf brach Nikanor Iwanowitsch in häßliches Gelächter aus und antwortete wörtlich:

»Ich bin Nikanor, natürlich bin ich Nikanor! Aber wieso zum Kuckuck soll ich Vorsitzender sein?«

»Was heißt das?« fragte man ihn stirnrunzelnd.

»Das heißt«, antwortete er, »wenn ich Vorsitzender wäre, hätte ich sofort merken müssen, daß er der Satan ist! Schon wie er aussieht! Der Zwicker gesprungen, er selber zerlumpt, wie kann er da Dolmetscher bei einem Ausländer sein?«

»Von wem sprechen Sie?« fragte man ihn.

»Von Korowjew!« schrie Nikanor Iwanowitsch. »In der Wohnung Nr. 50 hat er sich eingenistet! Schreiben Sie – Korowjew! Man muß ihn sofort festnehmen. Schreiben Sie – sechster Aufgang. Da ist er.«

»Wo hast du die Devisen her?« fragte man ihn herzlich.

»Gott ist wahrhaftig, Gott ist allmächtig«, sprach Nikanor Iwanowitsch, »er sieht alles, und ich hab's nicht besser verdient. Ich habe nie Devisen in der Hand gehabt und weiß gar nicht, wie so was aussieht! Gott der Herr straft mich für meine Missetaten«, fuhr er gefühlvoll fort, wobei er das Hemd bald zuknöpfte, bald aufknöpfte, bald sich bekreuzigte, »ja, ich hab mich schmieren lassen, aber doch nur mit unserm sowjetischen Geld! Manchmal hab ich für Geld wen im Haus eingetragen, das bestreite ich nicht. Unser Sekretär Proleshnew ist auch gut, das kann ich Ihnen flüstern! Eigentlich besteht die ganze Hausverwaltung aus lauter Halunken. Aber Devisen hab ich nie genommen!«

Auf die Bitte, sich nicht dumm zu stellen, sondern zu erzählen, wie die Dollars in den Lüftungsschacht gekommen seien, fiel Nikanor Iwanowitsch auf die Knie, wiegte sich hin und her und öffnete den Mund, als wolle er Parkettäfelchen verspeisen.

»Was soll ich denn machen«, blökte er, »soll ich Erde fressen, damit Sie mir glauben? Korowjew ist wirklich der Teufel!«

Jede Geduld hat ihre Grenze, und hinterm Schreibtisch erhob man bereits die Stimmen und bedeutete Nikanor Iwanowitsch, endlich vernünftig zu werden.

In diesem Moment sprang Nikanor Iwanowitsch von den Knien hoch, und sein wildes Gebrüll erschütterte das Zimmer mit dem Sofa:

»Da ist er! Da, hinterm Schrank! Jetzt grinst er! Sein Zwicker... Haltet ihn! Besprengt den Raum mit Weihwasser!«

Alles Blut war ihm aus dem Gesicht gewichen. Zitternd schlug er Kreuze in der Luft, taumelte zur Tür und zurück, stimmte ein Gebet an und quasselte schließlich kompletten Blödsinn daher.

Es war nun klar, daß er sich für keinerlei Gespräche eignete. Man führte ihn ab und sperrte ihn in eine Einzelzelle, wo er sich ein wenig beruhigte und nur noch betete und schniefte.

Natürlich fuhr man zur Sadowaja und suchte die Wohnung Nr. 50 auf. Aber man fand dort keinen Korowjew, und auch im Hause wußte niemand von einem Korowjew. Die Wohnung, die dem verstorbenen Berlioz und dem nach Jalta gereisten Lichodejew gehörte, war leer, und im Arbeitszimmer hingen die Lacksiegel unberührt an den Schränken. Mit diesem Ergebnis verließ man die Sadowaja und nahm den verwirrten und niedergeschlagenen Sekretär der Hausverwaltung Proleshnew gleich mit.

Am Abend wurde Nikanor Iwanowitsch in Strawinskis Klinik eingeliefert. Hier verhielt er sich so unruhig, daß man ihm eine Injektion à la Strawinski gab, und erst nach Mitternacht schlief Nikanor Iwanowitsch im Zimmer 119 ein, stieß jedoch immer wieder ein schweres, leidvolles Röhren aus.

Aber je länger er schlief, desto leichter wurde sein Schlaf. Er hörte auf zu stöhnen und sich zu wälzen, atmete leicht und gleichmäßig, und man ließ ihn allein.

Da suchte ihn ein Traum heim, dem zweifellos die heutigen Erlebnisse zugrunde lagen.

Es begann damit, daß er das Gefühl hatte, ein paar Männer mit goldenen Trompeten in den Händen geleiteten ihn sehr feierlich zu einer großen lackierten Tür. Vor dieser Tür bliesen sie ihm einen Tusch, dann sagte ein hallender Baß fröhlich vom Himmel herab:

»Herzlich willkommen, Nikanor Iwanowitsch, geben Sie die Devisen ab!«

Nikanor Iwanowitsch, höchlich verwundert, gewahrte über sich einen schwarzen Lautsprecher.

Dann befand er sich plötzlich in einem Theatersaal. Unter der vergoldeten Decke strahlten Kristallüster, an den Wänden Quinquets. Alles war, wie es sich gehört in einem kleinen, aber reich ausgestatteten Theater. Es gab eine Bühne, deren zugezogener dunkelroter Samtvorhang mit Darstellungen vergrößerter, vergoldeter Zehnrubelstücke gestirnt war, einen Souffleurkasten und sogar ein Publikum.

Nikanor Iwanowitsch wunderte sich, daß das Publikum nur aus bärtigen Männern bestand. Außerdem verblüffte ihn, daß es im Theatersaal keine Stühle gab und das Publikum auf dem spiegelblank gebohnerten Fußboden saß.

Nikanor Iwanowitsch, den die neue Umgebung und die große Gesellschaft verwirrten, zögerte eine Zeitlang, dann folgte er dem allgemeinen Beispiel und hockte sich im Türkensitz aufs Parkett zwischen einen vierschrötigen rothaarigen Mann mit Bart und einen anderen, dessen bleiches Gesicht stark behaart war. Niemand aus dem Publikum beachtete den neuen Zuschauer.

Da ertönte weich ein Glöckchen, das Licht im Saal erlosch, der Vorhang ging auf und zeigte die beleuchtete Bühne. Dort standen ein Sessel und ein Tischchen, auf dem das goldene Glöckchen lag. Den Hintergrund bildete ein schwarzer Samtvorhang.

Aus den Kulissen trat ein Schauspieler im Smoking, glatt rasiert und mit Scheitelfrisur. Er war jung und hatte sympathische Gesichtszüge. Das Publikum im Saal wurde lebhaft, alle wandten sich der Bühne zu. Der Schauspieler trat zum Soffleurkasten und rieb sich die Hände.

»Na, alle da?« fragte er mit weichem Bariton und lächelte dem Saal zu.

»Jaaa«, antworteten ihm aus dem Saal Tenöre und Bässe.

»Hm«, machte der Schauspieler nachdenklich, »daß ihr das noch nicht überhabt! Jeder halbwegs vernünftige Mensch geht jetzt in den Straßen spazieren und genießt die warme Frühlingssonne, und ihr hockt hier im stickigen Saal auf dem Fußboden! Ist denn das Programm so interessant? Nun ja, über Geschmack läßt sich nicht streiten«, schloß er philosophisch.

Dann wechselte er Timbre und Intonation und verkündete fröhlich und klangvoll:

»Also, als nächste Nummer unseres Programms sehen Sie Nikanor Iwanowitsch Bossoi, Vorsitzenden eines Hauskomitees und Leiter einer Diätküche. Darf ich bitten, Nikanor Iwanowitsch!«

Freundlicher Applaus antwortete dem Schauspieler. Nikanor Iwanowitsch, völlig perplex, glotzte. Der Conférencier beschirmte sich mit der Hand vor dem Rampenlicht, entdeckte ihn im Publikum und winkte ihn freundlich mit dem Finger zu sich. Nikanor Iwanowitsch wußte später nicht, wie er auf die Bühne gekommen war.

Von unten und von vorn schlug ihm buntes Licht in die Augen, wodurch der Saal mit dem Publikum sofort im Dunkel verschwand.

»So, Nikanor Iwanowitsch, nun geben Sie uns bitte ein Beispiel«, sagte der junge Schauspieler herzlich, »und liefern Sie Ihre Devisen ab.«

Stille trat ein. Nikanor Iwanowitsch holte tief Luft und sagte leise:

»Ich schwöre bei Gott, ich...«

Doch kaum hatte er diese Worte gesprochen, da entlud sich der Saal in unmutigem Geschrei. Nikanor Iwanowitsch verstummte bestürzt.

»Wenn ich Sie richtig verstehe«, sagte der Conférencier, »wollten Sie bei Gott schwören, daß Sie keine Devisen besitzen?« Teilnahmsvoll blickte er Nikanor Iwanowitsch an.

»So ist es, ich besitze keine«, antwortete Nikanor Iwanowitsch.

»So«, versetzte der Schauspieler, »verzeihen Sie die unbescheidene Frage, aber wo kommen dann die vierhundert Dollar her, die in der Toilette der Wohnung gefunden wurden, deren einzige Bewohner Sie und Ihre Gattin sind?«

»Die wird wohl einer hingezaubert haben!« sagte jemand im dunklen Saal mit deutlicher Ironie.

»So ist es, die hat einer hingezaubert«, antwortete Nikanor Iwanowitsch schüchtern, und man wußte nicht genau, ob er zum Schauspieler sprach oder in den dunklen Saal hinein, dann erläuterte er: »Der Böse war's, der karierte Dolmetscher hat sie mir untergejubelt.«

Wieder kam Unmutsgebrüll aus dem Saal. Als Stille eintrat, sagte der Schauspieler:

»Was muß ich da für Fabeln von Lafontaine hören! Vierhundert Dollar hat man ihm untergejubelt! Ihr alle hier seid Devisniks, und ich frage euch als Fachleute: Ist so etwas denkbar?«

»Wir sind keine Devisniks«, riefen einzelne Stimmen im Saal gekränkt, »aber so etwas ist undenkbar!«

»Dem schließe ich mich an«, sagte der Schauspieler fest, »und ich frage euch: Was kann man unterjubeln?«

»Ein Kind!« rief einer aus dem Saal.

»Absolut richtig«, bestätigte der Conférencier, »ein Kind, einen anonymen Brief, eine Proklamation, eine Höllenmaschine und sonst noch alles mögliche, aber vierhundert Dollar jubelt kein Mensch unter, solche Idioten gibt es nicht in der Natur.« An Nikanor Iwanowitsch gewandt, fügte der Schauspieler traurig und vorwurfsvoll hinzu: »Sie machen mir Kummer, Nikanor Iwanowitsch, dabei hatte ich solche Hoffnungen auf Sie gesetzt. Damit ist unsere Nummer geplatzt.«

Im Saal gellten Pfiffe an die Adresse Nikanor Iwanowitschs.

»Er ist ein Devisnik!« schrie es im Saal. »Wegen solcher müssen wir unschuldig leiden!«

»Schimpfen Sie nicht auf ihn«, sagte der Conférencier mild, »er wird bereuen.«

Er richtete die tränenden blauen Augen auf Nikanor Iwanowitsch und fügte hinzu: »Kehren Sie auf Ihren Platz zurück, Nikanor Iwanowitsch.«

Sodann läutete der Schauspieler das Glöckchen und verkündete laut:

»Pause, ihr Taugenichtse!«

Der erschütterte Nikanor Iwanowitsch, unversehens zum Mitwirkenden eines Theaterprogramms geworden, fand sich auf seinem Platz am Fußboden wieder. Nun träumte ihm, daß der Saal in völlige Dunkelheit sank und an den Wänden vielfach die rote Schrift aufleuchtete: »Geben Sie Devisen ab!« Dann ging erneut der Vorhang auf, und der Conférencier sagte einladend:

»Ich bitte jetzt Sergej Gerardowitsch Duntschil auf die Bühne.«

Duntschil war ein würdevoller, aber verwahrloster Mann von etwa fünfzig Jahren.

»Sergej Gerardowitsch«, sprach ihn der Conférencier an, »Sie sitzen nun schon anderthalb Monate hier und weigern sich stur, die bei Ihnen vorhandenen Devisen abzuliefern, die das Land so dringend braucht und die für Sie völlig wertlos sind. Dennoch bleiben Sie starrköpfig. Sie sind ein intelligenter Mensch, begreifen das wohl und wollen mir dennoch nicht entgegenkommen.«

»Ich kann leider nichts machen, denn ich besitze keine Devisen mehr«, antwortete Duntschil ruhig.

»Besitzen Sie denn nicht wenigstens noch Brillanten?« fragte der Schauspieler.

»Auch nicht.«

Der Schauspieler ließ den Kopf hängen und dachte nach, dann klatschte er in die Hände. Aus den Kulissen trat eine Dame mittleren Alters, modern gekleidet, das heißt, sie trug einen Mantel ohne Kragen und ein winziges Hütchen. Sie wirkte unruhig. Duntschil blickte sie an und verzog keine Miene.

»Wer ist diese Dame?« fragte ihn der Conférencier.

»Das ist meine Frau«, antwortete Duntschil würdevoll und blickte angewidert auf den langen Hals der Dame.

»Wir haben Sie aus folgendem Grunde behelligt, Madame Duntschil«, sprach der Conférencier die Dame an, »wir wollten Sie fragen, ob Ihr Gatte noch Devisen besitzt.«

»Er hat seinerzeit alles abgeliefert«, antwortete Madame Duntschil nervös.

»So«, sagte der Schauspieler, »nun, wenn's so ist, dann ist's eben so. Wenn er alles abgeliefert hat, müssen wir uns ungesäumt von Sergej Gerardowitsch trennen, da kann man nichts machen! Wenn Sie wollen, können Sie das Theater verlassen, Sergej Gerardowitsch.« Der Schauspieler vollführte eine majestätische Geste.

Duntschil wandte sich ruhig und würdevoll den Kulissen zu.

»Einen Moment noch«, bremste ihn der Conférencier, »gestatten Sie mir, Ihnen zum Abschied noch eine Nummer unseres Programms zu zeigen.« Wieder klatschte er in die Hände.

Der hintere schwarze Vorhang ging auf, und es erschien eine schöne junge Frau im Ballkleid, in den Händen ein goldenes Tablett, auf dem ein mit Konfektband umwickeltes dickes Päckchen und ein Brillantkollier lagen, das blaue, gelbe und rote Blitze versprühte.

Duntschil wich einen Schritt zurück, sein Gesicht überzog sich mit Blässe. Der Saal erstarb.

»Achtzehntausend Dollar und ein Kollier im Wert von vierzigtausend

Goldrubeln«, verkündete der Schauspieler feierlich, »das hat Sergej Garardowitsch in der Stadt Charkow aufbewahrt, in der Wohnung seiner Geliebten Ida Herkulanowna Wors, die zu sehen wir hier das Vergnügen haben und die so liebenswürdig war, uns bei der Entdeckung dieser unschätzbaren, aber in den Händen einer Privatperson wertlosen Kostbarkeiten zu helfen. Vielen Dank, Ida Herkulanowna.«

Die Schöne lächelte, ihre Zähne blitzten, ihre langen Wimpern zuckten.

»Unter Ihrer würdevollen Maske aber«, wandte sich der Schauspieler an Duntschil, »verbirgt sich eine gierige Spinne, ein Heuchler und Lügner. Sie haben uns hier anderthalb Monate lang mit Ihrer stumpfsinnigen Bockbeinigkeit an der Nase herumgeführt. Scheren Sie sich jetzt nach Hause, und möge die Hölle, die Ihre Gattin Ihnen bereiten wird, Ihre Strafe sein.«

Duntschil wankte und wäre wohl gefallen, doch teilnahmsvolle Hände stützten ihn. Da schloß sich der vordere Vorhang und verbarg die Bühne.

Rasender Beifall erschütterte den Saal so heftig, daß Nikanor Iwanowitsch das Gefühl hatte, die Lüster sprühten Funken. Als der Vorhang wieder aufging, war niemand mehr auf der Bühne außer dem Schauspieler. Er löste eine zweite Applaussalve aus, verbeugte sich und sprach:

»In der Person dieses Duntschil ist ein typischer Esel in unserem Programm aufgetreten. Dabei hatte ich erst gestern das Vergnügen, zu sagen, daß die geheime Hortung von Devisen Blödsinn sei. Niemand kann sie nutzen, unter keinen Umständen, das versichere ich Ihnen. Nehmen wir zum Beispiel diesen Duntschil. Er bekommt ein reichliches Gehalt und leidet keinerlei Not. Er hat eine prächtige Wohnung, eine Frau und eine schöne Geliebte. Aber nein, statt still und friedlich zu leben, sich jegliche Unannehmlichkeiten zu ersparen und die Devisen samt den Steinen abzuliefern, hat dieser selbstsüchtige Holzkopf erreicht, daß er vor aller Augen entlarvt wurde, und zum Nachtisch hat er sich eine größere familiäre Unannehmlichkeit eingehandelt. Also, wer liefert ab? Keiner? Wenn's so ist, tritt als nächste Nummer unseres Programms ein bekanntes dramatisches Talent auf, der Schauspieler Sawwa Potapowitsch Kurolessow, den wir eigens engagiert haben, damit er uns Auszüge aus dem ›Geizigen Ritter‹ des Dichters Puschkin vorträgt.«

Der angekündigte Kurolessow erschien sofort auf der Bühne, er war ein großer, feister, glattrasierter Mann im Frack mit weißer Schleife. Ohne jede Vorrede zog er ein finsteres Gesicht, runzelte die Stirn und sprach mit unnatürlicher Stimme, zum goldenen Glöckchen schielend:

»So wie ein junger Laffe Sehnsucht leidet nach einer schlauen Buhlin oder sonst...«

Kurolessow erzählte viele unschöne Dinge von sich. Nikanor Iwanowitsch hörte ihn gestehen, eine unglückliche Witwe habe heulend im Regen vor ihm gekniet, aber das harte Herz des Schauspielers nicht zu rühren vermocht.

Nikanor Iwanowitsch hatte vor seinem Traum keine Ahnung von den Werken des Dichters Puschkin gehabt, doch ihn selber hatte er genau gekannt und täglich ein paarmal Sätze gesprochen wie: »Soll vielleicht Puschkin Ihre Miete bezahlen?« oder »Die Birne im Treppenhaus hat wohl Puschkin rausgeschraubt?« oder »Wer soll denn das Öl kaufen, vielleicht Puschkin?«

Nunmehr mit einem seiner Werke vertraut, wurde Nikanor Iwanowitsch traurig, als er sich die im Regen kniende Frau mit ihren Waisen vorstellte, und er dachte unwillkürlich: Ein Strolch ist er, dieser Kurolessow!

Dieser setzte, immer mehr die Stimme hebend, seine Geständnisse fort und brachte Nikanor Iwanowitsch völlig durcheinander, denn er wandte sich plötzlich an einen anderen, der gar nicht auf der Bühne war, und antwortete sich selbst an Stelle dieses Abwesenden, wobei er sich bald Herzog, bald Graf, bald Vater, bald Sohn nannte und sich bald siezte, bald duzte.

Nikanor Iwanowitsch begriff nur so viel, daß der Schauspieler eines bösen Todes starb, wobei er schrie: »Die Schlüssel, Schlüssel, wo!«, röchelnd zu Boden sank und sich vorsichtig die Schleife abriß.

Nachdem Kurolessow gestorben war, stand er wieder auf, klopfte sich den Staub von der Frackhose, verbeugte sich, lächelte ein falsches Lächeln und entfernte sich unter schütterem Applaus. Der Conférencier aber sprach:

»Wir hörten in der hervorragenden Ausführung von Sawwa Potapowitsch Kurolessow den ›Geizigen Ritter‹. Dieser Ritter hoffte, flinke Nymphen würden sich um ihn scharen und weitere erfreuliche Dinge ähnlicher Art sich ereignen, aber Sie sehen, gar nichts hat sich ereignet, keine Nymphen haben sich um ihn geschart, keine Musen ihm Zins gezahlt; er errichtete keine Paläste, sondern er endete sehr scheußlich, starb von einem Schlag auf seiner Truhe voller Devisen und Edelsteine und fuhr zu des Teufels Großmutter. Ich warne Sie: Ähnliches, wenn nicht Schlimmeres wird Ihnen zustoßen, wenn Sie nicht Devisen abliefern!«

Ob nun Puschkins Poesie solchen Eindruck machte oder die prosaische Rede des Conférenciers, jedenfalls klang plötzlich aus dem Saal eine schüchterne Stimme:

»Ich gebe Devisen ab.«

»Kommen Sie bitte auf die Bühne«, lud der Conférencier höflich ein und starrte in den dunklen Saal.

Auf der Bühne erschien ein kleiner blonder Mann, der sich, nach seinem Gesicht zu urteilen, drei Wochen nicht rasiert hatte.

»Entschuldigung, wie war Ihr Name?« erkundigte sich der Conférencier.

»Nikolai Kanawkin«, antwortete der Mann schüchtern.

»Ah! Sehr angenehm, Herr Kanawkin. Also?«

»Ich gebe Devisen ab«, sagte Kanawkin leise.

»Wieviel?«

»Tausend Dollar und zwanzig goldene Zehnrubelstücke.«

»Bravo! Das ist alles, was Sie haben?«

Der Conférencier blickte Kanawkin tief in die Augen, und Nikanor Iwanowitsch hatte sogar den Eindruck, daß ihm Strahlen aus den Augen schössen und Kanawkin durchbohrten wie Röntgenstrahlen. Der Saal hielt den Atem an.

»Ich glaube Ihnen!« rief der Schauspieler endlich und löschte den Blick. »Ich glaube Ihnen! Diese Augen lügen nicht! Wie oft habe ich euch schon gesagt, euer Hauptfehler besteht darin, daß ihr die Bedeutung der menschlichen Augen unterschätzt. Begreift doch, Zungen können die Wahrheit verbergen, aber Augen nie! Man stellt euch eine plötzliche Frage, ihr zuckt nicht einmal, habt euch sofort in der Gewalt und wißt, was ihr sagen müßt, um die Wahrheit zu verbergen, ihr sprecht höchst überzeugend, und keine Falte eures Gesichts bewegt sich, doch leider springt die von der Frage aufgestörte Wahrheit für einen Moment vom Grunde der Seele in die Augen, und schon ist alles aus! Die Wahrheit wird bemerkt, und ihr seid ertappt!«

Nachdem der Schauspieler diese überzeugende Rede mit großem Feuer vorgetragen hatte, fragte er Kanawkin liebevoll:

»Wo ist das Geld versteckt?«

»Bei meiner Tante Porochownikowa in der Pretschistenka.«

»Ah! Das ist... warten Sie... das ist bei Klawdija Iljinitschna, stimmt's?«

»Ja.«

»Ach, ja, ja, ja, ja! Die kleine Villa? Gegenüber ist noch ein Zaun? Gewiß doch, ich weiß, ich weiß! Und wo ist das Geld dort versteckt?«

»Im Keller, in einer Einem-Dose...«

Der Schauspieler schlug die Hände zusammen.

»Hat man so was schon gesehen?« rief er betrübt. »Da wird es doch feucht und schimmlig! Kann man solchen Menschen Devisen anvertrauen? Die reinsten Kinder! So was...«

Kanawkin wußte selber, daß er sich strafbar gemacht hatte, und senkte den Zottelkopf.

»Geld«, fuhr der Schauspieler fort, »muß in der Staatsbank aufbewahrt werden, in eigens dafür bestimmten trockenen und gut bewachten Räumen, nicht aber im Tantenkeller, wo es ja die Ratten verderben können! Schämen Sie sich, Kanawkin, Sie sind doch ein erwachsener Mensch!«

Kanawkin wußte nicht mehr aus noch ein und polkte nur noch mit dem Finger am Jackensaum.

»Nun gut«, sagte der Schauspieler einlenkend, »Schwamm drüber...«

Plötzlich fügte er überraschend hinzu: »Ja, übrigens... damit wir gleich zwei Fliegen mit einer Klappe schlagen... Die Tante selber hat doch auch noch was?«

Kanawkin, der diese Wendung nicht erwartet hatte, zuckte zusammen, im Theater trat Schweigen ein.

»Ach, dieser Kanawkin«, sagte der Conférencier freundlich-vorwurfsvoll, »und ich hab ihn noch gelobt! Jetzt stellt er sich auf einmal bockig. Das ist doch albern, Kanawkin! Eben hab ich noch von den Augen gesprochen. Ich seh doch, daß die Tante auch was hat. Warum spannen Sie uns sinnlos auf die Folter?«

»Ja, sie hat!« schrie Kanawkin kurz entschlossen.

»Bravo!« rief der Conférencier.

»Bravo!« brüllte der Saal.

Als es still geworden war, beglückwünschte der Conférencier Kanawkin, drückte ihm die Hand, bot ihm an, ein Wagen würde ihn nach Hause bringen, und befahl, im selben Wagen solle jemand aus den Kulissen zur Tante fahren und sie bitten, das Programm im Frauentheater zu besuchen.

»Ja, was ich noch fragen wollte, hat Ihnen die Tante nicht gesagt, wo ihre Devisen versteckt sind?« erkundigte sich der Conférencier, dabei bot er Kanawkin liebenswürdig eine Zigarette an und reichte ihm ein brennendes Streichholz. Während Kanawkin anrauchte, zeigte er ein wehmütiges Lächeln.

»Ich glaube Ihnen«, antwortete der Schauspieler seufzend, »diese alte Geizschnepfe würde das nicht mal dem Teufel sagen, geschweige denn ihrem Neffen! Na schön, versuchen wir, menschliche Gefühle in ihr zu wecken. Vielleicht sind noch nicht alle Fasern ihrer Wuchererseele verfault. Alles Gute, Kanawkin!«

Der glückliche Kanawkin entfernte sich. Der Schauspieler fragte, ob jemand Devisen abgeben wolle, doch die Antwort war Schweigen.

»Seltsam, diese Leute!« sagte der Schauspieler achselzuckend, und der Vorhang verbarg ihn.

Die Lampen erloschen, einige Zeit war es finster, und man hörte von weitem einen nervösen Tenor singen:

»Es liegt viel Gold dort im Revier, und all das Gold gehört nur mir...«

Dann drang von irgendwoher zweimal Applaus.

»Im Frauentheater liefert irgendein Dämchen Devisen ab«, sagte plötzlich Nikanor Iwanowitschs rothaariger, bärtiger Nachbar und fügte seufzend hinzu: »Ach, wenn bloß meinen Gänsen nichts passiert! Ich halte nämlich Kampfgänse in Lianosowo, guter Freund, und ich hab Angst, sie krepieren ohne mich. So eine Kampfgans ist empfindlich, braucht viel Pflege... Ach, wenn bloß den Gänsen nichts passiert! Mit Puschkin können die mich nicht verblüffen.« Wieder seufzte er tief.

Da brach helles Licht in den Saal, und Nikanor Iwanowitsch träumte, durch alle Türen strömten Köche mit weißen Mützen und Schöpfkellen in den Saal. Kochlehrlinge schleppten einen Bottich Suppe und ein Tragbrett mit geschnittenem Schwarzbrot herein. In die Zuschauer kam Bewegung. Die fröhlichen Köche hasteten zwischen den Theaterbesuchern einher, schöpften Suppe in Schüsseln und verteilten Brot.

»Eßt, Leute«, riefen sie, »und gebt die Devisen ab! Was sollt ihr hier rumsitzen? So was, die Plürre essen! Nach Haus solltet ihr fahren, anständig einen heben und kräftig essen, das wär doch was!«

»Warum sitzt du zum Beispiel hier, Vater?« fragte ein dicker Koch mit rosigem Hals Nikanor Iwanowitsch, während er ihm eine Schüssel mit einer Flüssigkeit reichte, in der ein einsames Kohlblatt schwamm.

»Ich hab keine! Ich hab keine! Ich hab wirklich keine!« schrie Nikanor Iwanowitsch mit schrecklicher Stimme. »Verstehst du, ich hab keine!«

»Du hast keine?« brüllte der Koch mit drohendem Baß. »Hast keine?« fragte er mit freundlicher Frauenstimme. »Hast keine, hast keine«, murmelte er beruhigend und verwandelte sich in die Arztgehilfin Praskowja Fjodorowna.

Sanft rüttelte sie den im Schlaf stöhnenden Nikanor Iwanowitsch an der Schulter. Da lösten sich die Köche in Luft auf, und das Theater mit dem Vorhang zerfiel. Durch Tränen hindurch erkannte Nikanor Iwanowitsch sein Zimmer in der Heilanstalt und zwei Gestalten in weißem Kittel, doch das waren durchaus keine dreisten Köche, die anderen ihre Ratschläge aufdrängten, sondern Ärzte, und Praskowja Fjodorowna hielt keine Schüssel in der Hand, sondern ein mullbedecktes Tellerchen, auf dem eine Spritze lag.

»Was soll das alles«, sagte Nikanor Iwanowitsch, während man ihm die Injektion machte. »Ich hab keine und ich hab keine! Soll doch Puschkin ihnen Devisen geben. Ich hab keine.«

»Ich glaub's Ihnen ja«, beruhigte ihn die gutherzige Praskowja Fjodorowna, »also kann Ihnen auch gar nichts passieren.«

Nach der Spritze fühlte sich Nikanor Iwanowitsch erleichtert und schlief ohne weitere Träume ein.

Aber infolge seiner Schreie übertrug sich seine Unruhe auf das Zimmer 120, dessen Insasse erwachte und nach seinem Kopf suchte, sowie auf das Zimmer 118, wo der unbekannte Meister nervös wurde, sehnsüchtig die Hände rang und zum Mond aufblickte, in Erinnerung an die bittere letzte Herbstnacht seines Lebens, an den Lichtstreifen in seinem Keller und an die aufgelöste Haarsträhne.

Aus dem Zimmer 118 flog die Unruhe über den Balkon zu Iwan, der ebenfalls erwachte und in Tränen ausbrach.

Aber der Arzt besänftigte die aufgeregten Gemütskranken sehr bald, und sie schliefen wieder ein. Zuletzt entschlummerte Iwan, als es überm Fluß schon hell wurde. Nach dem Medikament, das seinen ganzen Körper durchtränkte, kam Ruhe über ihn und deckte ihn zu wie eine Woge. Sein Körper wurde leicht, seinen Kopf umfächelte Halbschlaf wie ein laues Lüftchen. Er entschlummerte, und das letzte, was er noch deutlich wahrnahm, war das morgendliche Zwitschern der Vögel im Wald. Doch bald verstummten sie, und ihm träumte, daß die Sonne sich bereits über dem Schädelberg herabsenkte, der von einem doppelten Sperring umgeben war...

16

Die Hinrichtung

Die Sonne senkte sich bereits über dem Schädelberg herab, der von einem doppelten Sperring umgeben war.

Jene Reiterala, die dem Prokurator gegen Mittag den Weg versperrt hatte, ritt im Trab zum Hebron-Tor. Der Weg, den sie nahm, war schon frei gemacht. Die Infanteristen der kappadokischen Kohorte hatten die Stauungen von Menschen, Mauleseln und Kamelen nach beiden Seiten weggedrängt, und die Ala, die im Trab weiße Staubsäulen gen Himmel schleuderte, erreichte die Kreuzung, wo zwei Straßen aufeinandertrafen: die südliche, die nach Bethlehem, und die nordwestliche, die nach Jaffa führte. Über die nordwestliche Straße sprengte die Ala dahin. Die Kappadokier säumten die Straßenränder, sie hatten rechtzeitig die Karawanen, die zum Pessachfest nach Jerschalaim eilten, von der Straße getrieben. Die Menge der Pilger hatte die im Grase aufgeschlagenen gestreiften Zelte verlassen und drängte sich hinter den Kappadokiern. Nach etwa einem Kilometer überholte die Ala die zweite Zenturie der Blitzlegion und langte nach abermals einem Kilometer als erste am Fuß des Schädelbergs an. Hier saß sie eilig ab. Der Kommandierende teilte sie in Züge ein, die die kleine Anhöhe am Fuß umzingelten und nur in Richtung der Jaffastraße eine Öffnung frei ließen.

Nach einiger Zeit traf auch die Zenturie ein und bildete etwas weiter oben eine zweite Sperrkette rund um den Hügel.

Endlich kam die andere Zenturie unter dem Kommando von Marcus Rattenschlächter. Sie kam, auseinandergezogen zu zwei Ketten längs der Straße, zwischen denen unter dem Geleit des Geheimdienstes die drei Verurteilten auf einem Fuhrwerk gebracht wurden, weiße Bretter um den Hals, auf denen jeweils in zwei Sprachen – Aramäisch und Griechisch – die Worte »Verbrecher und Meuterer« standen. Dem Fuhrwerk der Verurteilten folgten andere Wagen, beladen mit frischgehobelten Pfählen mit Querbalken, mit Stricken, Spaten, Eimern und Äxten. Ebenfalls auf diesen Fuhrwerken saßen die sechs Henker. Hinter ihnen ritten der Zenturio Marcus, der Chef der Tempelwache von Jerschalaim und der Mann mit der Kapuze, den

Pilatus im verdunkelten Gemach des Palastes flüchtig gesprochen hatte. Den Beschluß der Prozession bildete eine Kette Soldaten, und dann kamen etwa zweitausend Neugierige, die die höllische Hitze nicht scheuten und bei dem prickelnden Schauspiel dabeisein wollten.

Den Neugierigen aus der Stadt hatten sich schaulustige Pilger angeschlossen, die man ungehindert der Prozession folgen ließ. Unter den dünnen Schreien der Ausrufer, die die Kolonne begleiteten und wiederholten, was Pilatus mittags verkündet hatte, bewegte sich die Prozession den Schädelberg hinan.

Die Ala ließ jedermann in den Raum zwischen den beiden Sperrketten, die zweite Zenturie aber ließ nur diejenigen passieren, die mit der Hinrichtung zu tun hatten, dann verteilte sie in einem raschen Manöver die Menge rund um den Hügel, so daß diese oben von der Infanterie und unten von der Kavallerie eingeschlossen war. Sie konnte die Hinrichtung durch die dünne Kette der Infanteristen hindurch beobachten.

Seit die Prozession den Gipfel des Berges erreicht hatte, waren schon mehr als drei Stunden vergangen, und die Sonne senkte sich, wie gesagt, auf den Schädelberg herab, aber die Hitze war noch immer unerträglich, und die Soldaten der beiden Sperrketten litten unter ihr und unter der Langeweile, verfluchten die drei Verbrecher aus tiefstem Herzensgrund und wünschten ihnen aufrichtig einen schnellen Tod.

Der kleine Kommandierende der Ala befand sich mit nasser Stirn und auf dem Rücken schweißdunklem weißem Gewand am Fuß der Anhöhe bei der Öffnung im Sperring; immer wieder ging er zum ersten Zug, schöpfte mit den Händen Wasser aus dem Ledereimer, trank und netzte seinen Turban. Das verschaffte ihm einige Erleichterung, er trat zurück, und wieder maß er mit dem Blick vorwärts und rückwärts die staubige Straße, die zum Gipfel führte. Das lange Schwert schlug ihm gegen die Riemenstiefel. Er wollte seinen Reitern ein Beispiel an Ausdauer geben, doch sie taten ihm leid, und so erlaubte er ihnen, die Lanzen pyramidenförmig in die Erde zu stoßen und die weißen Umhänge darüberzubreiten. In diesen Zelten suchten die Syrer Schutz vor der gnadenlosen Sonne. Die Eimer leerten sich schnell, und die Kavalleristen aus verschiedenen Zügen gingen umschichtig nach Wasser in die Schlucht am Fuße des Berges, wo im dürftigen Schatten kümmerlicher Maulbeerbäume ein trüber Bach seine letzten Tage durch die teuflische Hitze schleppte. Hier im schwachen Schatten standen auch die Pferdewärter und hielten die still gewordenen Pferde am Zügel.

Die Erschöpfung der Soldaten und ihre Verwünschungen gegen die Verbrecher waren verständlich. Die Befürchtung des Prokurators, während der Hinrichtung könnten in der ihm verhaßten Stadt Jerschalaim Unruhen entstehen, bewahrheitete sich glücklicherweise nicht. Als die vierte Stunde der

Hinrichtung anbrach, befand sich zwischen den beiden Sperrketten, der Infanterie oben und der Kavallerie unten, entgegen allen Erwartungen kein Mensch mehr. Die Sonne hatte die Menge ausgedörrt und nach Jerschalaim zurückgetrieben. Innerhalb der beiden Ketten waren nur noch zwei herrenlose Hunde. Aber auch an ihnen zehrte die Hitze, mit hängender Zunge lagen sie da, hechelten und achteten nicht der grünrückigen Eidechsen, der einzigen Lebewesen, die die Sonne nicht fürchteten und zwischen den glühenden Steinen und kriechenden Dornengewächsen hin und her flitzten.

Niemand hatte versucht, die Verurteilten zu befreien, weder in Jerschalaim, das von Truppen überschwemmt war, noch hier auf dem abgesperrten Hügel, und die Menge war in die Stadt zurückgekehrt, denn diese Hinrichtung war wirklich langweilig, und in der Stadt liefen bereits die Zurüstungen zum großen Pessachfest, das am Abend begann.

Die römische Infanterie der zweiten Sperrkette litt noch mehr als die Kavallerie. Doch das einzige, was der Zenturio Marcus Rattenschlächter seinen Soldaten erlaubte, war, die Helme abzunehmen und sich mit angefeuchteten weißen Tüchern zu bedecken, aber sie mußten mit der Lanze in der Hand stehen bleiben. Er selber trug ebenfalls ein Tuch, aber kein feuchtes, sondern ein trockenes; unweit von der Henkergruppe wanderte er auf und ab, er hatte nicht einmal die Silberbeschläge in Form von Löwenhäuptern von seinem Gewand gelöst, hatte nicht einmal Beinschienen, Schwert und Dolch abgelegt. Die Sonne schlug auf ihn ein, doch sie tat ihm keinen Schaden, und auf die Löwenhäupter warf man besser keinen Blick, denn der blendende Glanz des in der Sonne kochenden Silbers stach in die Augen.

Das verunstaltete Gesicht des Rattenschlächters zeigte weder Müdigkeit noch Mißmut, und es schien, als hätte der riesige Zenturio die Kraft, noch den ganzen Tag, die ganze Nacht und noch einen Tag auf und ab zu gehen, kurzum, solange es nötig war, auf und ab zu gehen, die Hände auf dem schweren kupferbeschlagenen Gürtel, die finsteren Blicke bald auf die Pfähle mit den Gerichteten heftend, bald auf die Soldaten der Sperrkette, und genauso gleichgültig mit der Spitze des zottigen Stiefels die von der Zeit gebleichten Menschenknochen oder kleine Kieselsteine wegzustoßen, die ihm in die Quere kamen.

Der Mann mit der Kapuze hatte sich unweit der Pfähle auf einem dreibeinigen Schemel niedergelassen und saß unbekümmert und reglos da, wobei er ab und zu vor Langeweile mit einem Stöckchen im Sand kratzte.

Wenn gesagt wurde, hinter der Kette der Legionäre sei kein Mensch mehr gewesen, so ist das nicht ganz richtig. Ein Mensch war da, doch konnten nicht alle ihn sehen. Er befand sich nicht da, wo der Zugang zum Berg offengelassen und von wo die Hinrichtung am besten zu überblicken war, sondern im

Norden des Hügels, wo dieser nicht sanft geneigt und zugänglich, sondern uneben war, mit Felsspalten und Einschnitten, wo ein kränkliches Feigenbäumchen, in einen Felsenriß der gottverfluchten wasserlosen Erde gekrallt, mühsam zu leben versuchte.

Unter diesem Bäumchen, das keinerlei Schatten gab, hatte sich der einsame Mann, kein Teilnehmer, sondern ein Zuschauer der Hinrichtung, niedergelassen, und hier saß er auf einem Stein von Anbeginn, das heißt schon seit vier Stunden. Ja, um die Hinrichtung zu beobachten, hatte er sich nicht den besten, sondern den schlechtesten Platz ausgesucht. Dennoch konnte er von hier aus die Pfähle sehen, und er konnte hinter der Sperrkette die beiden funkelnden Flecke auf der Brust des Zenturios sehen, und das war für einen Menschen, der offenkundig unbemerkt und unbehelligt bleiben wollte, vollkommen genug.

Vor vier Stunden freilich, zu Beginn der Hinrichtung, hatte sich dieser Mann ganz anders verhalten, sehr auffällig sogar, und wohl deshalb hatte er sein Verhalten geändert und sich abgesondert.

Vor vier Stunden war er, kaum hatte die Prozession die Kette passiert und den Gipfel erreicht, zum erstenmal erschienen und hatte den Eindruck eines Zuspätgekommenen erweckt. Schweratmend war er den Hügel hinauf gelaufen, nicht gegangen, hatte sich durchgedrängt und, als er sah, daß sich vor ihm wie vor allen anderen die Kette schloß, den naiven Versuch gemacht, zwischen den Soldaten hindurch die Richtstätte zu erreichen, wo man eben die Verurteilten vom Wagen hob; dabei tat er, als verstünde er die gereizten Anrufe nicht. Dafür bekam er mit dem stumpfen Lanzenende einen heftigen Stoß vor die Brust, sprang zurück und schrie auf, aber nicht vor Schmerz, sondern vor Verzweiflung. Dem Legionär, der ihn gestoßen, warf er einen trüben und gänzlich gleichgültigen Blick zu, wie ein Mensch, der gegen körperliche Schmerzen unempfindlich ist.

Hustend und keuchend, die Hand vor der Brust, lief er um den Hügel herum, um an der Nordseite eine Lücke in der Kette zu finden, durch die er hätte hinaufschlüpfen können. Aber es war schon zu spät, der Ring hatte sich geschlossen. Der Mann mit dem leidverzerrten Gesicht war genötigt, seine Pläne aufzugeben, er konnte nicht mehr durchbrechen zu den Fuhrwerken, von denen man bereits die Pfähle ablud. Er hätte nichts mehr erreicht, außer daß man ihn festgenommen hätte, und an diesem Tag aufgehalten zu werden paßte keineswegs in seine Pläne.

So war er auf die Nordseite zu dem Felsspalt gelangt, wo er Ruhe hatte und niemand ihn störte.

Jetzt saß er auf dem Stein, der schwarzbärtige Mann mit den von Sonne und Schlaflosigkeit eiternden Augen, und ergab sich der Schwermut. Bald seufzte er, öffnete den auf seinen Wanderungen verschlissenen, ehemals blauen, jetzt schmutziggrauen Tallit und entblößte die von der Lanze geprellte Brust, über die schmutziger Schweiß lief, bald hob er in unerträglicher Qual die Augen zum Himmel und beobachtete die drei Geier, die seit langem hoch droben weite Kreise zogen im Vorgefühl des baldigen Festmahls, bald richtete er den hoffnungslosen Blick zur gelben Erde und starrte auf den halbzerfallenen Hundeschädel und die drumherum huschenden Eidechsen.

Seine Qual war so groß, daß er zeitweilig Selbstgespräche führte.

»Oh, ein Tor bin ich«, murmelte er, wiegte sich gepeinigt auf dem Stein und zerkratzte mit den Nägeln die bräunliche Brust. »Ein Tor, ein hirnloses Weib, ein Feigling! Ein Kadaver bin ich, kein Mensch!«

Er verstummte, nickte, dann trank er aus der Holzflasche warmes Wasser, belebte sich wieder, griff bald nach dem Messer, das er unterm Tallit auf der Brust barg, bald nach dem Pergament, das zusamt einem Stöckchen und einem Tuschefläschchen vor ihm auf dem Stein lag.

Auf diesem Pergament stand bereits die Schrift:

»Die Minuten eilen, ich, Levi Matthäus, bin auf dem Schädelberg, und der Tod ist noch immer nicht eingetreten!«

Weiter:

»Die Sonne senkt sich, doch der Tod tritt nicht ein.«

Jetzt schrieb Levi Matthäus mit dem zugespitzten Stöckchen mutlos:

»Gott! Wofür zürnst du ihm? Schicke ihm den Tod.« Dies geschrieben, schluchzte er trocken auf und kratzte sich abermals die Brust blutig.

Der Grund für Levis Verzweiflung waren das furchtbare Mißgeschick, das Jeschua und ihn ereilt, und der verhängnisvolle Fehler, den er, Levi, seiner Meinung nach begangen hatte. Vorgestern waren er und Jeschua in Bethanien bei Jerschalaim Gäste eines Gemüsegärtners gewesen, dem Jeschuas Predigten wohl gefielen. Den ganzen Vormittag waren sie dem Gärtner bei der Arbeit zur Hand gegangen, und sie wollten gegen Abend, wenn es schon kühl war, nach Jerschalaim zurückkehren. Aber Jeschua hatte es aus irgendwelchen Gründen eilig, sagte, er habe in der Stadt unaufschiebbare Dinge zu erledigen, und wanderte schon gegen Mittag alleine los. Das war Levi Matthäus' erster Fehler gewesen. Warum, warum nur hatte er ihn alleine ziehen lassen!

Am Abend konnte Matthäus nicht nach Jerschalaim gehen. Ganz plötzlich warf ihn eine schlimme Kränke nieder. Er hatte Schüttelfrost, sein Körper glühte, er klapperte mit den Zähnen und verlangte dauernd zu trinken. Er konnte nirgendwohin gehen. Im Schuppen des Gemüsegärtners lag er auf einer Pferdedecke bis Freitag früh, dann verließ ihn die Krankheit so plötzlich, wie sie gekommen war. Wiewohl noch schwach und mit zitternden Beinen, verabschiedete er sich, vom Vorgefühl eines Unglücks gepeinigt, von dem Gastfreund und begab sich nach Jerschalaim. Dort erfuhr er, daß sein Vorgefühl ihn nicht getrogen hatte und das Unglück geschehen war. Levi war in der Menge und hörte den Prokurator das Urteil verkünden.

Als die Verurteilten zum Schädelberg gebracht wurden, lief Levi Matthäus inmitten der Neugierigen neben der Sperrkette her und bemühte sich, Jeschua unbemerkt Zeichen zu geben, daß er, Levi, hier sei, bei ihm, daß er ihn auf seinem letzten Wege nicht im Stich ließ und betete, der Tod möge Jeschua möglichst schnell ereilen. Allein Jeschua schaute in die Ferne, in die Richtung, wohin er gebracht wurde, und sah Levi nicht.

Als die Prozession eine halbe Werst zurückgelegt hatte, kam dem Matthäus, den die Menge unmittelbar an der Sperrkette hin und her rempelte, ein einfacher und glücklicher Gedanke, und sofort bedachte er sich, hitzig, wie er war, mit Flüchen, daß er nicht früher darauf verfallen war. Die Soldaten gingen nicht in geschlossener Kette, es gab Zwischenräume. Wenn er es geschickt anstellte und genau berechnete, konnte er gebückt zwischen zwei Legionären hindurchspringen, das Fuhrwerk erreichen und sich hinaufschwingen. Dann war Jeschua vor den Qualen gerettet.

Ein Augenblick würde genügen, um Jeschua ein Messer in den Rücken zu stoßen und ihm zuzurufen: »Jeschua! Ich rette dich und gehe mit dir! Ich, Matthäus, dein treuer und einziger Schüler!«

Und wenn ihm Gott dann noch einen freien Augenblick gewährte, konnte er noch sich selber das Messer in den Leib stoßen, um dem Tod am Kreuz zu entgehen. Im übrigen war dies Levi, dem ehemaligen Zöllner, ziemlich gleichgültig. Es interessierte ihn wenig, wie er starb. Er wollte nur, daß Jeschua, der keinem Menschen je Böses getan, keine Qualen erlitte.

Der Plan war sehr gut, aber Levi hatte kein Messer bei sich. Auch besaß er kein Geld.

Wider sich selber rasend, drängte sich Levi aus der Menge und rannte zurück in die Stadt. In seinem glühenden Kopf hüpfte nur der eine fiebrige Gedanke, daß er jetzt sofort, gleichviel wie, in der Stadt ein Messer beschaffen und die Prozession wieder einholen müsse.

Er lief bis zum Stadttor, zwängte sich durchs Gedränge der in die Stadt strudelnden Karawanen und erblickte linker Hand die offene Tür eines Brotladens. Schweratmend nach dem raschen Lauf über die glühende Straße, zwang sich Levi zur Ruhe, betrat gemessen den Laden, grüßte die Besitzerin hinterm Ladentisch und bat sie, ihm vom Wandbrett den obersten Brotlaib herunterzureichen, der ihm besser gefalle als die anderen. Als sie sich abwandte, griff er blitzschnell vom Ladentisch das Beste, was es jetzt für ihn geben konnte, ein rasiermesserscharfes langes Brotmesser, und stürzte aus dem Laden. Ein paar Minuten später war er schon wieder auf der Jaffastraße. Aber die Prozession war nicht mehr zu sehen. Er lief. Ab und zu mußte er sich in den Staub werfen und ein Weilchen unbeweglich verschnaufen. So lag er dann zur Verwunderung derer, die auf Mauleseln oder zu Fuß nach Jerschalaim strebten. Er lag und hörte sein Herz nicht nur in der Brust hämmern, sondern auch im Kopf und in den Ohren. Wieder zu Atem gekommen, sprang er auf und lief weiter, doch langsamer und immer langsamer. Als er endlich in der Ferne die Staubwolken der langen Prozession sah, hatte diese bereits den Fuß des Schädelberges erreicht.

»O Gott!« stöhnte Levi, denn er begriff, daß er zu spät kommen würde. Und er kam zu spät.

Als die vierte Stunde der Hinrichtung verflossen war, erreichten Levis Qualen den höchsten Grad, und fürchterlicher Grimm befiel ihn. Er erhob sich von dem Stein, schleuderte das, wie er jetzt glaubte, nutzlos gestohlene Messer zu Boden, zertrat die Flasche und beraubte sich damit des Wassers, riß die Keffije vom Kopf, krallte die Hände ins schüttere Haar und begann sich selber zu verfluchen.

Er verfluchte sich, schrie sinnlose Worte hinaus, brüllte und spuckte aus und schmähte Vater und Mutter, die ihn als Dummkopf in die Welt gesetzt hätten.

Als er sah, daß seine Flüche und Schmähreden keine Wirkung hatten und in der Sonnenglut alles beim alten blieb, ballte er die sehnigen Fäuste, schwang sie mit verkniffenem Gesicht zum Himmel, gegen die Sonne, die immer tiefer herabkroch, die Schatten verlängerte und sich entfernte, um ins Mittelmeer zu stürzen, und forderte von Gott ein sofortiges Wunder. Er verlangte, Gott solle Jeschua alsbald den Tod schicken.

Als er die Augen öffnete, saß er, daß auf dem Hügel die Dinge unverändert und nur die grellen Flecke auf der Brust des Zenturios erloschen waren. Die Sonne sandte ihre Strahlen auf den Rücken der Gerichteten, die mit den Gesichtern nach Jerschalaim blickten. Da schrie Levi:

»Ich verfluche dich, Gott!«

Mit heiserer Stimme schrie er, er wisse jetzt um Gottes Ungerechtigkeit und wolle ihm nicht mehr glauben.

»Taub bist du!« brüllte Levi. »Denn wärst du nicht taub, so würdest du mich hören und ihn sofort töten.«

Mit verkniffenem Gesicht wartete Levi auf den Feuerstrahl, der vom Himmel auf ihn fallen und ihn niederschmettern würde. Doch der Feuerstrahl blieb aus, und Levi fuhr fort, mit geschlossenen Augen giftige Schmähreden gen Himmel zu schreien. Er schrie, wie grenzenlos enttäuscht er sei und daß auch noch andere Götter und Religionen existierten. Ja, ein anderer Gott hätte niemals zugelassen, daß ein Mensch wie Jeschua am Pfahl von der Sonne verbrannt würde.

»Geirrt habe ich mich!« schrie Levi völlig heiser. »Du bist ein Gott des

Bösen! Oder sind deine Augen vom Qualm der Räucherpfannen im Tempel vernebelt und deine Ohren unfähig geworden, etwas anderes zu hören als die Posaunentöne der Priester? Du bist kein allmächtiger Gott! Ein finsterer Gott bist du! Ich verfluche dich, du Gott der Verbrecher, ihr Beschützer und ihre Seele!«

In diesem Moment blies dem ehemaligen Zöllner etwas ins Gesicht, und zu seinen Füßen raschelte es. Als es nochmals blies, schlug er die Augen auf und sah, daß sich die Welt, sei es unterm Einfluß seiner Verwünschungen oder aus anderen Gründen, verändert hatte. Die Sonne war verschwunden, ohne das Meer erreicht zu haben, in dem sie allabendlich versank. Sie war verschluckt worden von einer dräuenden Gewitterwolke, die stetig von Westen her heraufzog. Ihre Ränder brodelten schon in weißem Gischt, und ihr schwarzer Qualmbauch flackerte gelblich. In ihr grummelte es, und von Zeit zu Zeit zuckten Feuerfäden hervor. Über die Jaffastraße, durch das kärgliche Gihon-Tal, über die Zelte der Pilger flogen, vom plötzlichen Wind getrieben, Staubsäulen dahin. Levi verstummte und grübelte, ob das Gewitter, das Jerschalaim gleich zudecken würde, im Schicksal des unglücklichen Jeschua eine Wende bringen mochte. Er blickte auf die Feuerfäden, die die Wolke zerschnitten, und flehte, ein Blitz möge Jeschuas Pfahl treffen. Voller Reue schaute er in den klaren Himmel, soweit ihn die Wolke noch nicht verschlungen hatte und wo die Geier die Flügel breiteten, um dem Gewitter zu entfliehen, und er dachte, daß seine Verwünschungen sinnlos übereilt gewesen waren, denn jetzt würde Gott ihn nicht mehr erhören.

Levi richtete den Blick zum Fuß des Hügels, starrte dorthin, wo verstreut die Kavallerieala stand, und sah deutlich, daß dort bedeutende Veränderungen vor sich gegangen waren. Hastig rissen die Soldaten die Lanzen aus der Erde, warfen die Umhänge über, die Pferdewärter kamen zur Straße gelaufen und führten die Rappen am Zügel. Die Ala wurde zurückgezogen, soviel war sicher. Levi schirmte das Gesicht mit der Hand vor dem peitschenden Staub, spuckte aus und bemühte sich zu ergründen, was der Abzug der Kavallerie bedeutete. Als er weiter nach oben blickte, sah er eine kleine Gestalt in purpurner Soldatenchlamys zur Richtstätte hinaufsteigen. Im Vorgefühl eines glücklichen Endes stockte dem ehemaligen Zöllner das Herz.

Der Mann, der in der fünften Leidensstunde der Verbrecher den Berg hinaufstieg, war der in Begleitung eines Melders aus Jerschalaim herbeigesprengte Kommandeur der Kohorte. Auf einen Wink des Rattenschlächters öffnete sich die Kette der Soldaten, und der Zenturio salutierte dem Tribunen. Dieser nahm den Rattenschlächter beiseite und flüsterte ihm etwas zu. Der Zenturio salutierte abermals und trat auf die Henkergruppe zu, die zu Füßen der Pfähle auf Steinen saß. Der Tribun seinerseits lenkte seine Schritte zu dem Mann auf dem dreibeinigen Schemel. Dieser erhob sich höflich. Leise sprach der Tribun auf ihn ein, dann gingen die beiden zu den Pfählen. Der Chef der Tempelwache schloß sich ihnen an.

Einen Blick voller Abscheu warf der Rattenschlächter auf die schmutzigen Lumpen am Fuß der Pfähle, die ehemaligen Kleider der Verbrecher, die die Henker verschmäht hatten, rief zwei der letzteren zu sich und befahl: »Folgt mir!«

Vom nächstgelegenen Pfahl tönte ein heiseres sinnloses Lied. Der hier hängende Gestas hatte drei Stunden nach der Hinrichtung infolge der Fliegen und der Sonne den Verstand verloren, und jetzt sang er von Weintrauben, aber sein Kopf mit dem Turban bewegte sich noch ab und zu, dann erhoben sich die Fliegen träge von seinem Gesicht und ließen sich gleich erneut darauf nieder.

Dismas am zweiten Pfahl litt noch mehr als die anderen, denn er war bei Bewußtsein und bewegte den Kopf rhythmisch nach rechts und links, um das Ohr gegen die Schulter zu stoßen.

Glücklicher als die beiden war Jeschua. Schon in der ersten Stunde hatte ihn mehrmals das Bewußtsein verlassen, dann war er gänzlich in Ohnmacht gesunken, und sein Kopf im aufgelösten Turban hing herab. Er war so dicht mit Fliegen und Bremsen bedeckt, daß sein Gesicht unter einer kribbelnden schwarzen Masse verschwand. Auf dem Bauch, in den Leisten und unter den Achseln saßen fette Bremsen und saugten an dem nackten gelben Leib.

Einer der Henker ergriff, dem Wink des Mannes mit der Kapuze gehorchend, eine Lanze, der andere brachte einen Eimer und einen Schwamm zum Pfahl. Der erste Henker stieß mit der Lanze erst gegen den einen, dann gegen den anderen gestreckten Arm Jeschuas, die mit Stricken an die Querbalken des Pfahls geschnürt waren. Ein Zucken ging durch den Körper mit den vortretenden Rippen. Der Henker führte das Speerende über Jeschuas Bauch. Da hob dieser den Kopf, brummend stiegen die Fliegen auf, und das Gesicht des Hängenden kam zum Vorschein, von Stichen gedunsen, mit verquollenen Augen, ein nicht wiederzuerkennendes Gesicht.

Ha-Nozri zwang die verklebten Lider auseinander und blickte hinab. Seine Augen, früher klar, waren jetzt trüb.

»Ha-Nozri«, sagte der Henker.

Ha-Nozri bewegte die geschwollenen Lippen und antwortete mit heiserer Verbrecherstimme:

»Was willst du? Warum bist du zu mir gekommen?«

»Trink!« sagte der Henker, und der wassergetränkte Schwamm auf der Speerspitze näherte sich Jeschuas Lippen. In dessen Augen blinkte Freude, er brachte die Lippen an den Schwamm und saugte gierig die Feuchtigkeit. Vom Nebenpfahl drang die Stimme des Dismas:

»Ungerecht! Ich bin genauso ein Verbrecher wie er!«

Dismas spannte sich, aber er konnte sich nicht bewegen, seine Arme waren an drei Stellen an den Querbalken geschnürt. Er zog den Bauch ein, krallte die Nägel in den Querbalken und wandte den Kopf zum Pfahl Jeschuas, und Wut loderte in seinen Augen.

Eine Staubwolke zog über den Gipfel, und es wurde rasch dunkel. Als der Staub verflogen war, schrie der Zenturio:

»Maul halten am zweiten Pfahl!«

Dismas verstummte. Jeschua riß die Lippen vom Schwamm, er wollte, daß seine Stimme freundlich und überzeugend klang, doch es gelang ihm nicht, sie klang heiser, als er den Henker bat:

»Gib ihm zu trinken!«

Es wurde immer dunkler. Die Wolke überzog schon den halben Himmel und eilte gen Jerschalaim, kochende weiße Wölkchen flogen der von Feuer und schwarzer Nässe erfüllten Gewitterwolke voraus. Direkt überm Schädelberg blitzte und donnerte es. Der Henker nahm den Schwamm vom Speer.

»Preise den großmütigen Hegemon!« flüsterte er feierlich und stieß Jeschua sanft den Speer ins Herz. Der zuckte, flüsterte: »Hegemon...«

Blut lief ihm über den Bauch, sein Unterkiefer zuckte krampfhaft, sein Kopf sank herab.

Beim zweiten Donnerschlag hatte der Henker auch Dismas getränkt und ihn mit denselben Worten »Preise den Hegemon!« getötet.

Gestas, der nicht mehr denken konnte, schrie erschrocken auf, als der Henker vor ihm stand, doch sowie der Schwamm seine Lippen berührte, schlug er brüllend die Zähne hinein. Gleich darauf hing auch sein Körper schlaff in den Stricken.

Der Mann mit der Kapuze folgte dem Henker und dem Zenturio, und hinter ihm ging der Chef der Tempelwache. Beim ersten Pfahl blieb der Mann mit der Kapuze stehen, betrachtete aufmerksam den blutüberströmten Jeschua, berührte mit weißer Hand dessen Fuß und sagte zu seinen Begleitern:

»Er ist tot.«

Das gleiche wiederholte sich bei den anderen Pfählen.

Danach gab der Tribun dem Zenturio ein Zeichen, wandte sich ab und stieg mit dem Chef der Tempelwache und dem Mann mit der Kapuze den Berg hinunter. Es war schon sehr dunkel, Blitze furchten den schwarzen Himmel. Plötzlich spritzte Feuer aus ihm hervor, und der Ruf des Zenturios »Die Kette zurückziehen!« ging im Donner unter. Die Soldaten stürmten glücklich den Berg hinab und setzten im Laufen die Helme auf. Finsternis verhüllte Jerschalaim.

Plötzlich flutete ein Platzregen herab und erreichte die Zenturien auf halber Höhe des Berges. So dicht strömte das Wasser hernieder, daß den abwärts laufenden Soldaten bereits tobende Wasserwogen hinterdreinjagten. Sie glitten aus, stürzten auf dem zerweichten Lehm und beeilten sich, die glatte Straße zu erreichen, auf der, durch den niederprasselnden Regen kaum zu sehen, die völlig durchnäßte Kavallerie gen Jerschalaim sprengte. Nach wenigen Minuten befand sich auf dem Hügel mitten in der Brühe aus Donner, Wasser und Feuer nur noch ein Mensch. Das doch nicht sinnlos gestohlene Messer schwenkend, von schlüpfrigen Vorsprüngen abrutschend, an alles sich klammernd und manchmal auf allen vieren kriechend, strebte Levi den Pfählen zu. Mal verschwand er in der dichten Finsternis, mal beleuchtete ihn das zuckende Licht.

Bis an die Knöchel im Wasser watend, erreichte er die Pfähle, hier riß er sich den regenschweren Tallit herunter und schmiegte sich im bloßen Hemd an Jeschuas Füße. Erst zerschnitt er die Stricke an den Knöcheln, dann stieg er auf den unteren Querbalken, umfing Jeschua und befreite dessen Arme von der oberen Verschnürung. Der nasse, nackte Körper stürzte auf ihn herab und warf ihn zu Boden. Levi wollte ihn sich auf die Schultern laden, doch da kam ihm ein Gedanke. Er ließ den Körper mit dem zurückgebogenen Kopf und den ausgestreckten Armen im Wasser liegen und lief, im glitschigen Lehm ausrutschend, zu den anderen Pfählen. Auch hier zerschnitt er die Stricke, und die beiden Körper fielen zu Boden.

Wenig später befanden sich auf dem Gipfel nur noch die beiden Leichname und die drei leeren Pfähle. Das Wasser stieß die Körper und bewegte sie.

Levi und Jeschuas Körper waren nicht mehr auf dem Schädelberg.

17
Ein unruhiger Tag

Am Freitag morgen, das heißt am Tag nach der gräßlichen Vorstellung, waren die Angestellten des Varietés – der Buchhalter Wassili Stepanowitsch Lastotschkin, zwei Betriebsabrechner, drei Stenotypistinnen, die beiden Kassiererinnen, Boten, Platzanweiser und Putzfrauen –, kurz, alle Anwesenden nicht auf ihren Arbeitsplätzen, sondern hockten auf den Fensterbrettern und beobachteten, was sich drunten auf der Sadowaja vor dem Hause tat. An der Wand klebte in zwei Reihen eine vieltausendköpfige Schlange, deren Schwanz bis zum Kudrinskaja-Platz reichte. Am Kopf der Schlange standen etwa zwei Dutzend der in Moskauer Theaterkreisen wohlbekannten Kartenaufkäufer.

Die Schlange war sehr unruhig, sie erregte die Aufmerksamkeit der vorüberströmenden Bürger und vertrieb sich die Zeit, indem sie die zündenden

Berichte von der beispiellosen gestrigen Vorstellung in Schwarzer Magie erörterte. Diese Berichte hatten auch den Buchhalter Wassili Stepanowitsch, der die Vorstellung nicht gesehen hatte, in größte Bestürzung versetzt. Die Platzanweiser erzählten haarsträubende Geschichten, unter anderem, daß nach Schluß der Vorstellung einige Frauen in unanständigem Aufzug durch die Straße gelaufen seien, und ähnliches in dieser Art. Der stille und bescheidene Wassili Stepanowitsch klapperte nur mit den Augen, als er solche Mären hörte, und wußte entschieden nicht, was er unternehmen sollte, indessen mußte er etwas unternehmen, jawohl, er, denn er war jetzt der Ranghöchste in der Varietémannschaft.

Gegen zehn war die Schlange der Wartenden dermaßen angeschwollen, daß Gerüchte davon zur Miliz drangen. Erstaunlich schnell wurden Abteilungen zu Fuß und zu Pferde herbeigesandt und brachten einigermaßen Ordnung in die Schlange. Aber auch eine ordentlich wartende Schlange von einem Kilometer Länge war ein Ärgernis, das die Bürger in der Sadowaja verblüffte.

Das war draußen, doch auch im Varieté war nicht alles im Lot. Vom frühen Morgen an klingelten pausenlos die Telefone in den Zimmern von Lichodejew, Rimski und Warenucha, in der Buchhaltung und in der Kasse. Wassili Stepanowitsch gab anfangs noch irgendwelche Antworten, ebenso die Kassiererin, und auch die Platzanweiser murmelten etwas in den Hörer, aber dann antwortete man nicht mehr, denn auf die Frage, wo Lichodejew, Warenucha und Rimski seien, gab es einfach keine Antwort. Zuerst versuchte man noch, die Anrufer mit der Auskunft abzuwimmeln, Lichodejew sei in seiner Wohnung, doch darauf bekam man zu hören, in der Wohnung sei bereits angerufen worden und dort werde mitgeteilt, Lichodejew sei im Varieté.

Eine aufgeregte Dame rief an und verlangte Rimski; man riet ihr, dessen Gattin anzurufen, darauf tönte es schluchzend aus dem Hörer, hier spreche ja die Gattin und Rimski sei nirgends zu finden. Dann setzte unsinniges Gerede ein. Die Putzfrau erzählte jedem, sie habe das Zimmer des Finanzdirektors aufräumen wollen und die Tür sperrangelweit offen gefunden, die Lampen hätten gebrannt, das Fenster zum Garten sei zerschlagen, der Sessel umgestürzt und niemand da.

Kurz nach zehn stürmte Madame Rimski ins Varieté, schluchzte und rang die Hände. Wassili Stepanowitsch verlor vollends die Nerven und wußte nicht, was er ihr raten sollte. Um halb elf erschien die Miliz. Deren erste, sehr berechtigte Frage lautete:

»Was geht bei Ihnen vor, Bürger? Was ist los?«

Die Belegschaft trat zurück und schob den bleichen und aufgeregten Wassili Stepanowitsch nach vorn. Er mußte die Dinge beim Namen nennen und eingestehen, daß die Leitung des Varietés, bestehend aus dem Direktor, dem Finanzdirektor und dem Administrator, verschwunden sei und sich an unbekanntem Ort aufhalte, daß der Conférencier nach der gestrigen Vorstellung in die psychiatrische Klinik eingeliefert worden sei und daß, kurz gesagt, die gestrige Vorstellung geradezu ein Skandal war.

Die heulende Madame Rimski wurde, so gut es ging, beruhigt und nach Hause geschickt. Größtes Interesse fand der Bericht der Putzfrau, in welchem Zustand sie das Zimmer des Finanzdirektors vorgefunden habe. Die Angestellten wurden gebeten, an ihre Arbeit zu gehen, und nach kurzer Zeit erschien im Varietégebäude ein Kriminalist, begleitet von einem spitzohrigen, muskulösen Hund mit außergewöhnlich klugen Augen und einem Fell in der Farbe von Zigarettenasche. Sofort wurde unter den Varietéangestellten getuschelt, dieser Köter sei niemand anders als der berühmte Karo-As. In der Tat, er war es. Sein Benehmen erregte allgemeines Staunen. Kaum war Karo-As ins Zimmer des Finanzdirektors gelaufen, da winselte er, fletschte die gewaltigen gelben Reißzähne, legte sich auf den Bauch und kroch, Schwermut und Wut in den Augen, zum zerschlagenen Fenster. Seine Angst überwindend, sprang er aufs Fensterbrett, reckte die spitze Schnauze und stieß ein wildes, böses Geheul aus. Er wollte nicht vom Fenster weg, winselte, zuckte und machte Anstalten hinauszuspringen.

Man führte den Köter aus dem Zimmer und ließ ihn im Foyer wieder los. Er lief durch den Haupteingang auf die Straße und führte die ihm folgenden Männer zum Taxistand. Hier verlor er die Spur, und man brachte ihn weg.

Der Kriminalist quartierte sich in Warenuchas Zimmer ein und ließ nacheinander die Varietéangestellten zu sich kommen, die die gestrige Vorstellung miterlebt hatten. Es sei erwähnt, daß der Kriminalist auf Schritt und Tritt unvorhergesehene Schwierigkeiten zu überwinden hatte. Immer wieder riß ihm der Faden in den Händen.

Man hatte doch Plakate geklebt? Hatte man. Aber sie waren in der Nacht überklebt worden, und jetzt war ums Verrecken kein einziges mehr zu finden! Wo war der Magier hergekommen? Keine Ahnung. Man mußte doch einen Vertrag mit ihm geschlossen haben?

»Ist anzunehmen«, antwortete der aufgeregte Wassili Stepanowitsch.

»Und wenn man einen Vertrag mit ihm abschloß, mußte der doch durch die Buchhaltung?«

»Unbedingt«, antwortete Wassili Stepanowitsch nervös.

»Wo ist er also?«

»Nicht da«, antwortete der Buchhalter, der immer bleicher wurde, und breitete verständnislos die Arme aus. Tatsächlich, weder in den Unterlagen der Buchhaltung oder beim Finanzdirektor noch bei Lichodejew oder Warenucha war auch nur die leiseste Spur eines Vertrages zu finden.

Wie war der Name des Magiers? Wassili Stepanowitsch wußte es nicht, er hatte die gestrige Vorstellung nicht gesehen. Die Platzanweiser wußten es auch nicht, die Kartenverkäuferin grübelte und grübelte stirnrunzelnd und sagte endlich: »Vo... Ich glaub, Voland...«

Vielleicht aber auch anders als Voland? Vielleicht auch anders. Vielleicht Valand.

Es stellte sich heraus, daß man im Ausländerbüro von einem Magier namens Voland oder Valand nichts wußte.

Der Bote Karpow sagte aus, dieser Magier solle in Lichodejews Wohnung abgestiegen sein. Natürlich wurde die Wohnung sofort aufgesucht, aber dort war kein Magier. Lichodejew war auch nicht da. Das Hausmädchen Grunja war nicht da, und niemand wußte, wo sie sich aufhielt. Der Vorsitzende der Hausverwaltung Nikanor Iwanowitsch war nicht da, der Sekretär Proleshnew war nicht da!

Eine unglaubliche Geschichte: Die gesamte Leitung war verschwunden, gestern hatte eine denkwürdige skandalöse Vorstellung stattgefunden, und wer sie veranstaltet hatte und auf wessen Anregung, war unbekannt.

Mittlerweile war es Mittag geworden, die Zeit, zu der man die Kasse öffnen mußte. Aber davon konnte natürlich keine Rede sein. An die Varietétür wurde ein riesiges Pappschild gehängt: »Die heutige Vorstellung fällt aus.« Die Schlange geriet, am Kopf beginnend, in Erregung, doch nach einiger Zeit zerbröckelte sie, und eine Stunde später war auf der Sadowaja keine Spur mehr von ihr zu finden. Der Kriminalist entfernte sich, um seine Arbeit an anderer Stelle fortzusetzen, die Angestellten durften nach Hause gehen, nur die Diensthabenden mußten bleiben, und die Türen des Varietés wurden verrammelt.

Der Buchhalter Wassili Stepanowitsch hatte noch zwei unaufschiebbare Pflichten zu erfüllen. Erstens mußte er zur Kommission für Schauspiele und Unterhaltungsveranstaltungen leichteren Typs fahren und über die gestrigen Ereignisse Bericht erstatten, und zweitens mußte er die Finanzabteilung der Kommission aufsuchen, um die gestrige Kasse in Höhe von 21711 Rubel abzuliefern.

Der gewissenhafte und verläßliche Wassili Stepanowitsch wickelte das Geld in Zeitungspapier, verschnürte es über Kreuz, schob es in die Aktentasche und begab sich, eingedenk der Instruktion, nicht zum Autobus oder zur Straßenbahn, sondern zum Taxistand.

Drei Wagen standen dort, doch als die Schofföre den Fahrgast erblickten, der mit strammgefüllter Aktentasche auf sie zueilte, da fuhren sie ihm alle drei leer vor der Nase weg und sahen sich wütend nach ihm um.

Der verblüffte Buchhalter stand geraume Zeit wie eine Salzsäule da und grübelte, was das bedeuten mochte.

Bald danach rollte ein freier Wagen heran, und das Gesicht des Fahrers verzerrte sich, als er des Wartenden ansichtig wurde.

»Sind Sie frei?« fragte Wassili Stepanowitsch und räusperte sich verwundert.

»Zeigen Sie erst mal Ihr Geld«, antwortete der Fahrer böse und würdigte den Buchhalter keines Blicks.

Der Buchhalter, immer mehr verwundert, klemmte die kostbare Aktentasche unter den Arm, entnahm der Brieftasche einen Zehnrubelschein und wies ihn dem Schofför.

»Ich fahr nicht!« sagte der kurz.

»Moment mal...«, begann der Buchhalter, doch der Fahrer unterbrach ihn:

»Haben Sie keine Dreirubelscheine?«

Wie vor den Kopf geschlagen, zog Wassili Stepanowitsch zwei Dreirubelscheine aus der Brieftasche und wies sie vor.

»Steigen Sie ein!« schrie der Fahrer und schlug so heftig gegen das Fähnchen des Taxameters, daß es beinahe abbrach.

»Was ist denn, haben Sie kein Wechselgeld?« fragte der Buchhalter schüchtern.

»Die ganze Tasche voll!« brüllte der Fahrer, und Wassili Stepanowitsch sah im Rückspiegel dessen blutunterlaufene Augen. »Schon dreimal bin ich heut reingefallen. Auch meinen Kollegen ist es schon passiert. Gibt mir doch irgend so ein Strolch einen Zehner, ich ihm vier fünfzig raus. Steigt aus und ist weg, der Schweinehund! Nach fünf Minuten seh ich nach: statt des Zehners find ich in der Tasche den Aufkleber von 'ner Narsanflasche!« Der Schofför fügte ein paar nicht druckfähige Wörter hinzu. »Der nächste will zum Subowski-Boulevard. Ein Zehner. Ich geb ihm drei Rubel raus. Er geht weg. Ich faß in die Tasche, und statt des Zehners sitzt 'ne Biene drin und pikt mich in den Finger! Geht mir los!« Wieder hängte der Schofför ein paar nicht druckfähige Wörter an. »Gestern hat im Varieté (nicht druckfähige Wörter) so ein Dreckskerl von Zauberkünstler einen Trick mit Zehnrubelscheinen vorgeführt (nicht druckfähige Wörter)...«

Der Buchhalter saß wie betäubt, duckte sich und machte ein Gesicht, als höre er das Wort »Varieté« zum erstenmal, dabei dachte er: Ach du Donner!

Bei seinem Ziel angelangt, zahlte der Buchhalter zur Zufriedenheit, betrat das Gebäude und eilte durch den Korridor zum Zimmer des Leiters. Doch schon unterwegs merkte er, daß er ungelegen kam. Im Büro der Kommission für Schauspiele herrschte ein Durcheinander wie in einem aufgestörten Bienenschwarm. An ihm vorüber eilte eine Botin mit nach hinten gerutschtem Kopftuch und weit aufgerissenen Augen.

»Er ist weg, er ist weg! Er ist weg, liebe Leute!« kreischte sie ins Leere. »Sein Jackett und die Hosen sind da, aber im Jackett ist nichts drin!«

Sie verschwand hinter einer Tür, und man hörte von dort das Scheppern zerschlagenen Geschirrs. Aus dem Vorzimmer kam der dem Buchhalter wohlbekannte Leiter der ersten Abteilung der Kommission, aber in einer Verfassung, daß er den Buchhalter nicht erkannte, und auch er verschwand.

Der erschütterte Buchhalter betrat das Vorzimmer des Leiters, und hier haute es ihn endgültig um.

Aus der offenen Tür des Chefzimmers kam drohend eine Stimme, die unzweifelhaft Prochor Petrowitsch, dem Vorsitzenden der Kommission, gehörte. Er scheint wem eine Abreibung zu verpassen, dachte der Buchhalter bestürzt, drehte sich um und erblickte etwas anderes: Im Ledersessel lehnte mit zurückgelegtem Kopf, unaufhaltsam schluchzend, ein nasses Taschentuch in der Hand, die Beine weit ausgestreckt, die persönliche Sekretärin von Prochor Petrowitsch, die schöne Anna Richardowna.

Ihr Kinn war mit Lippenstift verschmiert, über ihre Pfirsichwangen krochen von den Wimpern her schwarze Bäche aufgeweichter Tusche.

Als Anna Richardowna den eingetretenen Buchhalter erblickte, sprang sie auf ihn zu, krallte sich in seine Jackettrevers und schüttelte ihn:

»Gott sei Dank«! schrie sie. »Wenigstens einer, der Mut hat! Alle laufen weg, alle sind Verräter! Kommen Sie, wir gehen zu ihm, ich weiß nicht, was ich machen soll!« Wieder schluchzte sie los und zog den Buchhalter ins Chefzimmer.

Beim Eintreten ließ der Buchhalter als erstes seine Aktentasche fallen, und die Gedanken in seinem Kopf vollführten einen tollen Wirbeltanz. Es muß gesagt werden: Grund genug war dazu vorhanden.

Hinter dem riesigen Schreibtisch mit dem schweren Tintenfaß saß ein leerer Anzug und führte den nicht eingetauchten trockenen Federhalter übers Papier. Der Anzug trug eine Krawatte, aus seiner Brusttasche schaute ein Füllhalter, aber aus dem Kragen kamen nicht Hals noch Kopf, aus den Manschetten keine Hände. Der Anzug war völlig in die Arbeit vertieft und bemerkte gar nicht das Durcheinander, das ringsum herrschte. Als er hörte, daß jemand eingetreten war, lehnte er sich im Sessel zurück, und überm Kragen ertönte die dem Buchhalter wohlbekannte Stimme von Prochor Petrowitsch: »Was gibt's? An der Tür steht's doch, ich möchte nicht gestört werden.«

Die schöne Sekretärin kreischte auf und schrie händeringend:

»Sehen Sie? Sehen Sie? Er ist nicht da! Nicht da! Bringen Sie ihn zurück, bringen Sie ihn zurück!«

In diesem Moment steckte jemand den Kopf durch die Tür, ächzte und sauste davon. Der Buchhalter fühlte seine Beine zittern und setzte sich auf

den Rand eines Stuhls, nicht ohne vorher die Aktentasche aufzuheben. Anna Richardowna umhüpfte ihn, zerrte ihn an seinem Jackett und schrie:

»Ich hab ihm ja immer gesagt, er soll nicht solche Teufelsflüche ausstoßen! Nun hat er ausgeflucht!«

Die schöne Sekretärin eilte zum Schreibtisch und rief mit singender zarter Stimme, die nur vom Weinen etwas näselnd klang:

»Proscha! Wo sind Sie?«

»Was heißt hier Proscha?« fragte der Anzug hochmütig und lehnte sich noch mehr im Sessel zurück.

»Er erkennt mich nicht! Er erkennt mich nicht! Verstehen Sie!« heulte die Sekretärin.

»Ich muß doch bitten, in meinem Zimmer nicht zu heulen!« brauste der gestreifte Anzug wütend auf und zog sich mit dem Ärmel einen frischen Stoß Papier heran, den er offensichtlich mit Anordnungen vollschreiben wollte.

»Nein, das kann ich nicht mit ansehen, nein, ich kann nicht!« schrie Anna Richardowna und lief ins Vorzimmer, und ihr nach flog wie eine Kanonenkugel der Buchhalter.

»Stellen Sie sich vor, ich sitze hier«, erzählte, vor Aufregung bebend, Anna Richardowna und krallte sich in den Ärmel des Buchhalters, »da kommt ein Kater rein. Schwarz, riesengroß wie ein Nashorn. Ich ruf natürlich ›Husch!‹ und will ihn verscheuchen. Er geht auch, und statt dessen kommt ein Dickwanst rein, auch mit einer Katzenvisage, sagt: ›Was soll das bedeuten, Bürgerin, daß Sie die Besucher mit „Husch!" anschreien?‹, und rein zu Prochor Petrowitsch. Ich natürlich hinterher und schreie: ›Sind Sie verrückt geworden?‹ Der freche Kerl geht also rein zu Prochor Petrowitsch und setzt sich ihm gegenüber in den Sessel. Na, der Chef ist 'ne Seele von Mensch, aber nervös. Er ist ganz schön hochgegangen, ich kann es nicht bestreiten. Nervös ist er, arbeitet ja auch wie ein Büffel. Er schnauzt also los. ›Wie kommen Sie dazu‹, sagt er, ›ohne Anmeldung hier hereinzuplatzen?‹ Stellen Sie sich vor, der Lümmel lehnt sich im Sessel zurück und sagt lächelnd: ›Ich‹, sagt er, ›bin gekommen, um Dienstliches mit Ihnen zu besprechen.‹ Prochor Petrowitsch braust schon wieder auf: ›Ich habe zu tun.‹ Da wird doch der Kerl, denken Sie nur, ihm antworten: ›Gar nichts haben Sie zu tun...‹ Wie gefällt Ihnen das? Na, da ist Prochor Petrowitsch die Geduld gerissen. Er brüllt los: ›Was fällt Ihnen ein? Bringt den Kerl raus, daß mich der Teufel hole!‹ Stellen Sie sich vor, da grinst der Kerl und sagt: ›Der Teufel soll Sie holen? Läßt sich einrichten!‹ und – bums! Ich kam gar nicht zum Schreien, da seh ich, der mit der Katzenvisage ist weg, und da... da sitzt... der A-anzug... Huhuuh!« heulte Anna Richardowna los und verzerrte den Mund, der jegliche Fasson verloren hatte.

Vom Heulen wurde ihr die Luft knapp, trotzdem brachte sie das Unvorstellbare heraus:

»Und er schreibt, er schreibt, er schreibt! Es ist, um den Verstand zu verlieren! Er telefoniert! Ein Anzug! Alle sind sie davongerannt wie die Hasen!«

Der Buchhalter stand und bibberte. Aber das Schicksal rettete ihn. Ruhig, sachlich betrat die Miliz in Gestalt von zwei Männern das Vorzimmer. Als die schöne Sekretärin diese erblickte, schluchzte sie noch heftiger und stieß den Finger in Richtung des Chefzimmers.

»Wir wollen lieber nicht schluchzen, Bürgerin«, sagte der erste ruhig. Der Buchhalter, der sich hier überflüssig fühlte, sprang hinaus und war gleich darauf in der frischen Luft. In seinem Kopf brauste Zugluft wie in einer Trompete, und durch das Brausen hörte er Fetzen von den Gesprächen der Platzanweiser, die von einem Kater erzählten, der an der gestrigen Vorstellung teilgenommen hatte. Hehe! Das wird doch nicht unser Katerchen gewesen sein?

Der gewissenhafte Wassili Stepanowitsch, der bei der Kommission nichts erreicht hatte, beschloß, die Filiale in der Wagankowski-Gasse aufzusuchen, und um sich ein wenig zu sammeln, legte er den Weg dorthin per pedes zurück.

Die Filiale der Städtischen Kommission für Schauspiele war in einer alten Villa mit abblätterndem Putz hinter einem Vorhof untergebracht. Die Villa war berühmt für ihre Porphyrsäulen im Vestibül.

Aber nicht die Säulen beeindruckten an diesem Tage die Besucher der Filiale, sondern das, was sich zwischen ihnen abspielte.

Mehrere Besucher standen stocksteif und betrachteten ein weinendes Fräulein, das an einem Verkaufstisch mit Theaterfachliteratur saß. Momentan bot das Fräulein keine Fachliteratur an und winkte auf teilnahmsvolle Fragen nur ab, und währenddessen hörte man von oben, von unten, von den Seiten und aus sämtlichen Abteilungen der Filiale das Schrillen von mindestens zwanzig heißlaufenden Telefonen.

Plötzlich zuckte das weinende Fräulein zusammen und schrie hysterisch: »Es geht schon wieder los!« Und auf einmal begann sie mit zitterndem Sopran zu singen:

»Herrlicher Baikal, du heiliges Meer...«

Auf der Treppe erschien ein Bote, drohte mit der Faust und sang zusammen mit dem Fräulein in klanglosem mattem Bariton:

»Auf einer Lachstonne will ich dich zwingen...«

Ferne Stimmen gesellten sich dazu, der Chor schwoll an, und endlich brauste das Lied durch alle Winkel der Filiale. Im nahen Zimmer 6, wo sich die Rechnungskontrolle befand, tat sich ein sehr tiefer, körniger, mächtiger

Baß hervor. Den Chor begleitete das sich verstärkende Schrillen der Telefone.

»Scharfer Nordost treibt die Wellen daher...«,

brüllte der Bote auf der Treppe.

Tränen strömten dem Fräulein übers Gesicht, sie versuchte, die Zähne zusammenzubeißen, aber ihr Mund öffnete sich von selbst, und sie sang eine Oktave höher als der Bote:

»Rettung, sie muß mir gelingen!«

Die schweigenden Besucher waren besonders davon beeindruckt, daß die verstreuten Chorsänger sehr harmonisch sangen, als stünde der Chor beisammen und ließe kein Auge vom unsichtbaren Dirigenten.

In der Wagankowski-Gasse blieben die Passanten am Hofgitter stehen, verwundert von der Heiterkeit in der Filiale.

Als die erste Strophe zu Ende war, brach der Gesang mit einem Ruck ab, abermals wie auf ein Zeichen des Taktstocks. Der Bote stieß einen leisen Fluch aus und verschwand. In diesem Moment öffnete sich der Haupteingang, und es erschien ein Bürger im Sommermantel, unter dem ein weißer Kittel hervorschaute, gefolgt von einem Milizionär.

»Tun Sie etwas dagegen, Doktor, ich flehe Sie an!« schrie das Fräulein hysterisch.

Auf der Treppe erschien im Laufschritt der Sekretär der Filiale. Vor Scham und Verlegenheit brennend, stotterte er:

»Sehen Sie, Doktor, wir haben hier eine Art Massenhypnose, darum müssen Sie...« Er sprach nicht zu Ende, druckste und sang plötzlich im Tenor:

»Schilka und Nertschinsk, nicht schreckt ihr
mich mehr...«

»Idiot!« konnte das Fräulein eben noch schreien, aber sie kam nicht mehr dazu, zu erklären, wen sie beschimpfte, sondern führte statt dessen eine gewaltsame Kadenz aus und sang ebenfalls von Schilka und Nertschinsk.

»Nehmen Sie sich zusammen! Hören Sie auf zu singen!« sagte der Arzt zum Sekretär.

Es war zu sehen, daß der Sekretär sonstwas dafür gegeben hätte, um aufzuhören, doch er konnte nicht, sondern brachte gemeinsam mit dem Chor den Passanten in der Gasse die Botschaft zu Gehör, daß er im Gehölz den gefräßigen Bestien sowie den Kugeln der Bergwacht entronnen sei.

Kaum war die Strophe zu Ende, da bekam als erste das Fräulein eine Portion Baldrian vom Arzt, der dann zum Sekretär und zu den übrigen lief, um auch sie damit zu tränken.

»Entschuldigen Sie, junge Frau«, sagte plötzlich Wassili Stepanowitsch zu dem Fräulein. »Ist ein schwarzer Kater bei Ihnen gewesen?«

»Wieso denn ein Kater?« schrie das Fräulein wütend. »Ein Esel sitzt bei

uns in der Finanzabteilung, jawohl, ein Esel! Soll er's nur hören, ich werde alles erzählen.« Und sie erzählte, was geschehen war.

Man erfuhr, daß der Leiter der städtischen Filiale, der (nach den Worten des Fräuleins) »die Unterhaltungsveranstaltungen leichteren Typs völlig heruntergewirtschaftet« hatte, an der Manie litt, alle möglichen Zirkel ins Leben zu rufen.

»Damit will er sich bloß bei den Vorgesetzten einkratzen!« brüllte das Fräulein.

Im Laufe eines Jahres habe der Leiter einen Zirkel zum Studium Lermontows, einen Schach- und Damezirkel, einen Pingpongzirkel und einen Reitzirkel eingerichtet. Zum Sommer habe er gedroht, einen Zirkel für das Rudern auf Binnengewässern und einen Alpinistenzirkel zu gründen. Und heute in der Mittagspause sei er hereingekommen...

»... und bringt so einen Strolch am Arm hereingeführt«, erzählte das Fräulein, »wer weiß, wo er den aufgegabelt hat. Karierte Hosen hatte der an, einen gesprungenen Zwicker auf der Nase, und die Visage war ganz unmöglich!«

Diesen Kerl, so erzählte das Fräulein, habe der Leiter in der Kantine als angesehenen Spezialisten für die Organisierung von Chorzirkeln vorgestellt.

Die Gesichter der künftigen Alpinisten hätten sich verfinstert, doch der Leiter habe sogleich alle zur Munterkeit aufgerufen, und der Spezialist habe gescherzt und gewitzelt und sich verschworen, daß das Singen nur eine Winzigkeit an Zeit koste, dabei aber einen Waggon voll Nutzen bringe.

Als erste, so erzählte das Fräulein, seien natürlich Fanow und Kossartschuk, die beiden größten Arschkriecher der Filiale, aufgesprungen und hätten sich bereit erklärt teilzunehmen.

Daraufhin seien auch die übrigen Angestellten überzeugt worden, daß das Singen nicht zu umgehen sei, und auch sie mußten sich in den Zirkel einschreiben. Es wurde beschlossen, in der Mittagspause zu singen, da alle sonstige Zeit bereits von Lermontow und dem Damespiel ausgefüllt war. Der Leiter, um ein Beispiel zu geben, habe versichert, er singe Tenor, und so sei es weitergegangen wie in einem bösen Traum. Der karierte Chordirigent brüllte: »Do-mi-sol-do!«, zerrte die Schüchternsten hinter den Schränken hervor, wo sie sich vor dem Singen zu retten hofften, sagte zu Kossartschuk, dieser habe das absolute Gehör, jammerte, winselte, flehte, einem alten Kantor doch die Freude zu machen, klopfte die Stimmgabel gegen den Fingerknöchel und bat, mit dem »Herrlichen Baikal« loszulegen.

Man legte los. Und man legte großartig los. Der Karierte verstand tatsächlich sein Geschäft. Man habe die erste Strophe zu Ende gesungen. Dann habe sich der Dirigent entschuldigt, habe gesagt: »Ich komme gleich wieder« und sei verschwunden. Man glaubte, er werde tatsächlich gleich zurückkommen, doch es vergingen zehn Minuten, und er blieb aus. Freude habe die Filialangestellten erfaßt – jener war entwichen!

Und plötzlich hätten sie wie von selbst die zweite Strophe angestimmt. Allen voran Kossartschuk, der, wenn auch nicht das absolute Gehör, so doch einen recht leidlichen Tenor hatte. Man sang. Der Dirigent war nicht da! Man ging wieder an die Arbeit, doch man kam nicht dazu, sich hinzusetzen, sondern sang wider Willen weiter. Mit Aufhören war es nichts. Man schwieg drei Minuten und sang weiter. Man schwieg – und sang! Nun sei man darauf verfallen, daß ein Unglück passiert war. Der Leiter habe sich vor Schmach in seinem Zimmer eingeschlossen!

Hier brach die Erzählung des Fräuleins ab, der Baldrian hatte nicht geholfen.

Eine Viertelstunde später fuhren drei Lastautos beim Gitter in der Wagankowski-Gasse vor, und auf diese Lastautos wurde das gesamte Personal der Filiale mit dem Leiter an der Spitze verladen.

Kaum war der erste Lastwagen, in der Ausfahrt schwankend, in die Gasse eingebogen, da öffneten die Angestellten, die in den Wagenpritschen standen und einander bei den Schultern hielten, den Mund, und die Gasse hallte wider von dem volkstümlichen Lied. Das zweite Lastauto griff die Melodie auf, dann auch das dritte. So fuhr man durch die Straßen. Die Passanten, die ihren Geschäften nachgingen, warfen den Lastautos nur flüchtige Blicke zu. Sie wunderten sich nicht, denn sie glaubten, die Leute machten einen Ausflug nach außerhalb. Man fuhr tatsächlich nach außerhalb, aber nicht ins Grüne, sondern in die Klinik von Professor Strawinski.

Eine halbe Stunde später war der Buchhalter völlig kopflos wieder in der Finanzabteilung und hoffte, nun endlich das staatliche Geld loszuwerden. Durch Erfahrung gewitzigt, warf er zunächst einen vorsichtigen Blick in den langgestreckten Saal, wo hinter Mattglasscheiben mit goldenen Aufschriften die Angestellten saßen. Er entdeckte keine Anzeichen von Unruhe oder Unordnung. Alles war still, wie es sich für eine anständige Behörde geziemt.

Wassili Stepanowitsch steckte den Kopf durch das kleine Fenster, über dem »Einzahlungen« stand, begrüßte einen unbekannten Angestellten und bat höflich um ein Einzahlungsformular.

»Wozu brauchen Sie das?« fragte der Angestellte im Schalter.

Der Buchhalter war verdutzt.

»Ich möchte Geld einzahlen. Ich komme vom Varieté.«

»Einen Moment«, antwortete der Angestellte und ließ sofort das Gitter herunter.

Merkwürdig! dachte der Buchhalter. Seine Verwunderung war ganz natürlich. So etwas erlebte er zum erstenmal. Jedermann weiß, wie schwer es ist, Geld zu bekommen, da finden sich immer Hindernisse. Aber daß jemand, sei es eine juristische oder eine private Person, Schwierigkeiten macht, Geld anzunehmen, das war dem Buchhalter in seiner dreißigjährigen Praxis noch nicht passiert.

Endlich ging das Gitter wieder hoch, und der Buchhalter beugte sich zum Schalterfenster.

»Haben Sie denn viel?« fragte der Angestellte.

»Einundzwanzigtausendsiebenhundertelf Rubel.«

»Oho!« antwortete der Angestellte ironisch und reichte dem Buchhalter das grüne Formular.

Der Buchhalter, der bestens Bescheid wußte, füllte es im Nu aus und schnürte das Geldpaket auf. Als er das Zeitungspapier auseinanderschlug, flimmerte es ihm vor den Augen, und er stieß einen wehen Laut aus.

Vor seinen Augen flirrte ausländisches Geld: da waren Päckchen kanadischer Dollars, englische Pfunde, holländische Gulden, lettische Lats, estnische Kronen...

»Da haben wir ja einen von diesen Spaßvögeln aus dem Varieté!« sagte eine Stimme drohend dicht über dem versteinerten Buchhalter. Wassili Stepanowitsch wurde verhaftet.

18

Die unglücklichen Besucher

Indes der tüchtige Buchhalter per Taxi lossauste, um dem schreibenden Anzug zu begegnen, entstieg dem gepolsterten Platzkartenwagen Nr. 9 des Kiewer Zuges, der soeben in Moskau eingelaufen war, inmitten anderer Fahrgäste ein gutgekleideter Mann mit einem Vulkanfiberköfferchen. Dieser Mann war niemand anders als der Onkel des verblichenen Berlioz, der Planungsökonom Maximilian Andrejewitsch Poplawski, beheimatet in Kiew in der ehemaligen Institutskaja-Straße. Der Grund für seine Moskaureise war ein Telegramm, das er vorgestern spätabends erhalten hatte. Das Telegramm hatte folgenden Wortlaut:

»Bin soeben an Patriarchenteichen von Straßenbahn überfahren Beerdigung Freitag fünfzehn Uhr bitte kommen Berlioz.«

Poplawski galt verdientermaßen als einer der klügsten Köpfe in Kiew. Aber selbst den Klügsten kann ein solches Telegramm in Druck bringen. Wenn jemand telegrafiert, er sei überfahren worden, kann er nicht tot sein. Aber was soll dann die erwähnte Beerdigung? Vielleicht steht es schlecht um ihn, und er weiß, daß er sterben muß? Möglich, doch dann wiederum ist diese Genauigkeit im höchsten Grade seltsam: Woher weiß er, daß er Freitag um fünfzehn Uhr beerdigt wird? Komisches Telegramm!

Aber kluge Leute sind deshalb klug, weil sie sich in komplizierten Dingen zurechtzufinden wissen. Sehr einfach. Da war ein Fehler unterlaufen und der Depeschentext verstümmelt. Das Wort »Bin« war zweifellos aus einem anderen Telegramm hierhergeraten und stand für den Namen »Berlioz«, den man irrtümlich ans Ende des Telegramms gesetzt hatte. Nach dieser Korrektur war der Sinn des Telegramms klar, wenngleich tragisch.

Nachdem der Kummeranfall, der Poplawskis Gattin niederwarf, etwas nachgelassen hatte, rüstete der Planungsökonom unverzüglich zur Reise nach Moskau.

Wir müssen hier ein Geheimnis Poplawskis enthüllen. Unstrittig dauerte ihn der Neffe seiner Frau, den es in der Blüte seiner Jahre dahingerafft hatte. Aber als sachlicher Mensch wußte er natürlich, daß seine Teilnahme an der Beerdigung keineswegs erforderlich war. Dennoch hatte er es sehr eilig, nach Moskau zu kommen. Was hatte das für einen Grund? Nur einen – die Wohnung. Eine Wohnung in Moskau, das war was! Niemand weiß, warum es Poplawski in Kiew nicht gefiel, doch der Gedanke an die Übersiedlung nach Moskau hatte in letzter Zeit dermaßen an ihm geknabbert, daß er nachts nicht mehr schlafen konnte. Ihn freuten nicht die Frühjahrsüberschwemmungen des Dnepr, während deren das Wasser die Inseln am Flachufer überflutete und mit dem Horizont verschwamm. Ihn freute nicht der herrliche Ausblick, der sich vom Fuß des Fürst-Wladimir-Denkmals bot. Ihn freuten nicht die Sonnenflecke, die im Frühling auf den ziegelgepflasterten Wegen des Wladimir-Hügels spielten. Nicht das war es, was er wollte, er wollte nur eines – übersiedeln nach Moskau.

Die Zeitungsinserate, in denen er seine Kiewer Wohnung zum Tausch gegen eine kleinere Wohnung in Moskau anbot, erbrachten keinerlei Resultate. Es fanden sich keine Interessenten, und wenn sich welche fanden, dann machten sie unseriöse Angebote.

Das Telegramm gab Maximilian Andrejewitsch einen Stoß. Dies war die Gelegenheit, die zu verpassen Sünde wäre. Geschäftsleute wissen, daß solche Gelegenheiten nicht wiederzukehren pflegen.

Kurzum, er mußte trotz aller Schwierigkeiten versuchen, die Wohnung seines Neffen in der Sadowaja zu erben. Ja, schwierig war das, sehr schwierig, aber die Schwierigkeit galt es zu überwinden, koste es, was es wolle. Der erfahrene Poplawski wußte, daß er sich dazu unbedingt als erstes, und sei es zeitweilig, in den drei Räumen seines verstorbenen Neffen offiziell einquartieren mußte.

Am Freitag öffnete Poplawski die Tür des Zimmers, in dem die Verwaltung des Hauses Sadowaja Nr. 302b untergebracht war.

In dem schmalen Raum hing an der Wand ein altes Plakat, das mehrere Methoden zur Wiederbelebung Ertrunkener zeichnerisch darstellte. Hinter dem Tisch saß mutterseelenallein ein unrasierter Mann in mittleren Jahren, dessen Augen unruhig blickten.

»Kann ich den Vorsitzenden der Hausverwaltung sprechen?« fragte der Planungsökonom höflich, wobei er den Hut abnahm und sein Köfferchen auf einen leeren Stuhl stellte.

Diese harmlose Frage irritierte den Mann so heftig, daß er die Farbe wechselte. Mit scheelen Blicken murmelte er, der Vorsitzende sei nicht da.

»Ist er denn in seiner Wohnung?« fragte Poplawski. »Ich muß ihn dringend sprechen.«

Der Mann antwortete wiederum sehr undeutlich, doch war seinem Gemurmel zu entnehmen, daß der Vorsitzende auch nicht in seiner Wohnung sei.

»Wann wird er denn dasein?«

Der Mann gab keine Antwort und blickte schwermütig zum Fenster hinaus.

Aha! sagte sich der kluge Poplawski und erkundigte sich nach dem Sekretär.

Der sonderbare Mann am Tisch lief vor Spannung rot an und sagte wiederum undeutlich, der Sekretär sei auch nicht da... Wann er zurückkehre, sei unbekannt... Der Sekretär sei krank...

Aha! sagte sich Poplawski, und laut fuhr er fort: »Aber irgend jemand von der Verwaltung muß doch dasein!«

»Ich«, antwortete der Mann schwach.

»Sehen Sie«, sagte Poplawski eindringlich, »ich bin der einzige Erbe des verstorbenen Berlioz, meines Neffen, der, wie Sie wissen, an den Patriarchenteichen verunglückte, und ich bin laut Gesetz verpflichtet, das Erbe anzutreten, das sich in der Wohnung Nr. 50 befindet...«

»Ich weiß da nicht Bescheid, Genosse...«, unterbrach ihn der Mann trübsinnig.

»Aber erlauben Sie«, sagte Poplawski sonor, »als Mitglied der Hausverwaltung sind Sie verpflichtet...«

In diesem Moment trat ein Bürger ein. Bei seinem Anblick erbleichte der Mann am Tisch.

»Leitungsmitglied Pjatnashko?« fragte der Eingetretene.

»Ja«, antwortete dieser kaum hörbar.

Der Eingetretene flüsterte ihm etwas zu, der Mann erhob sich verstört vom Stuhl, und gleich darauf war Poplawski im leeren Leitungszimmer allein.

Ach, diese Komplikationen! Mußten die denn alle auf einmal..., dachte Poplawski ärgerlich, überquerte den Asphalthof und eilte hinauf zur Wohnung Nr. 50.

Kaum hatte der Planungsökonom geläutet, da öffnete sich die Tür, und er betrat die halbdunkle Diele. Er wunderte sich ein wenig, denn es war nicht ersichtlich, wer ihm geöffnet hatte: In der Diele war niemand außer einem riesigen schwarzen Kater, der auf einem Stuhl saß.

Poplawski räusperte sich und trat kräftig auf, da öffnete sich die Tür zum Arbeitszimmer, und in die Diele trat Korowjew. Poplawski verbeugte sich höflich, doch würdevoll und sagte:

»Mein Name ist Poplawski. Ich bin der Onkel...«

Aber bevor er zu Ende gesprochen hatte, zog Korowjew ein schmutziges Tuch aus der Tasche, stieß die Nase hinein und brach in Tränen aus.

»...des verstorbenen Berlioz...«

»Aber gewiß doch, gewiß doch!« unterbrach ihn Korowjew und nahm das Tuch vom Gesicht. »Ich hatte Sie ja kaum gesehen, da wußte ich schon, daß Sie es sind!« Ein Weinkrampf schüttelte ihn, und er lamentierte: »Das ist ein Unglück, nicht? Was so alles passiert, wie?«

»Er wurde von der Straßenbahn überfahren?« fragte Poplawski flüsternd.

»Aber gründlich!« schrie Korowjew, und die Tränen strömten nur so unter seinem Zwicker hervor. »Aber gründlich! Ich war Zeuge. Glauben Sie mir – ratsch – Kopf ab! Das rechte Bein – knacks – in zwei Hälften! Das linke – knacks – in zwei Hälften! Dahin führt das mit diesen Straßenbahnen!« Außerstande, sich zu beherrschen, sank Korowjew mit der Nase gegen die Wand neben dem Spiegel und schluchzte krampfhaft.

Der Onkel war aufrichtig beeindruckt von der Teilnahme des Unbekannten. Da sagt man nun, heutzutage gebe es keine herzensguten Menschen mehr! dachte er und fühlte, daß es ihm selber in den Augen juckte. Aber zugleich verschattete ein unangenehmes Wölkchen seine Seele, und wie eine Schlange beschlich ihn der Gedanke, ob sich nicht dieser herzensgute Mensch schon in der Wohnung des Verstorbenen eingenistet hatte, denn so was kommt im Leben vor.

»Entschuldigung, waren Sie ein Freund meines verstorbenen Mischa?« fragte er, wischte sich mit dem Ärmel das trockene linke Auge und musterte mit dem rechten den gramgeschüttelten Korowjew. Aber der schluchzte dermaßen, daß nichts zu verstehen war außer dem wiederholten »knacks – in zwei Hälften«. Nachdem er hinlänglich geschluchzt hatte, löste er sich von der Wand.

»Nein, ich kann nicht mehr! Ich muß dreihundert Tropfen Ätherbaldrian nehmen...« Er wandte Poplawski sein verheultes Gesicht zu und schloß: »Dahin führt das mit den Straßenbahnen!«

»Entschuldigung, haben Sie mir das Telegramm geschickt?« fragte Poplawski und grübelte qualvoll, wer dieser seltsame Weinerling sein mochte.

»Nein, er«, antwortete Korowjew und wies auf den Kater.

Poplawski riß die Augen auf und glaubte, sich verhört zu haben.

»Nein, ich kann nicht mehr, meine Kraft ist zu Ende«, fuhr Korowjew fort und zog die Nase hoch, »wenn ich daran denke: Rad übers Bein... Jedes Rad wiegt drei Zentner... Knacks! Ich geh ins Bett, muß im Schlaf Vergessen suchen.« Sprach's und verschwand.

Der Kater kam in Bewegung, er sprang vom Stuhl, stellte sich auf die Hinterpfoten, stemmte die Vorderpfoten in die Hüften, öffnete die Schnauze und sagte:

»Ja, ich hab das Telegramm aufgegeben. Was weiter?«

Poplawski war wie vor den Kopf geschlagen, Arme und Beine wurden ihm lahm, er ließ den Koffer fallen und sank auf den Stuhl dem Kater gegenüber.

»Ich hab mich wohl deutlich ausgedrückt«, sagte der Kater barsch, »was weiter?«

Aber Poplawski gab keine Antwort.

»Den Ausweis!« schnauzte der Kater und streckte die puschlige Pfote aus.

Poplawski, der keinen klaren Gedanken fassen konnte und nichts mehr sah als die glühenden Funken in den Katzenaugen, riß den Ausweis aus der Tasche wie einen Dolch. Der Kater griff von der Spiegelkonsole eine dicke schwarze Hornbrille, setzte sie auf die Schnauze, was ihm ein noch imposanteres Aussehen verlieh, und nahm Poplawski den Ausweis aus der flatternden Hand.

Ich bin ja neugierig, ob ich in Ohnmacht falle oder nicht, dachte Poplawski. In der Ferne hörte man Korowjew schluchzen, und die Diele füllte sich mit einem Geruch von Äther, Baldrian und noch etwas Scheußlichem.

»Welches Revier hat das Dokument ausgestellt?« fragte der Kater und starrte in den geöffneten Ausweis. Eine Antwort bekam er nicht. »Aha, Revier vierhundertzwölf«, sagte der Kater zu sich selbst und fuhr mit der Pfote über den Ausweis, den er verkehrt herum hielt. »Ja natürlich! Dieses Revier kenn ich, die geben ja jedem Hergelaufenen einen Ausweis. Einem wie Ihnen würd ich nie einen Ausweis geben! Um keinen Preis! Beim ersten Blick auf Ihr Gesicht würd ich mich rundheraus weigern!« Der Kater war so erbittert, daß er den Ausweis zu Boden schleuderte. »Ihre Anwesenheit bei der Beerdigung erübrigt sich«, fuhr er in offiziellem Ton fort. »Bemühen Sie sich zurück zu Ihrem Wohnsitz.« Und er raunzte in Richtung der Tür: »Asasello!«

Daraufhin erschien in der Diele hinkend ein kleiner Mann in straffem schwarzem Trikot, mit einem Lederriemen umgürtet, in dem ein Messer steckte. Er war rothaarig, hatte einen gelben Eckzahn und im linken Auge den Star.

Poplawski spürte, daß ihm die Luft knapp wurde. Er stand vom Stuhl auf, wich zurück und griff sich ans Herz.

»Bring ihn raus, Asasello!« befahl der Kater und verließ die Diele.

»Poplawski«, näselte der Rothaarige leise, »ich hoffe, du hast begriffen?«

Poplawski nickte.

»Fahr sofort zurück nach Kiew«, fuhr Asasello fort. »Verhalte dich dort mucksmäuschenstill und träume nie wieder von einer Wohnung in Moskau. Kapiert?«

Der kleine Mann, der mit seinem Eckzahn, dem Messer und dem schiefen Auge Poplawski Todesangst einflößte, reichte ihm nur bis zur Schulter, aber er handelte tatkräftig, zweckmäßig und wohlüberlegt.

Als erstes hob er den Ausweis auf und gab ihn Poplawski, der ihn mit toter Hand entgegennahm. Dann ergriff er mit einer Hand den Koffer, riß mit der anderen die Tür auf, nahm Berlioz' Onkel beim Arm und führte ihn hinaus auf den Treppenabsatz. Poplawski lehnte sich an die Wand. Ohne Schlüssel öffnete Asasello den verschlossenen Koffer, nahm ein in durchfettetes Zeitungspapier gewickeltes großes Brathuhn heraus, dem eine Keule fehlte, und legte es auf den Fußboden. Sodann holte er zwei Garnituren Unterwäsche hervor, einen Abziehriemen, ein Buch und ein Necessaire und stieß alle diese Dinge mit dem Fuß in den Treppenschacht, mit Ausnahme des Huhnes. Der leere Koffer flog hinterdrein. Man hörte ihn unten polternd aufschlagen, wobei, nach dem Geräusch zu urteilen, der Deckel abging.

Dann packte der rothaarige Verbrecher das Huhn am Bein und hieb es Poplawski mit solcher Wucht gegen den Hals, daß der Rumpf absprang und die Keule in Asasellos Hand verblieb. »Im Hause der Oblonskis war alles aus dem Geleise geraten«, wie es der berühmte Schriftsteller Lew Tolstoi sehr richtig ausgedrückt hat. Das gleiche hätte er in diesem Falle gesagt. Jawohl! Vor Poplawskis Augen war alles aus dem Geleise geraten. Ein langer Funke zuckte an seinen Augen vorüber, gefolgt von einem Trauerflor, der den Maitag für einen Moment verdunkelte, dann flog Poplawski, den Ausweis in der Hand, die Treppe hinunter. Auf dem nächsten Treppenabsatz angelangt, stieß er mit dem Fuß das Fenster entzwei und setzte sich auf eine Stufe. An ihm vorüber hüpfte das beinlose Huhn und verschwand im Treppenschacht. Der oben gebliebene Asasello nagte in einem Zubiß das Hühnerbein ab und schob den Knochen ins Seitentäschchen seines Trikots, dann kehrte er in die Wohnung zurück und schrammte die Tür zu. In diesem Moment kamen von unten die vorsichtigen Schritte eines treppauf steigenden Menschen.

Poplawski war noch eine Treppe tiefer gestiegen und saß mit angehaltenem Atem auf einem Bänkchen.

Ein mickriger, betagter Mann mit tieftraurigem Gesicht, angetan mit einem altmodischen Anzug aus Rohseide und einer grünbebänderten Kreissäge, kam die Treppe herauf und blieb vor Poplawski stehen.

»Gestatten Sie eine Frage, Bürger«, fragte der rohseidene Mann traurig, »wo ist die Wohnung Nr. 50?«

»Weiter oben«, antwortete Poplawski kurz.

»Danke verbindlichst, Bürger«, sagte der Mann ebenso traurig und ging weiter treppauf. Poplawski erhob sich und lief nach unten.

Nun erhebt sich die Frage, ob Poplawski zur Miliz eilte, um die Verbrecher anzuzeigen, die ihm am hellichten Tag dermaßen Gewalt angetan hatten. Nein, er tat es mitnichten, das ist erwiesen. Zur Miliz gehen und melden, soeben habe ein bebrillter Kater den Ausweis gelesen und dann sei ein Mann im Trikot mit einem Messer gekommen... Nein, liebe Leute, Poplawski war wirklich ein kluger Mann.

Unten erblickte er neben dem Ausgang eine Tür, die in ein Kämmerchen führte. Die Scheibe war herausgeschlagen. Poplawski barg den Ausweis in der Tasche und hielt Ausschau nach seinen Sachen. Doch sie waren spurlos verschwunden. Poplawski wunderte sich selbst, wie wenig ihn das betrübte. Ein anderer Gedanke lockte ihn: Er wollte mit Hilfe des mickrigen Männleins die verhexte Wohnung überprüfen. Da es gefragt hatte, wo sie sei, suchte es sie. Wahrscheinlich geriet es jener Kumpanei in die Klauen, die sich in der Wohnung Nr. 50 eingenistet hatte. Ein Vorgefühl sagte Poplawski, das Männlein werde sehr bald wieder herunterkommen. Er dachte natürlich nicht mehr daran, zum Begräbnis zu gehen, und bis zur Abfahrt des Kiewer Zuges war noch genügend Zeit. Der Planungsökonom blickte sich um und schlüpfte ins Kämmerchen. In diesem Moment ging oben die Tür. Er ist eingetreten, dachte Poplawski, und ihm stockte das Herz. Das Kämmerchen war kühl und roch nach Mäusen und Stiefeln. Er setzte sich auf einen Holzklotz, entschlossen zu warten. Er saß bequem und konnte von hier aus die Ausgangstür des sechsten Aufgangs beobachten.

Aber der Onkel aus Kiew mußte länger warten, als er angenommen hatte. Die Treppe blieb die ganze Zeit leer. Alles war gut zu hören, und endlich klappte im vierten Stock die Tür. Poplawski erstarrte. Ja, das waren seine vorsichtigen Schritte. Er kommt herunter, dachte Poplawski. Da ging oben eine Etage tiefer die Tür. Die Schritte verhielten. Eine Frauenstimme. Dann die Stimme des traurigen Männleins, ja, es war seine Stimme... Er sagte etwas wie »laß, um Christi willen...«. Poplawskis Ohr ragte aus der zerschlagenen Scheibe. Dieses sein Ohr erhorchte Frauengelächter. Rasche energische Schritte kamen herab. Jetzt sah er den Rücken der Frau. Sie trug eine grüne Wachstuchtasche und ging durch die Tür auf den Hof. Wieder die Schritte des Männleins. Merkwürdig! Er geht zurück in die Wohnung! Am Ende gehört er auch zu der Bande? Ja, er geht zurück. Jetzt wird oben wieder die Tür geöffnet.

Na schön, warten wir noch...

Diesmal brauchte er nicht lange zu warten. Klapp – die Tür. Schritte. Die Schritte verstummen. Ein verzweifelter Schrei. Eine Katze miaut. Die Schritte, schnell, trommelnd – runter, runter, runter!

Poplawskis Warten hatte sich gelohnt. Sich bekreuzigend und etwas murmelnd, sauste das traurige Männlein ohne Hut an ihm vorüber, mit irrem Gesichtsausdruck, zerkratzter Glatze und pitschnassen Hosen. Es zerrte an der Türklinke, da es in seiner Angst nicht merkte, ob sie sich nach außen oder nach innen öffnete, kam endlich mit ihr zu Rande und flog hinaus auf den sonnigen Hof.

Die Überprüfung der Wohnung war vollzogen. Poplawski gedachte nicht mehr des verunglückten Neffen noch der Wohnung und fröstelte beim Gedanken an die Gefahr, in der er geschwebt hatte. Er flüsterte nur die beiden Wörter »Ich verstehe, ich verstehe!« vor sich hin und verließ das Haus. Wenige Minuten darauf trug ein Obus den Planungsökonomen in Richtung Kiewer Bahnhof davon.

Während Poplawski in dem Kämmerchen gesessen hatte, war dem Männlein eine fatale Geschichte widerfahren. Das Männlein hatte die Kantine des Varietés unter sich und hieß Andrej Fokitsch Sokow. Während der kriminalistischen Untersuchung im Varieté hatte er sich abseits gehalten, und es war nur aufgefallen, daß er noch trauriger aussah als sonst, überdies hatte er sich bei dem Boten Karpow erkundigt, wo der zugereiste Magier abgestiegen sei.

Also, nachdem sich der Kantinenwirt auf dem Treppenabsatz von dem Planungsökonomen getrennt hatte, stieg er hinauf zum vierten Stock und läutete an der Tür der Wohnung Nr. 50.

Ihm wurde sofort geöffnet, aber der Kantinenwirt fuhr zurück und zögerte einzutreten. Das war verständlich. Geöffnet hatte ihm eine Frau, die nichts anhatte, außer einer koketten Spitzenschürze und einem weißen Häubchen. Ach ja, an den Füßen trug sie goldene Schuhchen. Ihre Figur war makellos, und eine rote Narbe an ihrem Hals war der einzige Defekt an ihrem Äußeren.

»Nun kommen Sie doch rein, wenn Sie schon geklingelt haben«, sagte die Frau und starrte den Kantinenwirt mit grünen verderbten Augen an.

Andrej Fokitsch ächzte, zwinkerte verlegen und trat in die Diele, wobei er den Hut abnahm. In diesem Moment läutete das Telefon. Das sittenlose Zimmermädchen stellte den einen Fuß auf den Stuhl, nahm den Hörer ab und rief:

»Hallo!«

Der Kantinenwirt wußte nicht, wo er seine Augen lassen sollte. Er trat von einem Bein aufs andere und dachte: Donnerwetter, hat der Ausländer ein Zimmermädchen! Pfui, ist das widerwärtig! Um die Widerwart nicht mehr zu sehen, ließ er die Blicke verstohlen nach rechts und links schweifen. Die große und halbdunkle Diele war vollgestopft mit ungewöhnlichen Gegenständen und Kleidungsstücken. So hing über der Stuhllehne ein hingeworfener Trauermantel, feuerrot gefüttert, und auf der Spiegelkonsole lag ein lan-

ger Degen mit goldfunkelndem Griff. Drei Degen mit Silbergriffen lehnten so selbstverständlich in der Ecke, als wären es Schirme oder Spazierstöcke. Auf einem Hirschgeweih hingen Barette mit Adlerfedern.

»Ja«, sagte das Zimmermädchen ins Telefon. »Wie? Baron Maigel? Ich höre. Ja. Der Herr Artist ist heut zu Hause. Ja, er wird sich freuen, Sie zu sehen. Ja, Gäste... Frack oder schwarzes Jackett. Was? Gegen Mitternacht.« Das Zimmermädchen beendete das Gespräch, legte den Hörer auf und wandte sich an den Kantinenwirt:

»Was wünschen Sie?«

»Ich muß unbedingt den Bürger Artist sprechen.«

»Wie? Ihn persönlich?«

»Ja«, antwortete der Kantinenwirt traurig.

»Ich werde fragen«, sagte das Zimmermädchen sichtlich zaudernd, öffnete die Tür zum Arbeitszimmer des verstorbenen Berlioz und meldete: »Ritter, hier ist ein kleiner Mann, der will den Messere sprechen.«

»Soll reingehen«, tönte aus dem Arbeitszimmer die brüchige Stimme von Korowjew.

»Gehen Sie in den Salon«, sagte die Frau so selbstverständlich, als wäre sie vernünftig angezogen, öffnete die Tür zum Salon und entfernte sich.

Der Kantinenwirt betrat den Salon und vergaß sofort, was er hier wollte, so sehr verblüffte ihn die Ausstattung des Raumes. Durch die farbigen Scheiben der großen Fenster (ein Einfall der spurlos verschwundenen Juwelierswitwe) flutete kirchenartiges Licht herein. In dem riesigen altertümlichen Kamin brannten trotz des heißen Frühlingstages Holzscheite. Dennoch war es kein bißchen heiß im Zimmer, eher im Gegenteil, eine Art Kellerfeuchtigkeit wehte dem Besucher entgegen. Vor dem Kamin hockte auf einem Tigerfell ein schwarzer Riesenkater und blinzelte stillzufrieden ins Feuer. Ein Tisch stand da, bei dessen Anblick der gottesfürchtige Kantinenwirt zusammenzuckte: er war mit Kirchenbrokat bedeckt. Auf dem Brokattuch standen viele Flaschen, bauchig, voller Staub und Schimmel. Zwischen den Flaschen funkelte eine Schüssel, und man sah sofort, daß sie aus purem Gold war. Vor dem Kamin stand ein kleiner rothaariger Mann mit einem Messer im Gürtel und briet an einem langen Stahldegen Fleischstücke, von denen Saft ins Feuer tropfte und Rauch in die Esse zog. Es roch nicht nur nach dem Gebratenen, sondern auch nach einem aufdringlichen Parfüm und nach Weihrauch, so daß dem Kantinenwirt, der aus der Zeitung die Umstände von Berlioz' Tod und dessen Adresse kannte, der Gedanke kam, ob man hier am Ende für ihn eine Totenmesse zelebriert habe, ein Gedanke, den er jedoch als absurd von sich wies.

Plötzlich vernahm der verdatterte Kantinenwirt eine Baßstimme:

»Nun, womit kann ich Ihnen dienen?«

Im Schatten entdeckte der Kantinenwirt den Mann, den er suchte.

Der Schwarze Magier lag auf einem ausladenden niedrigen Diwan voller Kissen. Der Kantinenwirt gewann den Eindruck, daß der Artist nur mit schwarzer Wäsche und spitzen schwarzen Schuhen bekleidet war.

»Ich bin«, begann der Kantinenwirt bitter, »der Leiter der Kantine im Varietétheater...«

Der Artist, als wolle er dem Kantinenwirt die Lippen verschließen, streckte die Hand aus, an der edle Steine funkelten, dann sagte er sehr energisch:

»Nein, nein, nein! Kein Wort weiter! Unter keinen Umständen und niemals werde ich in Ihrer Kantine etwas in den Mund nehmen! Gestern, mein Verehrtester, bin ich an Ihrer Theke vorbeigegangen und sehe noch jetzt den Stör und den Schafkäse vor mir! Teurer Freund! Schafkäse darf nicht grün sein, da hat man Sie betrogen. Weiß muß er sein. Na, und der Tee? Das war doch Spülwasser! Ich habe mit eigenen Augen gesehen, wie eine Schlampe einen Eimer klares Wasser in Ihren riesigen Samowar gegossen hat, aber der Tee wurde weiterhin ausgeschenkt. Nein, mein Lieber, so geht das nicht!«

»Entschuldigung«, sagte der von dem plötzlichen Angriff überrumpelte Andrej Fokitsch, »ich bin nicht deshalb gekommen, und der Stör hat damit gar nichts zu tun...«

»Was heißt, er hat damit nichts zu tun, wenn er verdorben war!«

»Der Stör wurde im zweiten Frischegrad geliefert«, teilte der Kantinenwirt mit.

»Das ist Blödsinn, Verehrtester!«

»Was ist Blödsinn?«

»Zweiter Frischegrad, das ist Blödsinn! Es gibt nur einen Frischegrad, den ersten, und der ist zugleich der letzte. Wenn der Stör von zweitem Frischegrad war, heißt das, er war verfault.«

»Entschuldigung«, begann der Kantinenwirt, der nicht wußte, wie den Nörgeleien des Artisten zu entrinnen sei.

»Ich kann es nicht entschuldigen«, sagte der Magier fest.

»Ich bin doch nicht deshalb gekommen«, sagte der Kantinenwirt verstört.

»Nicht deshalb?« wunderte sich der ausländische Magier. »Was kann Sie denn sonst zu mir geführt haben? Wenn mich meine Erinnerung nicht im Stich läßt, habe ich nie Menschen Ihres Berufs gekannt außer einer Marketenderin, aber das ist schon lange her, da waren Sie noch gar nicht auf der Welt. Im übrigen freue ich mich. Asasello! Einen Hocker für den Herrn Kantinenwirt!«

Der Mann, der das Fleisch briet, drehte sich um, entsetzte den Kantinenwirt mit seinem Hauer und reichte ihm geschickt einen der dunklen Eichenhocker. Andere Sitzgelegenheiten gab es im Zimmer nicht.

»Gehorsamsten Dank«, brachte der Kantinenwirt heraus und ließ sich auf dem Hocker nieder. Da brach krachend das hintere Bein ab, der Kantinenwirt stieß einen Wehlaut aus und landete mit dem Hinterteil sehr unsanft auf dem Fußboden. Im Fallen riß er mit dem Fuß einen anderen Hocker um, der vor ihm stand, und eine volle Schale Rotwein ergoß sich über seine Hosen.

»O weh! Haben Sie sich verletzt?« rief der Artist.

Asasello half dem Kantinenwirt auf und reichte ihm einen anderen Sitz. Mit trauriger Stimme lehnte der Kantinenwirt den Vorschlag des Hausherrn ab, die Hosen auszuziehen und sie am Feuer zu trocknen. Vorsichtig setzte er sich auf den anderen Hocker und fühlte sich in seinen durchnäßten Sachen unsagbar unbehaglich.

»Ich sitze gern niedrig«, sagte der Artist, »wer niedrig sitzt, kann nicht so gefährlich fallen. Ja, beim Stör waren wir stehengeblieben. Verehrtester, frisch muß er sein, frisch und nochmals frisch! So sollte die Devise jedes Kantinenwirts lauten. Aber bitte, essen Sie doch etwas...«

Im roten Licht des Kaminfeuers funkelte vor dem Kantinenwirt der Degen. Asasello legte ein zischendes Stück Fleisch auf einen Goldteller, beträufelte es mit Zitronensaft und reichte dem Kantinenwirt eine goldene, zweizinkige Gabel. – »Vielen Dank, aber...«

»Kein Aber, versuchen Sie nur!«

Aus Höflichkeit schob der Kantinenwirt ein Stück Fleisch in den Mund und merkte sofort, daß es wirklich sehr frisch und vor allem ungewöhnlich schmackhaft war. Aber während er das duftende, saftige Fleisch kaute, wäre er beinahe, sich verschluckend, zum zweitenmal vom Hocker gefallen. Aus dem Nebenzimmer kam ein großer dunkler Vogel geflogen, er streifte mit weichem Flügel seine Glatze und setzte sich aufs Kaminsims neben der Uhr. Es war eine Eule. Ach du mein Gott! dachte Andrej Fokitsch, der nervös war wie alle Kantinenwirte. Ist das eine Wohnung!

»Eine Schale Wein? Weißwein, Rotwein? Den Wein welches Landes bevorzugen Sie zu dieser Tageszeit?«

»Vielen Dank, aber ich trinke nicht...«

»Sehr schade! Aber vielleicht spielen wir eine Partie Würfel? Oder mögen Sie andere Spiele? Domino, Karten?«

»Ich spiele nicht«, antwortete der Kantinenwirt erschöpft.

»Ganz schlecht«, sagte der Hausherr. »Männer, die sich aus Wein, Karten, reizenden Frauen und einem Tafelgespräch nichts machen, haben etwas Mieses. Sie sind entweder schwer krank, oder sie hassen ihre Umwelt insgeheim. Freilich, Ausnahmen sind denkbar. Unter den Personen, mit denen ich getafelt habe, waren gelegentlich auch große Schurken! Also, was führt Sie zu mir?«

»Sie haben gestern geruht, Tricks vorzuführen...«

»Ich?« rief der Magier verblüfft. »Ich bitte Sie! Das ist gar nicht meine Art!«

»Verzeihung«, sagte der Kantinenwirt verdutzt. »Aber gestern... Die Vorstellung in Schwarzer Magie...«

»Ach ja, richtig! Mein Bester, ich will Ihnen ein Geheimnis verraten. Ich bin gar kein Artist, ich wollte nur einmal die Moskauer als Masse beobachten, und das geht am besten im Theater. Darum hat mein Gefolge« – er nickte zum Kater hin – »diese Vorstellung arrangiert, und ich habe nur dagesessen und die Moskauer beobachtet. Aber Sie brauchen nicht blaß zu werden. Sagen Sie mir, was an dieser Vorstellung hat Sie zu mir geführt?«

»Schauen Sie, unter anderm kamen Scheine von der Decke geflogen...« Der Kantinenwirt senkte die Stimme und sah sich verschämt um. »Na, da haben natürlich alle zugegrapscht, und dann kommt so ein junger Mann zu mir in die Kantine, gibt mir einen Zehnrubelschein, ich geb ihm acht Rubel fünfzig heraus. Dann kommt ein anderer...«

»Auch ein junger Mann?«

»Nein, ein alter. Dann ein dritter, ein vierter... Allen hab ich rausgegeben. Heute prüf ich die Kasse, und statt Geld liegt zerschnittenes Papier drin. Die Kantine hat einen Schaden von hundertneun Rubeln.«

»Ei-jei-jei!« rief der Artist. »Die haben doch nicht etwa gedacht, das wären richtige Geldscheine? Den Gedanken, sie könnten das absichtlich gemacht haben, will ich gar nicht aufkommen lassen.«

Der Kantinenwirt blickte sich schief und schwermütig um, schwieg aber.

»Sollten das etwa Betrüger gewesen sein?« fragte der Magier beunruhigt seinen Gast. »Es gibt doch nicht etwa Betrüger in Moskau?«

Der Kantinenwirt lächelte so bitter, daß sämtliche Zweifel schwanden: Ja, es gibt Betrüger in Moskau.

»Das ist niederträchtig!« rief Voland empört. »Bei einem armen Mann wie Ihnen... Sie sind doch ein armer Mann?«

Der Kantinenwirt zog den Kopf ein, und man sah deutlich, daß er ein armer Mann war.

»Wie hoch sind Ihre Ersparnisse?«

Die Frage klang teilnahmsvoll, war aber dennoch nicht eben vornehm. Der Kantinenwirt wand sich.

»Zweihundertneunundvierzigtausend Rubel hat er auf fünf verschiedenen Sparkassen«, antwortete eine klirrende Stimme aus dem Nebenzimmer, »und zu Hause unter den Dielen hat er noch zweihundert goldene Zehnrubelstücke.«

Der Kantinenwirt saß wie angebacken auf seinem Hocker.

»Ja, das ist natürlich kein Betrag«, sagte Voland herablassend zu seinem

Gast, »dabei brauchen Sie dieses Geld gar nicht. Wann werden Sie sterben?«

Empörung packte den Kantinenwirt.

»Das weiß niemand, und das geht auch niemand was an«, antwortete er.

»Von wegen, das weiß niemand«, sagte dieselbe gemeine Stimme aus dem Nebenzimmer. »Ist ja schließlich nicht Newtons Binom! In neun Monaten stirbt er an Leberkrebs, im Februar nächsten Jahres, in der Moskauer Universitätsklinik, Zimmer vier.«

Der Kantinenwirt wurde gelb im Gesicht.

»In neun Monaten«, rechnete Voland nachdenklich. »Zweihundertneunundvierzigtausend, das macht rund gerechnet siebenundzwanzigtausend per Monat. Nicht viel, aber zum bescheidenen Leben reicht's... Außerdem hat er noch die Goldstücke...«

»Die kann er nicht mehr verbrauchen«, mengte sich wieder die Stimme ein und ließ das Herz des Kantinenwirts vereisen. »Nach seinem Tode wird das Haus abgerissen, und die Goldstücke werden bei der Staatsbank abgeliefert.«

»Ich würde Ihnen nicht raten, sich in die Klinik zu legen«, sagte der Artist. »Was hat es für einen Sinn, in einem Krankenzimmer unter dem Stöhnen und Röcheln Todgeweihter zu sterben? Ist es nicht besser, für die letzten siebenundzwanzigtausend ein Festmahl zu veranstalten, Gift zu nehmen und unter Saitenklängen in die andere Welt einzugehen, umgeben von trunkenen schönen Frauen und übermütigen Freunden?«

Der Kantinenwirt saß reglos und war sehr gealtert. Dunkle Ringe lagen um seine Augen, die Wangen baumelten schlapp, der Kiefer hing herunter.

»Aber wir haben uns verplauscht«, rief der Hausherr. »Zeigen Sie mir Ihr zerschnittenes Papier.«

Der Kantinenwirt holte aufgeregt das Päckchen aus der Tasche, wickelte es auf und erstarrte. Es enthielt Zehnrubelscheine.

»Mein Guter, Sie sind wirklich krank«, sagte Voland und zuckte die Achseln.

Der Kantinenwirt lächelte blöde und erhob sich vom Hocker. »A-aber«, stotterte er, »wenn sie wieder... so...«

»Hm«, der Artist überlegte, »nun, dann kommen Sie wieder zu uns. Sie sind mir jederzeit willkommen, hat mich sehr gefreut, Sie kennenzulernen.«

Da kam Korowjew aus dem Nebenzimmer gesprungen, umklammerte die Hand des Kantinenwirts, schüttelte sie heftig und bat Andrej Fokitsch, allen, aber auch allen die herzlichsten Grüße auszurichten.

Der Kantinenwirt, der nicht mehr wußte, wie ihm geschah, schob sich in die Diele.

»Gella, begleite ihn hinaus!« rief Korowjew.

Schon wieder war die nackte Rothaarige in der Diele! Der Kantinenwirt quetschte sich zur Tür hinaus, piepste »Auf Widersehen« und ging wie betrunken. Eine Treppe tiefer blieb er stehen, setzte sich auf die Stufen, holte das Päckchen hervor und sah nach – die Zehnrubelscheine waren da.

Aus einer Wohnungstür trat eine Frau mit grüner Einholetasche. Als sie den Mann erblickte, der auf der Treppe saß und blöde die Zehnerscheine anstierte, schmunzelte sie und sagte nachdenklich:

»Was ist das bloß für ein Haus... Auch der ist schon am Morgen besoffen... Und wieder ist eine Fensterscheibe im Treppenhaus kaputt!« Sie betrachtete den Kantinenwirt aufmerksamer und fügte hinzu: »Ei, bei dir stapeln sich die Zehnerscheine ganz schön dick, Bürger! Willst du mir nicht etwas abgeben, hä?«

»Laß, um Christi willen!« rief der Kantinenwirt erschrocken und steckte geschwind das Geld weg. Die Frau lachte.

»Geh zum Teufel, du Geizkragen! Ich hab doch bloß Spaß gemacht.« Und sie stieg die Treppe hinunter.

Der Kantinenwirt erhob sich schwerfällig, wollte seinen Hut zurechtrücken und merkte, daß er ihn vergessen hatte. Zwar war ihm der Gedanke gräßlich, nochmals dort hinzugehen, doch um den Hut tat es ihm leid. Nach einigem Zaudern stieg er wieder hinauf und läutete.

»Was wollt Ihr schon wieder?« fragte ihn die verfluchte Gella.

»Ich hab meinen Hut vergessen«, flüsterte der Kantinenwirt und zeigte auf seine Glatze. Gella drehte sich um. Der Kantinenwirt spuckte in Gedanken aus und schloß die Augen. Als er sie wieder öffnete, reichte ihm Gella seinen Hut und einen Degen mit dunklem Griff.

»Das ist nicht meiner«, flüsterte der Kantinenwirt, schubste den Degen zurück und setzte rasch den Hut auf.

»Seid Ihr etwa ohne Degen gekommen?« fragte Gella verwundert.

Der Kantinenwirt brummelte etwas und stieg rasch die Treppe hinunter. Auf dem Kopf hatte er ein unbehagliches Gefühl, es war ihm zu warm unterm Hut. Er nahm ihn ab, machte vor Schreck einen Luftsprung und schrie auf: in der Hand hielt er ein Samtbarett mit zerrupfter Hahnenfeder. Er bekreuzigte sich. In diesem Moment miaute das Barett, verwandelte sich in ein schwarzes Kätzchen und sprang zurück auf Andrej Fokitschs Glatze, wo es sich festkrallte. Der Kantinenwirt stieß einen verzweifelten Schrei aus und raste die Treppe hinunter, das Kätzchen fiel von seinem Kopf und flitzte nach oben.

Unten angelangt, lief der Kantinenwirt im Trab zum Tor und verließ für immer das verhexte Haus Nr. 302 b.

Wir wissen genau, was weiter mit ihm geschah. Nachdem er durch den Torweg auf die Straße gelaufen war, blickte er sich wild um, als suche er etwas. Gleich darauf betrat er auf der anderen Straßenseite eine Apotheke.

»Sagen Sie bitte...«, begann er, doch die Frau hinterm Ladentisch fiel ihm ins Wort:

»Sie haben ja einen ganz zerkratzten Kopf, Bürger!«

Fünf Minuten später war der Kantinenwirt in Mull gewickelt und hatte erfahren, daß die besten Spezialisten für Lebererkrankungen die Professoren Bernadski und Kusmin seien.

Er fragte, zu welchem es näher sei, erglühte vor Freude, als er hörte, Kusmin wohne buchstäblich über den Hof, und stand gleich darauf in der kleinen weißen Villa.

Der Vorraum war altertümlich, aber urgemütlich. Dem Kantinenwirt prägte sich ein, daß er als erstes an eine greise Beschließerin geriet, die ihm den Hut abnehmen wollte und, da er keinen aufhatte, mit leerem Munde mümmelnd wieder hinausging.

Dafür erschien unter einer Art Türbogen neben dem Spiegel eine Frau in mittleren Jahren und sagte sofort, sie könne ihn frühestens für den Neunzehnten eintragen. Der Kantinenwirt erkannte, wo seine Rettung lag. Mit erlöschendem Blick sah er durch den Türbogen, wo im Wartezimmer drei Personen saßen, und flüsterte:

»Ich bin todkrank...«

Die Frau blickte unsicher auf den verbundenen Kopf des Kantinenwirts, sagte zögernd: »Wenn's so ist...« und ließ ihn eintreten.

Im selben Moment öffnete sich die gegenüberliegende Tür, ein goldgefaßter Zwicker blinkte.

»Bürger, dieser Kranke kommt außer der Reihe«, sagte die Frau im Kittel.

Ehe sich's der Kantinenwirt versah, stand er bereits im Sprechzimmer von Professor Kusmin. In dem langgestreckten Raum war nichts, was Furcht einflößte, feierlich wirkte oder an die Medizin erinnerte.

»Was haben Sie für Beschwerden?« fragte Professor Kusmin mit angenehmer Stimme und musterte ein wenig beunruhigt den verbundenen Kopf.

»Ich habe soeben aus zuverlässiger Quelle erfahren«, antwortete der Kantinenwirt und blickte gehetzt auf eine verglaste Gruppenaufnahme, »daß ich im Februar nächsten Jahres an Leberkrebs sterben werde. Ich flehe Sie an, tun Sie was dagegen!«

Professor Kusmin lehnte sich in dem hohen gotischen Ledersessel zurück.

»Entschuldigen Sie, ich verstehe nicht... Waren Sie bei einem Arzt? Warum ist Ihr Kopf verbunden?«

»Der und Arzt... Sie hätten ihn mal sehen sollen, diesen Arzt«, antwortete der Kantinenwirt und klapperte plötzlich mit den Zähnen. »Achten Sie nicht auf den Kopf, der ist schnurz, hat damit nichts zu tun... Ich hab Leberkrebs, bitte helfen Sie mir!«

»Aber gestatten Sie, wer hat Ihnen das gesagt?«

»Glauben Sie ihm!« bat der Kantinenwirt leidenschaftlich. »Er weiß es!«

»Ich verstehe das nicht!« sagte der Professor achselzuckend und rutschte mit dem Sessel zurück. »Wie kann er wissen, wann Sie sterben? Zumal er kein Arzt ist!«

»Im Zimmer vier der Universitätsklinik«, antwortete der Kantinenwirt.

Der Professor betrachtete seinen Patienten, den verbundenen Kopf, die nassen Hosen und dachte: Das hat mir gerade noch gefehlt, ein Verrückter!

»Trinken Sie?« fragte er.

»Ich habe niemals Schnaps angerührt«, antwortete der Kantinenwirt.

Gleich darauf lag er nackt auf einem kalten Wachstuchsofa, und der Professor knetete ihm den Bauch. Danach, ich muß es sagen, wurde der Kantinenwirt wieder sehr vergnügt. Der Professor versicherte entschieden, zumindest gegenwärtig gebe es nicht die leisesten Anzeichen für Krebs beim Kantinenwirt, aber da dieser Befürchtungen hege und irgendein Scharlatan ihm einen Schreck eingejagt habe, müsse man genaue Analysen anfertigen... Der Professor kritzelte etwas aufs Papier und erklärte dem Kantinenwirt, wo er hingehen und was er mitnehmen müsse. Außerdem gab er ihm einen Brief an den Neuropathologen Professor Buré mit und sagte ihm, seine Nerven seien völlig zerrüttet.

»Wieviel hab ich zu zahlen, Professor?« fragte der Kantinenwirt mit zarter, zitternder Stimme und holte eine dicke Brieftasche hervor.

»Nach Belieben«, antwortete der Professor kurz und trocken.

Der Kantinenwirt nahm dreißig Rubel heraus und legte sie auf den Tisch, dann stellte er plötzlich mit weicher Bewegung, als wäre seine Hand ein Katzenpfötchen, ein in Zeitungspapier gewickeltes klirrendes Säulchen auf die Zehnerscheine.

»Was ist denn das?« fragte Kusmin und zwirbelte den Schnauz.

»Nehmen Sie's nur, Bürger Professor«, flüsterte der Kantinenwirt, »ich flehe Sie an, befreien Sie mich vom Krebs!«

»Stecken Sie sofort Ihr Gold ein«, sagte der Professor, stolz auf sich selbst. »Sie sollten lieber auf Ihre Nerven achten. Bringen Sie gleich morgen Urin zur Analyse, trinken Sie nicht zuviel Tee und essen Sie nur noch salzlos.«

»Nicht mal die Suppe darf ich salzen?« fragte der Kantinenwirt.

»Gar nichts dürfen Sie salzen«, befahl Kusmin.

»So was!« rief der Kantinenwirt schwermütig, warf dem Professor einen gerührten Blick zu, steckte die Geldrolle ein und schob sich rückwärts zur Tür.

Der Professor hatte an diesem Abend nur wenige Patienten, mit Anbruch der Dämmerung ging der letzte. Der Professor zog den Kittel aus und blickte auf die Stelle, wo der Kantinenwirt die drei Zehnrubelscheine hingelegt hatte. Sie waren verschwunden, und statt ihrer lagen da drei Etiketten von »Abrau-Durso«-Flaschen.

»Verdammt, ist es denn die Möglichkeit!« murmelte Kusmin, dessen halb ausgezogener Kittel zu Boden hing, und befühlte die Aufkleber. »Der ist ja nicht nur schizophren, sondern auch ein Gauner! Ich verstehe bloß nicht, was wollte der eigentlich von mir? Doch nicht den Überweisungsschein für die Harnanalyse? Oho! Bestimmt hat er einen Mantel gestohlen!« Der Professor stürzte in die Diele, wobei er den Kittel am Ärmel mitschleifte. »Xenia Nikitischna!« schrie er durchdringend an der Wartezimmertür. »Sehen Sie mal nach, ob die Mäntel noch da sind.«

Die Mäntel waren noch da. Aber als der Professor zu seinem Schreibtisch zurückkehrte und endlich den Kittel ausgezogen hatte, blieb er plötzlich wie angewurzelt auf dem Parkett stehen und glotzte zum Schreibtisch. Da, wo die Etiketten gelegen hatten, saß ein verwaistes schwarzes Kätzchen mit unglücklichem Gesichtchen und miaute über einer Schale Milch.

»Da-das ist doch die Höhe, erlauben Sie, was soll denn das?« Kusmin lief es kalt über den Nacken.

Auf des Professors leisen und kläglichen Schrei eilte Xenia Nikitischna herbei und beruhigte ihn völlig, indem sie ihm sagte, das Kätzchen habe sicherlich einer der Patienten ausgesetzt, was bei Professoren häufig vorkomme.

»Die leben bestimmt in armen Verhältnissen«, erklärte Xenia Nikitischna, »bei uns dagegen...«

Nun wurde überlegt und gerätselt, wer das Kätzchen ausgesetzt haben mochte. Der Verdacht fiel auf ein altes Weiblein mit einem Magengeschwür.

»Bestimmt war sie's«, sagte Xenia Nikitischna, »sie denkt, sie muß sowieso sterben, und um das Kätzchen tut's ihr leid.«

»Aber erlauben Sie!« schrie Kusmin, »und die Milch? Hat sie die auch mitgebracht? Und die Schale?«

»Die Milch hat sie wohl in einer Flasche mitgebracht und hier in die Schale gegossen«, erläuterte Xenia Nikitischna.

»Jedenfalls schaffen Sie die Katze samt der Schale weg«, sagte Kusmin und begleitete Xenia Nikitischna zur Tür. Als er zurückkehrte, hatte sich die Lage abermals geändert.

Während der Professor den Kittel an den Nagel hängte, hörte er auf dem Hof ein Gelächter. Er spähte hinaus und traute seinen Augen nicht. Über den Hof zum Quergebäude lief eine Dame, die nichts als ein Hemd anhatte. Der Professor wußte sogar, wie sie hieß – Maria Alexandrowna. Das Gelächter kam von einem Bengel.

»Was soll denn das?« sagte Kusmin verächtlich.

In diesem Moment hörte er nebenan im Zimmer seiner Tochter das Grammophon den Foxtrott »Halleluja« spielen, und gleich darauf ertönte hinter ihm ein Schilpen. Er drehte sich um und erblickte auf seinem Schreibtisch einen hüpfenden Sperling von beträchtlicher Größe.

Hm, ganz ruhig! dachte der Professor. Der ist reingeflogen, als ich vom Fenster zurücktrat. Alles in Ordnung! redete er sich selber zu und spürte dabei, daß keineswegs alles in Ordnung war, hauptsächlich wegen dieses Vogels. Als er genauer hinsah, merkte er, daß das durchaus kein gewöhnlicher Sperling war. Es war ein garstiger Spatz, der Theater spielte, auf dem linken Fuß lahmte, ihn nachschleppte und das in Synkopen, kurzum, er tanzte zu den Klängen des Grammophons einen Foxtrott wie ein Betrunkener an der Theke, benahm sich so flegelhaft wie möglich und äugte den Professor unverfroren an. Kusmin griff nach dem Telefon, er wollte seinen Studienfreund Buré anrufen, um ihn zu fragen, was derlei Spätzchen im Alter von sechzig Jahren zu bedeuten hätten, wenn sie mit Schwindelgefühl im Kopf einhergingen.

Währenddessen setzte sich das Spätzchen auf das Tintenfaß, ein Geschenk, entleerte sich darein (im Ernst!) und erhob sich in die Luft, wo es ein Weilchen schwebte, dann flog es mit Schwung gegen das Glas der Gruppenaufnahme, die sämtliche Universitätsabsolventen des Jahrganges 1894 zeigte, zerschlug es mit stählernem Schnabel und flog dann zum Fenster hinaus. Der Professor wählte eine andere Nummer, rief statt seines Freundes Buré die Blutegelstelle an, sagte, hier spreche Professor Kusmin und bitte, ihm sofort Blutegel ins Haus zu schicken.

Dann legte er den Hörer auf, wandte sich wieder dem Schreibtisch zu und stieß ein Geheul aus.

Am Schreibtisch saß eine Frau mit Schwesternhäubchen, vor sich eine Tasche mit der Aufschrift »Blutegel«. Der Professor heulte noch lauter, als er den Mund der Schwester sah: es war ein schiefer Männermund, breit bis zu den Ohren, und aus ihm ragte ein Eckzahn. Die Augen der Schwester blickten totenstarr.

»Den Zaster nehm ich mit«, knarrte die Schwester im Männerbaß, »der brauch hier nich rumliegen.« Mit Vogelklauen scharrte sie die Etiketten zusammen und löste sich in Luft auf.

Zwei Stunden vergingen. Professor Kusmin saß in seinem Bett, und an seinen Schläfen, hinter den Ohren und am Hals baumelten Blutegel. Zu seinen Füßen auf der Steppdecke saß Professor Buré mit seinem grauen Schnauz, blickte Kusmin mitfühlend an und versicherte ihm tröstend, daß das alles Quatsch sei. Draußen war schon Nacht.

Was in dieser Nacht in Moskau weiter an Wunderlichem geschah, wissen wir nicht und werden's auch nicht erforschen, zumal es an der Zeit ist, zum zweiten Teil dieser wahren Geschichte überzugehen. Mir nach, Leser!

ZWEITES BUCH

19
Margarita

Mir nach, Leser! Wer hat dir gesagt, es gäbe auf Erden keine wahre, treue ewige Liebe? Man schneide dem Lügner seine gemeine Zunge ab!

Mir nach, mein Leser, und nur mir, ich zeige dir eine solche Liebe!

Nein! Der Meister irrte, als er in jener Stunde, da die Nacht ihren Höhepunkt überschritt, in der Klinik dem lieben Iwan so bitter sagte, sie habe ihn vergessen. Das konnte nicht sein. Sie hatte ihn selbstverständlich nicht vergessen.

Lüften wir nun vor allem das Geheimnis, das der Meister dem Iwan nicht hatte enthüllen wollen. Seine Geliebte hieß Margarita Nikolajewna. Alles, was er dem armen Poeten von ihr erzählt hatte, war pure Wahrheit. Er hatte seine Gefährtin richtig beschrieben. Sie war schön und klug. Dem sei noch eines hinzugefügt: Mit Sicherheit hätten viele Frauen alles, aber auch alles hergegeben, um ihr Leben gegen das von Margarita Nikolajewna zu tauschen. Die kinderlose dreißigjährige Margarita war die Gattin eines sehr großen Spezialisten, der überdies eine wichtige Entdeckung von Staatsbedeutung gemacht hatte. Er war jung, schön, gütig, anständig und vergötterte seine Frau. Das Ehepaar bewohnte das Obergeschoß einer noblen Villa mit Garten in einer Seitengasse des Arbat. Ein entzückendes Plätzchen! Davon kann sich jedermann überzeugen, indem er den Garten aufsucht. Er wende sich an mich, ich gebe ihm die Adresse und zeige ihm den Weg; die Villa steht noch.

Margarita Nikolajewna hatte keine Geldsorgen. Margarita Nikolajewna konnte sich alles kaufen, was ihr gefiel. Unter den Bekannten ihres Mannes waren interessante Leute. Margarita Nikolajewna hatte noch nie einen Primuskocher angerührt. Margarita Nikolajewna wußte nichts von den Schrecken einer Gemeinschaftswohnung. Kurzum, war sie glücklich? Keine Minute lang! Seit sie als Neunzehnjährige geheiratet und die Villa bezogen hatte, kannte sie kein Glück. O ihr Götter, ihr Götter! Was wollte denn diese Frau? Was wollte diese Frau, in deren Augen ständig ein rätselhaftes Flämmchen brannte? Was brauchte diese ganz leicht auf einem Auge schielende Hexe, die sich damals im Frühling mit gelben Mimosen geschmückt hatte? Ich weiß es nicht, ich habe keine Ahnung. Offenbar sagte sie die Wahrheit: sie brauchte ihn, den Meister, keineswegs aber die gotische Villa, den abgeschlossenen Garten, das Geld. Sie liebte ihn, sie sagte die Wahrheit. Selbst mir, dem getreuen, doch unbeteiligten Chronisten, verkrampft sich das Herz bei dem Gedanken, was Margarita für Qualen durchlitt, als sie am nächsten Tag in das Häuschen des Meisters kam, glücklicherweise ohne mit ihrem Mann gesprochen zu haben, denn dieser war nicht zur festgesetzten Zeit zurückgekehrt, und erfuhr, daß der Meister verschwunden war.

Sie tat alles, um etwas über ihn zu erfahren, doch vergebens. Da kehrte sie in ihre Villa zurück und lebte wieder wie bisher.

»Ja, ja, ja, es war ein Fehler!« sagte sie im Winter, als sie vor dem Ofen saß und ins Feuer blickte. »Warum bin ich damals in der Nacht von ihm weggegangen? Warum? Das war doch Wahnsinn! Am nächsten Tag bin ich dorthin zurückgekehrt, wie versprochen, aber es war schon zu spät. Ja, ich kam zu spät, genau wie der unglückliche Levi Matthäus!«

All diese Worte waren natürlich töricht, denn was hätte es schon geändert, wäre sie in jener Nacht beim Meister geblieben? Hätte sie ihn etwa retten können? Lächerlich! möchten wir rufen, unterlassen es aber angesichts der verzweifelten Frau.

Unter solchen Qualen verging ihr der Winter, und der Frühling begann. An dem Tag, an dem das Auftauchen des Schwarzen Magiers in Moskau alle möglichen absurden Verwicklungen verursachte, an diesem Freitag, an dem der Onkel von Berlioz nach Kiew zurückgejagt, der Buchhalter verhaftet wurde und noch viele sonstige närrische und unbegreifliche Dinge geschahen, erwachte Margarita gegen Mittag in ihrem Schlafzimmer, das im Turm der Villa einen Erker hatte.

Beim Erwachen fing sie nicht an zu weinen wie so oft, denn sie hatte das bestimmte Gefühl, daß heute endlich etwas geschehen würde. Sie wärmte und hegte dieses Vorgefühl in ihrem Herzen, damit es sie nicht verließ.

»Ich glaube!« flüsterte sie feierlich. »Ich glaube! Etwas wird geschehen! Es muß geschehen, denn wofür sollte ich zu lebenslanger Qual verurteilt sein? Ich gebe ja zu, ich habe gelogen und betrogen und ein Doppelleben geführt, vor allen Menschen verborgen, aber das darf doch nicht so grausam bestraft werden! Bestimmt wird etwas geschehen, denn das gibt es ja nicht, daß etwas ewig sich hinzieht. Außerdem war mein Traum prophetisch, dessen bin ich gewiß.«

So flüsterte Margarita Nikolajewna, blickte auf die grellroten Vorhänge, die sich mit Sonnenschein tränkten, zog sich fahrig an und kämmte sich vor dem dreiteiligen Spiegel die kurzen ondulierten Haare.

Tatsächlich hatte Margarita in der Nacht einen ungewöhnlichen Traum gehabt. Während ihrer winterlichen Qualen hatte sie niemals vom Meister geträumt. Nachts pflegte er sie zu verlassen, und sie härmte sich nur in den Tagesstunden. Diesmal aber hatte sie von ihm geträumt.

Im Traum hatte sie eine unbekannte Gegend gesehen, trostlos, trübselig, unter einem düsteren Frühlingshimmel. Sie hatte ihn gesehen, den zerzausten, dahineilenden grauen Himmel, in dem lautlos ein Krähenschwarm flog. Ein knorriges Brücklein, darunter ein trüber Frühlingsbach. Freudlose, armselige, halb kahle Bäume. Eine einsame Espe; weiter weg zwischen den Bäumen, hinter einer Art Zaun, ein kleines Blockhaus, eine Sommerküche vielleicht oder ein Badehäuschen oder sonstwas!

Alles ringsum ist dermaßen tot und trostlos, daß man sich am liebsten an dieser Espe bei dem Brücklein aufhängen möchte. Kein Lüftchen weht, keine Wolke rührt sich, keine lebendige Seele ist zu sehen. Ein höllischer Platz für einen lebendigen Menschen!

Und dann, stellen Sie sich vor, geht die Tür des Blockhäuschens auf, und er erscheint. Ziemlich weit entfernt, aber deutlich sichtbar. Zerlumpt, man erkennt nicht, womit er bekleidet ist. Die Haare verfilzt, unrasiert. Die Augen krank, gehetzt. Er winkt ihr, ruft. Fast erstickend in der toten Luft, läuft Margarita über die Bülten auf ihn zu und erwacht.

Dieser Traum kann zweierlei bedeuten, überlegte Margarita Nikolajewna. Wenn er tot ist, bedeutet sein Winken, daß er mich holen will und ich bald sterben werde. Das wäre sehr gut, dann hätten meine Qualen ein Ende. Oder er lebt, und dann kann der Traum nur bedeuten, daß er mich an sich erinnern will! Er will sagen, wir werden uns wiedersehen... Ja, sehr bald werden wir uns wiedersehen!

Aufgeregt redete Margarita sich ein, eigentlich füge sich alles recht glücklich und man müsse solch glücklichen Moment zu erhaschen und zu nutzen wissen. Ihr Mann war auf einer dreitägigen Dienstreise. Drei Tage und Nächte lang war sie sich selbst überlassen, und niemand hinderte sie zu denken, woran sie wollte, und zu träumen, wovon sie mochte. Alle fünf Zimmer im Obergeschoß der Villa, die ganze Wohnung, um die Zehntausende in Moskau sie beneiden würden, stand ihr allein zu Gebote.

Margarita, für drei Tage völlig frei, suchte sich in der luxuriösen Wohnung keineswegs den schönsten Platz aus. Nachdem sie gefrühstückt hatte, ging sie in die dunkle, fensterlose Kammer, wo in zwei großen Schränken Koffer und allerlei Kram aufbewahrt wurde. Hier hockte sie sich hin, öffnete die untere Schublade des einen Schrankes und holte unter einem Haufen Seidenreste die einzigen Kostbarkeiten hervor, die sie besaß: ein in braunes Leder gebundenes altes Album mit einer Fotografie des Meisters, ein Sparkassenbuch mit zehntausend Rubeln auf seinen Namen, ein paar zwischen dünnem Papier gepreßte Rosenblätter und den Teil eines Heftes, einen Bogen stark, mit Maschine vollgeschrieben, die Ränder angekohlt und ausgefranst.

Mit diesem Reichtum kehrte Margarita Nikolajewna ins Schlafzimmer zurück, stellte die Fotografie vor dem dreiteiligen Spiegel auf und saß etwa eine Stunde lang da, das vom Feuer verdorbene Heft auf den Knien. Sie blätterte es durch und las ein weiteres Mal den Text, dessen Anfang und Ende damals verbrannt waren: »Die Finsternis, die vom Mittelmeer herüberkam, deckte die dem Prokurator verhaßte Stadt zu. Verschwunden waren die Hängebrücken, die den Tempel mit der schrecklichen Burg Antonia verbanden, vom Himmel senkte sich ein Abgrund hernieder und verhüllte die geflügelten Götter über der Rennbahn, den Palast der Hasmonäer mit seinen Schießscharten, die Basare, die Karawansereien, die Gassen, die Teiche... Verschwunden war Jerschalaim, die große Stadt, als hätte sie nie existiert.«

Margarita hätte gern weitergelesen, aber es war nichts weiter da als ungleichmäßig verkohlte Zacken.

Margarita Nikolajewna wischte die Tränen weg, ließ das Heft sinken, stützte die Ellbogen auf die Spiegelkonsole, saß, sich spiegelnd, lange da und betrachtete unverwandt die Fotografie. Dann waren die Tränen getrocknet. Sorgfältig packte sie ihren Schatz zusammen, vergrub ihn wieder unter den Seidenresten und verschloß in der dunklen Kammer klirrend die Schublade.

In der Diele zog sie den Mantel an, denn sie wollte ausgehen. Die hübsche Natascha, ihr Hausmädchen, erkundigte sich, was sie als Hauptgericht zubereiten solle, und nachdem sie zur Antwort erhalten hatte, das sei gleichgültig, verwickelte sie ihre Prinzipalin spaßeshalber in ein Gespräch und erzählte die unmöglichsten Sachen: gestern habe im Varietétheater ein Zauberer Kunststücke gezeigt, daß alle staunten; er habe jedem zwei Flakons ausländisches Parfüm und Strümpfe geschenkt, und dann, als die Vorstellung zu Ende war und das Publikum das Theater verließ, hätten alle – schwupp – nackend dagestanden! Margarita Nikolajewna sank auf den Stuhl beim Vorzimmerspiegel und lachte schallend.

»Natascha! Schämen Sie sich gar nicht?« sagte sie. »Sie sind doch keine Analphabetin, Sie sind ein gescheites Mädchen, und doch erzählen Sie den Unsinn weiter, der beim Anstehen geredet wird!«

Natascha lief knallrot an und widersprach hitzig, nichts davon sei gelogen, und sie selbst habe heute im Feinkostladen am Arbat eine Frau gesehen, die in Schuhen hereinkam, und beim Anstehen an der Kasse seien die Schuhe von ihren Füßen verschwunden, und sie habe in Strümpfen dagestanden. Weit aufgerissene Augen, Löcher in der Ferse! Verhexte Schuhe aus dieser Vorstellung seien es gewesen.

»Und so ist sie losgezogen?«

»So ist sie losgezogen!« rief Natascha und errötete noch stärker, weil ihr nicht geglaubt wurde. »Gestern abend, Margarita Nikolajewna, hat die Miliz an die hundert Menschen festgenommen. Nach der Vorstellung liefen die Frauen nur im Schlüpfer die Twerskaja entlang.«

»Na, das hat dir natürlich Darja erzählt«, sagte Margarita Nikolajewna, »mir ist schon lange aufgefallen, daß sie lügt wie gedruckt.«

Die amüsante Unterhaltung endete mit einer angenehmen Überraschung für Natascha. Margarita Nikolajewna ging ins Schlafzimmer und brachte ein Paar Strümpfe und ein Flakon Eau de Cologne. Sie sagte Natascha, sie wolle ebenfalls einen Trick zeigen, schenkte ihr die Strümpfe und das Fläschchen und fügte hinzu, sie bitte nur um das eine, Natascha möge nicht in Strümpfen über die Twerskaja laufen und nicht mehr auf Darja hören. Nachdem sich Prinzipalin und Hausmädchen abgeküßt hatten, trennten sie sich.

In den weichen Obussessel zurückgelehnt, fuhr Margarita Nikolajewna den Arbat entlang und dachte bald an ihre eigenen Sorgen, bald horchte sie auf das, was die zwei Männer hinter ihr tuschelten.

Die beiden blickten ab und zu um sich, ob niemand ihnen zuhörte, und flüsterten irgendwelchen Unsinn.

Der eine, robust, fleischig, mit flinken Schweinsäuglein, saß am Fenster und erzählte seinem kleinen Nachbarn leise, man habe den Sarg mit einer schwarzen Totendecke zudecken müssen...

»Na so was!« flüsterte der Kleine staunend. »Das war ja noch nie da! Was hat denn Sheldybin unternommen?«

Durch das gleichmäßige Brummen des Obusmotors kam die Antwort vom Fenster:

»Kriminalmiliz... Skandal... Die reinste Mystik!«

Aus den abgerissenen Gesprächsfetzen reimte sich Margarita Nikolajewna etwas zusammen. Die beiden Männer flüsterten, einem Verstorbenen (der Name wurde nicht genannt) sei heute morgen aus dem Sarg der Kopf gestohlen worden.

Deshalb sei dieser Sheldybin jetzt so aufgeregt. Die beiden, die im Obus flüsterten, hatten auch mit dem bestohlenen Leichnam zu tun.

»Ob wir's noch schaffen, Blumen zu holen?« fragte der Kleine unruhig. »Um zwei, sagst du, ist die Einäscherung?«

Margarita Nikolajewna hatte es dann satt, auf das geheimnisvolle Gewisper zu horchen, und war froh, daß sie aussteigen mußte.

Bald danach saß sie unterhalb der Kremlmauer auf einer Bank. Sie hatte sich so hingesetzt, daß sie den Manegeplatz übersehen konnte.

Gegen die grelle Sonne blinzelnd, erinnerte sie sich ihres heutigen Traums, erinnerte sich, wie sie vor genau einem Jahr, am selben Tag und zur selben Stunde, mit ihm hier auf derselben Bank gesessen hatte. Wie damals lag ihr schwarzes Handtäschchen neben ihr auf der Bank. Nur er war nicht da, und doch sprach Margarita Nikolajewna in Gedanken mit ihm: »Wenn du verbannt bist, warum läßt du nichts von dir hören? Andere schicken doch auch Lebenszeichen. Liebst du mich nicht mehr? Nein, das glaube ich nicht. Also warst du verbannt und bist tot. Wenn es so ist, dann gib mich bitte los, schenk mir endlich die Freiheit, zu leben und Luft zu atmen!« Margarita Nikolajewna antwortete sich selbst: »Du bist frei... Halte ich dich denn?« Danach widersprach sie: »Was ist das für eine Antwort? Aus meinem Gedächtnis sollst du gehen, dann werde ich frei sein...«

Leute schlenderten an Margarita Nikolajewna vorbei. Ein Mann warf der gutgekleideten Frau, angezogen von ihrer Schönheit und Einsamkeit, einen Seitenblick zu, räusperte sich und setzte sich ans Ende derselben Bank. Er faßte sich ein Herz und sagte:

»Effektiv schönes Wetter heute...«

Aber Margarita sah ihn so finster an, daß er aufstand und ging.

Da haben wir so ein Beispiel, sagte Margarita in Gedanken zu dem, der ihr ganzes Wesen beherrschte. Warum hab ich den Mann eigentlich verjagt? Ich langweile mich, und dieser Schürzenjäger ist gar nicht so übel, allenfalls das dumme Wort »effektiv«... Warum hocke ich wie eine Eule allein an der Mauer? Warum bin ich vom Leben ausgeschlossen?

Sie fiel vollends in Trauer und Melancholie. Aber plötzlich versetzte ihr dieselbe Welle von Erwartung und Erregung wie heute morgen einen Stoß vor die Brust. »Ja, es wird geschehen!«

Noch einmal stieß die Welle sie an, und jetzt begriff sie, daß es eine Geräuschwelle war. Durch den Stadtlärm hörte sie immer deutlicher näher kommende Trommelschläge und etwas falsche Trompetentöne.

Als erster ritt gemessen ein Milizionär am Gitter des Gartens entlang, gefolgt von drei anderen zu Fuß. Dann kam langsam ein Lastauto mit Musikern. Ihm folgte ein nagelneuer, offener Leichenwagen mit dem unter Kränzen begrabenen Sarg; in den Ecken der Ladefläche standen vier Personen: drei Männer und eine Frau.

Selbst auf die beträchtliche Entfernung sah Margarita, daß die Leute auf dem Leichenwagen, die dem Toten das letzte Geleit gaben, merkwürdig verstörte Gesichter hatten. Das war besonders auffällig bei der Frau, die links hinten stand. Ihre dicken Wangen schienen von einem pikanten Geheimnis noch mehr gebläht, und in ihren fettgepolsterten Äuglein spielten zwielichtige Fünkchen. Es war, als würde sich die Frau im nächsten Moment nicht mehr beherrschen können, dem Toten zuzwinkern und sagen: Haben Sie so was schon mal gesehen? Die reinste Mystik! Ebenso verstört waren die Gesichter der etwa dreihundert Fußgänger, die langsam dem Leichenwagen folgten.

Margarita folgte dem Zug mit den Blicken und horchte auf die in der Ferne verstummende, trübsinnige türkische Trommel, die ununterbrochen dasselbe »bum, bum, bum« von sich gab. Was für ein seltsames Begräbnis, dachte sie, und wie traurig dieses »bum« klingt! Ach, ich würde wahrhaftig dem Satan meine Seele verpfänden, bloß um zu erfahren, ob er noch lebt. Wen sie dort wohl zu Grabe tragen mit solch merkwürdigen Gesichtern?

»Michail Alexandrowitsch Berlioz«, hörte sie neben sich eine Männerstimme näseln, »den Vorsitzenden der MASSOLIT.«

Margarita Nikolajewna drehte verwundert den Kopf und erblickte auf ihrer Bank einen Mann, der sich lautlos dort hingesetzt haben mußte,

während sie die Prozession beobachtete. Wahrscheinlich hatte sie in ihrer Zerstreutheit die Frage laut gestellt.

Unterdes machte die Prozession halt, offenbar vor einer Verkehrsampel.

»Ja«, fuhr der Unbekannte fort, »die sind in merkwürdiger Stimmung. Sie tragen einen Toten zu Grabe und denken nur darüber nach, wo sein Kopf geblieben sein kann.«

»Wieso sein Kopf?« fragte Margarita und musterte ihren unerwarteten Nachbarn. Er war klein von Wuchs, hatte flammendrotes Haar und einen langen Eckzahn und trug ein gestärktes Hemd, einen gestreiften Anzug von guter Qualität, Lackschuhe und eine Melone. Sein Schlips war grellbunt. Erstaunlicherweise ragte aus seiner Brusttasche, wo die Männer sonst ein Tüchlein oder einen Füllhalter zu tragen pflegen, ein abgenagter Hühnerknochen.

»Wenn Sie erlauben«, erklärte der Rothaarige, »heute morgen wurde im Saal des Gribojedow dem Toten der Kopf aus dem Sarg geklaut.«

»Wie ist denn das möglich?« fragte Margarita unwillkürlich und erinnerte sich des Geflüsters im Obus.

»Der Teufel wird's wissen!« warf der Rothaarige lässig hin. »Im übrigen finde ich, es wäre nicht schlecht, Behemoth danach zu fragen. Unglaublich geschickt wurde der Kopf gemaust! Ein Riesenskandal! Unbegreiflich ist vor allem, wer ihn braucht, den Kopf, und wozu!«

Sosehr Margarita Nikolajewna auch mit ihren eigenen Sorgen beschäftigt war, das seltsame Geschwätz des Unbekannten verblüffte sie doch.

»Moment mal!« rief sie plötzlich. »Welcher Berlioz? Der, von dem die Zeitungen heute...«

»Gewiß, gewiß...«

»Dann sind das also Schriftsteller, die hinter dem Sarg gehen?« fragte Margarita und fletschte plötzlich die Zähne.

»Selbstredend!«

»Und Sie kennen die alle von Angesicht?«

»Alle«, antwortete der Rothaarige.

»Sagen Sie«, fragte Margarita, und ihre Stimme klang dumpf, »ist der Kritiker Latunski dabei?«

»Was denn sonst?« antwortete der Rothaarige. »Da geht er, außen in der vierten Reihe.«

»Der Blonde?« fragte Margarita mit verkniffenen Augen.

»Aschblond ist er. Sehen Sie, jetzt hebt er die Augen zum Himmel.«

»Der so aussieht wie ein Pater?«

»Genau!«

Weitere Fragen stellte Margarita nicht, sie starrte Latunski an.

»Ich sehe«, sagte der Rothaarige lächelnd, »Sie hassen diesen Latunski!«

»Ich hasse noch ein paar andere Leute«, stieß Margarita durch die Zähne, »aber es ist uninteressant, davon zu reden.«

Die Prozession hatte sich unterdes weiterbewegt, und den Fußgängern folgten Autos, die größtenteils leer waren.

»Ja, natürlich, was soll da schon interessant sein, Margarita Nikolajewna.«

»Sie kennen mich?« fragte Margarita verwundert.

Statt einer Antwort lüftete der Rothaarige die Melone und hielt sie in der ausgestreckten Hand.

Eine richtige Verbrechervisage! dachte Margarita und betrachtete ihre Straßenbekanntschaft.

»Aber ich kenne Sie nicht«, sagte sie trocken.

»Woher sollten Sie mich kennen? Übrigens führt mich ein Auftrag zu Ihnen.«

Margarita erbleichte und prallte zurück.

»Das hätten Sie gleich sagen können, statt allen möglichen Unsinn von dem abgeschnittenen Kopf zu reden!« sagte sie. »Sie wollen mich verhaften?«

»Nichts dergleichen!« rief der Rothaarige. »Was soll das: Wenn ich Sie anspreche, muß ich Sie da gleich verhaften wollen? Nein, ich hab ein Anliegen an Sie.«

»Ich verstehe nicht. Was für ein Anliegen?«

Der Rothaarige sah sich um und sagte geheimnisvoll:

»Man hat mich hergeschickt, um Sie für heute abend einzuladen.«

»Was faseln Sie da, zu wem denn?«

»Zu einem sehr respektablen Ausländer«, sagte der Rothaarige bedeutungsvoll und verengte die Augen.

Margarita war sehr erbost.

»Eine neue Sorte Menschen – Straßenkuppler!« Sie stand auf, um zu gehen.

»Nie wieder übernehme ich solche Aufträge!« rief der Rothaarige beleidigt der sich entfernenden Margarita hinterher. »Blöde Gans!«

»Schurke!« antwortete sie, sich umdrehend, und hörte in diesem Moment die Stimme des Rothaarigen:

»›Die Dunkelheit, die vom Mittelmeer herüberkam, deckte die dem Prokurator verhaßte Stadt zu. Verschwunden waren die Hängebrücken, die den Tempel mit der schrecklichen Burg Antonia verbanden... Verschwunden war Jerschalaim, die große Stadt, als hätte sie nie existiert...‹ Lassen Sie sich doch begraben mit Ihrem angekohlten Heft und der getrockneten Rose! Bleiben Sie sitzen auf der Bank, allein, und flehen Sie ihn weiter an, Ihnen die Freiheit zu geben, Sie atmen zu lassen, aus Ihrem Gedächtnis zu gehen!«

Mit bleichem Gesicht kehrte Margarita zur Bank zurück. Der Rothaarige blickte sie mit schmalen Augen an.

»Jetzt versteh ich gar nichts mehr«, sagte sie leise. »Das mit dem Heft können Sie irgendwie ausspioniert haben, vielleicht ist auch Natascha bestochen, aber woher kennen Sie meine Gedanken?« Schmerzlich verzog sie das Gesicht und fügte hinzu: »Sagen Sie mir, wer sind Sie? Von welcher Dienststelle kommen Sie?«

»So was Langweiliges«, knurrte der Rothaarige und fuhr lauter fort: »Entschuldigen Sie, ich hab Ihnen doch schon erklärt, daß ich von keiner Dienststelle komme. Bitte setzen Sie sich.«

Margarita gehorchte widerspruchslos, aber indem sie sich setzte, fragte sie nochmals:

»Wer sind Sie?«

»Na schön, ich heiße Asasello, aber das sagt Ihnen ja doch nichts.«

»Und Sie wollen mir nicht sagen, woher Sie von dem Manuskript und von meinen Gedanken wissen?«

»Nein«, antwortete Asasello trocken.

»Aber Sie wissen etwas von ihm?« flüsterte Margarita flehend.

»Nehmen wir mal an, ja.«

»Ich flehe Sie an, sagen Sie mir nur das eine, lebt er? Quälen Sie mich nicht!«

»Na schön, also er lebt«, antwortete Asasello widerwillig.

»O Gott!«

»Bitte, keine Aufregung und kein Geschrei«, sagte Asasello stirnrunzelnd.

»Entschuldigen Sie, entschuldigen Sie«, murmelte die jetzt gehorsame Margarita, »aber ich war Ihnen natürlich böse. Sie werden zugeben, wenn man eine Frau auf der Straße so geradezu einlädt... Ich habe keine Vorurteile, das versichere ich Ihnen«, Margarita lachte unfroh, »aber ich kenne keine Ausländer, habe auch keine Lust, mit ihnen Umgang zu pflegen... Außerdem, mein Mann... Meine Tragik ist, daß ich mit einem Mann lebe, den ich nicht liebe, aber ich halte es für unwürdig, ihm das Leben zu verderben... Ich habe von ihm nie anderes erfahren als Gutes...«

Asasello hatte ihre zusammenhanglose Rede sichtlich gelangweilt angehört, er sagte rauh:

»Jetzt seien Sie mal eine Minute still.«

Gehorsam verstummte Margarita.

»Ich lade Sie zu einem ganz harmlosen Ausländer ein. Außerdem wird keine Menschenseele von diesem Besuch erfahren. Dafür bürge ich Ihnen nun wirklich.«

»Wozu braucht er mich denn?« fragte Margarita schmeichelnd.

»Das werden Sie später erfahren.«

»Verstehe... ich soll mich ihm hingeben«, sagte Margarita nachdenklich.

Darauf ließ Asasello ein hochmütiges »Ph!« hören und antwortete:

»Ich kann Ihnen versichern, jede Frau auf der Welt würde das liebend gern tun.« Ein Grinsen verzog Asasellos Visage. »Aber ich muß Sie enttäuschen, das wird nicht sein.«

»Was ist denn das für ein Ausländer?« rief Margarita vor Bestürzung so laut, daß sich einige Passanten nach ihr umdrehten. »Und was sollte ich für ein Interesse haben, zu ihm zu gehen?«

Asasello beugte sich zu ihr und flüsterte vielsagend:

»Nun, Sie haben ein sehr großes Interesse... Sie können die Gelegenheit benutzen...«

»Was?« schrie Margarita mit weit aufgerissenen Augen. »Wenn ich Sie richtig verstehe, könnte ich dort etwas über ihn erfahren?«

Asasello nickte.

»Ich komme!« rief Margarita energisch und packte Asasello an der Hand. »Ich komme mit, wohin Sie wollen!«

Asasello blies erleichtert Luft aus und verdeckte, indem er sich zurücklehnte, den in die Banklehne gekerbten Namen »Njura«, dann sagte er ironisch:

»Ein schwieriges Volk, diese Weiber!« Er schob die Hände in die Taschen und streckte die Beine von sich. »Warum hat man diesen Auftrag bloß mir gegeben? Behemoth hätte das übernehmen sollen, der ist charmanter...«

Margarita lächelte schief und bitter und sprach:

»Hören Sie auf, in Rätseln zu reden und mich mit Ihren Heimlichkeiten zu plagen. Ich bin unglücklich, und Sie nutzen das aus... Da lasse ich mich auf so eine seltsame Geschichte ein, aber ich schwöre Ihnen, nur deshalb, weil Sie mich mit den Worten über ihn gelockt haben! Mir dreht sich schon der Kopf von all dem Unbegreiflichen...«

»Kein Drama, kein Drama«, antwortete Asasello und zog angewidert eine Grimasse, »Sie müssen sich auch mal in meine Lage versetzen. Dem Administrator ein paar in die Fresse hauen, den Onkel aus dem Haus schmeißen, einen anschießen oder sonstige Kleinigkeiten in dieser Richtung, das ist mein Beruf. Aber mit verliebten Frauen zu sprechen, na, besten Dank! Jetzt rede ich Ihnen schon eine halbe Stunde zu. Sie kommen also?«

»Ich komme«, antwortete Margarita Nikolajewna schlicht.

»Dann nehmen Sie bitte dies«, sagte Asasello, holte ein rundes Golddöschen aus der Tasche und reichte es Margarita. »Stecken Sie's ein, die Passanten kucken schon. Sie werden's brauchen können, Margarita Nikolajewna, Sie sind im letzten halben Jahr vor Kummer ziemlich gealtert. (Margarita wurde flammend rot, sagte aber nichts.) Heute abend genau um halb zehn werden Sie sich nackt ausziehen und sich das Gesicht und den ganzen Körper mit dieser Creme einreiben. Dann können Sie machen, was Sie wollen, aber gehen Sie nicht vom Telefon weg. Um zehn ruf ich Sie an und sag

Ihnen alles Nötige. Weiter brauchen Sie sich um nichts zu kümmern, man wird Sie an Ort und Stelle bringen, und Ihnen wird nichts passieren. Verstanden?«

Margarita schwieg ein Weilchen, dann antwortete sie:

»Verstanden. Die Dose ist aus Gold, man merkt's am Gewicht. Na schön, ich verstehe sehr wohl, man will mich kaufen und in irgendeine dunkle Geschichte hineinziehen, für die ich teuer bezahlen muß.«

»Was soll denn das heißen?« zischte Asasello. »Fangen Sie schon wieder an?«

»Nein, Augenblick!«

»Geben Sie die Creme wieder her!«

Margarita preßte das Döschen in der Hand und sprach weiter:

»Nein, warten Sie... Ich weiß, worauf ich mich einlasse. Aber ich tue alles um seinetwillen, denn ich habe keine Hoffnung mehr auf dieser Welt. Aber ich möchte Ihnen sagen, wenn Sie mich ins Verderben führen, dann müssen Sie sich schämen! Ja, schämen! Dann sterbe ich um der Liebe willen!« Sie schlug sich gegen die Brust und blickte in die Sonne.

»Geben Sie's zurück!« schrie Asasello wütend. »Geben Sie's zurück, zum Teufel mit alldem. Soll er Behemoth schicken!«

»O nein!« rief Margarita zum Erstaunen der Passanten aus. »Ich bin mit allem einverstanden, ich bin bereit, die Komödie mit der Einreibung mitzuspielen, und ich komme mit, selbst wenn's zum Teufel auf die Hörner ginge! Ich geb's nicht wieder her!«

»Nanu!« brüllte plötzlich Asasello, starrte mit weit aufgerissenen Augen zum Gitter des Alexandrowski-Gartens und zeigte mit dem Finger.

Margarita drehte sich um und blickte in die Richtung, die Asasello ihr wies, konnte aber nichts Besonderes entdecken. Dann wandte sie sich ihm wieder zu, um sich dieses blöde »Nanu!« erklären zu lassen, aber es war niemand mehr da, der es ihr hätte erklären können: Ihr geheimnisvoller Gesprächspartner war verschwunden. Margarita fuhr mit der Hand in ihr Täschchen, in dem sie vor dem Ruf das Döschen versteckt hatte, und überzeugte sich, daß es noch da war. Dann verließ sie, ohne weiter nachzudenken, eilig den Alexandrowski-Garten.

20

Die Creme des Asasello

Am abendlich klaren Himmel hing der Vollmond, durchs Gezweig des Ahorns deutlich sichtbar. Die Linden und Akazien im Garten zeichneten verschlungene Fleckenmuster auf die Erde. Das dreiteilige Erkerfenster stand

offen, war aber mit der Gardine verhängt und leuchtete im grellen Lampenlicht. In Margarita Nikolajewnas Schlafzimmer brannten sämtliche Lampen und beleuchteten eine totale Unordnung. Auf der Bettdecke lagen Hemdchen, Strümpfe und Unterwäsche, zerknüllte Wäschestücke lagen auch auf dem Fußboden neben einer in der Aufregung zerdrückten Zigarettenschachtel. Auf dem Nachttisch standen Schuhe neben einer halbgeleerten Kaffeetasse und einem Aschenbecher, in dem ein Zigarettenrest qualmte. Auf der Stuhllehne hing ein schwarzes Abendkleid. Das Zimmer roch nach Parfüm. Überdies kam von irgendwo der Geruch eines erhitzten Bügeleisens.

Margarita Nikolajewna saß vor dem Spiegel, sie trug nur einen Bademantel auf dem nackten Körper und schwarze Wildlederschuhe. Die goldene Armbanduhr lag vor ihr neben dem Golddöschen von Asasello, und Margarita ließ kein Auge vom Zifferblatt.

Zeitweilig hatte sie das Gefühl, daß die Uhr kaputt sei und die Zeiger stillstünden. Aber sie bewegten sich, wenn auch sehr langsam und scheinbar klebend, und endlich erreichte der große Zeiger die neunundzwanzigste Minute der zehnten Stunde. Margaritas Herz tat einen harten Schlag, so daß sie nicht sofort nach dem Döschen greifen konnte. Sie bezwang sich jedoch, öffnete es und erblickte eine fettige gelbliche Creme, die nach Sumpfschlamm zu riechen schien. Mit der Fingerspitze strich sie sich etwas davon auf die Hand, wodurch der Geruch nach Wald und Sumpfpflanzen noch stärker wurde, dann verrieb sie es auf Stirn und Wangen. Die Creme trug sich leicht auf und schien sofort zu verdampfen. Nach einigen Reibungen blickte Margarita in den Spiegel und ließ die Dose auf das Uhrglas fallen, das sich mit Rissen überzog. Sie schloß die Augen, blickte nochmals hin und brach in stürmisches Gelächter aus.

Die mit der Pinzette schmal gezupften Augenbrauen hatten sich verdichtet und lagen als gleichmäßige Bögen über den grün gewordenen Augen. Die dünne senkrechte Kerbe über der Nasenwurzel, entstanden im Oktober, als der Meister verscholl, war spurlos verschwunden. Verschwunden waren auch die gelblichen Schatten an den Schläfen und die beiden kaum sichtbaren Faltennetze an den äußeren Augenwinkeln. Die Wangenhaut war von gleichmäßigem Rosa, die Stirn weiß und klar, und die Friseurlocken hatten sich geglättet.

Der dreißigjährigen Margarita blickte aus dem Spiegel eine Frau von etwa zwanzig mit naturgewelltem schwarzem Haar entgegen, die unablässig lachte und die Zähne zeigte.

Nachdem Margarita sich satt gelacht hatte, schlüpfte sie mit einem Ruck aus dem Bademantel, schöpfte reichlich von der leichten Fettcreme und verrieb sie mit kräftigen Bewegungen auf dem Körper. Sogleich wurde die Haut rosig und leuchtend. Im Nu beruhigte sich, als hätte man ihr eine Nadel aus dem Gehirn gezogen, ihre Schläfe, die den ganzen Abend seit dem Treffen im Alexandrowski-Garten geschmerzt hatte, die Arm- und Beinmuskeln kräftigten sich, dann wurde ihr Körper gewichtslos.

Sie sprang in die Höhe und schwebte über dem Teppich, dann sank sie langsam wieder herab.

»Eine tolle Creme! Eine tolle Creme!« schrie sie und warf sich in den Sessel.

Die Einreibung hatte sie nicht nur äußerlich verändert. In jeder Faser ihres Körpers brodelte die Freude gleich prickelnden Bläschen. Margarita war frei, frei von allem. Außerdem begriff sie, daß genau das eingetreten war, was das Vorgefühl ihr am Morgen geweissagt hatte, und daß sie die Villa und ihr bisheriges Leben für immer aufgeben würde. Aber von dem früheren Leben bohrte in ihr noch der Gedanke, daß sie eine letzte Pflicht zu erfüllen hatte vor dem Beginn des Neuen, Ungewöhnlichen, das sie in die Luft emporzog. Nackt, wie sie war, lief sie aus dem Schlafzimmer hinüber ins Arbeitszimmer ihres Mannes, wobei sie immer wieder emporschwebte. Sie machte Licht und stürzte zum Schreibtisch. Hier riß sie ein Blatt vom Notizblock und schrieb mit Bleistift rasch mit großen Buchstaben die Mitteilung:

»Verzeih mir und vergiß mich so schnell wie möglich. Ich verlasse Dich für immer. Suche nicht nach mir, das wäre nutzlos. Ich bin eine Hexe geworden vor Kummer und Nöten, die über mich hereingebrochen sind. Ich muß weg. Leb wohl. Margarita.«

Mit erleichtertem Herzen flog Margarita zurück ins Schlafzimmer, und gleich nach ihr kam, mit Sachen beladen, Natascha hereingelaufen. Sofort ließ sie die Sachen – ein Kleid am Holzbügel, Spitzentücher, blaue Seidenschuhe auf Spannern und einen Gürtel – zu Boden fallen und schlug die Hände überm Kopf zusammen.

»Na, gefalle ich dir?« schrie Margarita Nikolajewna heiser.

»Wie ist denn das möglich?« flüsterte Natascha und wich zurück. »Wie machen Sie das, Margarita Nikolajewna?«

»Das ist die Creme! Die Creme, die Creme!« antwortete Margarita, zeigte auf das funkelnde Golddöschen und drehte sich vorm Spiegel.

Natascha vergaß das zerdrückte Kleid auf dem Fußboden, lief zum Spiegel und starrte mit gierig funkelnden Augen auf den Cremerest. Ihre Lippen flüsterten etwas. Wieder wandte sie sich Margarita zu und sagte andächtig:

»So eine Haut! So was von Haut! Margarita Nikolajewna, die leuchtet ja richtig!« Sie besann sich, lief zum Kleid, hob es auf und schüttelte es aus.

»Laß doch liegen!« rief Margarita ihr zu. »Zum Teufel damit! Laß alles liegen! Doch nein, behalt's zum Andenken. Behalt's, sag ich. Nimm alles mit, was hier im Zimmer ist!«

Natascha, wie von Sinnen, starrte Margarita eine Zeitlang unbeweglich an, dann fiel sie ihr um den Hals, küßte sie und schrie:

»Wie Atlas! Die leuchtet ja! Wie Atlas! Und die Brauen erst, die Brauen!«

»Nimm das ganze Zeug, nimm auch das Parfüm und steck's in deine Truhe«, schrie Margarita, »aber die Wertsachen laß liegen, sonst wirft man dir noch Diebstahl vor!«

Natascha grapschte zum Bündel, was ihr unter die Hände kam, Kleider, Schuhe, Strümpfe und Wäschestücke, und rannte aus dem Schlafzimmer.

In diesem Moment klang vom andern Ende der Gasse aus einem offenen Fenster ein virtuos gespielter rauschender Walzer herüber, und man hörte das Rattern eines Wagens vor der Einfahrt.

»Gleich ruft Asasello an!« schrie Margarita und lauschte dem durch die Gasse perlenden Walzer. »Gleich ruft er an! Und der Ausländer ist ungefährlich, ja, jetzt weiß ich's, er ist ungefährlich!«

Aufbrummend entfernte sich der Wagen vom Tor. Die Pforte klappte, und auf den Steinplatten des Weges ertönten Schritte.

Das ist Nikolai Iwanowitsch, ich erkenn's an den Schritten, dachte Margarita. Ich muß zum Abschied noch einen Ulk veranstalten.

Sie riß den Vorhang zur Seite, setzte sich seitlich aufs Fensterbrett und schlang die Hände ums Knie. Das Mondlicht beleckte ihre rechte Seite. Margarita hob den Kopf zum Mond und machte ein nachdenkliches und poetisches Gesicht. Noch zwei Schritte drunten, dann wurde es plötzlich still. Margarita betrachtete noch einen Moment den Mond und seufzte anstandshalber, dann wandte sie den Kopf dem Garten zu und erblickte tatsächlich Nikolai Iwanowitsch, den Bewohner des Erdgeschosses. Hell vom Mond beschienen, hockte er auf der Bank, auf die er ganz plötzlich niedergesunken sein mußte. Sein Zwicker saß schief, in den Händen preßte er die Aktentasche.

»Ah, guten Abend, Nikolai Iwanowitsch«, sagte Margarita mit trauriger Stimme. »Guten Abend! Hatten Sie Sitzung?«

Nikolai Iwanowitsch gab keine Antwort.

»Ich«, fuhr Margarita fort und lehnte sich etwas hinaus, »ich sitze allein hier, wie Sie sehen, ich langweile mich, betrachte den Mond, lausche dem Walzer...«

Mit der Linken strich sich Margarita über die Schläfe, um eine Strähne zu glätten, dann sagte sie ärgerlich:

»Das ist aber unhöflich, Nikolai Iwanowitsch! Schließlich bin ich eine Dame! Eine Frechheit, nicht zu antworten, wenn man angesprochen wird.«

Nikolai Iwanowitsch, bei dem im Mondschein jeder Knopf an der grauen Weste, jedes einzelne Haar im blonden Spitzbart zu erkennen war, zeigte plötzlich ein blödes Grinsen. Er erhob sich von der Bank, schwenkte, außer sich vor Verlegenheit, statt den Hut abzunehmen, die Aktentasche zur Seite und knickte die Beine ein, als wolle er einen Hopak tanzen.

»Ach, was sind Sie doch langweilig, Nikolai Iwanowitsch!« fuhr Margarita fort. »Ihr hängt mir überhaupt alle derart zum Halse heraus, daß ich es gar nicht ausdrücken kann, und ich bin glücklich, daß ich euch loswerde! Verrecken sollt ihr!«

In diesem Moment schrillte hinter Margarita im Schlafzimmer das Telefon. Sofort vergaß sie Nikolai Iwanowitsch, schnellte sich vom Fensterbrett und nahm den Hörer ab.

»Hier Asasello«, sagte es im Hörer.

»Lieber, lieber Asasello«, rief Margarita.

»Es ist soweit. Fliegen Sie los«, sprach Asasello in den Hörer, und seinem Ton war anzumerken, daß ihr ehrlich beglückter Ausruf ihn freute. »Wenn Sie übers Tor fliegen, rufen Sie laut ›unsichtbar‹. Fliegen Sie erst ein Weilchen über die Stadt, um sich ein bißchen zu gewöhnen, dann nach Süden, weg von der Stadt, direkt zum Fluß. Sie werden erwartet!«

Margarita hängte auf, und schon hörte sie aus dem Nebenzimmer ein hölzernes Hinken und ein Klopfen an der Tür. Sie öffnete, und der Stubenbesen kam, die Borsten vorneweg, tänzelnd ins Zimmer geflogen. Der Stiel trommelte einen Wirbel auf den Fußboden, dann legte sich der Besen hin und schlug zum Fenster hin aus. Margarita kreischte vor Begeisterung und sprang rittlings auf den Stiel. Erst jetzt durchblitzte sie der Gedanke, daß sie in all dem Durcheinander vergessen hatte, sich anzuziehen.

Sie galoppierte zum Bett, ergriff das erste, was ihr in die Hand fiel, ein blaues Hemdchen, schwenkte es wie eine Standarte und flog zum Fenster hinaus. Und der Walzer überm Garten dröhnte noch lauter.

Vom Fenster glitt Margarita abwärts und erblickte Nikolai Iwanowitsch auf der Bank. Der war völlig erstarrt und horchte, wie vor den Kopf geschlagen, auf das Geschrei und Gepolter aus dem erleuchteten Schlafzimmer der oberen Mieter.

»Adieu, Nikolai Iwanowitsch!« schrie Margarita und tänzelte vor ihm auf und ab.

Nikolai Iwanowitsch stöhnte, kroch, Hand über Hand greifend, die Bank entlang und stieß dabei seine Aktentasche herunter.

»Adieu für immer! Ich fliege weg!« überschrie Margarita den Walzer. Dann kam ihr zum Bewußtsein, daß sie das Hemd gar nicht mehr brauchte. Mit bösem Lachen warf sie es Nikolai Iwanowitsch über den Kopf. Geblendet stürzte er von der Bank und krachte auf den ziegelsteingepflasterten Gartenweg.

Margarita drehte sich um, sie wollte einen letzten Blick auf die Villa

werfen, in der sie so lange gelitten hatte. Im hellerleuchteten Fenster erblickte sie das vor Verblüffung verzerrte Gesicht Nataschas.

»Leb wohl, Natascha!« schrie Margarita und riß den Besen hoch. »Unsichtbar! Unsichtbar!« schrie sie noch lauter und flog zwischen den Zweigen des Ahorns, die ihr ins Gesicht peitschten, über das Tor in die Gasse. Ihr nach flog der tobende Walzer.

21

Der Flug

Unsichtbar und frei! Unsichtbar und frei! Nachdem Margarita ihre Gasse durchflogen hatte, geriet sie in eine zweite, die die erste im rechten Winkel schnitt. Diese geflickte, gestopfte, krumme und lange Gasse mit der schiefen Tür des Ölladens, in dem becherweise Petroleum sowie Flaschen mit Insektenmitteln verkauft wurden, durchsauste sie in einem einzigen Augenblick und wurde jetzt inne, daß sie, wiewohl vollkommen frei und unsichtbar, bei aller Wonne wenigstens etwas vernünftig sein mußte. Nur durch ein Wunder gelang es ihr, zu bremsen, so daß sie sich an der alten schiefen Ecklaterne nicht zu Tode schlug. Sie wich aus, packte den Besen fester, flog langsamer und achtete auf die elektrischen Leitungen und auf die Ladenschilder, die quer zum Gehsteig hingen.

Die dritte Gasse führte direkt zum Arbat. Hier lernte Margarita den Besen lenken und begriff, daß dieser dem leisesten Druck ihrer Hände und Füße gehorchte und daß sie beim Flug über die Stadt sehr aufmerksam sein mußte und nicht zu sehr rasen durfte. Überdies hatte sie schon in der Gasse gemerkt, daß die Fußgänger sie nicht sahen. Keiner hob den Kopf, keiner schrie »Sieh mal, sieh mal!«, keiner prallte zurück, kreischte, fiel in Ohnmacht oder brach in wildes Gelächter aus.

Margarita flog lautlos, sehr langsam und nicht hoch, etwa in Höhe des ersten Stocks. Allein trotz des langsamen Fluges fehlte sie beim Eingang zum hell erleuchteten Arbat ein wenig und prallte mit der Schulter gegen eine beleuchtete Scheibe, auf die ein Pfeil gemalt war. Das ärgerte sie. Sie zügelte den gehorsamen Besen, flog ein Stückchen zur Seite, stürzte sich sodann auf die Scheibe und schlug sie mit dem Besenstiel kaputt. Klirrend fielen die Scherben herab, die Passanten spritzten auseinander, irgendwo trillerte eine Pfeife, und Margarita brach nach dieser überflüssigen Tat in Gelächter aus. Auf dem Arbat muß ich noch vorsichtiger sein, dachte sie, hier hängt so viel herum, daß man gar nicht schlau daraus wird. Sie tauchte zwischen den Drähten hindurch. Unter ihr glitten die Dächer von Obussen, Autobussen und Personenwagen dahin, und über die Gehsteige trieben, so schien es ihr von oben, Ströme von Schirmmützen. Von diesen Strömen zweigten Bäche ab und ergossen sich in die feurigen Rachen der Spätgeschäfte. I, ist das ein Brei! dachte Margarita ärgerlich. Hier kann ich nicht umkehren! Sie überquerte den Arbat und stieg höher, bis zum dritten Stock. Vorbei an den blendenden Leuchtröhren am Eckgebäude des Theaters flog sie in eine schmale Gasse mit hohen Häusern. Hier standen alle Fenster offen, und aus allen Fenstern klang Radiomusik. Neugierig schaute Margarita in eine Küche hinein. Zwei Primuskocher summten auf der Herdplatte, davor standen zwei Frauen mit Löffeln in der Hand und beschimpften sich.

»Man macht das Licht aus, wenn man die Toilette verläßt, das sag ich Ihnen, Pelageja Petrowna«, sagte die eine, die in einem dampfenden Kochtopf rührte, »sonst müssen wir Sie auf Räumung verklagen.«

»Sie sind auch nicht besser«, antwortete die andere.

»Ihr nehmt euch beide nichts«, sagte Margarita tönend und kraxelte übers Fensterbrett in die Küche. Die beiden Zankweiber drehten sich nach der Stimme um und standen mit schmutzigem Löffel in der Hand wie versteinert. Vorsichtig griff Margarita zwischen ihnen hindurch und drehte die beiden Primuskocher aus. Die Frauen ächzten nur und sperrten den Mund auf. Aber Margarita langweilte sich bereits und flog wieder hinaus in die Gasse.

Am Ende der Gasse erregte ein prächtiges achtgeschossiges Hochhaus, offenbar grade erst fertig gebaut, ihre Aufmerksamkeit. Margarita flog abwärts, landete und sah, daß die Fassade mit schwarzem Marmor verkleidet war. Durch die breite Glastür erblickte sie die goldbetreßte Schirmmütze eines Portiers und die Knöpfe auf seiner Livree. Über der Tür prangte in Goldbuchstaben die Inschrift »Haus der Dramlit«.

Margarita musterte die Inschrift mit verkniffenen Augen und überlegte, was »Dramlit« bedeuten mochte. Dann nahm sie den Besen unter den Arm und trat ein, mit der Tür den verwunderten Portier anstoßend. Neben dem Fahrstuhl sah sie an der Wand eine riesige schwarze Tafel, auf der mit weißen Buchstaben die Wohnungsnummern und die Namen der Mieter verzeichnet waren. Als Margarita über dem Namenverzeichnis die Inschrift »Haus der Dramatiker und Literaten« sah, stieß sie ein gedämpftes Kriegsgeheul aus. Aufwärts schwebend, las sie gierig die Namen: Chustow, Dwubratski, Quant, Beskudnikow, Latunski...

»Latunski!« kreischte Margarita. »Latunski! Das ist er... Er hat den Meister auf dem Gewissen!«

Dem Portier an der Tür quollen die Augen aus dem Kopf, er machte kleine Luftsprünge vor Erstaunen und glotzte die schwarze Tafel an, um das Wunder zu begreifen, wieso das Mieterverzeichnis plötzlich dermaßen kreischte. Margarita flog währenddes schon die Treppe hinauf und sagte wie im Rausch vor sich hin:

»Latunski vierundachtzig... Latunski vierundachtzig...«

Da links die Wohnung 82, rechts die 83, noch höher hinauf, links die 84! Da war es! Da hing auch ein Schild – »O. Latunski«.

Margarita sprang vom Besen, und ihre heißen Fußsohlen empfanden wohltuend die Kühle des steinernen Treppenabsatzes. Sie läutete einmal, noch einmal. Aber niemand öffnete. Noch heftiger drückte sie auf den Knopf und hörte das Schrillen in Latunskis Wohnung. Ja, bis an sein Lebensende ist der Inhaber der Wohnung Nr. 84 im achten Stock dem toten Berlioz, Vorsitzenden der MASSOLIT, zu Dank verpflichtet, daß er unter die Straßenbahn geriet und die Trauerfeier ausgerechnet auf diesen Abend anberaumt wurde. Unter einem glücklichen Stern war er geboren, der Kritiker Latunski, und der Stern bewahrte ihn vor der Begegnung mit Margarita, die an diesem Freitag zur Hexe geworden war.

Niemand öffnete. Da sauste Margarita, die Stockwerke zählend, wieder hinunter, stürmte hinaus auf die Straße, schaute am Hause hinauf, zählte die Stockwerke von außen ab und überlegte, welche Fenster zu Latunskis Wohnung gehörten. Da, die fünf dunklen an der Ecke im achten Stock mußten es sein. Nachdem sie sich dessen versichert hatte, flog sie hinauf und stieg durchs offene Fenster in ein dunkles Zimmer, in dem nur ein schmaler Streifen Mondlicht silbrig glänzte. Über diesen Streifen lief Margarita und tastete nach dem Schalter. Bald darauf war die ganze Wohnung hell erleuchtet. Der Besen stand in der Ecke. Nachdem sich Margarita vergewissert hatte, daß niemand zu Hause war, öffnete sie die Tür zum Treppenhaus und sah am Schildchen: sie war in der richtigen Wohnung.

Ja, man erzählt, daß der Kritiker Latunski noch heute blaß wird, wenn er sich an diesen furchtbaren Abend erinnert, und daß er den Namen Berlioz noch heute mit Andacht ausspricht. Niemand weiß, was für ein finsteres und übles Verbrechen den Abend gekrönt hätte, denn als Margarita aus der Küche kam, hatte sie einen schweren Hammer in der Hand.

Die nackte und unsichtbare Fliegerin zügelte sich, doch ihre Hände flatterten vor Ungeduld. Sorgfältig zielend, führte sie einen Schlag gegen die Flügeltasten, und durch die ganze Wohnung gellte ein erstes klägliches Geheul. Wie rasend schrie das unschuldige Beckersche Saloninstrument. Die Tasten zerspellten, die Elfenbeinplättchen spritzten nach allen Seiten. Der Flügel heulte, klirrte, dröhnte, wimmerte. Unter einem Hammerschlag zersprang, wie ein Revolverschuß knallend, die polierte Resonanzdecke. Keuchend bearbeitete Margarita mit dem Hammer die Saiten. Endlich hielt sie ermüdet inne und ließ sich in einen Sessel plumpsen, um zu verschnaufen.

Im Badezimmer rauschte schrecklich das Wasser, in der Küche ebenfalls. Ich glaube, es läuft schon über, dachte Margarita und sagte laut:

»Aber zum Ausruhen besteht noch kein Anlaß.«

Schon fluteten Ströme aus der Küche in den Korridor. Mit bloßen Füßen durchs Wasser patschend, schleppte Margarita ganze Eimer voll aus der Küche ins Arbeitszimmer des Kritikers und goß sie in die Schreibtischschublade. Nachdem sie mit dem Hammer die Türen des Bücherschranks zertrümmert hatte, stürzte sie ins Schlafzimmer, zerschlug den Spiegelschrank, zog den Anzug des Kritikers heraus und ersäufte ihn in der Badewanne. Das volle Tintenfaß aus dem Arbeitszimmer entleerte sie über dem dick aufgeschüttelten Doppelbett. Die Verwüstung, die sie anrichtete, bereitete ihr großen Genuß, und doch schien ihr dauernd, als wären die Resultate kläglich. Darum tat sie nun, was ihr gerade in den Sinn kam. Sie zertrümmerte die Gummibaumtöpfe in dem Zimmer, in dem der Flügel stand. Doch bevor sie damit fertig war, kehrte sie ins Schlafzimmer zurück, zerschlitzte mit einem Küchenmesser die Laken und zerschlug die verglasten Fotografien. Sie spürte keine Müdigkeit, nur der Schweiß rann in Bächen an ihr herunter.

Währenddessen saß darunter in der Wohnung Nr. 82 das Hausmädchen des Dramatikers Quant in der Küche, trank Tee und horchte verständnislos auf die Schritte, das Klirren und Poltern von oben. Sie hob den Kopf zur Decke und sah plötzlich die weiße Farbe sich vor ihren Augen in ein leichenhaftes Hellblau verwandeln. Der Fleck wurde zusehends größer, und plötzlich schwollen Tropfen hervor. Ein paar Minuten saß das Hausmädchen da und bestaunte diese Erscheinung, bis endlich von der Decke ein richtiger Regen auf den Fußboden pladderte. Da sprang sie auf und stellte eine Schüssel unter, was indes nicht half, da der Regen eine immer größere Fläche berieselte und den Gasherd und den Tisch mit dem Geschirr zu überfluten begann. Da schrie das Hausmädchen auf, lief zur Wohnung hinaus, hastete die Treppe hinauf, und alsbald begann es in Latunskis Wohnung zu klingeln.

»Aha, sie läuten schon... Ich muß allmählich weg«, sagte Margarita. Sie setzte sich auf den Besen, horchte aber noch auf die Frauenstimme, die durchs Schlüsselloch schrie:

»Aufmachen, aufmachen! Dussja, mach auf! Ist bei euch ein Hahn offen? Bei uns läuft's durch!«

Margarita flog einen Meter aufwärts und hämmerte auf den Kronleuchter ein. Zwei Birnen platzten, Anhängsel spritzten nach allen Seiten. Das Rufen am Schlüsselloch verstummte, auf der Treppe erscholl Getrappel. Margarita schwebte zum Fenster hinaus und stieß mit dem Hammer von außen die Scheiben ein. Sie zerklirrten, und längs der marmorverkleideten Hauswand prasselte eine Scherbenkaskade nieder. Margarita flog zum nächsten Fenster. Tief unter ihr eilten Leute über den Gehsteig, einer der beiden Wagen vor der Haustür hupte und fuhr davon. Nachdem Margarita mit Latunskis Fenstern fertig war, schwebte sie zur Nachbarwohnung. Dichter fielen die Schläge, Klirren und Krachen füllte die Gasse. Aus dem ersten Aufgang kam der Portier gelaufen, schaute herauf, zögerte einen Moment, denn er wußte offenbar nicht, was zu tun sei, setzte die Pfeife an den Mund und pfiff wie rasend. Deshalb zertrümmerte Margarita das letzte Fenster im achten Stock besonders schwungvoll, glitt dann nieder zum siebenten Stock und begann auch hier, die Scheiben einzustoßen.

Der Portier, zermartert von der langen Untätigkeit hinter der Glastür, legte seine ganze Seele in das Pfeifen, wobei er Margarita genau beobachtete und ihr gleichsam die Begleitmusik spielte. In den Pausen, wenn sie von einem Fenster zum nächsten flog, holte er Luft, und bei jedem ihrer Schläge stieß er mit aufgeblasenen Wangen seine Pfiffe aus, die die nächtliche Luft bis hinauf zum Himmel durchbohrten.

Seine Bemühungen im Verein mit den Bemühungen der rasenden Margarita zeitigten sehr wesentliche Ergebnisse. Im Hause brach eine Panik aus. Die noch unversehrten Fenster wurden aufgerissen, Köpfe erschienen und verschwanden gleich wieder, und umgekehrt wurden die offenen Fenster geschlossen. In den Fenstern der Häuser gegenüber erschienen vor dem erleuchteten Hintergrund die dunklen Silhouetten von Menschen, die zu ergründen suchten, warum im neuen Gebäude der Dramlit ohne jeden Anlaß die Fensterscheiben zu Bruch gingen.

In der Gasse strömte das Volk zum »Haus der Dramlit«, und im Hause, auf den Treppen erscholl das Getrappel von Leuten, die ohne jeden Sinn und Verstand hinauf- und hinunterliefen. Quants Hausmädchen schrie den Hastenden zu, bei ihnen sei alles überschwemmt, und bald schloß sich ihr das Hausmädchen der Chustows an, die in Nr. 80 unter den Quants wohnten. Bei den Chustows regnete es in der Küche und in der Toilette von der Decke. Zu guter Letzt löste sich bei den Quants in der Küche eine riesige Stuckplatte von der Decke, zertrümmerte das gesamte schmutzige Geschirr und bewirkte einen regelrechten Platzregen, der sich aus den Lücken des herabhängenden nassen Stuckpergels ergoß wie aus einem Eimer. Da setzte auf der Treppe des ersten Aufgangs Gebrüll ein. Margarita flog am vorletzten Fenster des dritten Stocks vorüber und erblickte einen Mann, der sich in Panik eine Gasmaske aufstülpte. Margarita stieß mit dem Hammer die Scheibe ein, scheuchte ihn auf, und er verschwand aus dem Zimmer.

Unerwartet hörte die wilde Zerstörung auf. Margarita glitt hinunter zum zweiten Stock und äugte ins letzte Fenster, das mit einer leichten dunklen Gardine verhängt war. Im Zimmer brannte ein schwaches Nachtlämpchen. In einem kleinen Gitterbett saß ein Junge von vielleicht vier Jahren und horchte ängstlich. Erwachsene waren nicht im Zimmer, offenbar waren alle aus der Wohnung gelaufen.

»Sie machen die Scheiben kaputt«, sagte der Junge, dann rief er: »Mama!«

Niemand antwortete, und der Junge sagte:

»Mama, ich habe Angst.«

Margarita zog die Gardine zurück und flog zum Fenster herein.

»Ich hab Angst«, wiederholte der Kleine zitternd.

»Hab keine Angst, mußt keine Angst haben, mein Kleiner«, sagte Margarita, bemüht, ihrer vom Wind heiser gewordenen Ganovenstimme einen weichen Klang zu geben, »das waren Jungs, die haben die Scheiben kaputtgemacht.«

»Mit dem Katapult?« fragte der Junge und zitterte nicht mehr.

»Ja, mit dem Katapult«, bestätigte Margarita, »du schlaf jetzt.«

»Das war Sitnik«, sagte der Junge, »der hat ein Katapult.«

»Natürlich, er war's!«

Der Junge guckte verschmitzt zur Seite und fragte:

»Wo bist du denn, Tante?«

»Ich bin gar nicht da«, antwortete Margarita, »du träumst bloß von mir.«

»Das hab ich mir schon gedacht«, sagte der Junge.

»Leg dich hin«, befahl Margarita, »tu die Hand unter die Wange, dann komm ich im Traum zu dir.«

»Ja, komm«, stimmte der Junge zu, legte sich hin und schob die Hand unter die Wange.

»Ich erzähl dir ein Märchen«, sagte Margarita und legte die heiße Hand auf das kurzgeschnittene Haar. »Es war einmal eine Tante, die hatte keine Kinder und kein Glück. Zuerst hat sie lange geweint, aber dann ist sie ganz böse geworden...« Margarita verstummte und nahm die Hand weg, der Junge schlief.

Leise legte sie den Hammer aufs Fensterbrett und flog hinaus. Vor dem Hause herrschte ein wildes Durcheinander. Über den mit Glassplittern besäten asphaltierten Gehsteig liefen Menschen und schrien etwas. Unter ihnen waren da und dort Milizionäre zu erkennen. Plötzlich schlug eine Glocke an, und vom Arbat her rollte ein roter Feuerwehrwagen mit mechanischer Leiter in die Gasse.

Aber das Weitere interessierte Margarita nicht mehr. Sorgfältig lenkend, um keine Leitung zu berühren, faßte sie den Besen fester und befand sich im Nu über dem unglückseligen Haus. Die Gasse unter ihr wurde schräg und verschwand. Statt ihrer hatte Margarita einen Haufen Dächer unter sich, zerschnitten von rechtwinkligen leuchtenden Sträßchen. Das alles fuhr zur Seite, die Lichterketten verwischten sich und flossen ineinander.

Margarita tat noch einen Ruck, da versank der Dächerhaufen in der Erde, und statt seiner erschien unten ein See aus zitternden elektrischen Lichtern, und dieser See stand plötzlich senkrecht, dann war er über Margaritas Kopf, und zu ihren Füßen glänzte der Mond. Sie begriff, daß sie verkehrt herum flog, drehte sich wieder in die normale Stellung und sah den See nicht mehr, nur noch ein rosa Widerschein färbte hinter ihr den Horizont. Auch er verschwand im Nu, und Margarita sah sich allein mit dem links über ihr fliegenden Mond. Längst wehten die Haare waagerecht hinter ihr her, und das Mondlicht umspülte pfeifend ihren Körper. Da die beiden spärlichen Lichterreihen unter ihr zu zwei Feuerstrichen zusammenflossen und blitzschnell hinter ihr zurückblieben, konnte sie sich eine Vorstellung machen, mit welch wahnwitzigem Tempo sie flog, und sie wunderte sich nur, daß ihr der Atem nicht knapp wurde.

Nach wenigen Sekunden flammte tief im irdischen Schwarz ein neuer Widerschein elektrischen Lichts auf, wälzte sich unter ihr hinweg und verschwand alsbald in der Erde. Abermals ein paar Sekunden, und die Erscheinung wiederholte sich.

»Städte! Städte!« schrie Margarita.

Danach erblickte sie zwei- oder dreimal matt blinkende Säbel in offenen schwarzen Futteralen, und sie dachte sich, daß das Flüsse seien.

Den Kopf nach links oben wendend, hatte Margarita ihre Freude daran, daß der Mond wie wahnsinnig zurück nach Moskau jagte und merkwürdigerweise dennoch stillstand, so daß auf ihm deutlich eine rätselhafte dunkle Gestalt zu erkennen war, ein Drachen vielleicht oder das Wunderpferdchen Gorbunok, dessen spitze Schnauze auf die zurückbleibende Stadt gerichtet war.

Nun kam Margarita der Gedanke, daß es ja eigentlich ganz überflüssig war, den Besen dermaßen zu jagen, und daß sie sich so der Möglichkeit beraubte, richtig zu schauen und den Flug zu genießen. Etwas sagte ihr, daß man dort, wohin sie flog, auf sie wartete und daß es zwecklos war, so langweilig schnell und hoch zu fliegen.

Margarita drückte den Besen vorn herunter, so daß der Stiel aufwärts wies, verlangsamte das Tempo und glitt der Erde zu wie auf einem Luftschlitten. Dieses Abwärtsgleiten bereitete ihr größten Genuß. Die Erde hob sich ihr entgegen, und in ihrem bislang formlosen schwarzen Dickicht zeichneten sich ihre Reize und Geheimnisse während einer Mondnacht ab. Die Erde kam auf Margarita zu, und schon umwehte sie der Duft grünender Wälder. Sie flog über die Nebelschleier einer betauten Wiese und über einen Teich hinweg. Unter ihr quakte ein Chor von Fröschen, und irgendwo in der Ferne hörte sie das erregende Rattern eines Eisenbahnzuges. Bald sah sie ihn. Langsam wie eine Raupe kroch er dahin und schleuderte einen Funkenwirbel in die Luft. Margarita überholte den Zug und flog abermals über einen Wasserspiegel hinweg, in dem unter ihren Füßen ein zweiter Mond schwamm, dann ging sie noch tiefer, so daß ihre Füße beinahe die Wipfel der mächtigen Kiefern streiften.

Hinter sich vernahm Margarita ein näher kommendes Rauschen in der

Luft, ähnlich dem Pfeifen einer Granate, und dann ein viele Werst weit hörbares Frauengelächter. Sie drehte sich um und erblickte undeutlich einen seltsam geformten dunklen Gegenstand, der ihr folgte. Als er näher kam, wurden seine Umrisse klarer, und sie sah, daß dort jemand rittlings flog. Zu guter Letzt war alles deutlich zu erkennen: den Flug verlangsamend, kam Natascha daher.

Splitternackt, mit flatternden Haaren, ritt sie auf einem dicken Eber, dessen Vorderhufe eine Aktentasche umklammerten, während die Hinterhufe erbittert in der Luft ruderten. Ein ab und zu im Mondlicht aufblitzender Kneifer, von der Nase gefallen, flog an der Schnur neben ihm her, und der Hut rutschte ihm immer wieder auf die Augen. Als Margarita genauer hinsah, erkannte sie in dem Eber Nikolai Iwanowitsch, und da brauste ihr Gelächter über den Wald und mischte sich mit dem Lachen von Natascha.

»Natascha, Mädchen!« schrie Margarita gellend. »Hast du dich mit der Creme eingerieben?«

»Mein Herzblatt!« antwortete Natascha, und ihr Geheul weckte den schlafenden Kiefernwald. »Du meine französische Königin, ich habe ja auch ihm die Glatze eingeschmiert!«

»Prinzessin!« brüllte weinerlich der Eber, der seine Reiterin im Galopp trug.

»Herzblatt! Margarita Nikolajewna!« schrie Natascha und sprengte neben ihr her. »Ich geb's zu, ich hab von der Creme genommen! Auch unsereins will schließlich leben und fliegen! Verzeihen Sie mir, Gebieterin, aber ich komme nicht zurück, um keinen Preis! Ach, schön ist das, Margarita Nikolajewna! Er hat mir einen Antrag gemacht.« Natascha stieß dem verwirrt schnaufenden Eber den Finger gegen den Hals. »Einen Antrag! Wie hast du mich genannt, he?« schrie sie, zum Ohr des Ebers gebeugt.

»Göttin!« heulte der Eber. »Ich kann nicht so schnell fliegen! So verliere ich noch wichtige Papiere, Natalja Prokofjewna. Ich protestiere!«

»Dich und deine Papiere soll der Teufel holen!« schrie Natascha und lachte frech.

»Still, Natalja Prokofjewna, wenn uns jemand hört!« brüllte der Eber flehend.

Neben Margarita fliegend, erzählte Natascha lachend, was in der Villa geschehen war, nachdem ihre Herrin über das Tor hinweg davongeflogen war.

Natascha gestand, sie habe die geschenkten Sachen gar nicht mehr angerührt, sondern die Kleidung abgeworfen und sich eilends eingekremt. Darauf sei ihr dasselbe widerfahren wie ihrer Herrin. Während sie sich, vor Freude lachend, vorm Spiegel an ihrer erzauberten Schönheit berauschte, ging die Tür auf, und vor ihr stand Nikolai Iwanowitsch. Er war erregt, und in den Händen hielt er Margaritas Hemdchen sowie seinen Hut und die Aktentasche. Bei Nataschas Anblick prallte er zurück. Nachdem er sich wieder ein bißchen gefaßt hatte, erklärte er, krebsrot im Gesicht, er habe es für seine Pflicht gehalten, das Hemdchen aufzuheben und persönlich zu überbringen...

»Was hat er nicht alles gesagt, der Kerl!« kreischte Natascha lachend. »Was hat er nicht alles geredet, womit hat er mich nicht alles gelockt! Was hat er mir für Geld versprochen! Klawdija Petrowna wird nichts erfahren, hat er versichert. Stimmt's, oder lüge ich?« schrie Natascha dem Eber zu, und der drehte nur verlegen den Rüssel weg.

Natascha war im Schlafzimmer übermütig geworden, sie hatte Nikolai Iwanowitsch mit der Creme betupft und dann vor Verwunderung starr gestanden. Das Gesicht des ehrwürdigen unteren Mieters mündete plötzlich in einen Schweinerüssel, Arme und Beine liefen in zierliche Hufe aus. Als Nikolai Iwanowitsch sich im Spiegel betrachtete, ließ er ein wildes Verzweiflungsgeheul hören, aber es war schon zu spät. Gleich darauf flog er gesattelt aus Moskau fort zu allen Teufeln und schluchzte vor Kummer.

»Ich verlange die Wiederherstellung meines normalen Aussehens!« röchelte er plötzlich halb wütend, halb flehend und grunzte dabei. »Margarita Nikolajewna, Sie sind verpflichtet, Ihr Hausmädchen zu zügeln!«

»Ach, jetzt bin ich auf einmal ein Hausmädchen?« schrie Natascha und kniff den Eber ins Ohr. »Vorher war ich noch eine Göttin? Wie hast du mich genannt?«

»Venus!« antwortete der Eber weinerlich, indes er, mit den Hufen ein Nußgesträuch streifend, über einen Bach hinwegflog, der zwischen Steinen rauschte.

»Venus! Venus!« schrie Natascha sieghaft, stemmte den einen Arm in die Hüfte und streckte den andern zum Mond. »Margarita! Königin! Legen Sie ein gutes Wort für mich ein, daß man mir erlaubt, Hexe zu bleiben! Für Sie wird man alles tun, Ihnen ist Macht gegeben!«

»Gut, das versprech ich dir«, antwortete Margarita.

»Danke!« rief Natascha und schrie dann plötzlich scharf und irgendwie schwermütig: »He! He! Schneller! Schneller! Na los doch, leg Tempo zu!« Mit den Fersen preßte sie die vom wahnsinnigen Galopp abgemagerten Flanken des Ebers, und der raste dermaßen los, daß es in der Luft pfiff, und einen Augenblick später war Natascha weit vorne nur noch als schwarzer Punkt zu sehen und verschwand dann gänzlich, und das Sausen ihres Fluges verging.

Margarita flog weiterhin langsam über eine unbekannte öde Gegend hinweg. Unter sich sah sie Hügel, auf denen zwischen vereinzelten Riesenkiefern Felsblöcke lagen. Im Fliegen dachte sie, daß sie gewiß sehr weit von Moskau war. Sie flog nicht mehr über die Wipfel der Kiefern, sondern bereits zwischen ihren Stämmen, deren eine Seite das Mondlicht versilberte. Ihr leichter Schatten glitt ihr voran über die Erde, denn der Mond schien ihr jetzt in den Rücken.

Margarita spürte die Nähe von Wasser und erriet, daß ihr Ziel nicht mehr fern war. Die Kiefern traten auseinander, und langsam flog sie auf einen Kreideabhang zu. Dahinter lag drunten im Schatten ein Fluß. Nebel hing verhakt im Gesträuch auf dem Abhang. Das andere Ufer war flach und niedrig. Dort huschte unter einer einsamen Gruppe ausladender Bäume das Flämmchen eines Lagerfeuers, und Margarita sah Gestalten, die sich bewegten. Ihr war, als klänge von dort prickelnd lustige Musik herüber. Weiterhin war auf der silbrigen Ebene, so weit das Auge reichte, kein Anzeichen von Menschen oder Behausungen zu sehen.

Margarita schwang sich den Abhang hinunter zum Wasser. Es lockte nach dem raschen Flug zum Bade. Sie warf den Besen weg, nahm einen Anlauf und stürzte sich kopfüber in den Fluß. Wie ein Pfeil schoß ihr leichter Körper hinein und schleuderte eine Wassersäule fast bis zum Mond. Das Wasser war warm wie in der Badewanne, und Margarita, die aus der Tiefe wieder herauftauchte, schwamm in völliger Einsamkeit nach Herzenslust im Fluß umher.

In ihrer Nähe war niemand, aber in einiger Entfernung hörte sie hinter den Büschen ein Plätschern und Prusten – dort badete auch wer.

Margarita eilte ans Ufer. Ihr Körper glühte nach dem Bad. Sie spürte keinerlei Müdigkeit und vollführte im nassen Gras einen freudigen Tanz. Plötzlich hörte sie auf zu tanzen und spitzte die Ohren. Das Prusten kam näher, und im Weidengesträuch zeigte sich ein nackter Dickwanst mit schwarzem Seidenzylinder, den er auf den Hinterkopf geschoben hatte. Seine Füße waren mit einer Schlammschicht überzogen, und es sah aus, als trüge er schwarze Schuhe. Nach seinem Schnaufen und Hicken zu urteilen, war er tüchtig betrunken, was übrigens dadurch bestätigt wurde, daß der Fluß plötzlich nach Kognak roch.

Als der Dickwanst Margarita erblickte, starrte er sie an, dann brüllte er freudig:

»Was ist denn das? Wen seh ich da? Claudine, das bist du doch, du lustige Witwe? Du auch hier?« Und er kam zur Begrüßung dicht heran.

Margarita trat zurück und antwortete würdevoll:

»Scher dich zu des Teufels Großmutter! Was heißt hier Claudine? Kuck dir vorher an, mit wem du redest.« Nach kurzem Überlegen schloß sie ihre Rede mit einem langen, nicht druckfähigen Fluch. All das ernüchterte den leichtsinnigen Dickwanst.

»Oi!« rief er leise und zuckte zusammen, »verzeiht mir großmütig, erlauchte Königin Margot! Ich habe mich versehen. Schuld daran ist der ver-

fluchte Kognak!« Der Dickwanst beugte das Knie, schwenkte den Zylinder zur Seite, machte eine Verbeugung und radebrechte in einem Gemisch von Russisch und Französisch allen möglichen Humbug von der blutigen Hochzeit seines Freundes Guessard in Paris und vom Kognak und davon, wie zerknirscht er über seinen betrüblichen Irrtum sei.

»Zieh dir wenigstens Hosen an, du Hundesohn«, lenkte Margarita ein.

Vor Freude, daß Margarita nicht böse war, zeigte der Dickwanst ein breites Lächeln und erzählte begeistert, er sei nur deshalb ohne Hosen, weil er sie in seiner Zerstreutheit am Fluß Jenissej vergessen habe; dort habe er zuvor gebadet, aber jetzt werde er sofort hinfliegen, es sei ja nur ein Katzensprung, und nachdem er sich noch ihrer Gunst und ihrem Schutz anbefohlen hatte, entfernte er sich rückwärts, bis er ausglitt und rücklings ins Wasser fiel. Noch im Fallen bewahrte sein von einem kleinen Backenbart umrahmtes Gesicht das entzückte und ergebene Lächeln.

Margarita stieß einen gellenden Pfiff aus, bestieg den herbeieilenden Besen und flog hinüber zum anderen Ufer. Der Schatten des Kreideabhangs reichte nicht bis hierher, das ganze Ufer war von Mondlicht übergossen.

Kaum hatte Margarita das feuchte Gras berührt, da schallte die Musik unter den Weiden lauter, und lustiger sprühten die Feuerfunken. Unter den Weidenzweigen mit den im Mondlicht sichtbaren puschligen Kätzchen saßen in zwei Reihen dickmäulige Frösche und spielten, sich wie Gummibälle aufblasend, auf Holzflöten einen bravourösen Marsch. Vor den Musikanten hingen an Weidenruten faulige Holzstücke und beleuchteten die Noten, und auf den Froschmäulern blinkte der Widerschein des Feuers.

Der Marsch wurde zu Ehren Margaritas gespielt. Man bereitete ihr einen überaus feierlichen Empfang. Die durchsichtigen Wassernymphen unterbrachen ihren Reigen überm Fluß und winkten ihr mit Wasserpflanzen zu, und weit übers öde grünliche Ufer klang ihr stöhnender Begrüßungssang. Hinter den Weiden sprangen nackte Hexen hervor, stellten sich in einer Reihe auf und sanken in tiefen Hofknicksen zusammen. Ein ziegenbeiniger Kerl flog herbei, berührte niederkniend Margaritas Hand, wobei er sein Seidengewand im Gras ausbreitete, und erkundigte sich, ob die Königin gut gebadet habe, dann empfahl er ihr, sich niederzulegen und zu entspannen.

Margarita befolgte den Rat. Der Ziegenbeinige brachte ihr ein Glas Champagner, sie leerte es, und gleich wurde ihr warm ums Herz. Auf ihre Frage, wo Natascha sei, erhielt sie zur Antwort, Natascha habe bereits gebadet und sei auf ihrem Eber nach Moskau vorausgeeilt, um Margaritas baldige Ankunft zu melden und um bei der Fertigstellung ihres Festgewandes zu helfen.

Eine Episode krönte Margaritas kurzen Aufenthalt unter den Weiden. In der Luft sauste es, und ein dunkler Körper, der offenbar sein Ziel verfehlt hatte, stürzte ins Wasser. Gleich darauf stand vor Margarita der Dickwanst mit dem Backenbart, der sich ihr am anderen Ufer so ungeschickt vorgestellt hatte. Er schien tatsächlich am Jenissej gewesen zu sein, denn er trug einen Frack, war jedoch nun von Kopf bis Fuß durchnäßt: Der Kognak hatte ihm zum zweitenmal einen Streich gespielt: Bei der Landung war er ins Wasser gefallen. Aber sein Lächeln hatte er auch bei diesem betrüblichen Vorfall nicht verloren, und Margarita bot ihm lachend die Hand zum Kuß.

Alsdann sammelte sich alles. Die Wassernymphen beendeten ihren Reigen und lösten sich im Mondlicht auf. Der Ziegenbeinige fragte Margarita achtungsvoll, wie sie zum Fluß gekommen sei. Als er hörte, sie sei auf einem Besen hergeritten, sagte er:

»Oh, warum denn, das ist doch unbequem!« Flugs fertigte er aus zwei Ästen ein Hexentelefon und forderte irgendwo einen Wagen an, der auch prompt kam. Ein falbes Kabriolett senkte sich auf die Insel nieder, nur saß am Lenkrad kein gewöhnlicher Fahrer, sondern eine schwarze Krähe mit langem Schnabel, Wachstuchmütze und Stulpenhandschuhen. Die Insel verödete. Die Hexen, die schon abgeflogen waren, lösten sich im lodernden Mondlicht auf. Das Feuer brannte nieder, die Kohlen überzogen sich mit grauer Asche.

Der Backenbärtige und der Ziegenbeinige halfen Margarita auf den breiten Rücksitz des Wagens. Der Wagen heulte auf, tat einen Sprung und stieg fast bis zum Mond empor. Die Insel verschwand, der Fluß verschwand, Margarita raste gen Moskau.

22

Im Kerzenlicht

Das gleichmäßige Brummen des Wagens hoch über der Erde schläferte Margarita ein, und das Mondlicht wärmte angenehm. Sie schloß die Augen, bot ihr Gesicht dem Wind und dachte wehmütig an das unbekannte Flußufer, das sie wohl niemals wiedersehen würde. Nach all den Wundern und Zaubereien des heutigen Abends ahnte sie bereits, zu wem man sie brachte, doch es schreckte sie nicht. Die Hoffnung, dort ihr Glück wiederzufinden, machte sie furchtlos. Im übrigen konnte sie im Wagen nicht lange von ihrem Glück träumen. Ob die Krähe ihr Handwerk gut beherrschte oder ob der Wagen gut war, jedenfalls sah Margarita, als sie bald nach dem Abflug die Augen öffnete, schon nicht mehr die Waldesfinsternis unter sich, sondern das flimmernde Lichtermeer von Moskau. Der schwarze Schofförvogel schraubte im Flug das rechte Vorderrad ab, dann landete der Wagen auf einem menschenleeren Friedhof im Stadtbezirk Dorogomilowo. Die Krähe ließ Margarita,

die keinerlei Fragen stellte, mitsamt ihrem Besen neben einem Grab aussteigen, dann startete sie abermals den Wagen und lenkte ihn gradewegs in eine Schlucht hinterm Friedhof. Polternd stürzte das Fahrzeug hinab und zerschellte. Die Krähe legte respektvoll die Hand an den Mützenschirm, setzte sich aufs abgeschraubte Rad und flog davon.

Alsbald erschien hinter einem Grabdenkmal ein schwarzer Umhang. Ein Eckzahn glänzte im Mondlicht, Margarita erkannte Asasello. Mit einer Handbewegung bedeutete er ihr, den Besen zu besteigen, er selbst sprang auf ein langes Rapier, beide flogen los und landeten nach wenigen Sekunden unbemerkt vor dem Haus Sadowaja Nr. 302 b.

Als die beiden, Besen und Rapier unterm Arm, in den Torweg traten, erblickte Margarita einen Mann mit Schiebermütze und hohen Stiefeln, der auf jemand zu warten schien. So leicht auch Asasellos und Margaritas Schritte waren, der einsame Mann hörte sie doch, zuckte unruhig zusammen und begriff nicht, wo sie herkamen.

Ein zweiter Mann, der dem ersten erstaunlich ähnelte, stand vor der Tür des sechsten Aufgangs. Die Geschichte wiederholte sich. Schritte... Der Mann drehte sich unruhig um und verkniff das Gesicht. Als dann noch die Tür aufging und sich wieder schloß, stürzte er hinter den unsichtbar Eingetretenen her und blickte ins Treppenhaus, sah aber natürlich nichts.

Der dritte, eine genaue Kopie des zweiten und mithin auch des ersten, wachte im zweiten Stock auf dem Treppenabsatz. Er rauchte eine starke Zigarette, und als Margarita an ihm vorbeiging, mußte sie husten. Der Raucher, wie von der Tarantel gestochen, sprang von der Bank, auf der er saß, sah sich nervös um, trat ans Geländer und blickte hinunter. Aber Margarita und ihr Begleiter standen schon vor der Tür der Wohnung Nr. 50. Sie läuteten nicht, Asasello öffnete sie geräuschlos mit seinem Schlüssel.

Das erste, was Margarita wunderte, war die Finsternis, in die sie trat, eine Finsternis wie tief unter der Erde, so daß sie sich, um nicht zu straucheln, unwillkürlich an Asasellos Umhang festhielt. Aber schon flammte hoch oben das Licht eines Lämpchens auf und kam näher. Asasello nahm im Gehen Margarita den Besen ab, der lautlos im Dunkel verschwand. Sie stiegen breite Stufen hinauf, die kein Ende zu nehmen schienen. Margarita war verblüfft, daß in der Diele einer normalen Moskauer Wohnung so eine unsichtbare, aber gut fühlbare endlose Treppe Platz hatte. Dann war die Treppe zu Ende, und Margarita stand auf einem Podest. Das Licht kam dicht heran, und Margarita erblickte das beleuchtete Gesicht des großen schwarzen Mannes, der das Lämpchen in der Hand hielt. Wer in den letzten Tagen das Pech gehabt hatte, ihm über den Weg zu laufen, hätte ihn selbst beim schwachen Licht des Lämpchens sofort erkannt. Es war Korowjew alias Fagott. Sein Aussehen freilich hatte sich sehr verändert. Das flackernde Lichtlein spiegelte sich nicht im gesprungenen Zwicker, den er längst hätte in den Abhub werfen sollen, sondern in einem Monokel, das allerdings auch einen Sprung hatte. Das Schnurrbärtchen im frechen Gesicht war hochgewichst, und schwarz sah er aus, weil er einen Frack trug. Weiß war nur seine Brust.

Der Magier, Kantor, Zauberer, Dolmetscher oder weiß der Teufel was er eigentlich war, kurzum, Korowjew verbeugte sich, wobei er das Lämpchen durch die Luft schwenkte, und bat Margarita, ihm zu folgen. Asasello verschwand.

Wirklich ein merkwürdiger Abend, dachte Margarita, alles habe ich erwartet, nur das nicht. Ob Stromsperre ist? Aber das Erstaunlichste ist die Größe dieses Raums. Wie paßt das alles in eine Moskauer Wohnung? Das ist doch einfach unmöglich!

Korowjews Lämpchen gab nur wenig Licht, aber Margarita erkannte trotzdem, daß sie sich in einem unermeßlich großen Saal befand, noch dazu mit einer dunklen Kolonnade, die kein Ende zu nehmen schien. Bei einem kleinen Sofa blieb Korowjew stehen, setzte sein Lämpchen auf ein hölzernes Postament, lud Margarita mit einer Geste ein, Platz zu nehmen, und stellte sich in malerischer Pose neben sie, den Ellenbogen auf das Postament gestützt.

»Gestattet mir, mich Euch vorzustellen«, knarrte Korowjew, »Korowjew. Ihr wundert Euch, daß kein Licht brennt? Ihr denkt natürlich, aus Sparsamkeit? I wo! Der erste beste Scharfrichter, und sei es einer von denen, die nachher die Ehre haben werden, Euch das Knie zu küssen, soll mir auf diesem Postament hier den Kopf abhacken, wenn es aus Sparsamkeit geschieht! Nein, der Messere mag kein elektrisches Licht, und wir schalten es erst im allerletzten Moment ein. Und dann, glaubt mir, wird daran kein Mangel mehr sein. Dann wird man vielleicht sogar wünschen, es wäre etwas weniger.«

Korowjew gefiel Margarita, und sein klirrendes Geschwätz wirkte beruhigend auf sie.

»Nein«, antwortete Margarita, »am meisten wundert mich, wie das alles hier Platz hat.« Mit einer Armbewegung zeigte sie die Unermeßlichkeit des Saales.

Korowjew griente süßlich, Schatten hüpften in seinen Nasenfalten.

»Das ist das einfachste von allem«, sagte er. »Wer mit der fünften Dimension vertraut ist, dem macht es nichts aus, einen Raum bis zur gewünschten Größe zu erweitern. Mehr noch, verehrte Dame, überhaupt bis zu jeder Größe! Im übrigen«, schwatzte Korowjew weiter, »habe ich Leute gekannt, die von der fünften Dimension und auch sonst keine Ahnung hatten und nichtsdestoweniger im Sinne der Erweiterung ihrer Räumlichkeit perfekte Wunder vollbrachten. So hörte ich zum Beispiel erzählen, daß ein Einwohner der Stadt eine Dreizimmerwohnung auf dem Semljanoi-Wal bekam. Ohne jede fünfte Dimension und all den anderen Kram, von dem einem bloß dumm im Kopf wird, verwandelte er sie in eine Vierzimmerwohnung, indem er das eine Zimmer durch eine Wand teilte. Diese Wohnung tauschte er gegen zwei andere in verschiedenen Moskauer Stadtbezirken: eine Drei- und eine Zweizimmerwohnung. Sie werden mir beipflichten, daß er jetzt schon fünf Zimmer besaß. Die Dreizimmerwohnung tauschte er gegen zwei Zweizimmerwohnungen und war nun, wie Sie sehen, Besitzer von sechs Zimmern, die freilich über ganz Moskau verstreut lagen. Schon holte er zum letzten und glänzendsten Schlag aus, indem er ein Zeitungsinserat veröffentlichte, daß er sechs Zimmer in verschiedenen Bezirken von Moskau gegen eine Fünfzimmerwohnung auf dem Semljanoi-Wal tausche, als seine Tätigkeit aus Gründen, auf die er keinen Einfluß hatte, unterbunden wurde. Wahrscheinlich hat er jetzt nur noch ein Zimmer, und das liegt, ich wage es zu versichern, nicht in Moskau. So ein Intrigant war das, und Ihr geruht, von der fünften Dimension zu sprechen!«

Margarita, die gar nicht von der fünften Dimension gesprochen hatte (nur Korowjew hatte sie erwähnt), lachte vergnügt, während sie der Erzählung über die Taten des Wohnungsschiebers zuhörte.

»Aber zur Sache, zur Sache, Margarita Nikolajewna«, fuhr Korowjew fort. »Ihr seid eine sehr kluge Frau und habt natürlich längst erraten, wer unser Herr ist.«

Margaritas Herz tat einen harten Schlag, sie nickte.

»Na also«, sagte Korowjew, »wir hassen alles Unausgesprochene und jegliche Geheimniskrämerei. Der Messere gibt alljährlich einen Ball, genannt Frühlingsvollmondball oder Ball der hundert Könige. Himmel und Menschen!« Korowjew griff sich an die Wange, als schmerze ihn ein Zahn. »Im übrigen hoffe ich, Ihr werdet Euch davon überzeugen. Also, der Messere ist natürlich, Ihr könnt's Euch denken, unverheiratet. Aber er braucht eine Ballkönigin.« Korowjew breitete die Arme aus. »Sagt selber, ohne Ballkönigin...«

Margarita hörte ihm zu, bemüht, kein Wort zu verlieren, sie hatte ein kaltes Gefühl unterm Herzen, und die Hoffnung auf Glück machte sie schwindeln.

»Nun hat sich die Tradition herausgebildet«, erzählte Korowjew weiter, »daß die Ballkönigin erstens Margarita heißen und zweitens aus dem Ort stammen muß. Seht, wir sind ständig auf Reisen und befinden uns gegenwärtig in Moskau. Hunderteinundzwanzig Margaritas haben wir hier ermittelt, und glaubt mir« – Korowjew schlug sich verzweifelt aufs Knie –, »nicht eine ist geeignet! Endlich führte uns ein glückliches Schicksal...«

Korowjew schmunzelte ausdrucksvoll und verbeugte sich, und wieder wurde es Margarita kalt ums Herz.

»Kürzer!« schrie Korowjew. »Ganz kurz: Wollt Ihr diese Pflicht übernehmen?«

»Ich will!« antwortete Margarita fest.

»Abgemacht«, sagte Korowjew, hob das Lämpchen und fügte hinzu: »Ich bitte, mir zu folgen.«

Sie gingen zwischen Säulen hindurch und gelangten in einen anderen Saal, wo es stark nach Zitronen roch; man hörte ein Rascheln, etwas streifte Margaritas Kopf. Sie zuckte zusammen.

»Erschreckt nicht«, beruhigte Korowjew sie freundlich und nahm sie beim Arm, »das sind die Ballattraktionen von Behemoth, nichts weiter. Überhaupt möchte ich mir die Kühnheit herausnehmen und Ihnen raten, niemals und vor nichts Angst zu haben, Margarita Nikolajewna. Das wäre unvernünftig. Es wird ein prunkvoller Ball werden, das will ich Ihnen nicht verhehlen. Wir werden Personen sehen, die seinerzeit eine außergewöhnliche Machtfülle besaßen. Wenn man freilich daran denkt, wie mikroskopisch klein ihre Möglichkeiten sind im Vergleich zu den Möglichkeiten desjenigen, dessen Suite anzugehören ich die Ehre habe, dann wird einem komisch und, ich will mal sagen, traurig zumute. Dabei sind Sie selbst von königlichem Blut.«

»Warum von königlichem Blut?« flüsterte Margarita erschrocken und schmiegte sich an Korowjew.

»Ach, Königin«, schwatzte Korowjew kokett, »die Fragen des Blutes sind die kompliziertesten Fragen der Welt! Befragte man ein paar Urgroßmütter, namentlich solche, die im Ruf der Demut standen, so würden erstaunliche Geheimnisse zutage kommen, verehrte Margarita Nikolajewna! Ich versündige mich keineswegs, wenn ich bei dieser Gelegenheit ein kunstvoll gemischtes Kartenspiel erwähne. Es gibt Dinge, bei denen nicht nur Standesschranken, sondern selbst Staatsgrenzen völlig bedeutungslos werden. Ich will mal andeuten: Eine französische Königin, die im sechzehnten Jahrhundert lebte, wäre wohl sehr verblüfft gewesen, wenn ihr jemand gesagt hätte, daß nach vielen Jahren ich ihre Ururururenkelin am Arm durch Moskauer Ballsäle führen würde. Aber wir haben's geschafft!«

Korowjew blies das Lämpchen aus, es verschwand aus seinen Händen, und Margarita erblickte vor sich auf dem Fußboden einen Lichtstreifen unter einer dunklen Tür. An diese Tür pochte Korowjew. Margarita war so aufgeregt, daß ihr die Zähne klapperten und ein Frösteln über den Rücken kroch. Die Tür ging auf. Sie führte in ein kleines Zimmer. Margarita erblickte ein breites Eichenbett mit zerknautschten schmuddligen Laken und Kissen. Vor dem Bett stand ein Eichentisch mit geschnitzten Beinen, auf dem in einem Kandelaber mit sieben Kerzenhaltern in Form von goldenen Vogel-

krallen dicke Wachskerzen brannten. Außerdem lag auf dem Tisch ein großes Schachbrett mit sehr kunstvoll gearbeiteten Figuren. Auf einem kleinen abgewetzten Teppich stand ein niedriges Bänkchen. Außerdem gab es noch einen Tisch mit einer goldenen Schale und einem anderen Kandelaber, dessen Arme die Form von Schlangen hatten. Im Zimmer roch es nach Schwefel und Pech. Die Schatten der Leuchter kreuzten sich auf dem Fußboden.

Unter den Anwesenden erkannte Margarita Asasello, der, nunmehr befrackt, am Kopfende des Bettes stand. So herausgeputzt, hatte er keine Ähnlichkeit mehr mit dem Verbrecher, als den ihn Margarita im Alexandrowski-Garten kennengelernt hatte.

Er machte ihr eine äußerst galante Verbeugung.

Eine nackte Hexe, jene Gella, die den ehrenwerten Kantinenwirt derart in Verlegenheit gebracht hatte, und – o weh – dieselbe, die zum Glück in der Nacht nach der berühmten Vorstellung vom Hahn verjagt worden war, saß auf einem kleinen Teppich vor dem Bett und rührte in einer Kasserolle, von der Schwefeldampf aufstieg.

Außerdem hielt sich im Zimmer ein riesiges schwarzes Katervieh auf; es saß auf einem hohen Hocker vor dem Schachtisch und hielt einen Springer in der rechten Pfote.

Gella stand auf und verneigte sich vor Margarita. Das gleiche tat der Kater, der vom Hocker sprang. Er vollführte mit der rechten Hinterpfote einen Kratzfuß, verlor dabei den Springer und kroch unters Bett, um ihn zu suchen.

All das nahm die vor Angst vergehende Margarita im trügerischen Kerzenlicht nur undeutlich wahr. Ihr Blick wurde vom Bett angezogen, auf dem der Mann saß, den noch vor kurzem der arme Iwan an den Patriarchenteichen zu überzeugen versucht hatte, daß der Satan nicht existiere. Dieser Nichtexistierende also saß auf dem Bett.

Zwei Augen starrten Margarita ins Gesicht. In der Tiefe des rechten glänzte ein goldener Funke, der sich jedem bis auf den Grund der Seele bohrte; das linke Auge war leer und schwarz wie ein schmales Nadelöhr, wie die Öffnung eines grundlosen Brunnens voll Schatten und Finsternis. Volands eine Gesichtshälfte war schief, der rechte Mundwinkel herabgezogen, auf der hohen kahlen Stirn waren parallel zu den dünnen Brauen tiefe Falten eingeschnitten. Sein Gesicht schien für alle Zeiten von der Sonne verbrannt.

Voland saß breit aufs Bett geflätzt, bekleidet mit nichts als einem schmutzigen langen Nachthemd, an der linken Schulter geflickt. Das eine nackte Bein hatte er unter sich gezogen, das andere lag ausgestreckt auf dem Bänkchen. Es sah dunkel aus; Gella war beschäftigt, es mit dampfender Salbe einzuschmieren.

Des weiteren erblickte Margarita auf der nackten unbehaarten Brust Volands ein Goldkettchen mit einem kunstvoll aus dunklem Stein geschnittenen Käfer, dessen Rücken Schriftzeichen aufwies. Neben Voland stand auf einem schweren Postament ein merkwürdiger, gleichsam lebendiger, nur auf einer Seite von der Sonne beschienener Globus.

Das Schweigen währte einige Augenblicke. Er studiert mich, dachte Margarita, bemüht, das Zittern in den Beinen niederzuzwingen.

Endlich ergriff Voland das Wort, er lächelte, wobei sein funkelndes Auge aufzulodern schien.

»Ich grüße Euch, Königin, und ich bitte Euch, meine saloppe Aufmachung zu entschuldigen.«

Volands Stimme war so tief, daß sie bei manchen Silben ins Heisere absank.

Er nahm einen langen Degen vom Bett, stocherte gebückt darunter und sagte:

»Komm vor! Die Partie wird unterbrochen. Das Gast ist eingetroffen.«

»Das ist keinesfalls notwendig«, soufflierte Korowjew Margarita besorgt zischelnd ins Ohr.

»Das ist keinesfalls notwendig...«, begann Margarita.

»Messere...«, hauchte Korowjew.

»Das ist keinesfalls notwendig, Messere«, sagte Margarita, die sich wieder in der Gewalt hatte, leise, doch deutlich und fügte lächelnd hinzu: »Ich flehe Sie an, die Partie nicht abzubrechen. Ich glaube, die Schachzeitschriften würden viel Geld dafür bezahlen, wenn sie die Möglichkeit hätten, sie zu drucken.«

Asasello ächzte beifällig, und Voland, der Margarita aufmerksam ansah, bemerkte gleichsam für sich:

»Ja, Korowjew hat recht. Wie kunstvoll ist das Kartenspiel gemischt! Das Blut!«

Er streckte die Hand aus und winkte sie zu sich. Sie trat zu ihm und spürte den Fußboden unter den bloßen Füßen nicht. Voland legte seine Hand, schwer wie ein Stein und zugleich heiß wie Feuer, Margarita auf die Schulter, zog sie nieder und nötigte sie neben sich aufs Bett.

»Je nun, wenn Ihr so bezaubernd liebenswürdig seid, und ich habe auch nichts anderes erwartet, dann werden wir keine großen Umstände machen.« Er beugte sich wieder über den Bettrand und schrie: »Wie lange willst du noch unterm Bett Unfug treiben? Komm vor, verfluchter Hans!«

»Kann den Springer nicht finden«, antwortete der Kater unterm Bett mit erstickter und verstellter Stimme, »er ist irgendwo hingesprungen, und ich krieg statt dessen immer nur einen Frosch zu fassen.«

»Du glaubst doch nicht etwa, du bist in einer Jahrmarktsbude?« fragte Voland mit gespieltem Ärger. »Unterm Bett war nie ein Frosch! Solche billigen Späße kannst du im Varieté machen. Wenn du nicht sofort zum Vorschein kommst, gilt die Partie für dich als verloren, verfluchter Deserteur!«

»Um keinen Preis, Messere!« brüllte der Kater und kroch im selben Moment unterm Bett hervor, den Springer in der Pfote.

»Darf ich vorstellen...«, wollte Voland beginnen, doch er unterbrach sich: »Nein, ich kann diesen Hanswurst nicht ansehen. Schaut nur, wie er sich unterm Bett herausgeputzt hat!«

Der Kater, staubverschmiert und aufrecht stehend, machte Margarita eine Verbeugung. Um den Hals trug er eine weiße Frackschleife, und auf seiner Brust baumelte an einem Riemen ein perlmutterverkleidetes Opernglas für Damen. Außerdem war sein Schnurrbart vergoldet.

»Was ist denn das nun wieder?« rief Voland. »Wozu hast du dir den Schnurrbart vergoldet? Und was zum Teufel soll die Schleife, wenn du nicht mal Hosen anhast?«

»Hosen geziemen sich nicht für einen Kater, Messere«, antwortete der Kater würdevoll, »oder soll ich vielleicht auch noch Stiefel anziehen? Einen gestiefelten Kater gibt's nur im Märchen, Messere. Aber habt Ihr schon mal auf dem Ball jemand ohne Schleife gesehen? Ich habe nicht die Absicht, mich lächerlich zu machen und zu riskieren, daß man mich rausschmeißt! Jeder schmückt sich, wie er kann. Das gilt auch für das Opernglas, Messere!«

»Aber der Schnurrbart?«

»Ich verstehe nicht«, entgegnete der Kater trocken, »wieso Asasello und Korowjew sich heute nach dem Rasieren mit weißem Puder bestreuen durften und warum es besser sein soll als goldenes. Ich hab mir nur den Schnurrbart gepudert, weiter nichts! Was anderes wär's, wenn ich mich rasiert hätte! Ein rasierter Kater ist in der Tat eine Schweinerei, das will ich tausendmal zugeben. Aber ich sehe« – die Stimme des Katers zitterte vor Kränkung –, »daß man an mir herumkrittelt. Nun entsteht für mich ein ernstes Problem – soll ich überhaupt am Ball teilnehmen? Was sagt Ihr dazu, Messere?«

Vor Beleidigung blies sich der Kater dermaßen auf, daß es schien, als würde er jeden Moment platzen.

»Ach, dieser Gauner, dieser Gauner«, sagte Voland und wiegte den Kopf, »jedesmal, wenn seine Partie hoffnungslos steht, schwatzt er einen besoffen wie der letzte Marktschreier. Setz dich sofort hin und hör auf mit deinem Gequassel!«

»Ich setze mich«, antwortete der Kater, indem er sich setzte, »aber was das letzte betrifft, so muß ich widersprechen. Meine Reden sind keineswegs Gequassel, wie Sie sich in Gegenwart einer Dame auszudrücken beliebten, sondern eine Reihe gut verpackter Syllogismen, die Kenner nach ihrem Wert schätzen würden, solche wie Sextus Empiricus, Martianus Capella und am Ende gar Aristoteles.«

»Schach dem König«, sagte Voland.

»Bitte, bitte«, antwortete der Kater und schaute durchs Opernglas aufs Brett.

»Also«, sagte Voland zu Margarita, »ich empfehle Euch mein Gefolge, Donna. Der hier den Narren spielt, ist der Kater Behemoth. Asasello und Korowjew kennt Ihr bereits, und nun stelle ich Euch meine Dienerin Gella vor. Sie ist aufgeweckt und anstellig, und es gibt keinen Dienst, den sie nicht zu leisten vermöchte.«

Die schöne Gella richtete ihre grünlichen Augen auf Margarita und lächelte, doch sie hörte dabei nicht auf, mit der hohlen Hand Salbe zu schöpfen und Voland aufs Knie zu packen.

»Nun, das sind alle«, schloß Voland und verzog das Gesicht, als Gella sein Knie besonders heftig drückte, »es ist, wie Ihr seht, eine kleine, gemischte und arglose Gesellschaft.« Er verstummte und drehte den Globus, der so kunstvoll gearbeitet war, daß die blauen Ozeane wogten und die Polkappen so echt aussahen, als wären sie wirklich aus Schnee und Eis.

Auf dem Brett war unterdes Verwirrung entstanden. Unmutig trippelte der König im weißen Umhang auf seinem Feld und hob verzweifelt die Arme. Drei weiße Bauern, Landsknechte mit Hellebarden, blickten bestürzt auf den Offizier, der den Degen schwenkte und nach vorn wies, wo auf zwei Nachbarfeldern, einem weißen und einem schwarzen, Volands schwarze Ritter auf feurigen Rappen saßen, die mit den Hufen ihr Feld stampften.

Margarita sah mit großem Erstaunen und Interesse, daß die Schachfiguren lebendig waren.

Der Kater nahm das Glas von den Augen und knuffte seinen König in den Rücken. Der barg verzweifelt das Gesicht in den Händen.

»Schlimm steht's, teurer Behemoth«, sagte Korowjew leise und giftig.

»Die Lage ist ernst, aber keineswegs hoffnungslos«, entgegnete Behemoth, »mehr noch: Ich bin vom Endsieg fest überzeugt. Ich muß nur mal gründlich die Stellung analysieren.«

Diese Analyse nahm er auf ziemlich seltsame Weise vor: Er schnitt Grimassen und zwinkerte seinem König zu.

»Das nützt nichts«, bemerkte Korowjew.

»Au!« schrie Behemoth, »die Papageien sind weggeflogen, ich hab's Euch ja gesagt!«

Tatsächlich hörte man in der Ferne das Rauschen zahlloser Flügel. Korowjew und Asasello stürzten aus dem Zimmer.

»Der Teufel soll euch holen samt euren Ballattraktionen!« knurrte Voland und ließ kein Auge von seinem Globus.

Kaum waren Korowjew und Asasello verschwunden, da nahm Behemoths Zwinkern verstärkte Ausmaße an. Der weiße König begriff endlich, was von ihm erwartet wurde. Er riß sich den Umhang von den Schultern, warf ihn auf das Feld und flüchtete vom Brett. Der Offizier legte den weggeworfenen Königsmantel an und nahm den Platz des Königs ein. Korowjew und Asasello kehrten zurück.

»Schwindel, wie immer«, murrte Asasello mit einem Seitenblick auf Behemoth.

»Mir war aber so, als ob ich's gehört hätte«, antwortete der Kater.

»Was ist, soll das noch lange so gehen?« fragte Voland. »Schach dem König.«

»Ich habe mich wohl verhört, Maître«, antwortete der Kater, »es gibt kein Schach dem König, und es kann keins geben.«

»Ich wiederhole, Schach dem König.«

»Messere«, entgegnete der Kater mit geheuchelter Besorgnis in der Stimme, »Ihr seid übermüdet, es gibt kein Schach dem König!«

»Der König steht auf dem Feld g2«, sagte Voland, ohne aufs Brett zu blicken.

»Messere, ich bin entsetzt«, heulte der Kater, und seine Visage zeigte Entsetzen, »auf diesem Feld steht kein König!«

»Was soll das?« fragte Voland unmutig und blickte aufs Brett, wo der Offizier auf dem Königsfeld sich abwandte und die Hand vors Gesicht hielt.

»Ach, du Halunke«, sagte Voland nachdenklich.

»Messere, ich wende mich wieder an die Logik!« sagte der Kater und drückte die Pfoten an die Brust. »Wenn ein Spieler dem König Schach bietet und der König überhaupt nicht mehr auf dem Brett ist, gilt das Schach als unwirksam!«

»Gibst du auf oder nicht?« schrie Voland mit furchtbarer Stimme.

»Gestattet mir zu überlegen«, antwortete der Kater friedlich, stützte die Ellbogen auf den Tisch, die Ohren in die Pfoten und dachte nach. Er dachte lange nach, und endlich sagte er: »Ich gebe auf.«

»Man sollte die sture Bestie totschlagen«, flüsterte Asasello.

»Ja, ich gebe auf«, sagte der Kater, »aber nur deshalb, weil ich in einer Atmosphäre des Kesseltreibens seitens meiner Neider nicht spielen kann!« Er erhob sich, die Schachfiguren schlüpften ins Kästchen.

»Gella, es ist Zeit«, sagte Voland, und Gella verschwand aus dem Zimmer. »Ich hab ein schlimmes Bein, und dann dieser Ball…«

»Erlauben Sie mir…«, bat Margarita leise.

Voland blickte sie durchdringend an und schob ihr sein Knie zu.

Der Schlamm war heiß wie Lava, aber Margarita zuckte nicht mit der Wimper. Bemüht, ihm keinen Schmerz zuzufügen, rieb sie ihm das Knie ein.

»Meine Vertrauten behaupten, das sei Rheumatismus«, sagte Voland und ließ kein Auge von Margarita, »aber ich hege den Verdacht, daß dieser

Schmerz im Knie ein Andenken an eine bezaubernde Hexe ist, mit der ich fünfzehnhunderteinundsiebzig bei einer Schwarzen Messe auf dem Blocksberg recht nahe bekannt wurde.«

»Ach, ist es die Möglichkeit!« sagte Margarita.

»Lappalie! In dreihundert Jahren ist es weg! Man hat mir schon viele Arzneien empfohlen, aber ich halte mich an die guten alten Hausmittel meiner Großmutter. Wundersame Kräuter hat mir das alte Scheusal hinterlassen! Apropos, habt Ihr irgendein Leiden? Oder vielleicht einen Kummer, der Euch die Seele vergiftet?«

»Nein, Messere, nichts dergleichen«, antwortete Margarita schlau, »und jetzt, bei Ihnen, bin ich wunschlos glücklich.«

»Das Blut ist eine große Sache...«, sagte Voland vergnügt ins Leere und fügte hinzu: »Ich sehe, Ihr interessiert Euch für meinen Globus?«

»O ja, ein solches Stück habe ich noch nie gesehen.«

»Ein gutes Stück. Ehrlich gesagt, ich liebe die Radionachrichten nicht. Sie werden von jungen Dingern gesprochen, die die Ortsnamen nuscheln. Außerdem hat jede dritte einen Sprachfehler, als würden sie eigens danach ausgewählt. Mein Globus ist da viel bequemer, zumal ich die Ereignisse genau kennen muß. Seht Ihr hier dieses Stück Erde, seitlich vom Ozean umspült? Schaut, es färbt sich feurig. Dort geht ein Krieg los. Wenn Ihr näher hinseht, werdet Ihr auch Einzelheiten erkennen.«

Margarita beugte sich über den Globus und sah, wie das kleine Quadrat der Erde größer wurde, sich mit vielen Farben bedeckte und sich gleichsam in eine Reliefkarte verwandelte. Dann erblickte sie das schmale Band eines Flusses und eine Siedlung am Ufer. Ein erbsengroßes Häuschen wuchs bis zur Größe einer Streichholzschachtel. Plötzlich flog lautlos das Dach des Häuschens in die Luft, eine schwarze Rauchwolke wallte hoch, und die Wände stürzten ein, so daß von der zweigeschossigen Streichholzschachtel nichts blieb als ein Häufchen Asche, von dem schwarzer Qualm aufstieg. Als Margarita noch näher hinsah, erkannte sie eine kleine Frauengestalt, die auf der Erde lag, und daneben in einer Blutlache ein Kind mit ausgebreiteten Armen.

»Aus«, sagte Voland lächelnd, »es hat noch keine Sünden begehen können. Abadonna arbeitet einwandfrei.«

»Ich möchte nicht zu denen gehören, gegen die dieser Abadonna kämpft«, sagte Margarita, »auf welcher Seite steht er?«

»Je länger ich mit Euch spreche«, antwortete Voland liebenswürdig, »desto mehr wird mir bewußt, wie klug Ihr seid. Ich kann Euch beruhigen. Er ist unvoreingenommen wie kaum einer und empfindet für beide kämpfenden Seiten das gleiche. Darum sind die Resultate für beide Seiten stets die gleichen. – Abadonna!« rief er leise, und aus der Wand trat eine magere Gestalt mit dunkler Brille. Diese Brille machte auf Margarita einen so starken Eindruck, daß sie mit leisem Aufschrei das Gesicht an Volands Bein barg.

»Hört auf!« rief Voland. »Was sind doch die heutigen Menschen nervös.« Er holte aus und versetzte Margarita einen klatschenden Hieb auf den Rükken, daß ihr ganzer Körper widerhallte. »Ihr seht doch, daß er eine Brille trägt. Außerdem ist es noch niemals vorgekommen, und es wird auch niemals vorkommen, daß Abadonna vorzeitig bei jemand erscheint. Und schließlich bin ich ja auch noch da. Ihr seid doch mein Gast! Ich wollte ihn Euch nur mal zeigen.«

Abadonna stand unbeweglich.

»Kann er nicht mal für einen Moment die Brille abnehmen?« fragte Margarita und schmiegte sich an Voland; sie zitterte, jedoch bereits vor Neugier.

»Gerade das geht nicht«, antwortete Voland ernst und winkte Abadonna, der alsbald verschwand. »Was willst du sagen, Asasello?«

»Messere«, antwortete Asasello, »gestattet – wir haben zwei Unbefugte bei uns: die Schöne, die schnieft und bettelt, man möge sie bei ihrer Herrin lassen, und außerdem den, der mit ihr gekommen ist – Pardon – ihren Eber.«

»Merkwürdig, wie sich die Schönen benehmen!« versetzte Voland.

»Das ist Natascha, Natascha!« rief Margarita.

»Nun, mag sie bei ihrer Herrin bleiben. Den Eber schickt in die Küche.«

»Geschlachtet soll er werden!« schrie Margarita erschrocken. »Erbarmen Sie sich, Messere, das ist doch Nikolai Iwanowitsch vom Parterre. Da liegt ein Mißverständnis vor, sie hat ihn doch mit der Creme eingeschmiert...«

»Aber erlaubt«, sagte Voland, »wer zum Teufel will ihn denn schlachten und wozu? Er soll so lange in der Küche bei den Köchen sitzen, das ist alles. Ihr werdet zugeben, daß ich ihn schließlich nicht in den Ballsaal lassen kann.«

»Das wäre«, fügte Asasello hinzu und meldete: »Mitternacht rückt näher, Messere.«

»Ah, schön.« Voland wandte sich an Margarita: »Also, ich bitte Euch! Im voraus meinen Dank. Laßt Euch nicht verblüffen und habt keine Angst. Trinkt nichts als Wasser, sonst werdet Ihr schwach und habt es schwer. Es ist Zeit!«

Margarita erhob sich vom Teppich, in der Tür erschien Korowjew.

23

Der große Ball beim Satan

Mitternacht rückte näher, man mußte eilen. Margarita nahm ihre Umgebung nur undeutlich wahr. Kerzen und ein Wasserbecken aus Halbedelsteinen blieben ihr in Erinnerung. Auf dem Grunde des Beckens stehend,

wurde sie von Gella und der ihr assistierenden Natascha mit einer heißen, dicken roten Flüssigkeit begossen. Sie spürte einen salzigen Geschmack auf den Lippen und begriff, daß man sie mit Blut wusch. Nach dem blutigen Mantel legte man ihr einen anderen um – dickflüssig, durchsichtig und hellrosa, und ihr schwindelte der Kopf vom Duft des Rosenöls. Dann wurde sie auf ein Kristallager gebettet und mit großen grünen Blättern blank gerieben. Jetzt kam auch der Kater hereingestürmt und wollte helfen. Er hockte sich am Fußende nieder und rieb Margaritas Füße, mit einer Miene, als wienere er auf der Straße Stiefel. Margarita wußte nicht, wer ihr die Schuhe aus weißen Rosenblättern genäht hatte und wie es kam, daß sich die Goldspangen von selbst schlossen. Irgendeine Kraft zog sie hoch und stellte sie vor den Spiegel. In ihrem Haar funkelte eine diamantene Königskrone. Korowjew kam und hängte ihr das ovalgerahmte schwere Bild eines schwarzen Pudels an schwerer Kette vor die Brust. Dieser Schmuck belastete die Königin sehr. Die Kette scheuerte ihr sogleich den Hals wund, und das gewichtige Bild zog sie krumm. Aber es gab etwas, was sie für diese Unbequemlichkeiten entschädigte, und das war die Ehrerbietung, die Korowjew und Behemoth ihr bezeigten.

»Hilft nichts, hilft nichts!« murmelte Korowjew von der Tür her. »Hilft nichts, es muß sein, es muß sein... Erlaubt mir, Königin, Euch einen letzten Rat zu geben. Die Gäste werden sehr verschieden sein, oh, sehr verschieden, aber keinem von ihnen, Königin Margot, dürft Ihr den Vorzug geben! Wenn Euch einer nicht gefällt... Ich weiß, Ihr werdet es nicht zeigen, nein, nein, aber Ihr dürft es nicht einmal denken! Man würde es sofort bemerken! Jeden müßt Ihr liebgewinnen, Königin, jeden! Hundertfach wird die Ballkönigin dafür entschädigt werden. Und noch eines – überseht niemanden! Sei es ein Lächeln, wenn keine Zeit ist für ein paar Worte, sei es eine winzige Neigung des Kopfes! Gleichgültig was, jedoch auf keinen Fall Unaufmerksamkeit, sie würden hinsiechen...«

Von Korowjew und Behemoth begleitet, schritt Margarita aus dem Raum mit dem Wasserbecken in völlige Dunkelheit.

»Ich mach's«, wisperte der Kater, »ich geb das Signal!«

»Los!« antwortete Korowjew im Dunkel.

»Ball!!!« kreischte der Kater durchdringend; Margarita schrie auf und schloß für ein paar Momente die Augen. In Form von Licht brach der Ball über sie herein, und gleichzeitig kamen Geräusche und Gerüche. Margarita, von Korowjew am Arm geführt, sah sich in einem tropischen Urwald. Rotbrüstige und grüngeschwänzte Papageien hüpften und hangelten über Lianen und kreischten: »Ich bin entzückt!« Aber der Wald war bald zu Ende, und an Stelle der schwülen Dampfbadluft trat die Kühle eines Ballsaals mit Säulen aus glitzerndem gelblichem Stein. Der Saal war ebenso wie der Wald völlig menschenleer, nur bei den Säulen standen nackte Neger mit silberbrokatnen Stirnbinden. Ihre Gesichter wurden graubraun vor Erregung, als Margarita mit ihrer Suite, der sich auch Asasello angeschlossen hatte, in den Saal flog. Hier ließ Korowjew ihren Arm los und flüsterte:

»Zu den Tulpen!«

Eine niedrige Wand aus weißen Tulpen wuchs vor Margarita empor, dahinter erblickte sie zahllose Leuchtglocken und davor die weißen Hemdbrüste und schwarzen Schultern befrackter Männer. Nun erkannte sie auch, woher die Ballklänge kamen. Trompetengeschmetter stürzte sich auf sie, dazwischen peitschte Geigengejauchze und umfloß ihren Körper wie Blut. Das Orchester, etwa hundertfünfzig Mann stark, spielte eine Polonaise.

Vor dem Orchester ragte ein Mann im Frack. Als er Margaritas ansichtig wurde, erbleichte er, lächelte und schwang beide Arme – das ganze Orchester erhob sich. Ohne auch nur für einen Moment die Musik zu unterbrechen, überschwemmte es stehend Margarita mit Klängen. Der Dirigent kehrte ihm den Rücken zu und machte Margarita mit ausgebreiteten Armen eine tiefe Verbeugung. Margarita winkte ihm lächelnd zu.

»Nein, das genügt nicht«, raunte Korowjew, »davon kann er die ganze Nacht nicht schlafen. Ruft ihm zu: Ich grüße Euch, Walzerkönig!«

Margarita rief es und wunderte sich, daß ihre Stimme, volltönend wie eine Glocke, das Orchestergeheul übertönte. Der Mann zuckte beglückt zusammen und legte die Linke an die Brust, mit der Rechten, die den weißen Stab hielt, dirigierte er weiter.

»Immer noch zuwenig«, raunte Korowjew, »seht nach links, zu den ersten Geigen, und nickt ihnen zu, so daß jeder denkt, Ihr hättet ihn erkannt. Hier sind nur weltberühmte Leute. Dem da nickt zu, am ersten Pult, das ist Vieuxtemps! So, sehr schön ... Jetzt weiter!«

»Wer ist der Dirigent?« fragte Margarita entschwebend.

»Johann Strauß!« schrie der Kater. »Und man soll mich im Urwald an einer Liane hängen, wenn schon jemals auf einem Ball ein solches Orchester gespielt hat! Ich habe es eingeladen! Und wohlgemerkt, nicht einer ist erkrankt oder hat abgesagt!«

Im nächsten Saal gab es keine Säulen, dafür bestanden die Wände auf der einen Seite aus roten, rosa und milchweißen Rosen und auf der anderen aus japanischen gefüllten Kamelien. Dazwischen sprudelten zischend Fontänen, in drei Bassins schäumte Champagner, das erste Bassin war durchsichtig violett, das zweite rubinrot, das dritte kristallhell. Bei den Bassins hasteten Neger mit purpurroten Stirnbinden und schöpften mit Silberkellen Champagner in flache Schalen. In der rosa Wand gab es eine Öffnung mit einer Estrade davor, auf der ein Mann in rotem Schwalbenschwanzfrack umherquirlte. Vor ihm lärmte unerträglich laut ein Jazztrompeter. Kaum hatte der Dirigent Margarita erblickt, da klappte er vor ihr zusammen, daß seine Hände den Fußboden streiften, richtete sich wieder auf und schrie durchdringend: »Haaalleluja!«

Er hieb sich mit flacher Hand aufs Knie – eins, dann über Kreuz aufs andere – zwei, entriß dem Schlagzeuger das Becken und schmetterte es gegen eine Säule.

Die entschwebende Margarita sah nur noch, wie der Jazzvirtuose, gegen die Polonaise ankämpfend, die Margarita in den Rücken blies, das Becken seinen Musikern auf die Köpfe schlug, die sich in komischem Entsetzen duckten.

Endlich erreichten sie den Treppenabsatz, wo Margarita, das erkannte sie jetzt, im Dunkel von Korowjew mit dem Lämpchen empfangen worden war. Jetzt war das Podest von blendender Helle überflutet, die kristallenen Lichtertrauben entströmte. Margarita wurde auf einen bestimmten Platz gestellt, zu ihrer Linken befand sich ein niedriges Amethystsäulchen.

»Darauf könnt Ihr die Hand stützen, wenn Ihr ermüdet«, flüsterte Korowjew.

Ein Schwarzer schob ihr ein Kissen mit goldgesticktem Pudel unter die Füße, und sie stellte, fremden Händen gehorchend, das im Knie gebeugte rechte Bein darauf. Vorsichtig sah sie sich um. Neben ihr standen Korowjew und Asasello in Paradepose. Neben Asasello erblickte sie drei junge Männer, die dunkel an Abadonna erinnerten. Im Rücken spürte sie einen kühlen Luftzug. Sie wandte sich um und sah hinter sich zischend Wein aus der Marmorwand in ein Eisbassin sprudeln. An ihrem linken Fuß spürte sie etwas Warmes, Zottiges. Das war Behemoth.

Margarita stand hoch droben, und zu ihren Füßen führte die grandiose Treppe, mit einem Läufer bedeckt, in die Tiefe. Weit unten, so weit, als blickte sie verkehrt herum durch ein Fernglas, sah sie eine riesige Portierloge mit einem gewaltigen Kamin, in dessen kalten schwarzen Rachen bequem ein Fünftonner hätte hineinfahren können. Die Portierloge und die Treppe, deren greller Lichterglanz in die Augen schnitt, waren menschenleer. Die Trompetenklänge drangen nur noch von fern zu Margarita. Einige Minuten lang stand man unbeweglich.

»Wo sind denn die Gäste?« fragte Margarita Korowjew.

»Die kommen, Königin, die kommen, gleich kommen sie. Es wird kein Mangel an ihnen sein. Ich würde lieber Holz hacken, als sie hier auf dem Treppenpodest zu empfangen.«

»Holz hacken?« mengte sich der redselige Kater ein. »Ich würd sogar lieber als Straßenbahnschaffner gehen, und das ist wahrhaftig die mieseste Arbeit auf der Welt!«

»Alles muß rechtzeitig fertig sein, Königin«, erklärte Korowjew, und sein

Auge hinter dem verdorbenen Monokel funkelte, »nichts ist widerwärtiger, als wenn der erste Gast sich herumdrückt, nicht weiß, was er tun soll, und die ihm angetraute Megäre ihm flüsternd die Hölle heiß macht, daß sie zu früh gekommen sind. Solche Bälle sind einen Dreck wert, Königin.«

»Ja, einen Dreck«, bestätigte der Kater.

»Nur noch zehn Sekunden bis Mitternacht«, sagte Korowjew, »es geht gleich los.«

Diese zehn Sekunden kamen Margarita wie eine Ewigkeit vor. Sie waren wohl auch bereits verstrichen, doch nichts geschah. Aber plötzlich polterte es drunten im Kamin, und ein Galgen purzelte heraus, an dem ein halbverwester Leichnam baumelte. Der Leichnam riß sich vom Strick los, stürzte zu Boden und sprang als schwarzhaariger schöner Mann in Frack und Lackschuhen in die Höhe. Dann sauste ein halbvermoderter kleiner Sarg aus dem Kamin, der Deckel fiel ab, und ein zweiter Leichnam kam heraus. Der schöne Mann eilte galant hinzu, kauerte sich nieder und reichte ihm die Hand. Der zweite Leichnam verwandelte sich in ein zappeliges nacktes Frauenzimmer mit schwarzen Schuhen und schwarzen Federn auf dem Kopf, dann eilten beide, Mann und Frau, die Treppe herauf.

»Die ersten sind da!« rief Korowjew. »Monsieur Jacques nebst Gattin. Ich stelle Euch, Königin, einen der charmantesten Männer vor. Ein überzeugter Falschmünzer und Hochverräter, aber ein recht brauchbarer Alchimist. Er wurde berühmt«, wisperte er Margarita ins Ohr, »weil er die Geliebte des Königs vergiftete. Und so eine Gelegenheit hat nicht jeder! Seht nur, wie schön er ist!«

Margarita, bleich geworden, riß den Mund auf. Sie blickte nach unten und sah den Galgen und den Sarg in einem Seitengang der Portierloge verschwinden.

»Ich bin entzückt!« brüllte der Kater Monsieur Jacques, der die Treppe heraufkam, direkt ins Gesicht.

Unterdes war aus dem Kamin ein kopfloses Skelett mit abgerissener Hand zu Boden geschlagen und hatte sich in einen befrackten Mann verwandelt.

Die Gattin des Monsieur Jacques kniete bereits vor Margarita nieder und küßte ihr, bleich vor Erregung, das Knie.

»Königin«, murmelte sie.

»Die Königin ist entzückt!« schrie Korowjew.

»Königin«, sagte leise der schöne Monsieur Jacques.

»Wir sind entzückt«, heulte der Kater.

Die jungen Leute, die Asasello begleiteten, lächelten leblos, aber freundlich und schoben Monsieur Jacques nebst Gattin hinüber zu den Negern, die Gläser mit Champagner bereithielten. Ein Mann im Frack eilte die Treppe herauf.

»Graf Robert«, raunte Korowjew Margarita zu, »er ist noch immer interessant. Beachtet den drolligen Umstand, Königin, daß hier genau der umgekehrte Fall vorliegt: Er war der Geliebte einer Königin und vergiftete seine Frau.«

»Wir freuen uns, Graf!« schrie Behemoth.

Da kamen aus dem Kamin nacheinander drei Särge gepoltert, sie barsten und zerfielen, und es erschien ein Mann in schwarzem Umhang, dem der nächste, der dem Kamin entstieg, ein Messer in den Rücken stieß. Ein unterdrückter Schrei. Aus dem Kamin lief ein fast völlig zersetzter Leichnam. Margarita kniff die Augen zu, eine Hand hielt ihr einen Flakon mit weißem Riechsalz unter die Nase. Es schien die Hand von Natascha zu sein. Die Treppe bevölkerte sich. Jetzt waren bereits auf jeder Stufe, von weitem völlig gleich aussehend, befrackte Männer in Begleitung nackter Frauen, die sich nur durch die Farbe der Kopffedern und der Schuhe unterschieden.

Jetzt näherte sich Margarita hinkend eine Dame mit nonnenfromm gesenkten Augen. Sie war mager und bescheiden, trug einen seltsamen hölzernen Stiefel am linken Fuß und einen breiten grünen Wickel um den Hals.

»Wer ist die... Grüne dort?« fragte Margarita mechanisch.

»Eine bezaubernde und sehr solide Dame«, flüsterte Korowjew, »darf ich vorstellen: Signora Tofana. Sie erfreute sich außerordentlicher Beliebtheit bei den jungen reizvollen Frauen von Neapel und Palermo, namentlich bei denen, die ihrer Ehemänner überdrüssig waren. Es kommt schließlich vor, Königin, daß eine Frau ihres Gatten überdrüssig wird...«

»Allerdings«, antwortete Margarita dumpf und lächelte gleichzeitig zwei Frackträgern zu, die sich nacheinander vor ihr verneigten und ihr das Knie und die Hand küßten.

»Na seht Ihr«, flüsterte Korowjew ihr ins Ohr und brachte es fertig, gleichzeitig einem Mann zuzurufen: »Herzog! Ein Glas Champagner? Ich bin entzückt...! Ja, also, Signora Tofana versetzte sich in die Lage dieser armen Frauen und verkaufte ihnen eine Flüssigkeit im Fläschchen. Die jeweilige Ehefrau goß die Flüssigkeit ihrem Gatten in die Suppe, der verspeiste sie, bedankte sich und fühlte sich großartig. Ein paar Stunden später freilich bekam er gewaltigen Durst, dann legte er sich zu Bett, und schon am nächsten Tag war die schöne Neapolitanerin, die ihrem Gatten die Suppe vorgesetzt hatte, so frei wie der Frühlingswind.«

»Was hat sie denn da am Fuß?« fragte Margarita und drückte dabei unablässig die Hände von Gästen, die die humpelnde Signora Tofana überholt hatten. »Und warum hat sie den grünen Verband am Hals? Ist ihre Haut welk?«

»Ich bin entzückt, Fürst!« schrie Korowjew und flüsterte gleichzeitig Margarita zu: »Sie hat einen schönen Hals, aber im Kerker ist ihr etwas Unangenehmes widerfahren. Was sie am Fuß trägt, Königin, ist ein spanischer Stiefel, und mit dem Wickel hat es folgende Bewandtnis: Als die Kerkerknechte erfuhren, daß an die fünfhundert lästig gewordene Ehemänner Neapel und Palermo für immer verlassen hatten, erwürgten sie im Jähzorn die Tofana in ihrer Zelle.«

»Ich bin so glücklich, o schwarze Königin, daß mir die hohe Ehre zuteil wird...«, flüsterte Tofana züchtig wie eine Nonne und versuchte niederzuknien, doch der spanische Stiefel behinderte sie. Korowjew und Behemoth halfen ihr auf.

»Ich freue mich«, antwortete ihr Margarita, indes sie anderen die Hand reichte.

Jetzt floß schon ein ununterbrochener Gästestrom die Treppe herauf. Margarita sah nicht mehr, was in der Portierloge geschah. Mechanisch hob und senkte sie die Hand und lächelte den Gästen mit stets demselben Lächeln zu. Über dem Treppenpodest schwirrte bereits Stimmenlärm, und aus den Ballsälen flutete ein Meer von Musik.

»Das da ist eine langweilige Frau«, sagte Korowjew laut, denn er wußte, daß man ihn im Stimmenlärm nicht mehr hören konnte, »sie geht abgöttisch gern auf Bälle und beklagt sich dauernd über ihr Tuch.«

Margarita erkannte unter den heraufsteigenden Gästen die Frau, auf die Korowjew sie aufmerksam gemacht hatte. Es war eine junge Frau von vielleicht zwanzig Jahren. Sie hatte eine ungewöhnlich schöne Figur, doch ihre Augen blickten unruhig und stechend.

»Was für ein Tuch?« fragte Margarita.

»Ihr ist eine Kammerzofe beigegeben«, erklärte Korowjew, »die legt ihr schon seit dreißig Jahren Nacht für Nacht ein Taschentuch auf den Tisch. Sobald sie aufwacht, sieht sie das Tuch vor sich liegen. Sie hat es schon im Ofen verbrannt und in den Fluß geworfen, aber nichts hilft.«

»Was denn für ein Tuch?« flüsterte Margarita, wobei sie die Hand hob und senkte.

»Es ist ein Taschentuch mit blauem Saum. Die Sache ist die, daß sie in einem Kaffeehaus bedienstet war und der Prinzipal sie eines Tages in den Vorratsraum rief. Neun Monate später gebar sie einen Knaben, trug ihn in den Wald, stopfte ihm das Tuch in den Mund und grub ihn ein. Vor Gericht sagte sie, sie habe nicht gewußt, wie sie das Kind ernähren solle.«

»Und wo ist der Besitzer des Kaffeehauses?«

»Königin«, knarrte plötzlich von unten der Kater, »gestattet mir eine Frage: Was hat der Besitzer damit zu tun? Schließlich hat nicht er den Säugling im Wald erstickt!«

Margarita hörte nicht auf, zu lächeln und mit der rechten Hand zu winken, die spitzen Nägel ihrer Linken aber bohrten sich in Behemoths Ohr.

»Wenn du Aas dir noch einmal erlaubst, dich ins Gespräch zu mischen...«, flüsterte sie ihm zu.

Behemoth ließ ein röchelndes Piepsen hören, das gar nicht zum Ball paßte: »Königin... das Ohr wird doch dick... Warum den Ball durch ein geschwollenes Ohr verderben? Ich hab doch juristisch gesprochen, vom juristischen Standpunkt... Ich schweige, ich schweige, denkt einfach, daß ich kein Kater bin, sondern ein Fisch, nur laßt das Ohr los!«

Margarita ließ das Ohr los, und die finsteren, suchenden Augen waren jetzt dicht vor ihr.

»Ich bin glücklich, o Königin, daß ich die Einladung erhielt für den großen Vollmondball!«

»Und ich freue mich, Sie zu sehen«, antwortete ihr Margarita, »ich freue mich sehr. Trinken Sie gern Champagner?«

»Was geruht Ihr zu tun, Königin?!« schrie Korowjew ihr lautlos ins Ohr. »Es kommt zu einer Stockung.«

»Sehr gern«, sagte die Frau flehend und sprach plötzlich mechanisch vor sich hin: »Frida, Frida, Frida! Ich heiße Frida, o Königin!«

»Betrinken Sie sich heute, Frida, und denken Sie an nichts«, sagte Margarita.

Frida streckte beide Arme nach Margarita aus, aber Korowjew und Behemoth faßten sie sehr geschickt unter, und die Menge trug sie mit sich fort.

Jetzt kamen die Gäste schon in dichter Wand die Treppe herauf, als wollten sie das Podest stürmen, auf dem Margarita stand. Die nackten Frauenkörper gingen zwischen befrackten Männern. Ihre brünetten und weißen, kaffeebraunen und schwarzen Körper schwebten Margarita zu, in roten, schwarzen, kastanienbraunen und flachsblonden Haaren spielten gleißend und funkensprühend kostbare Steine. Von den Frackbrüsten der anstürmenden Männer, als wäre Licht auf die Kolonne getropft, sprühte Licht aus Brillantknöpfen. Jetzt spürte Margarita schon alle Sekunden die Berührung von Lippen an ihrem Knie, alle Sekunden streckte sie die Hand vor, und ihr Gesicht war zu einer reglosen freundlichen Larve erstarrt.

»Ich bin entzückt«, leierte Korowjew monoton, »wir sind entzückt... die Königin ist entzückt...«

»Die Königin ist entzückt«, näselte Asasello hinten.

»Ich bin entzückt!« schrie der Kater.

»Die Marquise da hat ihren Vater, zwei Brüder und zwei Schwestern um der Erbschaft willen vergiftet«, murmelte Korowjew. »Die Königin ist entzückt! Frau Minkina... Ach, ist die schön! Ein bißchen nervös. Warum mußte sie auch dem Zimmermädchen das Gesicht mit der Lockenschere verbrennen? Da kann man natürlich erstochen werden. – Die Königin ist entzückt! – Königin, gebt Obacht! Kaiser Rudolf, ein Zauberer und Alchimist. Noch ein Alchimist, er wurde gehängt. Ach, sie ist auch da! Was hatte sie für ein großartiges Freudenhaus in Straßburg! – Wir sind entzückt! – Das da ist eine Moskauer Schneiderin, wir mögen sie alle sehr wegen ihrer unerschöpflichen Phantasie. Sie hatte einen Modesalon und war auf den furchtbar komischen Gedanken gekommen, zwei runde Löcher in die Wand zu bohren...«

»Und die Damen haben das nicht gewußt?« fragte Margarita.

»Alle haben sie's gewußt, Königin«, antwortete Korowjew. – »Ich bin entzückt! – Dieses zwanzigjährige Jüngelchen zeichnete sich von klein auf durch seltsame Eigenschaften aus. Er war ein Träumer und ein Sonderling. Ein junges Mädchen gewann ihn lieb, doch er verkaufte sie in ein Freudenhaus...«

Unten strömte der Fluß der Gäste. Es war kein Ende abzusehen. Seine Quelle, der mächtige Kamin, speiste ihn fort und fort. So verging eine Stunde, und eine zweite brach an. Da merkte Margarita, daß ihre Kette immer schwerer wurde. Auch mit der Hand geschah etwas Merkwürdiges. Jedesmal, wenn sie sie hob, mußte sie das Gesicht verziehen. Korowjews interessante Bemerkungen ließen sie kalt. Auch die schlitzäugigen Mongolen, die weißen und schwarzen Gesichter wurden ihr gleichgültig, flossen zeitweilig zusammen, und die Luft zwischen ihnen begann zu zittern und zu strömen. Ein scharfer Schmerz wie von einer Nadel bohrte sich plötzlich in ihre rechte Hand. Sie biß die Zähne zusammen und legte den Ellbogen auf die Säule. Aus dem Saal drang ein Rauschen, als streiften Schwingen die Wände, und man begriff, daß dort die gewaltigen Gästescharen tanzten. Es dünkte Margarita, daß sogar die massiven Böden aus Marmor, Mosaik und Kristall rhythmisch pulsten.

Weder Gajus Cäsar Caligula noch Messalina interessierte Margarita mehr, und es interessierten sie auch nicht mehr die Könige, Herzöge, Ritter, Selbstmörder, Giftmischerinnen, Galgenschwengel, Kupplerinnen, Kerkerknechte, Falschspieler, Scharfrichter, Denunzianten, Verräter, Geisteskranken, Spitzel, Sittenstrolche. Die Namen verwirrten sich in ihrem Kopf, die Gesichter verflossen zu einem einzigen Teig, und nur ein Gesicht blieb ihr qualvoll im Gedächtnis, das von einem feuerroten Bart umrahmte Gesicht des Maljuta Skuratow. Margarita knickten die Beine ein, und sie befürchtete, jeden Moment loszuheulen. Die größte Pein bereitete ihr das rechte Knie, das ständig geküßt wurde. Es war geschwollen, die Haut blau angelaufen, obzwar ein paarmal Nataschas Hand erschien und mit einem Schwamm etwas Duftendes auftrug. Am Ende der dritten Stunde schaute Margarita gänzlich hoffnungslos hinunter und zuckte freudig zusammen – der Strom der Gäste versiegte.

»Die Ballgesetze sind immer die gleichen, Königin«, raunte Korowjew,

»gleich sinkt die Welle zusammen. Ich schwöre Euch, wir erdulden jetzt die letzten Minuten. Da ist schon die Gruppe der Blocksbergbummler, die kommen immer als letzte. Ja, sie sind es. Zwei betrunkene Vampire... alles? Nein, noch einer... Nein, zwei!«

Die letzten beiden Gäste kamen die Treppe herauf.

»Aber das ist ja ein ganz neuer Gast«, sagte Korowjew und blinzelte durch sein Monokel. »Ach ja. Asasello hat ihn mal besucht und ihm beim Kognak einen Rat zugeflüstert, wie er sich eines Mannes entledigen könne, dessen Enthüllungen er außerordentlich fürchtete. Darauf ließ dieser einen Bekannten, der von ihm abhängig war, Gift auf die Wände seines Arbeitszimmers sprühen...«

»Wie heißt er?« fragte Margarita.

»Das weiß ich auch nicht«, antwortete Korowjew, »da müßt Ihr Asasello fragen.«

»Wen hat er da bei sich?«

»Das ist sein zuverlässiger Untergebener. Ich bin entzückt!« schrie Korowjew den letzten beiden zu.

Die Treppe war leer. Vorsorglich wartete man noch etwas, doch aus dem Kamin kam niemand mehr.

Gleich darauf fand sich Margarita in dem Raum mit dem Wasserbecken wieder, ohne zu wissen, wie sie hierhergekommen war. Sie sank zu Boden und weinte vor Schmerzen in der Hand und im Knie. Aber Gella und Natascha trösteten sie, zogen sie unter die Blutdusche und massierten ihren Körper, da lebte sie wieder auf.

»Es geht noch weiter, Königin Margot«, flüsterte Korowjew, »Ihr müßt Euch in den Sälen zeigen, damit sich die geehrten Gäste nicht vernachlässigt fühlen.«

Wieder verließ Margarita fliegend das Zimmer mit dem Wasserbecken. Auf der Estrade hinter den Tulpen, wo das Orchester des Walzerkönigs gespielt hatte, wütete jetzt eine aus Affen bestehende Jazzband. Ein mächtiger Gorilla mit zottigem Backenbart und einer Trompete in der Hand wippte dirigierend schwerfällig auf und nieder. In einer Reihe saßen Orang-Utans und bliesen funkelnde Trompeten. Auf ihren Schultern ritten fröhliche Schimpansen und spielten Harmonika. Zwei Paviane mit Löwenmähne klimperten auf Flügeln, doch davon war nichts zu hören in dem Jaulen und Gniedeln und Rumpeln der Saxophone, Geigen und Trommeln in den Pfoten der Gibbons, Mandrille und Meerkatzen. Auf dem spiegelnden Boden tanzten, eine dichte Masse, unzählige Paare, beeindruckten durch ihre geschickten und sauberen Bewegungen, und diese Masse drehte sich in einer Richtung und drohte alles mit sich fortzureißen. Über den Tanzenden gaukelten lebende Atlasschmetterlinge, und vom Plafond regnete es Blumen. Als das elektrische Licht ausging, flammten in den Säulenkapitellen Myriaden von Glühwürmchen auf, und in der Luft geisterten Irrlichter.

Dann stand Margarita vor einem Bassin von gewaltiger Größe, das von Säulenreihen umgeben war. Ein gigantischer schwarzer Neptun ließ einen rosa Strahl aus seinem Rachen sprudeln. Betäubender Champagnerduft entstieg dem Bassin. Hier herrschte ungezwungene Heiterkeit. Die Damen gaben ihre Handtäschchen lachend ihren Kavalieren oder den Negern, die mit Badelaken in den Händen herumliefen, und stürzten sich kreischend kopfüber ins Bassin. Schaumsäulen spritzten hoch. Der kristallene Grund des Bassins war von unten erleuchtet, das Licht durchdrang den Wein, so daß die silbrigen schwimmenden Körper deutlich zu sehen waren. Wer aus dem Bassin heraussprang, war total berauscht. Gelächter schallte unter den Säulen und dröhnte wie im Dampfbad.

In all dem Gewimmel prägte sich Margarita nur ein völlig betrunkenes Frauenantlitz ein mit wahnsinnigen, doch im Wahnsinn flehenden Augen, und sie hörte nur ein Wort – »Frida«. Ihr schwindelte der Kopf von dem Weingeruch, und sie wollte schon gehen, da führte der Kater im Bassin ein Stückchen auf, das sie zurückhielt. Behemoth fummelte an Neptuns Rachen, sofort verschwand die wogende Champagnermasse zischend und brausend aus dem Bassin, und Neptun spie jetzt einen nicht mehr schäumenden Strahl von dunkelgelber Farbe. »Kognak!« kreischten und heulten die Damen und flüchteten vom Bassinrand hinter die Säulen. In wenigen Augenblicken war das Bassin voll. Der Kater warf sich in dreifachem Salto in den sanft wogenden Kognak. Prustend kroch er wieder heraus, die Schleife hing schlapp herunter, die Vergoldung seines Schnurrbarts sowie sein Opernglas hatte er verloren. Nur eine Frau entschloß sich, seinem Beispiel zu folgen, jene einfallsreiche Schneiderin und ihr Kavalier, ein unbekannter junger Mulatte. Beide sprangen hinein in den Kognak, aber da nahm Korowjew Margarita beim Arm, und sie verließen das Bassin.

Es war Margarita, als flöge sie über riesige steinerne Teiche mit Bergen von Austern hinweg. Dann flog sie über gläsernen Boden, darunter brannten höllische Feuer, zwischen denen diabolische weiße Köche hasteten. Dann sah sie, obwohl sie schon keinen Gedanken mehr fassen konnte, irgendwo dunkle Keller, in denen Leuchter brannten und junge Mädchen auf Kohlenglut gebratenes zischendes Fleisch reichten und man ihr aus großen Humpen zutrank. Dann sah sie auf einer Estrade Eisbären Harmonika spielen und einen Komarinski tanzen, dann einen Salamander und Trickkünstler, der im Kamin nicht verbrannte... Zum zweitenmal verließen sie die Kräfte.

»Ein letztes Mal«, flüsterte Korowjew ihr besorgt zu, »dann sind wir frei!«

Wieder befand sie sich, von ihm begleitet, im Ballsaal, doch jetzt wurde hier nicht mehr getanzt, die unübersehbare Menge der Gäste drängte sich zwischen den Säulen und ließ die Mitte des Saales frei. Margarita wußte nicht mehr, wer ihr hinaufgeholfen hatte auf das Podest, das sich auf einmal mitten in dem freien Raum erhob. Oben angelangt, hörte sie zu ihrer Verwunderung irgendwo Mitternacht schlagen, die nach ihrer Rechnung längst verstrichen war. Mit dem letzten Schlag der Uhr senkte sich Schweigen auf die Menge der Gäste. Da sah Margarita Voland wieder. Er kam, umgeben von Abadonna, Asasello und den schwarzen jungen Männern, die Abadonna ähnelten. Für ihn stand gegenüber ein zweites Podest bereit. Aber er machte keinen Gebrauch davon. Margarita wunderte sich, daß er bei seinem letzten großen Auftritt auf dem Ball das gleiche trug wie im Schlafzimmer: dasselbe schmutzige geflickte Nachthemd, das ihm von den Schultern hing, und an den Füßen abgetretene Hausschuhe. Er hatte einen entblößten Degen bei sich, den er jedoch, sich auf ihn stützend, als Spazierstock benutzte. Hinkend ging Voland zu seinem Podest und blieb davor stehen. Asasello trat vor ihn, eine Schüssel in der Hand, in der Margarita einen abgeschnittenen menschlichen Kopf mit ausgeschlagenen Vorderzähnen erblickte. Noch immer herrschte völlige Stille, die nur einmal in der Ferne ein unter diesen Umständen unverständliches Klingeln unterbrach, wie es an Haustüren zu ertönen pflegt.

»Michail Alexandrowitsch«, sagte Voland halblaut zu dem Kopf, da hoben sich die Lider des Toten, und Margarita erblickte zusammenzuckend lebendige Augen, grübelnd und voller Leid. »Alles ist eingetroffen, stimmt's?« fuhr Voland fort und blickte dem Kopf in die Augen. »Der Kopf wurde Ihnen von einer Frau abgeschnitten, die Sitzung fand nicht statt, und ich hause in Ihrer Wohnung. Das ist ein Faktum. Und ein Faktum ist das Hartnäckigste, was man sich denken kann. Aber jetzt interessiert uns das Weitere, nicht mehr das bereits vollzogene Faktum. Sie waren stets ein leidenschaftlicher Verfechter jener Theorie, die da besagt, daß nach Trennung des Kopfes vom Rumpf das Leben im Menschen aufhört, er zu Staub wird und ins Nichtsein eingeht. Ich freue mich, Ihnen in Anwesenheit meiner Gäste, die freilich der lebendige Beweis für eine ganz andere Theorie sind, mitteilen zu können, daß Ihre Theorie fundiert und scharfsinnig ist. Im übrigen ist die eine Theorie soviel wert wie die andere. Es gibt auch eine, nach der jedem das zuteil wird, woran er glaubt. Möge es eintreffen! Sie verschwinden ins Nichtsein, und es ist mir eine Freude, aus dem Kelch, in den Sie sich verwandeln werden, auf das Sein zu trinken!« Voland hob den Degen. Sogleich wurden die Deckschichten des Kopfes dunkel und schrumpften, dann fielen sie stückweise ab, die Augen verschwanden, und Margarita erblickte alsbald in der Schüssel einen gelblichen Totenkopf auf goldenem Fuß, mit Smaragdaugen und Perlenzähnen. Das Schädeldach ließ sich an einem Scharnier aufklappen.

»Sogleich, Messere«, sagte Korowjew auf einen fragenden Blick Volands,

»gleich wird er vor Euch erscheinen. Ich höre in dieser Grabesstille seine Lackschuhe knarren und sein Glas klingen, als er es auf den Tisch setzt, nachdem er zum letztenmal im Leben Champagner getrunken hat. Seht, da ist er ja schon.«

Ein neuer Gast war eingetreten und schritt auf Voland zu. Äußerlich unterschied er sich nicht von den übrigen männlichen Gästen, außer daß er vor Erregung förmlich taumelte, was schon von weitem zu sehen war. Auf seinen Wangen brannten rote Flecke, seine Augen irrlichterten. Er war fassungslos, und das war ganz natürlich, denn alles hier verblüffte ihn, vor allem Volands Aufmachung.

Er wurde jedoch mit ausgesuchter Freundlichkeit empfangen.

»Ah, mein lieber Baron Maigel«, rief Voland mit herzlichem Lächeln seinem Gast zu, dem die Augen aus dem Kopf quollen. »Ich bin so glücklich, Euch« – Voland wandte sich an die Gäste – »den ehrenwerten Baron Maigel vorzustellen, der bei der Schauspielkommission damit befaßt ist, Ausländer mit den Sehenswürdigkeiten der Hauptstadt vertraut zu machen.«

Da erkannte Margarita diesen Maigel und erstarrte. Er war ihr ein paarmal in den Theatern und Restaurants von Moskau begegnet. Nanu, dachte sie, ist der etwa auch schon tot? Aber alles klärte sich alsbald auf.

»Der liebe Baron«, fuhr Voland fort und lächelte freudig, »war so liebenswürdig, daß er mich, kaum hatte er von meiner Ankunft in Moskau gehört, sogleich anrief und mir seine speziellen Dienste anbot, das heißt, er wollte mich mit den Sehenswürdigkeiten vertraut machen. Es versteht sich von selbst, daß ich glücklich war, ihn zu mir einzuladen.«

In diesem Moment sah Margarita Asasello die Schüssel mit dem Schädel an Korowjew übergeben.

»Apropos, Baron«, fuhr Voland mit vertraulich gesenkter Stimme fort, »man hört Gerüchte über Eure außergewöhnliche Wißbegier. Es heißt, diese errege in Verbindung mit Eurer nicht geringeren Gesprächigkeit allgemeine Aufmerksamkeit. Mehr noch, böse Zungen gebrauchen bereits die Worte Spitzel und Spion. Außerdem gibt es die Vermutung, das werde für Euch in spätestens einem Monat zu einem traurigen Ende führen. Nun wohl, um Euch vom quälenden Warten zu erlösen, haben wir beschlossen, Euch zu Hilfe zu kommen und dabei den Umstand zu nutzen, daß Ihr Euch bei mir eingeladen habt mit dem erklärten Ziel, soviel wie möglich zu erspähen und zu erhorchen.«

Der Baron wurde noch bleicher als Abadonna, der schon von Natur sehr bleich war, dann geschah etwas Seltsames. Abadonna stand plötzlich vor dem Baron und nahm für einen Moment die Brille ab. Im selben Augenblick blitzte es in Asasellos Hand auf, ein leiser Knall, der Baron fiel auf den Rükken, rubinrotes Blut spritzte ihm aus der Brust und überströmte seine Weste und das gestärkte Frackhemd. Korowjew hielt die Schale unter den sprudelnden Strom und überreichte sie gefüllt Voland. Währenddes lag der Körper des Barons bereits leblos.

»Ich trinke auf Eure Gesundheit, meine Herrschaften«, sagte Voland gedämpft, hob die Schale und führte sie an die Lippen.

Daraufhin vollzog sich eine Metamorphose. Das geflickte Hemd und die abgetretenen Schuhe verschwanden. Voland trug jetzt eine schwarze Chlamys und einen Stahldegen an der Seite. Rasch trat er auf Margarita zu, reichte ihr die Schale und sagte gebieterisch: »Trink!«

Margarita wurde schwindlig, und sie taumelte, aber die Schale war schon dicht vor ihren Lippen, und zwei Stimmen, wessen, konnte sie nicht unterscheiden, flüsterten ihr rechts und links ins Ohr:

»Fürchtet Euch nicht, Königin... Fürchtet Euch nicht, Königin, das Blut ist längst in der Erde versickert. Da, wo es vergossen wurde, wachsen jetzt schon Weintrauben.«

Margarita nahm, ohne die Augen zu öffnen, einen Schluck, ein süßer Strom floß durch ihre Adern, und in ihren Ohren tönte Glockengeläut. Ihr war, als krähten ohrenbetäubend Hähne, als würde irgendwo ein Marsch gespielt. Die Scharen der Gäste verloren ihre Gestalt: Frackträger und Frauen zerfielen zu Staub. Vor Margaritas Augen erfaßte Fäulnis den Saal, und Grabesruch wehte darüber hin. Die Säulen zerbröckelten, die Lichter erloschen, alles schrumpfte, die Fontänen, Kamelien und Tulpen verschwanden. Nur das blieb, was wirklich existierte: der bescheidene Juweliers-witwensalon. Aus der angelehnten Tür fiel ein Lichtstreif. Durch diese angelehnte Tür trat Margarita.

24
Die Befreiung des Meisters

In Volands Schlafzimmer war alles wie vor dem Ball. Voland saß im Nachthemd auf dem Bett, nur rieb ihm Gella nicht mehr das Bein ein, sondern servierte auf dem Tisch, an dem man vorher Schach gespielt hatte, ein Abendessen. Korowjew und Asasello hatten den Frack ausgezogen und saßen am Tisch, neben ihnen natürlich der Kater, der sich von seiner Frackschleife nicht trennen mochte, obwohl sie sich in einen dreckigen Fetzen verwandelt hatte. Margarita wankte zum Tisch und stützte die Hände darauf. Da winkte Voland sie zu sich wie vor dem Ball und bedeutete ihr, neben ihm Platz zu nehmen.

»Nun, seid Ihr sehr erschöpft?« fragte er.

»O nein, Messere«, antwortete Margarita, aber kaum hörbar.

»Noblesse oblige«, warf der Kater ein und schenkte Margarita eine wasserklare Flüssigkeit in ein Rotweinglas.

»Ist das Wodka?« fragte Margarita schwach.

Der Kater war so beleidigt, daß er auf dem Stuhl hochhüpfte.

»Erbarmt Euch, Königin«, röchelte er, »würde ich es mir jemals erlauben, einer Dame Wodka einzugießen? Nein, das ist reiner Sprit!«

Margarita lächelte und versuchte, das Glas wegzuschieben.

»Trinkt getrost«, sagte Voland, und Margarita nahm sogleich das Glas in die Hand.

»Setz dich, Gella«, befahl Voland und erklärte Margarita: »Die Vollmondnacht ist eine festliche Nacht, und ich pflege im engen Kreis meiner Diener und Vertrauten zu Abend zu speisen. Also, wie fühlt Ihr Euch? Wie war der zermürbende Ball?«

»Großartig!« schwatzte Korowjew. »Alle sind entzückt, verliebt, erschlagen! Soviel Takt, soviel Können, soviel Liebreiz und Charme!«

Voland hob schweigend das Glas und stieß mit Margarita an. Sie trank gehorsam und glaubte infolge des Sprits ihr letztes Stündlein gekommen, aber nichts Übles geschah. Lebendige Wärme durchströmte ihren Bauch, im Nacken spürte sie ein weiches Pochen, und ihre Kräfte kehrten zurück, als habe sie einen langen erfrischenden Schlaf getan. Außerdem hatte sie einen Wolfshunger. Der wuchs noch an, als sie daran dachte, daß sie seit gestern früh nichts gegessen hatte. Gierig schlang sie Kaviar.

Behemoth schnitt sich ein Stück Ananas ab, streute Salz und Pfeffer darauf, verspeiste es und kippte das zweite Glas Sprit so keck, daß alle applaudierten.

Nachdem auch Margarita ein zweites Glas geleert hatte, brannten die Kerzen in den Kandelabern heller, und die Scheite im Kamin loderten stärker. Margarita spürte keinen Rausch.

Sie grub die weißen Zähne ins Fleisch, genoß den herausströmenden Saft und sah zu, wie Behemoth eine Auster in den Mostrich stippte.

»Vielleicht legst du noch Weinbeeren oben auf«, sagte Gella leise und stupste den Kater in die Seite.

»Ich bitte, mich nicht zu belehren«, antwortete Behemoth, »ich hab schon öfter getafelt, keine Sorge!«

»Ach, wie angenehm ist es doch, so vor einem Kaminfeuer zu Abend zu speisen«, schwatzte Korowjew, »im engsten Freundeskreis...«

»Nein, Fagott«, widersprach der Kater, »auch der Ball hat seinen Reiz und seinen Schwung.«

»Gar keinen Reiz hat er und auch keinen Schwung«, sagte Voland. »Und dann die blöden Bären und auch die Tiger in der Bar; von dem Gebrüll hab ich beinahe eine Migräne bekommen.«

»Zu Befehl, Messere«, sagte der Kater, »wenn Ihr findet, daß der Ball keinen Schwung hatte, schließe ich mich sofort Eurer Meinung an.«

»Paß mir auf!« antwortete Voland.

»Ich habe nur gescherzt«, sagte der Kater scheinheilig, »und was die Tiger betrifft, so werde ich sie braten lassen.«

»Tiger kann man nicht essen«, sagte Gella.

»Meint Ihr? Dann hört bitte«, antwortete der Kater und erzählte, vor Vergnügen blinzelnd, wie er einmal neunzehn Tage lang durch die Wüste gewandert sei und sich nur vom Fleisch eines von ihm getöteten Tigers ernährt habe. Alle lauschten der spannenden Erzählung mit Interesse, und als Behemoth endete, riefen sie im Chor:

»Schwindel!«

»Das interessanteste an diesem Schwindel«, sagte Voland, »alles vom ersten bis zum letzten Wort ist gelogen.«

»Ach so? Gelogen?« rief der Kater, und alle dachten, er würde protestieren, aber er sagte nur leise: »Die Geschichte wird unser Richter sein.«

»Sagen Sie«, wandte sich die vom Wodka belebte Margarita an Asasello, »haben Sie ihn erschossen, den ehemaligen Baron?«

»Natürlich«, antwortete Asasello, »wie sollte ich ihn nicht erschießen? Ich mußte es tun.«

»Ich war so aufgeregt!« rief Margarita. »Das kam dermaßen überraschend!«

»Gar nicht überraschend«, erwiderte Asasello.

»Wie soll man sich da nicht aufregen? Mir haben ja selber die Knie gezittert! Rums! Zack! Schon lag er flach!« heulte und jammerte Korowjew.

»Ich wäre beinah hysterisch geworden«, fügte der Kater hinzu und leckte den Kaviarlöffel ab.

»Eins begreife ich nicht«, antwortete Margarita, und vom Kristall hüpften goldene Funken in ihren Augen, »die Musik und der Lärm vom Ball müssen doch draußen zu hören gewesen sein?«

»Selbstverständlich war nichts zu hören, Königin«, erklärte Korowjew, »man muß es so machen, daß nichts zu hören ist. Schön ordentlich muß man es machen.«

»Na ja, na ja... Aber da war doch dieser Mann auf der Treppe, als ich mit Asasello kam, und der andere unten an der Hoftür... Ich glaube, Ihre Wohnung wird überwacht.«

»Gewiß, gewiß!« rief Korowjew. »Gewiß, teure Margarita Nikolajewna! Sie bestätigen da meinen Verdacht! Ja, er überwacht die Wohnung! Ich selber hätte ihn vielleicht noch für einen zerstreuten Privatdozenten gehalten oder für einen Verliebten, der auf der Treppe schmachtet. Aber nein, nein! Ich hatte so ein eisiges Gefühl unterm Herzen! Ja, die Wohnung überwacht er! Und der andere an der Haustür auch! Und auch der im Torweg!«

»Und wenn man Sie nun verhaften kommt?« fragte Margarita.

»Bestimmt kommt man, bezaubernde Königin, bestimmt!« antwortete Korowjew. »Mein Herz spürt, daß man uns verhaften kommt. Nicht jetzt natürlich, doch zu gegebener Zeit kommt man ganz bestimmt. Aber ich glaube, das wird nicht besonders interessant.«

»Ach, war ich aufgeregt, als der Baron hinfiel!« sagte Margarita, noch immer sichtlich mitgenommen von dem Mord; sie hatte so etwas zum erstenmal im Leben mit angesehen. »Sie schießen gewiß gut?«

»Leidlich«, antwortete Asasello.

»Auf wieviel Schritt?« fragte Margarita etwas unklar.

»Kommt drauf an, worauf«, antwortete Asasello sachlich, »es ist eine Sache, mit dem Hammer die Fenster des Kritikers Latunski zu treffen, und eine andere, ihn ins Herz zu schießen.«

»Ins Herz?« rief Margarita und griff nach dem ihren. »Ins Herz!« wiederholte sie dumpf.

»Was ist das für ein Latunski?« fragte Voland und musterte Margarita mit eingekniffenen Augen.

Asasello, Korowjew und Behemoth senkten schamhaft den Blick, und Margarita antwortete errötend:

»Das ist so ein Kritiker. Ich habe heute abend seine Wohnung demoliert.«

»Nanu, warum denn das?«

»Er hat einen Meister auf dem Gewissen, Messere«, erläuterte Margarita.

»Warum mußtet Ihr Euch selber bemühen?« fragte Voland.

»Erlaubt mir, Messere!« schrie der Kater freudig und sprang auf.

»Bleib sitzen«, knurrte Asasello und erhob sich, »ich fahre sofort hin...«

»Nein!« rief Margarita. »Nein, ich flehe Sie an, Messere, das ist nicht nötig!«

»Wie Ihr wünscht, wie Ihr wünscht«, antwortete Voland, und Asasello setzte sich wieder auf seinen Platz.

»Wo waren wir stehengeblieben, meine herrliche Königin Margot?« sagte Korowjew. »Ach ja, das Herz... Er trifft ins Herz« – Korowjew zeigte mit dem langen Finger in Asasellos Richtung –, »und zwar nach Wahl in jede Vorkammer oder Herzkammer.«

Margarita verstand nicht sofort, doch dann rief sie verwundert aus:

»Aber die sind doch gar nicht zu sehen!«

»Meine Teure«, klirrte Korowjew, »das ist ja grade der Witz! Darin liegt doch die ganze Würze! Einen sichtbaren Gegenstand kann schließlich jeder treffen!«

Korowjew entnahm dem Tischkasten eine Pik-Sieben, gab sie Margarita und bat sie, mit dem Fingernagel eines der Augen zu ritzen. Margarita zeichnete das Auge in der rechten oberen Ecke. Gella schob die Karte unter ein Kissen und rief: »Fertig!«

Asasello, der dem Kissen den Rücken zukehrte, zog aus der Tasche seiner Frackhose eine schwarze automatische Pistole, legte im Sitzen die Mündung auf die Schulter und schoß, ohne sich dem Bett zuzuwenden, was Margarita einen lustigen Schreck einjagte. Die Pik-Sieben wurde unter dem durchschossenen Kissen hervorgeholt. Das von Margarita gezeichnete Auge war getroffen.

»Ich möchte Ihnen nicht begegnen, wenn Sie eine Pistole in der Hand haben«, sagte Margarita mit einem koketten Blick auf Asasello. Sie hatte eine Leidenschaft für Menschen, die etwas erstklassig können.

»Teure Königin«, piepste Korowjew, »ich würde keinem Menschen raten, ihm zu begegnen, auch wenn er keine Pistole in der Hand hat. Ich gebe mein Ehrenwort als ehemaliger Kantor und Vorsänger, daß niemand Anlaß hätte, diesen Menschen zu beglückwünschen.«

Während des Schießexperiments hatte der Kater stirnrunzelnd dagesessen, und plötzlich erklärte er:

»Ich mache mich anheischig, den Rekord mit der Pik-Sieben zu brechen.«

Asasello knurrte etwas statt einer Antwort. Aber der Kater blieb hartnäckig und verlangte nicht nur eine, sondern zwei Pistolen. Asasello holte die andere Pistole aus der anderen Gesäßtasche und reichte beide dem Prahlhans, wobei er verächtlich den Mund verzog. Auf der Pik-Sieben wurden zwei Augen markiert. Der Kater, vom Kissen abgewandt, zielte lange. Margarita hielt die Ohren mit den Fingern zu und blickte auf die Eule, die auf dem Kaminsims döste. Der Kater feuerte beide Pistolen ab, Gella kreischte auf, die getötete Eule fiel vom Kamin, und die zerschossene Uhr blieb stehen. Gella, deren eine Hand blutete, krallte sich heulend in die Wolle des Katers, der sie zur Antwort bei den Haaren packte. Zu einem Knäuel verklammert, rollten sie über den Fußboden. Ein Weinglas fiel vom Tisch und zerschellte.

»Schafft mir die rasende Furie vom Hals«, heulte der Kater und wehrte sich strampelnd gegen Gella, die rittlings auf ihm saß. Man trennte die Raufenden, Korowjew pustete auf Gellas getroffenen Finger, und die Wunde verheilte.

»Ich kann nicht schießen, wenn neben mir geredet wird!« schrie Behemoth und bemühte sich, ein dickes Wollbüschel, das ihm ausgerissen worden war, wieder an seinem Platz zu befestigen.

»Ich wette«, sagte Voland und lächelte Margarita zu, »er hat das absichtlich gemacht, denn er schießt ganz leidlich.«

Gella und der Kater küßten sich zum Zeichen der Versöhnung. Die Karte wurde unterm Kissen hervorgeholt und untersucht. Kein Auge außer dem, das Asasello durchschossen hatte, war getroffen.

»Das kann nicht sein«, behauptete der Kater und hielt die Karte gegen das Licht des Kandelabers.

Das fröhliche Abendessen dauerte fort. Die Kerzen tropften in den Kandelabern, die trockene duftende Kaminwärme breitete sich wellenweise im Zimmer aus. Margarita war gesättigt und sah wohlig ermattet zu, wie die blauen Ringe von Asasellos Zigarre in den Kamin schwebten, wo der Kater sie mit dem Degen aufspießte. Sie hatte keine Lust wegzugehen, obwohl die Zeit nach ihren Berechnungen schon weit vorgerückt war. Nach allem zu urteilen, ging es bereits auf sechs Uhr früh. Margarita benutzte eine Gesprächspause und sagte schüchtern zu Voland:

»Ich glaube, ich muß gehen, es ist schon spät...«

»Wo wollt Ihr denn so eilig hin?« fragte Voland höflich, doch ziemlich trocken. Die übrigen schwiegen und taten, als wären sie vollauf mit den Rauchringen beschäftigt.

»Ja, ich muß gehen«, wiederholte Margarita verwirrt und sah sich um, als suche sie einen Umhang oder einen Mantel. Ihre Nacktheit genierte sie plötzlich. Sie erhob sich vom Tisch. Voland nahm schweigend seinen durchgescheuerten speckigen Hausrock vom Bett, und Korowjew warf ihn ihr über die Schultern.

»Ich danke Ihnen, Messere«, sagte Margarita kaum hörbar und blickte Voland fragend an. Der antwortete mit einem höflichen und gleichmütigen Lächeln. Düstere Schwermut legte sich Margarita aufs Herz. Sie fühlte sich betrogen. Offenbar hatte niemand die Absicht, sie für ihre Dienste auf dem Ball zu belohnen noch sie zurückzuhalten. Dabei war ihr völlig klar, daß sie nirgends mehr eine Bleibe hatte. Der flüchtige Gedanke, in die Villa zurückzukehren, rief einen inneren Verzweiflungsausbruch hervor. Sollte sie bitten, wie es ihr Asasello im Alexandrowski-Garten lockend geraten hatte? Nein, um keinen Preis!

»Alles Gute, Messere«, sagte sie laut und dachte: Nur weg von hier, dann gehe ich zum Fluß und ertränke mich.

»Setzt Euch«, sagte Voland plötzlich gebieterisch. Margarita wechselte die Farbe und setzte sich hin. »Möchtet Ihr vielleicht noch etwas zum Abschied sagen?«

»Nein, nichts, Messere«, antwortete Margarita stolz, »nur eines: Wenn Sie mich wieder einmal brauchen, bin ich gern bereit, alles zu tun, was Sie wünschen. Ich bin kein bißchen müde und habe mich auf dem Ball köstlich amüsiert. Wenn er noch länger gedauert hätte, ich hätte gern weiterhin Tausenden von Mördern und Galgenschwengeln mein Knie zum Kuß hingehalten.« Margarita blickte Voland wie durch einen Schleier an, ihre Augen füllten sich mit Tränen.

»Richtig! Da habt Ihr völlig recht!« rief Voland mit schrecklich hallender Stimme. »So gehört es sich auch!«

»So gehört es sich auch!« echote Volands Gefolge.

»Wir haben Euch geprüft«, sagte Voland, »bittet niemals um etwas! Niemals und niemanden, vor allem keinen, der stärker ist als Ihr. Man wird Euch alles von selbst offerieren und geben. Setzt Euch hierher, stolze Frau.« Voland riß Margarita den schweren Hausrock herunter, und wieder saß sie neben ihm auf dem Bett. »Also, Margot«, fuhr er fort, und seine Stimme klang weicher, »was wollt Ihr dafür, daß Ihr heute abend meine Ballkönigin wart? Was wünscht Ihr Euch dafür, daß Ihr nackt am Ball teilgenommen habt? Wie hoch schätzt Ihr Euer Knie? Was für Schäden haben Euch meine Gäste zugefügt, die Ihr soeben Galgenschwengel nanntet? Sprecht! Und jetzt sprecht ohne Scheu, denn ich hab's Euch angeboten.«

Margarita klopfte das Herz, sie seufzte tief und dachte nach.

»Vorwärts, nicht so schüchtern!« rief Voland aufmunternd. »Weckt Eure Phantasie, gebt ihr die Sporen! Allein schon Eure Anwesenheit bei der Ermordung des Barons, dieses unverbesserlichen Schurken, ist eine Belohnung wert, zumal Ihr eine Frau seid. Nun?«

Margarita wurde die Luft knapp, und sie wollte schon die geheimen Wünsche äußern, die in ihrer Seele brannten, doch plötzlich erbleichte sie, öffnete den Mund und riß die Augen auf. Frida! Frida! Frida! schrie ihr eine lästige Stimme flehend in die Ohren. Ich heiße Frida! Margarita stotterte:

»So darf ich denn... vielleicht... um eine Sache bitten.«

»Fordern, fordern, meine Donna«, antwortete Voland und lächelte verständnisvoll, »fordern sollt Ihr eine Sache.«

Ach, wie geschickt und wie deutlich er das Wort betonte, das er ihr nachsprach – »*eine* Sache«.

Margarita seufzte noch einmal und sagte:

»Ich möchte, daß man Frida nicht mehr das Tuch hinlegt, mit dem sie ihr Kind erstickte.«

Der Kater drehte die Augen gen Himmel und seufzte geräuschvoll, doch er sagte nichts.

»Angesichts dessen«, sagte Voland schmunzelnd, »daß eine Bestechung durch die dumme Frida völlig ausgeschlossen ist, da sie mit Eurer Königswürde unvereinbar wäre, weiß ich nicht recht, was ich tun soll. Es bleibt mir wohl nur eines: mich mit Lappen einzudecken und alle Ritzen meines Schlafzimmers damit zu verstopfen.«

»Wovon sprechen Sie, Messere?« fragte Margarita, verblüfft über diese unbegreiflichen Worte.

»Ich bin vollkommen Eurer Meinung, Messere«, mischte sich der Kater ins Gespräch, »ja, mit Lappen!« Gereizt hieb er die Pfote auf den Tisch.

»Ich spreche von der Barmherzigkeit«, erklärte Voland und ließ den feurigen Blick nicht von Margarita, »manchmal schleicht sie tückisch und ganz unerwartet in den dünnsten Ritzen herein. Darum spreche ich von Lappen...«

»Ich auch!« rief der Kater und bog sich für alle Fälle von Margarita weg, wobei er die mit rosa Creme beschmierten Pfoten vor die spitzen Ohren hielt.

»Pack dich fort«, sagte ihm Voland.

»Ich hab noch keinen Kaffee getrunken«, antwortete der Kater, »wie kann ich da weggehen? Teilt Ihr etwa in so einer festlichen Nacht Eure Tafelgäste in zwei Sorten ein, Messere? Ein Teil ist erste Sorte, und die anderen sind, wie sich dieser trübsinnige Geizhals von Kantinenwirt ausdrückte, vom zweiten Frischegrad?«

»Halt den Mund«, befahl ihm Voland, dann fragte er Margarita: »Ihr seid, nach allem zu urteilen, wohl ein außergewöhnlich guter Mensch? Ein Mensch mit hoher Moral?«

»Nein«, antwortete Margarita energisch, »ich weiß, daß ich mit Ihnen nur offen reden kann, darum sage ich Ihnen, ich bin leichtsinnig. Ich bitte deshalb für Frida, weil ich so unvorsichtig war, ihr feste Hoffnungen zu machen. Sie wartet, Messere, und sie glaubt an meine Macht. Wenn sie betrogen wird, komme ich in eine schlimme Lage. Dann finde ich keine Ruhe mehr im Leben. Da kann man nichts machen, es hat sich so ergeben.«

»Ah, das verstehe ich«, sagte Voland.

»So werden Sie meine Bitte erfüllen?« fragte Margarita leise.

»Auf keinen Fall, teure Königin«, antwortete Voland, »hier liegt nämlich ein kleines Mißverständnis vor. Jede Behörde muß sich mit ihren Angelegenheiten befassen. Ich bestreite es nicht, unsere Möglichkeiten sind ziemlich groß, viel größer, als manche Kurzsichtigen glauben...«

»Erheblich größer«, warf der Kater ein, der es nicht lassen konnte und auf diese Möglichkeiten stolz zu sein schien.

»Schweig, der Teufel soll dich holen!« rief Voland und fuhr zu Margarita fort: »Aber welchen Sinn hat es, etwas zu tun, was, wie gesagt, eine andere Behörde tun müßte? Nicht ich werde es also tun, sondern Ihr selbst.«

»Kann ich das denn?«

Asasello blickte Margarita mit seinem schiefen Auge ironisch an, schüttelte unbemerkt den fuchsroten Kopf und murrte.

»So handelt doch endlich, das ist ja qualvoll«, murmelte Voland, drehte den Globus und vertiefte sich in ein Detail, offenbar mit ganz andern Dingen beschäftigt, während er mit Margarita sprach.

»So ruft doch nach Frida«, soufflierte Korowjew.

»Frida!« schrie Margarita durchdringend.

Die Tür sprang auf, die Frau kam nackt und zerzaust, aber nicht mehr betrunken, mit verzückten Augen hereingelaufen und streckte die Arme nach Margarita aus, die feierlich sagte:

»Dir ist verziehen. Man wird dir das Tuch nicht mehr hinlegen.«

Frida stieß ein Geheul aus, stürzte zu Boden und lag wie gekreuzigt vor Margarita. Voland winkte, und Frida verschwand.

»Ich danke Ihnen, leben Sie wohl«, sagte Margarita und erhob sich.

»Na, Behemoth«, sagte Voland, »wir werden aus der Tat eines unpraktischen Menschen in einer festlichen Nacht keinen Nutzen ziehen.« Er wandte sich Margarita zu: »Also das zählt nicht, ich habe ja noch nichts getan. Was wollt Ihr für Euch selber?«

Schweigen trat ein. Korowjew brach es, indem er Margarita ins Ohr raunte:

»Meine diamantene Donna, ich rate Euch, diesmal ein bißchen vernünftiger zu sein! Sonst könnte Euch Fortuna entwischen.«

»Ich wünsche mir jetzt sofort meinen Geliebten zurück, den Meister«, sagte Margarita, und ein Krampf verzerrte ihr Gesicht.

Da brach ein Windstoß ins Zimmer, daß die Kerzenflammen der Kandelaber sich flach legten, der schwere Fenstervorhang schob sich zurück, das Fenster sprang auf und gab den Blick frei auf den fernen Vollmond; es war jedoch kein morgendlicher, sondern ein mitternächtlicher Vollmond. Ein grünliches Tuch nächtlichen Lichts breitete sich vom Fensterbrett her auf den Fußboden, und darauf erschien Iwans nächtlicher Besucher, der sich Meister nannte. Er trug seine Krankenhauskleidung – Kittel und Hausschuhe – sowie das schwarze Mützchen, von dem er sich nie trennte. Sein unrasiertes Gesicht verzog sich zur Grimasse, mit irrer Angst warf er Seitenblicke auf die Kerzenflammen, der Mondlichtstrom umbrodelte ihn.

Margarita erkannte ihn sofort, sie stöhnte, schlug die Hände zusammen und eilte auf ihn zu. Sie küßte ihn auf die Stirn und auf die Lippen, schmiegte sich an seine stachlige Wange, und die lange zurückgehaltenen Tränen liefen in Bächen über ihr Gesicht. Nur ein Wort brachte sie heraus, sinnlos, immer wieder:

»Du ... du ... du ...«

Der Meister schob sie von sich und sagte dumpf:

»Weine nicht, Margot, und quäle mich nicht, ich bin schwerkrank.« Seine Hand griff nach dem Fensterbrett, als wolle er sich hinaufschwingen und fliehen, dann starrte er die Anwesenden an und schrie: »Ich hab Angst, Margot! Schon wieder fangen die Halluzinationen an ...«

Schluchzen würgte Margarita, und sie flüsterte, an den Worten fast erstickend:

»Nein, nein, nein ... Fürchte nichts ... Ich bin bei dir ... Ich bin bei dir ...«

Geschickt und unauffällig schob Korowjew dem Meister einen Stuhl hin, der ließ sich darauf nieder, Margarita fiel auf die Knie, schmiegte sich an den Kranken und verstummte. In ihrer Erregung bemerkte sie gar nicht, daß plötzlich ein schwarzseidener Umhang ihre Nacktheit verhüllte. Der

Kranke ließ den Kopf hängen und starrte mit kranken Augen düster zu Boden.

»Ja«, sagte Voland nach kurzem Schweigen, »den haben sie sauber fertiggemacht.« Er befahl Korowjew: »Na los, Ritter, gib diesem Mann etwas zu trinken.«

Margarita bat den Meister mit zitternder Stimme:

»Trink, trink! Hast du Angst? Nein, glaub mir, sie wollen dir helfen!«

Der Kranke nahm das Glas und leerte es, aber seine Hand zitterte, und das Glas zerschellte zu seinen Füßen.

»Das bringt Glück, das bringt Glück!« tuschelte Korowjew Margarita zu. »Seht nur, er kommt schon zu sich.«

Tatsächlich, der Blick des Kranken war nicht mehr so wild und unstet.

»Das bist ja du, Margot?« sagte der Mondgast.

»Zweifle nicht daran, ich bin es«, antwortete Margarita.

»Noch ein Glas!« gebot Voland.

Nachdem der Meister das zweite Glas geleert hatte, wurden seine Augen lebendig und beseelt.

»Na, nun sieht es schon anders aus«, sagte Voland blinzelnd, »jetzt können wir uns unterhalten. Wer seid Ihr?«

»Ich bin jetzt niemand«, antwortete der Meister, und ein Grinsen zerrte seinen Mund schief.

»Wo kommt Ihr jetzt her?«

»Aus dem Haus des Leids. Ich bin geisteskrank«, antwortete der Ankömmling.

Als Margarita diese Worte hörte, brach sie neuerlich in Tränen aus. Dann rieb sie sich die Augen trocken und schrie:

»Das ist ja furchtbar, was er sagt! Er ist der Meister, Messere, ich sage es Ihnen! Machen Sie ihn gesund, er ist es wert!«

»Wißt Ihr, mit wem Ihr jetzt sprecht?« fragte Voland. »Bei wem Ihr Euch befindet?«

»Ich weiß«, antwortete der Meister, »mein Nachbar im Irrenhaus, der junge Iwan Besdomny, hat mir von Ihnen erzählt.«

»Ach ja«, entgegnete Voland, »ich hatte das Vergnügen, den jungen Mann an den Patriarchenteichen kennenzulernen. Er hat mich fast verrückt gemacht, denn er wollte mir dauernd beweisen, daß ich nicht existiere. Glaubt Ihr denn, daß ich es wirklich bin?«

»Ich muß es wohl glauben«, sagte der Meister, »aber es wäre natürlich wesentlich beruhigender, Sie für eine Halluzination zu halten. Entschuldigen Sie schon«, fügte er, sich besinnend, hinzu.

»Nun, wenn es Euch beruhigt, nehmt es doch einfach an«, antwortete Voland höflich.

»Nein, nein!« sagte Margarita erschrocken und rüttelte den Meister an der Schulter. »Besinn dich! Er sitzt leibhaftig vor dir!«

Wieder mengte sich der Kater ein:

»Ich dagegen sehe schon eher wie eine Halluzination aus. Beachten Sie mein Profil im Mondlicht.« Der Kater kroch auf den erleuchteten Fleck und wollte noch etwas hinzufügen, aber man bat ihn zu schweigen, und er antwortete: »Gut, gut, ich schweige ja schon. Dann bin ich eben eine schweigsame Halluzination.« Und er verstummte.

»Sagt mir, warum Margarita Euch Meister nennt?« fragte Voland.

Der Meister lächelte.

»Eine verzeihliche Schwäche. Sie hat eine zu hohe Meinung von dem Roman, den ich geschrieben habe.«

»Wovon handelt der Roman!«

»Von Pontius Pilatus.«

Wieder schwankten und hüpften die Flammenzungen, und das Geschirr auf dem Tisch klirrte, denn Voland stieß ein donnerndes Gelächter aus, das jedoch niemanden erschreckte noch verwunderte. Behemoth applaudierte sogar.

»Von wem, von wem?« sagte Voland und hörte auf zu lachen. »Jetzt? Das ist gut! Konntet Ihr kein anderes Thema finden? Laßt sehen.« Voland streckte die geöffnete Hand aus.

»Das ist leider unmöglich«, antwortete der Meister, »ich habe das Manuskript im Ofen verbrannt.«

»Verzeiht, das glaube ich nicht«, entgegnete Voland, »das kann nicht sein, denn Manuskripte brennen nicht.« Er wandte sich Behemoth zu und sagte: »Komm, Behemoth, gib mal den Roman her.«

Sofort sprang der Kater von seinem Sitz, und alle sahen, daß er auf einem dicken Stoß Manuskripte gehockt hatte. Das oberste Exemplar überreichte er mit einer Verbeugung Voland. Margarita zuckte zusammen und schrie, abermals zu Tränen erregt: »Da ist es ja, das Manuskript! Da ist es!«

Sie stürzte auf Voland zu und fügte begeistert hinzu:

»Sie sind allmächtig! Sie sind allmächtig!«

Voland nahm das Exemplar zur Hand, drehte es um, legte es beiseite und starrte den Meister ernst und schweigend an. Dieser aber verfiel aus unbekannten Gründen in Schwermut und Unrast, erhob sich vom Stuhl, rang die Hände und begann, dem fernen Mond zugewandt, zitternd zu murmeln:

»Auch nachts beim Mondschein finde ich keine Ruhe... Warum hat man mich aufgestört? O ihr Götter, ihr Götter...«

Margarita klammerte sich an den Krankenhauskittel, schmiegte sich an den Meister und murmelte ebenfalls schwermütig und unter Tränen:

»Mein Gott, warum hilft dir die Medizin nicht?«

»Keine Sorge, keine Sorge«, wisperte Korowjew und scharwenzelte um den Meister herum, »keine Sorge... Ein Gläschen noch, ich trink eins mit...«

Das Gläschen zwinkerte, blitzte im Mondlicht, und es half. Der Meister wurde auf einen Sitz genötigt, und sein Gesicht nahm einen ruhigen Ausdruck an.

»Nun, jetzt ist alles klar«, sagte Voland und klopfte mit langem Finger auf das Manuskript.

»Völlig klar«, bestätigte der Kater, der sein Versprechen, eine schweigsame Halluzination zu sein, vergessen hatte, »ich habe die Hauptlinie dieses Opus genau begriffen. Was meinst du?« wandte er sich an den schweigenden Asasello.

»Ich meine«, näselte dieser, »es wäre gut, dich zu ersäufen.«

»Erbarm dich, Asasello«, antwortete ihm der Kater, »bring meinen Gebieter bloß nicht auf diesen Gedanken. Glaub mir, ich würde dir allnächtlich in genau so einem Mondgewand erscheinen, wie es der arme Meister trägt, ich würde dir zunicken und dir winken, mir zu folgen. Wie würde dir das gefallen, Asasello?«

»So, Margarita«, trat Voland wieder ins Gespräch, »nun sagt mir, was Ihr auf dem Herzen habt.«

Margaritas Augen leuchteten auf, und sie wandte sich flehend an Voland: »Darf ich mal mit ihm flüstern?«

Voland nickte, und Margarita beugte sich zum Ohr des Meisters und raunte ihm etwas zu. Man hörte, wie er antwortete: »Nein, es ist zu spät. Ich will im Leben nichts weiter als bei dir sein. Aber ich rate dir erneut, verlaß mich, denn mit mir gehst du zugrunde.«

»Nein, ich verlasse dich nicht«, antwortete Margarita und wandte sich Voland zu: »Bitte lassen Sie uns in den Keller in der Arbat-Seitengasse zurückkehren, und die Lampe soll brennen, und alles soll so sein wie früher.«

Da brach der Meister in Gelächter aus, umfaßte den zerzausten Kopf Margaritas und sagte:

»Ach, hören Sie nicht auf die arme Frau, Messere! In diesem Keller wohnt seit langem ein anderer, und das gibt es auch gar nicht, daß alles so wie früher wird.« Er schmiegte die Wange an den Kopf seiner Gefährtin, umarmte sie und murmelte: »Du Arme... du Arme...«

»Das gibt es nicht, sagt Ihr?« versetzte Voland. »Stimmt. Aber wir versuchen's.« Und er rief: »Asasello!«

Im selben Moment kam ein völlig verstörter und dem Wahnsinn naher Mann von der Zimmerdecke gestürzt. Er war in Unterwäsche, hatte aber einen Koffer in der Hand und eine Schiebermütze auf dem Kopf. Schlotternd vor Angst, kauerte er sich nieder.

»Mogarytsch?« fragte Asasello den Ankömmling.

»Aloisi Mogarytsch«, antwortete der Mann zitternd.

»Sie haben damals den Artikel von Latunski über den Roman dieses Mannes hier gelesen und daraufhin eine Anzeige geschrieben, daß er illegale Literatur bei sich aufbewahrt?« fragte Asasello

Der Mann lief blau an und zerfloß in Reuetränen.

»Sie wollten in seine Wohnung ziehen?« näselte Asasello möglichst herzlich.

Im Zimmer ertönte ein Zischen wie von einer wütenden Katze, Margarita heulte: »Jetzt sollst du eine Hexe kennenlernen!« und krallte Aloisi Mogarytsch die Nägel ins Gesicht.

Es kam zu einem Tumult.

»Was tust du?« rief der Meister mit Leidensmiene. »Schäm dich, Margot!«

»Ich protestiere! Sie braucht sich nicht zu schämen!« brüllte der Kater.

Korowjew zog Margarita weg.

»Ich hab ein Bad eingebaut«, brüllte der blutende Mogarytsch zähneklappernd und wirr vor Entsetzen, »allein schon das Tünchen ... die Farbe ...«

»Sehr schön, daß Sie ein Bad eingebaut haben«, sagte Asasello beifällig, »er muß Bäder nehmen.« Dann schrie er : »Raus!«

Da kehrte es Mogarytsch mit den Beinen zuoberst und wehte ihn durchs offene Fenster hinaus.

Der Meister riß die Augen auf und flüsterte:

»Aber das ist ja noch ein stärkeres Stück als das, was Iwan mir erzählte!« Erschüttert blickte er sich um und sagte dann zum Kater: »Entschuldigen Sie, dann bist du ... dann sind Sie ...« Er stockte, ungewiß, wie er den Kater anreden sollte. »Dann sind Sie der Kater, der in die Straßenbahn gestiegen ist?«

»Jawohl!« bestätigte der Kater geschmeichelt und fügte hinzu: »Es tut wohl, daß Sie einen Kater so höflich behandeln. Kater werden aus irgendwelchen Gründen gewöhnlich mit du angeredet, obwohl noch niemals ein Kater mit irgendwem Brüderschaft getrunken hat.«

»Ich glaube, Sie sind irgendwie kein richtiger Kater«, antwortete der Meister unschlüssig, dann fügte er, an Voland gewendet, zaghaft hinzu: »Man wird mich im Krankenhaus vermissen.«

»Ach was, keine Sorge!« beruhigte ihn Korowjew, der plötzlich allerlei Bücher und Papiere in der Hand hielt. »Ist das Ihre Krankengeschichte?«

»Ja.«

Korowjew warf sie ins Kaminfeuer.

»Kein Dokument, kein Mensch«, sagte er zufrieden. »Und dies ist das Hausbuch Ihres Vermieters?«

»Ja ...«

»Wer ist da eingetragen? Aloisi Mogarytsch?« Korowjew pustete auf die

Seite des Hausbuches. »Weg! Und wollen Sie bitte bemerken, er hat niemals drin gestanden. Wenn sich der Hauswirt wundert, dann sagen Sie ihm, daß er den Aloisi nur geträumt hat. Mogarytsch? Was für ein Mogarytsch? Einen Mogarytsch hat's hier nie gegeben!« Das verschnürte Buch verschwand aus Korowjews Hand. »Es liegt schon wieder beim Hauswirt im Tischkasten.«

»Sie haben ganz recht«, sagte der Meister, beeindruckt von Korowjews sauberer Arbeit, »kein Dokument, kein Mensch. Also bin ich auch keiner, denn ich habe keinen Ausweis.«

»Ich bitte um Entschuldigung«, rief Korowjew, »das ist eine Halluzination, hier ist Ihr Ausweis.« Er reichte dem Meister das Dokument. Dann verdrehte er die Augen und flüsterte Margarita süßlich zu: »Und dies sind Ihre Sachen, Margarita Nikolajewna.«

Korowjew gab Margarita das Heft mit den angekohlten Rändern, die getrocknete Rose, die Fotografie und besonders sorgsam das Sparkassenbuch.

»Zehntausend Rubel, die Sie einzuzahlen geruhten, Margarita Nikolajewna. Wir brauchen kein fremdes Geld.«

»Eher sollen mir die Pfoten verdorren, als daß ich fremdes Eigentum anrühre«, rief der Kater wichtigtuerisch und vollführte einen Tanz auf dem Koffer, um alle Exemplare des unglückseligen Romans hineinzuquetschen.

»Und hier ist auch Ihr Ausweis«, fuhr Korowjew fort, reichte ihn Margarita und meldete dann ehrerbietig: »Das ist alles, Messere!«

»Nein, noch nicht«, antwortete Voland und löste sich von dem Globus, »was für Wünsche habt Ihr, meine teure Donna, bezüglich Eures Gefolges? Ich persönlich bedarf seiner nicht.«

Da kam Natascha zur offenen Tür hereingestürzt, nackt, wie sie war, schlug die Hände zusammen und schrie: »Seien Sie glücklich, Margarita Nikolajewna!« Sie nickte dem Meister zu und wandte sich wieder an Margarita: »Ich hab ja gewußt, wo Sie immer hingehen.«

»Hausmädchen wissen alles«, bemerkte der Kater und hob vielsagend die Pfote, »es ist ein Fehler, sie für blind zu halten.«

»Was wünschst du dir, Natascha?« fragte Margarita. »Du kannst in die Villa zurückkehren.«

»Herzliebste Margarita Nikolajewna«, flehte Natascha und kniete nieder, »reden Sie dem Herrn doch zu« – sie schielte zu Voland hinüber –, »daß er mich Hexe bleiben läßt. Ich will nicht mehr in die Villa! Ich will keinen Ingenieur oder Techniker heiraten! Monsieur Jacques haben mir gestern auf dem Ball einen Antrag gemacht.« Natascha öffnete die Faust und zeigte ein paar Goldfüchse.

Margarita warf Voland einen fragenden Blick zu. Er nickte. Da fiel Natascha Margarita um den Hals, küßte sie schallend, ließ einen Siegesschrei hören und flog zum Fenster hinaus.

Statt ihrer erschien Nikolai Iwanowitsch. Er hatte sein früheres menschliches Aussehen zurückerhalten, wirkte aber sehr finster und sogar gereizt.

»Den lasse ich mit besonderem Vergnügen gehen«, sagte Voland und musterte Nikolai Iwanowitsch mit Widerwillen, »mit großem Vergnügen, so sehr ist er hier überflüssig.«

»Ich bitte dringend, mir eine Bescheinigung auszufertigen«, sagte Nikolai Iwanowitsch mit angstvollen Blicken, doch sehr hartnäckig, »aus der hervorgeht, wo ich die letzte Nacht verbracht habe.«

»Zu welchem Zweck?« fragte der Kater barsch.

»Zum Zweck der Vorlage bei der Miliz und meiner Ehefrau«, sagte Nikolai Iwanowitsch fest.

»Wir stellen gewöhnlich keine Bescheinigung aus«, antwortete der Kater stirnrunzelnd, »aber für Sie können wir schon eine Ausnahme machen.«

Ehe Nikolai Iwanowitsch sich's versah, saß die nackte Gella an der Schreibmaschine, und der Kater diktierte:

»Hiermit wird bescheinigt, daß der Inhaber dieses, Nikolai Iwanowitsch, die letzte Nacht auf dem Ball beim Satan verbrachte. Er wurde als Transportmittel eingesetzt... jetzt Klammer auf, Gella, und in Klammern schreibst du ›Eber‹. Unterschrift – Behemoth.«

»Und das Datum?« piepste Nikolai Iwanowitsch.

»Ein Datum schreiben wir nicht, mit Datum wäre das Papier ungültig«, antwortete der Kater und schwenkte das Papier. Dann holte er ein Siegel, hauchte es an und stempelte das Wort »bezahlt« aufs Papier, das er Nikolai Iwanowitsch reichte. Danach verschwand dieser spurlos, und statt seiner erschien unerwartet noch ein Mann.

»Wer ist denn das noch?« fragte Voland angewidert und schirmte sich mit der Hand gegen das Kerzenlicht.

Warenucha ließ den Kopf hängen, seufzte und sagte leise:

»Lassen Sie mich zurück, ich eigne mich nicht zum Vampir. Damals hab ich mit Gella den Rimski fast zu Tode geängstigt. Ich bin nicht blutdürstig. Lassen Sie mich gehen!«

»Was phantasiert Ihr da?« fragte Voland und verzog das Gesicht. »Was für ein Rimski? Was soll der Blödsinn?«

»Beunruhigt Euch nicht, Messere«, antwortete Asasello und wandte sich an Warenucha: »Man soll nicht per Telefon pöbeln. Man soll nicht per Telefon lügen. Verstanden? Sie werden es nicht wieder tun?«

Vor Freude trübte sich Warenuchas Denkapparat, er strahlte und murmelte, ohne zu wissen, was er sagte:

»Beim heiligen... das heißt, ich möchte sagen... Euer Maje... gleich nach dem Essen...« Warenucha drückte die Hände an die Brust und blickte Asasello flehend an.

»Na schön. Ab nach Hause!« sagte der, und Warenucha zerwehte.

»Jetzt laßt mich mit den beiden allein«, gebot Voland und wies auf den Meister und Margarita.

Volands Befehl wurde prompt ausgeführt. Nach einigem Schweigen wandte sich Voland an den Meister:

»Sie möchten also wieder in den Keller am Arbat? Und wer wird schreiben? Und die Träume, die Inspiration?«

»Ich habe keine Träume und keine Inspiration mehr«, antwortete der Meister, »niemand interessiert mich außer ihr.« Er legte Margarita wieder die Hand auf den Kopf. »Man hat mich zerbrochen, ich langweile mich und möchte in den Keller.«

»Und Ihr Roman? Pilatus?«

»Er ist mir verhaßt, der Roman«, antwortete der Meister. »Ich habe seinetwegen zuviel ausgestanden.«

»Ich flehe dich an«, bat Margarita kläglich, »sprich nicht so. Warum quälst du mich? Du weißt doch, daß mein ganzes Leben in deiner Arbeit steckt.« An Voland gewendet, fügte Margarita hinzu: »Hören Sie nicht auf ihn, Messere, er ist zu kaputt.«

»Aber etwas muß man doch schreiben?« sagte Voland. »Wenn Sie diesen Prokurator ausgeschöpft haben, nun, dann gestalten Sie doch meinetwegen den Aloisi.«

Der Meister lächelte.

»Das würde die Lapschonnikowa nicht drucken, und es wäre auch nicht interessant.«

»Aber wovon werden Sie leben? Sie werden doch Not leiden?«

»Gern leide ich Not«, antwortete der Meister und zog Margarita an sich. Er legte ihr den Arm um die Schultern und fügte hinzu: »Sie wird zur Vernunft kommen und von mir weggehen.«

»Ich glaube kaum«, sagte Voland durch die Zähne und fuhr fort: »Der Mann, der die Geschichte des Pontius Pilatus geschrieben hat, will also sich im Keller verkriechen, unter der Lampe hocken und Not leiden?«

Margarita löste sich vom Meister und sagte heftig:

»Ich habe alles getan, was ich konnte, und ich habe ihm die größten Verlockungen zugeflüstert. Er aber lehnte alles ab.«

»Ich weiß, was Sie ihm zugeflüstert haben«, widersprach Voland, »aber das ist nicht das Verlockendste. Ich sage Ihnen«, wandte er sich lächelnd an den Meister, »Ihr Roman wird Ihnen noch Überraschungen bringen.«

»Das ist sehr traurig«, antwortete der Meister.

»Nein, nein, das ist nicht traurig«, sagte Voland, »nichts Furchtbares wird geschehen. Nun, Margarita Nikolajewna, alles ist getan. Haben Sie noch Ansprüche an mich?«

»Ich bitte Sie, Messere, wie könnte ich!«

»So nehmen Sie dies von mir zum Andenken«, sagte Voland und holte unterm Kissen ein mit Brillanten besetztes kleines goldenes Hufeisen hervor.

»Nein, weshalb denn?«

»Sie wollen doch nicht mit mir streiten?« fragte Voland lächelnd.

Margarita, da ihr Umhang keine Tasche hatte, knotete das Hufeisen in eine Serviette. Dann erregte etwas ihre Verwunderung. Sie blickte zum Fenster, wo der Mond glänzte, und sagte:

»Eines verstehe ich nicht. Wie kommt das nur? Es ist immer noch Mitternacht, dabei müßte längst Morgen sein.«

»Es ist angenehm, eine festliche Mitternacht ein wenig zu verlängern«, antwortete Voland. »Nun, ich wünsche Ihnen Glück!«

Margarita streckte flehend die Arme nach Voland aus, aber sie wagte nicht, sich ihm zu nähern, und rief leise:

»Leben Sie wohl! Leben Sie wohl!«

»Auf Wiedersehen«, sagte Voland.

Margarita im schwarzen Umhang und der Meister im Krankenhauskittel traten in die Diele der Juwelierswitwenwohnung, in der eine Kerze brannte. Volands Gefolge erwartete sie. Als sie den Korridor verließen, trug Gella den Koffer mit dem Roman und Margaritas geringer Habe, und der Kater half ihr dabei. An der Wohnungstür verbeugte sich Korowjew und verschwand, die übrigen kamen mit die menschenleere Treppe hinunter. Als sie im dritten Stock über den Treppenabsatz gingen, gab es einen weichen Schlag, den jedoch niemand beachtete. Unten an der Tür des sechsten Aufgangs pustete Asasello in die Luft, und kaum betraten sie den Hof, den der Mond nicht erreichte, da erblickten sie vor der Tür einen Mann mit Schiebermütze und Stiefeln, der auf der Vortreppe in todesähnlichem Schlaf lag, und außerdem einen großen schwarzen Wagen mit gelöschten Lichtern. Hinter der Windschutzscheibe zeichnete sich undeutlich die Silhouette der Krähe ab.

Schon wollte man einsteigen, da rief Margarita betrübt:

»O Gott, ich hab das Hufeisen verloren!«

»Steigen Sie ein«, sagte Asasello, »und warten Sie auf mich. Ich komme gleich wieder, will nur mal nachsehen, was da passiert ist.« Und er ging zurück ins Treppenhaus.

Folgendes war passiert: Einige Zeit vor dem Aufbruch Margaritas und des Meisters und ihrer Begleiter hatte eine Treppe tiefer ein mageres Weiblein mit einer Kanne und einer Einholetasche die Wohnung Nr. 48 verlassen, die unter der Juwelierswitwenwohnung lag. Es war dieselbe Annuschka, die am Mittwoch zu Berlioz' Unglück am Drehkreuz das Sonnenblumenöl verschüttet hatte.

Niemand wußte, und niemand wird je erfahren, was diese Frau in Moskau trieb und wovon sie lebte. Von ihr war nur bekannt, daß sie täglich mit der Kanne oder mit Kanne und Einholetasche entweder imÖlladen oder auf dem Markt anzutreffen war, entweder im Treppenhaus oder am Haustor, meistens aber in der Küche der Wohnung Nr. 48, wo sie hauste. Außerdem und vor allem war bekannt, daß, wo immer sie sich zeigte, wo immer sie auftauchte, alsbald ein Skandal begann, so daß sie den Spitznamen »die Pest« führte.

Die Pest-Annuschka pflegte aus irgendwelchen Gründen sehr früh aufzustehen, und heute hatte es sie schon kurz nach Mitternacht aus dem Bett getrieben. Der Schlüssel drehte sich im Schloß, Annuschkas Nase schob sich hinaus, dann folgte die ganze Annuschka, hinter ihr schlug die Tür zu, und eben wollte sie sich auf die Socken machen, als eine Treppe höher die Tür klappte, jemand heruntergesaust kam, gegen Annuschka prallte und sie so heftig zur Seite schleuderte, daß sie mit dem Hinterkopf schmerzhaft gegen die Wand knallte.

»Wo schleppt denn dich der Teufel hin, daß du nur in Unterhosen hier rumrennst?« kreischte sie und rieb sich den Kopf. Der Mann, der nur mit Unterwäsche bekleidet war, einen Koffer in der Hand und eine Schiebermütze auf dem Kopf hatte, antwortete mit geschlossenen Augen und mit seltsamer schläfriger Stimme:

»Der Badeofen... die Farbe... Was allein das Tünchen gekostet hat...« Er brach in Tränen aus und kläffte: »Raus!«

Er stürzte davon, aber nicht die Treppe hinunter, sondern wieder hinauf bis zu dem Treppenabsatz mit der vom Fuß des Planungsökonomen zerstoßenen Scheibe, und durch dieses Fenster flog er, die Beine voran, hinaus. Annuschka vergaß ihren Hinterkopf, stieß einen Schrei aus und sauste ebenfalls zum Fenster. Sie legte sich bäuchlings auf den Treppenabsatz und steckte den Kopf hinaus, in der Erwartung, auf dem Asphalt, von der Hoflaterne beleuchtet, den zerschmetterten Mann mit dem Koffer zu sehen. Aber nichts dergleichen.

Ihr blieb nur übrig, anzunehmen, daß das sonderbare schläfrige Individuum wie ein Vogel davongeflogen und spurlos verschwunden sei. Sie bekreuzigte sich und dachte: Wirklich eine feine Wohnung, die Nummer fünfzig! Nicht umsonst reden die Leute... Ach, ist das eine Wohnung!

Sie hatte das noch nicht zu Ende gedacht, als oben abermals die Tür klappte und jemand heruntergelaufen kam. Annuschka quetschte sich an die Wand und erblickte einen gutsituierten Bürger mit Kinnbart und, wie ihr schien, ferkelartigem Gesicht, der an ihr vorbeischlüpfte und das Haus auf demselben Weg verließ wie der erste, ohne auf dem Asphalt zu zerschmettern. Jetzt vergaß Annuschka sogar schon den Zweck ihres Ausgangs und blieb auf der Treppe stehen, sich bekreuzigend, ächzend und mit sich selbst redend.

Der dritte war ohne Bart, hatte ein rundes rasiertes Gesicht, trug eine Russenbluse und flatterte ebenfalls durchs Fenster davon.

Zu Annuschkas Ehre sei gesagt, daß sie wißbegierig war und den Entschluß faßte, weiter zu warten, ob sich nicht noch mehr Wunder ereigneten. Wieder ging oben die Tür, und diesmal kam eine ganze Gesellschaft die Treppe herunter, aber nicht im Laufschritt, sondern so, wie alle Menschen gehen. Annuschka sprang vom Fenster zurück, flitzte hinunter zu ihrer Tür, öffnete sie geschwind, versteckte sich dahinter, und im Türspalt glänzte ihr vor Neugier fast irres Auge.

Ein Mann mit schwarzem Mützchen und einer Art Kittel, der irgendwie krank aussah, vielleicht auch nicht krank, aber seltsam bleich und stoppelbärtig, kam mit unsicheren Schritten die Treppe herunter. Ein Dämchen in schwarzer Soutane – so dünkte es Annuschka im Halbdunkel – führte ihn sorgsam am Arm. Sie war entweder barfuß oder trug eine Art durchsichtige, offenbar ausländische, in Fetzen hängende Schuhe. Du liebe Güte, sie ist ja splitternackt! Die Kutte hat sie sich über den nackten Leib gehängt. Ach, ist das eine Wohnung! Annuschkas Seele sang und frohlockte im Vorgeschmack dessen, was sie morgen den Nachbarn erzählen würde.

Dem seltsam gekleideten Dämchen folgte ein splitternacktes Fräulein mit einem Koffer in der Hand, den ein riesiger schwarzer Kater tragen half. Annuschka hätte fast aufgekreischt, sie rieb sich die Augen.

Den Zug beschloß ein untersetzter hinkender Ausländer mit schiefem Auge, ohne Jackett, in weißer Frackweste und mit Halsbinde. Die ganze Gesellschaft ging an Annuschka vorbei die Treppe hinunter. Auf dem Treppenabsatz gab es einen weichen Schlag. Als die Schritte verstummt waren, glitt Annuschka schlangengleich aus der Tür, stellte die Kanne an die Wand, legte sich bäuchlings auf den Treppenabsatz und tastete umher. Sie fand eine Serviette, in die etwas Schweres geknotet war. Als sie das Bündel geöffnet hatte, quollen ihr die Augen aus dem Kopf. Sie hielt das Kleinod dicht vor die Augen, die in wahrem Wolfsfeuer loderten. Ein Sturm tobte durch ihren Kopf. Ich hab nichts gesehen, ich weiß von nichts! Versteck ich's beim Neffen? Oder zersäg ich's in Stücke? Die Steine kann man rausbohren und dann einen Stein in die Petrowka, einen zum Smolensker Markt... Ich hab nichts gesehen, ich weiß von nichts!

Annuschka versteckte den Fund im Busen, ergriff die Kanne und wollte eben, den Stadtgang aufschiebend, in die Wohnung zurückschlüpfen, als plötzlich vor ihr, weiß der Teufel woher, der Kerl ohne Jackett mit der weißen Frackbrust auftauchte und flüsterte:

»Gib das Hufeisen und die Serviette her!«

»Was für eine Serviette, was für ein Hufeisen?« fragte Annuschka, die sich sehr kunstvoll verstellte. »Ich weiß von keiner Serviette. Sind Sie betrunken, Bürger?«

Der Weißbrüstige, ohne noch etwas zu sagen, packte mit Fingern, hart und kalt wie die Griffstangen eines Autobusses, Annuschka an der Kehle und schnürte ihr jegliche Luftzufuhr ab. Die Kanne schepperte zu Boden. Eine Zeitlang ließ der jackettlose Ausländer Annuschka ohne Luft, dann löste er die Finger von ihrem Hals. Sie schnappte nach Atem und lächelte.

»Ach, das Hufeisen?« sprach sie. »Sofort! Das ist also Ihr Hufeisen? Ich hab da die Serviette liegen sehen und das Päckchen an mich genommen, damit's nicht ein anderer findet, dann wär's spurlos verschwunden!«

Nachdem der Ausländer Hufeisen und Serviette erhalten hatte, scharwenzelte er mit Kratzfüßen und Katzbuckeln vor Annuschka, drückte ihr kräftig die Hand und dankte ihr heiß mit starkem ausländischem Akzent:

»Ich bin Ihnen zutiefst verbunden, Madame. Dieses Hufeisen ist mir ein teures Andenken. Gestatten Sie mir, Ihnen dafür, daß Sie es in Verwahrung genommen haben, zweihundert Rubel auszuhändigen.« Er entnahm der Westentasche das Geld und überreichte es Annuschka.

Sie lächelte krampfhaft und rief immer wieder:

»Ach, ich danke gehorsamst! Merci! Merci!«

Der freigiebige Ausländer glitt in einem Satz die halbe Treppe hinunter, doch bevor er endgültig verblühte, schrie er völlig akzentfrei:

»Du alte Hexe, wenn du noch mal was findest, dann bring's zur Miliz und versteck's nicht im Busen!«

Annuschka, der es von all diesen Ereignissen auf der Treppe im Kopf dröhnte und wirbelte, stand nach dem Trägheitsgesetz noch lange da und rief: »Merci! Merci! Merci!« Der Ausländer war schon längst nicht mehr da.

Auch der Wagen war nicht mehr im Hof.

Nachdem Asasello Margarita das Geschenk Volands zurückgegeben hatte, verabschiedete er sich von ihr und fragte, ob sie bequem sitze, Gella gab ihr einen saftigen Abschiedskuß, der Kater küßte ihr die Hand, sie alle winkten dem leblos und unbeweglich in der hinteren Ecke sitzenden Meister und der Krähe zu und lösten sich in Luft auf; sie hielten es nicht für notwendig, sich der Mühe des Treppensteigens zu unterziehen. Die Krähe schaltete die Scheinwerfer ein und fuhr den Wagen an dem wie tot schlafenden Mann vorbei durch den Torweg. Dann verschwanden die Lichter des großen schwarzen Wagens inmitten der anderen Lichter auf der schlaflosen und geräuschvollen Sadowaja.

Eine Stunde später saß Margarita in der Arbat-Seitengasse im ersten Zimmer der Kellerwohnung, wo alles so war wie vor jener furchtbaren Herbstnacht des vergangenen Jahres, am samtbedeckten Tisch unter der Schirm-

lampe, neben der eine Vase mit Maiglöckchen stand. Leise weinte sie vor Glück und infolge der überstandenen Erschütterung. Das vom Feuer verstümmelte Heft lag vor ihr, und daneben ragte der Stapel unversehrter Hefte. Das Häuschen war still. Im Nebenzimmer auf dem Sofa lag, mit dem Krankenhauskittel zugedeckt, in tiefem Schlaf der Meister. Er atmete gleichmäßig und lautlos.

Nachdem sich Margarita ausgeweint hatte, nahm sie die Hefte zur Hand und fand jene Sätze, die sie vor der Begegnung mit Asasello an der Kremlmauer überlesen hatte. Sie war noch nicht müde. Sie strich das Manuskript so zärtlich glatt, wie man eine Lieblingskatze streichelt, drehte es in den Händen, betrachtete es von allen Seiten, schlug bald das Titelblatt auf, bald den Schluß. Plötzlich kam ihr der entsetzliche Gedanke, daß alles Zauberei sei, daß die Hefte jetzt gleich verschwinden würden, daß sie im Schlafzimmer ihrer Villa erwachen und dann gehen und sich ertränken würde. Aber das war der letzte furchtbare Gedanke, Nachhall der überstandenen Leiden. Nichts verschwand, der allmächtige Voland war tatsächlich allmächtig, und Margarita konnte, solange sie mochte, und sei es bis zum Morgengrauen, raschelnd in den Heften blättern, sie betrachten und die Worte lesen:

»Die Finsternis, die vom Mittelmeer herüberkam, deckte die dem Prokurator verhaßte Stadt zu...«

25
Wie der Prokurator Judas aus Kirjath zu retten versuchte

Die Finsternis, die vom Mittelmeer herüberkam, deckte die dem Prokurator verhaßte Stadt zu. Verschwunden waren die Hängebrücken, die den Tempel mit der schrecklichen Burg Antonia verbanden, vom Himmel senkte sich ein Abgrund hernieder und verhüllte die geflügelten Götter über der Rennbahn, den Palast der Hasmonäer mit seinen Schießscharten, die Basare, die Karawansereien, die Gassen, die Teiche... Verschwunden war Jerschalaim, die große Stadt, als hätte sie nie existiert. Alles hatte die Finsternis verschlungen, und sie schreckte alles Lebendige in Jerschalaim und seiner Umgebung. Eine seltsame dunkle Wolke trug es vom Meer heran gegen Ende dieses Tages, des vierzehnten Tages im Frühlingsmonat Nissan.

Schon hatte die Wolke ihren Bauch über den Schädelberg gewälzt, wo die Henker rasch die Verurteilten erstachen, schon wälzte sie sich über den Tempeln von Jerschalaim, kroch in rauchigen Strömen den Berg hinab und überflutete die Unterstadt. Sie floß zu den kleinen Fenstern hinein und jagte die Menschen aus den krummen Straßen in die Häuser. Sie hatte es nicht eilig, ihre Nässe abzugeben, und gab vorderhand nur Licht ab. Jedesmal, wenn Feuer das schwarze Gebräu zerriß, stieß aus der brodelnden Finsternis der

mächtige Block des Tempels mit dem gleißenden geschuppten Dach zum Himmel empor. Aber er erlosch sofort wieder, und der Tempel sank zurück in die dunkle Bodenlosigkeit. Ein paarmal wuchs er aus ihr hervor und verschwand wieder, und sein Verschwinden war jedesmal von Katastrophendonner begleitet.

Andere flackrige Lichtentladungen entrissen der Bodenlosigkeit den Palast Herodes' des Großen, der dem Tempel gegenüber auf dem Westhügel stand, und die schrecklichen blicklosen Goldstatuen flogen hinauf zum schwarzen Himmel, ihm die Arme entgegenstreckend. Doch wieder verbarg sich das Himmelsfeuer, und die schweren Donnerschläge jagten die goldenen Götter zurück in die Finsternis.

Der Platzregen brach ganz plötzlich hernieder, und im selben Moment schwoll das Gewitter zum Orkan. Da, wo mittags nahe der marmornen Gartenbank der Prokurator mit dem Hohenpriester gesprochen hatte, knickte ein kanonenschußartiger Knall eine Zypresse wie einen Schilfhalm. Zusammen mit Wasserstaub und Hagel trieb der Sturm abgerissene Rosen, Magnolienblätter, Zweige und Sand auf den Balkon unter der Kolonnade. Der Orkan verwüstete den Garten.

Zu diesem Zeitpunkt befand sich unter der Kolonnade nur ein Mensch, und dieser Mensch war der Prokurator.

Jetzt saß er nicht im Sessel, sondern lag neben dem mit Speisen und Weinkrügen besetzten niedrigen Tischchen auf einem Ruhebett. Das zweite Ruhebett auf der anderen Tischseite war leer. Zu Füßen des Prokurators breitete sich eine blutrote Lache, in der die Scherben eines Kruges schwammen. Der Diener, der vor dem Gewitter den Tisch gedeckt hatte, war unterm Blick des Prokurators verwirrt geworden, und es hatte ihn bestürzt, daß er jenen nicht zufriedenstellte. Ärgerlich hatte der Prokurator den Krug aufs Mosaikpflaster geschmettert und gesagt:

»Warum siehst du mir nicht ins Gesicht, wenn du zureichst? Hast du etwas gestohlen?«

Das schwarze Gesicht des Afrikaners war grau geworden, in seinen Augen blinkte tödliche Angst, er zitterte und hätte beinahe einen zweiten Krug zerschlagen, doch der Zorn des Prokurators verflog ebenso rasch, wie er gekommen war. Der Afrikaner wollte hastig die Splitter auflesen und die Lache wegwischen, aber der Prokurator winkte ihn weg, und da lief der Sklave davon. Die Pfütze jedoch war geblieben.

Während des Orkans verbarg sich der Afrikaner neben einer Nische, in der die Statue einer weißen nackten Frau mit geneigtem Kopf stand. Er hatte Angst, dem Prokurator zur Unzeit vor die Augen zu kommen, und fürchtete zugleich, den Moment zu verpassen, da dieser ihn vielleicht rief.

Der im Gewitterdämmer ruhende Prokurator goß Wein in die Schale, trank in langen Zügen, griff von Zeit zu Zeit nach dem Brot, brach es, schluckte es in kleinen Stücken, schlürfte ab und zu eine Auster, kaute Zitronen und trank wieder.

Ohne das Brüllen des Wassers, ohne die Donnerschläge, die das Dach des Palastes platt zu drücken drohten, ohne das Prasseln des Hagels auf die Balkonstufen hätte man den Prokurator im Selbstgespräch murmeln hören können. Und hätte sich das trügerische Flackern des Himmelsfeuers in stetes Licht verwandelt, so hätte ein Beobachter sehen können, daß auf dem Gesicht des Prokurators mit den von schlaflosen Nächten und vom Wein entzündeten Augen Ungeduld lag und er nicht nur die beiden weißen Rosen ansah, die in der roten Lache ertrunken waren, sondern fortwährend das Gesicht dem Garten zuwandte, entgegen dem Wasserstaub und dem Sand, und daß er jemanden erwartete, ungeduldig erwartete.

Einige Zeit verging, und der Wasserschleier vor den Augen des Prokurators wurde dünner. So wütend der Orkan auch getobt hatte, jetzt wurde er schwächer. Keine Äste mehr brachen knackend ab und stürzten nieder. Die Donnerschläge und die Blitze wurden seltener. Über Jerschalaim schwebte nicht mehr die weißgesäumte violette Decke, sondern eine gewöhnliche graue Nachhutwolke. Das Gewitter war zum Toten Meer hin abgezogen.

Jetzt konnte man schon das Prasseln des Regens vom Rauschen des Wassers unterscheiden, das durch die Rinnen und über die Stufen jener Treppe floß, die der Prokurator am Tage hinabgestiegen war, um auf dem Platz das Urteil zu verkünden. Endlich plätscherte auch wieder der bislang übertönte Springbrunnen. Es wurde hell. Im grauen Schleier, der gen Osten wich, zeigten sich blaue Fenster.

Da hörte der Prokurator aus der Ferne durch das Tröpfeln des nun vollends geschwächten Regens schwache Hornsignale und das Getrappel etlicher hundert Hufe. Er kam in Bewegung, und sein Gesicht belebte sich. Die Ala kehrte vom Schädelberg zurück. Dem Klang nach ritt sie eben über den Platz, auf dem das Urteil verkündet worden war.

Endlich hörte der Prokurator die lang erwarteten klatschenden Schritte auf der Treppe, die zur oberen Gartenterrasse vor dem Balkon führte. Er reckte den Hals, und seine Augen glänzten vor Freude.

Zwischen den beiden Marmorlöwen zeigte sich zuerst der Kopf in der Kapuze, dann der völlig durchnäßte Mann mit am Körper klebendem Umhang. Es war der Mann, der vor der Urteilsverkündung im verdunkelten Palastgemach mit dem Prokurator geflüstert und während der Hinrichtung auf dem dreibeinigen Hocker gesessen und mit dem Stöckchen gespielt hatte.

Ohne der Pfützen zu achten, überquerte der Mann mit der Kapuze die Gartenterrasse, betrat den Mosaikfußboden des Balkons, hob die Hand und sagte mit angenehmer hoher Stimme auf lateinisch:

»Dem Prokurator Gesundheit und Freude!«

»O ihr Götter!« rief Pilatus aus. »Sie haben ja keinen trockenen Faden am Leib! Das war ein Orkan, was? Seien Sie so gut, kleiden Sie sich rasch um und kommen dann ungesäumt zu mir.«

Der Ankömmling schlug die Kapuze zurück und entblößte den nassen Kopf mit an der Stirn klebenden Haaren. Sein glattrasiertes Gesicht zeigte ein höfliches Lächeln. Er lehnte es ab, sich umzukleiden, und versicherte, das bißchen Regen könne ihm nichts anhaben.

»Ich will nichts hören«, entgegnete Pilatus und klatschte in die Hände. Damit rief er die Diener herbei, die sich vor ihm versteckt hatten. Er befahl ihnen, für den Ankömmling zu sorgen und dann unverzüglich ein warmes Essen aufzutragen. Um sich die Haare zu trocknen, sich umzukleiden, andere Schuhe anzulegen und überhaupt sich in Ordnung zu bringen, brauchte der Ankömmling sehr wenig Zeit, und bald erschien er in trockenen Sandalen, trockenem purpurrotem Militärumhang und mit geglättetem Haar wieder auf dem Balkon.

In der Zwischenzeit war die Sonne nach Jerschalaim zurückgekehrt und schickte nun, ehe sie im Mittelmeer versank, der dem Prokurator verhaßten Stadt letzte Abschiedsstrahlen zu und vergoldete die Balkonstufen. Die Fontäne hatte sich gänzlich belebt und sang voller Kraft, Tauben trippelten umher, gurrten, hüpften über abgebrochene Zweige und pickten im nassen Sand. Die rote Lache wurde aufgewischt, die Scherben weggeräumt, auf dem Tisch dampfte Fleisch.

»Ich erwarte die Befehle des Prokurators«, sagte der Ankömmling, indes er auf den Tisch zutrat.

»Aber Sie werden nichts hören, bevor Sie sich gesetzt und Wein getrunken haben«, antwortete Pilatus liebenswürdig und wies auf das zweite Ruhebett.

Der Ankömmling legte sich nieder, der Diener schenkte ihm dunkelroten Wein in die Schale. Ein anderer Diener beugte sich behutsam Pilatus über die Schulter und füllte auch dessen Schale. Danach entließ dieser die beiden Diener mit einer Geste. Während der Ankömmling trank und aß, nippte Pilatus zuweilen am Wein und beobachtete mit eingekniffenen Augen seinen Gast. Dieser war in mittleren Jahren, hatte ein sympathisches rundes und sauberes Gesicht und eine fleischige Nase. Seine Haare waren von unbestimmter Farbe, doch sahen sie jetzt nach dem Trocknen heller aus. Die Nationalität war schwer zu bestimmen. Was sein Gesicht vor allem prägte, war wohl der Ausdruck von Gutmütigkeit, den übrigens die Augen störten oder, genauer gesagt, nicht die Augen, sondern die Art, einen Gesprächspartner anzusehen. Die für gewöhnlich kleinen Augen hielt der Ankömmling unter den sonderbar aussehenden, gleichsam geschwollenen Lidern verborgen. Dann funkelte in ihnen nur arglose Verschmitztheit. Man mußte annehmen, daß er Humor hatte. Manchmal aber riß er die Lider weit auf, so daß der funkelnde Humor aus den Lidspalten verschwand, und blickte seinen Gesprächspartner plötzlich starr an, als wolle er ein kaum erkennbares Fleckchen auf dessen Nase erspähen. Das dauerte nur einen Moment, dann senkten sich erneut die Lider, die Spalten verengten sich, und abermals leuchtete in ihnen ein gutmütiger und verschmitzter Verstand.

Der Ankömmling verschmähte auch eine zweite Schale Wein nicht, verzehrte mit Genuß einige Austern, kostete vom gekochten Gemüse und aß ein Stück Fleisch.

Nachdem er sich gesättigt hatte, lobte er den Wein:

»Ausgezeichnetes Gewächs, Prokurator, aber das ist wohl nicht Falerner?«

»Caecuba, dreißig Jahre alt«, antwortete der Prokurator liebenswürdig.

Der Gast führte die Hand zum Herzen, wollte nichts mehr essen und erklärte, er sei satt. Da füllte Pilatus seine Schale, und der Gast tat desgleichen. Beide gossen ein wenig Wein in die Fleischschüssel, dann hob der Prokurator die seine und sagte laut:

»Für uns, für dich, Kaiser, Vater der Römer, bester und wertvollster aller Menschen!«

Danach wurden die Schalen geleert, die Afrikaner räumten die Speisen vom Tisch und ließen nur das Obst und die Weinkrüge stehen. Wieder entließ der Prokurator mit einer Geste die Diener und blieb mit seinem Gast allein unter der Kolonnade.

»Also«, sagte Pilatus halblaut, »was können Sie mir über die Stimmung in dieser Stadt sagen?«

Unwillkürlich richtete er den Blick dahin, wo unterhalb der Gartenterrassen die Kolonnaden und die flachen Dächer in den letzten Sonnenstrahlen golden verglühten.

»Ich halte die Stimmung in Jerschalaim jetzt für zufriedenstellend, Prokurator«, antwortete der Gast.

»Man kann also garantieren, daß keine Unruhen mehr drohen?«

»Garantieren«, antwortete der Gast und blickte den Prokurator herzlich an, »kann man nur für eines in der Welt – für die Macht des großen Kaisers.«

»Mögen ihm die Götter ein langes Leben schenken!« griff Pilatus sofort auf. »Und allgemeinen Frieden!« Er schwieg einen Moment und fuhr dann fort: »Sie meinen also, man kann die Truppen jetzt abziehen?«

»Ich meine, die Kohorte der Blitzlegion kann abrücken«, antwortete der Gast und fügte hinzu: »Es wäre gut, sie zum Abschied durch die Stadt defilieren zu lassen.«

»Ein sehr guter Gedanke«, pflichtete der Prokurator bei, »übermorgen werde ich sie entlassen und selber abreisen, und ich schwöre Ihnen bei den Laren und beim Gastmahl der zwölf Götter, ich würde viel darum geben, könnte ich es schon heute tun!«

»Der Prokurator liebt Jerschalaim nicht?« fragte der Gast gutmütig.

»Erbarmen Sie sich«, rief der Prokurator lächelnd, »es gibt keinen trostloseren Platz auf Erden. Ich spreche schon gar nicht von der Natur – ich bin jedesmal krank, wenn ich herkommen muß –, das wäre halb so schlimm! Aber diese Feste! Magier, Gaukler, Zauberkünstler, Scharen von Pilgern! Fanatiker, Fanatiker! Allein schon der Messias, den sie auf einmal in diesem Jahr erwarten! Jeden Moment ist man gewärtig, Zeuge eines höchst unangenehmen Blutbades zu werden... Dauernd muß man die Truppen umgruppieren, Verleumdungen und Denunziationen lesen, von denen die Hälfte einen selber betrifft! Sie werden zugeben, daß das langweilig ist. Oh, wenn der kaiserliche Dienst nicht wäre!«

»Ja, die Festtage hier sind schwierig«, räumte der Gast ein.

»Ich wünsche mir von ganzem Herzen, daß sie recht bald zu Ende gehen«, fügte Pilatus energisch hinzu. »Dann kann ich endlich nach Cäsarea zurückkehren. Glauben Sie mir, dieser unsinnige Herodesbau« – der Prokurator wies mit dem Arm längs der Kolonnade, so daß klar wurde, daß er den Palast meinte – »bringt mich noch um den Verstand! Ich kann darin nicht schlafen. Eine seltsamere Architektur hat die Welt noch nicht gesehen! Ja, aber zur Sache. Sagen Sie mir vor allem, macht Ihnen dieser verfluchte War-Rawwan keine Sorgen?«

Da sandte der Gast seinen sonderbaren Blick gegen die Wange des Prokurators. Aber der blickte sehnsüchtig in die Ferne und verzog angewidert das Gesicht, als er den Teil der Stadt betrachtete, der zu seinen Füßen lag und im Abenddämmer erlosch. Es erlosch auch der Blick des Gastes, und seine Lider senkten sich.

»Man sollte denken, daß War-Rawwan jetzt so ungefährlich ist wie ein Lamm«, sagte der Gast, und auf seinem runden Gesicht zeigten sich Fältchen. »Es wäre unpassend, wenn er jetzt noch meuterte.«

»Zu berühmt?« fragte Pilatus und grinste.

»Der Prokurator hat die Frage wie immer genau erfaßt.«

»Trotzdem«, sagte der Prokurator besorgt und hob den langen dünnen Finger mit dem schwarzen Stein am Ring, »es wird notwendig sein...«

»Oh, der Prokurator sei versichert, daß, solange ich in Judäa bin, War-Rawwan keinen unbeobachteten Schritt mehr tun wird.«

»Jetzt bin ich beruhigt, wie übrigens immer, wenn Sie hier sind.«

»Der Prokurator ist zu gütig!«

»Aber jetzt erzählen Sie mir bitte von der Hinrichtung«, sagte der Prokurator.

»Was ist es, das den Prokurator interessiert?«

»Gab es nicht von seiten der Menge Versuche, Empörung auszudrücken? Das ist die Hauptsache.«

»In keiner Weise«, antwortete der Gast.

»Sehr gut. Haben Sie sich selbst überzeugt, daß der Tod eingetreten war?«

»Der Prokurator kann dessen gewiß sein.«

»Sagen Sie mir, haben Sie ihnen vor der Hinrichtung den Trank gereicht?«

»Ja. Er aber«, der Gast schloß die Augen, »hat sich geweigert, ihn zu trinken.«

»Wer denn?« fragte Pilatus.

»Verzeihen Sie, Hegemon!« rief der Gast. »Habe ich das nicht gesagt? Ha-Nozri!«

»Dieser Wahnsinnige!« Pilatus schnitt eine Grimasse. Unter seinem linken Auge zuckte ein Äderchen. »Von der Sonnenglut zu sterben! Warum verschmäht er, was ihm laut Gesetz geboten wird? Wie drückte er seine Weigerung aus?«

»Er sagte«, antwortete der Gast und schloß wieder die Augen, »er bedanke sich und hege keinen Grimm, daß man ihm das Leben nimmt.«

»Gegen wen?« fragte Pilatus dumpf.

»Das, Hegemon, hat er nicht gesagt...«

»Hat er nicht versucht, in Gegenwart der Soldaten zu predigen?«

»Nein, Hegemon, er war nicht sehr gesprächig. Das einzige, was er sagte, war, daß er für das größte aller menschlichen Laster die Feigheit hält.«

»Zu wem sagte er das?« fragte Pilatus mit plötzlich brüchiger Stimme.

»Das war nicht ersichtlich. Er benahm sich überhaupt seltsam, wie übrigens immer.«

»Wieso seltsam?«

»Er versuchte dauernd, bald dem einen, bald dem anderen aus seiner Umgebung in die Augen zu sehen, und zeigte dauernd ein verwirrtes Lächeln.«

»Weiter war nichts?« fragte Pilatus heiser.

»Nichts.«

Der Prokurator stieß die Schale auf den Tisch und füllte sie erneut. Nachdem er sie bis zum Grunde geleert hatte, sagte er:

»Jetzt ist die Sache die: Wiewohl wir, zumindest jetzt, keine Anhänger oder Nachfolger von ihm ermitteln können, dürfen wir keineswegs sicher sein, daß es keine gibt.«

Mit geneigtem Kopf hörte der Gast aufmerksam zu.

»Um also jedwede Überraschung zu vermeiden«, fuhr der Prokurator fort, »bitte ich Sie, unverzüglich und ohne jedes Aufsehen die Körper der drei Gerichteten vom Antlitz der Erde verschwinden zu lassen und sie geheim und in völliger Stille zu beerdigen, so daß nichts mehr von ihnen zu hören oder zu sehen sei.«

»Ich gehorche, Hegemon«, sagte der Gast, erhob sich und fuhr fort: »Angesichts der komplizierten und verantwortungsvollen Aufgabe gestatten Sie mir, mich sofort auf den Weg zu machen.«

»Nein, setzen Sie sich wieder«, sagte Pilatus und hielt seinen Gast mit einer Handbewegung zurück, »ich habe noch zwei Fragen. Die erste – Ihre großen Verdienste bei der schwierigen Arbeit als Chef des Geheimdienstes beim Prokurator von Judäa geben mir die angenehme Möglichkeit, darüber nach Rom zu berichten.«

Das Gesicht des Gastes lief rosig an, er stand auf, verbeugte sich vor dem Prokurator und sprach:

»Ich erfülle nur meine Pflicht im kaiserlichen Dienst.«

»Aber ich möchte Sie bitten«, fuhr der Hegemon fort, »wenn man Ihnen eine Versetzung nebst Beförderung in Aussicht stellt, verzichten Sie darauf und bleiben hier. Ich möchte mich um keinen Preis von Ihnen trennen. Mag man Sie auf andere Weise ehren.«

»Ich bin glücklich, unter Ihnen zu dienen, Hegemon.«

»Das freut mich. Also, meine zweite Frage. Sie betrifft diesen... wie heißt er gleich... Judas aus Kirjath.«

Der Gast sandte dem Prokurator seinen Blick zu und löschte ihn sofort wieder, wie es sich geziemte.

»Man sagt«, fuhr der Prokurator mit gedämpfter Stimme fort, »er habe Geld dafür bekommen, daß er diesen wahnsinnigen Philosophen so gastfreundlich bei sich aufnahm.«

»Er wird es bekommen«, korrigierte der Chef des Geheimdienstes leise.

»Ist es eine große Summe?«

»Das kann niemand wissen, Hegemon.«

»Selbst Sie nicht?« sagte der Hegemon, mit seiner Verwunderung ein Lob ausdrückend.

»Leider, selbst ich nicht«, antwortete der Gast gelassen. »Aber daß er dieses Geld heute abend bekommen wird, weiß ich gewiß. Man wird ihn in den Palast des Kaiphas rufen.«

»Ach, dieser habgierige Greis aus Kirjath!« bemerkte der Prokurator lächelnd. »Er ist doch ein Greis?«

»Der Prokurator irrt nie, doch diesmal irrt er«, antwortete der Gast liebenswürdig, »Judas aus Kirjath ist ein junger Mann.«

»Was Sie sagen! Können Sie ihn mir charakterisieren? Ist er ein Fanatiker?«

»O nein, Prokurator.«

»So. Noch etwas?«

»Er ist sehr schön.«

»Und weiter? Hat er vielleicht eine Leidenschaft?«

»Es ist schwer, in dieser riesigen Stadt alle so genau zu kennen, Prokurator...«

»O nein, nein, Afranius! Schmälern Sie Ihre Verdienste nicht.«

»Eine Leidenschaft hat er, Prokurator.« Der Gast machte eine winzige Pause. »Die Leidenschaft fürs Geld.«

»Was treibt er?«

Afranius blickte hoch, dachte nach und antwortete:

»Er arbeitet in der Wechslerbude bei einem Verwandten.«

»Ach, soso.« Der Prokurator verstummte und sah sich um, ob niemand auf dem Balkon sei, dann sagte er leise: »Folgendes – ich habe heute eine Information bekommen, daß man ihn in dieser Nacht erstechen will.«

Da warf der Gast seinen Blick auf den Prokurator und ließ ihn sogar ein Weilchen auf ihm ruhen, dann antwortete er:

»Sie haben sich zu schmeichelhaft über mich geäußert, Prokurator. Ich glaube, ich verdiene nicht, daß Sie lobend über mich berichten. Ich habe diese Information nicht.«

»Sie sind höchsten Lohnes würdig«, antwortete der Prokurator, »aber die Information habe ich dennoch.«

»Ich erlaube mir zu fragen, von wem.«

»Das möchte ich noch nicht sagen, zumal sie zufällig aus dunkler Quelle und unglaubwürdig ist. Aber ich bin verpflichtet, alles vorauszusehen. Das verlangt mein Amt von mir, und mehr als allem glaube ich meinem Vorgefühl, das mich noch niemals getrogen hat. Die Information besagt, daß einer der heimlichen Freunde von Ha-Nozri, empört über den ungeheuerlichen Verrat des Geldwechslers, mit seinen Spießgesellen Abrede getroffen hat, ihn heute nacht zu töten und das Geld, das er für den Verrat erhalten, dem Hohenpriester zuzustellen zusamt einem Zettel: ›Ich gebe das verfluchte Geld zurück.‹«

Der Chef des Geheimdienstes warf keine überraschten Blicke mehr auf den Hegemon und hörte ihm nur noch mit gesenkten Lidern zu, Pilatus aber fuhr fort:

»Was meinen Sie, wird es dem Hohenpriester angenehm sein, in der Festnacht ein solches Geschenk zu bekommen?«

»Es wird ihm nicht nur unangenehm sein«, antwortete der Gast schmunzelnd, »ich glaube sogar, Prokurator, das würde einen großen Skandal auslösen.«

»Ich bin derselben Meinung. Darum bitte ich Sie, dieser Sache nachzugehen, das heißt alle Maßnahmen zu treffen, um Judas aus Kirjath zu schützen.«

»Der Befehl des Hegemons wird ausgeführt«, sagte Afranius, »doch ich muß den Hegemon beruhigen: der Plan der Bösewichter ist außerordentlich schwer auszuführen. Wenn man bedenkt...«

Der Gast drehte sich um und fuhr dann fort: »Den Mann ausfindig machen, ihn erstechen, außerdem erfahren, wieviel er bekommen hat, dann das Geld dem Kaiphas zustellen, und das alles in einer Nacht? Heute?«

»Nichtsdestoweniger wird man ihn heute nacht erstechen«, beharrte Pilatus, »mein Vorgefühl sagt es mir, ich versichere es Ihnen! Es hat mich noch nie betrogen.« Ein Krampf lief über sein Gesicht, und er rieb sich kurz die Hände.

»Jawohl«, antwortete der Gast gehorsam, stand auf, streckte sich und fragte plötzlich rauh: »Man wird ihn also erstechen, Hegemon?«

»Ja«, antwortete Pilatus, »und meine ganze Hoffnung gründet sich nur auf Ihre Verläßlichkeit, die alle Welt in Erstaunen setzt.«

Der Gast rückte den schweren Gürtel unterm Umhang zurecht und sagte:

»Ich habe die Ehre, und ich wünsche Ihnen Freude und Gesundheit!«

»Ach richtig«, rief Pilatus leise, »das hätte ich beinah vergessen! Ich stehe ja in Ihrer Schuld!«

Der Gast war verwundert.

»Nein, Prokurator, Sie schulden mir nichts.«

»Warum denn nicht? Erinnern Sie sich, als ich in Jerschalaim einzog, die Menge der Bettler... Ich wollte ihnen Geld zuwerfen und hatte keines bei mir, da haben Sie mir ausgeholfen.«

»Oh, Prokurator, das war doch wohl nur eine Bagatelle!«

»Auch eine Bagatelle soll man nicht vergessen.«

Pilatus wandte sich um, griff nach dem Sessel hinter sich, holte unter dem Umhang einen Lederbeutel hervor und reichte ihn seinem Gast. Der nahm ihn mit einer Verbeugung entgegen und barg ihn unter seinem Umhang.

»Ich erwarte Ihren Bericht von der Beerdigung, aber auch vom Ausgang der Sache mit Judas aus Kirjath noch heute nacht, Afranius«, sprach Pilatus, »hören Sie, noch heute nacht. Die Wache bekommt Befehl, mich zu wecken, sobald Sie erscheinen. Ich erwarte Sie.«

»Ich habe die Ehre«, sagte der Chef des Geheimdienstes, wandte sich ab und verließ den Balkon. Man hörte den nassen Sand unter seinen Füßen knirschen, dann klapperten seine Schritte über den Marmor zwischen den beiden Löwen, dann schnitt es seine Beine ab, dann den Rumpf, und endlich verschwand auch die Kapuze. Der Prokurator sah, daß die Sonne versunken und die Dämmerung angebrochen war.

26
Die Beerdigung

Vielleicht war die Dämmerung auch der Grund, daß sich der Prokurator äußerlich jäh veränderte. Er schien zusehends zu altern, wurde krumm und machte überdies einen beunruhigten Eindruck. Einmal blickte er sich um und zuckte zusammen, als er auf der Lehne des leeren Sessels den Umhang liegen sah. Die Festnacht rückte näher, die abendlichen Schatten trieben ihr Spiel, und wahrscheinlich war es dem ermüdeten Prokurator so vorgekommen, als sitze jemand im leeren Sessel. Er leistete sich eine Anwandlung von Kleinmut und griff nach dem Umhang, ließ ihn aber liegen und lief auf dem Balkon hin und her, bald die Hände reibend, bald an den Tisch tretend und nach der Schale greifend, bald innehaltend und sinnlos das Mosaikpflaster anstarrend, als wolle er irgendwelche Schriftzeichen herauslesen.

Schon zum zweitenmal am heutigen Tag befiehl ihn Schwermut. Er rieb sich die Schläfe, in der von der morgendlichen Höllenqual nur eine dumpf schmerzende Erinnerung geblieben war, und suchte mühevoll zu ergründen, was die Ursache seiner Seelenpein war. Er begriff es auch bald, versuchte aber, sich selbst zu betrügen. Ihm war klar, daß er heute vormittag etwas Unwiederbringliches versäumt hatte und dies jetzt mit kleinen und nichtigen, vor allem aber verspäteten Taten korrigieren wollte. Sein Selbstbetrug bestand darin, daß er sich einreden wollte, seine jetzigen Taten seien nicht minder wichtig als das am Morgen gesprochene Urteil. Aber das gelang ihm sehr schlecht.

Bei einer Wendung blieb er plötzlich stehen und stieß einen Pfiff aus. Als Antwort erscholl in der Dämmerung tiefes Gebell, und aus dem Garten kam ein mächtiger Hund mit spitzen Ohren, grauem Fell und einem Halsband mit Goldbeschlägen auf den Balkon gesprungen.

»Banga, Banga«, rief der Prokurator schwach.

Der Hund stellte sich auf die Hinterpfoten, legte die vorderen seinem Herrn auf die Schultern, daß er ihn fast zu Boden warf, und leckte ihm die Wange. Der Prokurator setzte sich in den Sessel. Banga legte sich, mit hängender Zunge hechelnd, seinem Herrn zu Füßen, und die Freude in seinen Augen kam daher, daß das Gewitter vorbei war, das einzige auf der Welt, wovor der furchtlose Hund Angst hatte, und auch daher, daß er wieder bei dem Mann war, den er liebte, achtete und für den Mächtigsten der Welt ansah, für den Beherrscher aller Menschen, wodurch er auch sich für ein privilegiertes, höheres und besonderes Wesen hielt. Dennoch spürte der Hund, der in den abendlichen Garten blickte, daß seinen Herrn ein Unglück ereilt hatte. Darum stand er wieder auf, trat seitlich zu ihm und legte ihm die

Vorderpfoten und den Kopf auf die Knie, wobei er den Umhang mit nassem Sand befleckte. Er wollte ihn wohl trösten und gemeinsam mit ihm dem Unheil begegnen. Das versuchte er sowohl mit den Augen auszudrücken, die seinen Herrn anschielten, als auch mit den wachsam gespitzten Ohren. So begrüßten sie beide, Hund und Mensch, die einander liebten, auf dem Balkon die festliche Nacht.

Währenddes hatte der Gast des Prokurators einen Haufen Besorgungen zu erledigen. Nachdem er die obere Gartenterrasse vor dem Balkon verlassen hatte, stieg er die Treppe hinab bis zur nächsten Terrasse, wandte sich nach rechts und ging zu den Kasernen innerhalb des Palastgeländes. Hier waren die beiden Zenturien einquartiert, die mit dem Prokurator zum Fest nach Jerschalaim gekommen waren, des weiteren der Geheimdienst des Prokurators, dessen Kommandant er war. Er hielt sich in den Kasernen höchstens zehn Minuten auf, aber nach Ablauf dieser Zeit fuhren drei Wagen vom Kasernenhof, beladen mit Schanzgerät und einem Faß Wasser. Den Wagen folgten fünfzehn Berittene in grauen Umhängen. Sie geleiteten die Fuhrwerke durchs hintere Tor aus dem Palastgebäude, schlugen die westliche Richtung ein, passierten das Tor in der Stadtmauer und erreichten über einen Pfad die Bethlehemstraße, der sie nach Norden folgten. Sie gelangten zur Kreuzung am Hebron-Tor und bewegten sich weiter über die Jaffastraße, auf der am Tag die Prozession mit den Verurteilten zur Richtstatt gezogen war. Jetzt war es bereits dunkel, und am Horizont erschien der Mond.

Bald nachdem die Wagen mit ihrer Begleitmannschaft aufgebrochen waren, ritt auch der Gast des Prokurators aus dem Palastgebäude, nunmehr mit einem vertragenen dunklen Chiton bekleidet. Er verließ jedoch nicht die Stadt, sondern ritt in die Stadt hinein. Nach einiger Zeit konnte man ihn auf die Burg Antonia zureiten sehen, die nördlich in unmittelbarer Nähe des großen Tempels lag. In der Burg verweilte der Gast ebenfalls nur ganz kurz, dann verlor sich seine Spur im Gewirr der krummen Straßen in der Unterstadt. Jetzt ritt er auf einem Maulesel.

Der Reiter kannte die Stadt gut und fand leicht die Straße, die sein Ziel war. Sie hieß Griechische Straße, denn hier gab es ein paar griechische Läden, darunter einen, in dem Teppiche feilgeboten wurden. Vor diesem Laden hielt der Gast sein Maultier an, stieg ab und band es am Torring fest. Der Laden war bereits geschlossen. Der Gast durchschritt die Pforte neben dem Ladeneingang und kam auf einen kleinen quadratischen Hof, den im Geviert Schuppen umstanden. Er bog um die Ecke und befand sich vor der efeuumrankten Steinterrasse des Wohnhauses. Hier sah er sich um. Das Häuschen und die Schuppen waren dunkel, man hatte noch kein Licht angezündet.

»Nisa«, rief der Gast leise.

Auf den Ruf hin knarrte eine Tür, und im abendlichen Halbdunkel erschien auf der Terrasse eine unverschleierte junge Frau. Sie beugte sich übers Geländer und schaute unruhig aus, wer gekommen sei. Als sie den Ankömmling erkannte, lächelte sie ihm freundlich zu, nickte und winkte.

»Bist du allein?« fragte Afranius leise auf griechisch.

»Ja«, flüsterte die Frau, »mein Mann ist am Morgen nach Cäsarea geritten.« Die Frau blickte zurück zur Tür und fügte flüsternd hinzu: »Aber die Dienerin ist da.« Dann winkte sie dem Gast, er möge eintreten. Afranius blickte sich um und stieg die Steinstufen hinauf. Er und die Frau verschwanden im Innern des Häuschens.

Bei ihr hielt sich Afranius nur ganz kurz auf, nicht länger als fünf Minuten. Danach verließ er das Haus und die Terrasse, zog die Kapuze noch tiefer über die Augen und trat auf die Straße. In den Häusern wurden bereits die Leuchter angezündet, das vorfestliche Gedränge war noch sehr groß, und Afranius auf seinem Maultier verlor sich im Strom der Reiter und Fußgänger. Sein weiterer Weg ist unbekannt.

Die Frau, die Afranius mit »Nisa« angeredet hatte, kleidete sich, allein geblieben, in höchster Eile um. Doch obwohl sie Mühe hatte, die benötigten Sachen im dunklen Zimmer zu finden, zündete sie kein Licht an und rief auch nicht die Dienerin. Erst als sie fertig war und den Kopf mit einem dunklen Schleier verhüllt hatte, erklang im Häuschen ihre Stimme:

»Wenn jemand nach mir fragt, sag ihm, ich sei Enanta besuchen gegangen.«

Aus der Dunkelheit kam knurrend die Stimme der alten Dienerin:

»Zu Enanta? Immer diese Enanta! Dein Mann hat dir doch verboten, sie zu besuchen! Eine Kupplerin ist sie, die Enanta! Deinem Mann sag ich's...«

»Nun schweig schon«, antwortete Nisa und glitt schattengleich aus dem Häuschen. Ihre Sandalen klapperten auf den Steinplatten des Hofes. Brummend schloß die Dienerin die Tür zur Terrasse. Nisa verließ ihr Haus.

Zur selben Zeit trat in einer anderen Gasse der Unterstadt, einer geknickten Gasse, die sich in Stufen zu einem der Stadtteiche hinabsenkte, aus der Pforte eines unansehnlichen Hauses, dessen kahle Wand an die Gasse grenzte, während die Fenster auf den Hof gingen, ein junger Mann mit sorgfältig gestutztem Bärtchen. Er trug eine weiße Keffije, die ihm auf die Schulter fiel, einen neuen blauen Festtagstallit mit Troddeln am unteren Saum und nagelneue knarrende Sandalen. Der adlernasige Schönling, für das große Fest herausgeputzt, schritt munter aus, überholte die Passanten, die zum gemeinsamen Festschmaus heimeilten, und sah ein Fenster nach dem andern aufleuchten. Durch die Straße längs des Basars schritt er zum Palast des Hohenpriesters Kaiphas am Fuß des Tempelberges.

Kurz darauf konnte man ihn ins Tor des Kaiphas-Palastes eintreten sehen. Abermals kurze Zeit später verließ er das Gebäude wieder.

Nach dem Besuch im Palast, in dem bereits Leuchter und Fackeln brannten und festliche Hast herrschte, schritt der junge Mann noch munterer, noch freudiger aus und eilte zurück in die Unterstadt. An der Ecke, wo die Straße auf den Basarplatz mündete, überholte ihn im Gedränge und Geschiebe tänzelnden Ganges eine grazile Frau, der ein schwarzer Schleier über die Augen fiel. Als sie an dem schönen jungen Mann vorbeikam, hob sie für einen Moment den Schleier und warf ihm einen Blick zu, verlangsamte jedoch nicht den Schritt, sondern beschleunigte ihn gar, als wollte sie sich vor ihm verbergen.

Der junge Mann bemerkte die Frau nicht nur, nein, er erkannte sie, und als er sie erkannte, zuckte er zusammen, blieb stehen, starrte ihr ungläubig auf den Rücken und stürzte ihr dann hinterher. Indem er fast einen Passanten umrannte, der einen Krug in den Händen hielt, holte er sie ein und rief, vor Erregung keuchend:

»Nisa!«

Die Frau drehte sich um und kniff die Augen ein, wobei ihr Gesicht kalten Ärger spiegelte, dann antwortete sie trocken auf griechisch:

»Ach, du bist es, Judas? Ich habe dich nicht gleich erkannt. Das ist übrigens nicht schlecht. Bei uns gilt das als Omen: der nicht Erkannte wird reich...«

Judas, so aufgeregt, daß sein Herz hüpfte wie ein Vogel unter schwarzem Schleier, fragte abgerissen und im Flüsterton, damit es die Passanten nicht hörten:

»Wohin gehst du, Nisa?«

»Warum willst du das wissen?« antwortete sie, ging langsamer und blickte Judas hochmütig an.

Judas' Stimme klang ganz kindlich, als er verwirrt flüsterte:

»Wie denn... Wir waren doch verabredet... Ich wollte zu dir kommen, du hast gesagt, du würdest den ganzen Abend zu Hause sein...«

»Ach was«, antwortete Nisa und schob launisch die Unterlippe vor, und Judas fand, daß ihr Gesicht, das schönste, das er je gesehen, dadurch noch schöner wurde, »ich habe mich gelangweilt. Ihr feiert euer Fest, und was mache ich inzwischen? Dasitzen und zuhören, wie du auf der Terrasse seufzt? Und obendrein Angst haben, daß die Dienerin es ihm erzählt? Nein, nein, ich habe mich entschlossen, aus der Stadt zu gehen, um den Nachtigallen zu lauschen.«

»Aus der Stadt?« fragte Judas verwirrt. »Allein?«

»Natürlich allein«, antwortete Nisa.

»Erlaube mir, dich zu begleiten«, bat Judas hastig. Seine Gedanken trübten sich, er vergaß alles auf der Welt und blickte flehend in Nisas blaue Augen, die jetzt schwarz erschienen.

Nisa gab keine Antwort und beschleunigte den Schritt.

»Warum sagst du nichts, Nisa?« fragte Judas kläglich und paßte sich ihrem Schritt an.

»Werde ich mich mit dir nicht langweilen?« fragte Nisa plötzlich und blieb stehen. Da verwirrten sich Judas' Gedanken vollends.

»Nun gut«, gab Nisa endlich nach, »gehen wir.«

»Aber wohin, wohin?«

»Warte... Gehen wir erst in diesen Hof und besprechen uns, ich habe Angst, ein Bekannter könnte mich sehen und meinem Mann erzählen, er habe mich mit meinem Liebhaber auf der Straße getroffen.«

Judas und Nisa verschwanden vom Basar, sie tuschelten in der Hofeinfahrt.

»Geh zum Olivenhain«, flüsterte Nisa, während sie den Schleier über die Augen zog und sich von einem Mann abwandte, der mit einem Eimer in der Hand die Einfahrt betrat, »nach Gethsemane, jenseits des Kidron, verstanden?«

»Ja, ja, ja...«

»Ich gehe voraus«, fuhr Nisa fort, »aber laufe mir nicht zu dicht nach, halte Abstand. Ich gehe voraus... Wenn du über den Fluß kommst... Du weißt, wo die Grotte ist?«

»Ich weiß, ich weiß...«

»Du gehst an der Ölpresse vorbei bergan und biegst zur Grotte ab. Dort werde ich sein. Aber wage nicht, mir sofort zu folgen. Hab Geduld und warte hier.« Mit diesen Worten verließ Nisa die Einfahrt, als habe sie gar nicht mit Judas gesprochen.

Judas stand noch ein Weilchen allein und versuchte, seine zerfahrenen Gedanken zu ordnen, darunter den, wie er den Angehörigen sein Fehlen beim Festmahl erklären solle. Er stand und suchte nach einer Ausrede, doch in seiner Erregung fiel ihm nichts Rechtes ein. Langsam verließ er die Einfahrt.

Er nahm jetzt einen anderen Weg, nicht mehr der Unterstadt zu, sondern zurück zum Kaiphas-Palast. Seine Umgebung nahm er nur noch undeutlich wahr. Das Fest hatte Einkehr in der Stadt gehalten. Rund um Judas brannten Lichter in den Fenstern, und er hörte bereits die Festgebete. Verspätete trieben ihre Esel durch die Straßen, geißelten sie, schrien. Die Beine trugen Judas ganz von selbst, und er bemerkte gar nicht, wie die furchtbaren bemoosten Türme der Burg Antonia an ihm vorüberflogen, er hörte nicht das Horn in der Festung schmettern, er achtete nicht auf die berittene römische Patrouille mit ihrer Fackel, deren Licht seinen Weg unruhig erhellte. Als er an der Burg vorbei war, drehte er sich um und sah in schrecklicher Höhe überm Tempel die beiden gigantischen Fünflichter aufflammen. Aber auch sie nahm er nur undeutlich wahr. Ihm deuchte, über Jerschalaim wären zehn Öllampen von nie gesehener Größe aufgeleuchtet und wetteiferten mit der einzelnen Leuchte, die immer höher über der Stadt aufstieg – dem Mond. Judas hatte für nichts mehr Sinn, er eilte dem Gethsemane-Tor zu, um so schnell wie möglich die Stadt zu verlassen. Zuzeiten kam es ihm vor, als blinke inmitten der Rücken und Gesichter vor ihm das tänzelnde Figürchen und zöge ihn hinter sich her. Doch das war eine Täuschung. Judas wußte, daß Nisa weit voraus war. Er lief an den Wechslerbuden vorbei und gelangte endlich ans Gethsemane-Tor. Hier mußte er, fiebernd vor Ungeduld, warten. Kamele zogen in die Stadt ein, dann kam eine syrische Militärpatrouille, die Judas in Gedanken verwünschte...

Aber alles nimmt ein Ende. Schon war der ungeduldige Judas außerhalb der Stadtmauer. Linker Hand erblickte er einen kleinen Friedhof und daneben etliche gestreifte Pilgerzelte. Nachdem er die staubige, vom Mondlicht beschienene Straße überquert hatte, eilte er zum Kidron-Strom, um auf die andere Seite zu gelangen. Leise murmelte das Wasser zu seinen Füßen. Von Stein zu Stein springend, erreichte er das Gethsemane-Ufer und sah zu seiner großen Freude die Straße unter den Gärten menschenleer. Unweit erkannte er bereits das halbzerfallene Tor des Olivenhains.

Nach der stickigen Stadt genoß Judas den berauschenden Duft der Frühlingsnacht. Aus dem Garten, von den Gethsemane-Wiesen her, flutete eine Welle von Myrten- und Akazienduft über die Einfriedung.

Das Tor war unbewacht, niemand war zu sehen, und bald darauf lief Judas bereits unter dem geheimnisvollen Schatten der mächtigen, ausladenden Ölbäume. Die Straße führte bergan. Judas folgte ihr schwer atmend und geriet von Zeit zu Zeit aus dem Dunkel auf die gemusterten Mondlichtteppiche, die ihn an die Teppiche im Laden von Nisas eifersüchtigem Mann erinnerten. Einige Zeit darauf erblickte Judas linker Hand auf einer Lichtung die Ölpresse mit ihrem schweren Steinrad und einen Haufen Fässer. Im Garten war niemand, die Arbeit war bei Sonnenuntergang eingestellt worden, und Judas vernahm über sich einen laut schmetternden Nachtigallenchor.

Sein Ziel war nicht mehr weit. Er wußte, daß er gleich rechts im Dunkel das leise Murmeln des Wassers in der Grotte hören würde. So kam es auch. Es wurde immer kühler.

Da verhielt er den Schritt und rief halblaut:

»Nisa!«

Aber statt Nisa löste sich von einem dicken Ölbaumstamm eine vierschrötige Männergestalt und sprang auf ihn zu, etwas Blitzendes in der Hand, das sofort wieder erlosch.

Judas stieß einen leisen Schrei aus und wollte zurücklaufen, doch ein zweiter Mann versperrte ihm den Weg.

Der erste, der vor ihm war, fragte:

»Wieviel Geld hast du vorhin bekommen? Sag's, wenn dir dein Leben lieb ist!«

Hoffnung blitzte in Judas auf, und er schrie verzweifelt:

»Dreißig Tetradrachmen! Dreißig Tetradrachmen! Ich habe sie bei mir! Da ist das Geld! Nehmt es, doch laßt mir das Leben!«

Der Mann entriß ihm augenblicklich den Beutel. Im selben Moment zuckte hinter ihm ein Messer auf und traf den Verliebten unterm Schulterblatt. Es schleuderte ihn nach vorn, er warf die Hände mit verkrümmten Fingern in die Luft. Der Mann vor ihm fing ihn mit seinem Messer auf und stieß es ihm bis an das Heft ins Herz.

»Ni...sa«, sagte Judas nicht mit seiner hohen und klaren Jünglingsstimme, sondern tief und vorwurfsvoll. Weiter gab er keinen Laut von sich. Sein Körper schlug so heftig zu Boden, daß es einen dumpfen Aufprall gab.

Da erschien auf der Straße eine dritte Gestalt. Dieser dritte trug einen Umhang mit Kapuze.

»Beeilt euch«, gebot er. Rasch wickelten die Mörder den Geldbeutel samt einem Zettel, den der dritte ihnen gegeben, in Leder und verschnürten ihn über Kreuz. Der zweite schob das Päckchen ins Hemd, dann liefen die beiden Mörder vom Weg nach verschiedenen Seiten davon, und die Finsternis zwischen den Ölbäumen verschluckte sie. Der dritte jedoch kauerte sich neben dem Ermordeten nieder und schaute ihm ins Gesicht. Es erschien kreideweiß und von durchgeistigter Schönheit. Bald darauf war nichts Lebendiges mehr auf der Straße. Der entseelte Körper lag mit ausgebreiteten Armen. Der linke Fuß befand sich in einem Fleck Mondlicht, so daß jedes Riemchen der Sandale deutlich zu sehen war.

Der ganze Gethsemane-Garten hallte wider vom Nachtigallensang. Wohin sich die beiden Mörder des Judas wendeten, weiß niemand, aber der Weg des dritten mit der Kapuze ist bekannt. Nachdem er den Pfad verlassen, drang er ins Dickicht der Ölbäume ein und wandte sich gen Süden. Weit vom Haupttor, an der südlichen Ecke des Gartens, überkletterte er die Einfriedung an einer Stelle, wo die oberen Steine des Mauerwerks herausgebrochen waren. Bald danach war er am Ufer des Kidron. Er ging ins Wasser und watete eine Zeitlang den Fluß entlang, bis er von weitem die Silhouetten zweier Pferde und eines Mannes sah. Die Pferde standen ebenfalls im Wasser, dessen leichte Strömung ihre Hufe umspülte. Der Pferdewärter bestieg das eine Pferd, der Mann mit der Kapuze schwang sich auf das andere, dann ritten beide langsam den Fluß entlang, und die Steine knirschten unter den Pferdehufen. Sodann verließen die Reiter das Wasser, ritten das Jerschalaimer Ufer hinauf und dann im Schritt längs der Stadtmauer. Hier trennte sich der Pferdewärter von dem andern, sprengte voraus und entschwand seinen Blicken, der Mann mit der Kapuze aber hielt sein Pferd an, saß auf der menschenleeren Straße ab, nahm den Umhang von den Schultern, kehrte die Innenseite nach außen, holte einen flachen Helm ohne Befiederung darunter hervor und setzte ihn auf. Als er sich wieder aufs Pferd schwang, trug er eine Militärchlamys und ein kurzes Schwert an der Seite. Er ruckte an den Zügeln, das feurige Kavalleriepferd setzte sich in Trab und ließ den Reiter auf und nieder wippen. Es war nicht mehr weit, der Reiter näherte sich dem Südtor von Jerschalaim.

Unterm Torbogen tanzte und hüpfte Fackellicht. Wachsoldaten von der zweiten Zenturie der Blitzlegion saßen auf den Steinbänken und würfelten. Als sie den hereinreitenden Offizier erblickten, sprangen sie auf, der Mann winkte ihnen zu und ritt in die Stadt.

Die Stadt war von festlichen Lichtern überflutet. In allen Fenstern spielten die Flammen der Leuchter, und von allerwärts tönten, zu einem wirren Chor verfließend, die Festgebete. Wenn der Reiter in die Fenster schaute, die zur Straße führten, sah er die Menschen am Tisch sitzen, auf dem das Fleisch des Lamms aufgetragen war und Weinschalen zwischen Schüsseln mit Bitterkraut standen. Leise ein Liedchen pfeifend, ritt der Mann in gemächlichem Trab durch die leeren Straßen der Unterstadt zur Burg Antonia und blickte ab und zu auf die beiden in der Welt einmaligen Fünflichter, die überm Tempel loderten, oder auf den Mond, der noch höher hing.

Der Palast Herodes' des Großen hatte keinen Anteil an der festlichen Pessachnacht. In den hinteren Räumen, die nach Süden gingen und die Offiziere der römischen Kohorte sowie den Legaten der Legion beherbergten, brannten Lichter, dort war Leben und Trubel. Der vordere Teil des Palastes, der nur einen einzigen und überdies unfreiwilligen Bewohner hatte, den Prokurator, sah mit all seinen Säulen und Goldstatuen aus, als wäre er vom grellen Mondlicht erblindet. In diesem Teil herrschten Stille und Finsternis. Der Prokurator, wie er zu Afranius gesagt, mochte nicht hineingehen. Er befahl, ihm das Bett auf dem Balkon zu richten, da, wo er gespeist und am Morgen Jeschua verhört hatte. Er legte sich auf das zurechtgemachte Ruhebett, aber der Schlaf mied ihn. Der nackte Mond hing hoch am klaren Himmel, und der Prokurator ließ mehrere Stunden kein Auge von ihm.

Gegen Mitternacht erbarmte sich der Schlaf des Hegemons. Er gähnte krampfhaft, hakte den Umhang auf und warf ihn ab, dann löste er den Gürtel mit dem breiten Stahlmesser in der Scheide vom Hemd, legte ihn in den Sessel neben dem Ruhebett, entledigte sich der Sandalen und streckte sich aus. Banga sprang sogleich zu ihm aufs Bett und legte sich neben ihn, Kopf an Kopf, der Prokurator streichelte ihm den Hals und schloß endlich die Augen. Erst dann schlief auch der Hund ein.

Das Ruhebett stand im Halbdunkel, eine Säule verdeckte den Mond, doch von den Stufen zog sich ein Mondlichtband bis zum Bett. Kaum hatte der

Prokurator die Verbindung zu seiner wirklichen Umgebung verloren, bewegte er sich die leuchtende Bahn entlang und ging aufwärts, geradewegs zum Mond. Im Schlaf lachte er vor Glück, so herrlich war es auf dieser durchsichtigen blauen Straße, denn Banga begleitete ihn, und neben ihm ging der Wanderphilosoph. Sie disputierten über etwas sehr Kompliziertes und Wichtiges, und keiner vermochte den andern zu überzeugen. Ihre Ansichten deckten sich nirgends, und daher war ihr Disput besonders interessant und fand kein Ende. Die heutige Hinrichtung war doch nur ein reines Mißverständnis, denn der Philosoph, der auf die unwahrscheinlich absurde Idee gekommen war, daß alle Menschen gut wären, ging ja hier neben ihm, folglich lebte er. Und es war natürlich entsetzlich, zu denken, ein solcher Mensch könnte hingerichtet werden. Die Hinrichtung hatte nicht stattgefunden! Gewiß nicht! Darin bestand der Reiz dieses Schreitens auf der Mondtreppe.

Freie Zeit hatten sie, soviel sie wollten, und ein Gewitter stand erst gegen Abend zu erwarten, und die Feigheit war ohne Zweifel eine der schrecklichsten Sünden. So sagte Jeschua Ha-Nozri. Nein, Philosoph, ich widerspreche dir: es ist die schrecklichste Sünde!

Einmal war er nicht feige gewesen, der jetzige Prokurator von Judäa und ehemalige Tribun einer Legion, damals im Tal der Jungfrauen, als die grimmen Germanen den Riesen Rattenschlächter fast zerfleischt hätten. Aber ich bitte Sie, Philosoph! Sie können doch bei Ihrem Verstand nicht annehmen, der Prokurator von Judäa werde wegen eines Menschen, der ein Verbrechen wider den Kaiser begangen hat, seine Karriere gefährden?

»Doch, doch...«, stöhnte und schluchzte Pilatus im Schlaf.

Selbstverständlich würde er sie gefährden. Am Morgen hätte er es noch nicht getan, aber jetzt, in der Nacht, nachdem er alles erwogen hatte, war er bereit, sie zu gefährden. Alles würde er in Kauf nehmen, um den völlig unschuldigen wahnsinnigen Träumer und Arzt vor der Hinrichtung zu bewahren!

»Wir werden jetzt immer beisammen sein«, sagte ihm im Traum der zerlumpte Wanderphilosoph, der auf geheimnisvolle Weise den Weg des Ritters der Goldenen Lanze gekreuzt hatte, »wo der eine ist, sei auch der andere! Gedenkt man meiner, so wird man auch deiner gedenken! Meiner, des Aussetzlings, Sohnes unbekannter Eltern, und deiner, Sohnes eines Königs und Sterndeuters und der schönen Müllerstochter Pila.«

»Ja, vergiß es nicht, gedenke meiner, des Sterndeutersohnes«, bat Pilatus im Traum. Als er den neben ihm gehenden Bettler aus En-Sarid nicken sah, weinte und lachte der grausame Prokurator von Judäa vor Freude.

Schön war das alles, doch um so schrecklicher war das Erwachen. Banga knurrte den Mond an, und die blaue Straße, die so glatt war wie mit Öl begossen, brach vor dem Prokurator ab. Er schlug die Augen auf, und das erste,

was ihm einfiel, war, daß die Hinrichtung stattgefunden hatte. Das erste, was er tat, war, daß er mit gewohnter Bewegung nach Bangas Halsband griff, dann suchte er mit kranken Augen den Mond und sah, daß der etwas weiter gerückt war und silbrig glänzte. Sein Licht war stärker als das unangenehme Flackerlicht, das auf dem Balkon dicht vor seinen Augen spielte. In der Hand des Zenturios Marcus Rattenschlächter loderte eine blakende Fackel. Der sie hielt, schielte mit Angst und Wut auf das gefährliche Tier, das zum Sprung ansetzte.

»Ruhig, Banga«, sagte der Prokurator mit kranker Stimme und räusperte sich. Mit der Hand sich gegen die Flamme beschirmend, fuhr er fort: »Auch nachts und bei Mondschein finde ich keine Ruhe! O ihr Götter... Sie haben auch einen üblen Beruf, Marcus. Sie verkrüppeln die Soldaten...«

Höchlich verblüfft blickte Marcus den Prokurator an, und dieser besann sich. Um den Eindruck seiner überflüssigen schlaftrunkenen Worte zu verwischen, sagte der Prokurator:

»Nehmen Sie es nicht übel, Zenturio. Meine Situation, ich wiederhole es, ist noch schlimmer. Was wollen Sie?«

»Der Kommandant des Geheimdienstes möchte zu Ihnen«, meldete Marcus ruhig.

»Rufen Sie ihn her, rufen Sie ihn her«, befahl der Prokurator, hustete sich die Kehle sauber und scharrte mit bloßen Füßen nach den Sandalen. Die Flamme spielte auf den Säulen, die Caligas des Zenturios knallten übers Mosaik. Der Zenturio ging hinaus in den Garten.

»Auch bei Mondlicht finde ich keine Ruhe«, sagte der Prokurator zähneknirschend zu sich selbst.

Auf dem Balkon erschien statt des Zenturios der Mann mit der Kapuze.

»Ruhig, Banga«, sagte der Prokurator leise und preßte den Nacken des Hundes.

Bevor Afranius zu sprechen begann, sah er sich gewohnheitsmäßig um, trat in den Schatten, und nachdem er sich vergewissert hatte, daß außer Banga sonst niemand auf dem Balkon war, sagte er leise:

»Ich bitte, mich vor Gericht zu stellen, Prokurator. Sie hatten recht. Ich habe es nicht verstanden, Judas aus Kirjath zu schützen. Man hat ihn erstochen. Ich bitte, mich vor Gericht zu stellen und mich zu entlassen.«

Es dünkte Afranius, daß ihn vier Augen anblickten: zwei Hundeaugen und zwei Wolfsaugen.

Unter der Chlamys holte er einen blutverklebten Geldbeutel mit zwei Siegeln hervor.

»Diesen Geldbeutel haben die Mörder dem Hohenpriester ins Haus geworfen. Das Blut daran ist das Blut des Judas aus Kirjath.«

»Wieviel ist denn drin?« fragte Pilatus und beugte sich über den Beutel.

»Dreißig Tetradrachmen.«

»Wenig«, sagte der Prokurator schmunzelnd.

Afranius schwieg.

»Wo ist der Ermordete?«

»Das weiß ich nicht«, antwortete mit ruhiger Würde der Mann, der sich niemals von seiner Kapuze trennte, »am Morgen werden wir mit der Untersuchung beginnen.«

Der Prokurator zuckte zusammen und ließ den Riemen der Sandale los, der sich nicht in die Schnalle fügte.

»Aber daß er tot ist, wissen Sie genau?«

Darauf erhielt der Prokurator die trockene Antwort:

»Ich tue diese Arbeit in Judäa schon fünfzehn Jahre, Prokurator. Schon unter Valerius Gratus begann ich meinen Dienst. Um sagen zu können, daß jemand tot ist, muß ich nicht unbedingt die Leiche gesehen haben. Ich melde Ihnen also, daß der Mann, den man Judas aus Kirjath nennt, vor wenigen Stunden erstochen wurde.«

»Verzeihen Sie mir, Afranius«, antwortete Pilatus, »ich bin noch nicht richtig wach, sonst hätte ich das nicht gesagt. Ich schlafe schlecht« – der Prokurator lächelte – »und sehe fortwährend einen Mondstrahl vor mir. Es ist zum Lachen, stellen Sie sich vor, mir ist, als ginge ich den Strahl entlang... Also, ich möchte Ihre Mutmaßungen zu diesem Fall wissen. Wo werden Sie ihn suchen? Setzen Sie sich, Kommandant des Geheimdienstes.«

Afranius verneigte sich, rückte den Sessel näher ans Ruhebett und ließ sich darauf nieder, wobei sein Schwert klirrte.

»Ich denke, ich werde ihn in der Nähe der Ölpresse im Garten Gethsemane suchen.«

»Soso. Warum gerade dort?«

»Hegemon, ich mutmaße, Judas wurde nicht in Jerschalaim selbst und auch nicht fern von der Stadt ermordet, sondern in ihrer Nähe.«

»Ich halte Sie für einen der hervorragendsten Kenner Ihres Fachs. Wie es in Rom steht, weiß ich nicht, aber in den Kolonien finden Sie nicht Ihresgleichen. Wollen Sie mir erklären, warum Sie das mutmaßen?«

»Ich glaube auf keinen Fall daran«, sagte Afranius halblaut, »daß Judas im Weichbild der Stadt irgendwelchen verdächtigen Leuten in die Hände fiel. Auf der Straße ist es unmöglich, jemanden heimlich zu erstechen. Man hätte ihn in einen Keller locken müssen. Der Geheimdienst hat ihn schon in der Unterstadt gesucht und hätte ihn zweifellos gefunden. Aber er ist nicht in der Stadt, dafür bürge ich Ihnen. Hätte man ihn wiederum weit von der Stadt entfernt getötet, so wäre das Geldpäckchen nicht so schnell ins Fenster geworfen worden. Er wurde in der Nähe der Stadt getötet. Man hat ihn hinauszulocken gewußt.«

»Mir unbegreiflich, wie man das tun konnte.«

»Ja, Prokurator, das ist die schwierigste Frage in dem ganzen Fall, und ich weiß nicht einmal, ob es mir gelingen wird, sie zu klären.«

»In der Tat rätselhaft! Am Vorabend des Festes geht ein Gläubiger, nachdem er das Pessachmahl verlassen hat, aus unbekannten Gründen zur Stadt hinaus und stirbt dort. Wer konnte ihn hinauslocken und wie? Ob es eine Frau getan hat?« fragte der Prokurator, einer plötzlichen Eingebung folgend.

»Auf keinen Fall, Prokurator«, antwortete Afranius ruhig und gewichtig. »Diese Möglichkeit scheidet völlig aus. Man muß logisch vorgehen. Wer war an Judas' Tod interessiert? Irgendwelche vagabundierenden Phantasten, ein Kreis von Menschen, zu dem vor allem keine Frauen gehören. Um zu heiraten, Prokurator, braucht es Geld, um Kinder in die Welt zu setzen ebenfalls. Um aber einen Menschen mit Hilfe einer Frau zu ermorden, braucht es sehr viel Geld, und das hat kein Vagabund. Eine Frau war nicht dabei, Prokurator. Mehr noch, ich sage Ihnen, eine solche Vermutung kann nur von der Spur ablenken, die Untersuchung behindern und mich verwirren.«

»Ich sehe, Sie haben völlig recht, Afranius«, sagte Pilatus, »ich habe mir auch nur erlaubt, eine Mutmaßung auszusprechen.«

»Sie ist leider irrig, Prokurator.«

»Aber was ist es dann?« rief der Prokurator und starrte Afranius wißbegierig ins Gesicht.

»Ich nehme an, es handelt sich um das Geld.«

»Ein großartiger Gedanke! Aber wer konnte ihm nachts außerhalb der Stadt Geld anbieten und wofür?«

»O nein, Prokurator, nicht so. Ich habe nur eine Vermutung, und wenn sie nicht zutrifft, werde ich kaum andere Erklärungen finden.« Afranius beugte sich näher zum Prokurator und sprach flüsternd weiter: »Judas wollte sein Geld an einer einsamen Stelle verstecken, die nur er kannte.«

»Eine sehr scharfsinnige Erklärung. So wird es gewesen sein. Jetzt verstehe ich Sie: Nicht Menschen haben ihn hinausgelockt, sondern seine eigenen Ziele. Ja, ja, so ist es gewesen.«

»Gewiß, Judas war mißtrauisch, er hat sein Geld vor den Leuten versteckt.«

»Ja, Sie sagten, in Gethsemane... Warum Sie ihn gerade dort suchen wollen, das begreife ich, offen gestanden, nicht.«

»Oh, Prokurator, das ist das einfachste. Niemand würde Geld an einer Straße, an einem offenen und leeren Platz verstecken. Judas war weder auf der Straße nach Hebron noch auf der Straße nach Bethanien. Er mußte eine geschützte verborgene Stelle mit Bäumen aufsuchen. So einfach ist das. Und andere Stellen mit Bäumen außer Gethsemane gibt es bei Jerschalaim nicht. Er konnte nicht weit gehen.«

»Sie haben mich überzeugt. Also, was ist jetzt zu tun?«

»Ich beginne sofort mit der Suche nach den Mördern, die Judas außerhalb der Stadt aufgespürt haben, und ich selber werde inzwischen, wie ich Ihnen schon sagte, ein Verfahren gegen mich beantragen.«

»Weswegen?«

»Meine Leute haben ihn abends auf dem Basar aus den Augen verloren, nachdem er den Kaiphas-Palast verlassen hatte. Wie das geschehen konnte, ist mir unbegreiflich. Das ist mir noch nie passiert. Er stand gleich nach unserem Gespräch unter Beobachtung. Aber im Bezirk des Basars hat er einen Haken geschlagen und ist in so merkwürdigen Kurven gelaufen, daß er spurlos verschwand.«

»So. Ich erkläre Ihnen, daß ich es nicht für notwendig halte, Sie vor Gericht zu stellen. Sie haben getan, was Sie konnten, und niemand auf der Welt« – hier lächelte der Prokurator – »hätte mehr tun können als Sie! Die Spitzel, die Judas verloren haben, sollten disziplinarisch bestraft werden, aber ich wünsche keine besondere Strenge. Letzten Endes haben wir alles getan, um uns dieses Übeltäters anzunehmen. Ja! Ich vergaß zu fragen« – der Prokurator rieb sich die Stirn –, »wie hat man es fertiggebracht, Kaiphas das Geld ins Haus zu werfen?«

»Das, Prokurator, ist nicht sonderlich schwer. Die Rächer haben sich hinter den Palast geschlichen, wo die Gasse den hinteren Hof beherrscht, und das Päckchen über die Umzäunung geworfen.«

»Mit Zettel?«

»Ja, genau wie Sie vermutet hatten, Prokurator. Ja, übrigens...« Afranius riß das Siegel von dem Päckchen und zeigte Pilatus den Inhalt.

»Ich bitte Sie, was tun Sie, Afranius, das war doch gewiß das Tempelsiegel!«

»Der Prokurator braucht sich wegen dieser Frage keine Sorgen zu machen«, antwortete Afranius und schloß das Päckchen.

»Haben Sie etwa alle Siegel?« fragte Pilatus lachend.

»Anders kann es nicht sein, Prokurator«, antwortete Afranius ernst, ja finster.

»Ich kann mir denken, was bei Kaiphas los war!«

»Ja, Prokurator, es entstand große Erregung. Ich wurde alsbald hinzugezogen.«

Selbst im Halbdunkel war zu sehen, wie Pilatus' Augen funkelten.

»Interessant ist das, interessant...«

»Ich erlaube mir zu widersprechen, Prokurator, es war nicht interessant. Es war höchst langweilig und ermüdend. Auf meine Frage, ob man im Kaiphas-Palast jemandem Geld gezahlt habe, wurde mir strikt versichert, das sei nicht der Fall.«

»Ach so? Na, dann eben nicht. Um so schwerer wird es sein, die Mörder zu finden.«
»Vollkommen richtig, Prokurator.«
»Ja, Afranius, was mir da eben einfällt: Am Ende hat er Selbstmord begangen?«
»O nein, Prokurator«, antwortete Afranius und lehnte sich verwundert zurück, »verzeihen Sie, aber das ist ganz unwahrscheinlich!«
»Ach, in dieser Stadt ist alles möglich. Ich bin überzeugt, daß schon sehr bald ein solches Gerücht durch die ganze Stadt kriecht.«
Da warf Afranius dem Prokurator abermals seinen Blick zu, dachte nach und antwortete:
»Das kann sein, Prokurator.«
Der Prokurator mochte sich offenbar noch nicht vom Problem der Ermordung des Mannes aus Kirjath trennen, wiewohl schon alles klar war. Ein bißchen träumerisch sagte er:
»Ich hätte sehen mögen, wie er getötet wurde.«
»Er wurde sehr kunstvoll getötet, Prokurator«, antwortete Afranius und blickte den Prokurator ironisch an.
»Woher wollen Sie das wissen?«
»Wenden Sie doch Ihre Aufmerksamkeit dem Beutel zu, Prokurator«, antwortete Afranius, »ich garantiere Ihnen, daß das Blut von Judas nur so spritzte. Ich habe schon einige Ermordete in meinem Leben gesehen, Prokurator.«
»Er wird also nicht wiederauferstehen?«
»Doch, Prokurator, er wird«, antwortete Afranius und lächelte philosophisch, »wenn über ihm die Posaune des Messias ertönt, auf den sie hier warten. Aber vorher nicht.«
»Genug, Afranius, diese Frage ist klar. Kommen wir nun zum Begräbnis.«
»Die Hingerichteten sind begraben, Prokurator.«
»Oh, Afranius, Sie vor Gericht zu stellen wäre ein Verbrechen. Sie sind höchsten Lohnes wert. Wie war es?«
Afranius erzählte: Während er mit dem Fall Judas befaßt gewesen sei, habe eine Gruppe des Geheimdienstes unter Führung seines Stellvertreters bei Anbruch des Abends den Schädelberg erreicht. Den einen Leichnam hatte man auf dem Gipfel nicht mehr vorgefunden. Pilatus zuckte zusammen und sagte heiser: »Ach, daß ich das nicht vorausgesehen habe!«
»Sie brauchen sich nicht zu sorgen, Prokurator«, sagte Afranius und fuhr mit seinem Bericht fort: »Die Leichen von Dismas und Gestas, deren Augen von Raubvögeln herausgehackt waren, wurden aufgenommen, dann machte sich alles auf die Suche nach dem dritten Leichnam. Er wurde sehr bald gefunden. Ein gewisser ...«

»Levi Matthäus«, sagte Pilatus weniger fragend als behauptend.

»Ja, Prokurator. Levi Matthäus hatte sich in einer Höhle am Nordhang des Schädelberges verborgen und wartete auf die Dunkelheit. Der nackte Körper von Jeschua Na-Hozri befand sich bei ihm. Als die Wache mit einer Fackel in die Höhle eindrang, verfiel Levi in Wut und Verzweiflung. Er schrie, er habe keinerlei Verbrechen begangen, und laut Gesetzes habe jedermann das Recht, einen gerichteten Verbrecher zu beerdigen, wenn er es wünsche. Levi Matthäus sagte, er wolle sich nicht von der Leiche trennen. Er war aufgebracht, schrie Zusammenhangloses, flehte, drohte, stieß Verwünschungen aus...«

»Man mußte ihn verhaften?« fragte Pilatus finster.

»Nein, Prokurator, nein«, antwortete Afranius beschwichtigend, »es gelang, den frechen Verrückten zu beruhigen, indem man ihm versicherte, man werde den Leichnam beerdigen. Als Levi das erfaßt hatte, wurde er still, doch er erklärte, er werde nirgendwohin gehen und wünsche, am Begräbnis teilzunehmen. Er sagte, er werde nicht weggehen, selbst wenn man ihn umbringe, und bot sogar zu diesem Zweck ein Brotmesser an, das er bei sich hatte.«

»Hat man ihn weggejagt?« fragte Pilatus gepreßt.

»Nein, Prokurator, nein, mein Stellvertreter erlaubte ihm, der Beerdigung beizuwohnen.«

»Welcher Ihrer Stellvertreter leitete die Aktion?«

»Tolmaios«, antwortete Afranius und fügte besorgt hinzu: »Hat er vielleicht einen Fehler begangen?«

»Fahren Sie fort«, antwortete Pilatus, »ich finde keinen Fehler. Ich werde allmählich ein bißchen verlegen, Afranius, denn ich habe es offenkundig in Ihnen mit einem Mann zu tun, der niemals Fehler begeht.«

»Levi Matthäus wurde zusammen mit den Körpern der Gerichteten auf den Wagen geladen, und zwei Stunden später erreichte man eine einsame Schlucht im Norden von Jerschalaim. Dort hob die Mannschaft, die sich bei der Arbeit abwechselte, binnen zwei Stunden eine tiefe Grube aus, in der die drei Toten beerdigt wurden.«

»Nackt?«

»Nein, Prokurator, die Mannschaft hatte zu diesem Zweck Chitons mitgenommen. Den Toten wurden Ringe an die Finger gesteckt. Jeschuas Ring hat eine Markierung, der Ring von Dismas zwei und der von Gestas drei. Die Grube wurde zugeschüttet und mit Steinen bedeckt. Tolmaios weiß das Erkennungszeichen.«

»Ach, hätte ich das vorher geahnt«, sagte Pilatus stirnrunzelnd, »ich müßte diesen Levi Matthäus sprechen...«

»Er ist hier, Prokurator.«

Pilatus riß die Augen auf und starrte Afranius eine Weile an, dann sagte er: »Ich danke Ihnen für alles, was Sie in dieser Sache getan haben. Bitte schicken Sie morgen Tolmaios zu mir und erklären Sie ihm zuvor, ich sei mit ihm zufrieden. Sie, Afranius« – der Prokurator entnahm einer Tasche seines Gürtels, der auf dem Tisch lag, einen Ring und reichte ihn dem Kommandanten des Geheimdienstes –, »bitte ich, dies zum Andenken zu nehmen.«

Afranius verneigte sich.

»Es ist mir eine große Ehre, Prokurator.«

»Die Mannschaft, die die Toten beerdigte, erhält eine Belohnung. Die Spitzel, die Judas aus dem Auge verloren, kriegen einen Verweis. Levi Matthäus soll jetzt gleich zu mir kommen. Ich brauche weitere Einzelheiten zum Fall Jeschua.«

»Zu Befehl, Prokurator«, antwortete Afranius, verneigte sich und ging. Der Prokurator klatschte in die Hände.

»Zu mir, hierher! Einen Leuchter in den Säulengang!«

Afranius verschwand im Garten, und hinter Pilatus tauchten Diener mit Lichtern in den Händen auf. Drei Leuchter wurden vor den Prokurator auf den Tisch gestellt, und sofort wich die Mondnacht zurück in den Garten, als hätte Afranius sie mit sich fortgenommen. Statt seiner betrat den Balkon ein kleiner magerer Mann in Begleitung des riesigen Zenturio. Dieser entfernte sich auf einen Blick des Prokurators sofort in Richtung Garten und verschwand.

Der Prokurator studierte den Mann mit gierigen und etwas erschrockenen Augen. So betrachtet man einen Menschen, von dem man schon viel gehört, an den man oft gedacht hat und der nun endlich erschienen ist.

Der Ankömmling, etwa vierzig Jahre alt, war schwarzhaarig, zerlumpt und schmutzverkrustet. Unter gesenkten Brauen hervor warf er Wolfsblicke. Insgesamt wirkte er höchst unansehnlich und glich eher einem der Stadtbettler, die scharenweise auf den Tempelterrassen oder auf den Basaren der lauten und schmutzigen Unterstadt lungerten.

Das Schweigen währte lange. Unterbrochen wurde es von dem seltsamen Gebaren des Mannes, den man Pilatus vorgeführt hatte. Er wechselte die Farbe, wankte und wäre gefallen, hätte er sich nicht mit schmutziger Hand am Sessel festgehalten.

»Was hast du?« fragte ihn Pilatus.

»Nichts«, antwortete Levi Matthäus und machte eine Bewegung, als schlucke er etwas. Sein magerer, nackter grauer Hals schwoll für einen Moment.

»Was hast du, antworte«, wiederholte Pilatus.

»Ich bin müde«, antwortete Levi und starrte finster zu Boden.

»Setz dich«, sagte Pilatus und wies auf den Sessel.

Levi blickte den Prokurator ungläubig an und schob sich zum Sessel, dann blickte er erschreckt auf die goldenen Armlehnen und setzte sich nicht in den Sessel, sondern daneben auf den Fußboden.

»Warum setzt du dich nicht in den Sessel?« fragte Pilatus.

»Ich bin schmutzig und würde ihn verderben«, sagte Levi und blickte zu Boden.

»Man wird dir sogleich zu essen geben.«

»Ich bin nicht hungrig«, antwortete Levi.

»Warum lügst du?« fragte Pilatus leise. »Du hast doch den ganzen Tag noch nichts gegessen, vielleicht sogar noch länger. Na schön, dann ißt du eben nichts. Ich habe dich rufen lassen, damit du mir das Messer zeigst, das du bei dir hattest.«

»Die Soldaten haben es mir genommen, als sie mich herbrachten«, antwortete Levi und setzte finster hinzu: »Geben Sie es mir zurück, ich muß es seinem Besitzer zustellen, denn ich habe es gestohlen.«

»Warum?«

»Um die Stricke zu zerschneiden«, antwortete Levi.

»Marcus!« rief der Prokurator, und der Zenturio trat unter die Säulen. »Geben Sie mir sein Messer.«

Der Zenturio zog aus einem der beiden Futterale an seinem Gürtel ein schmutziges Brotmesser, reichte es dem Prokurator und entfernte sich wieder.

»Wo hast du das Messer genommen?«

»In einem Brotladen am Hebron-Tor; wenn man in die Stadt kommt, gleich links.«

Pilatus betrachtete die breite Klinge und prüfte mit dem Finger die Schärfe, dann sagte er:

»Beunruhige dich nicht wegen des Messers, man wird es dem Laden zurückgeben. Ich brauche jetzt etwas anderes – zeige mir die Handschrift, die du bei dir führst und auf der die Worte Jeschuas niedergeschrieben sind.«

Levi warf Pilatus Haßblicke zu und lächelte so grimmig, daß es sein Gesicht vollends verzerrte.

»Sie wollen mir das Letzte nehmen, was ich besitze?« fragte er.

»Ich habe nicht gesagt, du sollst sie mir geben«, antwortete Pilatus, »ich habe gesagt – zeige sie mir.«

Levi griff in seine Kleidung und brachte eine Pergamentrolle zum Vorschein. Pilatus nahm sie entgegen, entrollte sie, breitete sie zwischen den Lichtern aus und vertiefte sich stirnrunzelnd in die schwer lesbaren, mit Tinte geschriebenen Schriftzeichen. Die krakligen Zeilen waren kaum zu entziffern, Pilatus verkniff die Augen und beugte sich tief übers Pergament, sein Finger glitt die Zeilen entlang. Er erkannte, daß das Geschriebene eine unzusammenhängende Kette von Aussprüchen, Daten, Wirtschaftsnotizen und poetischen Bruchstücken war.

Er las: »... Tod gibt es nicht... gestern haben wir süße Frühlingsfeigen gegessen...«

Pilatus schnitt Runzelgrimassen vor Anspannung, er las: »... wir werden den klaren Fluß mit dem Wasser des Lebens sehen... die Menschheit wird durch einen hellen Kristall auf die Sonne blicken...«

Da zuckte Pilatus zusammen. In den letzten Zeilen des Pergaments entzifferte er die Wörter: »... kein größeres Laster... Feigheit...«

Pilatus rollte das Pergament zusammen und reichte es mit jäher Bewegung Levi zurück.

»Nimm«, sagte er und fügte nach kurzem Schweigen hinzu: »Du bist, wie ich sehe, ein Mann des Buches, und nicht frommt es dir, dem Einsamen, obdachlos in Bettlerkleidung zu stromern. Ich habe in Cäsarea eine große Bibliothek, ich bin sehr reich und möchte dich in meine Dienste nehmen. Du wirst die Papyri ordnen und pflegen, und du wirst satt und gekleidet sein.«

Levi stand auf.

»Nein, ich will nicht.«

»Warum nicht?« fragte der Prokurator und lief dunkel an. »Bin ich dir unangenehm? Fürchtest du mich?«

Wieder entstellte das böse Lächeln Levis Antlitz.

»Nein, denn du wirst mich fürchten. Es wird dir nicht leichtfallen, mir ins Gesicht zu sehen, nachdem du ihn getötet hast.«

»Schweig«, antwortete Pilatus, »nimm Geld.«

Levi schüttelte verneinend den Kopf, und der Prokurator fuhr fort:

»Ich weiß, du hältst dich für einen Schüler Jeschuas, doch ich sage dir, du hast nichts von dem begriffen, was er dich lehrte. Hättest du es nämlich begriffen, so würdest du bestimmt etwas von mir annehmen. Wisse, er hat vor seinem Tode gesagt, er hege gegen niemanden Grimm.« Pilatus hob bedeutsam den Finger, in seinem Gesicht zuckte es. »Er selbst hätte gewiß etwas angenommen. Du bist hartherzig, er war es nicht. Wo willst du hingehen?«

Levi trat plötzlich zum Tisch, stützte sich mit beiden Händen auf, sah den Prokurator mit brennenden Augen an und flüsterte ihm zu:

»Wisse, Hegemon, daß ich in Jerschalaim einen Menschen töten werde. Ich möchte es dir sagen, damit du weißt, es wird noch Blut fließen.«

»Das weiß ich auch, daß noch Blut fließen wird«, antwortete Pilatus, »deine Worte wundern mich nicht. Du willst natürlich mich umbringen?«

»Dich umzubringen wird mir nicht gelingen«, antwortete Levi und entblößte lächelnd die Zähne, »ich bin nicht so dumm, daß ich darauf rechne. Aber ich werde Judas aus Kirjath töten. Dieser Aufgabe ist der Rest meines Lebens gewidmet.«

Ein genüßlicher Ausdruck trat in die Augen des Prokurators, mit dem Finger winkte er Levi Matthäus näher heran und sagte:

»Das wird dir nicht gelingen, und du brauchst dich darum auch nicht mehr zu sorgen. Judas ist in dieser Nacht erstochen worden.«

Levi sprang vom Tisch zurück, warf wilde Blicke und schrie: »Wer hat das getan?«

»Sei nicht eifersüchtig«, antwortete Pilatus zähnefletschend und rieb sich die Hände, »ich fürchte, er hatte noch andere Anhänger außer dir.«

»Wer hat das getan?« wiederholte Levi flüsternd.

»Ich«, antwortete Pilatus ihm.

Levi riß den Mund auf und starrte den Prokurator an.

»Es ist natürlich wenig, was ich getan habe«, sagte Pilatus leise, »dennoch, ich habe es getan.« Und er fügte hinzu: »Nun, nimmst du jetzt etwas von mir an?«

Levi dachte nach, sein Gesicht wurde weicher, und endlich sagte er:

»Laß mir ein Stückchen Pergament geben.«

Eine Stunde verging. Levi war nicht mehr im Palast. Nur noch die leisen Schritte der Wachposten im Garten unterbrachen die Stille. Der Mond verfahlte rasch, am anderen Himmelsrand stand das helle Flecklein des Morgensterns. Die Leuchter waren längst erloschen. Auf dem Ruhebett lag der Prokurator. Die Hand unter der Wange, schlief er und atmete lautlos. Neben ihm schlief Banga.

So begrüßte er den Morgen des fünfzehnten Nissan, der fünfte Prokurator von Judäa, Pontius Pilatus.

27
Das Ende der Wohnung Nr. 50

Als Margarita die letzten Worte des Kapitels las – »So begrüßte er den Morgen des fünfzehnten Nissan, der fünfte Prokurator von Judäa, Pontius Pilatus« –, brach eben der Morgen an.

Auf dem kleinen Hof hörte sie im Gezweig der Linde und der Silberweide die Spatzen vergnügt und aufgeregt morgendliche Zwiesprache halten.

Margarita erhob sich vom Sessel, reckte sich und spürte erst jetzt, wie ihr ganzer Körper schmerzte und wie müde sie war. Interessant, zu erwähnen, daß ihre Seele völlig in Ordnung war. Ihre Gedanken liefen harmonisch, und es erschütterte sie nicht im geringsten, daß sie die Nacht auf übernatürliche Weise verbracht und am Ball beim Satan teilgenommen hatte, daß ihr der Meister durch ein Wunder wiedergegeben und der Roman aus der Asche auferstanden, daß alles im Keller in der Gasse beim alten und der Denunziant Aloisi Mogarytsch vertrieben war. Kurzum, die Bekanntschaft mit Voland hatte ihr seelisch keinerlei Abtrag getan. Alles war, als müßte es so sein. Sie ging ins Nebenzimmer, vergewisserte sich, daß der Meister tief und ruhig schlummerte, und löschte die überflüssige Tischlampe, dann streckte sie sich gegenüber auf dem kleinen Sofa aus, das mit einem alten zerrissenen Laken bedeckt war. Gleich darauf schlief sie schon, und Träume hatte sie an diesem Morgen nicht. Stumm lagen die Zimmer im Keller, stumm lag das kleine Häuschen, und in der öden Gasse war es still.

Zur selben Zeit, das heißt am Samstag beim Morgengrauen, war in einer Moskauer Dienststelle eine ganze Etage wach, und ihre Fenster, die auf einen großen asphaltierten Platz gingen, den Spezialmaschinen langsam und brummend mit Bürsten säuberten, strahlten in vollem Licht, das das Licht der aufgehenden Sonne zerschnitt.

Die Etage war beschäftigt mit dem Fall Voland, und in Dutzenden Arbeitsräumen hatten die Nacht über die Lampen gebrannt.

Eigentlich war der Fall schon seit gestern klar, seit dem Freitag, an dem das Varieté wegen des Verschwindens der Administration und wegen der Schweinereien während der denkwürdigen Vorstellung in Schwarzer Magie hatte geschlossen werden müssen.

Aber die schlaflose Etage erhielt ununterbrochen neues Material.

Jetzt mußte die Behörde, die diesen seltsamen Fall untersuchte, der deutlich nach Teufelsspuk mit einer Beimischung von Hypnosetricks und eindeutigem Verbrechen roch, die mannigfachen und wirren Ereignisse, die sich an verschiedenen Stellen von Moskau zugetragen hatten, vergleichen und in Zusammenhang bringen.

Der erste, der die hell erleuchtete schlaflose Etage aufsuchte, war Arkadi Apollonowitsch Semplejarow, Vorsitzender der Akustischen Kommission.

Am Freitag nach dem Mittagessen klingelte in seiner Wohnung an der Kamenny-Brücke das Telefon, und eine Männerstimme verlangte Semplejarow zu sprechen. Dessen Gattin, die den Hörer abgenommen hatte, entgegnete mißmutig, ihr Mann sei krank, ruhe jetzt und könne nicht ans Telefon kommen. Er müsse kommen, hieß es. Auf die Frage, wer ihn zu sprechen wünsche, gab die Stimme eine sehr kurze Antwort.

»Sofort, eine Sekunde«, lispelte die sonst sehr hochmütige Gattin des Vorsitzenden der Akustischen Kommission und sauste pfeilgeschwind ins Schlafzimmer, um Semplejarow aus dem Bett zu holen, in dem dieser höllische Qualen durchlitt bei der Erinnerung an die gestrige Vorstellung und an den nächtlichen Skandal, der die Vertreibung seiner Saratower Nichte aus der Wohnung zur Folge gehabt hatte.

Es dauerte keine Sekunde, aber auch keine Minute, sondern eine Viertelminute, bis Semplejarow, nur am linken Fuß einen Pantoffel, in Unterwäsche am Telefon stand und in den Hörer lispelte:

»Ja, ich höre, ich höre...«

Seine Gattin, die in diesem Moment alle gemeinen Verstöße gegen die eheliche Treue, deren der Unglückliche geziehen worden war, völlig vergaß, blickte mit erschrockenem Gesicht durch die Flurtür, stieß den anderen Pantoffel in die Luft und flüsterte:

»Zieh den Pantoffel an, den Pantoffel... Du erkältest dir den Fuß...«

Semplejarow trat mit dem bloßen Fuß nach seiner Frau, warf ihr wilde Blicke zu und murmelte ins Telefon:

»Ja, ja, ja, gewiß... verstehe... ich fahre sofort los...«

Den ganzen Abend verbrachte Semplejarow in der Etage, wo die Untersuchung geführt wurde. Das Gespräch war peinlich und höchst fatal, denn er mußte alles genau erzählen, nicht nur von der schrecklichen Vorstellung und von der Rauferei in der Loge, sondern auch, und das war wirklich notwendig, von Miliza Andrejewna Pokobatko aus der Jelochowskaja-Straße, von der Nichte aus Saratow und von vielen andern, und das bereitete ihm unerträgliche Qualen.

Versteht sich, daß die Aussagen Semplejarows, eines intelligenten und kultivierten Menschen, eines vernünftigen und qualifizierten Zeugen der skandalösen Veranstaltung, der sowohl den geheimnisvollen maskierten Magier als auch die beiden Übeltäter, seine Assistenten, sehr plastisch beschrieb und sich auch erinnerte, daß der Name des Magiers Voland war, daß also seine Aussagen die Untersuchungen bedeutend voranbrachten. Ein Vergleich seiner Aussagen mit den Aussagen anderer, darunter einiger Damen, die durch die Vorstellung geschädigt worden waren (jener in violetter Unterwäsche, die Rimski befremdet hatte, und leider auch vieler anderer), sowie die Bekundungen des Boten Karpow, der in die Wohnung Nr. 50 in der Sadowaja geschickt worden war, führten zur Kenntnis des Ortes, wo man die Urheber aller dieser Ereignisse zu suchen hatte.

Die Wohnung Nr. 50 wurde mehrmals aufgesucht, und man durchforschte sie sehr sorgfältig, klopfte auch die Wände ab und prüfte die Kaminzüge, um Geheimverstecke aufzuspüren. All diese Maßnahmen blieben jedoch ergebnislos, und nie wurde jemand in der Wohnung vorgefunden, obwohl hier jemand wohnen mußte. Andrerseits versicherten alle Personen, die sich so oder so mit den in Moskau eingereisten ausländischen Artisten befaßten, entschieden und kategorisch, in Moskau könne es einen Schwarzen Magier namens Voland nicht geben.

Nirgendwo war er bei der Einreise registriert worden, niemandem hatte er seinen Paß oder andere Papiere, Kontrakte oder Verträge, vorgelegt, niemand hatte von ihm gehört! Der Leiter der Programmabteilung in der Schauspielkommission, Kitaizew, schwor hoch und heilig, der verschwundene Stjopa Lichodejew habe ihm kein Programm einer Vorstellung mit einem Voland zur Bestätigung geschickt und ihm auch telefonisch nichts von der Ankunft eines Voland mitgeteilt. Ihm, Kitaizew, sei völlig unbegreiflich, wie Stjopa im Varieté eine solche Veranstaltung hatte dulden können. Als man ihm sagte, Semplejarow habe mit eigenen Augen den Magier in der Vorstellung gesehen, breitete er nur die Arme aus und blickte gen Himmel. Und seinen Augen war anzusehen, daß er eine schneeweiße Weste hatte.

Dann jener Prochor Petrowitsch, Vorsitzender der Schauspielkommission ...

Übrigens war er, kaum hatte die Miliz sein Zimmer betreten, zur überschäumenden Freude Anna Richardownas und zum größten Unmut der umsonst bemühten Miliz in seinen Anzug zurückgekehrt. Er hatte nach der Rückkehr auf seinen Arbeitsplatz, in seinen grauen gestreiften Anzug alle Entscheidungen gutgeheißen, die der Anzug während seiner kurzfristigen Abwesenheit getroffen hatte.

Dieser Prochor Petrowitsch also wußte ganz entschieden nichts von einem Voland.

Es ergab sich eine geradezu unnatürliche Geschichte: Tausende von Zuschauern, das gesamte Varietépersonal und endlich Semplejarow, ein hochgebildeter Mann, hatten diesen Magier gesehen, desgleichen seine verfluchten Assistenten, und doch gab es keine Möglichkeit, ihn aufzuspüren. Man gestatte mir die Frage: War er etwa nach seiner gräßlichen Vorstellung im Erdboden versunken, oder war er, wie einige behaupten, gar nicht nach Moskau gekommen? Neigte man der ersten Annahme zu, so stand außer Zweifel, daß er bei seinem Versinken die gesamte Spitze der Varietéadministration mitgenommen hatte, und stimmte die zweite Annahme, so mußte man folgern, daß die Administration des unglückseligen Theaters selbst, nachdem sie vorher irgendwelche Schweinereien verübt hatte (man denke nur an das zerschlagene Fenster in Rimskis Arbeitszimmer und an das Benehmen von Karo-As!), spurlos aus Moskau verschwunden war.

Man muß dem Leiter der Untersuchung Gerechtigkeit widerfahren lassen. Der verschwundene Rimski wurde überraschend schnell aufgefunden. Als man das Verhalten von Karo-As am Taxistand vor dem Kino mit einigen Zeiten verglich – dem Ende der Vorstellung, dem Zeitpunkt, zu dem Rimski verschwunden sein konnte –, gab man sofort ein Telegramm nach Leningrad auf. Schon nach einer Stunde (Freitag abend) kam telegrafisch die Antwort, Rimski sei im Zimmer 412 des Hotels »Astoria« im dritten Stock aufgespürt worden; dieses Zimmer liege neben dem des Repertoirechefs eines Moskauer Theaters, das gegenwärtig in Leningrad gastiere; Rimski wohne in jenem Zimmer, das bekanntlich graublau und golden möbliert sei und ein sehr schönes Bad habe.

Rimski, der sich im Kleiderschrank des Hotelzimmers versteckt hatte, sei gleich in Leningrad verhaftet und vernommen worden. Der Finanzdirektor sei in unzurechnungsfähigem Zustand, könne oder wolle keine vernünftigen Antworten geben und bitte nur darum, ihn in einem gepanzerten Raum unterzubringen und ihm eine bewaffnete Wache zu bewilligen. Von Moskau wurde telegrafisch befohlen, Rimski unter Bewachung nach Moskau zu schaffen, und so wurde er denn am Freitagabend unter Bewachung mit dem Abendzug hergebracht.

Am selben Freitagabend entdeckte man auch eine Spur von Lichodejew. Man hatte in alle Städte Suchtelegramme geschickt, und aus Jalta kam die Antwort, Lichodejew habe sich dort befunden, sei aber mit einem Aeroplan nach Moskau abgeflogen.

Der einzige, von dem man keine Spur fand, war Warenucha. Der in ganz Moskau berühmte Theateradministrator war wie vom Erdboden verschwunden.

Zwischendurch mußte man sich auch noch mit Vorkommnissen an anderen Stellen von Moskau befassen. Zu klären war der ungewöhnliche Vorfall mit den Angestellten, die den »Herrlichen Baikal« sangen (übrigens war es Professor Strawinski gelungen, sie binnen zwei Stunden wieder hinzukriegen, indem er ihnen Injektionen verabfolgte). Personen waren zu verhören, die anderen Personen oder Behörden statt Geld sonstwas gegeben hatten, aber auch Personen, die durch solche Pseudozahlungen geschädigt worden waren.

Wie sich von selbst versteht, war der fatalste, skandalöseste und unlösbarste aller dieser Fälle der Raub des Kopfes vom Leichnam des verstorbenen Schriftstellers Berlioz aus dem Sarg im Saal des Gribojedow am hellichten Tag.

Zwölf Mann, mit der Untersuchung beauftragt, sammelten wie auf einer Stricknadel die verhexten Maschen dieses komplizierten Falles, die über ganz Moskau verstreut waren.

Einer der Kriminalisten suchte Professor Strawinskis Klinik auf und bat ihn vor allem um eine Liste der Personen, die während der letzten drei Tage eingeliefert worden waren. Auf diese Weise wurden Nikanor Iwanowitsch Bossoi und der unglückselige Conférencier aufgespürt, dem der Kopf abgerissen worden war. Mit ihnen hatte man übrigens wenig Mühe. Sehr bald war festgestellt, daß auch sie Opfer des geheimnisvollen Magiers und seiner Bande waren. Für Iwan Nikolajewitsch Besdomny jedoch interessierte sich der Kriminalist außerordentlich.

Am Freitagabend ging beim lieben Iwan im Zimmer 117 die Tür auf, und ins Zimmer trat ein junger Mann mit rundem Gesicht und ruhigen und weichen Umgangsformen. Er sah keineswegs wie ein Kriminalist aus und war nichtsdestoweniger einer der besten von Moskau. Vor sich erblickte er im Bett einen bleichen und abgemagerten jungen Mann mit Augen, in denen völliges Desinteresse an den Vorgängen ringsum zu lesen war, Augen, die bald über seine Umgebung hinweg in die Ferne, bald in sein eigenes Inneres blickten. Der Kriminalist stellte sich behutsam vor und sagte, er sei gekom-

men, um mit Iwan Nikolajewitsch über die vorgestrigen Ereignisse an den Patriarchenteichen zu sprechen.

Oh, wie hätte Iwan triumphiert, hätte ihn der Untersuchungsführer etwas früher aufgesucht, sagen wir, in der Nacht zum Donnerstag, als Iwan stürmisch und leidenschaftlich forderte, man solle seinen Bericht anhören! Jetzt war sein Traum, den Konsultanten fangen zu helfen, in Erfüllung gegangen, er brauchte nicht mehr anderen hinterherzurennen, man kam von selbst zu ihm, eigens um zu hören, was am Mittwoch abend geschehen war.

Aber o weh, der liebe Iwan hatte sich seit dem Tode von Berlioz völlig verändert: Er war gern bereit, höflich alle Fragen des Kriminalisten zu beantworten, aber in seinem Blick und Ton war Gleichgültigkeit. Berlioz' Schicksal berührte den Poeten nicht mehr.

Bevor der Kriminalist eintrat, hatte Iwan im Liegen gedämmert, und verschiedene Gesichter waren an ihm vorübergezogen. So hatte er die Stadt erblickt, seltsam, unbegreiflich, geisterhaft, die Marmorblöcke, die kannelierten Säulen, die in der Sonne funkelnden Dächer, die düstere und erbarmungslose schwarze Burg Antonia, den Palast auf dem Westhügel, der fast bis ans Dach im tropischen Grün des Gartens versank, die im Abendrot glühenden Bronzestatuen überm Grün, und er hatte unter den Stadtmauern in Panzer geschmiedete römische Zenturien aufmarschieren sehen.

Im Halbschlaf sah er einen unbeweglich im Sessel sitzenden Mann, glattrasiert, mit verfallenem gelbem Gesicht und mit blutrot gefüttertem weißem Umhang, voller Haß auf den prächtigen fremden Garten starren. Auch den unbewaldeten gelben Hügel mit den verwaisten Pfählen sah er.

Das Ereignis an den Patriarchenteichen aber interessierte den Lyriker Iwan Besdomny nicht mehr.

»Sagen Sie, Iwan Nikolajewitsch, waren Sie weit vom Drehkreuz, als Berlioz unter die Straßenbahn geriet?«

Flüchtig berührte ein gleichgültiges Lächeln Iwans Lippen, und er antwortete:

»Ich war weit davon.«

»Und dieser Karierte, stand der unmittelbar beim Drehkreuz?«

»Nein, er saß in der Nähe auf einer Bank.«

»Können Sie sich genau erinnern, daß er nicht zum Drehkreuz ging, als Berlioz stürzte?«

»Ich erinnere mich genau. Er ging nicht hin. Er lümmelte auf der Bank.«

Das waren die letzten Fragen des Kriminalisten. Er stand auf, reichte dem lieben Iwan die Hand, wünschte ihm baldige Genesung und sprach die Hoffnung aus, in Bälde neue Gedichte von ihm zu lesen.

»Nein«, antwortete Iwan leise, »ich werde keine Gedichte mehr schreiben.«

Der Kriminalist lächelte höflich und erlaubte sich, die Zuversicht auszudrücken, daß die momentane Depression des Lyrikers bald vorübergehen möge.

»Nein«, entgegnete Iwan und blickte dabei nicht auf den Kriminalisten, sondern auf den fernen verlöschenden Horizont, »das vergeht nie wieder. Die Gedichte, die ich geschrieben habe, sind schlecht, das habe ich jetzt begriffen.«

Der Kriminalist verließ den lieben Iwan mit äußerst wichtigem Material. Nun er den Faden bis zum Anfang zurückverfolgt hatte, war es ihm endlich gelungen, die Quelle zu erreichen, bei der alle anderen Ereignisse ihren Ursprung nahmen. Er zweifelte nicht, daß sie mit dem Mord an den Patriarchenteichen begonnen hatten. Natürlich hatten weder Iwan noch der Karierte den unglücklichen Vorsitzenden der MASSOLIT unter die Straßenbahn gestoßen, physisch sozusagen hatte niemand den Sturz unter die Räder bewirkt. Aber der Kriminalist war überzeugt, daß Berlioz in hypnotisiertem Zustand sich unter die Straßenbahn gestürzt hatte (oder gestürzt war).

Ja, das Material reichte aus, und man wußte, wen man zu verfolgen hatte und wo. Aber es war unmöglich, jemand dingfest zu machen. In der dreimal verfluchten Wohnung Nr. 50, das sei wiederholt, wohnte zweifellos jemand. Am Telefon meldete sich bald eine klirrende, bald eine näselnde Stimme, manchmal stand das Fenster offen, ja, man hörte sogar gelegentlich Grammophonklänge. Aber jedesmal, wenn man eindrang, war niemand da. Und man war schon des öfteren zu verschiedenen Tageszeiten hier eingedrungen. Damit nicht genug, hatte man die Wohnung mit einem Netz durchkämmt und alle Ecken geprüft. Auf die Wohnung hatte man schon lange Verdacht. Man bewachte nicht nur den Weg, der durch das Tor in den Hof führte, sondern auch die Hintertreppe. Obendrein stand auf dem Dach bei den Schornsteinen eine Wache. Ja, in der Wohnung Nr. 50 ging es nicht mit rechten Dingen zu, und dagegen war nichts zu machen.

So stand es bis Freitag mitternacht, als Baron Maigel in Abendanzug und Lackschuhen feierlich die Wohnung betrat. Man hörte, wie er eingelassen wurde. Genau zehn Minuten später drang man in die Wohnung ein, ohne zu klingeln, aber man fand weder die Gastgeber vor noch, und das war ganz seltsam, die geringste Spur von Baron Maigel.

Am Samstag morgen ergaben sich neue und sehr interessante Informationen. Auf dem Moskauer Flugplatz landete, von der Krim kommend, ein sechssitziges Passagierflugzeug. Mit den anderen Passagieren stieg auch ein Mann aus, merkwürdig anzusehen. Jung, stoppelbärtig, drei Tage nicht gewaschen, hatte er entzündete und ängstliche Augen, war ohne Gepäck und etwas wunderlich gekleidet. Er trug eine Papacha, über dem Nachthemd einen Filzumhang sowie nagelneue, gerade erst gekaufte blaulederne Hausschuhe. Kaum hatte er über die Gangway das Flugzeug verlassen, da war man schon bei ihm. Man hatte ihn erwartet, und bald darauf saß der unvergeßliche Varietédirektor Stepan Bogdanowitsch Lichodejew vor den Kriminalisten. Er steuerte viel neues Material bei. Jetzt wurde klar, daß Voland sich durch Hypnotisierung Lichodejews als Artist ins Varieté eingeschlichen und es dann fertiggebracht hatte, denselben Lichodejew weiß Gott wie viele Kilometer weit von Moskau wegzubefördern. Das Material hatte sich somit vervollständigt, doch die Situation war nicht leichter geworden, eher noch etwas komplizierter, denn nun war offenkundig, daß einer, der Kunststücke beherrschte wie das, dem Lichodejew zum Opfer gefallen war, nicht so einfach zu ergreifen sein würde. Lichodejew wurde übrigens auf seine Bitte in einem sicheren Raum eingeschlossen, und vor der Untersuchungsbehörde erschien Warenucha, den man soeben in seiner Wohnung festgenommen hatte, in die er nach zweitägiger geheimnisvoller Abwesenheit zurückgekehrt war.

Obwohl der Administrator Asasello versprochen hatte, nicht mehr zu lügen, begann er mit einer Unwahrheit. Freilich sollte man dafür nicht allzu streng mit ihm ins Gericht gehen. Schließlich hatte Asasello ihm nur untersagt, per Telefon zu lügen und zu pöbeln, in diesem Falle aber sprach der Administrator, ohne sich eines solchen Gerätes zu bedienen. Flackernden Auges erklärte er, er habe sich am Donnerstag in seinem Arbeitszimmer im Varieté allein betrunken und sei dann weggegangen, wohin, wisse er nicht mehr, habe irgendwo noch Starka getrunken, wo, wisse er nicht mehr, habe dann irgendwo an einem Zaun gelegen, wo, wisse er ebenfalls nicht mehr. Erst als man ihm sagte, er behindere mit seinem dummen und unvernünftigen Verhalten eine wichtige Untersuchung und werde das zu verantworten haben, brach er in Schluchzen aus und flüsterte mit zitternder Stimme, scheu Blicke um sich werfend, er lüge nur aus Angst, denn er fürchte die Rache der Volandbande, in deren Händen er gewesen sei, und er bitte, flehe, dürste danach, in einem gepanzerten Raum eingeschlossen zu werden.

»So was Blödes! Die haben's ja mit ihrem gepanzerten Raum!« knurrte einer der Kriminalisten.

»Die Banditen haben sie eingeschüchtert«, sagte der Kriminalist, der beim lieben Iwan gewesen ist.

Man beruhigte Warenucha, so gut es ging, sagte ihm, man werde ihn auch ohne gepanzerten Raum schützen, und nun kam heraus, daß er keineswegs Starka getrunken und am Zaun gelegen hatte, sondern daß sie ihn, zwei Mann hoch, verprügelt hatten, ein Rothaariger mit Eckzahn und ein Dickwanst...

»Ach, so ähnlich wie ein Kater?«

»Ja, ja, ja«, flüsterte der Administrator, der vor Angst verging, und sah sich alle Augenblicke um. Dann packte er weitere Einzelheiten aus, wie er fast zwei Tage lang in der Wohnung Nr. 50 als Zubringervampir vegetiert hatte und nahezu der Anlaß für den Tod des Finanzdirektors Rimski geworden wäre...

In diesem Moment wurde Rimski hereingeführt, der mit dem Leningrader Zug hergebracht worden war. Jedoch der vor Angst schlotternde, seelisch zerrüttete grauhaarige Greis, in dem man den früheren Finanzdirektor kaum wiedererkannte, wollte um nichts auf der Welt die Wahrheit sagen und erwies sich in dieser Beziehung als sehr verstockt. Er behauptete, keine Gella vor dem nächtlichen Fenster seines Arbeitszimmers gesehen zu haben, desgleichen keinen Warenucha, ihm sei nur schlecht geworden und da sei er geistesabwesend nach Leningrad gereist. Überflüssig, zu erwähnen, daß der kranke Finanzdirektor seine Aussagen mit der Bitte schloß, ihn in einem gepanzerten Raum unterzubringen.

Annuschka wurde verhaftet, als sie versuchte, der Kassiererin des Warenhauses am Arbat eine Zehndollarnote anzudrehen. Ihr Bericht über die Personen, die im Hause in der Sadowaja zum Fenster hinausgeflogen waren, und über das Hufeisen, das sie nach eigenen Angaben an sich genommen hatte, um es zur Miliz zu bringen, wurde aufmerksam angehört.

»Das Hufeisen war tatsächlich aus Gold mit Brillanten?« fragte man Annuschka.

»Ich werd doch Brillanten kennen«, antwortete Annuschka.

»Und er hat Ihnen Zehnrubelscheine gegeben?«

»Ich werd doch Zehnrubelscheine kennen«, antwortete Annuschka.

»So, und wann haben die sich in Dollars verwandelt?«

»Ich weiß nicht, wie Dollars aussehen, ich hab noch nie Dollars gesehen!« kreischte Annuschka. »Ich bin im Recht! Man hat mir eine Belohnung gegeben, dafür will ich mir Stoff kaufen.« Und sie schwatzte allen möglichen Unsinn daher, daß sie nichts dafür könne, wenn die Hausverwaltung im vierten Stock Teufelsspuk dulde, der einem das Leben vergälle.

Einer der Kriminalisten gebot Annuschka mit dem Federhalter Schweigen, denn alle hatten sie gründlich satt, dann schrieb er ihr einen Passierschein auf grünes Papier, worauf sie zur allgemeinen Erleichterung aus dem Gebäude verschwand.

Nach ihr kam noch eine Reihe von Personen, unter ihnen Nikolai Iwanowitsch, der soeben infolge der Dummheit seiner eifersüchtigen Eheliebsten festgenommen worden war; sie hatte ihren Mann am Morgen bei der Miliz als vermißt gemeldet. Nikolai Iwanowitsch verblüffte die Kriminalisten nicht mehr sehr, als er die Teufelsbescheinigung auf den Tisch legte, nach welcher er die fragliche Zeit auf dem Ball beim Satan verbracht habe. Bei seiner Schilderung, wie er Margarita Nikolajewnas nacktes Hausmädchen durch die Luft zu allen möglichen Teufeln getragen habe, zu einem Fluß, wo sie badete, und wie vorher Margarita Nikolajewna nackt am Fenster erschienen war, wich er ein wenig von der Wahrheit ab. So hielt er es beispielsweise für untunlich, zu erwähnen, daß er mit dem Hemdchen in der Hand das Schlafzimmer betreten und Natascha Venus genannt hatte. Bei ihm kam es so heraus, daß Natascha aus dem Fenster geflogen sei, ihn bestiegen habe und auf ihm aus Moskau fortgeritten sei...

»Ich mußte mich der Gewalt fügen«, erzählte Nikolai Iwanowitsch und schloß seine Auslassungen mit der Bitte, seiner Gattin kein Wort von alldem mitzuteilen. Was ihm auch zugesagt wurde.

Nikolai Iwanowitschs Aussage ermöglichte die Feststellung, daß Margarita Nikolajewna samt ihrem Hausmädchen Natascha spurlos verschwunden war. Es wurden Maßnahmen eingeleitet, sie zu suchen.

Solch unablässige Untersuchungstätigkeit kennzeichnete den Samstagmorgen. In der Stadt verbreiteten sich unterdes die unmöglichsten Gerüchte. Ein winziges Wahrheitskernchen war mit üppigem Geflunker umwuchert. Es hieß, im Varieté habe es eine Vorstellung gegeben, nach welcher alle zweitausend Zuschauer, so wie Gott sie geschaffen, auf die Straße gelaufen seien, in der Sadowaja habe man eine verhexte Falschgelddruckerei ausgehoben, eine Bande habe fünf führende Persönlichkeiten der heiteren Muse verschleppt, aber die Miliz habe sie alle wiedergefunden, und noch vieles in der Art, was ich gar nicht wiederholen möchte.

Mittlerweile war es fast Mittag geworden, und nun klingelte bei der Untersuchungsbehörde das Telefon. Aus der Sadowaja wurde mitgeteilt, die verhexte Wohnung gebe wieder Lebenszeichen. Die Fenster seien von innen geöffnet worden, Gesang und Klaviermusik klängen heraus, und im Fenster habe man einen schwarzen Kater gesichtet, der auf dem Fensterbrett saß und sich in der Sonne wärmte.

Gegen vier Uhr nachmittags dieses heißen Tages stiegen zahlreiche Männer in Zivil aus drei Autos, die in einiger Entfernung von dem Haus Sadowaja Nr. 302 b gehalten hatten. Sie teilten sich in zwei Gruppen, von denen die eine durch den Torweg und den Hof direkt zum sechsten Aufgang schritt; die andere öffnete das für gewöhnlich verschlossene Türchen zum Hinteraufgang, und beide Gruppen stiegen auf verschiedenen Treppen zur Wohnung Nr. 50 hinauf.

Währenddessen saßen Korowjew und Asasello, Korowjew nicht mehr im festlichen Frack, sondern in seiner gewöhnlichen Kleidung, im Eßzimmer der Wohnung und beendeten ihr Frühstück.

Voland hielt sich nach seiner Gewohnheit im Schlafzimmer auf, und der Kater war nicht zu sehen. Aber nach dem Kasserollengeklirr aus der Küche zu urteilen, trieb er dort seine gewohnten Possen.

»Was sind denn das für Schritte auf der Treppe?« fragte Korowjew und rührte mit dem Löffel in der Kaffeetasse.

»Sie kommen uns verhaften«, antwortete Asasello und kippte ein Gläschen Kognak.

»Na, denn man los«, antwortete Korowjew darauf.

Die Männer auf der Vordertreppe hatten unterdes den zweiten Treppenabsatz erreicht. Hier machten sich zwei Rohrleger an der Dampfheizung zu schaffen. Mit ihnen wechselten die Männer bedeutungsvolle Blicke.

»Alle zu Hause«, raunte der eine Rohrleger und klopfte mit einem Hämmerchen gegen das Rohr.

Da holte der vorderste der Männer eine schwarze Mauser unterm Mantel hervor, und der neben ihm ging, hielt ein Bund Nachschlüssel bereit. Überhaupt waren die Männer mit allem Notwendigen versehen. Zwei von ihnen hatten dünne Seidennetze in der Tasche, die sich leicht entfalteten. Ein weiterer hatte eine Fangleine mit, noch ein anderer Mullmasken und Chloroformampullen.

Im Nu war die Tür der Wohnung Nr. 50 geöffnet, und die Männer standen im Flur. In der Küche klappte eine Tür und zeigte an, daß die andere Gruppe von der Hintertreppe her ebenfalls eingetreten war.

Diesmal wurde den Männern wenn auch nicht ein voller, so doch ein Teilerfolg beschert. Sie verteilten sich blitzschnell auf alle Räume und fanden keinen Menschen, aber dafür entdeckten sie im Eßzimmer auf dem Tisch die Reste eines offensichtlich eben erst beendeten Frühstücks, und im Salon auf dem Kaminsims hockte neben einem Kristallkrug ein mächtiger schwarzer Kater mit einem Primuskocher in den Pfoten.

Schweigend betrachteten die Männer, die den Salon betreten hatten, den Kater, und ihr Schweigen währte ziemlich lange. »Hm, ja, wirklich ein starkes Stück«, flüsterte einer der Männer.

»Ich mach keine Dummheiten, ich tu keinem was, ich repariere den Primuskocher«, sagte der Kater und runzelte unfreundlich die Stirn, »außerdem halte ich es für meine Pflicht, darauf hinzuweisen, daß der Kater ein uraltes und unantastbares Tier ist.«

»Wirklich saubere Arbeit«, flüsterte einer der Männer, und ein anderer sagte laut und deutlich:

»Nun, Sie unantastbarer Bauchredner, dann bemühen Sie sich mal hierher!«

Das Netz flog hinauf und entfaltete sich, aber der es geworfen, verfehlte zum allgemeinen Erstaunen den Kater und fing nur den Krug, der am Boden zerklirrte.

»Kontra!« brüllte der Kater. »Hurra!« Schon hatte er den Primuskocher weggestellt und brachte hinterm Rücken einen Browning zum Vorschein. Flugs hatte er ihn auf den Nächststehenden gerichtet, aber ehe er abdrücken konnte, zuckte aus der Mauser in dessen Hand ein Feuerstrahl, und der Kater plumpste kopfüber vom Kaminsims auf den Fußboden, wobei er den Browning fallen ließ und den Primuskocher mit herunterriß.

»Alles aus«, sagte der Kater mit schwacher Stimme und streckte sich matt in einer Blutlache, »tretet für einen Moment hinweg von mir und laßt mich Abschied nehmen von der Erde. Oh, mein Freund Asasello«, stöhnte der Kater, der schrecklich blutete, »wo bist du?« Er blickte mit brechenden Augen auf die Eßzimmertür. »Du bist mir nicht zu Hilfe gekommen in diesem ungleichen Kampf, du hast den armen Behemoth verlassen, verraten um ein Glas freilich ausgezeichneten Kognaks! Möge mein Tod auf deinem Gewissen lasten! Ich vermache dir meinen Browning...«

»Das Netz, das Netz, das Netz«, flüsterte es unruhig rings um den Kater. Aber das Netz blieb, weiß der Teufel warum, bei dem Mann in der Tasche hängen und kam nicht heraus.

»Das einzige, was einen tödlich verwundeten Kater retten kann«, sagte der Kater, »ist ein Schluck Benzin.« Er benutzte die allgemeine Verwirrung, legte die Schnauze an die runde Öffnung des Primuskochers und nahm einen tüchtigen Schluck. Sogleich hörte die Schußwunde an der linken Vorderpfote zu bluten auf. Frisch und lebendig klemmte der Kater den Primuskocher unter die Pfote, hüpfte zurück auf den Kamin, kletterte, die Tapete zerfetzend, die Wand hinauf und saß nach zwei Sekunden hoch über den Männern auf der metallenen Gardinenstange.

Sofort krallten sich Hände in die Gardine und rissen sie mitsamt der Stange ab, und die Sonne flutete ins bislang schattige Zimmer. Aber weder der durch einen Gaunertrick kurierte Kater noch der Primuskocher stürzten herab. Der Kater brachte es fertig, sich mitsamt dem Primuskocher durch die Luft auf den Kronleuchter zu schwingen, der mitten im Zimmer hing.

»Eine Trittleiter!« schrie es unten.

»Ich fordere euch zum Duell!« röhrte der Kater und flog am schwankenden Lüster über ihren Köpfen hin und her. In seiner Pfote war wieder der Browning; den Primuskocher hatte er zwischen den Lüsterarmen verklemmt. Während er über den Köpfen der Männer pendelte, zielte er und nahm sie unter Feuer. Donnernd hallten die Schüsse in der Wohnung wider. Kristallsplitter regneten vom Kronleuchter auf den Fußboden, im Kaminspiegel bildeten sich krachend Löcher mit sternartigen Rissen. Kalkstaub wallte, die verbrauchten Patronenhülsen prasselten zu Boden, die Fensterscheiben zerklirrten, aus dem durchschossenen Primuskocher spritzte Benzin. Jetzt konnte keine Rede mehr davon sein, den Kater lebendig zu fangen, und die Männer eröffneten mit ihren Mausern ein rasendes und treffsicheres Feuer auf Kopf, Bauch, Brust und Rücken der Bestie. Das Feuergefecht rief auf dem asphaltierten Hof eine Panik hervor.

Aber das Feuergefecht dauerte nicht lange und hörte von selbst wieder

auf. Es fügte nämlich weder dem Kater noch den Männern auch nur den geringsten Schaden zu. Niemand wurde verwundet, geschweige denn getötet. Alle, auch der Kater, blieben völlig unversehrt. Einer der Männer, um sich endgültig davon zu überzeugen, schoß fünf Kugeln auf den Kopf der verwunschenen Bestie ab, und als Antwort feuerte der Kater ein ganzes Magazin leer, doch es hatte keinerlei Wirkung. Der Kater schaukelte sich im Lüster, dessen Schwünge immer kleiner wurden, pustete in die Browningmündung und spuckte sich auf die Pfote. Auf den Gesichtern der Männer, die schweigend unten standen, lag ein Ausdruck völliger Verständnislosigkeit. Es war der einzige oder einer der ganz wenigen Fälle, wo eine Schießerei gänzlich wirkungslos blieb. Man durfte natürlich vermuten, daß der Browning des Katers ein Scherzartikel sei, doch von den Mausern der Kriminalisten konnte man das nun nicht sagen. Die erste Wunde des Katers, an der es keinen Zweifel gab, war nichts als ein Trick und gemeine Verstellung gewesen, ebenso das Benzintrinken.

Es wurde noch ein Versuch gemacht, des Katers habhaft zu werden. Man warf die Fangleine, sie verhakte sich an einer der Kerzen, und der Leuchter riß ab. Sein Sturz schien das ganze Gebäude zu erschüttern, aber Nutzen brachte das mitnichten. Die Männer wurden mit Splittern überschüttet, der Kater flog durch die Luft und ließ sich dicht unter der Decke auf dem Goldrahmen des Kaminspiegels nieder. Er zeigte keine Absicht zu entweichen, saß im Gegenteil vergleichsweise sicher dort und hielt noch eine Ansprache:

»Ich bin außerstande, zu begreifen, warum man derart brüsk mit mir umgeht...«

Seine Rede wurde gleich zu Beginn von einer tiefen Baßstimme unterbrochen, die aus unbekannter Richtung sagte: »Was geht in der Wohnung vor? Man stört mich bei der Arbeit...«

Eine andere, unangenehme Näselstimme antwortete:

»Das ist natürlich wieder Behemoth, daß ihn der Teufel hole!«

Eine dritte Stimme sagte klirrend:

»Messere, es ist Sonnabend. Die Sonne neigt sich. Für uns wird es Zeit.«

»Entschuldigen Sie mich, ich kann nicht länger mit Ihnen plauschen«, sagte der Kater vom Spiegel herab, »für uns wird es Zeit.« Er schleuderte seinen Browning und zerwarf mit ihm die Fensterscheiben. Dann ließ er etwas Benzin niederschwappen, das Benzin entzündete sich von selbst, und eine Flammenwoge stieg bis zur Decke.

Die Flammen schlugen so schnell und so mächtig empor, wie es nicht einmal bei Benzin zu sein pflegt. Sofort qualmten die Tapeten, die herabgerissene Gardine am Fußboden loderte auf, und die Rahmen des zerschlagenen Fensters begannen zu glimmen. Der Kater krümmte sich federnd zusammen, miaute, setzte vom Spiegel hinüber aufs Fensterbrett und schlüpfte mitsamt seinem Primuskocher hinaus. Draußen krachten Schüsse. Der Mann, der in Höhe der Juwelierswitwenfenster auf der eisernen Feuerleiter hockte, nahm den Kater unter Beschuß, als dieser über die Fensterbretter zur Regenrinne in der Ecke des Hauses turnte, das, wie erwähnt, als offenes Rechteck gebaut war. An der Regenrinne klomm er zum Dach hinauf.

Dort beschossen ihn, leider ebenfalls ergebnislos, die Männer, die die Schlote bewachten, und der Kater verschwand in der untergehenden Sonne, deren Licht die Stadt überflutete.

In der Wohnung flammte unterdes das Parkett zu Füßen der Männer auf, und im Feuer erschien an der Stelle, wo der Kater mit der vorgetäuschten Wunde gelegen hatte, zuerst als undeutliches Gebilde, dann immer mehr sich verdichtend, der Leichnam des ehemaligen Barons Maigel mit hochgerecktem Kinn und gläsernen Augen. Ihn zu bergen war nicht mehr möglich. Über die brennenden Parkettäfelchen hüpfend und sich mit den Händen auf die qualmenden Schultern und auf die Brust schlagend, retirierten die Männer aus dem Salon ins Arbeitszimmer und in die Diele. Die im Eßzimmer und im Schlafzimmer gewesen waren, flüchteten durch den Korridor. Auch die Männer aus der Küche kamen in die Diele gelaufen. Der Salon war schon ein Meer aus Feuer und Rauch. Einer wählte noch schnell die Nummer der Feuerwehr und rief kurz in den Hörer:

»Sadowaja 302 b!«

Es war keine Minute mehr zu verlieren. Die Flamme schlug bereits in die Diele. Das Atmen wurde schwer.

Als die ersten Rauchschwaden aus den zerschlagenen Fenstern der verhexten Wohnung strichen, ertönten im Hof verzweifelte Schreie:

»Feuer! Feuer! Es brennt!«

In mehreren Wohnungen des Hauses schrien Menschen ins Telefon:

»Sadowaja! Sadowaja 302 b!«

Als dann auf der Sadowaja das furchteinflößende Gebimmel der aus allen Teilen der Stadt herbeirasenden langen roten Fahrzeuge ertönte, sahen die auf dem Hof hin und her hastenden Menschen, wie zusammen mit dem Rauch aus einem Fenster im vierten Stock drei dunkle männliche Silhouetten und die Silhouette einer nackten Frau davonflogen.

28

Die letzten Abenteuer von Korowjew und Behemoth

Ob die Silhouetten Wirklichkeit waren oder ob die angstbetäubten Mieter des unglückseligen Hauses in der Sadowaja sich nur eingebildet hatten, sie zu sehen, läßt sich natürlich nicht mit Gewißheit sagen. Wenn sie Wirklichkeit waren, weiß auch niemand, wohin sie sich wandten. Wo sie sich teilten, können wir ebenfalls nicht sagen, aber wir wissen, daß etwa eine Viertelstunde nach Beginn des Brandes auf der Sadowaja ein langer Kerl in kariertem Anzug in Begleitung eines großen schwarzen Katers vor der Spiegelglastür des Ausländerladens am Smolensker Markt erschien.

Der Mann schlängelte sich geschickt zwischen den Passanten hindurch und öffnete die Außentür des Ladens. Aber hier stellte sich ihm der kleine, knochige Portier in den Weg und sagte unwirsch:

»Hier dürfen keine Kater rein!«

»Entschuldigung«, sagte der Lange mit klirrender Stimme und legte die knotige Hand ums Ohr, als wäre er harthörig: »Kater, sagen Sie? Wo sehen Sie denn einen Kater?«

Der Portier riß die Augen auf, und er hatte Grund dazu: Bei dem Langen war kein Kater mehr zu sehen, statt dessen schaute hinter seiner Schulter ein Dickwanst mit zerrissener Schiebermütze hervor, dessen Visage tatsächlich etwas Katerähnliches hatte, und drängte zum Laden hin. In der Hand trug der Dickwanst einen Primuskocher.

Das Pärchen mißfiel dem Portier, der ein Misanthrop war, aus irgendwelchen Gründen sehr.

»Bei uns nur für Devisen«, knirschte er und blickte gereizt unter zottigen grauen Brauen hervor, die wie mottenzerfressen aussahen.

»Mein Teurer«, klirrte der Lange, und sein Auge funkelte durch den gesprungenen Zwicker, »woher wollen Sie wissen, daß ich keine Devisen habe? Urteilen Sie nach meinem Anzug? Tun Sie das niemals, verehrter Wachhabender! Sie könnten einem folgenschweren Irrtum unterliegen. Lesen Sie mal in der Geschichte des berühmten Harun al-Raschid nach. In diesem Falle aber möchte ich die Geschichte des Kalifen zeitweilig beiseiteschieben. Ich werde mich beim Leiter über Sie beschweren und ihm ein paar Sachen über Sie erzählen, so daß Sie keine Gelegenheit mehr haben werden, Ihren Posten zwischen den Spiegelglastüren im Stich zu lassen.«

»Ich habe vielleicht den ganzen Kocher voller Devisen«, mischte sich der katerähnliche Dickwanst heftig ins Gespräch und schob sich zum Laden hin. Von hinten drängte ein erbittertes Publikum nach. Der Portier betrachtete das sonderbare Pärchen voller Haß und Zweifel, doch gab er den Weg frei, und unsere Bekannten Korowjew und Behemoth betraten den Laden.

Hier sahen sie sich als erstes um, dann verkündete Korowjew mit klangvoller Stimme, die in alle Winkel schallte:

»Ein schöner Laden! Ein sehr, sehr schöner Laden!«

Das Publikum an den Ladentischen drehte sich um und starrte verblüfft auf den Sprecher, obwohl es Grund gab, den Laden zu loben.

Hunderte von Kattunballen mit den prächtigsten Mustern waren in den

Regalfächern zu sehen. Dahinter türmten sich Leinen, Chiffon und Frack-tuch. Ganze Stapel von Schuhkartons zogen sich hin, und ein paar Frauen saßen auf niedrigen Hockern, den rechten Fuß im alten ausgelatschten Schuh, den linken im neuen, glänzenden, mit dem sie besorgt auf den Teppich stampften. Irgendwo hinter einer Ecke sangen und spielten Grammophone.

Aber Korowjew und Behemoth gingen an all diesen Verlockungen vorbei und begaben sich schnurstracks zu der Stelle, wo die Feinkost- und Konditoreiabteilung aneinander grenzten. Hier war es sehr geräumig, und die Frauen mit Kopftüchern und Baskenmützen beugten sich nicht über die Ladentische wie in der Stoffabteilung.

Ein vierschrötiger, quadratisch gewachsener Mann, blaurasiert, mit Hornbrille, einem nagelneuen, noch nicht zerdrückten Hut ohne Schweißflecke auf dem Band, mit einem fliederblauen Mantel und rötlichen Glacéhandschuhen, stand vor dem Ladentisch und stieß befehlend unartikulierte Laute aus. Ein Verkäufer in sauberem weißem Kittel und mit blauem Mützchen bediente den fliederblauen Kunden. Mit einem scharfen Messer, sehr ähnlich dem, das Levi Matthäus stahl, schob er die silbrig schimmernde, schlangenartige Haut von einem fetttriefenden rosa Lachs.

»Auch diese Abteilung ist großartig«, lobte Korowjew feierlich, »und der Ausländer da ist mir sympathisch.« Wohlwollend zeigte er mit dem Finger auf den fliederblauen Rücken.

»Nein, Fagott, nein«, antwortete Behemoth nachdenklich, »du irrst dich, mein Freund: Ich finde, in dem Gesicht des fliederblauen Gentlemans fehlt etwas.«

Der fliederblaue Mann zuckte mit dem Rücken, aber wohl aus Zufall, denn als Ausländer konnte er ja die russischen Worte von Korowjew und seinem Begleiter nicht verstanden haben.

»Ist das gutt?« fragte er streng.

»Spitzenklasse!« antwortete der Verkäufer und schabte kokett mit dem Messer an der Lachshaut.

»Gutt ich lieben, schlecht nein«, sagte der Ausländer rauh.

»Selbstverständlich!« antwortete der Verkäufer begeistert.

Nun verließen unsere Bekannten den Ausländer und seinen Lachs und traten zum Tisch der Konditoreiabteilung.

»Heiß heute«, sprach Korowjew die blutjunge rotwangige Verkäuferin an, erhielt jedoch keine Antwort; da erkundigte er sich: »Was kosten die Mandarinen?«

»Dreißig Kopeken das Kilo«, antwortete die Verkäuferin.

»Bißchen happig«, sagte Korowjew seufzend, »ach... ach...« Er überlegte und lud dann seinen Begleiter ein: »Iß, Behemoth.«

Der Dickwanst nahm den Primuskocher unter den Arm, eignete sich die oberste Mandarine der Pyramide an, fraß sie mitsamt der Schale und griff nach der zweiten.

Tödliches Entsetzen packte die Verkäuferin.

»Sind Sie verrückt geworden!« schrie sie, und ihre roten Wangen wurden blaß. »Geben Sie mir den Bon! Den Bon!« Und sie ließ die Konfektzange fallen.

»Mein Herzchen, mein Liebchen, mein Schönchen«, säuselte Korowjew, beugte sich weit über den Ladentisch und zwinkerte der Verkäuferin zu, »wir sind heute nicht bei Devisen, aber was soll man da machen? Ich schwöre Ihnen, beim nächsten Mal, spätestens Montag, zahlen wir alles in bar! Wir wohnen hier in der Nähe, auf der Sadowaja, wo der Brand war...«

Behemoth hatte die dritte Mandarine verschlungen, jetzt griff er mit der Pfote nach einem sinnreichen Bauwerk aus Schokoladentafeln, zog eine von unten heraus, wovon natürlich alles zusammenstürzte, und verschlang sie mitsamt dem Goldpapier.

Die Verkäufer am Fischstand erstarrten mit ihren Messern in der Hand, der fliederblaue Ausländer drehte sich zu den Räubern um, und nun wurde ersichtlich, daß Behemoth sich geirrt hatte: Es stimmte nicht, daß jenem etwas im Gesicht fehlte, im Gegenteil, er hatte eher zuviel, nämlich Hängebacken und huschende Augen.

Die Verkäuferin, gelb im Gesicht, schrie kläglich durch den ganzen Laden:

»Pawel Ossipowitsch! Pawel Ossipowitsch!«

Das Publikum aus der Stoffabteilung strömte auf diesen Schrei hin herzu. Behemoth verließ die Lockungen der Konditorei, senkte die Pfote in ein Faß mit der Aufschrift: Erlesener Kertsch-Hering, zog zwei Heringe heraus, verschlang sie und spuckte die Schwänze aus.

»Pawel Ossipowitsch!« gellte wieder der verzweifelte Schrei hinterm Ladentisch der Konditoreiabteilung, und am Fischstand bellte ein Verkäufer mit Spitzbart:

»Was machst du da, du Dreckskerl?«

Pawel Ossipowitsch kam bereits zum Tatort geeilt. Er war ein repräsentabler Mann in einem weißen Chirurgenkittel, aus dessen Brusttasche ein Bleistift ragte. Er hatte offensichtlich seine Erfahrungen. Als er in Behemoths Mund den Schwanz des dritten Herings sah, schätzte er augenblicks die Lage ab, begriff alles, ließ sich auf keinerlei Wortwechsel mit den Frechlingen ein, sondern winkte zum Eingang und kommandierte: »Pfeif!«

Der Portier sauste aus der Spiegelglastür an der Ecke des Smolensker Marktes und verströmte sich in einem bösartigen Pfeifen. Das Publikum umringte die Missetäter, und da schritt Korowjew zur Tat.

»Mitbürger!« rief er mit dünner vibrierender Stimme. »Was geschieht denn hier? Gestatten Sie mir, Sie danach zu fragen! Dieser arme Mensch« – Korowjew verstärkte das Zittern seiner Stimme und zeigte auf Behemoth, der sogleich ein weinerliches Gesicht zog –, »dieser arme Mensch repariert schon den ganzen Tag Primuskocher. Er hat Hunger bekommen, aber wo soll er Devisen hernehmen?«

Pawel Ossipowitsch, sonst ruhig und beherrscht, schrie ihn böse an: »Laß das!« und winkte ungeduldig nach der Tür hin.

Das Trillern an der Tür schrillte noch munterer.

Aber Korowjew, den Pawel Ossipowitschs Rede nicht weiter beeindruckte, fuhr fort:

»Wo soll er sie hernehmen? Das frage ich jeden hier! Er ist erschöpft vor Hunger und Durst, und ihm ist heiß! Nun, und da hat er sich eine armselige Mandarine genommen. Die kostet höchstens drei Kopeken. Und schon pfeifen sie wie die Nachtigallen im Frühlingswald, behelligen die Miliz, halten sie von ihren Pflichten ab. Aber er darf, der da!« Korowjew wies auf den fliederblauen Ausländer, dessen Gesicht sogleich größte Unruhe spiegelte. »Wer ist das überhaupt? Na? Wo kommt er her? Wozu? Haben wir etwa Sehnsucht nach ihm gehabt? Haben wir ihn etwa eingeladen? Natürlich«, brüllte der ehemalige Kantor aus vollem Halse und verzog sarkastisch den Mund, »seht nur, er trägt einen fliederblauen Parademantel, und vom Lachs ist er schon ganz fett geworden, und mit Devisen ist er vollgestopft, aber unsereiner, aber unsereiner? Bitter ist das! Bitter, bitter!« heulte Korowjew wie ein Brautführer auf einer altertümlichen Hochzeit.

Diese dumme, taktlose und wohl auch politisch schädliche Rede ließ Pawel Ossipowitsch wütend zucken, aber bei dem dicht gedrängten Publikum schien sie seltsamerweise Widerhall zu finden. Und als Behemoth den schmutzigen zerrissenen Ärmel vor die Augen legte und tragisch ausrief: »Ich danke dir, mein treuer Freund, du hast dich für einen Gedemütigten eingesetzt!«, da geschah ein Wunder. Ein kleiner alter Mann, sehr ruhig und anständig, arm, aber sauber gekleidet, ein alter Mann, der in der Konditoreiabteilung drei Mandelkuchen gekauft hatte, wurde plötzlich ein anderer Mensch. Seine Augen funkelten kämpferisch, er lief puterrot an, schleuderte die Kuchentüte zu Boden und schrie mit dünner Kinderstimme: »Recht hat er!« Dann ergriff er ein Tablett, warf die Reste des von Behemoth verdorbenen Eiffelturms aus Schokolade herunter, holte aus, riß mit der linken Hand dem Ausländer den Hut ab und hieb ihm mit der rechten schwungvoll das Tablett über die Glatze. Es entstand ein Geräusch ähnlich dem, das man hört, wenn von einem Lastwagen Stahlbleche zu Boden geworfen werden. Der Ausländer erbleichte, stolperte rückwärts und setzte sich in den Bottich mit dem Kertsch-Hering, so daß eine Fontäne von Pökellake hochschoß. Und nun

geschah das zweite Wunder. Der Fliederblaue kreischte in reinstem Russisch ohne jeglichen Akzent:

»Mörder! Miliz! Banditen wollen mich umbringen!« Diese Fähigkeit, plötzlich in einer fremden Zunge zu reden, mochte ihm durch die Erschütterung zugewachsen sein.

Das Pfeifen des Portiers hörte auf, und in der erregten Käufermenge kamen zwei Milizhelme näher. Aber der tückische Behemoth, so wie man im Dampfbad aus einer Kelle die Bank begießt, schwappte aus dem Primuskocher Benzin auf den Ladentisch, der ganz von selbst aufflammte. Die Flamme schlug hoch und lief den Ladentisch entlang, wobei sie die roten Papierschleifen der Obstkörbe verzehrte. Kreischend flüchteten die Verkäuferinnen hinterm Ladentisch hervor, und kaum hatten sie sich in Sicherheit gebracht, da loderten die leinenen Vorhänge an den Fenstern auf, und auch am Fußboden entzündete sich das Benzin. Das Publikum erhob ein verzweifeltes Geschrei, stürzte aus der Konditoreiabteilung hinaus und trampelte den überflüssig gewordenen Pawel Ossipowitsch nieder. Die Verkäufer des Fischstandes flüchteten mit ihren scharfen Messern im Gänsemarsch zur Hintertür. Der Fliederblaue befreite sich, ganz mit Heringslake bekleckert, aus der Tonne, wälzte sich über den Lachs auf dem Ladentisch hinweg und folgte ihnen. Die Spiegelscheiben der Eingangstür zerklirrten, eingedrückt von den flüchtenden Menschen, und wohin die beiden Übeltäter Korowjew und der gefräßige Behemoth verschwunden waren, blieb unbegreiflich. Später erzählten Augenzeugen, die den beginnenden Brand im Devisenladen am Smolensker Markt miterlebt hatten, die beiden Rowdys seien zur Decke emporgeflogen und dort geplatzt wie Kinderluftballons. Es ist natürlich zweifelhaft, ob es wirklich so war, aber was wir nicht wissen, das wissen wir nicht.

Wir wissen jedoch, daß genau eine Minute nach dem Vorfall am Smolensker Markt Behemoth und Korowjew auf dem Gehsteig des Boulevards vor dem Hause von Gribojedows Tante standen. Korowjew war vor dem Gitter stehengeblieben und sagte:

»Sieh an! Das ist doch das Schriftstellerhaus! Weißt du, Behemoth, von diesem Haus habe ich schon viel Gutes und Lobendes gehört. Schau es dir an, mein Freund. Welch angenehmer Gedanke, daß unter diesem Dach verborgen eine ganze Masse von Talenten heranreift.«

»Wie Ananas im Gewächshaus«, sagte Behemoth und stieg, um das cremefarbene Haus mit den Säulen besser betrachten zu können, auf den Betonsockel des Eisengitters.

»Völlig richtig«, pflichtete Korowjew seinem unzertrennlichen Begleiter bei, »und ein süßes Erschauern rieselt zum Herzen, wenn man daran denkt, daß in diesem Haus der künftige Autor eines ›Don Quijote‹ heranreift oder eines ›Faust‹ oder, hol mich der Teufel, der ›Toten Seelen‹! Nicht?«

»Man wagt es gar nicht zu denken«, bestätigte Behemoth.

»Ja«, fuhr Korowjew fort. »Erstaunliches ist noch zu erwarten aus den Treibkästen dieses Hauses, das unter seinem Dach ein paar tausend selbstlose Streiter vereint, die entschlossen sind, ihr Leben dem Dienst der Melpomene, der Polyhymnia und der Thalia zu weihen. Stell dir vor, was für ein Lärm sich erheben wird, wenn einer von ihnen dem Leserpublikum für den Anfang einen ›Revisor‹ oder zur Not einen ›Eugen Onegin‹ vorlegt!«

»Und das ist leicht möglich«, bestätigte Behemoth wiederum.

»Ja«, fuhr Korowjew fort und hob besorgt den Finger. »Aber! Aber, sage ich und wiederhole dieses Aber! Wenn nur nicht irgendein Mikroorganismus die zarten Treibhauspflänzchen befällt, wenn nur nichts an ihren Wurzeln nagt, wenn sie nur nicht verfaulen! Und das kommt vor bei Ananaspflanzen! Oi – oi, und wie das vorkommt!«

»Apropos«, Behemoth hatte seinen runden Kopf durchs Gitter gezwängt, »was machen die da auf der Veranda?«

»Sie essen Mittag«, erklärte Korowjew, »und ich möchte dem hinzufügen, mein Lieber, daß sie hier ein vorzügliches und nicht sehr teures Restaurant haben. Im übrigen spüre ich wie jeder Tourist vor der Weiterreise das Verlangen, etwas zu essen und ein großes Glas eisgekühltes Bier zu trinken.«

»Ich auch«, antwortete Behemoth, und die beiden Bösebolde marschierten über den Asphaltweg unter den Linden stracks zur Veranda des nichtsahnenden Restaurants.

Eine blasse und gelangweilte Frauensperson in weißen Söckchen und weißer Baskenmütze mit Zipfel saß auf einem Wiener Stuhl vor der Veranda an der Ecke, wo im Grünspalier die Eingangsöffnung frei gelassen war. Vor ihr lag auf einem Küchentisch ein dickes Kontorbuch, in das sie zu unergründlichen Zwecken die Restaurantgäste eintrug. Von dieser Frauensperson wurden Korowjew und Behemoth angehalten. »Ihre Ausweise?« Verwundert blickte sie auf Korowjews Zwicker, auf Behemoths Primuskocher und seinen zerfetzten Ellbogen.

»Ich bitte tausendmal um Entschuldigung, was für Ausweise?« fragte Korowjew erstaunt.

»Sind Sie Schriftsteller?« fragte die Frauensperson zurück.

»Zweifellos«, antwortete Korowjew würdevoll.

»Ihre Ausweise?« wiederholte die Frauensperson.

»Meine reizende...«, begann Korowjew freundlich.

»Ich bin nicht reizend«, unterbrach ihn die Frauensperson.

»Oh, wie schade«, sagte Korowjew enttäuscht und fuhr fort: »Je nun, wenn Sie nicht reizend zu sein wünschen, was sehr angenehm wäre, so können Sie es auch lassen. Also, um überzeugt zu sein, daß Dostojewski Schriftsteller ist, müssen Sie ihn da unbedingt nach seinem Ausweis fragen? Nehmen

Sie beliebige fünf Seiten aus einem seiner Romane, und Sie werden auch ohne Ausweis gewiß sein, es mit einem Schriftsteller zu tun zu haben. Ich nehme sogar an, er hatte überhaupt keinen Ausweis! Was meinst du?« wandte sich Korowjew an Behemoth.

»Ich wette, er hatte keinen«, antwortete dieser, stellte den Primuskocher auf den Tisch neben das Buch und wischte sich mit der Hand den Schweiß von der rußigen Stirn.

»Sie sind aber nicht Dostojewski«, sagte die Frauensperson, von Korowjew aus dem Konzept gebracht.

»Na, wer weiß, wer weiß«, antwortete dieser.

»Dostojewski ist tot«, sagte die Frauensperson, aber nicht sehr sicher.

»Ich protestiere!« rief Behemoth hitzig. »Dostojewski ist unsterblich!«

»Ihre Ausweise, Bürger«, sagte die Frauensperson.

»Ich bitte Sie, jetzt wird's lächerlich!« sagte Korowjew unbeirrt. »Einen Schriftsteller erkennt man nicht am Ausweis, sondern an dem, was er schreibt. Was wissen Sie, welche Pläne in meinem Kopf schwärmen? Oder in seinem Kopf?« Er wies auf Behemoth, der sofort die Schiebermütze abnahm, gleichsam damit die Frauensperson den Kopf besser betrachten könne.

»Geben Sie den Weg frei, Bürger«, sagte sie nervös.

Korowjew und Behemoth wichen zur Seite und ließen einen Schriftsteller durch, der einen grauen Anzug und ein weißes Sommerhemd ohne Krawatte trug, dessen Kragen breit übers Jackett geschlagen war, unterm Arm hatte er eine Zeitung. Grüßend nickte er der Frauensperson zu, setzte im Gehen einen Krakel in das ihm hingeschobene Buch und begab sich auf die Veranda.

»O weh, nicht wir, sondern er wird das eisgekühlte Bier trinken, von dem wir beiden armen Wanderer so geträumt haben«, sagte Korowjew traurig. »Unsere Situation ist schwierig und betrüblich, und ich weiß nicht, wie es weitergehen soll.«

Behemoth breitete bitter die Arme aus und stülpte die Mütze auf den runden Schädel, der mit dichtem Haar bewachsen war wie mit einem Katzenfell. In diesem Moment ertönte überm Kopf der Frauensperson eine leise, doch befehlsgewohnte Stimme:

»Lassen Sie sie durch, Sofja Pawlowna.«

Die Frauensperson mit dem Buch war verdutzt. Im Grünspalier erschienen die weiße Frackbrust und der Spitzbart des Flibustiers. Freundlich blickte er die beiden zweifelhaften Landstreicher an, ja er winkte ihnen einladend zu. Archibald Archibaldowitschs Autorität war eine Sache, die im Restaurant, dem er vorstand, etwas galt, und Sofja Pawlowna fragte Korowjew gehorsam:

»Wie ist Ihr Name?«

»Panajew«, antwortete dieser höflich. Die Frauensperson trug den Namen ein und hob den Blick fragend zu Behemoth.

»Skabitschewski«, piepste dieser und zeigte aus unerfindlichen Gründen auf seinen Primuskocher. Sofja Pawlowna trug auch diesen Namen ein und schob das Buch den Gästen zu, damit sie sich einschrieben. Korowjew schrieb da, wo Panajew stand, Skabitschewski hin, und Behemoth setzte neben Skabitschewski den Namen Panajew. Zu Sofja Pawlownas größter Verwunderung lächelte Archibald Archibaldowitsch beflissen und führte die Gäste zum besten Tisch in der hinteren Verandaecke, wo der Schatten am dichtesten war. Neben dem Tisch spielte fröhlich die Sonne in einer Lücke des Grünspaliers. Sofja Pawlowna studierte, mit den Augen klappernd, lange die seltsamen Unterschriften, die die unerwarteten Gäste in das Buch eingetragen hatten.

Die Kellner waren über Archibald Archibaldowitsch nicht minder verwundert als Sofja Pawlowna. Höchstpersönlich zog er den Stuhl vom Tisch zurück und forderte Korowjew auf, Platz zu nehmen. Er zwinkerte dem einen Kellner zu, flüsterte mit dem anderen, und schon bemühten sich beide um die neuen Gäste, von denen der eine seinen Primuskocher neben seinen rötlich verfärbten Stiefel auf den Fußboden stellte. Im Nu verschwand das alte fleckige Tuch vom Tisch, und ein anderes wedelte stärkekrachend durch die Luft, blütenweiß wie ein Beduinenburnus. Archibald Archibaldowitsch beugte sich zu Korowjews Ohr und flüsterte leise, aber sehr ausdrucksvoll:

»Was darf ich servieren? Ich habe vorzüglichen Störrücken... Vom Architektenkongreß abgezweigt...«

»Sie... äh... geben Sie uns was Nettes zu essen«, grunzte Korowjew gönnerhaft und lehnte sich im Stuhl zurück.

»Ich verstehe«, antwortete Archibald Archibaldowitsch bedeutungsvoll und schloß die Augen.

Als die Kellner sahen, wie der Restaurantchef die höchst zweifelhaften Besucher behandelte, ließen sie ihren Argwohn fahren und gingen ernsthaft zu Werke. Der eine gab Behemoth, der einen Stummel aus der Tasche geholt und in den Mund gesteckt hatte, Feuer, der andere flitzte, mit grünen Gläsern klirrend, herbei und baute neben den Gedecken Schnapsgläser, Weingläser und jene dünnwandigen Pokale auf, aus denen sich unterm Sonnendach so angenehm Narsan trinken läßt, nein, vorauseilend wollen wir sagen, aus denen sich unter diesem Sonnendach der unvergeßlichen Gribojedow-Veranda so angenehm Narsan trinken ließ.

»Haselhuhnfilets kann ich sehr empfehlen«, schnurrte Archibald Archibaldowitsch melodisch. Der Gast mit dem gesprungenen Zwicker billigte die Vorschläge des Briggkommandanten völlig und blickte ihn durch das nutzlose Zwickerglas wohlwollend an.

Der am Nebentisch speisende Belletrist Petrakow-Suchowej, dessen Gattin eben ein Schweineschnitzel verzehrte, bemerkte mit der für Schriftsteller typischen Beobachtungsgabe die Bemühungen Archibald Archibaldowitschs und wunderte sich gar sehr. Seine Gattin, eine recht würdige Dame, wurde Korowjews wegen auf den Piraten eifersüchtig und klopfte mit dem Teelöffel – warum läßt man uns warten? Jetzt müßte doch das Eis serviert werden? Was ist los?

Archibald Archibaldowitsch sandte Frau Petrakow ein betörendes Lächeln zu und schickte ihr einen Kellner, er selbst blieb bei seinen teuren Gästen. Ach, ein kluger Mann war Archibald Archibaldowitsch! Seine Beobachtungsgabe war gewiß nicht schlechter als die eines Schriftstellers! Archibald Archibaldowitsch wußte von der Vorstellung im Varieté und von vielen anderen Vorkommnissen der letzten Tage, und er hatte im Gegensatz zu anderen weder das Wort »der Karierte« noch das Wort »Kater« überhört. Archibald Archibaldowitsch hatte sofort erraten, wer seine Besucher waren, und nachdem er es erraten hatte, dachte er selbstverständlich gar nicht daran, sich mit ihnen zu überwerfen. Sofja Pawlowna war gut! Darauf muß man erst mal kommen, diesen beiden den Weg auf die Veranda zu versperren! Aber was konnte man anderes von ihr erwarten!

Frau Petrakow stocherte hochmütig mit dem Teelöffel im zerlaufenden Sahneeis und sah mißgünstig zu, wie sich der Tisch vor den beiden sonderbar gekleideten Hanswursten wie durch Zauberei mit Speisen bedeckte. Blitzblank gewaschene Salatblätter schauten aus einer Schale mit frischem Kaviar, und im Nu erschien auf einem eigens herangeschobenen Tischchen ein beschlagener Silberkühler ...

Erst als Archibald Archibaldowitsch sich überzeugt hatte, daß alles in Ehren getan war, erst als in den Händen der Kellner eine zugedeckte Pfanne herbeischwebte, in der es schmurgelte, erlaubte er sich, die beiden rätselhaften Besucher zu verlassen, nachdem er ihnen zugeraunt hatte:

»Entschuldigen Sie mich für ein Momentchen! Ich muß persönlich nach den Filets sehen!«

Er eilte fort vom Tisch und verschwand im hinteren Korridor des Restaurants. Hätte ein Beobachter die weiteren Handlungen des Archibald Archibaldowitsch verfolgen können, so hätten sie ihn zweifellos ein wenig rätselhaft gedünkt.

Der Chef begab sich keineswegs in die Küche, um nach den Filets zu sehen, sondern in den Vorratsraum des Restaurants. Diesen öffnete er mit seinem Schlüssel, schloß sich dann ein und entnahm einer Eistruhe vorsichtig, um sich nicht die Manschetten zu beschmutzen, zwei gewichtige Störrücken. Diese wickelte er in Zeitungspapier, verschnürte sie sorgfältig und legte sie beiseite. Sodann vergewisserte er sich im Nebenraum, ob sein seidengefütterter Sommermantel und sein Hut dort hingen, und begab sich erst jetzt in die

Küche, wo der Koch eilfertig die Filets zubereitete, die der Pirat den Gästen verheißen hatte.

Ich muß sagen, an Archibald Archibaldowitschs Handlungen war nichts Seltsames oder Unbegreifliches; das hätte nur ein oberflächlicher Beobachter denken können. Nein, Archibald Archibaldowitschs Handlungen ergaben sich logisch aus allem Vorangegangenen. Sein Wissen um die letzten Ereignisse und vor allem sein phänomenales Gespür sagten dem Chef des Gribojedow-Restaurants, das Mittagsmahl seiner beiden Besucher würde, wenn auch reichlich und üppig, so doch nur von sehr kurzer Dauer sein. Dieses Gespür, das den ehemaligen Flibustier noch nie getrogen hatte, ließ ihn auch diesmal nicht im Stich.

Als Korowjew und Behemoth eben mit dem zweiten Gläschen ausgezeichneten, doppelt gefilterten, eiskalten Moskowskaja-Wodkas anstießen, erschien auf der Veranda schwitzend und erregt der Lokalredakteur Boba Kandalupski, der in ganz Moskau für seine erstaunliche Allwissenheit berühmt war, und setzte sich sofort zu den Petrakows. Er legte die geschwollene Aktentasche auf das Tischchen, schob seine Lippen Petrakow ins Ohr und tuschelte ihm sehr interessante Dinge hinein. Madame Petrakow, die vor Neugier verging, setzte ihr Ohr gleichfalls den dickfleischigen Lippen Bobas aus. Dieser sah sich immer wieder verstohlen um und flüsterte und flüsterte, und man hörte nur immer einzelne Worte:

»Ich schwör's bei meiner Ehre! Auf der Sadowaja, auf der Sadowaja!« Boba senkte die Stimme noch mehr. »Die Kugeln tun ihnen nichts! Kugeln... Kugeln... Benzin... Brand... Kugeln...«

»Diese Lügner, die derart widerliche Gerüchte verbreiten«, dröhnte Madame Petrakows Kontraaltstimme in ihrem Unmut etwas lauter, als es Boba lieb war, »die müßte man ermitteln! Na, macht nichts, das wird auch geschehen, das kommt schon wieder in Ordnung! Welch schädliche Gerüchte!«

»Was denn für Gerüchte, Antonia Porfirjewna!« rief Boba betrübt, weil die Schriftstellergattin ihm nicht glaubte, dann zischelte er weiter: »Ich sag euch, die Kugeln tun ihnen nichts! Und jetzt brennt's... Sie sind durch die Luft... Durch die Luft!« Boba ahnte nicht, daß die, von denen er erzählte, neben ihm saßen und sich an seinem Zischeln ergötzten. Im übrigen fand dieses Ergötzen ein jähes Ende. Aus dem hinteren Korridor des Restaurants kamen drei Männer mit straff umgürteten Mänteln, Stiefelgamaschen und Revolvern in der Hand auf die Veranda gelaufen. Der vorderste schrie furchterregend laut:

»Keiner rührt sich von der Stelle!«

Sofort eröffneten die drei das Feuer und zielten auf die Köpfe von Korowjew und Behemoth. Die beiden lösten sich in Luft auf, aus dem Primuskocher aber schoß eine Feuersäule zum Sonnendach empor. Es war, als öffne sich in der Markise ein gähnender Rachen mit schwarzen Rändern, die nach allen Seiten auseinanderkrochen. Durch diesen Rachen sprang die Flamme bis hinauf zum Dach des Gribojedow. Im ersten Stock lagen Aktendeckel mit Papieren auf dem Fensterbrett des Redaktionszimmers; sie fingen Feuer, das auch die Gardine erfaßte, und schon rasten die Flammen, dröhnend, als würden sie angeblasen, durch das Tantenhaus.

Wenige Augenblicke später flohen über die Asphaltwege, die zum Eisengitter des Boulevards führten, von wo am Mittwochabend der unverstandene Unglücksbote, der brave Iwan, gekommen war, ein paar Schriftsteller, die nicht zu Ende gegessen hatten, die Kellner, Sofja Pawlowna, Boba und Petrakow nebst Gattin.

Gerade noch rechtzeitig kam aus einem Seitenausgang, ohne zu rennen oder zu hasten, wie ein Kapitän, der die brennende Brigg erst als letzter verlassen darf, Archibald Archibaldowitsch und stand ruhig da in seinem seidengefütterten Sommermantel, die beiden Balken der Störrücken unterm Arm.

29

Das Schicksal des Meisters und Margaritas ist entschieden

Bei Sonnenuntergang befanden sich hoch über der Stadt auf der Steinterrasse eines der schönsten Gebäude Moskaus, das vor etwa anderthalb Jahrhunderten erbaut worden war, zwei Gestalten: Voland und Asasello. Von der Straße aus waren sie nicht zu sehen, denn eine Balustrade mit Gipsvasen und Gipsblumen schützte sie vor neugierigen Blicken. Sie aber konnten die Stadt bis fast an ihre Grenzen überschauen.

Voland saß auf einem Klapphocker, angetan mit einer schwarzen Soutane. Sein langer und breiter Degen stak senkrecht zwischen zwei Platten der Terrasse und bildete eine Sonnenuhr. Langsam und unablässig wurde der Degenschatten länger und kroch auf die schwarzen Schuhe an Satans Füßen zu. Das spitze Kinn auf die Faust gestützt, auf dem Hocker zusammengekrümmt und den einen Fuß unter sich gezogen, blickte Voland unverwandt auf die unübersehbare Menge der Paläste, Riesenhäuser und zum Abriß verurteilten Hütten. Asasello, der sich von seinem modernen Aufputz – Jackett, Melone und Lackschuhe – getrennt hatte und jetzt schwarz gekleidet war wie Voland, stand reglos unweit von seinem Gebieter und ließ wie er kein Auge von der Stadt.

Voland sprach:

»Eine interessante Stadt, nicht wahr?«

Asasello regte sich und antwortete ehrerbietig:

»Messere, mir gefällt Rom besser.«
»Ja, das ist Geschmackssache«, antwortete Voland.
Nach einiger Zeit ließ sich wieder seine Stimme vernehmen:
»Woher kommt denn der Rauch dort auf dem Boulevard?«
»Da brennt das Gribojedow«, antwortete Asasello.
»Man darf wohl annehmen, daß das unzertrennliche Pärchen Korowjew und Behemoth dort war?«
»Daran gibt es keinen Zweifel, Messere.«
Wieder trat Schweigen ein, und die beiden auf der Terrasse beobachteten, wie in den nach Westen blickenden oberen Fenstern der riesigen Häuser blendendhell die gebrochene Sonne aufflammte. Volands Auge brannte genauso wie diese Fenster, obwohl er der untergehenden Sonne den Rücken zukehrte.
Aber da lenkte etwas Volands Aufmerksamkeit auf den runden Turm, der sich hinter ihm aus der Terrasse erhob. Aus dessen Wand trat ein abgerissener, lehmverschmierter finsterer Mann mit schwarzem Bart, bekleidet mit einem Chiton und selbstgefertigten Sandalen.
»Sieh da!« rief Voland und blickte den Ankömmling spöttisch an. »Du bist der letzte, den ich hier erwartet hätte! Was willst du, ungebetener, doch vorhergesehener Gast?«
»Zu dir will ich, Geist des Bösen und Herrscher der Schatten«, antwortete der Ankömmling und blickte Voland unter gesenkten Brauen hervor unwirsch an.
»Wenn du zu mir kommst, warum sagst du mir nicht ›Guten Tag‹, ehemaliger Zöllner?« fragte Voland barsch.
»Weil ich nicht will, daß du gute Tage hast«, antwortete der Ankömmling frech.
»Aber du wirst es hinnehmen müssen«, erwiderte Voland, und ein Grinsen verzerrte seinen Mund, »du warst kaum auf dem Dach, da hast du schon eine Torheit begangen, und ich werde dir sagen, worin sie besteht – in deiner Betonung. Du hast deine Worte so gesprochen, als erkenntest du weder die Schatten an noch das Böse. Willst du nicht so gut sein, einmal darüber nachzudenken, was dein Gutes täte, wenn das Böse nicht wäre, und wie die Erde aussähe, wenn die Schatten von ihr verschwänden? Kommen doch die Schatten von den Dingen und den Menschen. Da ist der Schatten meines Degens. Aber es gibt auch die Schatten der Bäume und der Lebewesen. Du willst doch nicht etwa den Erdball kahl scheren, alle Bäume und alles Lebende von ihm entfernen und deine Phantasie an kahlem Licht ergötzen? Du bist dumm.«
»Ich streite mich nicht mit dir, alter Sophist«, antwortete Levi Matthäus.
»Du kannst gar nicht mit mir streiten; den Grund habe ich schon genannt:

Du bist dumm«, antwortete Voland und fuhr fort: »So, nun sage kurz, ohne mich zu langweilen, warum du gekommen bist.«

»Er hat mich geschickt.«

»Was befahl er dir, mir zu übermitteln, Sklave?«

»Ich bin kein Sklave«, antwortete Levi Matthäus immer erboster. »Ich bin sein Schüler.«

»Du und ich, wir sprechen verschiedene Sprachen wie immer«, entgegnete Voland, »aber die Dinge, von denen wir sprechen, werden dadurch nicht anders. Also?«

»Er hat das Werk des Meisters gelesen«, sprach Levi Matthäus, »und er bittet dich, den Meister mitzunehmen und ihm Ruhe zu schenken. Ist das etwa schwer für dich, Geist des Bösen?«

»Nichts ist schwer für mich«, antwortete Voland, »und das weißt du genau.« Nach kurzem Schweigen fügte er hinzu: »Warum nehmt ihr ihn nicht mit zu euch, ins Licht?«

»Er hat nicht Licht verdient, sondern Ruhe«, sprach Levi traurig.

»Sag ihm, es wird geschehen«, antwortete Voland mit aufblitzendem Auge und fügte hinzu: »Und jetzt verlasse mich augenblicklich.«

»Er bittet dich, auch jene mitzunehmen, die ihn geliebt und seinetwegen gelitten hat«, sagte Levi zu Voland, und seine Stimme klang zum erstenmal flehend.

»Darauf wären wir ohne dich gewiß nicht gekommen. Geh.«

Levi Matthäus verschwand. Voland rief Asasello zu sich und befahl ihm:

»Fliege hin und richte alles.«

Asasello verließ die Terrasse, Voland blieb allein. Aber seine Einsamkeit war nicht von langer Dauer. Er hörte Schritte auf den Steinplatten der Terrasse und lebhafte Stimmen, dann standen Korowjew und Behemoth vor ihm. Der Dicke hatte seinen Primuskocher nicht mehr bei sich, er war mit anderen Gegenständen beladen. Unterm Arm trug er ein kleines goldgerahmtes Landschaftsgemälde, in der einen Hand einen halbversengten Kochskittel und in der andern einen ganzen Lachs mit Haut und Schwanz. Brandgeruch ging von den beiden aus, Behemoths Fratze war rußgeschwärzt, seine Schiebermütze angesengt.

»Salut, Messere!« rief das unermüdliche Pärchen, und Behemoth schwenkte den Lachs.

»Schön seht ihr aus«, sagte Voland.

»Stellt Euch vor, Messere«, schrie Behemoth freudig erregt, »man hat mich für einen Marodeur gehalten!«

»Nach den Gegenständen zu urteilen, die du mitgebracht hast, bist du auch einer«, antwortete Voland und warf einen Blick auf das Landschaftsgemälde.

»Glaubt mir, Messere ...«, begann Behemoth mit herzlicher Stimme.

»Nein, ich glaube dir nicht«, antwortete Voland kurz.

»Messere, ich schwöre Euch, ich habe heldenhafte Versuche gemacht, soviel wie möglich zu retten, aber das hier ist alles, was ich den Flammen entreißen konnte.«

»Sag mir lieber, wodurch das Gribojedow in Brand geriet«, entgegnete Voland.

Korowjew und Behemoth breiteten die Arme aus und blickten zum Himmel, und Behemoth rief:

»Ich begreife es selber nicht! Wir haben friedlich dagesessen, ganz still, haben was gegessen ...«

»Und plötzlich – peng! peng!« erzählte Korowjew weiter. »Schüsse! Behemoth und ich, wahnsinnig vor Angst, auf den Boulevard, die Verfolger hinter uns her, wir ab zum Timirjasew-Denkmal!«

»Aber das Pflichtgefühl«, ergänzte Behemoth, »war stärker als unsere schmähliche Angst, und wir gingen zurück.«

»Ach, ihr gingt zurück?« fragte Voland. »Na, da war das Gebäude natürlich schon gänzlich niedergebrannt.«

»Gänzlich!« bestätigte Korowjew betrübt. »Das heißt buchstäblich gänzlich, wie Ihr Euch so treffend auszudrücken beliebtet, Messere. Nur noch verkohlte Balken!«

»Ich bin in den Sitzungssaal mit den Säulen gerannt, Messere«, erzählte Behemoth, »dort wollte ich noch etwas Wertvolles herauszerren. Ach, Messere, meine Frau, wenn ich eine hätte, wäre zwanzigmal in Gefahr gewesen, Witwe zu werden! Aber glücklicherweise bin ich nicht verheiratet, Messere, und ich sage Euch, es ist wirklich ein Glück, daß ich es nicht bin. Ach, Messere, kann man denn die Junggesellenfreiheit gegen das drückende Ehejoch vertauschen?«

»Schon wieder so ein Blödsinn«, bemerkte Voland.

»Ich gehorche und fahre fort«, antwortete der Kater, »ja, die kleine Landschaft hier! Mehr konnte ich nicht aus dem Saal tragen, die Flammen schlugen mir schon ins Gesicht. Ich lief in den Lagerraum und rettete den Lachs. Dann lief ich in die Küche und rettete den Kittel. Ich denke, Messere, ich habe alles getan, was ich konnte, und ich verstehe nicht, wie der skeptische Ausdruck Eures Gesichts zu erklären ist.«

»Was tat denn Korowjew, während du marodiert hast?« fragte Voland.

»Ich habe den Feuerwehrleuten geholfen, Messere«, antwortete Korowjew und deutete auf seine zerrissene Hose.

»Ach, wenn's so ist, wird man natürlich ein neues Gebäude errichten müssen.«

»Es wird errichtet werden, Messere«, entgegnete Korowjew, »das wage ich Euch zu versichern.«

»Nun, bleibt zu wünschen, daß es schöner werde als das frühere«, bemerkte Voland.

»So wird es sein, Messere«, sagte Korowjew.

»Glaubt es mir«, setzte der Kater hinzu, »ich bin ein wirklicher Prophet.«

»Auf jeden Fall sind wir da, Messere«, meldete Korowjew, »und wir erwarten Eure Anordnungen.«

Voland erhob sich von seinem Hocker, trat zur Balustrade, stand dort lange schweigend, den Rücken seinem Gefolge zugekehrt, und blickte in die Ferne. Dann kam er zurück, setzte sich wieder auf den Hocker und sagte:

»Anordnungen habe ich keine, ihr habt getan, was ihr konntet, und ich bedarf eurer Dienste einstweilen nicht. Ihr könnt euch ausruhen. Gleich kommt ein Gewitter, das letzte Gewitter, es wird alles vollenden, was vollendet werden muß, dann machen wir uns auf den Weg.«

»Sehr wohl, Messere«, antworteten die beiden Narren und verschwanden hinter dem runden Turm, der mitten auf der Terrasse ragte.

Das Gewitter, von dem Voland sprach, ballte sich schon am Horizont. Eine schwarze Wolke stieg im Westen auf und schnitt die Sonne zur Hälfte ab. Bald hatte sie sie ganz verdeckt. Auf der Terrasse wurde es erst frisch, dann finster.

Diese Finsternis, die von Westen herüberkam, deckte die riesige Stadt zu. Verschwunden waren die Brücken, die Paläste. Alles war verschwunden, als hätte es nie existiert. Über den ganzen Himmel zuckte ein einziger Feuerfaden. Dann erschütterte ein Donnerschlag die Stadt. Er wiederholte sich, und das Gewitter begann. Voland war im Dunkel nicht mehr zu sehen.

30

Höchste Zeit! Höchste Zeit!

»Weißt du«, sagte Margarita, »als du gestern nacht eingeschlafen warst, hab ich von der Finsternis gelesen, die vom Mittelmeer herüberkam... Die Götzen, ach, die goldenen Götzen! Sie lassen mir keine Ruhe! Ich glaube, auch jetzt gibt es Regen. Spürst du, wie frisch es wird?«

»Alles gut und schön«, antwortete der Meister. Er rauchte und zerwedelte den Rauch mit der Hand. »Diese Götzen – na schön, aber mir ist völlig unbegreiflich, wie es weitergehen soll!«

Dieses Gespräch fand zur selben Zeit statt, als auf der Terrasse bei Voland Levi Matthäus erschien. Das kleine Kellerfenster stand offen, und hätte jemand hereingeschaut, er wäre sehr verwundert gewesen über die seltsame Aufmachung der beiden. Margarita trug auf dem nackten Leib einen schwarzen Umhang, und der Meister war nur mit seiner Krankenhauswäsche bekleidet. Margarita hatte nichts anzuziehen, denn ihre Sachen waren in der Villa geblieben, und obschon diese in der Nähe lag, konnte keine Rede davon sein, hinzugehen und die Sachen zu holen. Der Meister, der im Schrank alle seine Anzüge vorgefunden hatte, als wäre er nie fort gewesen, hatte einfach keine Lust, sich umzuziehen, während Margarita den Gedanken entwickelte, jeden Moment könne etwas völlig Ungereimtes passieren. Allerdings war er zum erstenmal seit jener Herbstnacht rasiert (in der Klinik hatte man ihm das Bärtchen mit der Maschine gestutzt).

Auch das Zimmer bot einen merkwürdigen Anblick, und es war sehr schwierig, in dem Chaos klarzusehen. Auf dem Teppich lagen Manuskripte, auf dem Sofa ebenfalls. Auf dem Sessel spreizte sich ein Buch mit dem Rükken nach oben. Auf dem runden Tisch war ein Mittagessen aufgetragen, und zwischen den Vorspeisen standen ein paar Flaschen. Wo die Speisen und Getränke herkamen, wußten Margarita und der Meister nicht. Sie hatten sie nach dem Erwachen auf dem Tisch vorgefunden.

Nachdem der Meister und seine Gefährtin bis Samstag abend durchgeschlafen hatten, fühlten sie sich frisch, und nur eines erinnerte sie an ihre gestrigen Abenteuer – beiden schmerzte die linke Schläfe. Seelisch hatten sie sich sehr verändert, davon hätte sich jeder, der ihr Gespräch in der Kellerwohnung mit angehört hätte, überzeugen können. Aber es gab keinen Zuhörer. Es war der Vorzug des kleinen Hofes, daß er stets menschenleer war. Mit jedem Tag verströmten die grünenden Linden und die Silberweide vorm Fenster stärkeren Frühlingsduft, den die aufkommende Brise in den Keller wehte.

»Teufel noch eins!« rief der Meister plötzlich aus. »Wenn man bedenkt, das war doch wirklich...« Er drückte den Stummel im Aschbecher aus und preßte den Kopf in den Händen. »Höre, du bist doch eine kluge Frau und warst nie verrückt... Bist du ernsthaft überzeugt, daß wir gestern beim Satan waren?«

»Felsenfest«, antwortete Margarita.

»Aber gewiß doch«, sagte der Meister ironisch, »jetzt haben wir schon zwei Verrückte statt eines einzigen, Mann und Frau!« Er hob die Hand gen Himmel und schrie: »Nein, das soll der Teufel begreifen! Der Teufel, der Teufel...«

Statt einer Antwort warf sich Margarita aufs Sofa, lachte schallend, strampelte mit den bloßen Beinen und rief dann:

»Oi, ich kann nicht mehr, ich kann nicht mehr! Schau doch bloß mal, wie du aussiehst!«

Der Meister zog verschämt die Krankenhausunterhosen hoch, und Margarita wurde ernst.

»Du hast eben unwillkürlich die Wahrheit gesagt«, versetzte sie, »der

Teufel begreift, was das ist, und der Teufel, glaub mir, wird alles arrangieren!« Ihre Augen funkelten plötzlich, sie sprang auf, drehte sich tanzend und schrie: »Ich bin so glücklich, ich bin so glücklich, daß ich mit ihm im Geschäft bin! O Satan, Satan! Sie werden mit einer Hexe leben müssen, mein Lieber!« Sie stürzte auf den Meister zu, umarmte ihn und küßte ihn auf die Lippen, auf die Nase, auf die Wangen. Ihre zerzausten schwarzen Haarsträhnen kitzelten den Meister, seine Wangen und seine Stirn brannten unter ihren Küssen.

»Du gleichst tatsächlich einer Hexe.«

»Das leugne ich auch gar nicht«, antwortete Margarita, »ich bin eine Hexe, und ich bin froh darüber.«

»Nun gut«, sagte der Meister, »dann bist du eben eine Hexe, großartig, prächtig! Mich hat man ja wohl aus der Klinik entführt, sehr niedlich! Man hat mich hierher zurückgebracht, auch zugegeben. Nehmen wir sogar an, sie werden uns nicht vermissen. Aber sag mir um alles in der Welt, wo und wovon werden wir leben? Wenn ich das frage, denke ich nur an dich, das kannst du mir glauben!«

In diesem Moment zeigten sich vor dem kleinen Fenster stumpfnasige Schuhe und der untere Teil einer gestreiften Hose. Die Hose beugte sich im Knie, und ein gewichtiges Hinterteil verbarg das Tageslicht.

»Aloisi, bist du zu Hause?« fragte eine Stimme oberhalb der Hose.

»Da, es geht los«, sagte der Meister.

»Aloisi?« fragte Margarita und trat ans Fenster. »Der ist gestern verhaftet worden. Wer fragt denn da nach ihm? Wie ist Ihr Name?«

Im selben Moment verschwanden Knie und Hinterteil, man hörte die Pforte klappen, dann war alles wie zuvor. Margarita sank aufs Sofa und lachte dermaßen, daß ihr die Tränen kamen. Doch dann verstummte sie, ihr Gesicht veränderte sich, sie glitt vom Sofa, kroch zu den Knien des Meisters, blickte ihm in die Augen, streichelte ihm den Kopf und sagte ernst: »Wie hast du gelitten, wie hast du gelitten, mein Armer! Nur ich weiß das. Sieh doch, du hast graue Haare bekommen und Falten an den Mundwinkeln! Mein Einziger, mein Lieber, denk an nichts mehr! Du hast zuviel denken müssen, von jetzt an werde ich das für dich tun. Und ich versichere dir, alles wird wunderschön!«

»Ich fürchte ja gar nichts, Margot«, antwortete ihr plötzlich der Meister und hob den Kopf; er erschien ihr so, wie er damals war, als er etwas beschrieb, was er nie gesehen, wovon er aber sicher wußte, daß es gewesen war, »ich fürchte nichts, weil ich schon alles durchlebt habe. Sie haben mich zu sehr geängstigt, jetzt kann mich nichts mehr ängstigen. Aber du tust mir leid, Margot, da liegt der Hund begraben, darum sage ich immer wieder dasselbe. Besinn dich! Warum sollst du dir dein Leben an der Seite eines Kranken und

Bettlers verderben? Geh zurück nach Hause! Du tust mir leid, darum sage ich das.«

»Ach du, du«, flüsterte Margarita und wiegte den zerzausten Kopf, »ach du, Kleingläubiger, Unglücklicher! Ich habe deinetwegen die ganze letzte Nacht nackt verbracht und gezittert, ich habe meine Natur verloren und eine andere angenommen, ich habe monatelang in einem dunklen Kämmerchen gesessen und nur an das Gewitter über Jerschalaim gedacht, ich habe mir die Augen ausgeweint, und jetzt, wo das Glück kommt, willst du mich wegjagen? Nun gut, ich gehe, ich gehe, aber wisse, du bist grausam! Sie haben deine Seele leer gemacht.«

Bittere Zärtlichkeit stieg zum Herzen des Meisters, er weinte und drückte sein Gesicht in Margaritas Haar. Ihre Finger hüpften über seine Schläfen, und sie flüsterte weinend:

»Ja, graue Haare hast du bekommen... Vor meinen Augen bedeckt sich dein Kopf mit Schnee... Ach, du mein armer Kopf, der soviel ausgestanden hat! Was du für Augen hast! Leer sind sie... Und deine Schultern, eine Bürde liegt darauf... Verkrüppelt haben sie dich, verkrüppelt...« Margaritas Worte wurden zusammenhanglos, Schluchzen schüttelte sie.

Da wischte sich der Meister die Augen, zog Margarita hoch, stand selber auf und sagte fest:

»Genug. Du hast mich beschämt. Ich werde nie wieder in Kleinmut verfallen und nie wieder auf diese Frage zurückkommen, dessen sei gewiß. Ich weiß, daß wir beide Opfer einer Gemütskrankheit sind, vielleicht habe ich dich angesteckt... Nun, wir werden sie zusammen ertragen.«

Margarita brachte die Lippen zum Ohr des Meisters und flüsterte:

»Ich schwöre bei deinem Leben, ich schwöre beim von dir erratenen Sohn des Sterndeuters, daß alles gut wird!«

»Na schön«, antwortete der Meister und fügte lachend hinzu: »Natürlich, wenn Menschen völlig ausgeraubt sind, so wie wir beide, suchen sie Zuflucht bei übernatürlichen Kräften! Schön, ich bin einverstanden.«

»Endlich, jetzt bist du wieder der alte, du lachst«, antwortete Margarita, »aber deine gelehrten Worte soll der Teufel holen. Übernatürlich oder nicht, ist das nicht egal? Ich habe Hunger!«

Sie zog ihn bei der Hand zum Tisch.

»Ich bin nicht sicher, ob die Speisen nicht gleich im Erdboden verschwinden oder zum Fenster hinausfliegen«, sagte der Meister ganz ruhig.

»Sie werden nicht hinausfliegen.«

In diesem Moment ertönte vorm Fenster eine Näselstimme:

»Friede sei mit euch.«

Der Meister zuckte zusammen, und Margarita, an Ungewöhnliches bereits gewöhnt, schrie:

»Aber das ist doch Asasello! Ach, ist das nett, ist das schön!« Und sie flüsterte dem Meister zu: »Siehst du, siehst du, sie verlassen uns nicht!« Und sie stürzte zur Tür, um zu öffnen.

»Mach wenigstens den Umhang zu!« schrie ihr der Meister hinterher.

»Ist mir schnuppe«, antwortete Margarita aus dem Korridor.

Da war Asasello schon im Zimmer, verbeugte sich, begrüßte den Meister, funkelte mit seinem schiefen Auge.

»Ach, wie ich mich freue! Noch niemals war ich so froh!« rief Margarita. »Aber entschuldigen Sie, daß ich nackt bin, Asasello!«

Asasello bat sie, sich nicht zu genieren, versicherte, er habe in seinem Leben nicht nur nackte Frauen gesehen, sondern sogar Frauen mit abgeschundener Haut. Gern nahm er am Tisch Platz, nachdem er zuvor ein in schwarzen Brokat gewickeltes Paket in die Ofenecke gestellt hatte.

Sie goß Asasello einen Kognak ein, und er trank ihn gern. Der Meister, der kein Auge von ihm ließ, kniff sich unterm Tisch in den linken Arm, doch das half nicht. Asasello löste sich nicht in der Luft auf, und um die Wahrheit zu sagen, das war auch gar nicht notwendig. Nichts Schreckliches war an dem untersetzten rothaarigen Mann, es sei denn der weiße Star im Auge, aber den gibt es schließlich auch ohne Hexerei, oder seine etwas ungewöhnliche Kleidung – eine Art Umhang oder Priestergewand –, aber auch das kommt strenggenommen hier und da vor. Den Kognak trank er sehr flott, wie alle wackeren Menschen, glasweise und ohne nachzuessen. Dem Meister summte es vom Kognak im Schädel, und er dachte:

Nein, Margarita hat recht. Natürlich sitzt vor mir ein Bote des Teufels. Schließlich hab ich selber erst vorgestern nacht dem Iwan zu beweisen versucht, daß er an den Patriarchenteichen dem Satan begegnet sei, und jetzt erschrecke ich aus irgendwelchen Gründen vor diesem Gedanken und phantasiere von Hypnose und Halluzinationen... Wo zum Teufel soll hier Hypnose sein!

Er betrachtete Asasello genauer und erkannte, daß in dessen Augen etwas Gezwungenes lag, ein Gedanke, den er noch nicht aussprach. Er ist nicht einfach zu Besuch gekommen, er hat einen Auftrag, dachte der Meister.

Seine Beobachtungsgabe hatte ihn nicht getrogen.

Nachdem Asasello den dritten Kognak getrunken hatte, der keinerlei Wirkung auf ihn ausübte, sagte er:

»Ein gemütlicher Keller, hol mich der Teufel! Nur eine Frage erhebt sich, was macht man in diesem Keller?«

»Das ist ja meine Rede«, antwortete der Meister lachend.

»Warum machen Sie mich nervös, Asasello?« fragte Margarita. »Irgendwas.«

»Ich bitte Sie!« rief Asasello. »Ich denke nicht im Traum daran, Sie nervös zu machen. Natürlich, irgendwas kann man immer tun. Ach richtig, fast hätt ich's vergessen. Der Messere läßt Sie grüßen, und ich soll ausrichten, daß er Sie zu einem kleinen Ausflug einlädt, natürlich nur, wenn Sie möchten. Was sagen Sie dazu?«

Margarita stieß unterm Tisch den Meister an.

»Mit großem Vergnügen«, antwortete der Meister, der Asasello studierte, und dieser fuhr fort: »Wir hoffen, daß auch Margarita Nikolajewna nicht ablehnt?«

»Ganz bestimmt nicht«, sagte Margarita, und wieder stieß ihr Fuß das Bein des Meisters an.

»Na großartig!« rief Asasello. »So was hab ich gern! Eins, zwei, drei und fertig! Nicht so wie im Alexandrowski-Garten!«

»Ach, erinnern Sie mich nicht daran, Asasello, damals war ich dumm. Im übrigen darf man nicht zu streng darüber urteilen, schließlich hat man nicht jeden Tag mit dem Bösen zu tun!«

»Das stimmt«, pflichtete Asasello bei, »das wäre ja auch zu schön!«

»Ich bin auch für ein richtiges Tempo«, sagte Margarita erregt, »ich mag Tempo und Nacktheit... Wie mit der Mauser – peng! Ach, wie großartig er schießt!« rief sie dem Meister zu. »Auf die Pik-Sieben unterm Kissen, und er trifft jedes Auge!« Margarita bekam einen Schwips, ihre Augen funkelten.

»Jetzt hätt ich doch beinah noch was vergessen«, schrie Asasello und schlug sich gegen die Stirn, »ich bin ja völlig überlastet! Der Messere schickt Ihnen ein Geschenk.« Diese Worte waren an den Meister gerichtet. »Eine Flasche Wein. Wohlgemerkt, es ist derselbe Wein, den der Prokurator von Judäa trank. Falerner.«

Versteht sich, daß eine solche Rarität Margarita und den Meister stark beeindruckte. Asasello wickelte aus dem dunklen Sargbrokat einen verschimmelten Krug. Man schnupperte am Wein, füllte die Gläser und blickte durch sie hindurch auf das letzte Licht vor dem Gewitter. Alles nahm die Farbe des Blutes an.

»Auf Volands Gesundheit!« rief Margarita und hob ihr Glas.

Alle drei setzten die Gläser an und nahmen einen großen Schluck. Sofort erlosch vor des Meisters Augen das Licht, der Atem stockte ihm, und er fühlte, daß sein Ende kam. Er sah noch Margarita totenbleich werden, hilflos die Arme nach ihm strecken, mit dem Kopf auf den Tisch sinken und zu Boden gleiten.

»Giftmischer!« konnte er noch schreien. Er wollte das Messer vom Tisch greifen und nach Asasello schleudern, doch seine Hand glitt kraftlos über das Tuch, die Kellerwohnung färbte sich schwarz und verschwand dann gänzlich. Er stürzte nieder und schlug im Fallen mit der Schläfe gegen eine Ecke des Schreibschrankes.

Als die Vergifteten still geworden waren, begann Asasello zu handeln. Als erstes sauste er durchs Fenster und war gleich darauf in der Villa, in der Margarita Nikolajewna gewohnt hatte. Der stets tüchtige und zuverlässige Asasello wollte prüfen, ob alles so lief, wie es sollte. Und es war alles in Ordnung. Asasello sah die Frau, die finster auf die Rückkehr ihres Mannes wartete, aus dem Schlafzimmer kommen, plötzlich erbleichen und sich ans Herz greifen.

»Natascha«, schrie sie hilflos, »oder sonstwer... Zu mir...« Sie brach im Salon zusammen, ohne das Arbeitszimmer erreicht zu haben.

»Alles in Ordnung«, sagte Asasello. Gleich darauf war er wieder bei den gefällten Liebenden. Margarita lag mit dem Gesicht auf dem Teppich. Asasello drehte sie mit seinen eisernen Armen um wie eine Puppe und vertiefte sich in den Anblick ihres Gesichts. Vor seinen Augen veränderte es sich. Selbst in der Gewitterdämmerung war zu sehen, wie ihr zeitweiliges Hexenschielen verging und wie ihre Züge den grausamen und heftigen Ausdruck verloren. Das Antlitz der Toten hellte sich auf, wurde weich, das raubtierhafte Zähnefletschen verschwand, und was blieb, war ein leidendes Frauenantlitz. Da öffnete Asasello ihre weißen Zähne und goß ihr ein paar Tropfen desselben Weins in den Mund, mit dem er sie vergiftet hatte. Margarita holte tief Luft, richtete sich ohne seine Hilfe auf und fragte schwach:

»Warum, Asasello, warum? Was haben Sie mit mir gemacht?«

Sie sah den Meister liegen, zuckte zusammen und flüsterte:

»Das hätte ich nicht gedacht... Mörder!«

»Aber nicht doch, nicht doch«, antwortete Asasello, »er wird gleich aufstehen. Ach, warum sind Sie bloß so nervös!«

Margarita glaubte ihm sofort, so überzeugend sprach der rothaarige Dämon. Sie sprang auf, kräftig und lebendig, und half, dem Liegenden Wein einzuflößen. Er öffnete die Augen, blickte finster und voller Haß und wiederholte sein letztes Wort: »Giftmischer...«

»Ach, der Lohn für gute Arbeit ist zumeist eine Beleidigung!« antwortete Asasello. »Sind Sie blind? Werden Sie doch mal wieder sehend!«

Der Meister stand auf, blickte mit lebendigen und hellen Augen um sich und fragte:

»Was bedeutet dieses Neue?«

»Es bedeutet, daß für uns höchste Zeit ist«, antwortete Asasello. »Schon donnert's, hören Sie? Es wird dunkel. Die Pferde scharren die Erde auf, der kleine Garten erbebt. Schnell, nehmt Abschied.«

»Ah, ich verstehe«, sagte der Meister und sah sich um, »Sie haben uns umgebracht, wir sind tot. Ach, klug ist das! Und genau zur rechten Zeit! Jetzt habe ich alles verstanden.«

»Ach, ich bitte Sie«, antwortete Asasello, »was muß ich da von Ihnen hören? Ihre Freundin nennt Sie den Meister, Sie denken doch, wie können Sie also tot sein? Muß man, um sich für lebendig zu halten, unbedingt in einem Keller sitzen, mit Hemd und Krankenhausunterhosen bekleidet? Das ist doch lächerlich!«

»Ich habe alles verstanden, was Sie gesagt haben«, schrie der Meister, »sagen Sie nichts mehr! Sie haben tausendmal recht!«

»Großer Voland!« fiel Margarita ein. »Großer Voland! Er hat alles viel besser geregelt, als ich gedacht habe! Aber der Roman, der Roman«, schrie sie dem Meister zu, »nimm den Roman mit, wohin du auch fliegst!«

»Nicht nötig«, antwortete der Meister, »ich weiß ihn auswendig.«

»Aber wirst du auch kein Wort, kein Wort von ihm vergessen?« fragte Margarita, schmiegte sich an den Geliebten und wischte ihm das Blut von der Schläfe.

»Keine Sorge. Ich werde von nun an nie wieder etwas vergessen«, antwortete er.

»Dann also Feuer!« schrie Asasello. »Feuer, mit dem alles begann und mit dem wir alles zu beenden pflegen.«

»Feuer!« schrie Margarita mit furchtbarer Stimme. Das kleine Fenster sprang krachend auf, der Wind drückte den Vorhang zur Seite. Vom Himmel kam ein kurzer lustiger Donnerschlag. Asasello schob die Hand mit den Krallen ins Öfchen, holte ein qualmendes Scheit heraus und setzte das Tischtuch in Brand. Sodann entzündete er einen Packen alter Zeitungen auf dem Sofa, das Manuskript und den Vorhang.

Der Meister, berauscht vom Gedanken an den bevorstehenden Ritt, nahm ein Buch aus dem Regal, schüttelte die Seiten locker und hielt es übers brennende Tischtuch, und es flammte lustig auf.

»Verbrenne, verbrenne, früheres Leben!«

»Verbrenne, Kummer und Leid!« schrie Margarita.

Purpurrote Feuersäulen durchlohten das Zimmer, und zusammen mit dem Qualm entwichen die drei durch die Tür, stiegen die Steintreppe hinauf und traten auf den kleinen Hof. Das erste, was sie hier erblickten, war die Köchin ihres Mietsherrn, die auf der Erde hockte. Rings um sie lagen verschüttete Kartoffeln und ein paar Bunde Zwiebeln. Der verstörte Zustand der Köchin war begreiflich. Beim Schuppen standen schnaubend drei schwarze Pferde, zuckten und wühlten die Erde auf.

Margarita sprang auf das erste, Asasello auf das zweite und auf das letzte der Meister. Die Köchin stöhnte und wollte die Hand heben, um das Kreuz zu schlagen, doch Asasello schrie drohend aus dem Sattel:

»Ich schneid dir die Hand ab!«

Er stieß einen Pfiff aus, die Pferde rasten, Lindenzweige abfetzend, aufwärts und stießen in die niedrige schwarze Gewitterwolke. Aus dem Kellerfenster schlug Rauch. Von tief unten hörten die drei den schwachen Jammerruf der Köchin:

»Es brennt...«

Die Pferde rasten bereits über die Dächer von Moskau.

»Ich möchte Abschied nehmen von der Stadt!« schrie der Meister Asasello zu, der voransprengte. Der Donner verschlang seine letzten Worte. Asasello nickte und setzte sein Pferd in Galopp.

Den Reitern entgegen flog die Gewitterwolke, aus der aber noch kein Regen brach.

Die drei sausten über einen Boulevard hinweg und sahen winzige Menschengestalten rennen, um vor dem Regen Schutz zu suchen. Die ersten Tropfen fielen. Sie flogen hinweg über den Rauch, das einzige, was vom Gribojedow übriggeblieben war. Sie flogen hinweg über die bereits vom Dunkel überflutete Stadt. Über ihnen zuckten Blitze. Dann trat Grün an die Stelle der Dächer. Jetzt erst goß Regen hernieder und verwandelte die Reiter in drei riesige Wasserblasen.

Margarita kannte schon das Gefühl des Fluges, der Meister aber nicht, und er staunte, wie schnell sie am Ziel waren – bei dem Mann, von dem er sich verabschieden wollte, da er sonst niemanden hatte. Durch den Regenschleier erkannte er die Klinik von Professor Strawinski, den Fluß und den Wald am andern Ufer, den er so genau studiert hatte. Sie senkten sich hinab auf eine Lichtung unweit der Klinik.

»Ich warte hier auf Sie«, schrie Asasello und beschirmte sich mit beiden Händen, bald von den Blitzen beleuchtet, bald in den grauen Schleiern verschwindend, »verabschieden Sie sich, aber schnell!«

Der Meister und Margarita sprangen aus dem Sattel und flogen wie wäßrige Schatten über den Garten der Klinik. Gleich darauf schob der Meister mit geübtem Griff das Balkongitter des Zimmers 117 hoch. Margarita folgte ihm. Sie traten beim lieben Iwan ein, unsichtbar und unbemerkt, begleitet vom Krachen und Heulen des Gewitters. Vor dem Bett blieb der Meister stehen.

Der liebe Iwan lag reglos wie damals, als er zum erstenmal im Hause seines Ausruhens ein Gewitter beobachtete. Aber diesmal weinte er nicht. Nachdem er die vom Balkon eingedrungene dunkle Silhouette genauer betrachtet hatte, erhob er sich, streckte die Hand aus und sagte froh:

»Ah, Sie sind's, mein Nachbar! Ich hab die ganze Zeit auf Sie gewartet! Nun sind Sie da.«

»Ich bin es«, antwortete der Meister, »aber Ihr Nachbar kann ich leider nicht mehr sein. Ich fliege für immer weg und bin gekommen, um mich zu verabschieden.«

»Ich hab's gewußt, ich hab's geahnt«, antwortete Iwan leise und fragte: »Haben Sie ihn gesehen?«

»Ja«, sagte der Meister, »ich möchte mich von Ihnen verabschieden, denn Sie sind der einzige Mensch, mit dem ich in der letzten Zeit gesprochen habe.«

Iwans Miene hellte sich auf.

»Schön, daß Sie vorbeigekommen sind. Ich werde auch Wort halten und nie wieder Gedichte schreiben. Mich interessiert jetzt etwas anderes.« Iwan lächelte und blickte mit irrlichternden Augen am Meister vorbei in die Ferne. »Ich möchte etwas anderes schreiben. Während ich hier lag, ist mir sehr vieles klargeworden.«

Diese Worte erregten den Meister, er setzte sich zum lieben Iwan auf den Bettrand.

»Das ist gut, gut ist das. Schreiben Sie über ihn eine Fortsetzung.«

Iwans Augen leuchteten auf.

»Wollen Sie das etwa nicht selber tun?« Er senkte den Kopf und fügte nachdenklich hinzu: »Ach so, warum frag ich...« Mit ängstlichen Augen blickte der liebe Iwan zu Boden.

»Ja«, sagte der Meister, und seine Stimme kam Iwan fremd und dumpf vor, »ich werde nicht mehr über ihn schreiben. Ich werde anderes zu tun haben.«

Ein ferner Pfiff durchschnitt den Gewitterlärm.

»Hören Sie?« fragte der Meister.

»Das Gewitter macht Krach...«

»Nein, man ruft mich, ich muß weg«, erklärte der Meister und erhob sich vom Bett.

»Warten Sie! Ein Wort noch«, bat Iwan. »Haben Sie sie gefunden? War sie Ihnen treu?«

»Da steht sie«, antwortete der Meister und wies auf die weiße Wand. Von ihr löste sich dunkel Margarita und trat ans Bett. Sie blickte den liegenden Jüngling an, und in ihren Augen stand Gram.

»Armer Junge«, flüsterte sie lautlos und beugte sich übers Bett.

»Wie schön sie ist«, sagte Iwan neidlos, aber traurig und mit stiller Rührung, »sehen Sie nur, wie gut bei Ihnen alles endet. Bei mir ist es nicht so.« Er überlegte und fügte nachdenklich hinzu: »Vielleicht doch...«

»Bestimmt«, flüsterte Margarita und beugte sich über den Liegenden. »Ich werde Ihnen einen Kuß auf die Stirn geben, und alles wird so sein, wie es muß, glauben Sie mir das, ich habe viel gesehen, weiß alles.«

Der Jüngling legte ihr die Arme um den Hals, und sie küßte ihn.

»Leb wohl, mein Schüler«, sagte der Meister kaum hörbar und löste sich in der Luft auf. Er verschwand, und mit ihm verschwand Margarita. Das Balkongitter schloß sich.

Der liebe Iwan wurde unruhig. Er richtete sich im Bett auf, sah sich ängstlich um, stöhnte sogar, führte Selbstgespräche, erhob sich. Das Gewitter tobte immer heftiger und setzte seine Seele in Furcht. Vor der Tür vernahm er mit seinem an ständige Stille gewöhnten Gehör unruhige Schritte und dumpfe Stimmen, und auch das erregte ihn.

»Praskowja Fjodorowna!« rief er nervös zuckend.

Sie kam schon herein und sah ihn fragend und besorgt an.

»Was ist denn?« fragte sie. »Regt das Gewitter Sie auf? Macht nichts, macht nichts... Gleich helfen wir Ihnen... Ich ruf den Doktor...«

»Nein, Praskowja Fjodorowna, Sie brauchen ihn nicht zu rufen«, sagte der liebe Iwan und warf unruhige Blicke, doch nicht auf Praskowja Fjodorowna, sondern auf die Wand, »mit mir ist nichts Besonderes. Ich kann das jetzt schon beurteilen, keine Bange. Sagen Sie mir lieber«, bat er herzlich, »was ist nebenan im Zimmer hundertachtzehn passiert?«

»In hundertachtzehn?« wiederholte Praskowja Fjodorowna, und ihre Augen flackerten. »Gar nichts ist da passiert.« Aber ihre Stimme klang falsch, Iwan bemerkte es und sagte:

»Ach, Praskowja Fjodorowna, Sie sind so ein ehrlicher Mensch... Glauben Sie, ich werde toben? Nein, Praskowja Fjodorowna, das wird nicht sein. Sagen Sie mir lieber die Wahrheit, ich spür's doch durch die Wand.«

»Ihr Nachbar ist eben gestorben«, flüsterte Praskowja Fjodorowna, die ihre Güte und Ehrlichkeit nicht verleugnen konnte, und blickte, von einem Blitz erhellt, den lieben Iwan ängstlich an.

Aber mit Iwan geschah nichts Schreckliches. Er hob nur vielsagend den Finger und antwortete:

»Ich hab's gewußt. Und ich sage Ihnen, Praskowja Fjodorowna, eben ist in der Stadt noch ein Mensch gestorben. Ich weiß sogar wer.« Der brave Iwan lächelte geheimnisvoll. »Eine Frau!«

31
Auf den Sperlingsbergen

Das Gewitter zog spurlos ab, ein bunter Regenbogen überspannte ganz Moskau und trank Wasser aus der Moskwa. Oben auf dem Berg, zwischen zwei Wäldchen, waren drei dunkle Silhouetten zu erkennen. Voland, Korowjew und Behemoth saßen auf gesattelten Rappen und blickten auf die jenseits des Flusses hingebreitete Stadt, wo sich die Sonne funkelnd in Tausenden nach Westen gerichteten Fenstern brach, und auf die Lebkuchentürme des Jungfrauenklosters.

In der Luft rauschte es, und Asasello, hinter dessen flatterndem schwarzem Umhang der Meister und Margarita flogen, senkte sich mit ihnen bei der Gruppe der Wartenden herab.

»Ich mußte Euch behelligen, Margarita Nikolajewna und Meister«, sprach Voland nach kurzem Schweigen, »aber seid nicht ungehalten. Ich glaube, Ihr werdet es nicht bereuen. Nun denn«, sagte er nur zum Meister, »nehmt Abschied von der Stadt. Für uns ist es Zeit.« Mit der Hand im schwarzen Stulpenhandschuh wies er über den Fluß, wo unzählige Sonnen Glas schmolzen und wo über den Sonnen Nebel, Qualm und Dunst der tagsüber durchglühten Stadt hing.

Der Meister sprang aus dem Sattel, ließ die andern stehen und lief zum Bergrand. Der schwarze Umhang schleifte hinter ihm her. Der Meister blickte auf die Stadt. Im ersten Moment stahl sich beklemmende Traurigkeit zum Herzen, doch sehr bald traten an ihre Stelle süße Unruhe und unstete zigeunerhafte Erregung.

»Für immer! Das muß man richtig erfassen«, flüsterte er und leckte sich die trockenen, rissigen Lippen. Er horchte in sich hinein und fing genau auf, was in seiner Seele vorging. Seine Erregung wandelte sich, so schien ihm, in ein Gefühl tiefen und blutigen Beleidigtseins. Aber auch dieses Gefühl war nicht von Dauer, es wurde abgelöst von selbstbewußtem Gleichmut und schließlich von einer Vorahnung beständiger Ruhe.

Die Reiter warteten schweigend. Sie sahen, wie die lange schwarze Gestalt am Rande des Abgrunds gestikulierte und bald den Kopf hob, als wolle sie mit dem Blick die ganze Stadt überspringen und über ihre Grenzen hinausschauen, bald ihn hängenließ, gleichsam das zerstampfte kümmerliche Gras zu Füßen studierend.

Behemoth, dem es langweilig wurde, brach das Schweigen.

»Erlaubt, Messere«, sagte er, »ich möchte vor dem Ritt noch einmal zum Abschied pfeifen.«

»Das könnte die Dame erschrecken«, antwortete Voland, »außerdem vergiß nicht, daß deine heutigen Untaten zu Ende sind.«

»Ach nein, Messere«, sagte Margarita, die wie eine Amazone im Sattel saß und die Hände in die Hüften stemmte; ihre spitze Schleppe hing bis auf die Erde, »erlauben Sie es ihm, soll er pfeifen. Ich empfinde Wehmut vor der weiten Reise. Ist das nicht ganz natürlich, Messere, selbst wenn man weiß, am Ende der Reise wartet das Glück? Soll er uns aufheitern, sonst fürchte ich, daß es mit Tränen endet und vor der Reise alles verdorben ist!«

Voland nickte Behemoth zu, der wurde lebhaft, sprang aus dem Sattel, schob die Finger in den Mund, blies die Backen auf und pfiff. Es gellte Margarita in den Ohren. Ihr Pferd bäumte sich, im Wäldchen rieselten trockene Zweige von den Bäumen, ein Schwarm Krähen und Sperlinge stob auf, eine

Staubsäule sauste zum Fluß, und es war zu sehen, wie auf dem Fährboot, das an der Anlegestelle vorbeifuhr, mehreren Fahrgästen die Mütze vom Kopf ins Wasser geweht wurde. Der Meister zuckte bei dem Pfiff zusammen, aber er drehte sich nicht um, sondern gestikulierte noch unruhiger und hob die Hand zum Himmel, als drohe er der Stadt. Behemoth sah sich stolz nach den anderen um.

»Das war ein Pfiff, unbestritten«, bemerkte Korowjew herablassend, »wirklich ein Pfiff, aber um es unvoreingenommen zu sagen, ein sehr mäßiger!«

»Ich bin ja auch kein Kantor«, antwortete Behemoth würdevoll, plusterte sich auf und zwinkerte Margarita zu.

»Dann werd ich's aus alter Erinnerung mal probieren«, sagte Korowjew, rieb sich die Hände und blies sich auf die Finger.

»Aber paß auf«, sagte Voland streng von seinem Pferd herab, »daß mir keiner Schaden nimmt.«

»Glaubt mir, Messere«, antwortete Korowjew und legte die Hand ans Herz, »zum Spaß, nur zum Spaß...«

Er reckte sich plötzlich, als wäre er aus Gummi, die Finger seiner rechten Hand formten eine sinnreiche Figur, er schraubte sich hoch wie ein Korkenzieher, drehte sich wieder grade und pfiff.

Margarita hörte den Pfiff nicht, aber sie sah ihn, als es sie mitsamt ihrem feurigen Pferd an die zwanzig Meter zur Seite schleuderte. Neben ihr riß es eine Eiche samt den Wurzeln aus der Erde, und durch die Erde zogen sich Risse bis zum Fluß. Ein riesiges Stück Ufer rutschte mitsamt der Anlegestelle und dem Restaurant in den Fluß. Das Wasser wallte brodelnd hoch, und das Fährboot mit den unversehrten Fahrgästen wurde am anderen Ufer, das grün und flach war, ans Land geworfen. Vor Margaritas schnaubendem Pferd fiel eine von Fagotts Pfiff getötete Dohle zu Boden. Der Pfiff hatte den Meister aufgeschreckt. Er faßte sich an den Kopf und lief zurück zu seinen wartenden Begleitern.

»Na«, sagte Voland von seinem Pferd herab, »alle Rechnungen beglichen? Abschied genommen?«

»Ja«, antwortete der Meister, der sich beruhigt hatte, und blickte Voland kühn und unverwandt an.

Da rollte wie eine Trompetenstimme der schreckliche Ruf Volands über die Berge: »Es ist Zeit!«, gefolgt vom gellenden Pfeifen und Lachen Behemoths.

Die Pferde ruckten an, stiegen mit ihren Begleitern in die Luft empor und sprengten davon. Margarita fühlte, wie ihr rasendes Pferd die Kandare biß und zerrte. Volands Umhang blähte sich über den Köpfen der ganzen Kavalkade und verhüllte allgemach das abendliche Himmelsgewölbe. Als die schwarze Decke für einen Moment zur Seite wehte, sah die dahinstürmende Margarita, daß hinter ihr nicht nur die bunten Türme mit dem darüber kreisenden Flugzeug verschwunden waren, sondern längst auch die Stadt, die in die Erde gesunken war und nur Nebel zurückgelassen hatte.

32

Vergebung und ewiger Hort

O ihr Götter, ihr Götter! Wie traurig ist die abendliche Erde! Wie geheimnisvoll brauen die Dünste über den Mooren! Wer durch diese Dünste irrte, wer vor dem Tode litt, wer über diese Erde hinwegflog, beladen mit überschwerer Bürde, der weiß das. Der Müde weiß es. Ohne Bedauern verläßt er die Nebel der Erde, ihre Sümpfe und Flüsse und gibt sich leichten Herzens dem Tod in die Hände, wissend, daß nur er ihm Ruhe gibt.

Selbst die schwarzen Zauberpferde waren müde und trugen ihre Reiter nur langsam, und die unvermeidliche Nacht holte sie ein. Sie hinter sich fühlend, verstummte sogar der unverwüstliche Behemoth; an den Sattel gekrallt, flog er ernst und schweigend dahin und plusterte den buschigen Schwanz.

Die Nacht, ein schwarzes Tuch, deckte Wälder und Wiesen; weit drunten zündete sie traurige Lichtlein an, fremde Lichtlein, unwichtig und unnötig jetzt für Margarita und den Meister. Die Nacht überholte die Kavalkade, senkte sich von oben auf sie nieder und streute am traurigen Himmel bald da, bald dort weiße Sternenflecke hin.

Die Nacht verdichtete sich, flog nebenher, haschte nach den Umhängen der Reiter, riß sie ihnen von den Schultern, enthüllte jeglichen Trug. Als Margarita, vom kühlen Wind umfächelt, die Augen aufschlug, sah sie die Reiter, die ihrem Ziel zujagten, sich verändern. Als hinter einem Waldrand hervor der purpurrote Vollmond ihnen entgegenkam, war jeglicher Trug verschwunden, in den Sumpf gefallen, und im Nebel versunken war die gleisnerische Zauberkleidung.

Kaum hätte man jetzt Korowjew-Fagott, den selbsternannten Dolmetscher des geheimnisvollen und keiner Dolmetscherei bedürftigen Konsultanten, wiedererkannt in dem Mann, der zwischen Voland und der Gefährtin des Meisters dahinflog. Statt jenes anderen, der in plundriger Zirkuskleidung als Korowjew-Fagott die Sperlingsberge verlassen hatte, sprengte, leise mit goldener Zügelkette klirrend, ein dunkelvioletter Ritter mit niemals lächelndem, finsterem Antlitz durch die Luft. Das Kinn auf der Brust, blickte er nicht auf den Mond, interessierte sich nicht für die Erde, sondern war mit sich beschäftigt, indes er neben Voland flog.

»Warum hat er sich so verändert?« fragte Margarita leise im Pfeifen des Windes.

»Dieser Ritter hat einmal einen unpassenden Scherz gemacht«, antwortete Voland und wandte Margarita sein Gesicht mit dem glimmenden Auge zu, »sein Wortspiel handelte von Licht und Finsternis und war nicht sehr schön. Der Ritter mußte danach mehr und länger scherzen, als er angenommen hatte. Aber heute ist eine Nacht, in der Bilanz gezogen wird. Der Ritter hat seine Rechnung bezahlt und abgeschlossen.«

Die Nacht riß auch Behemoth den buschigen Schwanz ab, fetzte die Wolle herunter und schleuderte sie flockenweise in die Sümpfe. Der ehemalige Kater, der den Fürsten der Finsternis aufzuheitern pflegte, erwies sich als schlanker Jüngling, als Dämonenpage, als der beste Hofnarr, der je auf Erden lebte. Jetzt war auch er stumm und flog lautlos, das jugendliche Antlitz übergossen vom Licht des Mondes.

Abseits von allen flog in glänzender Stahlrüstung Asasello. Auch sein Angesicht hatte der Mond verändert. Spurlos verschwunden war der widerwärtige Eckzahn, und auch der weiße Star war nur Blendwerk gewesen. Beide Augen waren gleichermaßen schwarz und leer, und sein Antlitz sah bleich und kalt aus. Jetzt flog Asasello so, wie er wirklich war, als Dämon der wasserlosen Wüste, als mordender Dämon.

Sich selbst konnte Margarita nicht sehen, aber sie bemerkte deutlich, wie sich der Meister verändert hatte. Sein Haar glänzte weiß im Licht des Mondes und bündelte sich hinter ihm zu einem Schopf, der im Wind flatterte. Als der Wind ihm den Umhang von den Füßen wehte, erblickte sie an seinen Schaftstiefeln bald auffunkelnde, bald verlöschende Sporensterne. Ebenso wie der jugendliche Dämon ließ der Meister kein Auge vom Mond, doch er lächelte ihm zu wie einem gut bekannten und lieben Wesen und murmelte nach seiner im Zimmer 118 angenommenen Gewohnheit vor sich hin.

Voland endlich flog auch in seiner wirklichen Gestalt. Margarita hätte nicht zu sagen gewußt, woraus der Zügel seines Pferdes gemacht war, und sie dachte, das sei ein Kettchen aus Mondlicht und das Pferd selbst ein Stück Finsternis und seine Mähne eine Gewitterwolke und die Sporen des Reiters weiße Sternenflecke.

So flog man lange schweigend, bis auch das Gelände drunten sich veränderte. Die traurigen Wälder sanken in irdische Finsternis und zogen die blinkenden Klingen der Flüsse mit sich hinab. Felsblöcke glänzten auf, und zwischen ihnen waren schwarze Einschnitte, in die das Mondlicht nicht drang.

Voland zügelte sein Pferd auf einem trostlosen steinigen Gipfelplateau, und da fielen auch die Reiter in Schritt, sie hörten die Pferde mit den Hufeisen Kraut und Kiesel zerstampfen. Der Mond übergoß das Plateau mit

grellem Grün, und bald erblickte Margarita in der Ödnis einen Sessel, in dem eine weißgekleidete Menschengestalt saß. Der Mann schien taub oder in Gedanken versunken, denn er merkte nicht, wie der steinige Boden unter der Last der Pferde bebte, als die Reiter behutsam auf ihn zuritten.

Der Mond half Margarita, er leuchtete heller als die beste elektrische Lampe. Sie sah: Der sitzende Mann, dessen Augen blind erschienen, reibt sich kurz die Hände und richtet diese blicklosen Augen auf die Mondscheibe. Neben dem schweren Steinsessel, auf dem im Mondlicht Fünkchen blitzen, liegt dunkel ein riesiger Hund mit spitzen Ohren und starrt wie sein Herr unruhig auf den Mond.

Zu Füßen des Mannes liegen in einer schwarzroten Lache die Scherben eines Kruges.

Die Reiter hielten ihre Pferde an.

»Man hat Euren Roman gelesen«, sagte Voland zum Meister, »und man bemerkt dazu nur das eine, daß er leider nicht vollendet ist. Nun denn, ich möchte Euch Euren Helden zeigen. Fast zweitausend Jahre schon sitzt er auf diesem Plateau und schläft, doch wenn Vollmond ist, quält ihn, wie Ihr seht, die Schlaflosigkeit, und nicht nur ihn, sondern auch seinen treuen Wächter, den Hund. Wenn es stimmt, daß Feigheit die schwerste Sünde ist, so ist der Hund ihrer gewiß nicht schuldig. Das einzige, was das mutige Tier fürchtete, waren Gewitter. Nun ja, wer liebt, muß das Los dessen teilen, den er liebt.«

»Was sagt er?« fragte Margarita, und über ihr ruhiges Gesicht zog sich ein Schleier von Mitleid.

»Er sagt immer ein und dasselbe«, antwortete Voland. »Er sagt, daß er auch bei Mondschein keine Ruhe findet und ein böses Amt bekleide. Das sagt er stets, wenn er nicht schläft. Schläft er aber, so sieht er immer ein und dasselbe, eine Mondstraße, und er möchte sie entlanggehen und mit dem Arrestanten Ha-Nozri sprechen, weil er, wie er versichert, damals etwas nicht zu Ende gesagt habe, vor langer Zeit, am Vierzehnten des Frühlingsmonats Nissan. Leider kann er diesen Weg nicht gehen, und zu ihm kommt niemand. Somit bleibt ihm nichts anderes übrig, als mit sich selbst zu sprechen. Der Mensch bedarf jedoch der Abwechslung, und so fügt er seinen Worten über den Mond nicht selten hinzu, mehr als alles auf der Welt hasse er seine Unsterblichkeit und seinen beispiellosen Ruhm. Er versichert, er würde gern mit dem zerlumpten Vagabunden Levi Matthäus tauschen.«

»Zwölftausend Monde für den einen Mond damals, ist das nicht zuviel?« fragte Margarita.

»Wiederholt sich die Geschichte mit Frida?« sagte Voland. »Aber hier braucht Ihr Euch nicht zu beunruhigen, Margarita. Alles wird richtig werden, darauf beruht die Welt.«

»Geben Sie ihn frei!« schrie Margarita plötzlich so durchdringend wie damals, als sie eine Hexe war, und von ihrem Schrei brach ein Stein in den Bergen und kollerte über die Vorsprünge in den Abgrund, und die Berge hallten wider von seinem Gepolter. Aber Margarita hätte nicht zu sagen vermocht, ob das Poltern von dem Fall kam oder vom Gelächter des Satans. Wie dem auch war, Voland sah Margarita lachend an und sagte:

»Schreit nicht in den Bergen, er ist Steinschläge gewohnt, sie beunruhigen ihn nicht. Ihr braucht nicht für ihn zu bitten, Margarita, denn für ihn hat schon jener gebeten, mit dem er so gern sprechen möchte.« Voland wandte sich wieder dem Meister zu und sagte: »So, nun könnt Ihr Euren Roman mit einem einzigen Satz beenden!«

Darauf schien der Meister gewartet zu haben, als er reglos dastand und auf den sitzenden Prokurator blickte. Er wölbte die Hände zum Sprachrohr und schrie so laut, daß das Echo über die menschenleeren und unbewaldeten Berge hüpfte:

»Du bist frei! Du bist frei! Er wartet auf dich!«

Die Berge verwandelten die Stimme des Meisters in einen Donner, der sie zerstörte. Die verfluchten Felswände stürzten ein, nur das Gipfelplateau mit dem steinernen Sessel blieb. Über dem schwarzen Abgrund, in dem sie verschwunden waren, leuchtete eine unermeßlich große Stadt, beherrscht von hohen funkelnden Götzen, die den in vielen tausend Monden üppig gewachsenen Garten überragten. Direkt zum Garten führte die vom Prokurator lang ersehnte Mondstraße, auf die als erster der spitzohrige Hund zulief. Der Mann mit dem blutrot gefütterten weißen Umhang erhob sich vom Sessel und schrie mit heiserer, brüchiger Stimme. Es war nicht zu erkennen, ob er weinte oder lachte, noch was er schrie. Man sah ihn nur, seinem treuen Wächter folgend, ebenfalls zu der Mondstraße laufen.

»Soll ich ihm nach?« fragte unruhig der Meister und rührte die Zügel.

»Nein«, antwortete Voland, »wozu hinter etwas herjagen, was schon zu Ende ist?«

»Dann also dorthin?« fragte der Meister, wandte sich um und wies auf die unlängst verlassene Stadt mit den Lebkuchentürmen des Klosters und der im Glas zersplitterten Sonne.

»Auch nicht«, antwortete Voland, seine Stimme verdichtete sich und rollte über die Felsen. »Romantischer Meister! Der, den der von Euch erdachte, eben von Euch befreite Held so sehr zu sehen dürstet, hat Euren Roman gelesen.« Voland wandte sich Margarita zu: »Margarita Nikolajewna! Ich kann nicht umhin zu glauben, daß Ihr bemüht wart, die bestmögliche Zukunft für den Meister zu erdenken, aber wahrlich, was ich Euch vorgeschlagen habe und was Jeschua für Euch erbat, ist noch besser! Die beiden laßt allein.« Voland beugte sich aus dem Sattel zum Meister und zeigte hin-

ter dem verschwundenen Prokurator her. »Wir wollen sie nicht stören. Vielleicht kommen sie im Gespräch überein.« Voland schwenkte die Hand gegen Jerschalaim, und die Stadt verschwand.

»Und auch dort«, Voland zeigte nach hinten, »was wollt Ihr in dem kleinen Keller?« Die im Glas gebrochene Sonne erlosch. »Was soll das?« fuhr Voland sanft und überzeugend fort. »O dreimal romantischer Meister, wollt Ihr etwa nicht am Tag mit Eurer Gefährtin unter blühenden Kirschbäumen wandeln und am Abend Musik von Schubert hören? Wird es Euch etwa nicht Freude machen, bei Kerzenlicht mit einer Gänsefeder zu schreiben? Möchtet Ihr etwa nicht wie Faust über der Retorte hocken, hoffend, daß es Euch gelinge, einen neuen Homunkulus zu formen? Dort müßt Ihr hin! Dort erwarten Euch ein Haus und ein alter Diener, die Kerzen brennen schon, und bald werden sie erlöschen, denn Ihr werdet alsbald den Morgen begrüßen. Diese Straße gehet, Meister! Lebt wohl, für mich ist es Zeit!«

»Lebt wohl!« riefen Margarita und der Meister wie mit einer Stimme. Da stürzte sich der schwarze Voland hinab in den wegelosen Abgrund, und geräuschvoll folgten ihm seine Begleiter. Felsen, Plateau, Mondstraße, Jerschalaim waren nicht mehr da. Auch die Rappen waren verschwunden. Der Meister und Margarita erblickten den verheißenen Morgen. Er begann unmittelbar nach dem mitternächtlichen Mond. Der Meister schritt mit seiner Gefährtin im Glanz der ersten Morgenstrahlen über eine bemooste Steinbrücke. Der Bach blieb hinter den treuen Liebenden zurück, und sie folgten einem Sandweg.

»Horch, die Stille«, sagte Margarita zum Meister, und der Sand knirschte unter ihren bloßen Füßen, »horch und genieße das, was dir nie im Leben gegeben war – die Lautlosigkeit. Schau, dort vorn ist dein ewiges Haus, das du zur Belohnung erhalten hast. Ich sehe schon das venezianische Fenster und die rankenden Reben, die bis zum Dach wachsen. Das ist dein Haus, dein ewiges Haus. Ich weiß, abends werden die zu dir kommen, die du liebst, für die du dich interessierst und die dir keine Unruhe bringen. Sie werden dir vorspielen, sie werden dir vorsingen, und du wirst sehen, was für Licht im Zimmer ist, wenn die Kerzen brennen. Du wirst einschlafen, die unvermeidliche speckige Nachtmütze auf dem Kopf, wirst einschlafen mit einem Lächeln auf den Lippen. Der Schlaf wird dich kräftigen, und du wirst weise urteilen. Aber wegjagen kannst du mich nicht mehr. Ich werde deinen Schlaf behüten.«

So sprach Margarita, indes sie mit dem Meister auf ihr ewiges Haus zuging, und es dünkte ihn, als strömten ihre Worte genauso dahin, wie der zurückgebliebene Bach strömte und raunte, und seine Erinnerung, unruhig, von Nadeln durchstochen, begann zu erlöschen. Jemand hatte ihn in die Freiheit entlassen, so wie er selbst eben erst den von ihm geschaffenen

Helden entlassen hatte. Dieser Held war ins Bodenlose gegangen, und er war gegangen ohne Wiederkehr, der in der Nacht zum Sonntag freigegebene Sohn des Königs und Sterndeuters, der grausame fünfte Prokurator von Judäa, der Ritter Pontius Pilatus.

Epilog

Und dennoch – was geschah weiter in Moskau, nachdem am Samstag abend bei Sonnenuntergang Voland die Hauptstadt verlassen hatte und samt seinem Gefolge von den Sperlingsbergen verschwunden war?

Daß noch lange Zeit die unwahrscheinlichsten Gerüchte fieberhaft durch die Hauptstadt schwirrten und sich sehr schnell bis in die fernsten und ödesten Provinzen ausbreiteten, bedarf keiner Erwähnung. Es ekelt einen an, die Gerüchte wiederzugeben.

Als der Autor dieser wahren Zeilen nach Feodossija fuhr, hörte er selber im Zug jemand erzählen, in Moskau seien zweitausend Menschen im wahrsten Sinne des Wortes splitternackt aus dem Theater gekommen und in dieser Verfassung mit Taxis nach Hause gefahren.

Vom »Bösen« flüsterte es in den Schlangen vor den Milchläden, in Straßenbahnen, Kaufläden, Wohnungen, Gemeinschaftsküchen, in Vorort- und Fernzügen, auf Bahnhöfen und Zwischenstationen, in Datschen und Strandbädern.

Die Gebildeten und Kultivierten beteiligten sich selbstverständlich nicht an dem Gerede über den Bösen, der die Hauptstadt besucht hätte, sie lachten darüber und suchten die Schwätzer zur Vernunft zu bringen. Aber Tatsache, wie es heißt, bleibt Tatsache, und die kann man nicht einfach wegwischen, denn irgendwer hatte die Hauptstadt heimgesucht, und die verkohlten Reste des Gribojedow wie auch viele andere Dinge bestätigten das gar zu beweiskräftig.

Die kultivierten Leute stellten sich auf den Standpunkt der Untersuchungsbehörde: Hier war eine Bande von Hypnotiseuren und Bauchrednern am Werk, die ihre Kunst meisterhaft beherrschten.

Um ihrer habhaft zu werden, wurden sowohl in Moskau als auch außerhalb energische Maßnahmen ergriffen, die jedoch bedauerlicherweise keinerlei Resultate zeitigten. Der sich Voland genannt hatte, war mit seinen Spießgesellen verschwunden und tauchte weder in Moskau noch sonstwo wieder auf. Natürlich wurde gemutmaßt, er sei ins Ausland entwichen, aber auch dort trat er nicht mehr in Erscheinung.

Die Untersuchung seines Falles dauerte noch geraume Zeit. Es war schließlich ein ungeheuerlicher Fall! Man braucht gar nicht zu reden von den vier verbrannten Häusern und den Hunderten um den Verstand gebrachten Menschen, aber es gab auch Tote. Bei zweien ist das ganz sicher: bei Berlioz und bei dem unglückseligen Angestellten des Büros zur Bekanntmachung der Ausländer mit den Sehenswürdigkeiten von Moskau, dem ehemaligen Baron Maigel. Sie waren getötet worden. Die verkohlten Gebeine des letzteren wurden in der Wohnung Nr. 50 in der Sadowaja gefunden, nachdem der Brand gelöscht war. Ja, es gab Opfer, und diese Opfer machten eine Untersuchung notwendig.

Es gab aber auch noch Opfer, nachdem Voland die Hauptstadt verlassen hatte, und diese Opfer waren, so traurig es ist, schwarze Kater.

An die hundert dieser friedfertigen, nützlichen und dem Menschen treu ergebenen Tiere wurden vielerorts im Lande erschossen oder mit anderen Methoden zu Tode gebracht. Anderthalb Dutzend Kater wurden, manchmal verstümmelt, in verschiedenen Städten bei der Miliz abgeliefert. So wurde in Armawir eines der gänzlich unschuldigen Tiere mit gebundenen Vorderpfoten von einem Bürger zur Miliz gebracht.

Der Mann hatte den Kater erwischt, als dieser wie ein Dieb (was kann man dagegen tun, daß Kater so wirken? Es liegt nicht daran, daß sie lasterhaft sind, nein, sie fürchten, ein stärkeres Wesen – Hund oder Mensch – könnte ihnen einen Schaden oder eine Beleidigung antun. Beides ist nicht sehr schwierig, aber Ehre bringt es keine ein, ich versichere es, wirklich nicht!), ja, als er also wie ein Dieb in die Kletten schlüpfen wollte.

Der Mann stürzte sich auf den Kater, riß sich den Schlips ab, um ihn zu fesseln, und murmelte giftig und drohend:

»Aha, also zu uns nach Armawir sind Sie jetzt gekommen, Herr Hypnotiseur? Na, hier haben wir keine Angst vor Ihnen. Tun Sie nicht, als ob Sie stumm wären. Wir wissen schon, was Sie für ein Vogel sind!«

Der Bürger führte den Kater zur Miliz. An den Vorderpfoten, die mit seinem grünen Schlips gefesselt waren, zerrte er das arme Tier hinter sich her und erzwang mit leichten Fußtritten, daß es aufrecht auf den Hinterpfoten ging.

»Sie«, schrie der Bürger, dem eine Horde johlender Bengels folgte, »spielen Sie hier nicht den Dummkopf! Daraus wird nichts! Gehen Sie gefälligst so wie alle!«

Der schwarze Kater hatte Märtyreraugen. Von Natur aus der Gabe des Wortes ermangelnd, war er außerstande, sich zu verteidigen. Seine Rettung verdankte das arme Tier vor allem der Miliz, aber auch seiner Herrin, einem ehrwürdigen verwitweten Mütterchen. Kaum hatte der Bürger den Kater ins Revier geschafft, da roch man seine gewaltige Fahne und zog seine Aussagen alsbald in Zweifel. Unterdes hatte die alte Frau von Nachbarn erfahren, daß ihr Kater geschnappt worden war, rannte spornstreichs zum Revier und traf rechtzeitig ein. Hier stellte sie dem Kater das allerbeste Zeugnis aus, versicherte, sie kenne ihn schon fünf Jahre, das heißt seit seiner Geburt, und bürge für ihn wie für sich selbst, und sie führte den Beweis, daß man ihm nichts Übles nachsagen könne und er niemals nach Moskau gereist sei. In Armawir geboren und aufgewachsen, habe er auch hier gelernt, Mäuse zu fangen.

Der Kater wurde losgebunden und seiner Besitzerin zurückerstattet, nachdem ihm freilich Leids geschehen war und er am eigenen Leib erfahren hatte, was Irrtum und Verleumdung ist.

Außer den Katern hatten auch einige Menschen gewisse Unannehmlichkeiten. Vorübergehend festgenommen wurden: in Leningrad die Bürger Volman und Volper, ferner in Saratow, Kiew und Charkow je ein Wolodin, in Kasan ein Voloch und schließlich in Pensa aus unerfindlichen Gründen der Kandidat der chemischen Wissenschaften Wetschinkewitsch. Freilich war dieser von mächtigem Wuchs und von sehr dunkler Gesichtsfarbe.

Außerdem wurden an verschiedenen Plätzen neun Korowins, vier Korowkins und zwei Karawajews festgenommen.

Auf der Station Belgorod wurde ein Bürger gefesselt aus dem Sewastopoler Zug geholt. Er hatte sich einfallen lassen, die Mitreisenden durch Kartenkunststücke und dergleichen zu erheitern.

In Jaroslawl erschien um die Mittagsstunde in einem Restaurant ein Bürger mit einem Primuskocher in der Hand, den er soeben von der Reparatur geholt hatte. Kaum wurden die beiden Portiers seiner ansichtig, da verließen sie ihre Posten in der Garderobe und ergriffen die Flucht, und ihnen nach flohen sämtliche Gäste und Angestellten aus dem Restaurant. Dabei kam der Kassiererin auf unerklärliche Weise die Tageskasse abhanden.

Es gab noch vieles andere, doch an alles kann man sich nicht erinnern. Es gab eine große Wallung der Gemüter.

Immer wieder muß man der Untersuchungsbehörde Gerechtigkeit widerfahren lassen. Es wurde alles getan, nicht nur, um die Verbrecher zu fangen, sondern auch, um zu erklären, was sie angerichtet hatten. Und es wurde alles erklärt, und man muß sagen, die Erklärungen waren vernünftig und unwiderlegbar.

Die Vertreter der Untersuchung und erfahrene Psychiater stellten fest, daß die Mitglieder der Verbrecherbande oder vielleicht nur eines von ihnen (der Hauptverdacht fiel auf Korowjew) über einmalige hypnotische Kräfte verfügten und imstande waren, sich an Orten zu zeigen, wo sie gar nicht waren, in vorgetäuschten, verschobenen Positionen. Überdies suggerierten sie anderen mühelos, daß bestimmte Dinge oder Menschen sich an Orten befänden, wo sie in Wirklichkeit gar nicht waren, und entfernten umgekehrt Dinge oder Menschen, die in Wirklichkeit zugegen waren, aus dem Gesichtsfeld der Leute.

Im Licht solcher Erklärungen wird natürlich alles durchschaubar, selbst die die Bürger am meisten erregende, scheinbar unerklärliche Kugelfestigkeit des Katers, den man in der Wohnung Nr. 50 beim Versuch, seiner habhaft zu werden, unter Feuer genommen hatte.

Selbstverständlich war gar kein Kater auf dem Kronleuchter gewesen, niemand hatte daran gedacht, zurückzuschießen, und die Kriminalisten hatten auf eine leere Stelle gefeuert, während vielleicht Korowjew, der ihnen suggeriert hatte, auf dem Kronleuchter treibe ein Kater seinen Unfug, hinter den Schützen stand und sich grinsend seiner gewaltigen, aber verbrecherisch mißbrauchten hypnotischen Kraft erfreute. Natürlich war er es auch, der das Benzin vergossen und die Wohnung in Brand gesetzt hatte.

Stjopa Lichodejew war natürlich nicht nach Jalta geflogen (das hätte selbst Korowjews Kräfte überstiegen) und hatte auch keine Telegramme von dort geschickt. Er war in der Juwelierswitwenwohnung vor Schreck über Korowjews Trick, der ihm einen Kater mit einem aufgespießten marinierten Pilz vorgaukelte, in Ohnmacht gefallen, und Korowjew hatte ihm, um sich über ihn lustig zu machen, eine Papacha auf den Kopf gestülpt, ihn zum Moskauer Flugplatz geschickt und den wartenden Kriminalisten suggeriert, daß Stjopa dem Flugzeug aus Sewastopol entstiege.

Die Kriminalmiliz von Jalta behauptete allerdings, Stjopa barfuß bei sich aufgenommen und seinetwegen Telegramme nach Moskau geschickt zu haben, aber in den Akten wurde keine Kopie der Telegramme gefunden, woraus der zwar traurige, aber zwingende Schluß gezogen wurde, daß die Hypnotiseurbande die Kraft besaß, sogar auf gewaltige Entfernungen zu hypnotisieren, und nicht nur einzelne Personen, sondern ganze Gruppen. Unter diesen Umständen konnten die Verbrecher selbst Menschen von sehr kräftiger psychischer Struktur um den Verstand bringen.

Was sollte man da noch von solchen Kleinigkeiten reden wie dem Kartenspiel in einer fremden Tasche, dem Verschwinden von Damenkleidern, dem miauenden Barett und ähnlichen Scherzen! Solche Tricks kann jeder berufsmäßige Hypnotiseur mittlerer Begabung auf jeder Bühne vorführen, ebenso den läppischen Trick mit dem abgerissenen Kopf des Conférenciers. Der sprechende Kater war ebenfalls blühender Unsinn. Um den Leuten einen solchen Kater zu präsentieren, genügt es, die Anfangsgründe des Bauchredens zu beherrschen, und es wird ja kaum einer bezweifeln, daß Korowjews Kunst diese Anfangsgründe bedeutend überstieg.

Nein, es ging wirklich nicht um die Kartenspiele und die falschen Briefe in Nikanor Iwanowitschs Aktentasche. Das waren kleine Fische! Aber Korowjew hatte Berlioz unter die Straßenbahn gejagt und dem sicheren Tod preisgegeben. Er hatte den armen Poeten Iwan Besdomny um den Verstand gebracht, hatte ihm in qualvollen Alpträumen das alte Jerschalaim und den von der Sonne verbrannten wasserlosen Schädelberg mit den drei Gerichteten am Pfahl vorgegaukelt. Er und seine Bande hatten Margarita Nikolajewna und ihr Hausmädchen Natascha aus Moskau verschwinden lassen. Diesem Fall übrigens ging die Untersuchungsbehörde besonders sorgfältig nach. Sie mußte ja feststellen, ob die beiden Frauen von der Mörder- und Brandstifterbande geraubt worden oder ob sie freiwillig mit der verbrecherischen Gesellschaft davongelaufen waren. Aus den wirren und grotesken Aussagen Nikolai Iwanowitschs und dem verrückten Zettel, den Margarita Nikolajewna ihrem Mann zurückgelassen hatte und in dem sie schrieb, sie gehe davon, um Hexe zu werden, und schließlich aus dem Verschwinden von Natascha, die alle ihre Kleidungsstücke zurückgelassen hatte, folgerte die Untersuchungsbehörde, sowohl die Frau als auch das Hausmädchen seien wie so viele andere hypnotisiert und in diesem Zustand von der Bande entführt worden. Dabei spielte auch der wahrscheinlich ganz richtige Gedanke mit, die Verbrecher könnten von der Schönheit der beiden Frauen verlockt worden sein.

Eines aber blieb der Untersuchungsbehörde völlig unklar, nämlich warum die Bande aus der psychiatrischen Klinik den Geisteskranken geraubt hatte, der sich Meister nannte. Das Motiv blieb unergründlich, wie es auch nicht gelang, den Namen des Entführten zu ermitteln. Er war für immer verschwunden, und zurück blieb nur die tote Signatur – Nummer hundertachtzehn aus Block eins.

Es war also fast alles geklärt, und die Untersuchung ging zu Ende, wie überhaupt alles zu Ende geht.

Ein paar Jahre verstrichen, und die Bürger vergaßen allmählich Voland, Korowjew und die anderen. Viele Veränderungen vollzogen sich im Leben derer, die unter Voland und seinen Spießgesellen zu leiden hatten, und so klein und unbedeutend diese Veränderungen auch waren, sie seien doch erwähnt.

George Bengalski zum Beispiel verbrachte drei Monate in der Klinik, dann wurde er als geheilt entlassen, aber die Arbeit im Varieté mußte er aufgeben, und das in der heißesten Zeit, als das Publikum nur so herbeiströmte, um Karten zu bekommen: die Erinnerung an die Schwarze Magie und ihre Entlarvung war doch noch sehr lebendig. Bengalski gab das Varieté auf, denn er sah ein, daß es zu qualvoll war, allabendlich vor zweitausend Menschen hinzutreten, unvermeidlich erkannt zu werden und immer wieder die hämische Frage zu hören, wie es denn nun besser sei, mit oder ohne Kopf.

Ja, und außerdem hatte der Conférencier einen bedeutenden Teil seines Frohsinns eingebüßt, der bei seinem Beruf unerläßlich ist. Geblieben war die fatale, lästige Gewohnheit, in jedem Frühjahr bei Vollmond in Unruhe zu verfallen, sich plötzlich an den Hals zu greifen, sich ängstlich umzusehen und zu weinen. Diese Anfälle gingen vorüber, aber er konnte doch seinen früheren Beruf nicht mehr ausüben. So setzte er sich zur Ruhe und lebte von seinen Ersparnissen, die nach seiner vorsichtigen Schätzung fünfzehn Jahre reichen mußten.

Er zog sich zurück und traf nie wieder mit Warenucha zusammen, der sich allgemeine Popularität und Zuneigung erworben hatte mit seiner selbst bei Theateradministrationen unwahrscheinlichen Höflichkeit und Verbindlichkeit. Die Freikartenjäger zum Beispiel nannten ihn ihren Vater und Wohltäter. Wer auch immer im Varieté anrief und gleichgültig zu welcher Zeit, stets ertönte im Hörer die weiche, aber traurige Stimme: »Ich höre.« Auf die Bitte, Warenucha ans Telefon zu rufen, antwortete dieselbe Stimme eilig: »Am Apparat.« Aber Warenucha hatte zu leiden ob seiner Höflichkeit!

Stjopa Lichodejew braucht nicht mehr im Varieté anzurufen. Gleich nach seiner Entlassung aus der Klinik, in der er acht Tage verbracht hatte, wurde er nach Rostow versetzt, wo man ihn mit der Leitung eines großen Feinkostladens betraute. Die Fama will wissen, daß er keinen Portwein mehr trinkt, sondern nur noch Johannisbeerknospenschnaps, was ihn sehr kräftigen soll. Es heißt, er sei schweigsam geworden und meide die Frauen.

Seine Entfernung aus dem Varieté bereitete Rimski nicht die Freude, von der er jahrelang so sehnsüchtig geträumt hatte. Nach dem Aufenthalt in der Klinik und einer Kur in Kislowodsk bat der steinalt gewordene Finanzdirektor mit wackelndem Kopf um seine Entlassung aus dem Varieté. Interessant ist, daß das Entlassungsgesuch von seiner Ehefrau im Varieté abgegeben wurde. Er selber fand nicht mal am Tag die Kraft, das Haus aufzusuchen, in dem er das mondlichtübergossene gesprungene Fenster und den langen Arm gesehen hatte, der nach dem unteren Riegel grapschte.

Nach seiner Entlassung ging der Finanzdirektor zum Puppentheater im Stadtteil Samoskworetschje. In diesem Theater hatte er in Sachen Akustik nichts mehr mit dem ehrenwerten Arkadi Apollonowitsch Semplejarow zu tun. Dieser war kurzerhand nach Brjansk versetzt und zum Leiter einer Pilzaufkaufsstelle ernannt worden. Jetzt essen die Moskauer gesalzene Reizker und marinierte Steinpilze und sind des Lobes voll und freuen sich dieser Versetzung über alle Maßen. Es ist ja nun vorbei, und darum kann man sagen, die Akustik war bei Semplejarow nicht so recht in Fluß gekommen, und sosehr er sich bemüht hatte, sie zu verbessern, sie war geblieben, wie sie gewesen war.

Zu den Personen, die mit dem Theater brachen, ist neben Semplejarow auch Nikanor Iwanowitsch Bossoi zu nennen, obwohl dieser außer seiner Vorliebe für Freikarten nichts mit dem Theater zu tun hatte. Ins Theater geht Nikanor Iwanowitsch weder für Geld noch umsonst, mehr noch, sein Gesicht verzerrt sich bei jeder Erwähnung des Theaters. Nicht in geringerem, eher in noch stärkerem Maße als das Theater haßt er den Dichter Puschkin und den talentierten Schauspieler Sawwa Potapowitsch Kurolessow. Diesen haßt er in solchem Maße, daß er im vergangenen Jahr, als er in der Zeitung die schwarzumrandete Mitteilung las, Kurolessow sei in der Blüte seiner Laufbahn vom Schlag getroffen worden, so dunkelrot anlief, daß er beinahe dem Schauspieler gefolgt wäre, und brüllte: »Geschieht ihm recht!« Mehr noch, Nikanor Iwanowitsch, dem der Tod des beliebten Schauspielers eine Masse drückender Erinnerungen brachte, betrank sich am selben Abend ganz fürchterlich nur in Gesellschaft des Vollmondes, der die Sadowaja beschien. Mit jedem Glas verlängerte sich vor ihm die verfluchte Kette verhaßter Gestalten, und in dieser Kette waren Sergej Gerardowitsch Duntschil und die schöne Ida Herkulanowna und der rothaarige Besitzer der Kampfgänse und der ehrliche Nikolai Kanawkin.

Nun, was war mit ihnen allen geschehen? Ich bitte Sie! Nichts geschah mit ihnen, konnte auch gar nicht, denn sie hatten nie existiert, ebensowenig wie der sympathische Schauspieler-Conférencier und das Theater und die alte Geizschnepfe Tante Porochownikowa, die im Keller Devisen vermodern ließ, und natürlich hatten auch die goldenen Trompeten und die frechen Köche nicht existiert. All das hatte Nikanor Iwanowitsch unter dem Einfluß des Schurken Korowjew nur geträumt. Der einzige aus seinem Traum, der wirklich existierte, war Kurolessow, der Schauspieler, und er hatte sich nur deshalb in den Traum gedrängt, weil Nikanor Iwanowitsch ihn von seinen zahlreichen Vorträgen im Radio her kannte. Er existierte, die anderen nicht.

Also hatte vielleicht auch Aloisi Mogarytsch nicht existiert? O doch! Er hatte nicht nur existiert, er existiert noch, und er bekleidet den Posten, auf den Rimski verzichtet hatte, das heißt den Posten des Varietéfinanzdirektors.

Er war etwa vierundzwanzig Stunden nach seinem Besuch bei Voland irgendwo in der Nähe von Wjatka im Zug wieder zu sich gekommen und hatte festgestellt, daß er in einer Bewußtseinstrübung von Moskau weggefahren war; er hatte vergessen, die Hosen anzuziehen, aber dafür unbegreiflicherweise das völlig nutzlose Hausbuch seines Vermieters gestohlen. Für eine enorme Summe erwarb Aloisi beim Schaffner eine speckige alte Hose und fuhr von Wjatka wieder zurück. Das Häuschen seines Vermieters fand er leider nicht mehr vor. Die alte Bude war von einem Feuer weggeleckt worden. Aber Aloisi war ein Mensch mit ungewöhnlichem Unternehmungsgeist. Zwei Wochen später bewohnte er bereits ein schönes Zimmer in der Brjussowski-Gasse, und nach wenigen Monaten saß er auf Rimskis Stuhl. Hatte früher Rimski unter Stjopa zu leiden, so bereitete jetzt Aloisi dem Warenucha Qualen. Dieser träumt nur davon, daß man Aloisi aus seinen Augen entferne, denn, wie Warenucha gelegentlich in intimer Gesellschaft flüstert, ein solches

Aas wie diesen Aloisi habe er noch nie erlebt, und es gebe nichts, worauf man bei diesem Aloisi nicht gefaßt sein müsse.

Übrigens ist der Administrator möglicherweise voreingenommen. Man kann Aloisi keine dunklen Taten nachsagen, eigentlich überhaupt keine Taten, wenn man nicht rechnet, daß er an Stelle von Andrej Fokitsch Sokow einen andern zum Kantinenwirt ernannte. Andrej Fokitsch war zehn Monate nach Volands Besuch in Moskau in der Universitätsklinik an Leberkrebs verstorben.

Ja, ein paar Jahre verstrichen, und die in diesem Buch wahrheitsgemäß geschilderten Ereignisse lagen lange zurück und waren aus der Erinnerung getilgt. Aber nicht bei allen.

Jedes Jahr, wenn der festliche Frühlingsvollmond anbricht, erscheint am Abend unter den Linden des Patriarchenteichboulevards ein Mann von etwas über dreißig Jahren. Er hat rotes Haar, grüne Augen und trägt bescheidene Kleidung. Er ist der Mitarbeiter des Instituts für Geschichte und Philosophie Professor Iwan Nikolajewitsch Ponyrew.

Unter den Linden setzt er sich stets auf dieselbe Bank, auf der er an jenem Abend gesessen hatte, an dem der von allen längst vergessene Berlioz zum letztenmal in seinem Leben den in Scherben zerfallenden Mond sah.

Jetzt ist der Mond unversehrt, zu Beginn des Abends weiß, später golden mit einem dunklen Drachenpferdchen, und gleitet über den ehemaligen Lyriker hinweg, während er doch hoch droben stillsteht.

Iwan Nikolajewitsch weiß und begreift alles. Er weiß, daß er in seiner Jugend das Opfer verbrecherischer Hypnotiseure wurde, danach in Behandlung war und auskuriert wurde. Er weiß aber auch, daß es etwas gibt, womit er nicht fertig wird. Das ist der Frühlingsvollmond. Kaum rückt er näher, kaum wächst sie und füllt sich mit Gold, die Leuchte, die damals hoch über den beiden Fünflichtern hing, da wird Iwan Nikolajewitsch unruhig und nervös, verliert den Appetit, kann nicht mehr schlafen und erwartet des Mondes Reife. Und wenn der Vollmond anbricht, kann nichts ihn zu Hause halten. Am Abend verläßt er das Haus und geht zu den Patriarchenteichen.

Auf der Bank führt Iwan Nikolajewitsch laute Selbstgespräche, raucht, blickt mit verkniffenen Augen bald auf den Mond, bald auf das denkwürdige Drehkreuz.

So verbringt Iwan Nikolajewitsch eine Stunde oder zwei. Dann erhebt er sich und geht mit blicklosen Augen immer dieselbe Strecke: durch die Spiridonowka in die Seitengäßchen des Arbat.

Er kommt am Ölladen vorbei, biegt bei der alten, schiefen Gaslaterne um die Ecke und schleicht zum Gitter, hinter dem ein üppiger, noch nicht belaubter Garten zu sehen ist; darin steht eine gotische Villa, deren eine Seite mit dem dreigeteilten Erkerfenster der Mond bescheint, die andere Seite ist dunkel.

Der Professor weiß nicht, was ihn zu dem Gitter zieht und wer in der Villa wohnt, aber er weiß, daß es keinen Zweck hat, bei Vollmond gegen sich selbst anzukämpfen. Überdies weiß er, daß er im Garten hinterm Gitter jedesmal unweigerlich dasselbe Bild sehen wird.

Er sieht einen betagten gutgekleideten Mann mit Bärtchen, Kneifer und etwas ferkelartigen Gesichtszügen auf einer Bank sitzen. Dieser Bewohner der Villa sitzt jedesmal in derselben verträumten Haltung da und blickt zum Mond. Iwan Nikolajewitsch weiß, der Mann wird, nachdem er den Anblick des Mondes genossen hat, den Blick zum Erkerfenster richten und dort hinstarren, als erwarte er, daß es sich öffne und etwas Ungewöhnliches auf dem Fensterbrett erscheine.

Auch alles Weitere weiß Iwan Nikolajewitsch auswendig. Er muß sich jetzt hinterm Gitter verstecken, denn gleich wird der Mann dort unruhig den Kopf drehen, mit flirrenden Augen nach etwas in der Luft haschen, selig lächeln und dann plötzlich in süßer Sehnsucht die Hände zusammenschlagen, dann wird er ziemlich laut murmeln:

»Venus! Venus! Ach, ich Trottel!«

»O ihr Götter, ihr Götter!« flüstert dann Iwan Nikolajewitsch, drückt sich ans Gitter und starrt mit glühenden Augen auf den geheimnisvollen Unbekannten. »Noch ein Opfer des Mondes... Ja, noch ein Opfer, genau wie ich...«

Der Mann dort aber spricht weiter:

»Ach, ich Trottel! Warum, warum bloß bin ich nicht mit ihr davongeflogen? Wovor hatte ich Angst, ich alter Esel? Eine Bescheinigung mußte ich verlangen! Ach, das hab ich jetzt davon, ich alter Idiot!«

So geht es weiter, bis auf der dunklen Seite der Villa ein Fenster klappt, etwas Helles dort erscheint und eine mißtönende Frauenstimme ruft:

»Nikolai Iwanowitsch, wo bist du? Was soll der Unsinn? Willst du dir die Malaria holen? Komm Tee trinken!«

Dann kommt der Mann auf der Bank natürlich zu sich und antwortet mit falscher Stimme:

»Ein bißchen Luft wollt ich schnappen, mein Schnuckelchen! Die Luft ist so schön!«

Sodann erhebt er sich von der Bank, droht verstohlen mit der Faust gegen das wieder geschlossene Fenster und trottet ins Haus.

»Er lügt, er lügt! O ihr Götter, wie er lügt!« murmelt Iwan Nikolajewitsch und tritt vom Gitter zurück. »Er will ja gar nicht Luft schnappen, wenn Frühlingsvollmond ist, er sieht etwas im Garten und droben im Mond! Ach, was würd ich alles dafür geben, in sein Geheimnis einzudringen und zu wissen, was für eine Venus er verloren hat und nach wem er jetzt fruchtlos in die Luft hascht...«

Wenn der Professor nach Hause zurückkehrt, ist er schon ganz krank. Seine Frau tut, als bemerke sie seinen Zustand nicht, und drängt ihn, sich hinzulegen. Sie selbst geht nicht zu Bett, sondern sitzt mit einem Buch unter der Lampe und wirft wehe Blicke auf den Schlafenden. Sie weiß, beim Morgengrauen wird er mit qualvollem Schrei erwachen, wird weinen, sich hin und her werfen. Darum liegen vor ihr auf dem Tischtuch unter der Lampe eine Spritze in Alkohol und eine Ampulle mit einer Flüssigkeit von der Farbe starken Tees bereit.

Die arme Frau, an einen Schwerkranken gebunden, ist nach der Injektion frei und kann ohne Bedenken zu Bett gehen. Iwan Nikolajewitsch wird mit glücklichem Gesicht bis zum Morgen schlafen und von etwas Schönem, Höherem träumen, wovon sie nichts weiß.

Was aber den Gelehrten in der Vollmondnacht weckt und ihm den kläglichen Schrei abpreßt, ist immer dasselbe. Er sieht den nasenlosen Henker mit dumpfem Keuchlaut hochspringen und dem an den Pfahl geschnürten und übergeschnappten Gestas die Lanze ins Herz stoßen. Aber der Henker ist nicht so schrecklich wie das unnatürliche Licht, das von einer Wolke ausgeht, die sich brodelnd über die Erde wälzt, wie es nur bei Weltkatastrophen zu sein pflegt.

Nach der Injektion wechseln die Bilder vor dem Schläfer. Vom Bett zum Fenster erstreckt sich eine breite Mondstraße, und auf diese Straße tritt ein Mann mit blutrot gefüttertem weißem Umhang und steigt empor zum Mond. Neben ihm geht ein junger Mann in zerrissenem Chiton und mit entstelltem Gesicht. Die beiden führen ein hitziges Gespräch, streiten sich, wollen zu einer Übereinkunft gelangen.

»O ihr Götter, ihr Götter!« sagt der Mann im Umhang, das hochmütige Gesicht seinem Begleiter zugewandt. »Diese blöde Hinrichtung! Sag mir doch bitte« – in das Gesicht tritt ein flehender Ausdruck –, »sie hat doch gar nicht stattgefunden! Ich beschwöre dich, sag mir, sie war doch gar nicht?«

»Natürlich war sie gar nicht«, antwortet der Begleiter mit heiserer Stimme, »es ist dir nur so vorgekommen.«

»Kannst du das beschwören?« bettelt der Mann im Umhang.

»Ich beschwöre es«, antwortet der Begleiter, und seine Augen lächeln.

»Weiter brauche ich nichts!« ruft der Mann im Umhang mit gebrochener Stimme und steigt immer höher zum Mond, seinen Begleiter mit sich ziehend. Hinter ihnen geht ruhig und majestätisch ein riesiger spitzohriger Hund.

Dann wallt der Mondstrahl auf, aus ihm hervor schießt ein Mondstrom und ergießt sich nach allen Seiten. Der Mond herrscht und spielt, der Mond tanzt und albert. Aus dem Strom formt sich eine Frau von überirdischer

Schönheit, sie führt am Arm einen stoppelbärtigen Mann, der sich furchtsam umsieht, auf Iwan zu. Iwan erkennt ihn sofort. Das ist Nummer hundertachtzehn, sein nächtlicher Gast. Iwan streckt im Traum die Arme nach ihm aus und fragt gierig:

»Damit also endete es?«

»Damit endete es, mein Schüler«, antwortet Nummer hundertachtzehn. Die Frau tritt auf Iwan zu und sagt:

»Natürlich endete es damit. Alles endete, und alles endet... Ich küsse Sie auf die Stirn, dann wird bei Ihnen alles so sein, wie es sein muß...«

Sie beugt sich über Iwan und küßt ihn auf die Stirn, und Iwan strebt ihr entgegen und blickt ihr in die Augen, aber sie tritt zurück, immer weiter zurück, und entfernt sich mit ihrem Begleiter zum Mond.

Dann beginnt der Mond zu toben, schleudert Lichtströme auf Iwan, versprüht Licht nach allen Seiten, im Zimmer beginnt eine Mondlichtüberschwemmung, das Licht wogt, steigt höher, überflutet das Bett. Dann schläft Iwan Nikolajewitsch mit glücklichem Gesicht ein.

Am Morgen erwacht der Professor schweigsam, aber ruhig und gesund. Sein wundes Gedächtnis verstummt, und bis zum nächsten Vollmond beunruhigt ihn nichts mehr, weder der nasenlose Mörder des Gestas noch der grausame fünfte Prokurator von Judäa, der Ritter Pontius Pilatus.

1929–1940

Inhalt

Erstes Buch

Zweites Buch